中國文學作品選注

第二卷

袁行霈 主編 許逸民 副主編

傅剛 閻琦 本卷主編

中華書局

圖書在版編目（CIP）數據

中國文學作品選注. 第二卷/袁行霈主編. —北京:中華書局，
2007. 6（2025. 5 重印）
ISBN 978-7-101-05692-1

Ⅰ. 中⋯　Ⅱ. 袁⋯　Ⅲ. 文學-作品綜合集-中國-高等學校-
教材　Ⅳ. I211

中國版本圖書館 CIP 數據核字（2007）第 075111 號

書　　名	中國文學作品選注　第二卷
主　　編	袁行霈
副 主 編	許逸民
本卷主編	傅　剛　閆　琦
責任編輯	聶麗娟
責任印製	管　斌
出版發行	中華書局
	（北京市豐臺區太平橋西里 38 號　100073）
	http：//www. zhbc. com. cn
	E-mail：zhbc@ zhbc. com. cn
印　　刷	北京新華印刷有限公司
版　　次	2007 年 6 月第 1 版
	2025 年 5 月第 25 次印刷
規　　格	開本/710×1000 毫米　1/16
	印張 38.75　插頁 8　字數 660 千字
印　　數	135001-139000 冊
國際書號	ISBN 978-7-101-05692-1
定　　價	70. 00 元

魏陳思王曹　植　撰

公宴

公子敬愛客　終宴不知疲　清夜遊西園　飛蓋相追隨　明月澄清影　列宿正參差　秋蘭被長坂　朱華冒綠池　潛魚躍清波　好鳥鳴高枝　神飇接丹轂　輕輦隨風移　飄颻放志意　千秋長若斯

侍太子坐

曹子建集

三國魏曹植撰

明銅活字印本

詩九首四言

停雲一首并序

停雲思親友也　罇湛新醪　園列初榮　願言不（一作歎息）　想（一作彌襟）

靄靄停雲　濛濛時雨　八表同昏　平路伊阻

靜寄東軒　春醪獨撫　良朋悠邈　搔首延佇

停雲靄靄　時雨濛濛　八表同昏　平陸成江

有酒有酒　閑飲東窗　願言懷人（一作舟車）　靡從

東園之樹　枝條載（作榮）競用新好

陶淵明集

東晉陶潛撰

宋刻遞修本

永和九年歲在癸丑暮春之初會
于會稽山陰之蘭亭脩禊事
也群賢畢至少長咸集此地
有崇山峻領茂林脩竹又有清流激
湍暎帶左右引以為流觴曲水
列坐其次雖無絲竹管絃之
盛一觴一詠亦足以暢敘幽情
是日也天朗氣清惠風和暢仰

蘭亭集序
東晉王羲之書
唐馮承素摹本

捷悟第十一

楊德祖為魏武至簿時住相國門
始構櫚桷魏武自出看使人題門作
活字便去．楊見即令壞之既竟曰
　　丈士傅曰楊脩字德祖知
門中活闊字王嫌門大也
農人太對子也火有才學思幹早知名魏
武為並相辟為主簿俏當白事知必有又
霍教豫為咨嫩紙以次縢之而行勅守者
曰向白事火有敎出相反霉若案此第連
之而已有風吹紙次亂守不別而遂錯誤
父怒雅問俏惡懼以實對坐兩白甚有理
初雖見怪問俏事二於是俏之才
辭皆此類矣為武帝兩詠

世說新語
南朝宋劉義慶　撰
南朝梁劉孝標　注
唐寫本

李太白文集

李太白文集卷第一

草堂集序

宣州當塗縣令李陽冰

李白字太白隴西成紀人涼武昭王暠九世孫蟬聯
珪組世為顯著中葉非罪謫居條支易姓為名然自
竊蟬至舜七世復為庶累世不大曜亦可歎焉神龍之
始逃歸于蜀復指李樹而生伯陽驚姜之多長庚入
夢故生而名白以太白字之世稱太白之精得之矣
不讀非聖之書恥為鄭衛之作故其言多似天仙之
辭九所著述言多諷興自三代已來風騷之後馳驅
屈宋鞭撻揚馬千載獨步唯公一人故王公趨風列
岳結軼蓋賢豪習如歸鳳盧黃門云陳拾遺橫制

李太白文集
唐李白撰
北宋成都眉山地區刻本

杜工部集卷第十

近體詩一百二十五首 此下卷成都作

蜀相

憑韋少府覓松樹子首
又於韋處乞大邑瓷碗一首
詣徐卿覓果栽一首　贈別何邕一首
贈別鄭鍊赴襄陽一首　重贈鄭鍊絕句一首

蜀相

承相祠堂何處尋錦官城外柏森森映堦碧草自春
色隔葉黃鸝空好音三顧頻繁
天下計兩朝開濟老臣心出師未捷身先死長使

杜工部集
唐杜甫撰
南宋初年吳中重刻王琪本

昌黎先生詩集注

唐韓愈撰　清顧嗣立補注

清康熙三十八年顧氏秀野草堂刻本

朱慶餘詩集

唐朱慶餘撰

南宋臨安府陳宅經籍鋪印本

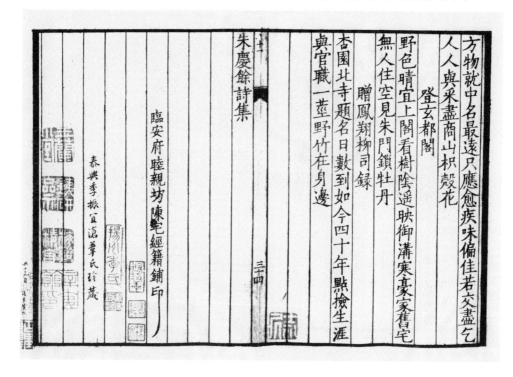

張好好詩 并序

唐杜牧書

大目乾連冥間救母變文

斯二六一四號

敦煌寫本

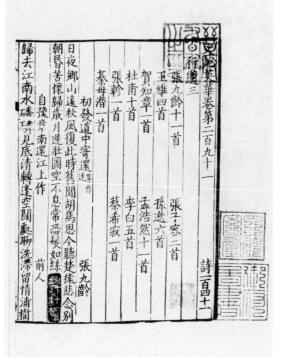

文苑英華卷第二百九十一　詩二百四十一

張九齡三

張九齡十一首　　　張子容二首　孫逖六首　孟浩然十首　李白五首　張轂一首　蔡希寂一首　蔡母潛一首

王維四首　賀知章一首　杜甫十首

初發道中寄遠述作　　　　　　　　　張九齡

朝昏苦懷歸歲月遲壯圖空不息常弧矣髪如絲

自豫章南還江上作　　　　　　　　　前人

日夜鄉山遠秋風復此時舊聞胡馬思今聽楚猿悲念別

歸去江南水磷磷見底清轉逢空闊颺聊洗滯留情浦嶠

文苑英華
北宋李昉編
南宋嘉泰元年至四年周必大刻本

河傳

去去何處迢迢巴楚山水相連朝雲暮雨兩依

舊十二峯前猿聲到客船　愁腸宣異丁香

結因離別故國音書絶想佳人花下對明月

春風恨應同

春暮微雨送君南浦愁斂雙蛾落花深處啼

鳥似逐離歌粉檀珠淚和　臨流更把同心

結情哽咽後會何時節不堪迴首相望已隔

花間集
後蜀趙崇祚編
南宋紹興十八年建康郡齋刻本

本卷注者分工

第三編　魏晉南北朝文學

傅　剛　曹操、陳琳、王粲、劉楨、阮瑀、蔡琰、諸葛亮、曹丕、曹植、阮籍、嵇康、
　　　　張華、潘岳、左思、張協、陸機、劉琨、郭璞、南朝樂府民歌、北朝樂府
　　　　民歌、干寶、陶淵明

王立群　謝靈運、鮑照、劉義慶、沈約、江淹、孔稚圭、陶弘景、陸厥、謝朓、丘
　　　　遲、王融、吳均、酈道元、何遜、陰鏗、温子昇、邢劭、蕭綱、魏收、徐陵、
　　　　王褒、庾信、江總

第四編　隋唐五代文學

閻　琦　盧思道、薛道衡、郭震、虞世南、魏徵、王績、王梵志、上官儀、駱賓王、
　　　　盧照鄰、李嶠、杜審言、蘇味道、王勃、楊炯、劉希夷、陳子昂、東方虬、
　　　　張旭、沈佺期、宋之問、賀知章、張若虛、蘇頲、錢起、元結、司空曙、張
　　　　繼、劉方平、劉長卿、顧況、戴叔倫、韓翃、韋應物、張志和、盧綸、李
　　　　益、孟郊、王建、韓愈、李公佐、張籍、敦煌變文、白居易、劉禹錫、李
　　　　紳、柳宗元、白行簡、蔣防、元稹、賈島、許渾、李賀、張祜、朱慶餘、杜
　　　　牧、陳陶、趙嘏、雍陶、温庭筠、李商隱、皮日休、韋莊、聶夷中、魚玄
　　　　機、陸龜蒙、杜荀鶴、鄭谷、唐彥謙、秦韜玉、皇甫松、牛希濟、鹿虔扆、
　　　　馮延巳、李璟、李煜、敦煌曲子詞、無名氏詞

李　浩　孟浩然、李頎、李白、崔國輔、王昌齡、高適、岑參、儲光羲、祖詠、常
　　　　建、西鄙人

李芳民　張説、王灣、張九齡、王翰、王之渙、王維、崔顥、杜甫

總　目

第一卷

第一編　先秦文學

甲骨卜辭　商代銘文　詩經　尚書　左傳　國語　戰國策　老子　論語
墨子　孟子　莊子　荀子　韓非子　榜枻越人　屈原　宋玉　荆軻

第二編　秦漢文學

秦始皇時民歌　呂不韋　李斯　鄒陽　賈誼　晁錯　劉安　漢武帝劉
徹　李延年　枚乘　東方朔　司馬相如　司馬遷　王襃　揚雄　班婕
妤　王充　班固　張衡　秦嘉　漢樂府　辛延年　古詩十九首　古詩
李陵　趙壹　蔡邕

第二卷

第三編　魏晉南北朝文學

曹操　陳琳　王粲　劉楨　阮瑀　蔡琰　諸葛亮　曹丕　曹植　阮籍
嵇康　張華　潘岳　左思　張協　陸機　劉琨　郭璞　南朝樂府民歌
北朝樂府民歌　干寶　陶淵明　謝靈運　鮑照　劉義慶　沈約　江淹
孔稚圭　陶弘景　陸厥　謝朓　丘遲　王融　吳均　酈道元　何遜
陰鏗　溫子昇　邢劭　蕭綱　魏收　徐陵　王襃　庾信　江總

第四編　隋唐五代文學

盧思道　薛道衡　郭震　虞世南　魏徵　王績　王梵志　上官儀　駱

賓王　盧照鄰　李嶠　杜審言　蘇味道　王勃　楊炯　劉希夷　陳子
昂　東方虯　張旭　沈佺期　宋之問　賀知章　張若虛　張說　王灣
蘇頲　張九齡　王翰　王之渙　孟浩然　李頎　王昌齡　祖詠　高適
王維　常建　西鄙人　李白　崔顥　崔國輔　儲光羲　錢起　杜甫
岑參　元結　司空曙　張繼　劉方平　劉長卿　顧況　戴叔倫　韓翃
韋應物　張志和　盧綸　李益　孟郊　王建　韓愈　李公佐　張籍
敦煌變文　白居易　劉禹錫　李紳　柳宗元　白行簡　蔣防　元稹
賈島　許渾　李賀　張祜　朱慶餘　杜牧　陳陶　趙嘏　雍陶　溫庭
筠　李商隱　皮日休　韋莊　聶夷中　魚玄機　陸龜蒙　杜荀鶴　鄭
谷　唐彥謙　秦韜玉　皇甫松　牛希濟　鹿虔扆　馮延巳　李璟　李
煜　敦煌曲子詞　無名氏詞

第三卷

第五編　宋遼金文學

王禹偁　寇準　林逋　劉筠　楊億　柳永　范仲淹　張先　晏殊　宋
祁　梅堯臣　歐陽修　蘇舜欽　蘇洵　周敦頤　曾鞏　王安石　蘇軾
晏幾道　王觀　張舜民　蘇轍　黃庭堅　李之儀　秦觀　賀鑄　陳師
道　晁補之　張耒　周邦彥　朱敦儒　李清照　呂本中　曾幾　陳與
義　張元幹　岳飛　蔡松年　陸游　林升　范成大　楊萬里　朱熹
張孝祥　辛棄疾　陳亮　劉過　朱淑真　姜夔　史達祖　徐璣　完顏
璟　趙師秀　洪咨夔　劉克莊　元好問　葉紹翁　方岳　吳文英　文
及翁　劉辰翁　周密　文天祥　王沂孫　蔣捷　汪元量　盧摯　張炎
謝翱

第六編　元代文學

宋元話本　董解元　耶律楚材　郝經　王實甫　關漢卿　楊顯之　白
樸　康進之　紀君祥　劉因　馬致遠　趙孟頫　馮子振　鮮于樞　安
熙　張可久　楊載　范梈　虞集　薩都剌　揭傒斯　睢景臣　鄭光祖
喬吉　施惠　貫雲石　王冕　宋褧　楊維楨　顧瑛　高明

第四卷

第七編　明代文學

第八編　清代文學

第九編　近代文學

目　録

第三編　魏晉南北朝文學

第四編　隋唐五代文學

盧思道

第三編
魏晉南北朝文學

曹　操

【作者簡介】

　　曹操(155—220)，字孟德，小字阿瞞，沛國譙(今安徽亳縣)人。三國魏政治家、軍事家、文學家。漢靈帝熹平三年(174)舉孝廉爲郎，除洛陽北部尉。執法嚴酷，不避豪强。初平元年(190)與袁紹一起興義兵，討董卓。建安元年(196)，迎漢獻帝，遷都許昌，挾天子以令諸侯。九年破鄴城，十年平定河北。十三年南征劉表，又與孫權戰於赤壁，失利，天下三分形勢遂定。十八年封魏公，二十一年進爵魏王，二十五年卒於洛陽，年六十六，謚武王。曹丕代漢，追尊爲武皇帝，後世稱魏武帝。《三國志》卷一有傳。

　　曹操以相王之尊，在自己周圍聚集了一批文人，促進了詩歌的發展。現存詩二十餘首，均爲樂府。如實反映了漢末的社會現實，被譽爲"漢末實録"。詩風古直悲凉，鮮明地體現了建安風骨。《隋書·經籍志》著録有集二十六卷(梁有集三十卷)，又有逸集十卷，已佚。明張溥《漢魏六朝百三家集》輯有《魏武帝集》。中華書局 1959 年版《曹操集》，搜集遺佚，並增入《孫子注》，較爲詳備。

短　歌　行

【題解】

　　漢末大亂，中土分崩，曹操於亂世中崛起，懷着平定天下的抱負，南北征討，深知賢才對成就其霸業的重要性。此詩寫自己願意廣招天下賢才，冀能深相輔佐。但時事艱難，賓主之間，彼此互相信賴亦屬不易。詩人反復沈吟，委婉曲折，最終落在"周公吐哺，天下歸心"上，恢復一統之意豁然明白。

　　短歌行，樂府題名，屬《相和歌·平調曲》。古辭已亡，曹操《短歌行》共兩首，此爲第二首，曾爲晉樂演奏。

　　對酒當歌[1]，人生幾何。譬如朝露，去日苦多[2]。慨當以慷[3]，憂思難忘。何以解憂？唯有杜康[4]。青青子衿，悠悠我心[5]。但爲君故，沈吟至今。呦呦鹿鳴，食野之苹。我有嘉賓，鼓瑟吹笙[6]。明明如月，何時可掇[7]？憂從中來，不可斷絕。越陌度阡，枉用相存[8]。契闊談讌，心念舊恩[9]。月明星稀，烏鵲南飛。繞樹三匝，何枝可依[10]？山不厭高,海不厭深[11]。周公吐哺,天下歸心[12]。

《文選》卷二七

【校注】

[1]對酒當歌:言面對酒筵歌舞。"當"也是"對"的意思。南朝陳張正見《對酒》"當歌對玉酒",與此意同。　　[2]去日:逝去之日。苦:傷。《漢書·蘇武傳》記李陵與蘇武説:"人生如朝露。"是説人生如朝露一樣短促,應當珍惜。　　[3]慨當以慷:慨慷,嘆詞。漢末人多用以抒發感慨。《文心雕龍·明詩》説建安詩歌"慷慨以任氣"。　　[4]杜康:傳説爲最早造酒的人。唐李善《文選注》引《博物志》説:"杜康造酒。"又説:"或云黄帝時人。"《戰國策·魏策二》:"昔者帝女令儀狄作酒而美,進之禹,禹飲而甘之,遂疏儀狄,絶旨酒,曰:'後世必有以酒亡其國者。'"是杜康乃上古傳説中人。　　[5]"青青"二句:見《詩·鄭風·子衿》。毛傳:"青衿,青領也,學子之所服。"此處用以表達招引賢才之意。悠悠:深長貌,比喻渴求。[6]"呦呦"四句:見《詩·小雅·鹿鳴》。呦呦:鹿鳴的聲音。苹:艾蒿。《毛詩序》説:"《鹿鳴》,燕群臣嘉賓也。"曹操建安十三年平荆州,得漢雅樂郎杜夔,杜所傳雅樂四曲,其一曰《鹿鳴》。是曹操宴樂用《鹿鳴》,當在獲杜夔之後。　　[7]"明明"二句:詩人思念賢人幫助自己完成統一大業的憂思,像此時當空的明月一樣,恒繞在心頭,不可收拾。掇,《樂府詩集》卷三十作"輟"。輟:停止。掇:拾取。[8]"越陌"二句:唐李善引應劭《風俗通》説:"里語云:'越陌度阡,更爲客主。'"陌、阡:田間的道路。南北曰阡,東西曰陌。枉:委屈。存:問。意謂承蒙客人枉駕遠道來訪。　　[9]契闊:偏義複詞,契是投合,闊是疏遠,此處偏用"闊"意,謂久別。談讌:指今日之宴飲談心。讌,通"宴"。舊恩:舊日的情誼。　　[10]"月明"四句:唐李善《文選注》:"喻客子無所依託也。"此四句指漢末士人像烏鵲一樣南北奔走,徬徨徙倚,無所依託。匝:遍。　　[11]"山不"二句:此用《管子·形勢解》語:"海不辭水,故能成其大;山不辭土石,故能成其高;明主不厭人,故能成其衆;士不厭學,故能成其聖。"比喻賢才多多益善。　　[12]"周公"二句:《史記·魯周公世家》載周公説:"我一沐三握髮,一飯三吐哺,起,以待士,猶恐失天下之賢人。"哺:口中咀嚼的食物。

【集評】

　　(清)吳淇《六朝選詩定論》卷五:"從來真英雄,雖極刻薄,亦定有幾分吉凶與民同患意。思其與天下賢才交游,一定有一段繾綣體恤情懷。觀魏武此作,及後《苦寒行》,何等深,何等真! 所以當時豪傑,樂爲之用,樂爲之死。今人但指魏武殺孔融、楊修輩,以爲慘刻極矣,不知其有厚道在。"

　　(清)張玉穀《古詩選析》卷八:"此歎流光易逝,欲得賢才以早建王業之詩。前四一截,以酒發端,就流光易逝,引動早當建功,爲通章虛冒。'慨當'十二句,則思得賢才於士類之中也。卻以慷慨幽思,解憂惟酒,憑空喝入。然後'青青'四句,點清士類有賢,心欲得而沈吟不置,繳醒慷慨幽思。'呦呦'四句,則透後言誠得賢才輔洽,定當如《鹿鳴》之燕樂嘉賓,方爲滿願。繳醒解憂惟酒,爲一截。'明明'十二句,則思得賢才於故舊之中也。卻借月不可掇,先作一比,拖出憂難斷絕。'月明'四句,則從對面即烏鵲無棲,比出賢才昧時遠引,不知依我之深爲可惜。以'月明星稀'領起,則又藉以繳醒月不可掇也,爲一截。後四,方以相容並蓄,引周公事,醒出得賢建本心。千里雙龍,一齊結穴,奸雄叵測,活現毫端。《解題》謂'當及時行樂',何其掉以輕心!"

步出夏門行

觀　滄　海

【題解】

　　此詩作於建安十二年(207),曹操北征烏桓凱旋時。本篇描繪了大海吞吐日月的壯闊景象,表現作者欲平定天下的抱負,氣勢宏偉,是五言詩中最早描寫大海的作品。

　　步出夏門行,樂府舊曲,屬《相和歌辭·瑟調曲》,共四解,前有艷,此爲第一解。

　　東臨碣石[1],以觀滄海。水何澹澹[2],山島竦峙[3]。樹木叢生,百草豐茂。秋風蕭瑟,洪波湧起[4]。日月之行,若出其中。星漢粲爛,若出其裏。幸甚至哉,歌以詠志[5]。

《樂府詩集》卷三七

【校注】

[1]碣石:有兩説,一説指今河北昌黎的碣石山,一説指今河北樂亭西南的大碣石山,時屬右北平郡驪成縣。　　[2]澹澹:水波搖盪的樣子。　　[3]竦峙:矗立。"竦"同"聳"。　　[4]湧:原作"踊",今據《宋書·樂志》校改。　　[5]"幸甚"二句:樂曲結尾合樂的歌辭,與正文內容没有直接關係。

【集評】

　　(清)王夫之《船山古詩評選》卷一:"不言所悲,而充塞八極無非愁者。孟德於樂府,殆欲踞第一位,惟此不易步耳。"

　　(清)沈德潛《古詩源》卷五:"有吞吐宇宙氣象。"

龜 雖 壽

【題解】

　　建安時期,詩中多寫生死主題,情緒悲涼。此詩以雄健之筆寫樂觀情緒。"老驥伏櫪"四句最爲動人。

　　此詩是《步出夏門行》的第四解。

　　神龜雖壽[1],猶有竟時[2]。騰蛇乘霧[3],終爲土灰。老驥伏櫪[4],志在千里。烈士暮年[5],壯心不已。盈縮之期[6],不但在天。養怡之福[7],可得永年。幸甚至哉,歌以詠志。

《樂府詩集》卷三七

【校注】

[1]神龜:古人認爲龜是有靈性而長壽的動物。　　[2]竟:終結,死去。　　[3]騰蛇:或以爲出自《韓非子·難勢》引《慎子》:"飛龍乘雲,騰蛇游霧,雲罷霧霽,而龍蛇與蚯蟻同矣。"《韓非子》是借喻"勢",騰蛇雖然乘霧,一旦霧散,則與蚯蟻相類,此不盡合曹操詩意。曹操取騰蛇乘霧,優游自得之意,或出《說苑》:"騰蛇游霧而昇,騰龍乘雲而舉,猿得木而挺,魚得水而鶩,處地宜也。"　　[4]驥:千里馬。櫪:馬槽。"老驥",原作"驥老",今據《古樂府》卷八改。　　[5]烈士:指有建功立業抱負的志士。　　[6]盈縮:此指壽命的長短。　　[7]養怡:怡養調和,結合上文,當指要以樂觀向上的態度生活。

【集評】

　　(清)王夫之《船山古詩評選》卷五:"四篇皆題'碣石',未有海語,自有海情。孟德樂府,固卓犖驚人,而意抱淵永,動人以聲不以言。彼七子者,臣僕之有餘矣。陳思氣短,尤不堪瞠望阿翁。"

　　(清)陳祚明《采菽堂古詩選》卷五:"名言激昂,千秋使人忼慨。孟德能於三百篇外,獨闢四言聲調,故是絕唱。"

陳　琳

【作者簡介】

　　陳琳（？—217），字孔璋，廣陵射陽（今江蘇寶應東北）人。漢末建安七子之一。初爲大將軍何進府主簿，漢末亂，避難冀州。袁紹用以爲書記，使掌典文章，曾爲袁紹作《檄豫州》文，收録於《文選》。袁紹敗後，歸降曹操，辟爲司空軍謀祭酒、典記室，徙門下督。史稱曹操軍國書檄多陳琳與阮瑀所作。建安二十二年病卒。《三國志》卷二一有傳。

　　陳琳長於應用文，章表書記，擅名一時。詩作僅存四首。其作品梁時有十卷，《隋書·經籍志》著録三卷，今已佚。明人輯有《陳記室集》，今人俞紹初《建安七子集》（中華書局 1989 年版）較前人續有增補。

飲馬長城窟行

【題解】

　　以對話結構全篇，這是漢樂府的特點，本篇無論在題材還是語言上都如實繼承了漢樂府的傳統。詩人通過築城卒和婦人的書信往來，反映了徭役給人民帶來的苦難。此詩或據古辭改編，或有感而發。

　　《飲馬長城窟行》爲樂府舊題，《樂府詩集》列入《相和歌辭·瑟調曲》。解題説：“一曰《飲馬行》。長城，秦所築，以備胡者，其下有泉窟，可以飲馬。”

　　飲馬長城窟，水寒傷馬骨。往謂長城吏[1]：“慎莫稽留太原卒[2]！”“官作自有程[3]，舉築諧汝聲[4]。”“男兒寧當格鬥死[5]，何能怫鬱築長城[6]？”長城何連連[7]？連連三千里。邊城多健少[8]，内舍多寡婦[9]。作書與内舍：“便嫁莫留住。善事新姑嫜[10]，時時念我故夫子[11]。”報書往邊地：“君今出語一何鄙[12]！”“身在禍難中，何爲稽留他家子[13]？生男慎莫舉[14]，生女哺用脯[15]。君獨不見長城下，死人骸骨相撐拄！[16]”“結髮行事君[17]，慊慊心意關[18]。明知邊地苦[19]，賤妾何能久自全？”

【校注】

[1]長城吏:監修長城的軍吏。　　　[2]慎:猶言"千萬",表示懇誠。稽留:滯留。太原卒:從太原徵調來的修築長城的人。太原,秦郡,治所在晉陽(今山西太原西南)。這是太原卒對長城吏說的話。　　　[3]官作:官府之役。程:期限。[4]築:夯土的工具。諧汝聲:戍卒築牆時需和着節拍齊聲唱夯歌。清聞人倓《古詩箋》:"諧汝聲,謂諧衆人共力之聲,如所謂歌'邪許'也。"這是長城吏訓斥築城卒的話,讓他們齊心合力築牆。　　　[5]格鬭:戰鬭。　　　[6]怫鬱:悒鬱不暢貌。這是築城卒的回話。　　　[7]連連:連綿不斷的樣子。　　　[8]健少:健壯的青年。[9]内舍:猶言内室。寡婦:此指築城卒的妻子。清顧炎武《日知錄》卷三:"寡者,無夫之稱。但有夫而獨守者,則亦可謂之寡。"　　　[10]事:《古詩紀》作"侍"。姑嬛:丈夫的父母,今稱"公婆"。嬛,趙均覆宋刻本《玉臺新詠》作"章"。《釋名》:"俗或謂舅曰章。""章"同"嬛"。　　　[11]故夫子:築城卒自稱。"故"對下文的"新"而言,婦人新嫁以後,原來的丈夫即是舊夫。故,舊。這是築城卒寫信給家中的妻子,勸她早點改嫁。　　　[12]鄙:淺陋。　　　[13]他家子:別人家的女子,這裏指其妻。這句說,我現在自己身處禍難之中,幹嗎還要連累你呢?　　　[14]舉:撫養。　　　[15]哺:喂養。脯:乾肉。　　　[16]撐拄:支撐。修長城死人很多,屍骨堆積的樣子。北魏酈道元《水經注·河水》引楊泉《物理論》載秦時歌謡:"生男慎莫舉,生女哺用脯。不見長城下,骸骨相撐拄。"陳琳引用此語成詩。　　　[17]結髮:古時男年二十、女年十五束髮,表示成人。行事君:侍奉您,指出嫁。　　　[18]慊(qiàn 欠)慊:不滿足的樣子。心意關:謂心相關連。關,牽繫。　　　[19]明知:二字原缺,今據明馮惟訥輯《古詩紀》校補。

【集評】

(清)陳祚明《采菽堂古詩選》卷七:"孔璋《飲馬》一篇,可與漢人競爽。辭氣俊爽,如孤鶴唳空,翩堪凌霄,聲聞於天。"

(清)沈德潛《古詩源》卷六:"'作書與内舍',健少作書也。'報書往邊地'二句,内舍答書也。'身在禍難中'六語,又健少之詞。'結髮行事君'四句,又内舍之詞。無問答之痕,可與漢樂府競爽矣。"

王　粲

【作者簡介】

王粲(177—217),字仲宣,山陽高平(今山東鄒縣)人。建安七子之一。早有文名,爲漢末大儒蔡邕所奇賞。初平元年(190)董卓亂洛陽,劫持漢獻帝和百官西遷長安,王粲父子亦被裹挾而去。初平三年(192),長安大亂,王粲避亂南下荆州,託命於劉表,客居荆州達十五年之久。建安十三年(208),曹操南征,王粲勸劉表之子劉琮歸降,被曹操辟爲丞相掾,賜爵關内侯。後遷軍謀祭酒,拜侍中。建安二十二年隨曹操出征,於道染疾卒,年四十一。《三國志》卷二一有傳。

漢末鄴下以曹氏父子和建安七子爲代表,文風彬彬大盛,王粲是七子領袖。南朝梁鍾嶸《詩品》將其列爲上品,説他“發愀愴之詞,文秀而質羸”。《隋書·經籍志》著録有集十一卷,明人輯有《王侍中集》,今人俞紹初輯有校點本《王粲集》(中華書局1980年版)較爲完備。

登　樓　賦

【題解】

王粲避難荆州,依附劉表,卻不得重用,内心輾軻難平。本賦借登樓抒寫其久居客地而思念家鄉的憂愁,並表達了希望天下太平,能够施展個人才能的願望。本賦是建安時期著名作品,被劉勰《文心雕龍》稱爲“魏晉之賦首”。

王粲所登樓,説法不一,李善注以爲指當陽(今屬湖北)城樓,五臣注以爲指江陵(今湖北荆州)城樓。今人俞紹初據賦中“挾清漳之通浦兮,倚曲沮之長洲”語,以爲當指麥城(今湖北當陽東南兩河鄉)城樓(參見《王粲集》,中華書局1980年版)。

登兹樓以四望兮,聊暇日以銷憂[1]。覽斯宇之所處兮[2],實顯敞而寡儔[3]。挾清漳之通浦兮[4],倚曲沮之長洲[5]。背墳衍之廣陸兮[6],臨皋隰之沃流[7]。北彌陶牧[8],西接昭丘[9]。華實蔽野[10],黍稷盈疇[11]。雖信美而非吾土兮[12],曾何足以少留[13]。

【校注】

[1]聊:暫且。暇:五臣本作“假”。“暇”通“假”,暇日即假借時日。但李善注稱

“‘暇’或爲‘假’”,是李善原作“暇”,注引賈逵《國語注》説:“暇,閒也。”王粲投靠劉表,不得重用,鬱鬱不得志,故登樓抒憂,“暇日”是他有志卻没有施展機會的憤詞。胡紹煐《文選箋證》卷十三:“《匡謬正俗》引此賦作‘假’,即李善注所謂或本也。晉孫楚《登樓賦》‘聊暇日以娱心’、隋江總《辭行李賦》‘聊暇日以須臾’,本此作‘暇’可證。是正文作‘暇’不作‘假’。”　　[2]斯宇:指所登之城樓。　　[3]顯敞:明亮寬大。寡儔:很少能够匹敵。儔,匹。　　[4]挾:帶。漳:漳水,在當陽境内。漳水清澈,故稱清漳。浦:水口,指江河與支流交會處。　　[5]沮:沮水,也在當陽境内,與漳水會合南流入長江。沮水彎曲,故稱曲沮。洲:水中陸地。這兩句説城樓的位置,一邊是漳水,一邊是沮水,樓在交合處,好像挾帶着漳水,倚傍着曲沮之長洲。　　[6]墳:高起處。衍:低而平處。廣陸:廣袤的平地。　　[7]皋隰(xí習):水邊低濕之地。沃:灌溉。一説是美的意思。這兩句説背靠着廣闊的沿河平地,面臨着肥沃的灌溉河流。　　[8]彌:終極。陶:鄉名。傳説其地有陶朱公范蠡的墓,故名。牧:郊野曰牧。　　[9]昭丘:指楚昭王的墓,在當陽城郊。這兩句説北邊極處有陶朱公范蠡之墓,西邊則與楚昭王墓地相接。　　[10]華實:花果。蔽野:花與果實繁盛將田野都遮蔽住了。　　[11]黍:黄米,黏性。稷:粟米,一説是高粱。盈疇(chóu愁):充滿田野。疇,耕種的田。　　[12]信美:確實美。非吾土:非吾鄉土。　　[13]曾:語助詞,表示舒緩的語氣。不足以少留:不值得稍作停留。少:通“稍”。

遭紛濁而遷逝兮[1],漫踰紀以迄今[2]。情眷眷而懷歸兮[3],孰憂思之可任[4]。憑軒檻以遥望兮[5],向北風而開襟[6]。平原遠而極目兮[7],蔽荆山之高岑[8]。路逶迤而脩迥兮[9],川既漾而濟深[10]。悲舊鄉之壅隔兮[11],涕横墜而弗禁[12]。昔尼父之在陳兮,有歸歟之歎音[13]。鍾儀幽而楚奏兮[14],莊舃顯而越吟[15]。人情同於懷土兮,豈窮達而異心[16]。

【校注】
[1]遭:逢。紛濁:紛擾污濁,指漢末之亂。作者追述自己早年逢遭亂世而遷離故鄉。　　[2]漫:猶漫漫,長遠貌。踰紀:超過了十二年。紀,十二年爲一紀。迄今:至今。　　[3]眷眷:形容思念的深切。　　[4]孰:誰。任:擔當。這句説誰能够擔當起這懷念故鄉的憂思呢?　　[5]憑:倚靠。軒檻:欄干。　　[6]開襟:敞開衣襟。王粲思念的故鄉,無論是長安還是洛陽,均在當陽以北,故稱“向北風

而開襟"。　　　[7]極目:極盡目力遠望。　　　[8]岑:山小而高叫岑。這兩句説自己極目向北方故鄉遙望,但爲荆山的高岡所遮蔽。　　　[9]逶(wēi 威)迤(yǐ以):長而曲折。脩迴(jiǒng 窘):遠。　　　[10]漾:水大貌。濟:渡。　　　[11]壅隔:阻塞隔絶。　　　[12]横墜:形容眼淚亂流而下。弗禁:不能禁止。　　　[13]尼父:指孔子。《史記·孔子世家》:"孔子居陳三歲,會晉楚爭彊,更伐陳。及吳侵陳,陳常被寇。孔子曰:'歸與! 歸與!'"此以孔子居陳思鄉自喻。　　　[14]鍾儀:春秋時楚人,魯成公七年爲鄭所囚,解獻晉國,囚於晉國軍營中。至九年,晉侯至軍營視察,因命彈琴,鍾儀所彈仍舊是楚國的樂調。事見《左傳·成公九年》。幽:囚禁。楚奏:奏彈楚國音樂。　　　[15]莊舄(xì 係):越人莊舄在楚國做了很大的官,病中思念故鄉,仍舊發着越國的語音。見《史記·陳軫列傳》。顯:顯達。[16]"人情"二句:人思念家鄉的情感都是一樣的,不會因爲處境不同而有所改變。窮:困厄,不得志。達:顯貴。

　　　惟日月之逾邁兮[1],俟河清其未極[2]。冀王道之一平兮[3],假高衢而騁力[4]。懼匏瓜之徒懸兮[5],畏井渫之莫食[6]。步棲遲以徙倚兮[7],白日忽其將匿[8]。風蕭瑟而並興兮[9],天慘慘而無色。獸狂顧以求群兮[10],鳥相鳴而舉翼[11]。原野闃其無人兮[12],征夫行而未息[13]。心悽愴以感發兮[14],意忉怛而憯惻[15]。循堦除而下降兮[16],氣交憤於胸臆[17]。夜參半而不寐兮[18],悵盤桓以反側[19]。

《文選》卷一一

【校注】

[1]惟:思。逾邁:過往。《尚書·秦誓》:"日月逾邁,若弗云來。"　　　[2]俟:等。河清:以黃河水清喻時世太平。《左傳·襄公八年》鄭子駟引《周詩》曰:"俟河之清,人壽幾何!"極:至。　　　[3]冀:希望。王道:猶王政。平:穩定。　　　[4]假:憑藉。高衢:大道。騁力:以馬在大道上奔馳來比喻自己希望能够憑藉着清明的政治,施展個人的才能。　　　[5]匏瓜:葫蘆。《論語·陽貨》:"(子曰)吾豈匏瓜也哉,焉能繫而不食?"意思説我不能像葫蘆瓜一樣,空掛在那裏,而不爲世所用。[6]"井渫(xiè 瀉)"句:《易·井卦》:"井渫不食,爲我心惻。"渫:除去井中污穢,使井水保持清潔。這句説害怕自己像淘過的井一樣,雖然清潔,卻沒有人來飲水。比喻自己雖有才幹,卻不爲世用。　　　[7]棲遲:游息。徙倚:徘徊。　　　[8]匿:藏。　　　[9]蕭瑟:風聲。興:起。　　　[10]狂顧:憂懼而驚視貌。　　　[11]相

鳴:互相鳴和。　　[12]闃(qù趣):寂静無聲。　　[13]征夫:行人。這兩句説原野寂静无人,衹有行路者不停息地前行。　　[14]悽愴:感傷。感發:感動觸發。　　[15]㘑(dāo刀)怛(dá達):悲痛。憯(cǎn慘)惻:悲傷。憯,同"慘"。　　[16]循:沿着。墄除:階梯。墄,同"階"。　　[17]交憤:當作"狡憤"。清胡紹煐《文選箋證》:"(李)善注曰:'杜預《左氏傳注》曰:交,戾也。'今見《左·僖十五年傳》'亂氣狡憤'注作'狡'。按,據此則正文當本作'狡',傳寫者脱去'犬'旁耳。"今案,"交"、"狡"通。《經典釋文》卷十三"狡憤"條説:"本又作'交',古卯反。又音郊。"李善注引杜預注亦作"交"。"狡憤"言心煩亂而氣填於胸臆間。

[18]夜參半:半夜。參半,差不多一半。　　[19]盤桓:意同徘徊,這裏主要指心裏的思來想去。反側:睡不着覺,翻來覆去。

【集評】

(清)于光華《評注昭明文選》引何焯評曰:"長賦須是無可删,短賦須是無可溢,如讀此賦,曾覺其易盡否?"

又引周平園曰:"篇中無幽奧之詞、雕鏤之字,期於自攄胸臆,書盡言,言盡意而止,無取乎富麗也。前因登樓而極目四望,因極目四望而動其憂時感事、去國懷鄉,一片愁思。首尾凡三易韻,段落自明,行文低徊俯仰,尤爲言盡而意不盡。"

七　哀

其　一

【題解】

本詩寫初平三年避亂荆州,初離長安時的亂離見聞。詩中"出門無所見,白骨蔽平原",與曹操《蒿里行》"白骨露於野,千里無雞鳴"適相印證,堪稱"漢末實録"。王粲被曹植稱爲"文若春華,思若湧泉",此詩則惻愴悲凉,蓋亂世剥裂,詩風自然蒼樸。

《七哀》共二首,見《文選》,這是第一首。

西京亂無象[1],豺虎方遘患[2]。復棄中國去[3],遠身適荆蠻[4]。親戚對我悲,朋友相追攀[5]。出門無所見,白骨蔽平原。路有飢婦人,抱子棄草間。顧聞號泣聲[6],揮涕獨不還。未知身死處,何能兩相完[7]。驅馬棄之去,不忍聽此言。南登霸陵岸[8],廻首望長安。悟彼下泉人,喟然傷心肝^[9]。

《文選》卷二三

【校注】

[1]西京:指長安(今陝西西安西北)。亂無象:失去常態。《左傳·襄公九年》載士弱對晉悼公曰:"國亂無象,不可知也。"孔穎達《疏》曰:"若國家昏亂,無復常象,不可知也。"　　[2]豺虎:初平三年(192),董卓被王允所殺,其部將李傕、郭汜等兵亂長安,故爲豺虎。遘:同"構",造作。患:禍亂。　　[3]復棄:王粲因董卓之亂由洛陽西遷長安,此次再次避亂往荊州,故曰"復棄"。中國:指中原。古時稱黃河流域一帶爲中國之地,此與下句"荊蠻"相對。　　[4]遠身:元劉履《風雅翼》卷二作"委"。荊蠻:指荊州(今屬湖北)。古時南方各族稱蠻,《詩·小雅·采芑》:"蠢爾蠻荊,大邦爲讎。"漢末劉表據荊州,是比較安定的地方。劉表是王粲祖父王暢的門生,故王粲往依劉表。適:往。　　[5]追攀:攀車惜別,戀戀不捨。[6]顧:回頭看。此寫婦人將孩子扔在草間而去,聽到孩子的哭泣聲,忍不住回過頭來。或解"顧"爲"但",亦通。　　[7]完:全,保全性命。　　[8]霸陵:漢文帝陵墓,在今陝西西安東北。岸:高地。　　[9]"悟彼"二句:悟:懂得。下泉人:《詩·曹風·下泉》的作者。《毛詩序》:"《下泉》,思治也。曹人疾共公侵刻下民,不得其所,憂而思明王賢伯也。"王粲以漢文帝之治世與眼前的大亂對比,說我現在懂得《下泉》作者當時慕賢思治的心情了,古今對照,不由人傷心感歎。喟然:歎息貌。

【集評】

　　(明)孫鑛《文選評》:"亦祇以古色妙。古古樸樸,更不着一綺靡語,蒼勁有力,驅遣全是史筆。"

　　(清)王夫之《船山古詩評選》卷四:"落筆刻,發音促,入手緊,後來杜陵有作,全以此爲禰祖。'未知身死處,何能兩相完',居然杜句矣。'南登霸陵岸',一轉,取勢平遠,則非杜所及也。"

劉　楨

【作者簡介】

劉楨(？—217)，字公幹，東平寧陽(今屬山東)人。建安初歸附曹操，辟爲司空軍謀祭酒。建安十六年(211)爲曹丕五官中郎將文學。建安二十二年冬病逝。《三國志》卷二一有傳。

劉楨擅長五言詩，曹丕《與吳質書》中説他"五言詩之善者，妙絶時人"。《詩品》則列爲上品，評曰："仗氣愛奇，動多振絶，真骨凌霜，高風跨俗。"詩風遒勁，有風力。現存詩十二首，《文選》選録十首。《隋書·經籍志》著録有集四卷，明人輯有《劉公幹集》。今人俞紹初《建安七子集》(中華書局 1989 年版)輯存文十一篇、詩十三首並佚句。

贈 從 弟

其　　二

【題解】

詩人以凌霜的松柏作比，勉勵他的從弟能够堅持節操，端正不阿。這也是作者自己的寫照。

《贈從弟》共有三首，見《文選》，這是第二首。

亭亭山上松[1]，瑟瑟谷中風[2]。風聲一何盛[3]，松枝一何勁。冰霜正慘悽[4]，終歲常端正[5]。豈不罹凝寒[6]？松柏有本性。

《文選》卷二三

【校注】

[1]亭亭：聳立貌。　　[2]瑟瑟：風聲。　　[3]一：加强語氣。何：何其。
[4]慘悽：酷烈。悽，原作"愴"，今據五臣本改。　　[5]端正：端直，形容不屈的樣子。　　[6]罹：遭受。凝寒：嚴寒。罹，原作"羅"，清胡克家《文選考異》卷四引何焯説："'羅'疑作'罹'。"又説："各本皆作'羅'，蓋傳寫訛。"今據改。

【集評】

(清)沈德潛《古詩源》卷六:"贈人之作,通用比體,亦是一格。"

(清)朱嘉徵《樂府廣序》:"興高有逸氣,爲嵇叔夜所宗。"

(清)陳祚明《采菽堂古詩選》卷七:"公幹詩筆氣雋逸,善於琢句,古而有韻。比漢多姿,多姿故近;比晉有氣,有氣故高。如翠峰插空,高雲曳壁,秀而不近。本無浩蕩之勢,頗饒顧盼之姿。《詩品》以爲'氣過其文',此言未允。"

阮　瑀

【作者簡介】

阮瑀(？—212),字元瑜。河南尉氏(今屬河南)人。少隨漢末大儒蔡邕學習。建安初,曹操召爲軍謀祭酒,管記室。長於書記,曹操軍國書檄,多爲其所作。文思敏捷,王粲《阮元瑜誄》稱讚他"簡書如雨"。建安十七年病卒。

阮瑀以文章著名,詩以《駕出北郭門行》爲代表。南朝梁鍾嶸《詩品》評曰:"平典不失古體。"《隋書·經籍志》著録有集五卷,明人輯有《阮元瑜集》。今人俞紹初輯《建安七子集》(中華書局 1989 年版)續有增補。

駕出北郭門行

【題解】

本篇寫孤兒受後母的虐待,與漢樂府《孤兒行》相類。孤兒受後母虐待之事,在當時可能是比較普遍的社會現象。

本篇列入《樂府詩集·雜曲歌辭》,無古辭,或是阮瑀自創題。郭,外城。北郭門,北郭城門。古時墳地多在城北郊,故詩人出北郭門外,即能聽到孤兒在母親墳前的哭聲。

駕出北郭門,馬樊不肯馳[1]。下車步踟躕[2],仰折枯楊枝。顧聞丘林中,嗷嗷有悲啼[3]。借問啼者出,何爲乃如斯[4]?親母捨我歿[5],後母憎孤兒。飢寒無衣食,舉動鞭捶施[6]。骨消肌肉盡,體若枯樹皮。藏我空室中,父還不能知。上塚察故處[7],存亡永別離。親母何可見,淚下聲正嘶[8]。棄我於此間,窮厄豈有貲[9]?傳告後代人,以此爲明規[10]。

《樂府詩集》卷六一

【校注】

[1]樊:馬止不前曰樊。　　[2]踟蹰:徘徊。　　[3]噭(jiào 叫)噭:哭聲。　　[4]何爲乃如斯:作者問孤兒的話。乃如斯:竟然如此。　　[5]歿(mò 末):死亡。　　[6]捶:棍棒。此言後母動不動就鞭打。　　[7]塚:孤兒母親的墳墓。故處:即指此塚。故,死。　　[8]嘶:哭聲嘶啞。　　[9]窮厄:窮困。貲(zī 資):錢財。這兩句説,母親把自己丢棄在人間,窮困乏財,難以度日。以上是孤兒的話。　　[10]"傳告"二句:告誡世人,不要虐待孤兒。明規:明訓。

【集評】

(清)陳祚明《采菽堂古詩選》:"質直悲酸,猶近漢調。"

(清)朱乾《樂府正義》:"此與相和歌《婦病行》疑同一事也。彼不言後母,而後母之惡,言外可以想見。此則顯言之。'藏我空室中,父還不能知',得此詩證之。而前詩所謂'閉門塞牗舍'及'徘徊空舍中',俱有着落矣。嗚呼!飢寒鞭捶,此病婦意中事,故曰:'莫我兒飢且寒',又曰:'有過慎莫笪笞'。至於閉之深室,父還不知,則病婦亦想不到此也。晚母之惡,抑至此乎?可畏哉!"

蔡　琰

【作者簡介】

蔡琰(177—?),字文姬,陳留圉(今河南杞縣)人。其父爲東漢大儒蔡邕,博學有才辯,精通音律。初嫁河東衛仲道,夫亡無子,歸寧於家。獻帝興平(194—195)中,天下喪亂,爲胡騎所擄,没於南匈奴左賢王。流落胡中十二年,育有二子。後曹操用金璧將其贖回,改嫁同郡董祀。傳世作品有《悲憤詩》二首,一爲五言,一爲騷體,均載《後漢書》。另有一首《胡笳十八拍》,但研究者一般認爲衹有五言《悲憤詩》可信。《後漢書》卷八四有傳。

悲　憤　詩

【題解】

　　本詩是蔡琰重嫁董祀後所寫。詩人詳細敘述亂中被胡兵所擄後的經歷,着重描寫途中受到的非人折磨以及贖歸後與親生骨肉分離的痛苦。通過個人的遭遇,真實反映了漢末大亂給普通人民帶來的災難。史書僅能記事件,而蔡琰此詩卻深刻記錄了當事人心靈上受到的創傷,這是史書所不能反映的。

　　漢季失權柄[1],董卓亂天常[2]。志欲圖篡弒[3],先害諸賢良[4]。逼迫遷舊邦,擁主以自彊[5]。海內興義師,欲共討不祥[6]。卓衆來東下,金甲耀日光。平土人脆弱,來兵皆胡羌[7]。獵野圍城邑[8],所向悉破亡。斬截無孑遺[9],屍骸相撐拒[10]。馬邊懸男頭,馬後載婦女。長驅西入關[11],迴路險且阻[12]。還顧邈冥冥[13],肝脾爲爛腐。所略有萬計[14],不得令屯聚。或有骨肉俱[15],欲言不敢語。失意機微間[16],輒言斃降虜[17]。要當以亭刃[18],我曹不活汝[19]。豈復惜性命,不堪其詈罵。或便加棰杖,毒痛參并下[20]。旦則號泣行,夜則悲吟坐。欲死不能得,欲生無一可。彼蒼者何辜[21]?乃遭此厄禍[22]!

【校注】

[1]漢季:漢末。權柄:統治天下的權力。　　[2]董卓:漢靈帝時守邊悍將,時拜并州牧,駐兵河東。中平六年(189)靈帝崩,大將軍何進與袁紹謀誅宦官,引董卓入洛陽。董卓入京都後,先廢漢少帝爲弘農王,殺何太后,又於次年殺弘農王,京師大亂。《後漢書》卷七二、《三國志》卷六有傳。天常:天理常道,指君臣上下尊卑的關係。　　[3]篡弒(shì 式):篡位弒君。弒,古代指下犯上的殺戮行爲,如臣殺君、子殺父母等。　　[4]先害諸賢良:董卓圖謀篡逆,先後殺害丁原、周珌、任瓊、袁隗等。　　[5]舊邦:指長安,原是西漢都城,故稱舊邦。董卓倒行逆施,引起朝野反對,冀州刺史韓馥及袁紹等各興義兵,董卓恐懼,遂於漢獻帝初平元年(190)焚燒洛陽宮室,擄掠子女玉帛,挾持漢獻帝西遷長安。彊:同"强"。　　[6]興義師:初平元年(190)關東州郡將領共推袁紹爲盟主,起兵討伐董卓。事見《後漢書·袁紹傳》。不祥:不善之人,指董卓。祥,善。　　[7]平土:平原,指中原地

區。脆弱：既指體質，也指生性溫和。胡羌：古時北方及西北方少數民族。董卓少
小即游於羌中，盡與豪帥相結，又長期任西涼邊將，故其部衆中頗多羌、氐士兵。
[8]“獵野”句：是説董卓部衆圍攻城邑，就像郊野打獵一樣。《資治通鑑》卷五九：
“(董)卓遣軍至陽城，值民會於社下，悉就斬之。駕其車重，載其婦女，以頭繫車
轅，歌呼還洛，云攻賊大獲。卓焚燒其頭，以婦女與甲兵爲婢妾。”　　[9]斬截無
孑(jié 截)遺：殺得一個都不剩。《後漢書·五行志一》：“建安初，荆州童謡曰：‘八
九年間始欲衰，至十三年無孑遺。’”孑，獨、單。截，同“截”。　　[10]掌拒：互相
支撑。掌，同“撑”。　　[11]關：函谷關，在今河南新安東北。　　[12]迥(jiǒng
窘)路：遠路。　　[13]邈冥冥：邈遠迷茫的樣子。　　[14]略：同“掠”。
[15]骨肉：指親人。俱：同在一起。　　[16]機微：微細。是説稍微有不如他們意
的地方。　　[17]“輒言”句：就説要殺死你們這些俘虜。輒：總是，就。　　[18]
要當：應該。亭刃：加以刀刃。亭，通“停”。　　[19]我曹：我輩，胡兵自稱。不活
汝：不讓你們活下去。　　[20]“毒痛”句：毒罵和痛打一起來。　　[21]蒼者：指
天。《詩·秦風·黄鳥》：“彼蒼者天。”辜：罪。　　[22]戹(è 遏)禍：災禍。戹，同
“厄”。以上是詩人敍述被擄入關及途中所受的非人遭遇。以下轉入胡地生活。

　　邊荒與華異[1]，人俗少義理[2]。處所多霜雪，胡風春夏起。翩翩
吹我衣，肅肅入我耳。感時念父母，哀歎無窮已。有客從外來，聞之
常歡喜。迎問其消息，輒復非鄉里[3]。邂逅徼時願[4]，骨肉來迎
己[5]。己得自解免，當復棄兒子，天屬綴人心[6]，念別無會期。存亡
永乖隔[7]，不忍與之辭。兒前抱我頸，問母欲何之？人言母當去，豈
復有還時？阿母常仁惻[8]，今何更不慈？我尚未成人，奈何不顧思？
見此崩五内[9]，恍惚生狂癡[10]。號泣手撫摩，當發復回疑[11]。兼有
同時輩[12]，相送告離別。慕我獨得歸，哀叫聲摧裂[13]。馬爲立踟
躕[14]，車爲不轉轍[15]。觀者皆歔欷[16]，行路亦嗚咽[17]。去去割情
戀[18]，遄征日遐邁[19]。悠悠三千里，何時復交會？念我出腹子，匈臆
爲摧敗[20]！
　　既至家人盡，又復無中外[21]。城郭爲山林，庭宇生荆艾。白骨不
知誰，從横莫覆蓋。出門無人聲，豺狼號且吠。煢煢對孤景[22]，怛咤
糜肝肺[23]。登高遠眺望，魂神忽飛逝！奄若壽命盡[24]，旁人相寬
大[25]。爲復彊視息[26]，雖生何聊賴？託命於新人[27]，竭心自勖

屬[28]。流離成鄙賤，常恐復捐廢[29]。人生幾何時？懷憂終年歲[30]！

【校注】

[1]邊荒：邊遠之地。　　[2]少義理：不懂禮義。　　[3]"有客"四句：客人帶來的消息往往不是家鄉的。輒：往往。　　[4]邂(xiè 謝)逅(hòu 后)：意外碰上。微時願：徼幸實現平時的願望。　　[5]"骨肉"句：指曹操派人來迎接她歸鄉。或謂曹操派人以蔡琰親屬名義贖她，故詩稱"骨肉"。　　[6]天屬：天然的血緣關係。綴：牽，繫。　　[7]乖隔：分離。　　[8]仁惻：仁慈。　　[9]五內：五臟。[10]"恍惚"句：精神迷忽，如狂如癡。　　[11]"當發"句：臨當出發，又遲疑不決。　　[12]同時輩：指同時被擄掠的人。　　[13]聲摧裂：撕裂心肺的哭聲。[14]踟(chí 池)蹰(chú 除)：徘徊不進。　　[15]不轉轍：車輪不動。轍，車輪所碾之迹，此指車輪。　　[16]歔(xū 虛)欷(xī 希)：悲泣抽噎。　　[17]行路：指過路的人。　　[18]割情戀：割斷骨肉之情。此是反語，恰是割不斷的母子之情。[19]遄(chuán 船)征：疾行。日遐邁：一天天離得遠了。　　[20]匈：同"胸"。摧敗：摧裂毀敗。以上敍自己得返故鄉而又要與親生骨肉分離的兩難。　　[21]中外：指中外親戚。中指舅家，外指姑家。蔡琰回鄉後纔知道家人、親戚都已不在了。　　[22]煢(qióng 窮)煢：孤單貌。孤景：自己孤獨的影子。　　[23]怛(dá 達)咤(zhà 乍)：悲痛恐懼而驚呼。糜：糜爛。　　[24]奄若：忽然像。　　[25]寬大：寬慰勸解。　　[26]彊視息：勉強生活下去。彊，同"強"。　　[27]新人：指董祀。　　[28]"竭心"句：是説自己努力勉勵。屬：同"勵"。　　[29]捐廢：遺棄。這兩句説自己經過流離，已經成爲遭人輕視的卑賤之人，常常害怕會被丈夫拋棄。　　[30]終年歲：終身的意思。以上敍述回家後孤獨一人的淒涼境遇，及託命新人的無聊賴心情。

【集評】

　　(清)沈德潛《説詩晬語》卷上："文姬《悲憤詩》，滅去脱卸轉接之痕，若斷若續，不碎不亂，讀去如驚蓬坐振，沙礫自飛。視《胡笳十八拍》似出二手。宜范史取以入傳。"

　　(清)陳祚明《采菽堂古詩選》卷四："首章筆調古宕，情態生動，甚類廬江小吏詩。彼所多在藻采細瑣，此所多在沈痛慘怛，皆絕構也。"

諸葛亮

【作者簡介】

諸葛亮(181—234),字孔明,琅邪陽都(今山東沂南)人。漢末避難荆州,躬耕隴畝,自比管仲、樂毅。後輔佐劉備,建國蜀漢,拜爲丞相。劉備病卒,受遺詔輔佐劉禪。前後五次出師北伐曹魏,憂勤劬勞,卒於軍中。謚忠武。陳壽《三國志·蜀書·諸葛亮傳》載諸葛亮遺文二十四篇,《隋書·經籍志》著録有集二十五卷,已佚。明人輯有《諸葛亮集》一卷。

出　師　表

【題解】

本文是諸葛亮於蜀漢後主建興五年(227)駐軍漢中,準備北伐,出師前給劉禪的上表。諸葛亮受劉備命輔佐劉禪,然蜀漢狹小,國勢在三國中最弱,自顧不可偏全,欲謀自强,惟以北伐曹魏爲自全之策,故諸葛亮屢興師旅。然觀文中所言,劉禪的貪懦無能,不思進取,已經養成。諸葛亮諄諄告誡諸條,應該都是針對劉禪而言。爲防止朝政進一步惡化,諸葛亮内外均爲劉禪佈置了忠直可靠之士,以圖能够有所遏止。又引古喻今,反復要劉禪親賢臣,遠小人,繼承先主遺志,興復漢室。本文言辭懇切,謀慮周詳,幾泣人淚下,讀之自然使人感發忠義,故爲歷代士人推重。本文最初見於《三國志·蜀書·諸葛亮傳》,篇名當爲後人所加,梁蕭統《文選》選入“表”類,已用此名。表,是秦漢以來臣子上疏君主奏事陳情的文體。

臣亮言:先帝創業未半[1],而中道崩徂[2]。今天下三分[3],益州罷弊[4],此誠危急存亡之秋也[5]。然侍衛之臣不懈於内,忠志之士亡身於外者[6],蓋追先帝之遇[7],欲報之於陛下也。誠宜開張聖聽[8],以光先帝遺德[9],恢志士之氣[10],不宜妄自菲薄[11],引喻失義[12],以塞忠諫之路也[13]。

宫中府中[14],俱爲一體[15],陟罰臧否[16],不宜異同。若有作姦犯科及爲忠善者[17],宜付有司[18],論其刑賞,以昭陛下平明之理[19],不宜偏私,使内外異法也[20]。侍中、侍郎郭攸之、費禕、董允等[21],此皆良實^[22],志慮忠純^[23],是以先帝簡拔^[24],以遺陛下^[25]。愚以爲宮中之事,事無大小,悉以咨之^[26],然後施行,必能裨補闕漏^[27],有所廣益也。將軍向寵^[28],性行淑均^[29],曉暢軍事^[30],試用於昔日,先帝稱之曰能。是以衆議舉寵爲督。愚以爲營中之事,悉以諮之,必能使行陣和穆,優劣得所也^[31]。親賢臣,遠小人,此先漢所以興隆也^[32];親小人,遠賢士,此後漢所以傾頹也。先帝在時,每與臣論此事,未嘗不歎息痛恨於桓、靈也^[33]。侍中、尚書、長史、參軍,此悉貞亮死節之臣也^[34],願陛下親之、信之,則漢室之隆,可計日而待也。

【校注】

[1]先帝:指劉備。創業未半:創建蜀漢基業未及一半。　[2]中道:半途。崩殂(cú 促陽平):天子死曰崩。殂,通"殂",死亡。　[3]三分:漢末天下大亂,至此時分爲蜀、魏、吳三國,故曰三分。　[4]益州:蜀國所在地。漢置益州,治所在雒縣(今四川廣漢北),移綿竹縣(今四川德陽東北),再移成都縣(今四川成都),其轄區包括今四川及陝西、雲南部分地區。罷弊:疲困傾危。"罷"同"疲"。
[5]秋:這裏作"時"解。　[6]亡:五臣本及《蜀志》作"忘"。　[7]追:追念。遇:恩遇。　[8]聖聽:聖明的聽聞。　[9]光:發揚光大。　[10]恢:弘、廣。　[11]菲薄:鄙薄。菲,薄。　[12]引喻失義:稱引譬喻不合道理。
[13]塞:堵塞。這裏指拒絕忠諫。　[14]宮中:指皇帝宮禁中的侍臣。府中:指丞相府所屬官吏,亦即政府中的一般官員。　[15]俱爲一體:無論宮中侍臣還是府中官吏,都一樣是蜀漢之臣。　[16]陟罰臧否:對官吏的升降和品評。陟(zhì 至),升。臧否,評價人物。臧,善。否(pǐ 匹),惡。　[17]犯科:犯法。科,律條。　[18]有司:有專職的官吏,各有專司,故云。　[19]昭:明。
[20]内:宮中。外:府中。　[21]"侍中"句:侍中、侍郎,都是皇帝親近的侍臣。郭攸之:南陽人。費禕:字文偉,江夏人。《三國志》卷四四有傳。董允:字休昭,南郡人。《三國志》卷三九有傳。三人都是當時有才德的人,爲諸葛亮所識拔。時郭、費二人任侍中,董允任黃門侍郎。　[22]良實:忠良篤實。　[23]志慮:志向思慮。純:美。　[24]簡拔:選拔。　[25]遺:與。　[26]咨:同"諮",詢問。　[27]裨補:增益彌補。闕漏:時政闕失。　[28]向寵:襄陽人。初爲牙門將,劉備伐吳兵敗,獨向寵軍營完好無損,爲劉備所欣賞。劉禪即位,封都亭侯,爲中部督,掌管宿衛兵。諸葛亮北伐,上表薦寵,遷寵爲中領軍。《三國志》卷四一有傳。　[29]性行淑均:是説向寵爲人善良而公平。淑,善。

均,平。　　[30]曉:明白。暢:通達。　　[31]"必能"二句:一定能使士卒和合睦契,强弱各得其所。　　[32]先漢:指西漢。　　[33]桓、靈:指後漢桓、靈二帝。漢末桓、靈時,國勢衰弱,朝綱不振,賣官鬻爵,賄賂成風。朝廷又寵任宦官,陷害忠良,終於釀成大亂。　　[34]侍中:指郭攸之、費禕。尚書:指陳震。長史:指張裔。參軍:指蔣琬。貞亮死節之臣:謂他們都是堅貞忠直,能以死報國的臣子。貞,正。亮,明。

　　臣本布衣[1],躬耕於南陽[2],苟全性命於亂世,不求聞達於諸侯[3]。先帝不以臣卑鄙[4],猥自枉屈[5],三顧臣於草廬之中,諮臣以當世之事,由是感激,遂許先帝以驅馳[6]。後值傾覆,受任於敗軍之際,奉命於危難之間,爾來二十有一年矣[7]。先帝知臣謹慎,故臨崩寄臣以大事也[8]。受命以來,夙夜憂嘆[9],恐託付不效[10],以傷先帝之明[11]。故五月度瀘[12],深入不毛[13]。今南方已定,兵甲已足,當獎帥三軍[14],北定中原,庶竭駑鈍[15],攘除姦凶[16],興復漢室,還於舊都[17],此臣之所以報先帝,而忠陛下之職分也[18]。至於斟酌損益[19],進盡忠言,則攸之、禕、允之任也。

　　願陛下託臣以討賊興復之效[20],不效則治臣之罪,以告先帝之靈。責攸之、禕、允等之咎[21],以章其慢[22]。陛下亦宜自課[23],以咨諏善道[24],察納雅言[25],深追先帝遺詔[26],臣不勝受恩感激。今當遠離[27],臨表涕泣,不知所云。

《文選》卷三七

【校注】

[1]布衣:指平民。　　[2]躬耕:親身耕種。南陽:地名。《三國志·蜀書·諸葛亮傳》引《漢晉春秋》説:"亮家於南陽之鄧縣,在今襄陽城西二十里,號曰'隆中'。"　　[3]苟全:苟且保全。聞達:揚名顯達。　　[4]卑鄙:指身份低微,識見鄙陋。　　[5]猥:本表示自謙之詞,猶辱、承,此處指劉備屈尊。枉曲:委曲,指屈尊就卑。　　[6]驅馳:奔走效勞。　　[7]"後值"四句:劉備自建安十三年(208)爲曹操所敗,遣諸葛亮使吳,聯絡孫權,共禦曹操於赤壁,至建興五年(227)諸葛亮抗表北伐,整二十年。劉備與諸葛亮相遇在敗軍之前一年,合共二十一年。[8]"故臨崩"二句:《三國志·蜀書·諸葛亮傳》:"章武三年春,先主於永安病篤,召亮於成都,屬以後事。謂亮曰:'君才十倍曹丕,必能安國,終定大事。若嗣子可

輔輔之,如其不才,君可自取。'亮涕泣曰:'臣敢竭股肱之力,効忠貞之節,繼之以死。"又《蜀書》卷二《先主傳》注引劉備遺詔誡後主說:"勿以惡小而爲之,勿以善小而不爲。惟賢惟德,能服於人……吾亡之後,汝兄弟父事丞相,令卿與丞相共事而已。"　[9]夙夜:早夜。言早夜憂歎,恐不稱所職。　[10]託付:指劉備臨終託付。　[11]明:英明。　[12]"五月度瀘"句:後主建興元年(223),南中諸郡反叛,三年,諸葛亮率軍南征。至秋,南方全部平定,因此出師北伐而無後顧之憂。《三國志·蜀書·諸葛亮傳》注引《漢晉春秋》載諸葛亮上疏說:"思惟北征,宜先入南,故五月渡瀘,深入不毛,并日而食。臣非不自惜也,顧王業不得偏全於蜀都,故冒危難以奉先帝之遺意也。"度:五臣本作"渡",通。瀘:瀘水,今金沙江。《水經注·若水》稱瀘水:"而時有瘴氣,三月四月逕之必死,非此時猶令人悶吐。五月以後,行者差得無害,故諸葛亮表言:'五月渡瀘,並日而食,臣非不自惜也,顧王業不可偏安於蜀故也。'"又引《益州記》云:"瀘水,源出曲羅巂,下三百里曰瀘水。兩峰有殺氣,暑月舊不行,故武侯以夏渡爲艱。"　[13]不毛:不生草木之地。　[14]獎帥:鼓勵率領。五臣本作"帥將"。"帥"與"率"通。[15]庶竭駑鈍:意謂願竭盡自己平庸之力。此是謙詞。庶,願。竭,盡。駑,下等的馬。鈍,資質庸劣。　[16]攘:排除。姦凶:指曹魏。　[17]舊都:指洛陽,東漢舊都,此時爲曹魏所都。蜀以漢統自居,故以恢復漢業,掃除曹魏,還都中原爲口號。　[18]職分:身任之職所應盡的本分。五臣劉良注:"相則謀存社稷,將則開拓境土,而亮兼之,故云職分也。"　[19]斟酌:對事情度量其可否,加以去取。損:減少。"損",六家本《文選》校稱"善本作'規'"。按,唐寫本《文選集注》及尤刻均作"損",《三國志·蜀書·諸葛亮傳》同,《董允傳》作"規",是六家本所見李善本爲後人據《董允傳》改。益:增加。　[20]託:委付。效:功效。[21]"責攸之"句:五臣陳八郎本《文選》此句上有"若無興德之言"一句,又"責"作"則戮",或依《董允傳》所增。案,尤刻及六家本李善注均有"《蜀志》載亮《表》云:'若無興德之言,則戮允等,以章其慢。'今此無上六字,於義有闕,誤矣"文字,然據《文選集注》,李善此句無注,則此文爲後人所闌入。據《文選集注》,李善、五臣各本均無"若無興德之言"句及"則戮"二字。之咎:原本無"之"字,今據《文選集注》及五臣本補。　[22]章:五臣本作"彰"。慢:怠慢。　[23]課:試。六家本《文選》作"謀",並稱李善作"課"。據《文選集注》,各本均作"課",無異文,五臣本當爲後人改易。　[24]咨諏(zōu鄒):詢問。善道:良善之策。　[25]察納:鑒察納取。雅言:正言。　[26]遺詔:《文選集注》及五臣本無此二字。清胡克家《文選考異》說:"《蜀志》有,尤延之依以校添也。"　[27]"臣不勝"二句:原無"激"、"今"二字,此爲尤袤刻本據《蜀志》所增,今從之。

【集評】

（宋）釋惠洪《冷齋夜話》卷三："李格非善論文章,嘗曰:'諸葛孔明《出師表》、劉伶《酒德頌》、陶淵明《歸去來辭》、李令伯《陳情表》,皆沛然從肺腑中流出,殊不見斧鑿痕,是數君子在後漢之末、兩晉之間,初未嘗以文章名世,而其意超邁如此,吾是知文章以氣爲主,氣以誠爲主。'"

曹　丕

【作者簡介】

曹丕(187—226),字子桓,曹操第二子。自幼隨父從軍,頗習武事。建安十六年(211),爲五官中郎將,副丞相。時天下文人多集鄴下,曹丕以世子之尊,其弟曹植以公子之豪,並爲文學領袖,形成具有文學意義的文學集團,影響後人甚爲深遠。二十二年,立爲魏國太子。二十五年正月,曹操病逝,曹丕繼位爲魏王。十月代漢稱帝,國號魏,改元黃初。即位後,三次征吳,都無功而返。黃初七年(226)五月病卒,年四十。謚曰文,故稱魏文帝。《三國志》卷二有傳。

曹丕工詩,長於寫情,文風清麗而婉約。他的藝術感覺很敏銳,故詩風細膩。善於選用清麗的辭句,配以諧合的音韻,表達其纖細的情思。清人沈德潛説他:"有文士氣,一變乃父悲壯之習矣。要其便娟婉約,能移人情。"曹丕於詩歌形式亦善於創造,今存詩雖不多,但諸體皆備。他還寫有中國文學批評史上的第一篇文學論文《典論·論文》,提出"文以氣爲主"的著名命題。此文對認識文學創作特徵、提高文學地位、促進文學的正常批評,作出了貢獻。

《隋書·經籍志》著録有集二十三卷,又《列異傳》三卷,《士操》一卷,均佚。明張溥《漢魏六朝百三家集》輯有《魏文帝集》一卷。近人黃節有《魏武帝魏文帝詩注》,注釋較詳。

燕　歌　行

【題解】

本詩是中國詩歌史上早期最爲成熟的七言詩。詩人在凄凉的秋景中刻畫游子和思婦綿長的相思,深婉感人,而音節清亮疏越,流暢自然,正所謂“能移人情”。全篇一韻到底,遂成爲模式,一直影響到南朝後期纔有變化。

　　燕歌行,樂府舊曲,屬《相和歌·平調曲》。《樂府詩集》卷三二引《樂府廣題》説:“燕,地名也,言良人從役於燕而爲此曲。”燕地在今河北省北部一帶,古代是邊塞地區,征戍不斷,所以此曲多寫與征人相關的題材。唐李善《文選注》以爲此詩是《燕歌行》最早的歌辭。

　　秋風蕭瑟天氣涼,草木搖落露爲霜[1],群燕辭歸雁南翔[2]。念君客游思斷腸[3],慊慊思歸戀故鄉[4],何爲淹留寄佗方[5]?賤妾煢煢守空房[6],憂來思君不敢忘[7],不覺淚下沾衣裳。援琴鳴絃發清商[8],短歌微吟不能長[9]。明月皎皎照我牀,星漢西流夜未央[10]。牽牛織女遥相望,爾獨何辜限河梁[11]?

《文選》卷二七

【校注】

[1]“秋風”二句:化用《楚辭》宋玉《九辨》:“悲哉,秋之爲氣也！蕭瑟兮,草木搖落而變衰。”搖落:凋殘,零落。　　[2]雁:《宋書·樂志》作“鵠”。　　[3]思斷腸:《宋書·樂志》作“多思腸”。　　[4]慊(qiàn 欠)慊:心中有所缺失的樣子。
[5]何爲:《宋書·樂志》作“君何”。佗,通“他”。　　[6]煢(qióng 窮)煢:孤單的樣子。　　[7]不敢:趙均刻本《玉臺新詠》作“不可”。細繹文意,作“不敢”更爲愜當。　　[8]援:取。琴:《宋書·樂志》作“瑟”。清商:樂調名,其調悲苦。
[9]“短歌”句:清商曲節奏急切,祇可短歌低吟,不能長歌曼謳。　　[10]星漢:銀河。未央:未盡。　　[11]爾:指牽牛、織女。辜:罪。限河梁:以河梁爲限。牽牛、織女二星分別位於銀河兩邊,爲銀河所隔限。牽牛、織女夫婦的傳説,漢末剛開始成形,參見《古詩十九首》“迢迢牽牛星”詩及《洛神賦》李善注引曹植《九詠》注。

【集評】

　　(清)吴淇《六朝選詩定論》卷五:“風調極其蒼涼。百十二字,首尾一筆不斷,中間卻具千曲百折,真傑構也。”

　　(清)陳祚明《采菽堂古詩選》卷五:“後人作七古,句句用韻,須仿此法。蓋句句用韻者,其情掩抑低徊,中腸摧切,故不及爲激昂奔放之調,即篇中所謂‘短歌微吟不能長’也。故此體之語,須柔脆徘徊,聲欲止而情自流,緒相尋而言若絕。後人仿此體多不能佳,往往以粗直語雜於其間,失靡靡之態也。”

與吳質書

【題解】

《文選》選錄曹丕兩篇《與吳質書》,前一篇是《與朝歌令吳質書》,時間是建安二十年(215),吳質爲朝歌令時。後一篇即本文《與吳質書》。《三國志·魏書》卷二一《王粲傳》注引《魏略》說:“二十三年(218),太子又與質書。”即承建安二十年與吳質書而言。吳質,字季重,魏濟陰人,以文才爲曹丕所善。在此文中,作者深情懷念故世的建安諸子,追憶當年詩酒唱和的歡樂時光,並對他們的文學寫作進行評價。建安諸子與曹丕、曹植兄弟交誼甚厚,一場疫癘,倏忽之間,數子化爲異物,這個事件對當時的人影響頗大,本文亦由此生發出人生短促,真當努力的感慨。本文既是優美的憶舊文章,也是珍貴的文學批評材料。

建安作家以書體寫友朋之情,往往俯仰詠歎,一往情深,在當時是一種新體裁。

二月三日[1],丕白。歲月易得,別來行復四年[2]。三年不見,《東山》猶嘆其遠[3],況乃過之[4],思何可支[5]?雖書疏往返[6],未足解其勞結[7]。

昔年疾疫,親故多離其災[8],徐、陳、應、劉[9],一時俱逝,痛可言邪[10]?昔日游處,行則連輿[11],止則接席[12],何曾須臾相失[13]?每至觴酌流行[14],絲竹並奏,酒酣耳熱[15],仰而賦詩,當此之時,忽然不自知樂也[16]!謂百年己分,可長共相保[17],何圖數年之間[18],零落略盡[19],言之傷心。頃撰其遺文[20],都爲一集[21],觀其姓名,已爲鬼錄。追思昔遊,猶在心目,而此諸子,化爲糞壤,可復道哉?

【校注】

[1]二月三日:即建安二十三年(218)二月三日。　　[2]行復四年:將要四年。行復,且又。曹丕建安二十年與當時任朝歌令的吳質分別,至此已近四年了。
[3]東山:《詩·豳風·東山》:“我徂東山,慆慆不歸。”又曰:“自我不見,于今三年。”據《詩序》,《東山》是周公東征,三年乃歸之詩,詩中士卒感歎離家之久。

"嘆":五臣本作"歎",高步瀛《魏晉文舉要》說,據《説文》,"嘆息"字當作"嘆",
"吟歎"字當作"歎",然載集多以"歎"爲"嘆"。　　　[4]過之:超過三年。

[5]何可支:不支。李善注引《左傳·桓公三年》杜注:"不支,不能相支持也。"

[6]返:《三國志·魏書·王粲傳》(以下簡稱《魏志》)裴注引作"反",五臣本同。

[7]勞結:愁鬱結聚。以上敍久別思念之情。　　　[8]親故:親朋故舊。離:同
"罹",遭,《太平御覽》卷七四二《疾病部五》引作"罹"。　　　[9]徐陳應劉:徐幹、
陳琳、應瑒、劉楨,均爲建安年間著名文人。徐、陳、劉生平見詩歌部分作者簡介。
應瑒,字德璉,汝南人,爲曹操丞相掾屬,後爲五官中郎將文學。建安二十二年
(217)大疫,上述四人染病而卒。《魏志》:"幹、琳、瑒、楨二十二年卒。"　　　[10]
痛可言邪:《魏志》注引"痛"下有"何"字。五臣李周翰注:"徐幹、陳琳、應瑒、劉楨
俱死,其痛何可言也。"似當原有"何"字。　　　[11]連輿:前後車子相連接。輿,
車。　　　[12]席:古時坐臥鋪墊所用。　　　[13]須臾:片刻。　　　[14]觴酌:觴、
酌均是酒器。　　　[15]酒酣耳熱:楊惲《報孫會宗書》曰:"酒後耳熱,仰天撫缶。"
[16]不自知樂:五臣張銑注:"樂極不知所以言,故不自知樂。"　　　[17]分(fèn
憤):五臣吕延濟注:"百年之歡,是己分之有,可長相保也。"意謂百年之歡,是自己份
内應得。　　　[18]何圖:五臣本無"圖"字。　　　[19]零落:死亡。　　　[20]頃:近
來。撰:編定。　　　[21]都:凡,總。以上感傷諸子之亡。

　　　觀古今文人,類不護細行[1],鮮能以名節自立[2],而偉長獨懷文
抱質[3],恬惔寡欲[4],有箕山之志[5],可謂彬彬君子者矣。著《中論》
二十餘篇[6],成一家之言,辭義典雅,足傳於後,此子爲不朽矣。德璉
常斐然有述作之意[7],其才學足以著書,美志不遂,良可痛惜! 間者
歷覽諸子之文[8],對之抆淚[9];既痛逝者,行自念也[10]。孔璋章表殊
健[11],微爲繁富[12]。公幹有逸氣[13],但未遒耳[14];其五言詩之善者,
妙絕時人[15]。元瑜書記翩翩[16],致足樂也。仲宣獨自善於辭賦[17],
惜其體弱[18],不足起其文[19];至於所善,古人無以遠過[20]。昔伯牙
絕絃於鍾期[21],仲尼覆醢於子路[22],痛知音之難遇,傷門人之莫
逮[23]。諸子但爲未及古人,自一時之儁也[24]。今之存者,已不逮
矣[25],後生可畏,來者難誣[26],然恐吾與足下不及見也[27]。

【校注】

[1]類:例。護:拘。細行:小節。唐李善注引《尚書·旅獒》:"不矜細行,終累大

德。”　　[2]鮮:少。五臣本“鮮”下有“皆”字。　　[3]偉長:徐幹字。懷文抱質:《論語·雍也》:“文質彬彬,然後君子。”文,指文華,即下文所説“著《中論》二十篇”;質,質實,亦即下文所言“恬淡寡欲”之性情。　　[4]惔:恬淡。五臣本“惔”作“淡”。　　[5]箕山之志:見左思《詠史詩》注。此謂有“箕山之志”者,言徐幹不慕時榮,非謂終於隱也。(見梁章鉅《文選旁證》卷第三五)　　[6]“著《中論》”句:徐幹《中論》今存二十篇,據《四庫全書總目提要》,宋曾鞏讀《貞觀政要》,太宗稱《中論》有《復三年喪》篇,爲當時館閣藏本《中論》不載,因知二十篇者非全書。又晁公武《郡齋讀書志》載宋人李淑所見《中論》有《復三年》、《制役》二篇,爲二十篇本所無,則知宋時館閣所藏《中論》,亦已非原貌。　　[7]德璉:應瑒字。斐然:五臣劉良注:“斐然,强爲之辭。”述作:謂作文章。　　[8]間者:近時。《魏志》注無“者”字,五臣本同。　　[9]抆(wěn 吻)淚:拭淚。　　[10]行:且。這句説既痛念死者逝去,亦復自念於已,終當如諸子之逝也。　　[11]孔璋:陳琳字。章表:奏章表疏等文體。殊健:風力矯健。　　[12]微:略微。　　[13]逸氣:俊逸之氣。　　[14]遒:五臣吕延濟注:“遒,盡也。言未盡美矣。”　　[15]“其五言”二句:《魏志》注作“至其五言詩,妙絶當時”。妙絶時人:超過時人。[16]元瑜:阮瑀字。書記:書與記均爲文體,《文心雕龍》列有《書記》一篇。翩翩:形容文章雅致優美。　　[17]仲宣:王粲字。獨:原作“續”,《魏志》及五臣本均作“獨”,今據改。　　[18]體弱:指王粲體氣弱。李善注引《典論·論文》:“文以氣爲主,氣之清濁有體。”是體弱與氣有關。　　[19]不足起其文:氣弱,故不能振起全文。　　[20]“至於”二句:這是説王粲辭賦佳篇,雖古人亦不能超過他。[21]伯牙:《吕氏春秋·本味》:“伯牙鼓琴,鍾子期聽之。方鼓琴而志在太山,鍾子期曰:‘善哉乎鼓琴,巍巍乎若太山。’少選之間,而志在流水,鍾子期又曰:‘善哉乎鼓琴,湯湯乎若流水。’鍾子期死,伯牙破琴絶絃,終身不復鼓琴。”後世遂以之爲知音的典故。　　[22]“仲尼”句:《禮記·檀弓》:“孔子哭子路於中庭,有人弔者,而夫子拜之。既哭,進使者而問故,使者曰:‘醢之矣。’遂命覆醢。”　　[23]逮:及。　　[24]“諸子”二句:是説徐、陳、應、劉諸子,雖未及古人,亦一時英俊之才。自:五臣本作“亦”。　　[25]“今之”二句:五臣吕延濟注:“今文人存者,已不及徐、陳及諸子。”　　[26]誣:欺。此言後生文章可畏難欺,未必不如今之人。來者:亦指後生而言。　　[27]恐:五臣本無此字。以上評論諸子之文。

　　年行已長大[1],所懷萬端,時有所慮,至通夜不瞑[2],志意何時復類昔日[3]。已成老翁,但未白頭耳。光武言[4]:年三十餘[5],在兵中十歲,所更非一[6]。吾德不及之,年與之齊矣[7]。以犬羊之質,服虎豹之文[8],無衆星之明,假日月之光[9],動見瞻觀,何時易乎[10]?恐永不復得爲昔日游也[11]。少壯真當努力[12],年一過往,何可攀援[13]?古人思炳燭夜遊[14],良有以也[15]。頃何以自娛,頗復有所述造不[16]?東望於邑[17],裁書敍心[18]。丕白[19]。

《文選》卷四二

【校注】

[1]年行已長大:高步瀛《魏晉文舉要》引陳僅《選學意籤》:"年,年齒。行,行輩,去聲。"年行,《魏志》注作"行年"。　　[2]至通夜:《魏志》注"至"下有"乃"字,五臣本同。夜,《魏志》注作"夕"。　　[3]志意:思慮志意。此言年歲已大,思慮志意已不如從前了。　　[4]光武言:五臣本"言"上有"有"字。　　[5]年三十餘:《魏志》注無"餘"字,五臣本作"年已三十餘"。李善注引《東觀漢記》載光武帝賜隗囂書曰:"吾年已三十餘,在兵中十歲,所更非一,厭浮語虛辭耳。"　　[6]更:歷。　　[7]年與之齊:謂自己年歲與光武帝一樣大。　　[8]"以犬羊"二句:漢揚雄《法言·吾子》:"或曰:'有人焉,自云姓孔,而字仲尼,入其門,升其堂,伏其几,襲其裳,則可謂仲尼乎?'曰:'其文是也,其質非也。''敢問質?'曰:'羊質而虎皮,見草而說,見豺而戰。'"　　[9]"無衆星"二句:《文子·上德》:"百星之明,不如一月之光。"以上兩句比喻,是曹丕謙稱自己没有真才而居太子之位。　　[10]"動見"二句:此言自己既處高位,動静輒爲人所瞻觀,何時敢掉以輕心?　　[11]"恐永"句:五臣劉良注:"言既非材而處重位,興動出入,顧盻甚難,故恐長不得爲昔日南皮之游也。"　　[12]少壯真當努力:用《古詩》"少壯不努力,老大徒傷悲"語。[13]"年一"二句:《莊子·秋水》:"年不可舉,時不可止。"　　[14]炳燭夜遊:《古詩十九首》其十五:"晝短苦夜長,何不秉燭遊。"炳,《魏志》注引作"秉",五臣本同。然據李善注:"秉,或作炳。"則李善本原亦作"秉"。清胡克家《文選考異》説:"各本所見皆非也。《注》引《古詩》爲注,而云'秉'或作'炳',然則正文非'炳'明矣。"然"秉"、"炳"二字亦相通。胡紹煐《文選箋證》卷二十八説:"《東觀漢記》:'鄧后夜炳燭讀經傳。'《説苑》:'晉平公問師曠曰:吾年七十欲學,恐已暮矣。對曰:暮,何不炳燭乎?'是作'炳'亦通。"　　[15]良:確實。有以:有原因。[16]頃:近來。述造:指寫作。不:五臣本作"否"。二字通,《説文解字》:"否,不也。"　　[17]於(wū 烏)邑:不得志貌。一作"嗚唈"。　　[18]裁:制。敍心:寫心。　　[19]白:告白,稟白。"某某白",是古時書信結尾時套語。

【集評】

（清）譚獻："以感逝爲主,不立間架,自成章法。"

高步瀛《魏晉文擧要》："文以'既痛逝者,行自念也'二語爲主,而於評論諸子中間插入,乃文章變化之妙。"

曹　植

【作者簡介】

曹植(192—232),字子建,曹操第三子。十餘歲即能誦《詩經》、《論語》、辭賦十多萬言,深受曹操喜愛,幾欲立其爲太子,然終因其任性而行、不自雕勵而作罷。建安十六年(211)封爲平原侯,十九年徙封臨淄侯。曹丕繼位後,諸侯並就國,曹植先後幾次徙封,居所不定。又因建安年間與曹丕爭立太子事,備受曹丕猜忌打擊。魏明帝繼位後,曹植多次上疏求自試及求存問親戚,均無結果。明帝待他,苛刻甚於曹丕。《魏志》本傳稱:"時法制待藩國既自峻迫,寮屬皆賈豎下才,兵人給其殘老,大數不過二百人,又植以前過,事事復減半。"明帝太和三年(229)徙封東阿王,六年轉封陳王,其年曹植鬱鬱而終。謚"思",後世習稱陳思王或陳思。《三國志》卷一九有傳。

曹植是建安文學的代表作家,文思敏捷,詩、文、賦諸體均擅,尤以詩名。其詩富有個性,骨氣奇高,辭采華茂。前期作品樂觀而自信,表現對建功立業的憧憬。後期作品主要寫其受迫害的境遇,以及對精神自由的渴望,此時的詩風更加成熟。其詩語言精練,善用對偶,講究音律,爲五言詩的發展作出了貢獻。

《隋書·經籍志》著錄有集三十卷,唐以後已佚。今存最早的版本是南宋嘉定六年(1213)刻《曹子建集》十卷。清人丁晏《曹集銓評》、朱緒曾《曹集考異》據舊本及類書檢校,對各體詩文考訂詳密,稱爲善本。今人選注有黃節《曹子建詩注》(人民文學出版社1957年版)、古直《曹子建詩箋》(中華書局1928年《層冰草堂叢書》本)、余冠英《三曹詩選》(人民文學出版社1979年版)、趙幼文《曹植集校注》(人民文學出版社1984年版),均可參考。

洛 神 賦

【題解】

　　自曹丕登基以來,曹植以其曾與曹丕爭立太子的"前過",一直受到曹丕的猜忌和迫害。黄初四年(223),曹植朝京師,任城王曹彰暴死。東歸途中,曹植欲與其弟白馬王曹彪同路,亦爲監國使者所阻,曹植憤而寫下《贈白馬王彪》詩。此賦寫於黄初三年朝京師回鄄城時,曹植所受迫害多端,故借洛水女神的傳説,抒發内心的苦悶和憂愁,並希冀得到精神上的解脱。

　　今傳尤袤刻本《文選》,有"《記》曰"一段文字,説曹植有感於甄后而作此賦。此説在後世流傳甚廣,實則小説家附會之言,不足爲信。當是後人旁記於題旁,而闌入《文選》,誤爲李善注。清胡克家《文選考異》以爲是尤袤所爲,其實在尤袤之前,宋人姚寬《西溪叢語》中已經引用,並加以批駁。至於何人何時闌入,已不能明。

　　黄初三年[1],余朝京師[2],還濟洛川[3]。古人有言,斯水之神[4],名曰宓妃[5]。感宋玉對楚王神女之事[6],遂作斯賦。其辭曰:

　　余從京域[7],言歸東藩[8]。背伊闕[9],越轘轅[10],經通谷[11],陵景山[12]。日既西傾,車殆馬煩[13]。爾迺税駕乎蘅皋[14],秣駟乎芝田[15]。容與乎楊林[16],流眄乎洛川[17]。於是精移神駭[18],忽焉思散[19]。俯則未察[20],仰以殊觀[21]。睹一麗人[22],于巖之畔。迺援御者而告之曰[23]:爾有覿於彼者乎[24]?彼何人斯,若此之艷也?御者對曰:臣聞河洛之神,名曰宓妃,然則君王所見,無迺是乎?其狀若何?臣願聞之。

【校注】

[1]黄初:魏文帝曹丕年號(220—226)。按,《三國志·魏書·曹植傳》:"(黄初)三年立爲鄄城王……四年徙封雍丘王。其年朝京都。"又曹植《贈白馬王彪詩序》:"黄初四年五月,白馬王、任城王與余俱朝京師。"李善據此以爲:"《魏志》及諸詩序並云四年朝,此云三年,誤。"今無任何版本可證"三年"爲"四年"之誤,且曹植三年、四年曾兩次至京師,兩次的返程路綫各有不同,而《洛神賦》與《贈白馬王彪詩序》所記行程有異,足證二者並非同一次朝京師之作。詳見俞紹初《曹植〈洛神賦〉寫作的年代及成因》(《國學研究》第十三卷)。此作"三年"不誤,李善注徒增煩擾而已。　　[2]京師:指魏都洛陽,今屬河南。　　[3]洛川:即洛水,源出今

陝西省,流經今河南省。　　　[4]斯水:指洛水。　　　[5]宓妃:李善注引《漢書音義》如淳曰,宓妃是伏羲氏之女,溺洛水而死,遂爲洛神。　　　[6]"感宋玉"句:宋玉有《高唐賦》、《神女賦》。《高唐賦》寫其與楚襄王游巫山,因説昔年懷王於此夢遇神女事,襄王命爲賦。《神女賦》寫其夜襄王亦夢見神女,亦命宋玉作賦。曹植此處即指《神女賦》而言。五臣本"楚王"下有"説"字。　　　[7]京域:京城地區,指洛陽。"域",五臣本作"師"。　　　[8]言:語助詞。東藩:李善注以爲指鄄城,因爲鄄城(今屬山東)在洛陽東北面,故稱東藩。然曹植黄初三年封爲鄄城王,而李善前注認爲曹植應該是四年朝京師,既如此,東藩就不該指鄄城。是李善雖以"三年"爲誤,注釋卻仍然採用三年之説。五臣張銑注以爲指雍丘(今河南杞縣),當是遷就黄初四年之説。藩,藩國。古時封建諸侯以屏衛皇室,如國之藩籬,故稱藩國。　　　[9]背:背向。伊闕:山名,又名闕塞山、龍門山,在洛陽南。　　　[10]轘(huán 環)轅:山名。在今河南偃師東南。山路險阻,凡十二曲,將去復還,故名。　　　[11]通谷:李善注引華延《洛陽記》曰:"城南五十里有大谷,舊名通谷。"　　　[12]陵:登。景山:山名。李善注引《河南郡圖經》曰:"景山,緱氏(今河南偃師)縣南七里。"　　　[13]殆:危險。煩:疲乏。馬疲故車殆。　　　[14]爾廼:於是就。税駕:猶言停車。税,捨。蘅皋:生長杜蘅的岸邊。蘅,杜蘅。香草名。皋,岸。　　　[15]秣(mò 末):喂馬。駟:一車所駕的四馬,這裏即指馬。芝田:種芝草的田。芝,香草。　　　[16]容與:從容優游。楊林:原作"陽林",李善注曰:"地名,生多楊,因名之。"是李善本原作"楊"。六家本校:"善本作'楊'字。"日本古鈔九條家本及静嘉堂藏古寫本《文選》均作"楊",今據改。五臣本作"陽林"。　　　[17]流眄(miǎn 免):目光流轉,縱目觀看。"眄",五臣本作"盼"。　　　[18]精移神駭:精神變散,形容恍惚的狀態。駭,散。　　　[19]忽焉思散:形容思慮離散。　　　[20]俯:低頭。未察:没有看清楚。　　　[21]仰以殊觀:擡頭看見了不一般的景象。以,猶"而"。殊,異常。[22]睹:看見。　　　[23]廼:同"乃"。援:扯,拉。御者:車夫。　　　[24]覿(dí 敵):看見。

　　余告之曰:其形也,翩若驚鴻[1],婉若游龍[2]。榮曜秋菊[3],華茂春松[4]。髣髴兮若輕雲之蔽月[5],飄颻兮若流風之迴雪[6]。遠而望之,皎若太陽升朝霞[7];迫而察之[8],灼若芙蕖出渌波[9]。襛纖得衷[10],脩短合度[11]。肩若削成[12],腰如約素[13]。延頸秀項[14],皓質呈露[15]。芳澤無加[16],鉛華弗御[17]。雲髻峨峨[18],脩眉聯娟[19]。

丹唇外朗^[20],皓齒內鮮^[21]。明眸善睞^[22],靨輔承權^[23]。瓌姿艷逸^[24],儀靜體閑^[25]。柔情綽態^[26],媚於語言^[27]。奇服曠世^[28],骨象應圖^[29]。披羅衣之璀粲兮^[30],珥瑤碧之華琚^[31]。戴金翠之首飾^[32],綴明珠以耀軀^[33]。踐遠遊之文履^[34],曳霧綃之輕裾^[35]。微幽蘭之芳藹兮^[36],步踟蹰於山隅^[37]。於是忽焉縱體^[38],以遨以嬉^[39]。左倚采旄^[40],右蔭桂旗^[41]。攘皓腕於神滸兮^[42],采湍瀨之玄芝^[43]。

【校注】

[1]翩:疾飛。此處形容洛神搖曳飄忽之貌。驚鴻:驚飛之鴻。　　[2]婉:曲折貌。形容洛神體態輕盈婉轉。　　[3]榮曜秋菊:光采照曜,盛於秋菊。　　[4]華茂春松:華美茂盛,逾於春松。李善注引朱穆《郁金賦》:"比光榮於秋菊,齊英茂於春松。"　　[5]髣髴:同"仿佛",若隱若現的樣子。輕雲蔽月:亦形容若隱若現的朦朧之美。　　[6]飄颻(yáo 搖):飛翔的樣子。廻:旋轉。　　[7]皎:潔白有光貌。太陽升朝霞:太陽在朝霞中上升,形容洛神輕妙有光彩。　　[8]迫:近。察:細看。　　[9]灼(zhuó 琢):鮮明。芙蕖:荷花。淥(lù 路)波:清澈的水波。　　[10]穠(nóng 農):肥。纖:細。衷:中。五臣本《文選》作"中"。　　[11]脩:同"修",長。形容洛神的體態,恰到好處。　　[12]削成:刻削而成。　　[13]約:束。素:白而細緻的絲織品。　　[14]延、秀:均指長。項:頸。　　[15]皓質呈露:潔白的脖頸呈露在衣領之外。古代女子以削肩、細腰、脖頸挺拔而白皙爲美,以上指此而言。　　[16]芳澤:香油。　　[17]鉛華:粉。古代燒鉛成粉,故稱粉爲鉛華。兩句言洛神不施脂粉。　　[18]雲髻:美髮如雲。峨峨:高貌。[19]聯娟:細長而彎曲。　　[20]丹唇:紅唇。朗:明亮。　　[21]皓齒:潔白的牙齒。鮮:鮮明,潔而美。　　[22]明眸:明亮動人的眼眸。眸,眼珠。睞(lài 賴):顧盼,目光閃動貌。　　[23]靨(yè 夜):俗稱酒渦。輔:通"酺",面頰。承:承接。權:通"顴",兩頰。《淮南子・説林訓》:"靨酺在頰則好,在顙則醜。"[24]瓌姿艷逸:姿態美逸。瓌,同"瑰",美好。　　[25]儀靜體閑:儀容靜止,體態閑雅。儀,儀態,容止。閑,閑雅。　　[26]綽態:寬和的姿態。綽,寬和。　　[27]媚於語言:語言嫵媚動人。　　[28]曠世:舉世所無。曠,空。　　[29]骨象:骨法。應圖:合乎圖畫的標準。清梁章鉅《文選旁證》卷十九:"張衡《七辯》云:'假明蘭燈,指圖觀列。'賦言'圖'字似本於此。又張平子《同聲歌》:'燈光稱列圖',亦是。"[30]璀(cuǐ 崔上聲):衣動的聲音。五臣注說是明靜貌。　　[31]珥(ěr 耳):原是一種珠玉的耳飾,此處作動詞用,佩戴的意思。瑤碧:美玉。琚:佩玉。　　[32]首飾:

頭上飾物,釵簪之屬。　　　[33]"綴明珠"句:復綴明珠於釵冠之上,光耀其身。
[34]踐:踏。這裏是腳下穿着的意思。遠遊:履名。文:文飾。李善注引繁欽《定情
詩》:"何以消滯憂,足下雙遠游。"案,此句今本《玉臺新詠》不載。　　　[35]曳(yè
夜):拖。霧綃:輕細如雲霧的綃。綃,生絲。裾:裙裾。　　　[36]微:謂香氣微通。
芳藹:香氣。這句説香氣微微彌散。　　　[37]踟蹰:徘徊。説洛神在山旁緩步移
動。五臣張銑注:"微,猶映也。踟蹰,徘徊貌。言映幽蘭徐步徘徊於山之隅角。"
[38]縱體:輕舉的樣子。此句謂舒散身體,縱躍嬉游。　　　[39]遨:游。嬉:戲。
[40]采旄(máo 毛):彩色的旗。旄,旗竿上用旄牛尾做的裝飾品,這裏指旗。
[41]桂旗:用桂枝作旗竿的旗。　　　[42]攘(rǎng 壤):捋,撩,指挽起袖管。皓
腕:形容腕白如雪。湄:水邊,洛神游之,故云神湄。　　　[43]湍瀨:急流。瀨,流
過沙石上的水。玄芝:黑色的芝草。

　　余情悦其淑美兮[1],心振蕩而不怡[2]。無良媒以接懽兮,託微波
而通辭[3]。願誠素之先達兮[4],解玉佩以要之[5]。嗟佳人之信脩[6],
羌習禮而明詩[7]。抗瓊珶以和予兮[8],指潛淵而爲期[9]。執眷眷之
款實兮[10],懼斯靈之我欺[11]。感交甫之棄言兮[12],悵猶豫而狐
疑[13]。收和顏而静志兮[14],申禮防以自持[15]。

【校注】

[1]淑:善。　　　[2]怡:悦。這兩句説悦愛洛神的美善,但又怕不被接受,故心裏
振動而不快樂。　　　[3]懽:同"歡"。五臣本《文選》作"歡"。五臣李周翰注:"既
無良媒通接歡情,故假託風波以達言辭。"　　　[4]素:同"愫",真情。　　　[5]要:
同"邀"。　　　[6]信脩:確實美好。　　　[7]羌:發語詞。習禮明詩:指洛神有文
化教養。　　　[8]抗:舉。瓊、珶:都是美玉。和:應答。前言"解玉佩以要之",故
此言"抗瓊珶以和予"。　　　[9]潛淵:猶深淵,洛神所居處。五臣吕向注:"神女
修信習禮,抗舉瓊玉以應和我。指所居之川爲期會。"　　　[10]執:持。眷眷:深摯
的戀念。款實:真誠。　　　[11]斯靈:指洛神。我欺:欺誑我。　　　[12]交甫:李
善《文選·江賦》注引《韓詩内傳》説:"鄭交甫遵彼漢皋臺下,遇二女,與言曰:'願
請子之佩。'二女與交甫。交甫受而懷之,超然而去十步,循探之即亡矣。迴顧二
女,亦即亡矣。"　　　[13]"悵猶豫"句:此言害怕像交甫一樣見欺,故心中疑慮不
定。　　　[14]"收和顏"句:收斂和悦的容顏,使自己冷静下來。静志:鎮静情志。
[15]申:施展。禮防:禮義的約束。自持:自我約束。

　　於是洛靈感焉,徙倚傍徨[1]。神光離合[2],乍陰乍陽[3]。竦輕軀
以鶴立[4],若將飛而未翔。踐椒塗之郁烈[5],步蘅薄而流芳[6]。超長
吟以永慕兮[7],聲哀厲而彌長[8]。爾乃衆靈雜遝[9],命儔嘯侶[10]。
或戲清流,或翔神渚[11]。或採明珠,或拾翠羽[12]。從南湘之二
妃[13],攜漢濱之游女[14]。歎匏瓜之無匹兮[15],詠牽牛之獨處[16]。揚
輕袿之猗靡兮[17],翳脩袖以延佇[18]。體迅飛鳧[19],飄忽若神。陵波
微步[20],羅韈生塵[21]。動無常則[22],若危若安。進止難期[23],若往
若還。轉眄流精[24],光潤玉顏。含辭未吐[25],氣若幽蘭[26]。華容婀
娜[27],令我忘飡[28]。

【校注】

[1]徙倚:低徊。　　　[2]神光:指洛神的光彩。離合:若隱若現。　　　[3]乍陰乍
陽:忽明忽暗。　　　[4]竦:聳。鶴立:如鶴之立,指將飛之貌。　　　[5]椒塗:以椒
泥塗飾的道路。椒,花椒,香料名。郁烈:香氣濃烈。　　　[6]蘅:杜蘅,香草名。
薄:草聚生貌。　　　[7]超:惆悵。永慕:長久地思慕。　　　[8]厲:急。彌長:久
長。　　　[9]衆靈:衆神。雜遝(tà 榻):衆多貌。　　　[10]命儔嘯侶:指呼朋引
類。　　　[11]渚:水中小洲。因爲衆神所聚,故稱神渚。　　　[12]翠羽:翠鳥之
羽。　　　[13]南湘之二妃:指舜妻娥皇、女英。據漢劉向《列女傳》,舜南巡,死於
蒼梧,他的二妃娥皇、女英自投湘水,遂爲湘水女神。　　　[14]漢濱:漢水之濱。
游女:漢水女神。事見前段注[12]。　　　[15]匏瓜:星名,一名天雞,不與別的星
相接,故云無匹。匹:偶。梁章鉅《文選旁證》引姜皋説,"匏瓜"當指"女媧",賦既
上言南湘二妃,漢濱游女,下言牽牛織女,中間似不得雜一匏瓜星名。清胡紹煐
《文選箋證》認爲下文已有"女媧清歌"句,此處不宜指女媧,且阮瑀《止欲賦》以匏
瓜與織女對言,明以匏瓜指星名。胡紹煐説甚是。　　　[16]牽牛:星名。李善注
引曹植《九詠》注説:"牽牛爲夫,織女爲婦。織女、牽牛之星,各處河鼓之旁,七月
七日乃得一會。"又引阮瑀《止欲賦》:"傷匏瓜之無偶,悲織女之獨勤。"牽牛、織女
夫婦傳説,漢末略已成形,故此言牽牛"獨處"。　　　[17]袿(guī 圭):女子的上
衣。猗靡:輕柔飄動之貌。　　　[18]翳:遮蔽。脩袖:長袖。延佇:久立。
[19]體迅飛鳧:言身體輕疾比飛鳧還要迅捷。鳧,水鳥名,即水鴨。　　　[20]陵波微
步:在水波上細步行走。微步,輕步。　　　[21]羅韈生塵:輕步於水波之上,如塵生
一樣。　　　[22]常則:一定之規。　　　[23]難期:難以預期。　　　[24]轉眄流精:轉

眼顧盼間流露出動人的神情。　　[25]辭:言辭。　　[26]氣若幽蘭:吐氣如蘭。
[27]婀娜:輕盈曼妙。　　[28]飡:五臣本作"餐"。"飡"、"餐"二字通。

　　於是屏翳收風[1],川后靜波[2]。馮夷鳴鼓[3],女媧清歌[4]。騰文
魚以警乘[5],鳴玉鸞以偕逝[6]。六龍儼其齊首[7],載雲車之容裔[8]。
鯨鯢踊而夾轂[9],水禽翔而爲衛[10]。於是越北沚[11],過南岡,紆素
領[12],迴清陽[13]。動朱唇以徐言[14],陳交接之大綱[15]。恨人神之道
殊兮[16],怨盛年之莫當[17]。抗羅袂以掩涕兮[18],淚流襟之浪浪[19]。
悼良會之永絕兮[20],哀一逝而異鄉[21]。無微情以效愛兮[22],獻江南
之明璫[23]。雖潛處於太陰[24],長寄心於君王。忽不悟其所舍[25],悵
神宵而蔽光[26]。

　　於是背下陵高[27],足往神留。遺情想像,顧望懷愁[28]。冀靈體
之復形[29],御輕舟而上遡[30]。浮長川而忘反[31],思綿綿而增慕[32]。
夜耿耿而不寐[33],霑繁霜而至曙[34]。命僕夫而就駕[35],吾將歸乎東
路[36]。攬騑轡以抗策[37],悵盤桓而不能去[38]。

《文選》卷一九

【校注】

[1]屏翳:風神名。　　[2]川后:水神。　　[3]馮(píng 平)夷:即河伯。《楚
辭·九歌·河伯》洪興祖注引晉葛洪《抱朴子·釋鬼》:"馮夷以八月上庚日渡河
溺死,天帝署爲河伯。"　　[4]女媧(wā 蛙):古代傳說中的女皇,相傳笙簧是她
所造。　　[5]騰:升。文魚:一種能飛的魚。警乘:做車乘的警衛。五臣呂延濟
說:"既是水神,故文魚爲之警乘也。"　　[6]玉鸞:車上的鈴,作鸞鳥形,以玉爲
之。鸞,同"鑾"。偕逝:一同離去。偕,俱。　　[7]儼:矜莊貌。齊首:指排成一
行,齊頭並進。　　[8]雲車:傳說神仙以雲爲車。容裔:行貌。　　[9]鯨鯢(ní
泥):水栖哺乳動物,雄者名鯨,雌者名鯢。踊:躍。夾轂(gǔ 古):是說鯨鯢圍繞在
車的左右。轂,車輪中心圓木,用以貫軸,此處指車。李善注說:"北海魚非洛川所
有,然神仙之川亦有。"按,《洛神賦》本爲虛構,多用神話與傳說,不可拘泥。
[10]衛:衛護。　　[11]沚:小渚。　　[12]紆素領:轉過雪白的頸項,謂回首相
視。紆,迴繞。素領,潔白頸項。　　[13]清陽:指眉目之間。《詩·鄭風·野有
蔓草》:"有美一人,清揚婉兮。"謂眉目之間,婉然美好。清,指目。陽,指眉。
"陽"當作"揚",古二字亦通。　　[14]"動朱唇"句:此指洛神言。徐:緩。

[15]“陳交接”句:此謂陳説彼此交往的大道理。　　[16]道殊:道不同。五臣劉良注説:“幽明道深。”即人與神之道不同。　　[17]“怨盛年”句:怨恨在此盛年之時不能與君相配合。　　[18]抗:舉。羅袂:羅袖。　　[19]浪(láng 郎)浪:淚流的樣子。　　[20]悼:傷。良會:佳會。指男女歡會。　　[21]異鄉:各處一方。　　[22]効愛:致愛意。　　[23]璫:耳珠。五臣張銑注:“微情不足効愛,故脱明璫獻之。”　　[24]太陰:衆神所居之處。人神道殊,人居陽,鬼神居陰。[25]不悟:猶言不見。舍:止。此句言忽然不見洛神所止之處。　　[26]宵:通“消”,化。謂洛神化去。蔽光:隱其光彩。　　[27]背下陵高:背離低下之地而登於高處。　　[28]“足往神留”三句:五臣劉良注:“足雖往矣,心留在神所,想其形狀,顧望生愁。”遺情:指情思留戀。顧望:回望。　　[29]冀:希望。靈體:指洛神。此謂希望洛神能够再現身。　　[30]遡:逆流而上。　　[31]長川:指洛水。反:同“返”。　　[32]緜緜:綿密漫長。增慕:增重思念。　　[33]耿耿:心神不安貌。　　[34]霑:同“沾”,沾濕。至曙:直到天明。　　[35]僕夫:車夫。就駕:備好車駕。　　[36]東路:往東藩之路。　　[37]攬:持,握。騑(fēi 非):車轅旁邊的馬。轡:馬繮繩。古代駕車之馬,在中間的叫服,在外邊的叫騑或驂,這裏泛指駕車的馬。抗策:舉鞭。　　[38]盤桓:徘徊不進貌。

【集評】

　　(清)何焯《義門讀書記》卷四五:“《離騷》:‘我令豐隆乘雲兮,求宓妃之所在。’植既不得於君,因濟洛川以作爲此賦,託詞宓妃以寄心文帝,其亦屈子之志也。自好事者造爲感甄無稽之説,蕭統遂類分入於情賦,於是植幾爲名教罪人,而後世大儒如朱子者,亦不加察於衆惡之餘,以附之楚人之詞之後,爲尤可悲也已。不揆狂簡,稍爲發明其意,蓋孤臣孽子所以操心而慮患者,猶若接於目而聞於耳也。”

　　(清)潘德輿《養一齋詩話》卷二:“子建人品甚正,志向甚遠……即《洛神》一賦,亦純是愛君戀闕之詞。其賦以朝京師還,濟洛川入手,以‘潛處於太陰,寄心於君王’收場,情詞亦至易見矣。蓋魏文性殘刻而薄宗支,子建遭殘謗而多哀懼,故形於詩者非一,而此亦其類也。首陳容色以表其才,次言信修以表其德,繼以狐疑爲憂,終以交結爲願,豈非詩人諷託之常言哉! 不解注此賦者何以闌入甄后一事,致使忠愛之苦心,誣爲禽獸之惡行,千古奇冤,莫大於此。”

雜　詩

其　一

【題解】

　　曹植《雜詩》,《文選》收録六首,此爲第一首,是懷人之作。起句高渾,警遒有力,最能表現"陳思最工起調"(沈德潛《古詩源》卷五)的特點。

　　李善《文選》注:"五言雜者不拘流例,遇物即言,故云雜也。"五臣注:"興致不一,故云雜詩。"

　　高臺多悲風,朝日照北林[1]。之子在萬里[2],江湖迥且深[3]。方舟安可極[4],離思故難任[5]。孤雁飛南游,過庭長哀吟。翹思慕遠人[6],願欲託遺音。形影忽不見,翩翩傷我心[7]。

《文選》卷二九

【校注】

[1]北林:《詩·秦風·晨風》:"鴥彼晨風,鬱彼北林。未見君子,憂心欽欽。"　[2]之子:指所懷念的人。　[3]迥(jiǒng 窘):遠。　[4]方舟:唐李善引郭璞《爾雅注》説兩舟相併叫方舟,而五臣呂向則注爲行舟。極:到達。　[5]難任:難以承當。　[6]翹思:舉首而思。翹,舉。　[7]"形影"二句:詩人見孤雁南飛過其庭院,不由翹首思念遠人,願將自己的思念寄託於雁音,以傳給遠方的友人。而雁飛迅疾,翩翩然不見形影,因而愈加傷心。翩翩:雁飛的樣子。

【集評】

　　(清)方東樹《昭昧詹言》卷二:"'高臺多悲風'二句,興象自然,無限託意,橫著頓住。'之子'四句,文勢與上忽離。'孤雁'二句橫接。'翹思'句接'離思','形影'句雙結'雁'與'人'作收。文法高妙,宋以後人不知此矣。此與《十九首》、阮公等,同其神化。"

野田黄雀行

【題解】

　　此詩一般以爲是曹植有感於丁儀、丁廙兄弟被殺,而自己無力救援所作。黄雀求食入於網羅的故事則可能取材於漢以來的民間故事,如《易林·益之革》載:"雀行求粒,誤入罟罳。賴仁君子,復脫歸室。"又:"雀行求食,出門見鷂。顛蹶上下,幾無所處。"與此詩所寫相同(參見曹道衡、俞紹初《魏晉南北朝詩歌評注》)。曹植選用民間傳說題材,寫寫自己不能救援朋友的悲哀。詩末寫少年拔劍捎破羅網,祇是一種想像之詞。

　　《樂府詩集》載曹植《野田黃雀行》兩首,屬《相和歌·瑟調曲》。據《古今樂錄》引王僧虔《伎錄》說,晉樂演奏第一首《置酒高殿上》,此詩似未入樂。此題可能是曹植自己所創,未見有古辭。

　　高樹多悲風,海水揚其波[1]。利劍不在掌[2],結友何須多?不見籬間雀,見鷂自投羅[3]。羅家得雀喜,少年見雀悲。拔劍捎羅網,黃雀得飛飛。飛飛摩蒼天[4],來下謝少年。

《樂府詩集》卷三九

【校注】

[1]"高樹"二句:比喻環境險惡。　　[2]利劍:比喻權勢。　　[3]鷂(yào 要):似鷹而小的一種猛禽,俗稱雀鷹、鷂子。羅:網羅,獵家設置以抓捕雀鳥。
[4]摩:原作"磨",今據古樂府改。

【集評】

　　(清)王夫之《船山古詩評選》卷一"'羅家得雀喜'二語,偷勢設色,尤妙在平敍中入轉一結,悠然如春風之微歊。"
　　(清)沈德潛《古詩源》卷五:"是游俠,亦是仁人。語悲而音爽。"

<h1 align="center">七　　哀</h1>

【題解】

　　漢末多征役及游學游宦,故詩中多有游子思婦之詞。本詩寫棄婦獨守空閨的悲傷。後半將丈夫比作浮揚的塵,將自己比作濁水泥,浮沈異勢,會合無望;遂思爲西南風,冀以入君懷,然君懷不開,則亦無可依託。比喻新致,而寄託渺茫,構想奇高,迥出於一般的棄婦之詩。尤以開頭二句,夐遠遼絕,境界空明,是五言詩中的極品。前人解爲曹植以棄婦自喻,希望能够得到曹丕的信任。古人有以夫妻比君臣的傳統,曹植此詩亦似有此意。

　　七哀,《文選》五臣注:"七哀,謂痛而哀,義而哀,感而哀,怨而哀,耳目聞見而哀,口歎而哀,鼻酸而哀也。"其注過於膠柱。要當如方廷珪《文選集成》所說,七哀初無定名目,因當日觸有七件事,適成七首詩而得名。屈原有《九章》、枚乘有《七發》,均不可拘泥於數字。此詩漢末王粲、阮瑀等都有寫作,可見是當時流行的題目。《文選》選入"哀傷"類,《玉臺新詠》歸爲"雜詩",但《宋書·樂志》記載晉樂演奏,當是本爲徒詩,後被樂工收拾入樂。《樂府詩集》屬《相和歌·楚調曲》。

　　明月照高樓,流光正徘徊[1]。上有愁思婦,悲歎有餘哀。借問歎者誰?言是宕子妻[2]。君行踰十年,孤妾常獨棲。君若清路塵,妾若濁水泥。浮沈各異勢[3],會合何時諧?願爲西南風,長逝入君懷[4]。君懷良不開[5],賤妾當何依?

《文選》卷二三

【校注】

[1]流光:流動的月光。月光如水,迴轉不定,故稱"徘徊"。　　　[2]宕子:游子。宕,原作"客",今據五臣本《文選》改。　　　[3]浮沈:指"清路塵"和"濁水泥"。
[4]長逝:長往。　　　[5]良:確實。

【集評】

　　(清)方東樹《昭昧詹言》卷二:"起八句,原題敍事。'明月'二句,興象自然。'君若清路塵'以下,語語緊健,轉轉入深,妙緒不窮。收句忽轉一意。古人收句往往另換意、換勢、換筆,或兜轉,或放開,多留絃外之音,不盡之意。"

白　馬　篇

【題解】

　　曹植"生乎亂,長乎軍",跟隨其父南北征討,雖以文名,但建功立業之志至老不泯。此詩通過幽并游俠兒形象的塑造,表現願爲國家獻身的抱負。詩前半寫游俠兒的技藝超群,後半寫爲國赴難、視死如歸的豪情,氣勢渾灝流轉,無慘淡經營之跡。詩歌充滿著樂觀和自信,足以感發讀者。

　　本詩爲曹植自創的樂府新題,《樂府詩集》列入《雜曲歌辭·齊瑟行》。

　　白馬飾金羈[1]，連翩西北馳[2]。借問誰家子？幽并游俠兒[3]。少小去鄉邑，揚聲沙漠垂[4]。宿昔秉良弓[5]，楛矢何參差[6]。控弦破左的[7]，右發摧月支[8]。仰手接飛猱[9]，俯身散馬蹄[10]。狡捷過猴猿[11]，勇剽若豹螭[12]。邊城多警急，虜騎數遷移[13]。羽檄從北來[14]，厲馬登高堤[15]。長驅蹈匈奴，左顧凌鮮卑[16]。棄身鋒刃端，性命安可懷！父母且不顧，何言子與妻。名編壯士籍[17]，不得中顧私。捐軀赴國難，視死忽如歸。

《文選》卷二七

【校注】

[1]飾金羈(jī 基)：有黃金裝飾的馬絡頭。　　[2]連翩：馬迅疾奔馳的樣子。[3]幽并：幽州和并州，指今河北、山西及陝西一帶，地近邊塞。　　[4]揚聲：傳播名聲。垂：同"陲"，邊地。　　[5]秉：持。　　[6]楛(hù 戶)矢：箭杆用楛木作的箭。楛木質硬，適於作箭杆。參差：長短不齊的樣子。　　[7]控弦：開弓。控，引。的：靶心。　　[8]月支：亦即箭靶。又名素支，射貼的名稱。　　[9]接：李善注："凡物飛，迎前射之曰接。"猱(náo 撓)：猿猴的一種，體小而輕，緣木如飛，故又稱飛猱。　　[10]散：射碎。馬蹄：箭靶名。唐李善注引邯鄲淳《藝經》説："馬射，左邊爲月支三枚，馬蹄二枚。"　　[11]狡捷：迅疾敏捷。過：超過。　　[12]剽(piào 票)：勇猛而輕疾。螭(chī 吃)：傳説中的動物，似龍而黃。以上諸句寫游俠兒武藝高強，矯捷有力。　　[13]虜騎：指漢代北方少數民族軍隊。"虜騎"原作"胡虜"，今據五臣本《文選》改。數：屢次。　　[14]羽檄：插羽毛的軍事文書，示軍情緊急。漢唐時邊塞戰事多發生於北方。　　[15]厲馬：策馬。　　[16]左顧：環顧，漢以來慣用爲成詞。凌：侵凌、壓服。鮮卑：北方少數民族，常與漢人發生戰爭。　　[17]壯士籍：軍中將士名册，記其姓名、里貫、相貌等。籍，簿籍，即名册。

【集評】

　　(明)胡應麟《詩藪》內編卷二："子建《名都》、《白馬》、《美女》諸篇，辭極贍麗，然句頗尚工，語多致飾。視東、西京樂府，天然古質，殊自不同。"

　　(清)張玉穀《古詩賞析》卷九："此首賦體，舊解亦可從。篇主立功北地。首二，就馳馬直起，已領全局。'借問'四句，借問答補敍履歷。'揚聲沙漠'，趁便再就

從前有名，以爲現在提筆。‘宿昔’八句，騎射狡勇，如在後破敵正面鋪敍，則順且實
矣。逆敍在前，以‘宿昔’二字託空之，所謂運實於虛，以逆得順也。‘邊城’六句，方
遥接篇首，陡入時事，然後落出赴難之忠，敍事正面。末八，狡勇前已寫透，故只將壯
士捐軀報國心事，曲曲達出，以作收束，摸之真覺筆筆有稜。”

美 女 篇

【題解】

　　此詩盛寫美女的容貌和高潔的品質，盛年處房室，而不苟適人，雖有良媒玉帛
而不爲心動，深寓作者懷才不遇的悲哀。

　　《樂府詩集》列入《雜曲歌辭·齊瑟行》，無古辭，是曹植自創的新題樂府。此詩
據古樂府《陌上桑》詞意修改而成。

　　美女妖且閑[1]，采桑歧路間[2]。柔條紛冉冉[3]，葉落何翩翩[4]。
攘袖見素手[5]，皓腕約金環[6]。頭上金爵釵[7]，腰佩翠琅玕[8]。明珠
交玉體[9]，珊瑚間木難[10]。羅衣何飄飄[11]，輕裾隨風還[12]。顧盼遺
光彩[13]，長嘯氣若蘭[14]。行徒用息駕，休者以忘餐[15]。借問女安
居[16]？乃在城南端。青樓臨大路[17]，高門結重關[18]。容華耀朝日，
誰不希令顏[19]。媒氏何所營[20]，玉帛不時安[21]。佳人慕高義[22]，求
賢良獨難。衆人何嗷嗷[23]，安知彼所觀[24]。盛年處房室[25]，中夜起
長歎。

《文選》卷二七

【校注】

[1]妖且閑：艷冶而閑雅。　　　[2]間：五臣本《文選》作“西”。於意未愜。
[3]冉冉：枝條摇動的樣子。　　　[4]翩翩：桑葉飛落的樣子。　　　[5]攘袖：捋
袖。　　[6]約：纏束。　　　[7]爵釵：雀釵，髮釵於頭上作雀形。“金爵”，《藝文
類聚》、《樂府詩集》並作“三爵”，《太平御覽》作“合歡”。　　　　[8]琅（láng 郎）玕
（gān 甘）：似玉的美石。　　　[9]交：交絡。　　　[10]間：間雜。木難：碧色珠。唐
李善注引《南越志》：“木難，金翅鳥沫所成碧色珠也。大秦國珍之。”　　　[11]飄
飄：五臣本作“飄颻”。　　　[12]裾（jū 居）：衣服的前、後襟。還：轉，音“旋”。

[13]顧眄(miǎn 免)：目光流眄。　　[14]"長嘯"句：言吐氣如蘭。嘯：撮口出聲。　　[15]"行徒"二句：言走路的人和休息的人，都因她或停車，或忘記進餐。形容女子的美麗使人驚歎。二句鎔鑄漢樂府《陌上桑》原辭而成。《陌上桑》："行者見羅敷，下擔捋髭鬚。少年見羅敷，脱帽著帩頭。耕者忘其犁，鋤者忘其鋤。"[16]安居：《藝文類聚》和《樂府詩集》作"何居"。　　[17]青樓：六朝以前富貴人家住所，以青樓、朱門爲標誌。《晉書·麹允傳》記："麹允，金城人也，與游氏世爲豪族。西州爲之語曰：'麹與游，牛羊不數頭。南開朱門，北望青樓。'"《南齊書·東昏侯紀》："世祖興光樓上施青漆，世謂之青樓。"則富貴人家樓舍或用青色塗抹，並非專用爲女子住所。唐以後始用爲妓院名稱。　　[18]重關：兩道門拴。[19]希：羨慕。令顏：美好的容貌。令，善。　　[20]營：謀求。　　[21]玉帛：指圭璋和束帛，古時聘娶之禮用玉帛。安：定。二句是説媒人爲她費盡心思，往返奔走，但因不理解女子的真正所求，雖有佳男，終非女子所求，故聘禮始終不能安定下來。　　[22]高義：高尚的品德。　　[23]何：五臣本作"徒"，似更爲愜當。嗷嗷：指衆人的議論。　　[24]觀：明趙均覆宋刻本《玉臺新詠》作"歡"。[25]盛年：當盛之年。蘇武《答李陵詩》："低頭還自憐，盛年行已衰。"女子盛年，是亦將入衰年了，故下句説"中夜起長歎"。

【集評】

　　(清)張玉穀《古詩賞析》卷九："此詩比體，舊解可從。首四直就美女採桑敍事起，'攘袖'十句，敍其容儀服飾之美，着色濃至。'行徒'六句，就旁觀傾倒借問，補出居址門第之華。'息駕'、'忘餐'，襯法從《陌上桑》得來。但彼繁此簡，便覺不同。'容華'四句，頂前兩層，就待字作訝辭，筆意甚曲。末六句結出擇配深心，獨居冷況，爲佳人寫照，即爲君子寫影也，通篇歸宿。"

贈 徐 幹

【題解】

　　徐幹是建安七子之一，與曹丕、曹植兄弟交好，爲人恬淡，不好名利，受到曹丕的贊賞。無名氏《中論序》説他以疾退，"潛身窮巷，頤志保真，淡泊無爲，惟存正道。環堵之墙以庇妻子，并日而食，不以爲戚"。其時當是建安二十年(215)左右。徐幹居窮巷，食草萊，廢詩賦而著《中論》，與乘時之士不同。曹植詩中所寫，頗與徐幹此時相符，此詩或因此而作，亦或作於此時。詩以徐幹居貧守道、慷慨著書與乘時之士鑽營投機作對比,抑揚分明。結句以友情敦勉勸慰,情感亦頗複雜。此詩開頭二句,警道飛動,尤顯示曹植工於起調的特點。

　　驚風飄白日,忽然歸西山[1]。圓景光未滿[2],衆星粲以繁。志士營世業[3],小人亦不閑[4]。聊且夜行游,游彼雙闕間[5]。文昌鬱雲興[6],迎風高中天[7]。春鳩鳴飛棟[8],流猋激欞軒[9]。顧念蓬室士[10],貧賤誠足憐。薇藿弗充虛[11],皮褐猶不全[12]。忼慨有悲心[13],興文自成篇[14]。寶棄怨何人,和氏有其愆[15]。彈冠俟知己[16],知己誰不然。良田無晚歲,膏澤多豐年[17]。亮懷璵璠美,積久德逾宣[18]。親交義在敦,申章復何言[19]。

《文選》卷二四

【校注】

[1]"驚風"兩句:喻時光飛逝。飄:吹。唐李善注:"夫日麗於天,風生乎地,而言飄者,夫浮景駿奔,倏焉西邁,餘光杳杳,似若飄然。"　　[2]圓景:指月亮。月未圓,故稱"光未滿"。　　[3]志士:指徐幹。營:求。世業:指傳世大業。謂徐幹勤勉著書,足傳不朽。　　[4]小人:與志士相對,指營營苟苟之人,忙於鑽營,下文"聊且夜行游,游彼雙闕間",即小人所忙之事。　　[5]雙闕:宮門前左右兩邊的望樓,故稱"雙闕"。　　[6]文昌:鄴都(今河北臨漳)正殿名。鬱:特出貌。興:起。形容文昌殿拔起於雲外。　　[7]迎風:迎風觀,在鄴城。中天:高出於半天之外。李善注引《列子》説周穆王築臺名中天,亦通。　　[8]鳩:斑鳩、雄鳩一類的鳥。飛棟:高殿的棟樑。　　[9]猋(biāo 彪):旋風。欞軒:窗户。　　[10]蓬室士:居於茅屋中的寒士,指徐幹。"蓬室"與上句"飛棟"、"欞軒"對舉。
[11]薇藿:菜類。充虛:李善注引《墨子》:"古之人,其爲食也,足以增氣充虛而已。"是充饑的意思。　　[12]皮褐:李善注引《淮南子》説:"貧人冬則羊裘短褐,不掩形也。"羊皮短衣,是古代常人冬天所穿。這幾句説徐幹住的是蓬草茅舍,吃的是填不飽肚皮的野菜,穿的是未加工的羊皮短衣。徐幹晚年生活可能較爲貧苦,但曹植作詩主要以他與乘時之士相對,故容或有所誇張。　　[13]"忼慨"句:《中論序》:"君子之性常欲損世之有餘,益俗之不足,見辭人美麗之文,並時而作,曾無闡弘大義,敷散道教,上求聖人之中,下救流俗之昏者,故廢詩賦頌銘贊之文,著《中論》之書二十篇。"此或即徐幹慷慨之悲心。忼慨:即"慷慨"。　　[14]興文:作文,指徐幹著《中論》。　　[15]"寶棄"二句:用卞和故事。春秋時,楚人卞和

在荆山發現一塊璞玉,認爲是至寶,先後獻於楚厲王和楚武王,均被認爲非玉而獲罪,刖去雙足。及文王即位,始理璞得玉,因名爲和氏璧。見《韓非子·和氏》。此句"寶棄"指徐幹,"和氏",李善注以爲指"知己",然以"寶棄"之責歸於和氏,終覺扞格難通。或如五臣所注:"昔者和氏獻玉於楚王,王以爲非玉而罪之,非和氏之愆,言賢才不見用,乃君之過也。"愆:過失。　[16]彈冠:彈去冠上的灰塵,準備去做官。《漢書·王吉傳》:"吉與貢禹爲友,世稱'王陽在位,貢公彈冠'。"顔師古注:"彈冠者,且入仕也。"　[17]"良田"二句:説良田沃壤,總會有好的收成。晚歲:莊稼收成晚。　[18]亮:確實。瑜、璠(fán 凡):美玉。宣:顯著。合上二句,都是勸慰徐幹:具有美好品德的人,終將會有好的結果的。　[19]敦:厚。申章:陳詩,指此贈詩。二句説,朋友重在道誼敦厚,我的贈詩,除此之外,還能説什麽呢?

【集評】

　　(清)陳祚明《采菽堂古詩選》卷六:"友誼真至。'知己誰不然',亦寓不試之感。'良田'以下,慰勉有古風。"

阮　籍

【作者簡介】

　　阮籍(210—263),字嗣宗,陳留尉氏(今屬河南)人。建安七子阮瑀之子。正始年間竹林七賢之一。志氣宏放,任性不羈,喜怒不形於色。太尉蔣濟辟爲掾,謝病去。後爲司馬昭父子所辟,爲從事中郎。高貴鄉公即位,封關内侯,徙散騎常侍、侍中。出爲東平相、步兵校尉,故後世稱阮步兵。《晉書》本傳載:"籍本有濟世志,屬魏晉之際,天下多故,名士少有全者,籍由是不與世事,遂酣飲爲常。"以其不拘禮法,縱酒放誕,故禮法之士疾之若讎。魏常道鄉公景元四年卒,年五十四。《三國志》卷二一、《晉書》卷四九有傳。

　　阮籍詩、文俱擅,五言詩以《詠懷》八十二首爲代表,反映了易代之際的憂傷和感慨,多用比興,興寄無端。南朝時顔延之和沈約曾爲注解,已"怯言其志"。《文選》選録十七首。鍾嶸《詩品》列爲上品,説他的詩:"言在耳目之内,情寄八荒之表……頗多感慨之詞。厥旨淵放,歸趣難求。"其集梁時有十三卷,《隋書·經籍志》

著録十卷。明人張溥輯刊《漢魏六朝百三家集》輯有《阮籍集》一卷。今人陳伯君《阮籍集校注》(中華書局 1987 年版),逐篇校勘和注釋,引證繁富。詩歌則有黃節《阮步兵詠懷詩注》(人民文學出版社 1957 年版),注釋和解評,稱爲詳備。

詠　懷

其　一

【題解】

　　《詠懷》共八十二首,這是第一首。李善注説:"嗣宗身仕亂朝,常恐罹謗遇禍,因兹發詠,故每有憂生之嗟。雖志在刺譏,而文多隱避。百代之下,難以情測。"詩人通過夜中具有寓意的事物描繪,表現自己難以平静的苦悶心情。

　　夜中不能寐,起坐彈鳴琴。薄帷鑑明月[1],清風吹我衿。孤鴻號外野[2],朔鳥鳴北林[3]。徘徊將何見? 憂思獨傷心。

　　　　　　　　　　　　　　　　　　　　　　　　　　　　《文選》卷二三

【校注】

[1]帷:帷帳,牀帷。鑑:照。　　[2]孤鴻:失侣的大雁。號:鳴叫。外野:郊外。
[3]朔:五臣本《文選》作"翔"。北林:北野的樹林。《詩·秦風·晨風》:"鴥彼晨風,郁彼北林。未見君子,憂心欽欽。"

【集評】

　　(清)方東樹《昭昧詹言》:"此是八十一首發端,不過總言所以詠懷不能已於言之故,而情景融會,含蓄不盡,意味無窮。雖其詞意已爲後人剿襲熟濫,幾成陳言可憎,若代阮公思之,則其興象如新,未嘗損分毫也。起句何以不能寐,所謂幽旨也。'孤鴻'以下,當此之時而忽然傷心,然其固其所見而然,故自疑而問之,所謂幽旨也。"

　　(清)沈德潛《古詩源》卷六:"阮公《詠懷》,反覆零亂,興寄無端,和愉哀怨,雜集於中,令讀者莫求歸趣。此其爲阮公之詩也,必求時事以實之,則鑿矣。"

其　十　九

【題解】

本篇原列第十九首。通過可望不可即的西方佳人的描繪,表達詩人深切的嚮往與哀傷。"悦懌未交接",正與曹植《洛神賦》"恨人神之道殊"一樣,婉約縹渺,惆悵感傷。

西方有佳人[1],皎若白日光[2]。被服纖羅衣[3],左右珮雙璜[4]。脩容耀姿美[5],順風振微芳[6]。登高眺所思,舉袂當朝陽[7]。寄顏雲霄間[8],揮袖淩虛翔[9]。飄颻恍惚中[10],流眄顧我傍[11]。悦懌未交接[12],晤言用感傷[13]。

《漢魏六朝百三家集》本《阮步兵集》

【校注】

[1]西方:《詩·邶風·簡兮》:"云誰之思? 西方美人。彼美人兮,西方之人兮。"此或取其意。　　[2]皎:白。　　[3]被服:披服。纖羅衣:輕薄絲衣。羅,絲織品。　　[4]珮雙璜:佩帶在左右衣帶上的玉飾。珮,《古詩紀》作"佩"。璜,佩玉。把中間有孔的"璧"一分爲二,便是"雙璜",佩帶時繫在垂拂左右的兩根絲繸上。　　[5]脩容:美麗的容顏。　　[6]振:散發。　　[7]袂:衣袖。當:遮蔽。《古詩紀》注:"《集》作'向'。"　　[8]寄:託。此句説佳人託身於雲霄之間。[9]淩虛:昇於空際。翔:飛。　　[10]恍惚:隱約迷離,形容佳人若有若無,可望不可即之態。　　[11]流眄(miǎn 免):目光流動的樣子。眄,斜視。　　[12]悦懌:喜歡。交接:親近。　　[13]"晤言"句:是説自己雖與佳人相對,卻不能親近,因而感傷。晤言:本是對言的意思,這裏的"言"已虛化爲語詞,强調的是"對"。用:因。

【集評】

(清)方東樹《昭昧詹言》卷三:"此亦屈子《九歌》之意。然屈子指君,此不知其何指。若爲懷古聖賢,則爲泛言,然不可確知矣。"

其三十一

【題解】

　　本篇原列第三十一首。作者憑臨戰國時魏國都城舊地,興發人世滄桑的感慨,借古喻今,其意自明。

　　駕言發魏都[1],南向望吹臺[2]。簫管有遺音[3],梁王安在哉[4]?戰士食糟糠,賢者處蒿萊[5]。歌舞曲未終,秦兵已復來。夾林非吾有[6],朱宮生塵埃[7]。軍敗華陽下[8],身竟爲土灰[9]。

　　　　　　　　　　　　　　《漢魏六朝百三家集》本《阮步兵集》

【校注】

[1]駕:駕車。言:語助詞。魏都:戰國時魏都大梁,在今河南開封。　　[2]吹臺:魏王所築宴飲之所,遺址在今開封東南。後世又名繁臺。　　[3]“簫管”句:魏王時舊曲還有流傳。此特興物是人非之感,未必實指。　　[4]梁王:即魏王。因魏都大梁,故稱梁王。　　[5]處蒿萊:處於草野之中。指賢者不被任用。　　[6]夾林:地名,魏王游樂之所。　　[7]朱宮:魏王的宮殿。　　[8]華陽:在今河南新鄭東南。魏安釐王四年(前273),秦白起大破魏芒卯於華陽,斬首三十萬。　　[9]竟:終於。土灰:化爲灰塵。

【集評】

　　(清)張玉穀《古詩賞析》卷一〇:“此首借古事慨時政也。魏都許昌,即古梁地,故獨舉梁言。首四就發魏都、望吹臺,一氣趕出當日梁王行樂不長來,筆意超忽,已括篇旨。‘戰士’二句,乃推原所以致敗之由。後六句即起意申明之,詠歎作收。”

　　(清)方東樹《昭昧詹言》卷三:“借梁王以陳殷鑒,而文筆雄邁沈鬱,意厚詞醇,言魏將亡於司馬氏耳。文義最爲明白。”

嵇 康

【作者簡介】

嵇康(223—262),字叔夜,譙郡銍(今安徽宿縣)人。竹林七賢之一。本姓奚,因避讎而遷徙改姓。娶沛王曹林孫女(或云女兒)爲妻,曹林與曹丕、曹植是異母兄弟,故嵇康爲曹氏姻親,又因此拜爲中散大夫。魏正始年間,司馬氏處心積慮篡魏,廣張網羅,殺戮名士,嵇康不與合作,又在《與山巨源絶交書》中宣稱自己"非湯武而薄周孔"。景元三年,當權者遂網織罪名將其殺害,卒年四十。《三國志》卷二一、《晉書》卷四九有傳。

嵇康曠邁不群,博洽多聞,學不師受,好奇任俠,長好老莊之學。長於論文,詩亦清麗可喜,尤以四言爲佳。梁時有集十五卷,《隋書·經籍志》著録十三卷。宋以後僅有十卷,今集爲明黃省曾編輯。今人有魯迅輯校《嵇康集》(文學古籍刊行社 1956 年版)及戴明揚《嵇康集校注》(人民文學出版社 1962 年版)可用。

贈秀才入軍詩

其 四

【題解】

《文選》録《贈秀才入軍詩》共五首,此篇原列第四首。李善注:"集云:'兄秀才公穆入軍贈詩。'劉義慶《集林》曰:'嵇熹字公穆,舉秀才。'"則此詩爲嵇康贈嵇喜從軍之作。

本篇想像嵇喜從軍餘暇時的生活,但從其對"游心太玄"的稱贊看,其實是嵇康自己嚮往的生活境界。

息徒蘭圃[1],秣馬華山[2]。流磻平皋[3],垂綸長川[4]。目送歸鴻,手揮五絃[5]。俯仰自得,游心泰玄[6]。嘉彼釣叟,得魚忘筌[7]。郢人逝矣,誰與盡言[8]。

《文選》卷二四

【校注】

[1]息徒:指軍隊休息。息,休息。徒,士卒。蘭圃:長有蘭草的園地。　　[2]秣

馬：飼馬。華山：五臣注稱山名，然與上"蘭圃"對，"華"當作"花"解，意謂開滿鮮花的山野。　　[3]磻(bō 波)：打獵時繫有絲繩的石頭。五臣注說是箭鏃。平皋：水邊平地。　　[4]綸：釣絲。以上兩句說在水邊平地上獵禽，在長河中垂釣。[5]"目送"二句：歸鴻：歸飛的大雁。五絃：五絃琴。此句爲後人所賞愛，《世說新語·巧藝》載顧愷之說："畫'手揮五絃'易，'目送歸鴻'難。"　　[6]俯仰：隨意的舉止。泰玄：至道，此處當指老莊天地自然之道。此句是說，游心於至道之中，出處動静都合於自得之性。泰，五臣本作"太"。　　[7]筌：裝魚的竹簍。《莊子·外物》說，筌是捕魚的工具，得魚以後就可以扔掉筌了；同樣，語言是表意的工具，得意則可以忘言。　　[8]"郢人"二句：是說嵇喜此去從軍，我就像郢人一樣，再也没有可以盡言的人了。《莊子·徐無鬼》："莊子送葬，過惠子之墓，顧謂從者曰：郢人堊漫其鼻端，若蠅翼，使匠石斲之。匠石運斤成風，聽而斲之，盡堊而鼻不傷，郢人立不失容。宋元君聞之，召匠石曰：'嘗試爲寡人爲之。'匠石曰：'臣則嘗能斲之，雖然，臣之質死久矣。'自夫子之死也，吾無以爲質矣！吾無與言之矣！"

【集評】

　　(元)劉履《風雅翼》卷三："此言秀才從軍多暇，既無事於戰鬭，惟以弋釣自娱。或目送飛鴻，或手彈五絃，而俯仰之間，游心道妙，如彼釣叟得魚而忘筌，其自得如此，固可嘉矣。然在軍旅之中，誰可與論此者？正猶莊子之意，既無郢人之質，則匠石雖有運斤斷鼻之巧，而無所施也。"

　　(清)王士禛《古夫于亭雜録》："'手揮五絃，目送歸鴻'，妙在象外。"

與山巨源絕交書

【題解】

　　嵇康與山濤曾同是竹林七賢中人，二人關係友好，但政治立場不同。時值魏晉易代之際，嵇康不願與司馬氏集團合作，故隱居不仕。山濤入仕後爲選曹郎，欲舉薦嵇康自代，嵇康因作書與他絕交。書中明言"非湯武而薄周孔"，又稱自己稟性疏懶，不稱吏職，有所謂七不堪、二甚不可。史云大將軍司馬昭聞而惡之，嵇康遂因此惹下殺身之禍。不過《白孔六帖》載嵇康臨終前謂其子嵇紹說："山公在，汝不孤矣。"可見此書非全爲針對山濤，而是一時意氣，欲杜舉者之口，兼明自己立場耳。

　　山巨源：山濤，字巨源，河内懷縣(今河南武涉西)人。初與嵇康等人爲友，隱居不仕，後入仕，頗受重用，位至三公。在官稱職，爲史書所褒獎。《晉書》卷四三有傳。

篇題中“絕交”二字,清張雲璈《選學膠言》疑爲後人所增,而梁章鉅《文選旁證》則據宋人藏《嵇康集》駁之,孰是孰非,已難明辨。

　　康白:足下昔稱吾於潁川[1],吾常謂之知言[2]。然經怪此意,尚未熟悉於足下,何從便得之也[3]。前年從河東還[4],顯宗、阿都説足下議以吾自代[5],事雖不行,知足下故不知之[6]。足下傍通[7],多可而少怪[8]。吾直性狹中[9],多所不堪,偶與足下相知耳[10]。間聞足下遷[11],惕然不喜[12],恐足下羞庖人之獨割,引尸祝以自助[13],手薦鸞刀[14],漫之羶腥[15],故具爲足下陳其可否[16]。

【校注】

[1]足下:對對方的尊稱。稱:稱説嵇康不願出仕。潁川:指山濤叔父山嶔。山嶔曾任潁川太守,古代常以某人所任的官職作爲某人的代稱。　　[2]常:曾經。五臣本作“嘗”。二字通。知言:相知之言。　　[3]經:常。這幾句説,常訝於與您素昧平生,您從哪裏便知道我的素願?　　[4]河東:郡名。今山西南部黄河以東地區。《三國志·魏書》卷二一《王粲傳》注引《魏氏春秋》:“大將軍(司馬昭)嘗欲辟康。康……避之河東。”　　[5]顯宗:據唐李善注引《晉八年故事注》,公孫崇,字顯宗,時爲尚書郎。阿都:吕安,字仲悌,小名阿都,是嵇康至交。以吾自代:日本古鈔本《文選》“以”字前有“欲”字,山濤有舉薦嵇康的意思,故宜稱“欲”。[6]“事雖”二句:言不知己情。五臣本無“故”字。　　[7]傍通:博通。　　[8]多可而少怪:言山濤爲人寬容,多所許可,而少有疑怪。　　[9]狹中:中心狹褊,謂不能容人。　　[10]偶:偶然。　　[11]間:頃,最近的意思。遷:遷調官職。這裏指山濤從吏部選曹郎遷爲大將軍從事中郎。一説遷散騎常侍。　　[12]惕然:警懼的樣子。　　[13]“恐足下”二句:《莊子·逍遥遊》:“庖人雖不治庖,尸祝不越樽俎而代之矣。”這本是許由對堯説的話,意思是説即使堯治理天下未能盡職,也與自己不相干。嵇康這裏是説怕山濤羞於自己做官,而強拉嵇康作助。庖人:廚子。尸祝:太廟中負責祭祀的人。　　[14]薦:舉。鸞刀:祭祀時所用環上有鈴的刀。鸞,五臣本作“鑾”。　　[15]漫:污。　　[16]具:詳備。以上指責山濤不瞭解自己的志向。

　　吾昔讀書,得并介之人[1],或謂無之,今乃信其真有耳。性有所不堪,真不可強[2]。今空語同知有達人[3],無所不堪,外不殊俗[4],而内不失正，與一世同其波流^[5]，而悔吝不生耳^[6]。老子、莊周，吾之師也^[7]，親居賤職^[8]；柳下惠^[9]、東方朔^[10]，達人也，安乎卑位^[11]，吾豈敢短之哉^[12]！又仲尼兼愛，不羞執鞭^[13]，子文無欲卿相，而三登令尹^[14]，是乃君子思濟物之意也^[15]。所謂達能兼善而不渝^[16]，窮則自得而無悶^[17]。以此觀之，故堯舜之君世^[18]，許由之巖棲^[19]，子房之佐漢^[20]，接輿之行歌^[21]，其揆一也^[22]。仰瞻數君^[23]，可謂能遂其志者也^[24]。故君子百行^[25]，殊塗而同致^[26]，循性而動，各附所安^[27]。故有處朝廷而不出^[28]，入山林而不反之論。且延陵高子臧之風^[29]，長卿慕相如之節^[30]，志氣所託，不可奪也^[31]。

【校注】

[1]并介之人：指既能兼濟天下，又能孤介自守。并，兼善天下。介，孤介自守。

[2]强：勉强。　　[3]空語：虛説。同知：共知。　　[4]不殊俗：不與世俗相左。

[5]同其波流：同流合污。　　[6]悔吝：悔恨。這幾句説，共知有通達之人，於世事無所不能忍受，外與世俗混同合流，但内心卻能保持中正，故不會有悔恨之事。此即指外圓内方之人。　　[7]老子：戰國楚人，姓李名耳，也叫老聃，著有《道德經》，《史記》卷六三有傳。莊周：戰國蒙人，著有《莊子》一書，《史記》卷六三有傳。

[8]賤職：老子任周朝的柱下史、守藏史，莊子爲宋國蒙縣的漆園吏，職位都不高，故稱賤職。　　[9]柳下惠：即展禽，名獲，春秋時魯國人，爲魯士師。食邑在柳下，卒謚惠，故稱柳下惠。柳下惠爲士師，見《論語·微子》。　　[10]東方朔：字曼倩，漢武帝時爲侍郎，《史記》卷一二六、《漢書》卷六五有傳。　　[11]安乎卑位：安心於低小之職。　　[12]“吾豈敢”句：説自己不敢臧否以上四人。短：批評。　　[13]仲尼：孔子的字。《論語·述而》：“子曰：‘富而可求也，雖執鞭之士，吾亦爲之已。’”　　[14]子文：春秋時楚人，曾三爲令尹。登：《晉書·嵇康傳》作“爲”。令尹：楚國最高的行政長官。《論語·公冶長》：“令尹子文，三仕爲令尹，無喜色；三已之，無愠色。舊令尹之政，必以告新令尹。”　　[15]“是乃”句：謂以上諸人所爲，都是出於拯濟蒼生之意。　　[16]達能兼善而不渝：通達則兼濟天下，而不改其初志。渝，變。《孟子·盡心上》：“古之人……窮則獨善其身，達則兼善天下。”　　[17]“窮則”句：窮塞不遇而澹然自得，不以爲憂悶。《周易·乾卦·初九》：“遯世無悶。”　　[18]堯：唐堯。舜：虞舜。都是上古賢明之君。君世：治理天下。《晉書》本傳“故”下有“知”，“君”作“居”。　　[19]許由：堯時的隱士。堯要傳位於他，他就到箕山之下去隱居。事見《吕氏春秋》。巖棲：隱居山林。

[20]子房:張良,漢高祖劉邦的主要謀臣,被漢高祖封爲留侯。《史記》卷五五、《漢書》卷四〇有傳。　　[21]接輿:春秋時楚國的隱士,曾作歌諷孔子,見《論語·微子》。行歌:邊走邊唱。　　[22]揆:道。　　[23]瞻:觀。數君:指堯、舜以下諸人。　　[24]遂志:謂能遂其本願。遂,從。　　[25]百行:各種各樣行徑。
[26]殊塗而同致:《易·繫辭下》:"天下同歸而殊塗,一致而百慮。"　　[27]循:順。附:依附自己的情性。《淮南子·繆稱訓》:"循性而行止,或害或利。"五臣吕向注:"君子之行,所趣各殊而同歸,順性俱得其安也。"　　[28]處:指仕。出:指隱。　　[29]延陵:今江蘇常州。吳公子季札居其地,人稱延陵季子。子臧:曹國公子欣時。曹宣公卒,曹人欲立欣時爲君,欣時離國而去。事見《左傳·襄公十四年》。高:推崇。　　[30]長卿:漢司馬相如的字。相如:藺相如,戰國時趙人。司馬相如小名犬子,後因慕藺相如爲人,遂更名相如。事見《史記·司馬相如傳》。
[31]奪:改易。《晉書》"志"作"意","託"作"先","不"上有"亦"字。五臣劉良注:"言此二人志氣所寄,亦不可移奪改易也。"似五臣本原有"亦"字。　　以上言自己平生所慕的古人高行,闡述"循性而動,各附所安"的道理,聲明自己"志氣所託,不可奪也"。

　　吾每讀尚子平、臺孝威傳[1],慨然慕之,想其爲人。加少孤露[2],母兄見驕[3],不涉經學[4]。性復疏嬾,筋駑肉緩[5],頭面常一月十五日不洗,不大悶癢,不能沐也[6]。每常小便,而忍不起,令胞中略轉乃起耳[7]。又縱逸來久,情意傲散[8]。簡與禮相背[9],嬾與慢相成[10],而爲儕類見寬[11],不攻其過[12]。又讀《莊》、《老》,重增其放[13]。故使榮進之心日頹[14],任實之情轉篤[15]。此由禽鹿,少見馴育[16],則服從教制[17];長而見羈,則狂顧頓纓[18],赴火蹈湯,雖飾以金鑣[19],饗以嘉肴[20],逾思長林[21],而志在豐草也[22]。

【校注】
[1]吾:五臣本無此字。尚子平:李善注引《英雄記》稱其爲東漢隱士,曾做過縣功曹,後歸隱,賣柴爲生。《後漢書》作"向子平",章懷太子注引《高士傳》作"尚"。臺孝威:名佟,隱居武安山,鑿穴而居,採藥爲業,見《後漢書·逸民傳》。
[2]加少孤露:幼年喪父叫孤。加少,原作"少加",今據《晉書》本傳、《太平御覽》卷四九〇引《嵇康與山濤書》及日本古鈔本《文選》改,清胡克家《文選考異》説:"'加少'是也,各本皆誤倒。"加少,言加以少年孤露,文意較當。孤露,即孤

單無所庇護之意。　　　[3]見驕：爲母兄所溺愛而驕縱。　　　[4]涉：覽讀。
[5]"性復"二句：五臣張銑注："疏，慢。嬾，憻也。筋駑，謂寬緩若駑馬也。"疏，
五臣本作"疎"。嬾：同"懶"。　　　[6]能：通"耐"。不耐，即不願。沐：洗髮。
[7]胞中：原爲胎衣，這裏指膀胱。轉：脹轉，指小便忍到使膀胱脹得幾乎轉動。
[8]傲：不恭。　　　[9]簡：簡略。言性簡略，與禮相違背。　　　[10]慢：懈怠。
[11]儕類：指朋輩。見寬：爲朋輩所寬容。　　　[12]不攻其過：謂朋輩都瞭解自
己，故對他這些行爲不加指責。攻，指責。　　　[13]放：放達，指不拘禮法。
[14]榮進：搏榮進取。頽：墜。　　　[15]任實：憑任本情。《晉書》作"任逸"。篤：
固。　　　[16]禽：通"擒"，捕捉。訓育：訓養化育。　　　[17]教制：管教抑制。
[18]狂顧：狂遽地轉頭張望。頓纓：破壞繩索。頓，壞。　　　[19]金鑣（biāo 標）：
飾金的籠具。鑣，本指馬銜，即馬勒旁的銜鐵。　　　[20]饗：此指喂食。
[21]逾：更。長林：茂林。　　　[22]豐草：茂草。以上寫自己性格簡傲，難遵禮法。

　　　阮嗣宗口不論人過[1]，吾每師之，而未能及。至性過人[2]，與物
無傷[3]，唯飲酒過差耳[4]。至爲禮法之士所繩[5]，疾之如讎[6]，幸賴
大將軍保持之耳[7]。吾不如嗣宗之資[8]，而有慢弛之闕[9]；又不識人
情[10]，闇於機宜[11]，無萬石之慎[12]，而有好盡之累[13]。久與事接，疵
釁日興[14]，雖欲無患，其可得乎？

【校注】

[1]阮嗣宗：阮籍的字。阮籍是嵇康好友，竹林七賢之一。《三國志》卷二一、《晉
書》卷四九有傳。過：《文選集注》李善本無，案語稱："五家本'吾'上有'過'字。"
是李善原本作"阮嗣宗口不論人"，"過"字爲五臣本所有。　　　[2]至性：純至之
性。過人：超過他人。　　　[3]與物無傷：與外物互不侵害。名、利、禮法教化等都
是外物。《莊子·知北游》："聖人處物不傷物，不傷物者，物亦不能傷也。"
[4]過差：過失。差，失。此句謂阮籍飲酒之後有過失。一說是"過度"，亦通。李
善注引李尤《盂銘》："飲無求辭，纔以相娛，荒沈過差，可不慎與？"胡克家《文選考
異》說："'辭'當作'亂'。"案，《文選集注》作"飲無求醉，則以相娛"。"醉"義較
"辭"、"亂"爲優。　　　[5]繩：糾繩、制裁。　　　[6]"疾之"句：《晉書》"如"下有
"仇"字，《文選集注》無。　　　[7]大將軍：指司馬昭。時爲魏大將軍。李善注引
孫盛《晉陽秋》曰："何曾於太祖坐，謂阮籍曰：'卿任性放蕩，敗禮傷教，若不革變，
王憲豈得相容？'謂太祖：'宜投之四裔，以絜王道。'太祖曰：'此賢素羸病，君當恕

之。’”太祖即司馬昭。　　　[8]資:原作“賢”,今據《晉書》本傳及《文選集注》改。陳景雲《文選舉正》:“‘賢’,‘資’誤。”胡克家《文選考異》:“案所校是也。注云:‘資,材量也。’不得作‘賢’甚明。”　　　[9]弛:緩。闕:失。此謂自己有懈怠懶慢的毛病。　　　[10]人情:《晉書》作“物情”。　　　[11]闇:同“暗”。機宜:事宜。[12]萬石:漢朝石奮以謹慎稱,他和他的四個兒子都官至二千石,合爲萬石,故景帝號爲萬石君。《漢書·萬石衛直周張傳》載:石奮長子石建“爲郎中令,奏事,事下,建讀之,驚恐曰:‘書馬者,與尾而五,今乃四,不足一,獲譴死矣!’其爲謹慎,雖他皆如是。”　　　[13]好盡:好盡直言,不知忌諱。　　　[14]疵(cī 玼):缺點。釁(xìn 信):瑕隙。

　　又人倫有禮[1],朝廷有法,自惟至熟[2],有必不堪者七[3],甚不可者二:卧喜晚起,而當關呼之不置[4],一不堪也;抱琴行吟,弋釣草野[5],而吏卒守之,不得妄動,二不堪也。危坐一時[6],痹不得搖[7],性復多蝨[8],把搔無已[9],而當裹以章服[10],揖拜上官[11],三不堪也;素不便書[12],不喜作書[13],而人間多事,堆案盈机[14],不相酬答,則犯教傷義,欲自勉强[15],則不能久,四不堪也;不喜弔喪,而人道以此爲重[16],已爲未見恕者所怨[17],至欲見中傷者[18],雖懼然自責[19],然性不可化[20],欲降心順俗[21],則詭故不情[22],亦終不能獲無咎無譽如此[23],五不堪也;不喜俗人[24],而當與之共事,或賓客盈坐,鳴聲聒耳[25],囂塵臭處[26],千變百伎[27],在人目前,六不堪也;心不耐煩,而官事鞅掌[28],機務纏其心[29],世故繁其慮[30],七不堪也。又每非湯武而薄周孔[31],在人間不止,此事會顯,世教所不容[32],此甚不可一也;剛腸疾惡[33],輕肆直言[34],遇事便發,此甚不可二也。以促中小心之性[35],統此九患[36],不有外難[37],當有内病[38],寧可久處人間邪[39]!又聞道士遺言[40],餌朮黃精[41],令人久壽,意甚信之;游山澤,觀魚鳥,心甚樂之。一行作吏[42],此事便廢,安能舍其所樂,而從其所懼哉[43]!

【校注】

[1]人倫:人類社會中君臣、父子、夫妻、朋友等被確定的關係。倫,理。　　　[2]惟:思慮。熟:詳審。　　　[3]不堪:不能忍受。　　　[4]當關:古時具體負責有司事務

的官吏，均可稱當關。此處指漢時所置呼人上朝之職吏。五臣張銑注："漢置當關之職，欲曉即至門呼人使起。"不置：不放過，不捨。稽康喜晚起，而吏人至曉即於門前呼喚不止。　　[5]弋(yì易)：繫有細繩的箭，此指射獵。　　[6]危坐：端坐。[7]痺(bì必)：麻木。　　[8]性：身體。蝨(shī濕)：同"虱"。　　[9]把搔：撓抓。把，同"爬"。　　[10]裹：穿着。章服：指官服。　　[11]揖拜上官：向上司行禮。[12]不便：不習。書：信札。　　[13]不喜作書：四字前原有"又"字，清梁章鉅《文選旁證》說："尤本'不'上有'又'字，當衍。"案，《文選集注》各本均無，當是後人增添，今據刪。　　[14]机：同"几"，桌案。　　[15]勉强：謂勉强自己應酬。　　[16]人道：人世間。　　[17]未見恕者：指那些禮法之士。恕，原諒。這句說曾爲那些不能原諒自己行爲的人所怨。　　[18]"至欲"句：(那些禮法之士)以至於欲中傷自己。　　[19]懼然：驚駭貌。懼，原作"瞿"，今據《文選集注》改。清胡克家《文選考異》說："'瞿'當作'懼'……善自作'懼'，與五臣同，故引《惠帝贊》'懼然'作注。今各本並注中亦誤爲'瞿'，非。'瞿'、'懼'同字耳。"[20]化：改變。　　[21]降心順俗：言欲下意從俗。降心，指抑制自己傲散的性情。　　[22]詭故不情：詐飾而不合實情，不自然的意思。詭，誑、詐。故，故實。李善注引《周書》曰："飾貌者不情。"　　[23]"亦終"句：意謂即使那樣做，別人也不能無咎(因爲不自然，所以別人不會稱讚自己)。無咎：不指責。無譽：不讚美，此句强調"無咎"。　　[24]不喜俗人：稽康性不喜俗人，亦見於詩："長與俗人別。"(《游仙詩》)　　[25]聒耳：喧嘩。　　[26]囂塵臭處：形容世俗間的喧聒污染，塵囂混濁。　　[27]千變百伎：人世間的各種醜態。伎，五臣本作"技"，指機巧，伎倆。　　[28]官事鞅掌：公事繁雜。《詩·小雅·北山》："或王事鞅掌。"《毛傳》："鞅掌，失容也。"言事務繁忙雜亂，不暇於容儀。[29]機務：官府機要事務。　　[30]世故繁其慮：謂世俗間事繁其思慮。繁，忙，雜。　　[31]非湯武而薄周孔：商湯、周武王討伐無道之君，周公、孔子製禮，都是名教的重要内容，司馬氏集團藉以宣揚以爲篡奪作準備。但稽康聲稱對這些聖賢加以非薄。非，批評。薄，輕視。　　[32]"在人間"三句：是說自己對湯、武、周、孔批評不止，此事一定會顯明於世，因而會被禮法之士所不容。[33]剛腸：心腸剛正。　　[34]輕肆：輕易放肆。肆，放。直言：《左傳·成公十五年》記伯宗妻曰："子好直言，必及於難。"　　[35]促中小心：指褊狹的心胸。促，褊急。中，中心。　　[36]統：統理。九患：指上述之七不堪、二不可。　　[37]外難：來自外部的禍患。　　[38]内病：生病。　　[39]寧：怎麽能夠。　　[40]道士：得道之士，與後世"道士"意義不同。　　[41]餌：服食。朮、黃精：均藥名。古人認爲服食這些藥可以長生。　　[42]一行：一旦去。行，往。　　[43]樂：指游山澤、觀魚鳥。懼：指做官。以上說明自己不願做官的理由。

　　夫人之相知[1]，貴識其天性[2]，因而濟之[3]。禹不偪伯成子高[4]，全其節也；仲尼不假蓋於子夏[5]，護其短也。近諸葛孔明不偪元直以入蜀[6]，華子魚不強幼安以卿相[7]，此可謂能相終始，真相知者也[8]。足下見直木必不可以爲輪，曲者不可以爲桷[9]，蓋不欲以枉其天才[10]，令得其所也。故四民有業[11]，各以得志爲樂[12]，唯達者爲能通之[13]，此似足下度內耳[14]。不可自見好章甫，強越人以文冕也[15]。自以嗜臭腐，養鴛雛以死鼠也[16]。吾頃學養生之術[17]，方外榮華[18]，去滋味[19]，游心於寂寞[20]，以無爲爲貴[21]，縱無九患[22]，尚不顧足下所好者[23]。又有心悶疾，頃轉增篤[24]，私意自試[25]，必不能堪所不樂[26]。自卜已審[27]，若道盡塗窮則已耳[28]！足下無事冤之[29]，令轉於溝壑也[30]。

【校注】

[1]相知：相互理解。　　[2]貴識其天性：貴在知道對方的本意志願。天性，天生本性。　　[3]濟：成全。　　[4]"禹不偪"句：《莊子·天下》："堯治天下，伯成子高立爲諸侯。堯授舜，舜授禹，伯成子高辭爲諸侯而耕。禹往見之，則耕在野。禹趨就下風，立而問焉，曰：'昔堯治天下，吾子立爲諸侯，堯授舜，舜授予，而吾子辭爲諸侯而耕，敢問其故何也？'子高曰：'昔堯治天下，不賞而民勸，不罰而民畏，今子賞罰而民且不仁，德自此衰，刑自此立，後世之亂，自此始矣。夫子闔行邪！無落吾事。'俋俋乎耕而不顧。"偪：同"逼"。　　[5]子夏：姓卜名商，孔子學生。《孔子家語》："孔子將行，雨，而無蓋。門人曰：'商也有之。'孔子曰：'商之爲人也甚吝於財，吾聞與人交，推其長者，違其短者，故能久也。'"假蓋：借遮雨的車蓋。古時張在車箱上用來遮陽避雨的器具。　　[6]諸葛孔明：即諸葛亮，孔明爲諸葛亮字。元直：徐庶字。據《三國志·蜀書·諸葛亮傳》，徐庶本與諸葛亮一起輔佐劉備，後其母爲曹操囚獲，徐庶遂辭劉備而歸於曹操。　　[7]子魚：華歆字。幼安：管寧字。二人是同學好友。據《三國志·魏書·華歆傳》，魏明帝時，華歆爲太尉，舉薦管寧以代己職，朝廷以安車徵之，管寧推辭不受。　　[8]"此可謂"二句：謂對朋友的理解，始終如一，這纔是真正的相知者。者：五臣本無此字。　　[9]桷（jué 決）：方形的木椽，須用直木做成。《文選集注》載此兩句"直木不以爲輪，曲者不以爲桷"，無"必"、"可"二字。五臣本"曲者"下有"必"字。　　[10]枉：屈。

天才:指本性。　　[11]四民:指士、農、工、商。　　[12]"各以"句:五臣本"得"下有"其"字。　　[13]通:瞭解。　　[14]"此似足下":原闕"似"字,今據五臣本補。度内:度知。　　[15]章甫:殷代冠名。越人:指居於江、浙一帶的南越人。文冕:漂亮的帽子。古時越人斷髮文身,不戴帽子。《莊子·逍遥遊》:"宋人資章甫而適諸越,越人斷髮文身,無所用之。"　　[16]"自以"二句:《莊子·秋水》:"南方有鳥,其名鵷鶵……夫鵷鶵發於南海,而飛於北海,非梧桐不止,非練實不食,非醴泉不飲。於是鴟得腐鼠,鵷鶵過之,仰而視之曰:'嚇!'"以上幾句用比喻説明不要自己喜歡做官,也以爲別人喜歡。"自以"二字原作"己",今據五臣本和《文選集注》改。　　[17]頃:近來。　　[18]方:正。外:抛棄、看輕。　　[19]去:棄。滋味:美味。　　[20]游心:指沈浸於某種境界。寂寞:道家所謂寂寞無聲的境界。　　[21]以無爲爲貴:《莊子·天道》:"夫虛静恬淡,寂寞無爲者,天地之平,而道德之至。"　　[22]九患:即上文所説七不堪、二不可。　　[23]顧:顧念,在意。　　[24]增篤:加重。　　[25]私意自試:自己設想。　　[26]必:此字原闕,今據五臣本及《文選集注》增補。堪:"堪"下原有"其"字,今據《文選集注》删。又,《文選集注》案語稱"五家本'堪'下有'甚'字,是五臣本原作"必不能堪甚所不樂",後世訛改"甚"爲"其",並以之亂李善本。　　[27]自卜已審:自己考慮得很周詳。卜,估量。審,詳備、明晰。　　[28]已耳:罷了。　　[29]無事:無故。冤:枉屈。謂山濤無故薦我以官,以枉屈我。　　[30]轉於溝壑:轉死於溝壑。據《文選集注》案語,《文選鈔》"轉"下有"死"字,是此句之意。又,《文選集注》無"也"字。以上批評對方不瞭解自己的本性,不能稱爲相知者。

　　吾新失母兄之歡[1],意常悽切。女年十三,男年八歲,未及成人,況復多病。顧此恨恨[2],如何可言!今但願守陋巷,教養子孫,時時與親舊敍闊[3],陳説平生[4],濁酒一盃,彈琴一曲,志願畢矣。足下若嬲之不置[5],不過欲爲官得人,以益時用耳[6]。足下舊知[7],吾潦倒麤疎[8],不切事情[9],自惟亦皆不如今日之賢能也[10]。若以俗人皆喜榮華,獨能離之[11],以此爲快,此最近之,可得言耳[12]。然使長才廣度[13],無所不淹[14],而能不營[15],乃可貴耳!若吾多病困[16],欲離事自全[17],以保餘年,此真所乏耳[18],豈可見黄門而稱貞哉[19]!若趣欲共登王塗[20],期於相致[21],時爲懽益[22],一旦迫之,必發其狂疾。自非重怨,不至於此也[23]。野人有快炙背而美芹子者[24],欲獻之至尊[25],雖有區區之意[26],亦已疎矣[27]。願足下勿似之。其意如此,既以解足下[28],并以爲别[29]。嵇康白。

《文選》卷四三

【校注】

[1]"吾新失"句:嵇康此年母親、兄長剛剛故去。歡:愛。　　[2]悢(liàng 亮)悢:悲痛。　　[3]時時:原作"時",今據《文選集注》、五臣本補。敍闊:敍述離別之情。"敍闊",五臣本此句作"敍離闊"。　　[4]平生:平素。　　[5]嬲(niǎo鳥):糾纏。不置:不舍。　　[6]益時用:有助於時局所用。　　[7]舊知:久知。[8]潦倒麤疎:放任散漫的意思。麤,同"粗"。　　[9]切:切合。事情:事的具體情狀。《史記·老子韓非列傳》:"韓子引繩墨,切事情,明是非,其極慘礉。"[10]"自惟"句:自己以爲在這些方面都不如當今諸賢能之人(指朝廷中做官的人)。惟:思。　　[11]"若以"二句:謂自己與俗人不同,獨不喜榮華。　　[12]最近:最近於我的本情。可得:可以。　　[13]長才廣度:高才大度。《文選集注》"然"下有"後"字。　　[14]淹:通達。　　[15]營:營求。　　[16]若:如。困:困窘。[17]離事:遠離世俗之事。　　[18]此真所乏:這纔真的是我本性所欠缺的(與長才廣度的人相比)。　　[19]"豈可見"句:《文選集注》引《文選鈔》:"言黃門天性無陽,非其有貞潔之行也。豈可見黃門無陽,即稱其有貞也。"　　[20]趣(cù促):《文選集注》引《文選音決》:"'趣'音'促',急。"王塗:指任職朝廷。[21]相致:招致。　　[22]懽益:歡悅相益。懽,同"歡"。　　[23]"自非"二句:如果你不是與我有深重的怨恨,不會這樣逼我到發狂的。重怨:深重的怨恨。　　[24]快炙背:以炙背爲快事。炙背,以背曬太陽。而:《文選集注》無此字。美芹子:以芹子爲美味。《列子·楊朱》:"宋國有田夫,常衣緼黂,僅以過冬。暨春東作,自曝於日,不知天下之有廣厦隩室,綿纊狐貉。顧謂其妻曰:'負日之暄,人莫知者,以獻吾君,將有重賞。'里之富室告之曰:'昔人有美戎菽、甘枲莖芹萍子者,對鄉豪稱之,鄉豪取而嘗之,蜇於口,慘於腹,衆哂而怨之。'其人大慙。"　　[25]至尊:指皇帝。　　[26]區區:誠摯的愛心。　　[27]疏:相差甚遠。[28]解:解釋。謂山濤薦己非真相知者,故作此書以解釋之。　　[29]别:絶交。以上重申自己不願做官的理由,兼明山濤非自己真正相知,結尾稱就此與山濤告絶。

【集評】

　　(明)孫鑛《文選評》:"《别傳》稱:'叔夜偉容色,不加飾厲,而龍章鳳姿,天質自然。'今此文正復似之。"

（清）方廷珪《文選集成》卷四二：“行文無所承襲，杼柚予懷，自成片段。”

張　華

【作者簡介】

　　張華（232—300），字茂先，范陽方城（今河北固安）人。出身孤貧，好學不倦。圖緯方伎，靡不畢讀，故博學有才。魏末爲太常博士，除著作佐郎。入晉，仕途通達，歷職清顯，以平吴功封廣武縣侯。歷任太子少傅、中書監等職，官至司空，封壯武郡公。永康元年爲趙王司馬倫殺害。《晉書》卷三六有傳。

　　張華是西晉文學領袖，積極提携後進，對文學的發展作出了貢獻。詩風清麗而柔婉，《詩品》稱其“兒女情多，風雲氣少”。《隋書·經籍志》著録有集十卷，明人輯有《張司空集》。

情　詩
其　一

【題解】

　　張華《情詩》共五首，都是游子思婦主題。《文選》收録二首，此爲第一首。閨中思遠之作，極寫思婦的孤單淒凉。深情綿邈，哀麗動人。

　　清風動帷簾，晨月照幽房[1]。佳人處遐遠[2]，蘭室無容光[3]。襟懷擁虚景[4]，輕衾覆空牀[5]。居歡惜夜促[6]，在感怨宵長[7]。拊枕獨嘯歎[8]，感慨心内傷。

《文選》卷二九

【校注】

[1]幽房：思婦的居室。照：五臣本作“燭”，明趙均覆宋刻本《玉臺新詠》同。這二句寫清風晨月，撩動閨思。　　[2]佳人：指游子。　　[3]蘭室：女子的閨房。無

容光:《詩·衛風·伯兮》:"自伯之東,首如飛蓬。豈無膏沐,誰適爲容。"此取其意。一説指丈夫的音容。清吴兆宜《玉臺新詠注》引曹植《離别詩》:"人遠精魂近,寤寐夢容光。"(《古詩紀》稱是古詩逸句)可證。　　[4]擁:抱。虚景:即虚影。虚,原作"靈",今據五臣本改。景,同"影"。　　[5]衾(qīn 親):被子。覆:蓋。　　[6]惜:李善本作"愒",今據五臣本改。愒(kài 慨去聲),貪。[7]感:念。宵:夜。　　[8]拊:拍,擊。五臣本作"撫",趙刻《玉臺新詠》同。

【集評】

　　(清)張玉穀《古詩賞析》卷一〇:"首二,從風月凄清夜景引起。'佳人'四句,點清佳人處遠,雖有風月,室無容光。懷擁虚景,頂'無容光'申説,'衾覆空牀'緊引下意。後四,先用開合法,以'居歡'跌醒'在戚',隨承明'宵長',傷歡作收。獨言'拊枕',則又回應'空牀'也。"

　　(清)黄子雲《野鴻詩的》:"茂先失於氣餒而不健;然其雍和温雅,中規中矩,頗有儒者氣象。《情詩》《雜詩》等篇,不免康樂千篇一體之譏。"

潘　岳

【作者簡介】

　　潘岳(247—300),字安仁,滎陽中牟(今屬河南)人。年少有才,鄉邑號爲奇童。泰始二年(266),司空荀顗辟爲掾。然少年得志,爲衆所疾,遂棲遲十年。後爲河陽令、懷縣令。晉惠帝時,累遷給事黄門侍郎,故世稱潘黄門。元康(291—299)間,依附權貴賈謐,爲"二十四友"之首。元康九年,參預賈謐構陷愍懷太子,同年四月,趙王司馬倫殺賈謐,潘岳亦被收殺,時年五十。《晉書》卷五五有傳。

　　潘岳是西晉代表作家,與陸機齊名,世稱"潘陸"。工詩擅文,長於言情,尤長於哀誄等文體。詩風淺净,《詩品》列之爲上品。《隋書·經籍志》著録有集十卷,明人輯有《潘黄門集》。今人董志廣有《潘岳集校注》(天津古籍出版社 2005 年修訂本)。

悼 亡 詩

其　　一

【題解】

　　《悼亡詩》共三首,此爲第一首。悼亡,悼念亡者,自此以後特指悼念亡妻。潘岳與亡妻楊氏,感情彌篤,楊氏於惠帝元康八年(298)冬卒。本篇寫詩人安葬亡妻後,離家赴任時的心情。"入室"一段,睹物思人,恍惚迷離的心態描寫,沈摯動人。

　　荏苒冬春謝[1],寒暑忽流易[2]。之子歸窮泉[3],重壤永幽隔[4]。私懷誰克從[5],淹留亦何益[6]?僶俛恭朝命[7],迴心反初役[8]。望廬思其人[9],入室想所歷[10]。帷屏無髣髴[11],翰墨有餘跡[12]。流芳未及歇,遺挂猶在壁[13]。悵怳如或存[14],周遑忡驚惕[15]。如彼翰林鳥[16],雙栖一朝隻[17]。如彼游川魚,比目中路析[18]。春風緣隟來[19],晨霤承檐滴[20]。寢息何時忘,沉憂日盈積[21]。庶幾有時衰[22],莊缶猶可擊[23]。

《文選》卷二三

【校注】

[1]荏(rěn 忍)苒(rǎn 染):漸漸。形容時光流逝很快。清何焯評説:"《悼亡》之作,蓋在終制之後。'荏苒冬春謝,寒暑忽流易',是一期已周也。大功去琴瑟,古人未有有喪而賦詩者。"(清海錄軒刻本《何義門先生評點昭明文選》卷二三)。
[2]忽:快。流易:流動變改,形容季節變化,一年很快就過去了。古時妻死,丈夫要服喪一年,這是潘岳服喪期滿後所作。　　[3]之子:指楊氏。窮泉:深泉,指地下。窮,深。　　[4]重壤:層層土壤。幽隔:幽冥阻隔。　　[5]私懷:私願,指自己因喪妻而哀傷,不欲出去做官的願望。誰克從:誰能夠實現呢?　　[6]淹留:滯留。何益:無用。　　[7]僶(mǐn 敏)俛(miǎn 免):勉力。恭:遵奉。　　[8]迴心:迴返心意。指從對亡妻的哀傷中回轉過來。迴,返。反初役:回到原來的任職上。役,公役。潘岳此時在京城任給事黃門侍郎。　　[9]廬:室宅。　　[10]歷:經歷。指亡妻生前的生活痕跡。　　[11]帷屏:帷帳屏幕。髣髴:似乎見到而又不真切的情景。《漢書·外戚傳上》:"上(武帝)思念李夫人不已,方士齊人少翁言能致其神。迺夜張燈燭,設帷帳,陳酒肉,而令上居他帳,遥望見好女如李夫人之貌。"此句言自己不能像漢武帝那樣,能於屏帳上得楊氏之仿佛。　　[12]"翰

墨”句:楊氏生前所寫書迹還在。翰墨:筆墨。　　[13]流芳:五臣注指衣餘香。
遺掛:平生玩用之物尚掛在壁上。一説“流芳”、“遺掛”都承“翰墨”而來,指楊氏
筆墨字迹掛在墙上,還有餘芳。　　[14]悵怳(huǎng恍):恍惚、若有所失貌。如
或存:精神恍惚,表面上好像還在的樣子。　　[15]周遑:恐懼不安。遑,五臣本
作“惶”。忡:憂。惕:恐懼。這句使用同意字表達詩人的憂傷恐懼心情。
[16]翰林鳥:飛在林子中的鳥。翰,鳥的羽翮。　　[17]“雙栖”句:原是雙栖雙
飛鳥,一朝變成單飛。　　[18]比目:據説此魚僅一目,須兩兩在一起纔能游行。
析:分開。　　[19]隙(xì隙):門縫。五臣本作“隙”,字同。　　[20]霤(liù
六):屋簷流下的水。　　[21]沉憂:深沉的憂傷。日盈積:一天天積長而充滿。
[22]庶幾:希望。衰:減弱。指對亡妻的思念。這是憂傷已極而故找解脱的話。
[23]“莊缶(fǒu否)”句:《莊子·至樂》載:莊子妻死不哭,鼓盆而歌。惠子批評他
太過分。莊子説,人生之前無形無氣,現在人死了,又變回原來的樣子,這與春秋
冬夏四時之運行一樣的合於自然,有什麽值得悲傷的呢? 潘岳借此表達希望能够
像莊子一樣達觀,不要太過憂傷了。缶:瓦盆。

【集評】

　　(宋)范晞文《對牀夜語》卷一:“潘安仁《悼亡》云:‘望廬思其人,入室想所歷’,
悲有餘而意無盡。”

　　(清)毛先舒《詩辨坻》卷二:“潘岳《悼亡》,屬思至苦,言情至深。”

左　思

【作者簡介】

　　左思(250? —305?),字太沖,齊國臨淄(今屬山東)人。家世寒微,曾學書與
鼓琴,均未成,因發憤勤學,遍閲百家。其貌不揚,不善辭令,又有目疾,故亦不善
交游。泰始八年(272),其妹左棻以才德選入宫中,全家遷居京師。精思十年,寫
成《三都賦》,一時競爲傳寫,洛陽爲之紙貴。但因出身原因,仕途偃蹇。曾預賈謐
“二十四友”,亦無結果。賈謐被誅,遂退居宜春里,專意典籍。後齊王司馬冏曾以
他爲記室督,以疾辭。太安三年(304),京師大亂,舉家遷往冀州,數年後以疾卒,

年約五十餘。《晉書》卷九二有傳。

　　左思工詩擅賦,詩歌遒邁有風力,《詩品》列之爲上品。南朝宋謝靈運説:“左
太沖詩,潘安仁詩,古今難比。”作品主要見於《文選》和《玉臺新詠》。《隋書·經
籍志》著録有集五卷,近人丁福保《漢魏六朝名家集初刻》輯有《左太沖集》一卷。

詠　　史
其　　二

【題解】

　　《詠史》詩共八首,内容都是批判門閥制度的不合理,以及表現個人具有卓異的
才能和高尚的品操。本篇列第二首,詩以澗底松和山上苗作比,據引史事,批判當時
門閥社會對出身寒微的有才能士人的壓抑。自曹魏實行九品選官以來,造成了極不
合理的社會現象,左思是最早對這種制度批判的詩人。

　　鬱鬱澗底松[1],離離山上苗[2]。以彼徑寸莖[3],蔭此百尺條[4]。
世胄躡高位[5],英俊沈下僚[6]。地勢使之然,由來非一朝[7]。金張藉
舊業[8],七葉珥漢貂[9]。馮公豈不偉,白首不見招[10]。

《文選》卷二一

【校注】

[1]鬱鬱:茂盛貌。澗:山澗。松:喻英才。　　[2]離離:輕細而下垂貌。苗:初生
的草木。　　　[3]徑寸莖:直徑一寸的莖苗。　　　[4]蔭:遮蔽。百尺條:高達百尺
的樹幹。　　[5]世胄:世家子弟。躡:登。　　　[6]英俊:英才。下僚:低級官位。
[7]“地勢”二句:説高位和下僚的區別,完全是所處地勢的原因,由來已經不是一
朝兩朝了。　　　[8]金張:“金”指金日(mì 密)磾(dī 低),“張”指張安世,二人都
是西漢武、宣時的貴臣。《漢書》卷五九《張湯傳》:“功臣之世,唯有金氏、張氏,親
近寵貴,比於外戚。”藉:憑借。舊業:家世舊勳。　　　[9]七葉:七世。自武帝至平
帝,中經昭、宣、元、成、哀,共七代。珥(ěr 耳):插。漢貂:漢代常侍、侍中等官在冠
旁插貂鼠尾爲飾。金、張兩家自漢武帝以來,因爲家世勳舊的關係,七代都在朝中
做高官。　　　[10]馮公:指馮唐。西漢文帝時年老而仍爲郎官,文帝怪之。後來
馮唐因雲中太守魏尚事上書諫文帝,文帝使持節赦魏尚,馮唐亦拜爲車騎都尉。
偉:才識卓越。不見招:不被進用。

【集評】

(清)張玉穀《古詩賞析》卷一一:"此章慨世之不能破格用人也。首四,以松苗之託跡懸殊,以致高卑顛倒比起,筆勢聳拔。中四,惟崇世胄,英俊屈抑,點明章意。'地勢'句兜前,'由來'句呼後。末四,實詠金、張、馮公之事,爲'世胄'二句印證,竟住,老甚。"

其　　五

【題解】

本篇原列第五首。詩人表示對京城豪門富貴的鄙視,自稱不爲攀龍客,而甘願追隨許由,倘佯於山水之間。左思詩風奇偉卓絕,於此可見。

皓天舒白日[1],靈景耀神州[2]。列宅紫宮裏[3],飛宇若雲浮[4]。峨峨高門內[5],藹藹皆王侯[6]。自非攀龍客[7],何爲欻來游[8]？被褐出閶闔[9],高步追許由[10]。振衣千仞崗[11],濯足萬里流[12]。

《文選》卷二一

【校注】

[1]皓:明亮。舒:舒展。　　[2]靈景:日光。神州:指中國。《史記·孟子荀卿列傳》:"中國名曰赤縣神州。"　　[3]紫宮:本爲星名,亦稱紫微宮,喻皇宮。
[4]飛宇:飛簷。古代建築的屋簷像鳥翼一樣,故稱飛簷。雲浮:形容屋宇高浮於雲中。　　[5]峨峨:高峻貌。　　[6]藹藹:衆多貌。　　[7]攀龍:喻趨附豪貴之徒。此句說自己本不是攀龍附鳳之客。　　[8]欻(xū 須):迅疾貌。　　[9]褐:粗布短衣。閶闔:洛陽西門。　　[10]許由:傳說堯時隱士。堯欲傳天下與許由,許由不肯,逃到箕山下隱居躬耕。許由事見《莊子·逍遥遊》、《吕氏春秋·求人》及《高士傳》。　　[11]振衣:整衣,抖去衣服上的塵穢。仞:八尺爲一仞。
[12]濯足:洗足。這二句說要去掉塵世的滓穢,遠離世俗,做隱逸高士。

【集評】

(清)張玉穀《古詩賞析》卷一一:"此章言干謁不如高蹈也,直是詠懷,史事不過許由一點耳。前六,似與前首蹊徑相同,而此則有侯門深邃,不容干謁之意。後六,醒出干謁無用,不如高蹈可樂,以許爲宗,俯視一切。結處寫慨,真有臨崖勒馬之勢。"

其　六

【題解】

　　荆軻刺秦王,高漸離擊筑,功終未就,雖有客觀原因,但荆軻、高漸離謀事之疏略,亦不可推過,故詩人説他們無壯士節。然燕市高飲,已而相泣,旁若無人的英雄豪氣,迥非世之豪貴所可比及,本篇取此以喻自己對高門權貴的蔑視。

　　荆軻飲燕市,酒酣氣益振[1]。哀歌和漸離,謂若傍無人[2]。雖無壯士節[3],與世亦殊倫[4]。高眄邈四海[5],豪右何足陳[6]。貴者雖自貴,視之若埃塵。賤者雖自賤,重之若千鈞[7]。

《文選》卷二一

【校注】

[1]荆軻:戰國時衛人,游俠,好擊劍。爲燕太子丹赴秦刺秦王,失敗被殺。《史記》卷八六有傳。振:奮起。五臣本作“震”。　　　[2]哀歌:悲歌。和:唱和。漸離:高漸離,燕國俠士,善擊筑。荆軻被殺後,高漸離變名姓逃匿。後爲秦始皇所得,矐其目,命擊筑。因以鉛灌於筑中撲擊始皇,不中,被殺。事見《史記·刺客列傳》。[3]“雖無”句:清方廷珪《昭明文選集成》評曰:“此篇詠俠客可爲世重。按,當日高漸離既與軻善,何不與俱?而以秦武陽爲副,上殿時便幾露事,不待中柱之後也。即此便是荆軻疎處。或是高漸離不肯爲燕丹用,故不與俱乎?後始以筑擊始皇,殆有激於荆軻之死乎?計亦左矣。然則思之所云‘無壯士節’,殆統指二人而言也。”　　　[4]殊倫:殊不相等。是説荆軻、漸離二人雖無壯士節,但世人與之殊難相比。倫,等、類。　　　[5]眄:斜視。邈:輕視。　　　[6]豪右:豪門右族。陳:述,道。　　　[7]“貴者”四句:五臣吕延濟注:“言君王雖貴,軻將刺之;狗屠雖賤,軻乃與飲。事雖屬軻,實思自謂也。思疾當時貴者盡是小人,故輕之;賤者雖賤,則有君子,故重之。”

【集評】

　　(清)陳祚明《采菽堂古詩選》卷一一:“淋漓暢達,音節既高,雖大發議論,豈傷氣格。”

　　(清)張玉穀《古詩賞析》卷一一:“此章言俠客亦足貴重也。前四,直敍荆、高飲於燕市事起,中四,即其人而贊之。‘雖無壯士節’,所謂欲揚先抑也,作一曲筆,分寸恰合。後四，推開發議，以貴之不足重，跌出賤之足重來，筆力何等傲岸。"

嬌 女 詩

【題解】

本篇寫一對小兒女的頑皮，天真爛漫，姿態可愛。五言詩中專寫小兒，此是第一篇，對後人如杜甫都有影響。鮑照《擬行路難》第六有"棄置罷官去，還家自休息。朝出與親辭，暮還在親側。弄兒牀前戲，看婦機中織"句，深寓寒族士人有才不被任用的悲哀，左思此詩或亦有此意。

吾家有嬌女[1]，皎皎頗白皙[2]。小字爲紈素[3]，口齒自清歷[4]。鬢髮覆廣額，雙耳似連璧[5]。明朝弄梳臺，黛眉類埽跡[6]。濃朱衍丹唇[7]，黃吻瀾漫赤[8]。嬌語若連瑣[9]，忿速乃明懂[10]。握筆利彤管[11]，篆刻未期益[12]。執書愛綈素[13]，誦習矜所獲[14]。其姊字惠芳，面目粲如畫[15]。輕妝喜嘍邊[16]，臨鏡忘紡績[17]。舉觶擬京兆[18]，立的成復易[19]。玩弄眉頰間，劇兼機杼役[20]。從容好趙舞[21]，延袖像飛翮[22]。上下絃柱際[23]，文史輒卷襞[24]。顧眄屏風畫[25]，如見已指摘[26]。丹青日塵闇[27]，明義爲隱賾[28]。馳騖翔園林[29]，菓下皆生摘[30]。紅葩掇紫蒂[31]，萍實驟抵擲[32]。貪華風雨中[33]，倏眒數百適[34]。務躡霜雪戲[35]，重綦常累積[36]。并心注肴饌[37]，端坐理盤槅[38]。翰墨戢函按[39]，相與數離逖[40]。動爲鑪鉦屈[41]，屣履任之適[42]。止爲茶荈據[43]，吹吁對鼎䥶[44]。脂膩漫白袖[45]，烟熏染阿錫[46]。衣被皆重池[47]，難與沈水碧[48]。任其孺子意[49]，羞受長者責[50]。瞥聞當與杖[51]，掩淚俱向壁。

《玉臺新詠》卷二

【校注】

[1]"吾家"句：據《左棻墓誌》，左思有兩個女兒，與此詩相符。　　[2]皎皎：潔白。皙：白净。　　[3]小字：乳名。　　[4]清歷：清晰。　　[5]連璧：連並在一起的璧玉。形容耳輪潔明如玉。　　[6]黛眉：女子的眉用青墨色顏料描繪。埽跡：小孩子胡亂畫眉，像掃箒在地上亂掃的痕跡。埽，同"掃"。　　[7]濃朱：指

胭脂。衍丹脣:胭脂塗抹到嘴脣外面。衍,漫延。　　〔8〕黄吻:古人稱小兒"黄口",故以"黄吻"代替口角。曹植《魏德論》:"黄吻之亂。"吻,口脣兩邊。瀾漫:淋漓貌。指色彩濃麗。　　〔9〕連瑣:猶言連環。形容小孩子説話一句連一句。〔10〕忿速:因忿怒而説話很快。明懂(huò 或):乾脆明截。這兩句説小孩子説話快慢受其情緒的影響,高興的時候連綿不斷,不高興的時候,乾脆祇有一兩句。〔11〕利:貪愛,與下"愛"同。彤管:紅漆管的筆。　　〔12〕篆刻:指書寫。未期益:未期望她有多大的進步。益,增益,進步。這兩句説她握筆書寫祇是因爲她喜歡這根紅色的筆管,所以也並不期望她的書法有多大的進步。　　〔13〕綈:厚繒,絲織品。素:白絹。古人書籍常用絹帛書寫。　　〔14〕矜:誇。這兩句意思與前兩句相類,是説她所以看書,是因爲喜歡絹素的潔白可愛,一遇到自己認識的地方,就向大人炫耀。　　〔15〕瞭(càn 粲):清紀容舒《玉臺新詠考異》疑作"粲"字。粲,美好貌。《古詩紀》作"燦",光采鮮明的樣子。　　〔16〕妝:原作"莊",今據清紀容舒《玉臺新詠考異》改。　　〔17〕紡績:女孩以紡績爲業,但小女兒貪戀臨鏡照妝,常常忘記紡績。　　〔18〕觶(zhì 志):酒器,非化妝之具,清吳兆宜《玉臺新詠注》疑作"觚(gū 孤)"。《玉臺新詠考異》説:"然觚亦非畫眉物也。"按,據《周禮》,觚亦酒器。然《文選》卷十七陸機《文賦》"或操觚以率爾",李善注説:"觚,木之方者,古人用之以書,猶今之簡也。史游《急就章》曰:'急就奇觚。'觚,木簡也。"是觚亦指木簡,則可用以畫眉。京兆:指張敞,漢宣帝時爲京兆尹,爲婦畫眉,長安中傳張京兆眉憮。《漢書》卷七六有傳。　　〔19〕立的:古時女子用朱丹點在面部,以爲裝飾。成復易:謂畫成後又擦去重畫。易,變換。　　〔20〕劇:繁忙。兼:倍。機杼役:指織績之事。這兩句説,她忙於眉目間的化妝,忙碌超過了織績工作。　　〔21〕從容:從容不迫。趙舞:趙國的舞蹈,古代趙國以舞著稱,所謂"燕歌趙舞"。　　〔22〕延袖:長袖。飛翮(hé 合):飛鳥。翮,鳥的羽莖。〔23〕絃柱:指音樂。柱,樂器上架絃的木柱。這句説她亦忙於弄琴瑟。〔24〕文史:指書籍。襞(bì 必):折疊。這句説她忙於學舞、彈琴,把書籍捲起來,棄置到一邊。　　〔25〕顧眄:回頭看。這裏是説她隨意一瞥。　　〔26〕如見:隨意一瞥,不可能看得很清楚,但她像看見一樣加以品評了。摘:同"摘",指摘。〔27〕丹青:圖畫。塵闇:積滿灰塵而模糊不清。　　〔28〕明義:清楚明晰的意義。隱賾(zé 澤):深隱不見。這幾句説,屏風上的畫因爲日久積了許多灰塵,原來明晰的内容和意義,都變得隱晦難知了。(但惠芳卻瞥眼一見,就能評頭品足。)〔29〕馳騖:形容小孩子奔跑。　　〔30〕菓下:即下果。距地面很低的果子。菓,同"果"。這句説菓實還未成熟就生摘下來。　　〔31〕葩:花。掇:連綴。蒂(dì地):花蒂。　　〔32〕萍實:《説苑·辨物》"楚昭王渡江,有物大如斗,直觸王舟,止於舟中。昭王大怪之,使聘問孔子。孔子曰:'此名萍實,令剖而食之。惟霸者能獲之,此吉祥也。'"此處泛指一般的果子。驟抵擲:頻頻投擲。　　[33]華:同"花"。　　[34]倏(shū 書)眒(shēn 申):疾忽貌。眒,五雲溪館本《玉臺新詠》作"忽"。適:往。這句說兩個小女兒愛花,風雨天也頻頻往園林裏跑。　　[35]務躡:一定要踩着。　　[36]重綦(qí 奇):重重疊疊的腳印。綦,履迹。這兩句說下雪天她們也一定要到雪地裏去,弄得到處都是腳印。　　[37]并心:專心。注:注視。肴饌:指飯菜。　　[38]端坐:正坐。盤槅(gé 格):代指食物。槅,古代一種食器。一說"槅"同"核",指果實,亦通。　　[39]翰墨:筆墨。戢(jí 及):聚集。函:書桌。五雲溪館本《玉臺新詠》作"閑"。按:吳兆宜《玉臺新詠注》作"桉"。桉,同"案"。　　[40]數離逖(tì 替):屢屢遠離書桌。數,屢次。逖,遠。小孩兒不願讀書,老是逃離書桌。　　[41]鑪:吳兆宜注《玉臺新詠》本作"壚"。壚,缶,古人用作樂器。鉦(zhēng 征):鐃鐸一類的樂器。余冠英《漢魏六朝詩選》認爲是賣小食者所敲。　　[42]屣(xǐ 洗)履:曳履,跋着鞋。任:聽憑。適:往。這兩句說兩個小孩兒經不住門外賣小食者敲擊鉦、缶聲音的誘惑,跋着鞋就往外面跑。[43]荼(tú 途):苦菜。菽:豆類。荼菽,這裏泛指食物。據:佔據,指被吸引住。按,此句紀容舒《玉臺新詠考異》據《太平御覽》改作"心爲荼荈(chuǎn 喘)劇"。早采的叫荼,晚采的叫荈。劇,解爲嬉鬧,亦通。但"止"對上句"動"而言,似仍以宋刻爲佳。　　[44]鼎鑼(lì 力):同"鬲",煮食物用的烹飪器。　　[45]脂膩:油膩。漫:塗污。　　[46]熏:原作"勳",今據紀容舒《玉臺新詠考異》改。阿:細繒。原作"珂",今同據上書改。錫:與"緆"古字通,細布。　　[47]池:唐顏師古《匡謬正俗》卷七:"池者,緣飾之名,謂其形象水池也。左太沖《嬌女詩》云:'衣被皆重池',即其證也。"　　[48]沈水碧:謂下水洗滌。水碧,即碧水,清水。這兩句說她們的衣服邊緣都用雙綫繡成,因此髒了以後很難用水洗。沈,原作"次",今據五雲溪館本校改。　　[49]孺子意:指小孩子的脾氣。　　[50]"羞受"句:對大人的呵責感到羞怕。　　[51]瞥聞:剛聽到。與杖:用杖責打。

【集評】

　　(清)陳祚明《采菽堂古詩選》卷一一:"此是戲弄筆墨,與褚先生之史、王褒《僮約》之文相似。原取質言,不嫌俚率,自非可詠可歌、出風入雅之正格也。後人效顰之過,輒謂俚語俗語,皆可入詩。試思太沖《詠史》中何不曰'文史輒卷襞',《招隱》中何不曰'果下皆生摘'?而此詩中何又無一端莊琢煉語?明是各爲一格。此特俳笑之餘論、謠諺之遺音也。常論風之與謠,本非一致,風經夫子手刪,詞極工妙,謠則兒童戲語,以質言見致,第取古樸,不必論其理。若以'四始'繩之,則謠舉在所刪,不可混謠爲風也。但作此等詩,須造語涉趣,如已俳而復兼直率,更何足觀? 是雖謠體,亦不易作。後世因陋就簡之子,不分體格,胸無學問,畏典雅之難裁,喜俚率之易構,漫曰古人已爲之矣。若以歸獄古人,豈肯受之哉! 惟古文亦然,《世説新語》不可入紀傳,程、朱語録不可入經籍,古人流傳之言,或雅或俗,自有分途,而淺學者一概妄用,凌衰至於明末,莊頌之頃,忽雜市骽之詞,雅歌之中,驟入菜傭之語,大雅掃地,深可悲痛。”

張　協

【作者簡介】

　　張協(生卒年不詳),字景陽。安平武邑(今屬河北)人。少有奇才,兄弟三人(兄張載、弟張亢)均有才名,時人稱爲“三張”。約於晉武帝咸寧(275—280)中辟公府掾,轉秘書郎,華陰令。惠帝永寧元年(301)或稍後,入征北大將軍成都王司馬穎府爲從事中郎。遷中書侍郎,轉河間内史。其時天下已亂,張協遂棄絶人事,屏居草澤。守道不競,以文詠自娛。懷帝永嘉(307—313)中,復徵爲黄門侍郎,張協託疾不就,卒於家。《晉書》卷五五有傳。

　　張協長於五言詩,文體華净,音韻鏗鏘,語言精練,善於描摹事物的形狀。《詩品》列爲上品。《隋書·經籍志》著録有集三卷,明人輯其兄弟佚作爲《張孟陽張景陽集》一卷。今存詩十三首並殘句,見逯欽立《先秦漢魏晉南北朝詩》(中華書局 1983 年版)。

雜　　詩
其　　四

【題解】

　　《文選》録張協《雜詩》十首,本篇列第四首。以秋景狀淒涼的心境,悲歎歲月已晚,表示將要歸隱。景物描摹精巧,得形似之妙。誠如鍾嶸《詩品》所説:“風流調達,實曠代之高手。”

朝霞迎白日,丹氣臨湯谷[1]。翳翳結繁雲[2],森森散雨足[3]。輕風摧勁草[4],凝霜竦高木[5]。密葉日夜疎[6],叢林森如束[7]。疇昔歎時遲[8],晚節悲年促。歲暮懷百憂[9],將從季主卜[10]。

《文選》卷二九

【校注】

[1]丹氣:朝霞散發的紅光。湯(yáng 陽)谷:即暘谷,傳說日出之處。湯,五臣本《文選》作"暘"。《淮南子·天文訓》:"日出於暘谷。"朝霞是雨兆,故下文言雨。　[2]翳(yì 易)翳:天色陰暗的樣子。"翳"與"暗"古字通。結繁雲:烏雲密布。　[3]森森:雨散的樣子。雨足:指雨點。　[4]勁草:秋末草脆,易爲風吹折。　[5]凝霜:嚴霜。竦:同"聳"。高:五臣本作"喬"。　[6]疎:凋零。　[7]束:絜束、結束。森:形容樹葉落盡,枝條直刺上空之貌。這兩句說茂密的樹葉日漸凋落,叢林森森然像是捆紮在一起的樣子。　[8]疇昔:往時。

[9]百憂:形容憂之多。　[10]季主:人名,姓司馬,漢初卜於長安東市。宋忠、賈誼曾問他爲何要從事賣卜這種卑下之事,季主回答說:"騏驥不能與罷驢爲駟,而鳳凰不與燕雀爲群,而賢者亦不與不肖者同列,故君子處卑隱以辟衆,自匿以辟倫。"事見《史記·日者列傳》。此句說自己將要學司馬季主,懷道自匿,隱於卜筮。

陸　機

【作者簡介】

陸機(261—303),字士龍,吳郡華亭(今上海松江)人。出身吳士族,祖陸遜、父陸抗,都是吳國的重臣。史稱陸機"服膺儒術,非禮勿動"(《晉書》本傳),年少即有文名。晉武帝太康元年(280),晉滅吳國,陸機兩位兄長戰死,他被作爲戰俘帶至洛陽,不久回歸故里。太康末年,晉武帝下詔舉清能、拔寒素,他與其弟陸雲一同入洛,受到張華的重視,名動一時。歷任太子洗馬、殿中郎、尚書郎等職,"八王"亂後,曾任趙王司馬倫參軍,又參大將軍成都王司馬穎軍事,頗受重用。被表爲平原內史,世稱"陸平原"。晉惠帝太安三年(304),受成都王司馬穎之命,率兵討伐長沙王司馬乂,兵敗,爲司馬穎所殺,年四十三。《晉書》卷五四有傳。

　　陸機天才綺練,是太康時期的代表作家,與潘岳並稱爲"潘陸"。詩文賦均擅,尤以詩名。《詩品》列爲上品,許爲"太康之英"。詩歌講究音律,對仗工整,辭藻華美。《文選》收録詩作五十一首,列所有作家之首。梁時有集四十七卷,《隋書·經籍志》著録十四卷,宋以後僅存十卷,今存以明陸元大翻宋本《晉二俊文集》之《陸士衡文集》十卷爲佳。今人有郝立權《陸士衡詩注》(人民文學出版社 1958 年版),金濤聲點校本《陸機集》(中華書局 1982 年版)。

擬明月何皎皎

【題解】

　　寫游子思鄉之情,景物描寫精緻,對偶工整,較之原作,文人氣格顯明。"照之有餘暉"四句,工巧而自然,是寫景名句。

　　"明月何皎皎",漢末古詩。參見《文選》卷二九《古詩十九首》第十九首。

　　安寝北堂上[1],明月入我牖[2]。照之有餘暉,攬之不盈手[3]。凉風繞曲房[4],寒蟬鳴高柳[5]。蹰躇感節物[6],我行永已久[7]。游宦會無成[8],離思難常守[9]。

《文選》卷三〇

【校注】

[1]寝:卧。　　[2]牖:窗。　　[3]攬之不盈手:月光滿室,明亮照人,故曰"有餘暉";月光如水,撩人情思,欲攬而難握,故曰"不盈手"。　　[4]曲房:幽室,即詩人所卧之"北堂"。　　[5]寒蟬:深秋之蟬。寒蟬鳴則天氣轉凉。　　[6]蹰躇:徘徊。節物:季節物候。秋景傷人,故詩人有感。　　[7]永:長。　　[8]游宦:遠游仕宦。會:當。無成:没有結果。　　[9]"離思"句:遠游無成,適增離别之思,而愈難守宦游之志。

【集評】

　　(清)陳祚明《采菽堂古詩選》卷一〇:"寫月光稍活。"

擬西北有高樓

【題解】

　　本篇擬古詩辭意,寫佳人盛年不得佳偶的哀歎。用辭工麗,勝過古詩,於中可見太康詩人如何在模擬中發展五言詩的用心。

　　"西北有高樓"爲《文選》卷二九所録《古詩十九首》的第五首。

　　高樓一何峻[1]?苕苕峻而安[2]。綺窗出塵冥[3],飛陛躡雲端[4]。佳人撫琴瑟,纖手清且閑。芳氣隨風結[5],哀響馥若蘭。玉容誰得顧[6]?傾城在一彈[7]。佇立望日昃[8],躑躅再三歎[9]。不怨佇立久,但願歌者歡[10]。思駕歸鴻羽,比翼雙飛翰[11]。

　　　　　　　　　　　　　　　　　　　　　　　　　　　　《文選》卷三〇

【校注】

[1]峻:高。　　[2]苕苕:高貌。苕,五臣本作"迢"。　　[3]綺窗:窗格子刻鏤有如結綺。綺,有花紋的絲織物。塵冥:迷蒙的塵霧。冥,昏暗。形容樓高迥出於塵表。　　[4]飛陛:形容樓閣通道之高。陛,階梯。躡:踩。雲端:雲外。
[5]氣:趙刻《玉臺新詠》作"草",誤。　　[6]得:五臣本作"能"。顧:看。
[7]"傾城"句:是說佳人一彈撫,足令城國之人盡出爲觀。傾:盡。　　[8]日昃(zè ㄗㄜˋ):日影傾斜。　　[9]躑躅:徘徊。　　[10]"不怨"二句:不怨自己佇立長久,但願唱和的人歡樂。歌者:指知音而和的人,即佳人思能比翼雙飛者。
[11]"思駕"二句:鴻飛一舉千里,故佳人說願駕鴻雁與同心的人比翼雙飛。鴻:大雁。翰:高飛。

【集評】

　　(清)黄子雲《野鴻詩的》:"陸士衡《擬古詩》、江淹《擬古三十首》,如搏猛虎,捉生龍,急與之較,力不暇,氣格悉敵。今人擬詩,如牀上安牀,但覺怯處種種不逮耳。然前人擬詩,往往祇取其大意,亦不盡如江、陸也。"

赴洛道中作

其　　一

【題解】

　　《赴洛道中作》共兩首,此爲第一首。本篇表達詩人辭親赴洛的憂傷,以及對前途未卜的畏懼。途中景物的着意刻畫,都在襯托和渲染這種情感。

　　摠轡登長路[1],嗚咽辭密親[2]。借問子何之?世網嬰我身[3]。永歎遵北渚[4],遺思結南津[5]。行行遂已遠,野途曠無人。山澤紛紆餘[6],林薄杳阡眠[7]。虎嘯深谷底,鷄鳴高樹巔。哀風中夜流[8],孤獸更我前[9]。悲情觸物感,沈思鬱纏緜[10]。佇立望故鄉[11],顧影悽自憐。

《文選》卷二六

【校注】

[1]摠轡:攬轡。摠:攬,持。　　　[2]密:近。　　　[3]世網:塵世的羅網,指仕宦。嬰:纏繞。　　　[4]永歎:長歎。遵:循,沿着。北渚:向北之渚,指去處。渚,水邊。[5]南津:南邊的津渡,指別處。這兩句説長歎着沿北渚而下,思念還縈繞在離別的地方。　　　[6]紆(yū 淤)餘:逶迤起伏的樣子。　　　[7]薄:草木叢生曰薄。杳:幽暗不明。阡眠:茂密。一説偃伏的樣子。　　　[8]哀風:淒厲的寒風。中夜:夜半。流:吹。　　　[9]孤獸:離群之獸。更:經過。　　　[10]沈思:深長的憂思。纏緜:連綿不斷。　　　[11]佇立:久立。

【集評】

　　(清)陳祚明《采菽堂古詩選》卷一〇:"稍見淒切,景中有情。"

劉　琨

【作者簡介】

　　劉琨(271—318)，字越石。中山魏昌(今河北定州東南)人。少有才氣，時人以"俊朗"評之。早蓄懷抱，與祖逖爲友，聞祖逖被任用，與親友信説："吾枕戈待旦，志梟逆虜，常恐祖生先吾著鞭。"年二十六，爲司隸從事。永康元年(300)，趙王司馬倫以爲記室督，轉從事中郎。齊王冏輔政，授尚書左丞，轉司徒左長史。范陽王司馬虓鎮許昌，引爲司馬。以迎惠帝功封廣武侯。懷帝永嘉元年(307)，爲并州刺史。北上募衆，轉戰晉陽，以抗擊劉聰、石勒。晉愍帝建興二年(314)，拜大將軍，都督并冀幽三州諸軍事，加散騎常侍、假節。三年拜司空，都督并冀幽三州軍事。後爲石勒所敗，投幽州刺史段匹磾。晉元帝大興元年(318)，爲段匹磾所害。謚愍。《晉書》卷六二有傳。

　　劉琨少時頗爲浮誇，永嘉元年爲并州刺史以後，北上收拾流民，整理亂土，感慨既多，詩亦有清剛之氣。今存作品多爲後期所作。鍾嶸《詩品》評曰："善爲悽戾之詞，自有清拔之氣。琨既體良才，又罹厄運，故善敍喪亂，多感恨之詞。"《隋書·經籍志》著録有集十卷。今存文二十篇，見嚴可均《全上古三代秦漢三國六朝文》(中華書局1958年版)。詩四首，見逯欽立《先秦漢魏晉南北朝詩》(中華書局1983年版)。

扶　風　歌

【題解】

　　《文選》題下李善注引《集》云："《扶風歌》九首，然以兩韻爲一首。今此合之，皆誤。"扶風，地名。扶風歌，當爲古曲，劉琨擬而自喻(參見五臣注)。《文選》列入"雜歌"類。《樂府詩集》收入《雜歌謠辭》。

　　本篇爲永嘉元年(307)九月赴并州就任途中所作。永嘉亂後，中原淪喪於匈奴、羯、氐等少數民族，作者勇於赴難，志欲恢復中原，詩中即抒發其憫時傷亂的憂國之情，於結尾亦流露出對未來個人命運的憂懼。

　　朝發廣莫門[1]，莫宿丹水山[2]。左手彎繁弱[3]，右手揮龍淵[4]。顧瞻望宮闕，俯仰御飛軒[5]。據鞍長歎息[6]，淚下如流泉。繫馬長松下,發鞍高岳頭[7]。烈烈悲風起[8],泠泠澗水流[9]。揮手長相謝[10],哽咽不能言。浮雲爲我結[11],歸鳥爲我旋[12]。去家日已遠,安知存與亡。慷慨窮林中[13],抱膝獨摧藏[14]。麋鹿游我前,猨猴戲我側。資糧既乏盡,薇蕨安可食[15]。攬轡命徒侶[16],吟嘯絕巖中[17]。君子道微矣[18],夫子故有窮[19]。惟昔李騫期[20],寄在匈奴庭[21]。忠信反獲罪,漢武不見明。我欲竟此曲[22],此曲悲且長。棄置勿重陳,重陳令心傷[23]。

《文選》卷二八

【校注】

[1]廣莫門:晉都洛陽城北門。并州在洛陽北邊,故從廣莫門出。　　　[2]莫:同“暮”。丹水山:清梁章鉅《文選旁證》卷二三引《水經·沁水注》:“《上黨記》曰:‘丹水出長平北山南流,秦坑趙衆,流血丹川,由是俗名爲丹水……又東南流,注於丹谷,即劉越石《扶風歌》所謂丹水者也。’”　　　[3]繁弱:古良弓名。
[4]龍淵:古寶劍名。五臣注説,晉被胡虜所逼,劉琨意欲掃滅之。　　　[5]俯仰:高低起伏。車子飛奔時,因道路不平而時起時伏。御:駕。飛軒:飛奔的車子。
[6]據鞍:靠着馬鞍,謂駐馬不前。　　　[7]發鞍:卸下馬鞍。　　　[8]烈烈:風聲。五臣本作“冽冽”。　　　[9]泠泠:清越的水流聲。　　　[10]謝:辭別。　　　[11]結:屯結。　　　[12]歸:五臣本作“飛”。這兩句用雲結鳥旋表達對京城的眷戀。
[13]窮林:深林。　　　[14]摧藏:淒愴、憂傷。　　　[15]薇蕨:野菜。　　　[16]攬轡:總領繮繩。徒侶:徒衆,指士卒。　　　[17]絕巖:險絕的山巖。　　　[18]微:衰落。　　　[19]夫子:指孔子。《論語·衛靈公》:“(孔子)在陳絕糧,從者病,莫能興。子路愠,見曰:‘君子亦有窮乎?’子曰:‘君子固窮,小人窮斯濫矣。’”
[20]李騫期:李,指李陵。騫期,行軍錯過約定的時間。騫,通“愆”,五臣本作“愆”。行軍失期本是李陵祖父李廣之事,這裏誤屬李陵。李廣、李陵事見《史記》卷一〇九、《漢書》卷五四本傳。　　　[21]“寄在”句:漢武帝天漢二年(前99),李陵率步卒五千人出塞,深入懸絕,爲匈奴八萬人所圍,孤軍奮戰,力竭援絕,乃降匈奴。後有人傳李陵爲匈奴訓練軍隊,漢武帝遂族誅其母弟妻子全家。李陵降後,司馬遷曾爲之辯解,説李陵雖投降匈奴,其意是待機立功以報漢。故劉琨下句用“忠信反獲罪,漢武不見明”評説此事,亦以比喻自己。蓋此次赴任,亦等同於孤軍奮戰,道路不通,難免有訛言,是則李陵的遭遇亦有可能發生在自己身上。這幾句表達了劉琨對自己前途的憂懼。　　　[22]竟:盡。原作“競”,清胡克家《文選考異》以爲是傳寫誤,非

李善本原貌。按,《考異》所言甚是。今據五臣本改。　　[23]棄置:抛掉。陳:述。這兩句説,還是把這些(想法)扔掉吧,多想祇有令人悲傷。"棄置勿復陳",本是樂府套語,如曹丕《雜詩》"棄置勿復陳,客子常畏人"句,這裏卻是劉琨真實的心聲。

【集評】

(清)沈德潛《古詩源》卷八:"悲涼酸楚,亦復不知所云。"

郭　璞

【作者簡介】

郭璞(276—324),字景純,河東聞喜(今屬山西)人。知識淵博,精通古文字及訓詁之學。注釋過《周易》、《爾雅》、《山海經》、《穆天子傳》、《楚辭》等書。精於曆算及術數之學,以善卜筮聞名。避亂南下,王導引爲參軍。東晉初,官著作郎、尚書郎等職。後大將軍王敦引爲記室參軍,因勸阻王敦謀反,被害。死後追贈弘農太守。《晉書》卷七二有傳。

郭璞是東晉著名詩人,號爲"中興第一",代表作是《游仙詩》十四首和《江賦》。作品雖多涉游仙及玄理,然辭采絢麗,境界闊大,坎壈詠懷,與當時的玄言詩絶不相同,鍾嶸《詩品》稱他"始變永嘉平淡之體"。《隋書·經籍志》著録有集十七卷,明人輯有《郭弘農集》一卷。

游　仙　詩
其　　二

【題解】

郭璞《游仙詩》現存十四首,原作當不止此。《文選》選録七篇,本篇列第二首。游仙自漢末以來,詩人多用以述列仙之趣,郭璞則往往自敍懷抱,寓有寄託。本篇述隱者的仙境之樂,表達對游仙的向往。境界詭奇,寓意亦自深長。

　　青谿千餘仞^[1],中有一道士^[2]。雲生梁棟間,風出窗户裏^[3]。借問此何誰?云是鬼谷子^[4]。翹迹企潁陽^[5],臨河思洗耳^[6]。閶闔西南來^[7],潜波涣鱗起^[8]。靈妃顧我笑^[9],粲然啓玉齒。蹇修時不存^[10],要之將誰使^[11]?

《文選》卷二一

【校注】

[1]青谿:山名。李善注引庾仲雍《荆州記》曰:"臨沮縣有青谿山,山東有泉,泉側有道士精舍,郭景純嘗作臨沮縣,故《游仙詩》嗟青溪之美。"千餘仞:形容山高。仞,八尺曰仞。　　[2]道士:得道的高士。　　[3]"雲生"二句:形容隱士精舍築處高。　　[4]鬼谷子:戰國時縱横家,自號鬼谷子。《史記·蘇秦列傳》:"蘇秦者,東周雒陽人也。東事師於齊,而習之於鬼谷先生。"《集解》:"徐廣曰:'潁川陽城有鬼谷,蓋是其人所居,因爲號。'駰案:《風俗通義》曰:'鬼谷先生,六國時縱横家。'"此處借喻隱居的高士。　　[5]翹迹:舉足。企:企慕。潁陽:潁水之陽。相傳堯時高士許由隱居於此。　　[6]洗耳:相傳堯欲傳天下給許由,許由便逃到潁水之陽、箕山之下隱居。後堯又召他爲九州之長,許由以爲其言不善,因臨河洗耳。事見晉皇甫謐《高士傳》卷上。這兩句借對許由高尚之迹的企慕,表示對隱居生活的向往。　　[7]閶闔:西風稱閶闔風。　　[8]"潜波"句:風行水上,波紋如魚鱗閃動。　　[9]靈妃:指宓妃,傳說中的洛水女神。[10]蹇修:古賢人名,相傳是伏羲的臣,掌媒事。《楚辭·離騷》:"吾令豐隆乘雲兮,求宓妃之所在。解佩纕以結言兮,吾令蹇修以爲理。"　　[11]要:同"邀",請求。以上四句説,宓妃對我粲然而笑,似爲有情,但世上没有合適的媒人,我請誰來邀約她呢?

【集評】

　　(清)張玉穀《古詩賞析》卷一二:"此首隱以鬼谷自喻,而歎仙緣之尚有待也。前八,直就青溪道士所居敍起,點清鬼谷,表其遠企許由,爲己隱居學仙作影。後六,頂上河來即風波略一著色,幻出水仙顧笑有情,而以無媒難接、尚杳仙緣收住。離奇奥衍,嗣響楚騷。"

南朝樂府民歌

【作者簡介】

南朝樂府指東晉至陳末時期的樂府歌辭,由"吳聲歌曲"、"西曲歌"和"神絃歌"三部分組成。吳聲歌曲産生於江南吳地,以當時首都建鄴(今江蘇南京)爲中心,主要有《子夜歌》、《子夜四時歌》、《讀曲歌》、《華山畿》等。西曲歌則是長江中游和漢水流域的民歌,代表作是《西洲曲》。吳聲歌曲産生的時代比西曲歌要早,它最晚出的《讀曲歌》相傳爲宋文帝時由民間謠曲演成,這個時間是西曲歌中最早的《石城樂》産生的時間。吳聲、西曲主要是情歌,其體制短小,多爲五言四句。歌辭情調宛轉,風格清麗而纏綿。又多用雙關諧音的修辭手法,情思委婉而含蓄。寫少男少女間的相愛相思,辭采鮮麗,聲調諧婉,明艷動人。

子夜四時歌

其 一

【題解】

此詩屬南朝樂府民歌《子夜歌》"冬歌"。《子夜歌》屬吳聲歌曲,以"子夜"爲題的有《子夜歌》、《子夜四時歌》、《大子夜歌》等,約一百二十餘首。其中《樂府詩集》所載《冬歌》有十七首,此爲第一首。寫女子向情人表達自己對愛情的堅貞,期待情人也能像自己一樣,如松柏之傲雪。

淵冰厚三尺[1],素雪覆千里。我心如松柏,君情復何似。

《樂府詩集》卷四四

【校注】

[1]淵:深。《詩·邶風·燕燕》:"其心塞淵。"《毛傳》:"塞,瘞。淵,深也。"

讀　曲　歌

其五十五

【題解】

　　《讀曲歌》屬吳聲歌曲,共有八十九首,此爲第五十五首。産生時間較《子夜歌》爲晚,相傳爲宋文帝時由民間謠曲演成。本篇是男女私會之詩,詩人希望幸福的夜晚能够長久,故稱將報曉的長鳴雞和烏臼鳥都趕走,一年中的天祇亮一次。

　　打殺長鳴雞,彈去烏臼鳥[1]。願得連冥不復曙[2],一年都一曉。

　　　　　　　　　　　　　　　　　　　　　　　　《樂府詩集》卷四六

【校注】

[1]烏臼鳥:候鳥名,似烏鴉而小,又名黎雀,拂曉時即啼鳴。　　[2]冥:夜。曙:天亮。

那　呵　灘

【題解】

　　《那呵灘》屬西曲歌。據《樂府詩集》解題,《西曲歌》出於荆、郢、樊、鄧之間,其聲節送和與吳歌不同,因稱西曲。《樂府詩集》卷四九載《那呵灘》六曲,多敍江陵及揚州事。兹選其第四、第五曲,是男女對答體。前首是女子送情人東下揚州不捨之辭,後首是男子答辭。

其　　　四

　　聞歡下揚州[1],相送江津彎[2]。願得篙櫓折,交郎到頭還[3]。

　　　　　　　　　　　　　　　　　　　　　　　　《樂府詩集》卷四九

【校注】

[1]歡:南朝民歌中女子對情人的愛稱。　　[2]江津:在今湖北江陵。　　[3]交:同"教"。

其　　五

篙折當更覓，櫓折當更安。各自是官人[1]，那得到頭還。

《樂府詩集》卷四九

【校注】

[1]官人：清張玉穀《古詩賞析》卷一五：“官人，婦人呼夫之稱。各自是官人，言我到彼，亦有呼我爲官人者，與汝真各自以爲是也。”

石　城　樂

其　　三

【題解】

《石城樂》屬西曲歌。石城在竟陵，據《樂府詩集》引《唐書·樂志》，相傳爲宋臧質在竟陵城上，見群少年歌謠，因作此曲。《樂府詩集》卷四七載五曲，此爲第三首，是情人分別之作。

布帆百餘幅，環環在江津[1]。執手雙淚落，何時見歡還。

《樂府詩集》卷四七

【校注】

[1]環環：“環”是“還（歸）”的諧音。一說“環環”言布帆之多，亦通。

西　洲　曲

【題解】

《西洲曲》屬樂府雜曲歌辭。詩寫少女的相思，隨四時景物的變化而不斷加深。情思純净如水，景物迷人，色彩明麗，婉轉感人，是南朝樂府民歌中的佳作。西洲，地名，具體地點不詳。或據唐温庭筠《西洲曲》“悠悠復悠悠，昨日下西洲。西洲風色好，遥見武昌樓”，以爲在武昌（今湖北鄂城）附近。

憶梅下西洲[1]，折梅寄江北。單衫杏子紅，雙鬢鴉雛色[2]。西洲
在何處？兩槳橋頭渡。日暮伯勞飛[3]，風吹烏臼樹[4]。樹下即門前，
門中露翠鈿[5]。開門郎不至，出門採紅蓮。採蓮南塘秋，蓮花過人
頭。低頭弄蓮子[6]，蓮子青如水。置蓮懷袖中，蓮心徹底紅[7]。憶郎
郎不至，仰首望飛鴻[8]。鴻飛滿西洲，望郎上青樓[9]。樓高望不見，
盡日欄干頭[10]。欄干十二曲[11]，垂手明如玉。卷簾天自高，海水搖
空綠[12]。海水夢悠悠，君愁我亦愁。南風知我意，吹夢到西洲[13]。

《樂府詩集》卷七二

【校注】

[1]下：往。　　[2]鴉雛色：像小烏鴉一樣的黑色。言女子雙鬢烏黑發亮。鴉，同
"鴉"。　　[3]伯勞：鳥名。又名鵙，仲夏始鳴，好單棲。這裏一方面用以表示季
節，一方面暗示女子的孤單。　　[4]烏臼樹：亦作烏柏樹，落葉喬木。實如胡麻
子，多脂肪，可製肥皂和蠟燭。　　[5]翠鈿：用翠玉鑲嵌的首飾。　　[6]蓮子：
諧音"憐子"，這是雙關的手法。　　[7]蓮心：諧"憐心"，就是愛心。徹底紅：紅
得深透，用以形容女子的愛心。　　[8]望飛鴻：古人有鴻雁寄書的傳說，故"望飛
鴻"表示對情人音信的盼望。　　[9]青樓：有青色塗飾的樓，女子所居。參見曹
植《美女篇》注。　　[10]盡日：整日。　　[11]十二曲：形容欄杆迴環多曲，暗
示女子等候情人歷時之久和情思之深。　　[12]海水：此指江水。一說指秋夜的
顏色像大海一樣，女子隔簾見天似海水一樣滉漾。　　[13]"海水"四句：女子終
日思念情人，情思悠悠，因想對方也一定如自己一樣思念。假如南風知道我的心
思，將情人從夢境中帶到西洲，與我相會。此詩寫女子終日相思，卻無半分對情人
的懷疑和哀怨，深得溫柔敦厚之旨。

【集評】

　　(清)沈德潛《古詩源》卷一二："續續相生，連跗接萼，搖曳無窮，情味愈出。""似
絕句數首攢簇而成，樂府中又生一體。初唐張若虛、劉希夷七言古發源於此。"

　　(清)陳祚明《采菽堂古詩選》卷一五："《西洲曲》搖曳清颺，六朝樂府之最艷者。
初唐劉希夷、張若虛七言古詩皆從此出，言情之絕唱也。夫艷非詞華之謂，聲情宛
轉，語語動人，若趙女目挑心招，定非珠瓔翠翹，使人動心引魄也。尋其命意之由，蓋
緣情溢於中，不能自已，隨目所接，隨境所遇，無地無物，非其感傷之懷，故語語相承，
段段相綰，應心而出，觸緒而歌，並極纏綿，俱成哀怨。此與《離騷》、《天問》同旨，豈

不悲哉！或者以其聲韻悠揚，指爲唐調，不知特因唐人轉相仿效，故語多相類耳。細味篇中，如'單衫杏子紅'、'雙鬢鴉雛色'，如'蓮子清如水'、'蓮心徹底紅'，此豈唐人語耶？""段段綰合，具有變態。由樹及門，由門望路，自然過渡，尤妙在'開門露翠鈿'句可畫。借'翠'字生出'紅蓮'，'紅'字借'過人頭'生出'低頭'句，蓮子、蓮心'青'、'紅'二字相生不對，忽又漾下'紅蓮'，生出'飛鴻'。從'飛鴻'度'登樓'，從'登樓'見'高天'、'海水'，情自近而之遠，自淺而之深，無可奈何，而託之於夢，甚至夢借風吹，縹緲幻忽無聊之思，如游絲隨風，浮萍逐水，不獨無地無物，盡屬感傷；無時無刻，暫躅愁緒矣。太白尤疊疊於斯，每希規似《長干》之曲，竟作粉本，至如'海水搖空綠'、'寄愁明月'、'隨風夜郎'，並相蹈襲，故知此詩誠唐人所心慕手追，而究莫能逮者也。"

(清)張玉穀《古詩賞析》卷一九："此閨情詩也。出春而夏而秋，直舉一歲相思，盡情傾吐，真是魆格。前十二，春時憶也。折梅將寄所思，飾容而往，日暮而歸，凝妝而待，無如郎之不至何，則好春已過，又將有事采蓮矣。說采蓮，有望憐意。'采蓮'八句，夏時憶也。'采蓮'、'弄蓮'、'懷蓮'、'憶蓮'，情傅所事，無如郎之仍不見何，則長夏已過，又將轉盼飛鴻矣。說飛鴻，有望音書意。後十二，秋時憶也。感飛鴻而盼望高樓，郎終不見，闌干徒倚，天海茫茫，至此心盡氣絕，惟冀有夢同愁，風吹夢到而已。兜應西洲，隱然重又一歲，首尾循環，無窮搖曳。"

北朝樂府民歌

【作者簡介】

北朝樂府民歌主要是指《樂府詩集》所載"梁鼓角橫吹曲"，共二十一曲，六十餘首。這些樂曲有的是十六國時期的作品，有的是北魏後期作品，從東晉時陸續傳入南朝，由於經過南朝梁樂府機關整理，所以叫梁鼓角橫吹曲。北朝樂府民歌如實反映了北方人民的風俗和生活，有尚武生活的描寫，有北方的自然風光，也有反映北人的愛情生活。歌辭樸質，表露大膽，風格剛健。代表作是《木蘭詩》。

敕　勒　歌

【題解】

　　本詩是北朝樂府民歌,《樂府詩集》列入“雜歌謠辭”。據《樂府詩集》引
《樂府廣題》,北齊高歡進攻北周玉壁,士卒死傷十之四五,高歡亦憤恚疾發。
爲鼓舞士氣,高歡勉力起坐,命斛律金唱此歌。其歌原爲鮮卑語,譯爲北齊
語(漢語),故長短不齊。本詩描繪了雄渾遼闊的北方原野獨特的風光:水草
肥美,牛羊成群,風吹草伏而牛羊自現。敕勒爲中國古代北方少數民族名,
相傳是古赤狄餘種。初號狄歷,北方稱敕勒,華夏稱爲高車。北魏時又稱鐵
勒、高車部,北齊時居住在朔州(今山西北部)一帶。斛律金本是敕勒族人。

　　敕勒川[1],陰山下[2],天似穹廬[3],籠蓋四野。天蒼蒼,野茫茫,
風吹草低見牛羊[4]。

《樂府詩集》卷八六

【校注】

[1]川:平川,原野。敕勒川,當因敕勒部族居於此處而得名。　　　[2]陰山:山
脈名,横亘於今内蒙古自治區南境、東北至内興安嶺。　　　[3]穹(qióng 窮)
廬:游牧民族所居的圓頂帳幕,俗稱蒙古包。此處形容北方原野遼闊,天似籠罩
在原野上的頂幕。　　　[4]見:同“現”。

隴頭歌辭三首

【題解】

　　《樂府詩集》所收《隴頭歌辭》共三首,屬“梁鼓角横吹曲”。其歌辭原來大多是
北方少數民族的歌曲,後來被翻譯成漢語。本詩通過富有特點的北方景物的描寫,
刻劃游子思念故鄉的痛苦心情。

　　隴頭流水[1],流離山下。念吾一身,飄然曠野。
　　朝發欣城,慕宿隴頭。寒不能語,舌卷入喉[2]。
　　隴頭流水,鳴聲幽咽。遥望秦川[3],心肝斷絶。

《樂府詩集》卷二五

【校注】

[1]隴頭:又名隴首、隴坻、隴阪、隴山,在今陝西隴縣、寶雞與甘肅清水、張家川之間。　　[2]舌卷入喉:舌頭凍得卷上去。形容氣候寒冷。　　[3]望:一作"看"。秦川:指陝西省中部。

【集評】

　　(清)張玉穀《古詩賞析》卷二〇:"隴頭之苦,祇就寒説,造語極奇。"

折楊柳枝歌
其　二

【題解】

　　《樂府詩集》所收《折楊柳枝歌》共四首,屬《梁鼓角橫吹曲》。此爲第二首,是女子對母親不及早將自己嫁出的怨辭。

　　門前一株棗,歲歲不知老[1]。阿婆不嫁女,那得孫兒抱。

《樂府詩集》卷二五

【校注】

[1]"門前"二句:余冠英《樂府詩選》認爲"棗"是"早"的諧音,取早嫁之意。兩句是説想要早嫁,卻一年年過去,未有嫁成。

【集評】

　　(清)陳祚明《采菽堂古詩選》卷二八:"愈俚率,愈入情。"

木　蘭　詩
其　一

【題解】

　　《樂府詩集》以本詩列入"梁鼓角橫吹曲"。共有二首,此爲第一首。這是一首長篇敍事詩,塑造了一個具有傳奇色彩的北方女子形象。她在國家存亡危急之時,挺身而出,代父從軍,馳騁疆場,立下顯赫戰功。但到戰爭結束之後,又脫下戰袍,回復女兒裝,辭官歸田,表現出淳樸而高潔的情操。本詩寫作時代争論頗多,現在一般以爲不應晚於南朝陳時,因爲陳釋智匠《古今樂録》已作著録,但在長期的流傳過程中,亦經過隋唐文人的加工,如"萬里赴戎機"以下六句,對仗工整,顯然是後人修改而成。故事的背景當是後魏時期,因爲後魏和蠕蠕(即柔然)的戰争與詩中地名相合。故事的主人公木蘭,姓氏里居不詳,釋智匠《古今樂録》已有"木蘭不知名"的説法。後世流傳多種新説,均無確證。

　　唧唧復唧唧[1],木蘭當户織。不聞機杼聲[2],唯聞女歎息。問女何所思?問女何所憶?女亦無所思,女亦無所憶。昨夜見軍帖[3],可汗大點兵[4]。軍書十二卷[5],卷卷有爺名。阿爺無大兒,木蘭無長兄。願爲市鞍馬[6],從此替爺征。

　　東市買駿馬,西市買鞍韉[7]。南市買轡頭[8],北市買長鞭。旦辭爺孃去[9],暮宿黄河邊。不聞爺孃唤女聲,但聞黄河流水鳴濺濺。旦辭黄河去,暮至黑山頭[10]。不聞爺孃唤女聲,但聞燕山胡騎鳴啾啾[11]。

　　萬里赴戎機[12],關山度若飛。朔氣傳金柝[13],寒光照鐵衣[14]。將軍百戰死,壯士十年歸[15]。歸來見天子[16],天子坐明堂[17]。策勳十二轉[18],賞賜百千彊[19]。可汗問所欲?木蘭不用尚書郎[20],願借明駝千里足[21],送兒還故鄉[22]。

　　爺孃聞女來,出郭相扶將[23]。阿姊聞妹來,當户理紅妝。小弟聞姊來,磨刀霍霍向豬羊。開我東閣門,坐我西間牀。脱我戰時袍,著我舊時裳。當窗理雲鬢,對鏡帖花黄[24]。出門看火伴[25],火伴皆驚忙。同行十二年,不知木蘭是女郎。

　　雄兔腳撲朔[26],雌兔眼迷離[27]。雙兔傍地走,安能辨我是雄雌[28]?

《樂府詩集》卷二五

【校注】

[1]唧唧復唧唧:《樂府詩集》注稱:"一作'促織何唧唧'。"按,《古文苑》卷九作"促織何唧唧"。《文苑英華》"復唧唧"作"何力力"。注云:"力力",或作"歷歷"。唧唧,歎息聲。唐白居易《琵琶行》:"我聞琵琶已歎息,又聞此語重唧唧。"可證。

唧唧,原作“蟋蟋”,今據汲古閣本《樂府詩集》改。　　[2]機杼(zhù柱)聲:織布機的聲音。杼,織布的梭子。　　[3]軍帖:徵兵的文書。　　[4]可汗(kè hán克寒):古代西北少數民族和匈奴、柔然、突厥等國對君主的稱呼。　　[5]十二:此詩多用十二,是民歌誇張寫法,軍書不可能每卷都有木蘭父親的名字。　　[6]市:購買。　　[7]鞯(jiān尖):馬鞍墊子。　　[8]轡(pèi配)頭:馬繮繩。[9]孃:同“娘”。　　[10]黑山:即殺虎山,在今內蒙古呼和浩特東南。《魏書·太武紀》記神廳(jiā加)二年(429)“秋七月,車駕東轅,至黑山校數軍實”。[11]燕山:指燕然山,在今內蒙古巴彥淖爾盟五原縣境。一説在河北薊縣東南。胡:古代對北方少數民族的稱呼。騎:騎兵。啾啾:馬鳴聲。　　[12]戎機:軍機,指戰爭。　　[13]朔氣:指北方寒氣。金柝(tuò拓):即“刀斗”。軍用銅器,像鍋。白天用來燒飯,晚上用來打更。《史記·李將軍列傳》“不擊刀斗以自衛”,裴駰《集解》引孟康曰:“以銅作鐎器,受一斗,晝炊飯食,夜擊持行,名曰刀斗。”此句寫北方嚴寒,軍隊夜間休息時的金柝聲,亦使人感覺到陣陣的寒氣。　　[14]鐵衣:指戰甲。　　[15]“將軍”二句:互文見義,言身經百戰,歷時十年,終於凱旋。[16]天子:前稱“可汗”,此稱“天子”,是元魏入主中原後,天子、可汗已成通稱。[17]明堂:天子用來祭祀、朝諸侯、選士的地方。　　[18]策勳:即紀功。十二轉:本來是唐制,將勳功分爲若干等,每升一等爲一轉。此處“十二”是虛數,與“十二卷”、“十二年”一樣,虛言其多,此處表示多次記功的意思。或據此稱本詩作於唐時,其實不然,應該是後人補充修改之詞。　　[19]百千:言賞賜之多。彊:同“强”,有餘。　　[20]不用:不爲。尚書郎:官名,指尚書省的侍郎。　　[21]“願借”句:此句原作“願馳千里足”,注云:“段成式《酉陽雜俎》云:‘願借明駝千里足。’”今據改。明駝:指駱駝。千里:指馬、駝等代步之物。《酉陽雜俎》説:“駝卧,腹不貼地,屈足漏明,則行千里。”　　[22]兒:木蘭自稱。　　[23]郭:外城。將:扶持。　　[24]對:原作“掛”,注云:“一作‘對’。”按《古文苑》作“對”,今據改。帖花黄:古代婦女匀面,惟施朱傅粉。六朝時兼尚黄,因有黄額妝,即在額間塗黄,成一時風尚。《玉臺新詠》卷七載梁簡文帝詩:“同安鬟裏撥,異作額間黄。”又《文苑英華》卷一九三載梁簡文帝詩:“約黄能效月,裁金巧作星。”可證。[25]火伴:古兵制,十人爲火,共火爲食,故稱同火曰“火伴”,俗稱“伙伴”。[26]撲朔:又作“撲渥”、“撲握”,形容雄兔縮足跳躍貌。　　[27]迷離:目光朦朧貌。　　[28]“雙兔”二句:言雄兔雌兔並無太大的區別,雙兔傍地而走,誰能分辨雄與雌? 傍地:貼地。

【集評】

（清）陳祚明《采菽堂古詩選》卷二八："此詩章法脱換,轉掉自然。凡作長篇,不可無章法,不可不知脱換之妙。此詩脱換,又有陡然竟過處無文字中,含蓄多語,彌見高老。"

（清）張玉穀《古詩賞析》卷二一："木蘭可傳,一在孝能勇往代父,一在貞能明哲保身,而得功辭爵,亦多可取。此詩須看其運化諸意,虛實錯綜處。前四就木蘭停織歎息敘起,正引代父,然舉後改妝而出、保身而歸諸事,一歎息中,躊躇已定,是爲總提。'問女'十二句,表其願替爺征之孝,複疊問答,故作疑陣,紆徐而入,代爲辭令,卻極明劃慷慨。'東市'四句,接上'市鞍馬'來,衹就辦馬裝上,平排東西南北四句,似板實活。改男妝事,宜於此處順便點清,今偏特地藏過,直至後幅返妝,突然反托出來,又足見敘事虛實互用之妙。'朝辭'八句,敘辭家赴邊事,帶定爺孃,兩層遞落,筆勢翔舞不定。'萬里'六句,敘從征勞苦,功成歸朝事,忽又用整鍊之筆,爲中腰作鎮,讀之神旺。'壯士'二句,隱然點醒男妝。'歸來'八句,敘策勳賞賜,辭官還鄉事。天子亦不知其爲女,保身意已略逗出。'爺孃'六句,敘女歸舉家歡喜事,忽然添出妹弟,又用三疊調,寫出熱鬧異常,與'朝辭'段遥對。'磨刀'句特奇古,且偏用'聞女'、'聞姊'等字,一若木蘭此時仍是女妝者然。轉落下段,益見不測,'開我'六句,敘入閨返妝事,然逐句脱卸,直至'當窗'十字,方始明白點出。愈問愈快,出門時不寫改妝,而此處寫返照者,前是避順避實,此則藉以蹴起火伴之驚也,佈置最善。後八,點破保身,爲通章結穴。蓋保身意,欲插敘於前,則無處安頓,如自出於口,則終涉嫌疑。妙借火伴驚惶,同行年久,不知是女醒出,隨以奠落語申明作收。以兔爲比,不倫不類,更極古趣。木蘭千古奇人,此詩亦千古傑作,《焦仲卿妻》而後,罕有其儔。在蕭梁時,更不圖得此如椽筆也。"

干　寶

【作者簡介】

干寶(? —336),字令升,新蔡(今屬河南)人。晉懷帝永嘉五年(311)召爲著作佐郎。平杜弢有功,賜爵關內侯。晉元帝建武元年(317),以中書監王導薦,領國史。明帝太寧元年(323),爲司徒王導右長史,遷散騎常侍,領著作。有《晉紀》

二十卷,時稱良史。又有《搜神記》三十卷,被譽爲"鬼之董狐"。成帝咸康二年卒,年約五十。《晉書》卷八二有傳。《隋書·經籍志》著録《搜神記》三十卷,今本二十卷,乃明胡應麟輯集,有中華書局 1979 年版汪紹楹校注本。

三 王 墓

【題解】

　　本篇取自《搜神記》卷一一。《三王墓》寫楚人干將莫邪之子爲父報仇之事,頗具傳奇性。魯迅曾據以創作小説《鑄劍》,收入《故事新編》。《太平御覽》卷三四三引《列異傳》已記録這一傳説,説明在《搜神記》之前已經流傳於世。

　　楚干將莫邪爲楚王作劍[1],三年乃成。王怒,欲殺之。劍有雌雄。其妻重身當産[2],夫語妻曰:"吾爲王作劍,三年乃成。王怒,往必殺我。汝若生子是男,大,告之曰:'出户望南山,松生石上,劍在其背。'"於是即將雌劍,往見楚王。王大怒,使相之[3]:"劍有二,一雄一雌。雌來,雄不來。"王怒,即殺之。

　　莫邪子名赤比[4],後壯[5],乃問其母曰:"吾父所在?"母曰:"汝父爲楚王作劍,三年乃成。王怒,殺之。去時囑我:'語汝子,出户望南山,松生石上,劍在其背。'"於是子出户南望,不見有山,但睹堂前松柱下[6],石低之上[7],即以斧破其背,得劍。日夜思欲報楚王。王夢見一兒,眉間廣尺[8],言"欲報讎"。王即購之千金[9]。兒聞之,亡去[10]。入山行歌[11]。客有逢者,謂:"子年少,何哭之甚悲耶?"曰:"吾干將莫邪子也,楚王殺吾父,吾欲報之[12]!"客曰:"聞王購子頭千金,將子頭與劍來[13],爲子報之。"兒曰:"幸甚!"即自刎,兩手捧頭及劍奉之,立僵[14]。客曰:"不負子也。"於是屍乃仆[15]。客持頭往見楚王,王大喜。客曰:"此乃勇士頭也,當於湯鑊煮之[16]。"王如其言,煮頭三日三夕,不爛。頭踔出湯中[17]瞋目大怒[18]。客曰:"此兒頭不爛,願王自往臨視之[19],是必爛也。"王即臨之。客以劍擬王[20],王頭隨墮湯中。客亦自擬己頭,頭復墮湯中。三首俱爛,不可識別。乃分其湯肉葬之,故通名"三王墓"。今在汝南北宜春縣界[21]。

【校注】

[1]干將莫邪:《吳越春秋》載:干將,吳人;莫邪,干將之妻也。干將作劍,莫邪斷髮剪爪,投於爐中,金鐵乃濡,遂以成劍。陽曰干將,陰曰莫邪。是干將、莫邪當爲夫妻。然據本故事,以干將莫邪爲一個人的名字,似亦有理。蓋傳說不同,未可以《吳越春秋》爲依據。　　[2]重(chóng 蟲)身:即懷孕。　　[3]相(xiàng 向):察看。　　[4]赤比:《太平御覽》三四三引《列異傳》及《孝子傳》均作"赤鼻",則此"赤比"亦應是名,"鼻"與"比"音同。有解其名爲"赤","比"則屬後讀,作"比及"、"等到"解,亦通。　　[5]壯:大。　　[6]睹:看見。　　[7]石低:"低",當是誤字,或以爲"砥",作柱礎解。《太平御覽》卷三四三引《列異傳》及《孝子傳》,都有破柱得劍之說,與"柱礎"之解相合。　　[8]眉間廣尺:謂兩眉之間寬距一尺。　　[9]購:懸賞。　　[10]亡去:逃走。　　[11]行歌:邊行邊歌。此"歌"作"歌哭"解。　　[12]報之:向楚王報仇。　　[13]將:拿。　　[14]立僵:指屍體僵立不倒。　　[15]仆:向前跌倒。　　[16]鑊:古代無足的鼎,用以烹煮食物。　　[17]踔(chuō 戳):跳躍。　　[18]瞋:字不詳,疑作"瞋"。瞋(chēn 嗔):瞪大眼睛。　　[19]臨視:臨近了看。臨,靠近。　　[20]擬:指用刀、劍對準了人砍殺。　　[21]汝南:郡名,西漢置,治所在上蔡縣(今河南上蔡西南)。東漢移治平輿縣(今河南平輿北),其後治所屢遷,東晉移治懸瓠城(今河南汝南)。北宜春:故城在今河南汝南西南,西漢時叫宜春,東漢時改爲北宜春。

董　永

【題解】

　　董永故事原出漢劉向《孝子傳》,寫董永至孝,感動上帝,遂派織女幫助董永還清了債務。此事原旨在突出孝義,但後世對董永與神女的姻緣更感興趣,故敷衍出人神相愛的故事,其旨已與原義不同。

　　漢,董永,千乘人[1]。少偏孤[2],與父居,肆力田畝,鹿車載自隨[3]。父亡,無以葬,乃自賣爲奴,以供喪事。主人知其賢,與錢一萬,遣之。永行,三年喪畢,欲還主人,供其奴職[4]。道逢一婦人,曰:"願爲子妻。"遂與之俱[5]。主人謂永曰:"以錢與君矣。"永曰:"蒙君之惠,父喪收藏[6],永雖小人,必欲服勤致力,以報厚德。"主曰:"婦人何能?"永曰:"能織。"主曰:"必爾者[7],但令君婦爲我織縑百疋[8]。"

於是永妻爲主人家織，十日而畢。女出門，謂永曰：“我，天之織女也，緣君至孝，天帝令我助君償債耳。”語畢，凌空而去，不知所在。

《搜神記》卷一

【校注】

[1]千乘：郡名，西漢置，漢治所在千乘縣，今山東高清東南高苑城北。　　[2]偏孤：父母親先喪一方稱偏孤，此指喪母。　　[3]鹿車載自隨：指董永推車載父隨己奔波。鹿車，人力小推車。《後漢書》卷五六《趙憙傳》注引《風俗通》曰：“俗説鹿車窄小，裁容一鹿。”又《史記》卷九九《劉敬傳》注引孟康曰：“鹿車前横木，二人前輓，一人後推之。”　　[4]供其奴職：謂盡此前賣身爲奴之職。　　[5]與之俱：與婦人一起到主家去。　　[6]收藏：收歛安葬。　　[7]必爾者：一定要這樣。[8]縑(jiān 兼)：雙絲織成的細絹。

陶淵明

【作者簡介】

　　陶淵明(365?—427)，又名潛，字元亮。潯陽柴桑(今江西九江西南)人。曾祖陶侃，東晉名臣，封長沙公。淵明少有高趣，嘗著《五柳先生傳》以自況，故又稱“五柳先生”。晉孝武帝太元十八年(393)仕爲江州祭酒。因不堪吏職，不久即辭職。晉安帝隆安二年(398)，入荆州刺史桓玄幕，桓玄時握權重，圖謀篡逆，淵明不久即有歸意，隆安五年冬，遂因母孟氏病卒歸家。安帝元興三年(404)，出爲鎮軍將軍劉裕參軍，第二年，安帝義熙元年(405)，改任建威將軍江州刺史劉敬宣參軍。同年八月，自求改任彭澤縣令，但在官僅八十餘日，即辭官歸隱。從此，淵明再未入仕。淵明歸隱後，一直過着隱居躬耕的生活。東晉末年，曾徵爲著作佐郎，未就。至於劉宋，他更堅定了隱居的決心。晚年貧病交加，但未改初志。宋文帝元嘉四年病卒，去世前作《自祭文》説：“人生實難，死如之何？嗚呼哀哉！”卒後，朋好私謚曰“靖節”，故世稱“靖節先生”。好友顏延之作有《陶徵士誄》。《宋書》卷九三、《晉書》卷九四、《南史》卷七五有傳。

　　陶淵明是東晉著名詩人，詩歌以描寫田園生活爲特色，開創了田園詩一派。

他的詠懷和言志詩也不少。詩風平淡自然,宋蘇軾評爲“質而實綺,臞而實腴”
(《與蘇轍書》),最爲貼切。陶淵明最早的文集爲梁蕭統所編八卷本,其後北齊陽
休之又增《五孝傳》、《四八目》,爲十卷,已佚。今存以宋刻《陶淵明集》十卷最稱
善本。今人袁行霈《陶淵明集箋注》(中華書局 2003 年版),搜羅詳備,校箋精審,
最能反映今人研究水平。

<h1 style="text-align:center">停　雲 <small>并序</small></h1>

【題解】

　　此詩爲思念親友而作,詩人的孤獨寂寞之感,分明可見。“停雲”一詞因被後人
用爲思念親友的典故。

　　　　停雲[1],思親友也。罇湛新醪[2],園列初榮[3]。願言不
　　從[4],歎息彌襟[5]。

　　靄靄停雲[6],濛濛時雨[7]。八表同昏[8],平路伊阻[9]。静寄東
軒[10],春醪獨撫[11]。良朋悠邈[12],搔首延佇[13]。
　　停雲靄靄,時雨濛濛。八表同昏,平陸成江。有酒有酒,閑飲東
窗。願言懷人,舟車靡從[14]。
　　東園之樹,枝條載榮[15]。競用新好[16],以怡余情[17]。人亦有
言,日月于征[18]。安得促席[19],説彼平生[20]。
　　翩翩飛鳥[21],息我庭柯[22]。斂翮閑止[23],好聲相和。豈無他
人[24],念子寔多。願言不獲,抱恨如何[25]。

《陶淵明集箋注》卷一

【校注】

[1]停雲:停滯不散之雲。此仿《詩經》體例,取首二句爲題。　　　[2]罇(zūn
尊):盛酒器。湛(chén 沉):没,有盈滿之意。醪(láo 勞):帶糟之酒,未漉者。這
一句説酒罇之中斟滿新釀之醪。　　　[3]列:陳列。初榮:初開之花。　　　[4]願:
思念。不從:不順遂。　　　[5]彌襟:滿懷。宋紹興本《陶淵明文集》“襟”下有“云
爾”二字。　　　[6]靄靄:雲集貌。　　　[7]濛濛:雨密貌。時雨:應時之雨。應季
節而來、適於農作物生長的雨稱時雨。　　　[8]八表:八荒以外稱八表。《淮南

子·墜形訓》:"八殑之外,而有八紘。"高誘注:"紘,維也。維落天地而爲之表,故曰紘也。"晉人常用此語。《晉書·蔡謨傳》:"經營八表。"淵明詩中亦多見此二字。如《歸鳥》:"遠之八表。"《連雨獨飲》:"八表須臾還。"昏:指陰雨昏暗。　　[9]"平路"句:意謂雨天連平路都阻礙難通。伊:語詞。《詩·邶風·雄雉》:"自詒伊阻。"《毛傳》:"伊,維。阻,難。"　　[10]寄:寄身於。軒:窗。此句説自己静坐於東窗之下。　　[11]春醪:春酒。撫:持,此謂把酒。　　[12]悠邈:遥遠。[13]延佇:久立等待。　　[14]舟車靡從:欲往而無舟車相隨也。　　[15]載:諸本作"再",亦通。　　[16]用、新:一作"朋"、"親"。　　[17]怡:一作"招"。這幾句説東園之樹競相以始榮之枝葉快慰詩人之情。　　[18]日月于征:《詩·唐風·蟋蟀》:"日月其邁。"征,猶"邁",行。　　[19]促席:坐近。古人席地而坐,故稱坐近爲促席。　　[20]説:同"悦"。平生:平日。　　[21]翩翩:疾飛貌,亦有輕快自得之意。　　[22]庭柯:庭園中樹枝。　　[23]斂翮:斂翅。閑止:閑静貌。止,語助詞。　　[24]豈無他人:《詩·唐風·羔裘》:"豈無他人,維子之故。"　　[25]恨:憾。

【集評】

(清)張謙宜《絸齋詩談》卷四:"《停雲》温雅和平,與《三百篇》近;流逸鬆脆,與《三百篇》遠,世自有知此者。"

(清)温汝能彙集《陶詩彙評》卷一:"詩中感變懷人,撫今悼昔,一片熱腸流露言外。若僅以閒適賞之,失之遠矣。讀陶者悉當作如是觀。陶詩寫景最真,寫情最活,末章'斂翮'二句,狀鳥聲態,何等天然活妙!"

時　　運　并序

【題解】

此詩仿《詩》體例,寫"景物斯和"中的春游,"欣慨交心"是其落筆處。

時運[1],游暮春也。春服既成[2],景物斯和[3],偶景獨游[4],欣慨交心[5]。

邁邁時運[6],穆穆良朝[7]。襲我春服[8],薄言東郊[9]。山滌餘靄[10],宇曖微霄[11]。有風自南,翼彼新苗[12]。

　　洋洋平澤[13]，乃漱乃濯[14]。邈邈遐景[15]，載欣載矚[16]。稱心而言[17]，人亦易足。揮兹一觴[18]，陶然自樂。

　　延目中流[19]，悠悠清沂[20]。童冠齊業[21]，閑詠以歸。我愛其靜，寤寐交揮[22]。但恨殊世[23]，邈不可追[24]。

　　斯晨斯夕[25]，言息其廬[26]。花藥分列，林竹翳如[27]。清琴橫牀，濁酒半壺。黃唐莫逮[28]，慨獨在余。

　　　　　　　　　　　　　　　　　　　　《陶淵明集箋注》卷一

【校注】

[1]時運:指春、夏、秋、冬四時之運行。　[2]春服既成:春服已經穿定，氣候確已轉暖。《論語·先進》:"暮春者，春服既成。得冠者五六人，童子六七人，浴乎沂，風乎舞雩，詠而歸。"成，定。　[3]斯:句中連詞。和:和穆。　[4]偶景:與影爲伴，表孤獨。景，同"影"。　[5]欣慨交心:欣喜與感慨兩者交會於心。

[6]邁邁:行而復行，此指四時不斷運行。　[7]穆穆:和美貌。　[8]襲:衣外加衣。　[9]薄:迫、近。言:語詞。全句説到了東郊。　[10]滌:洗、除。霽:雲翳。　[11]曖:遮蔽。霄:雲氣。　[12]翼:名詞用作動詞。寫南風吹拂春苗，宛若使之張開翅膀。　[13]洋洋:水盛大貌。平澤:漲滿水之湖泊。

[14]漱、濯:洗滌。　[15]邈邈:遠貌。遐景:遠景。　[16]載:語詞。矚:注視。此句寫詩人眺望遠景，心感欣喜。　[17]稱(chèn 襯):相適應，符合。

[18]揮兹一觴:意謂舉觴飲酒。揮，傾杯飲酒。陶淵明《還舊居》有"一觴聊可揮"句，意與此同。　[19]延目:放眼遠望。中流:此指平澤之中央。　[20]沂:河名，源出山東東南部，即《論語·先進》所説"浴乎沂"之沂水。這兩句謂當此延目中流之際，平澤忽如魯地之沂水。言外之意，向往曾晳所言之生活。　[21]童冠:童子與冠者，即未成年者與年滿二十者。齊業:課業完成。齊，通"濟"。

[22]寤:醒着。寐:睡着。這二句説詩人向往曾晳之靜，不論日夜都向往不已。"靜"，指儒家所論仁者之性格。《論語·雍也》:"子曰:知者樂水，仁者樂山。知者動，仁者靜。知者樂，仁者壽。"交揮:俱相奮發。　[23]殊世:不同時代。

[24]追:追隨。　[25]晨:早。夕:晚。　[26]言:語詞。廬:草廬。

[27]翳(yì 意)如:翳然，隱蔽貌。　[28]黃:黃帝。唐:堯。莫逮:未及。陶淵明《贈羊長史》:"愚生三季後，慨然念黃虞。"

【集評】

（明）何孟春注《陶靖節集》卷一："序所謂'欣慨交心'者如此。淵明於時方在唐虞世遠、吾將安歸之際，誠不能自遂其暮春之樂也。"

（明）黃文煥《陶詩析義》卷一："四首始末迴環，首言春，二、三漱濯，閒詠言游，終言息廬，此小始末也。前二首爲欣，後二首爲慨，此大始末也。'邁邁時運'，逝景難留，未欣而慨已先交，但恨殊世，本之'我愛其靜'，抱慨而欣愈中交，此一回環也；載欣則一觴自得，人不知樂而我獨樂，抱慨則半壺長存，人不知慨而我獨慨，此又一迴環也。序中'欣慨交心'一語，四章隱現佈置。"

歸園田居

其　　一

【題解】

本詩共五首，此爲第一首，作於晉安帝義熙二年(406)。上年冬十一月，陶淵明辭去彭澤縣令，歸隱田園，此詩寫春景，故當是歸隱次年所作。詩人通過對農家田園景物的描寫，表達自己脫離官場樊籠，歸於自然的喜悦心情。

少無適俗願[1]，性本愛丘山。誤落塵網中[2]，一去三十年[3]。羈鳥戀舊林，池魚思故淵[4]。開荒南野際，守拙歸園田[5]。方宅十餘畝[6]，草屋八九間。榆柳蔭後園[7]，桃李羅堂前。曖曖遠人村，依依墟里煙[8]。狗吠深巷中，雞鳴桑樹巔[9]。户庭無塵雜，虛室有餘閑[10]。久在樊籠裏，復得返自然[11]。

《陶淵明集箋注》卷二

【校注】

[1]少無適俗願：意謂幼小時即無適應世俗之意願。願，原作"韻"，底本校曰"一作願"，今從。　　[2]塵網：塵世之俗事俗欲如網纏人。五臣吕延濟注："塵網，喻世事。"　　[3]三十年：各本皆同，但後人有考辨説應作"十三年"，其實"三十年"不誤。説參袁行霈《陶淵明集箋注》。　　[4]"羈鳥"二句：淵明每以"鳥"、"魚"對舉，如《始作鎮軍參軍經曲阿》："望雲慚高鳥，臨水愧游魚。"此句以翔鳥戀舊林，池魚思深淵爲喻，表明自己對田園的眷戀和對自由的嚮往。　　[5]守拙：意謂保持自身純樸之本性，而不同流合污。拙，是對世俗之機巧而言。

[6]方:方圓,周圍。　　[7]園:一作"簷",亦通。　　[8]"曖曖"二句:上句寫遠景,遠村模糊;下句寫近景,近煙依稀。依依:依稀隱約,若有若無。墟里:村落。[9]"狗吠"二句:漢樂府《雞鳴》:"雞鳴高樹顛,狗吠深宮中。"(《宋書·樂志三》)[10]"戶庭"二句:上句既言門庭潔靜,亦指家中無塵雜俗事;下句謂心中寬闊而無憂慮。虛室:《莊子·人間世》:"瞻彼闋者,虛室生白,吉祥止止。"陸德明《經典釋文》引司馬彪云:"室,比喻心,心能空虛,則純白獨生也。"　　[11]"久在"二句:謂復得脫離樊籠,而回歸自己本來之天性,亦復得以自由。樊籠:比喻世俗社會、市廛生活。自然:自然而然,非人爲之自在狀態。

【集評】

(明)黃文煥《陶詩析疑》卷二:"園田諸首最有次第。其一爲初回,地幾畝,屋幾間,樹幾株,花幾種,遠村近煙何色,雞鳴狗吠何處,瑣屑詳數,語俗而意愈雅,恰見去忙就閑,一一欣快,極平常之景,各生趣味。次言鄉里來往,'相見無雜言',一切出仕應俗之苦套,不復入耳目矣。三言苗稀草盛,道狹露多,田園亦自有田園之苦況。而願既無違,衣不足惜,自解自歎,與受俗苦、宦苦,寧受此苦。秤停輕重,較量有致。四言攜子侄問採薪,慨然於鄰里存没之感。五言獨策復還,荆薪代燭,田園中真景實事,令人蕭然悠然。前三首以入俗之苦,形歸居之樂,此從田園外回頭也。後二首以鄰里之死,形獨游之歡,此從田園中再加鞭也。"

(清)方東樹《昭昧詹言》卷四:"此詩縱橫浩蕩,汪茫溢滿,而元氣磅礴,大舍細入,精氣入而粗穢除,奄有漢、魏,包孕衆勝,後來惟杜公有之,韓公較之猶覺圭角鑱露,其餘不足論矣!'少無適俗韻'八句,當一篇大序文,而氣勢浩邁,跌宕飛動,頓挫沈鬱;'羈鳥'二句於大氣馳縱之中,回鞭軭鞚,顧盼迴旋,所謂頓挫也。'方宅'十句不過寫田園耳,而筆勢騫舉,情景即目,得一幅畫意,而音節鏗鏘,措詞秀韻,均非塵世吃煙火食人語。'久在'二句接起處,換筆另收。公義熙元年冬歸,此言'桑麻長'、'種豆'、'濯足',皆非冬景,詩不必定爲是年作也。"

其　　三

【題解】

此詩原列第三首。全詩突出一"拙"字,淵明不善農作,故種豆而草盛苗稀,但能得歸隱躬耕,其意趣正從"拙"中得來。自得之情,溢於詩外。

種豆南山下,草盛豆苗稀[1]。晨興理荒穢[2],帶月荷鋤歸[3]。道狹草木長，夕露沾我衣。衣沾不足惜，但使願無違。

《陶淵明集箋注》卷二

【校注】

[1]"種豆"二句：《漢書·楊惲傳》："田彼南山，蕪穢不治。種一頃豆，落而爲萁。人生行樂耳，須富貴何時。"　　[2]晨興：晨起。理：治理。荒穢：田中雜草。
[3]帶：一作"戴"，亦通。

【集評】

　　(明)鍾惺《古詩歸》卷九："幽厚之氣，有似樂府。儲、王田園詩妙處出此。浩然非不近陶，而似不能爲此一派，曰清而微遜其樸。"

　　(清)方東樹《昭昧詹言》卷四："此又就第二首繼續而詳言之，而真景、真味、真意如化工，元氣自然，懸象著明，末二句當換意。古人之妙，祇是能斷、能續、能逆、能倒找、能迴曲頓挫，從無平鋪直衍。"

移　　居
其　　二

【題解】

　　本詩共兩首，此爲第二首。所謂"移居"，究從何處移來，尚難定論。朱自清《陶淵明年譜中之問題》説："始居柴桑，繼遷上京，復遷南村。栗里在柴桑，爲淵明嘗游之地。上京有淵明故居，南村在尋陽附郭。"可供參酌。此詩寫其卜遷新居，得遂本願，盡力於農耕的愉快心情。

　　春秋多佳日，登高賦新詩[1]。過門更相呼[2]，有酒斟酌之[3]。農務各自歸，閑暇輒相思。相思則披衣[4]，言笑無厭時。此理將不勝，無爲忽去茲[5]。衣食當須紀，力耕不吾欺[6]。

《陶淵明集箋注》卷二

【校注】

[1]登高賦新詩：淵明喜用"新"字，在其作品中出現約十多次，用"新詩"的還有《答龐參軍》："乃陳好言，乃著新詩。"　　[2]更：更替輪流。　　[3]斟酌：斟酒

飲酒。　　[4]披衣:披衣出訪。　　[5]“此理”二句:意謂此理難道不妙嗎? 勿
要輕易捨此而去。此理:指下二句所謂“力耕”之理。勝:優,妙。理勝,古直《陶靖
節詩箋定本》解爲晉人常語,如《晉書·袁喬傳》:“以理勝爲任。”無爲:猶言不要。
[6]“衣食”二句:意謂人生必須經營衣食,盡力耕作必有收穫。紀:理,經營。力
耕:盡力從事農耕。不吾欺:不欺吾。

【集評】

(清)蔣熏評《陶淵明詩集》卷二:“直是口頭語,乃爲絕妙詞。極平淡,極色澤。”

(清)溫汝能彙集《陶詩彙評》卷二:“予謂熟讀陶詩便有益於身心、學問。二詩
極平淡,卻極著實。上章移居卜鄰,得友論文;下章飲酒務農,不虛佳日。人苟樂此
無厭,則狎邪之友何由而至,非僻之心無自而入。根本既固,培養自深,於此便可悟
道,便可尋真樂處。”

和郭主簿

其　　一

【題解】

本詩共兩首,此爲第一首。詩寫田園生活帶來的樂趣,並抒發詩人懷古
之幽情。郭主簿的名字、事迹均不詳。晉時州縣屬官和軍府置吏均有主簿,
掌管公文簿書。

藹藹堂前林[1],中夏貯清陰[2]。凱風因時來[3],回飆開我襟[4]。
息交游閑業,卧起弄書琴[5]。園蔬有餘滋[6],舊穀猶儲今。營己良有
極,過足非所欽[7]。春秫作美酒[8],酒熟我自斟。弱子戲我側[9],學
語未成音。此事真復樂,聊用忘華簪[10]。遥遥望白雲,懷古一何
深[11]!

《陶淵明集箋注》卷二

【校注】

[1]藹藹:茂盛貌。　　[2]中夏:仲夏。貯:存。貯,一作“駐”,又作“佇”。“貯”
字義勝。　　[3]凱風:南風。《詩·邶風·凱風》:“凱風自南,吹彼棘薪。”因時
來:意謂南風按時而來。夏季多發南風。　　　　[4]回飆:迴風。回,同“迴”。襟:一

作“心”。　　　[5]“息交”二句:謂停止交游,游心閑業。閑業:對“正業”而言,即下句所謂“書琴”。卧起,一作“坐起”,又作“起坐”,於義稍遜。弄:戲。　　　[6]餘滋:餘味。一解“滋”爲“長”,指園中生長的蔬菜很多,亦通。　　　[7]“營己”二句:謂營求自身之衣食誠然有限,並無過分的希求。　　　[8]秫:黏稻,最宜釀酒。[9]弱子:幼子。　　　[10]“此事”二句:古人束髮加冠用簪。華簪爲顯貴所用,故古人往往以投簪表示棄官。左思《招隱》“聊欲投吾簪”,即其意。此句“忘簪”與投簪同義。復:語助詞。聊:依賴,憑藉。用:以。　　　[11]“遥遥”二句:遥望白雲,而深深緬懷古代那些安貧樂道之高士。一:助詞,用以加强語氣。

【集評】

　　(元)劉履《選詩補注》卷五:“此詩雖因和人,而直寫己懷。但據見在不爲過求,而目前所接莫非真樂,是則世之榮利,豈有可動其中者哉! 末言遥望白雲,深懷古人之高迹,其意遠矣。”

　　(清)陳祚明《采菽堂古詩選》卷一三:“唐人語近,故熟;晉人語不近,故生。欲得生而不强生,則古;不强,則穩;五古之法如此。又‘園蔬’四句,語皆生雋。又‘弱子’二句,趣。‘遥遥望雲’,別有古心。”

癸卯歲始春懷古田舍
其　　二

【題解】

　　本詩共兩首,此爲其二,作於晉安帝元興二年(403)。“懷古田舍”即懷於古田舍,所懷皆古躬耕隱士。“田舍”是田間之廬舍。本詩以先師遺訓開篇,闡述躬耕之樂,其樂不僅在詩人樂道安貧,確實也樂在農功之中,這是歷代詩人所不能達到的境界。人與社會和人與自然的交契,在陶淵明這裏達到了完整的和諧。

　　先師有遺訓,憂道不憂貧[1]。瞻望邈難逮,轉欲志長勤[2]。秉耒歡時務[3],解顔勸農人[4]。平疇交遠風[5],良苗亦懷新。雖未量歲功,即事多所欣[6]。耕種有時息,行者無問津[7]。日入相與歸[8],壺漿勞近鄰[9]。長吟掩柴門,聊爲隴畝民[10]。

【校注】

[1]"先師"二句:《論語·衛靈公》:"子曰:'君子謀道不謀食。耕也,餒在其中矣;學也,祿在其中矣。君子憂道不憂貧。'"　　[2]"瞻望"二句:意謂孔子之道可望不可及,故轉而立志於長期從事農耕。邈:遠。難逮:難以達到。長勤:長期勤於農事。勤,勞苦。　　[3]秉:持。耒:犁柄。歡:一作"力"。時務:按時令應作的農活。　　[4]勸農人:勸勉農人。　　[5]疇:耕治之田。交:交遇。　　[6]"雖未"二句:意謂雖未計算一年的收入,而即此目前的農事已多所欣喜了。歲功:指一年的收成。　　[7]問津:問路。《論語·微子》:"長沮、桀溺耦而耕,孔子過之,使子路問津焉。長沮曰:'夫執輿者為誰?'子路曰:'為孔丘。'曰:'是魯孔丘與?'曰:'是也。'曰:'是知津矣。'問於桀溺,桀溺曰:'子為誰?'曰:'為仲由。'曰:'是魯孔丘之徒與?'對曰:'然。'曰:'滔滔者天下皆是也,而誰以易之? 且而與其從辟人之士也,豈若從辟世之士哉?'耰而不輟。"津,渡口。　　[8]日入:《擊壤歌》:"日出而作,日入而息。"　　[9]壺漿:指酒。　　[10]聊:姑且。隴畝民:田野之人,指農人。隴,同"壟"。這兩句寓有感慨,謂既然不能像孔子那樣為治世而奔忙,那就學長沮、桀溺耕於隴畝吧。

【集評】

　　(清)王夫之《古詩評選》卷四:"通首好詩,氣和理勻,亦靖節之僅構也。……陶此題凡二作,其一有云'平疇交遠風,良苗亦懷新',為古今所共欣賞。'平疇交遠風',信佳句矣!'良苗亦懷新',乃生入語。杜陵得此,遂以無私之德,橫被花鳥,不競之心,武斷流水。不知兩間景物關至極者,如其涯量亦何限,而以己所偏得非分相推,良苗有知,寧不笑人之曲誣哉! 通人於詩,不言理而理自至,無所枉而已矣。"

　　(清)方東樹《昭昧詹言》卷四:"起四句縱橫飛動,第三句轉折,言不能不憂,故勸農,而以先師高一層起,'秉耒'八句,就順入田舍,又以問津倒煞。平疇二句,本色自然如吮出,而奇麗千古,他人雕肝琢腎不能到。凡陶之腴皆此類,小謝便有意為之矣。收四句,再四詠羨之。公仕凡六年,此始懷歸也。"

庚戌歲九月中於西田穫旱稻

【題解】

　　本詩作於晉安帝義熙六年庚戌(410)。自義熙元年歸隱,至此已經五年,作者對農事體味更加深入。此詩前半強調力耕的重要,結尾進一步表達對荷蓧丈人、長

沮、桀溺的向往，堅定自己的躬耕信念。"旱稻"，原作"早稻"，今據袁行霈《陶淵明
集箋注》校改。

　　人生歸有道[1]，衣食固其端[2]。孰是都不營，而以求自安[3]。開春
理常業[4]，歲功聊可觀[5]。晨出肆微勤[6]，日入負禾還[7]。山中饒霜
露[8]，風氣亦先寒[9]。田家豈不苦？弗獲辭此難[10]。四體誠乃疲，庶
無異患干[11]。盥濯息簷下[12]，斗酒散襟顏[13]。遥遥沮溺心[14]，千載
乃相關[15]。但願長如此，躬耕非所歎。

《陶淵明集箋注》卷三

【校注】

[1]歸：就，趨。道：常道。道，一作"事"，非。　　[2]固：本，原是。端：首。首要
之事。　　[3]"孰是"二句：意謂何能連衣食都不經營，而求自安乎？孰：何。是，
此，指衣食。營：經營。　　[4]開春：一作"春事"。常業：指農業。我國以農業爲
本，故謂常業。　　[5]歲功：指一年收成。見前《癸卯歲始春懷古田舍》注。聊：
略。　　[6]肆：致力。微勤：輕微勞動。　　[7]禾：一作"末"。　　[8]饒：多。
[9]風氣：風土氣候。　　[10]"田家"二句：謂田家誠然辛苦，然不得脱離此苦
也。此：指耕作之艱苦。　　[11]"四體"二句：謂四肢誠然疲勞，或可免除其他禍
患之干擾。異患：異常的禍患。干：犯，碰上。　　[12]盥（guàn 貫）濯（zhuó
灼）：洗手爲盥，洗腳爲濯。　　[13]斗酒：漢楊惲《報孫會宗書》："斗酒自勞。"
斗，古代一種有柄的酒器。這裏是量詞。十升爲一斗。襟顏：襟懷容顏。飲酒可
使襟顏放鬆，故曰"散"。　　[14]沮溺：見前《癸卯歲始春懷古田舍》注。
[15]千載乃相關：意謂千載之下竟然與長沮、桀溺之心相通。乃，竟。相關，相通，
相合。

【集評】

　　（清）邱嘉穗《東山草堂陶詩箋》卷三："陶公詩多轉勢，或數句一轉，或一句一
轉，所以爲佳。余最愛"田家豈不苦"四句，逐句作轉，其他推類求之，靡篇不有，此蕭
統所謂'抑揚爽朗，莫之與京'也。他人不知文字之妙，全在曲折，而顧爲平鋪直敍之
章，非贅則複矣。"

　　（清）方東樹《昭昧詹言》卷四："起四句，直舉胸情，非傍詩史，一氣舒放，見筆氣
文勢，後惟杜公每如此，具崢嶸飛動之勢，鮑、謝則不敢如此。必凝之固之，不使一步

滑易。學者若不先從鮑、謝入手，而便學此，未有不失之滑淺庸近，如今凡俗所爲者也。此一大公案宗恉，前人未有明言之者。‘人生歸有道’，言人之生理固有常道，‘開春’以下，照常敍説，只爭句法秀出耳。‘山中’二句清麗千古，自然之色，味如吮出，非他人從外設貼，以鮑《觀圃人藝植》詩相比，可見學陶公必如彼工苦，乃爲善學。”

飲　酒

其　五

【題解】

　　《飲酒》共二十首，陶淵明詩前有小序説：“余閑居寡歡，兼比夜已長，偶有名酒，無夕不飲，顧影獨盡，忽焉復醉。既醉之後，輒題數句自娱。紙墨遂多，辭無詮次，聊命故人書之，以爲歡笑爾。”説是既醉之後，辭無詮次之語，實則感發多端。此詩原列第五首，是作者與社會自然達於和諧圓融最高境界之人生體味。玄意清遠，意味無窮。

　　結廬在人境[1]，而無車馬喧[2]。問君何能爾[3]，心遠地自偏[4]。採菊東籬下，悠然見南山[5]。山氣日夕嘉[6]，飛鳥相與還[7]。此還有真意[8]，欲辯已忘言[9]。

《陶淵明集箋注》卷三

【校注】

[1]結廬：構室，建造房室。人境：人世間。　　[2]車馬喧：指世俗的交往。
[3]君：淵明自謂。爾：如此。　　[4]心遠：與“地偏”對舉。結廬之地本不偏，因爲己心遠離世俗，故地自然偏矣。　　[5]見：《藝文類聚》唐寫本《文選集注》作“望”。南山：指廬山。　　[6]山氣：山間之雲氣。嘉：《文選集注》作“佳”。
[7]相與還：結伴還山。　　[8]還：一作“中”。　　[9]欲辯已忘言：《莊子·齊物論》：“大辯不言。”又《莊子·外物》：“言者所以在意，得意而忘言。”王弼《周易略例·明象》：“故言者所以明象，得象而忘言；象者所以存意，得意而忘象。”言意之辯，是魏晉士大夫關注的哲學命題，淵明取山氣自然生成之佳景，飛鳥結伴相還之象，寓人生自得之意。

【集評】

　　(宋)蘇軾《東坡題跋》卷二《題淵明飲酒詩後》:"因採菊而見山,境與意會,此句最有妙處。近歲俗本皆作'望南山',則此一篇神氣都索然矣。"

　　(清)王士禛《古學千金譜》:"通章意在'心遠'二字,真意在此,忘言亦在此。從古高人只是心無凝滯,空洞無涯,故所見高遠,非一切名象之可障隔,又豈俗物之可妄干? 有時而當靜境,靜也,即動境亦靜。境有異而心無異者,遠故也。心不滯物,在人境不虞其寂,逢車馬不覺其喧。籬有菊則採之,採過則已,吾心無菊。忽悠然而見南山,日夕而見山氣之佳,以悦鳥性,與之往還,山花人鳥,偶然相對,一片化機,天真自具,既無名象,不落言詮,其誰辨之?"

　　(清)方東樹《昭昧詹言》卷四:"此但書即目即事,而高致高懷可見。起四句言地非偏僻,而吾心既遠則地隨之。境既閑寂,景物復佳。然非心遠則不能領其真意味,既領於心而豈待言? 所謂'造適不及笑,獻笑不及言',有曾點之意。後六句即'心遠地偏'之實事。"

擬　　古

其　　三

【題解】

　　《擬古》共九首,此爲第三首。歷來多以爲此詩寓含對劉裕篡晉的感慨,其實作者只是借燕歸舊巢,抒發戀舊之情以及隱逸之堅,不可過於穿鑿。

　　仲春遘時雨[1],始雷發東隅[2]。衆蟄各潛駭[3],草木從橫舒[4]。翩翩新來燕,雙雙入我廬。先巢故尚在[5],相將還舊居[6]。自從分別來,門庭日荒蕪。我心固匪石[7],君情定何如[8]?

《陶淵明集箋注》卷四

【校注】

[1]仲春:二月。遘(gòu 够):遇。時雨:季節適時之雨。　　[2]始雷:春雷始發。發東隅:起自東方。　　[3]蟄(zhé 哲):冬季蟄伏的蟲類。潛駭:從暗中驚起。[4]從橫:縱橫。　　[5]故:依然。　　[6]相將:相偕。　　[7]"我心"句:指決心不可回轉。《詩·邶風·柏舟》:"我心匪石,不可轉也。我心匪席,不可卷也。"[8]定:究竟。《世說新語·言語》:"卿云艾艾,定是幾艾。"這兩句借問燕表達詩

人對隱居躬耕的堅定信念。

【集評】

(清)温汝能《陶詩彙評》卷四:"因新感舊,讀之令人慨然。'衆蟄'二句警妙。結語間燕,別有深致。"

雜　　詩
其　　二

【題解】

《雜詩》共十二首,此爲第二首。作者對於時事、平生志向感慨萬端,竟致長夜無眠,其孤獨傷感之深,流露出陶詩所謂"金剛怒目"式的一面。詩句精彩絶倫,耐人咀嚼。

白日淪西河[1],素月出東嶺[2]。遥遥萬里輝,蕩蕩空中景[3]。風來入房户,夜中枕席冷。氣變悟時易[4],不眠知夕永[5]。欲言無予和[6],揮杯勸孤影。日月擲人去,有志不獲騁[7]。念此懷悲悽,終曉不能静[8]。

　　　　　　　　　　　　　　　　　　　　　　　　　　《陶淵明集箋注》卷四

【校注】

[1]淪:沉淪,落。河:一作"阿",指山阿,亦通。　　[2]素月:明月。　　[3]蕩蕩:廣大貌。一作"迢迢"。景:光亮。　　[4]"氣變"句:謂由氣候之變化而悟出季節之改易。　　[5]夕永:夜長。這句説因爲難以入眠纔倍知夜的深長。[6]無予和:即"無和予",指没有人可以交談。　　[7]不獲騁:謂不能實現。騁,施展。　　[8]終曉:直至天明。終,一作"中",於義爲遜。

【集評】

(清)温汝能彙集《陶詩彙評》卷四:"'欲言無予和,揮杯勸孤影'二語,妙在'欲'字、'勸'字,於寂寞無聊之况,得此閑趣。周青輪謂遣悶妙法,予謂淵明懷抱,獨有千古,即此可見。'日月擲人去','擲'字亦新亦妙。"

(清)方東樹《昭昧詹言》卷四:"此篇亦無奇,但白描情景,空明澂澈,氣韻清高,非庸俗摹習所及。"

詠 荆 軻

【題解】

　　此詩典型表現了陶淵明"金剛怒目"式風格。雖在詠古,詞句間卻充溢着勃發的豪氣。"惜哉劍術疏"一句,是對荆軻英雄志業的惋惜,並非如前人所說淵明於此亦有效仿之意。詩歌重點寫送別場景,表現淵明對悲歌慷慨俠烈之風的嚮往。荆軻是戰國末年刺客,衛人。《史記》卷八六有傳。參看左思《詠史詩》第六首注。

　　燕丹善養士[1],志在報强嬴[2]。招集百夫良[3],歲暮得荆卿。君子死知己[4],提劍出燕京[5]。素驥鳴廣陌[6],慷慨送我行。雄髮指危冠[7],猛氣衝長纓[8]。飲餞易水上[9],四座列群英。漸離擊悲筑,宋意唱高聲[10]。蕭蕭哀風逝[11],淡淡寒波生[12]。商音更流涕[13],羽奏壯士驚[14]。公知去不歸[15],且有後世名。登車何時顧[16],飛蓋入秦庭[17]。凌厲越萬里[18],逶迤過千城[19]。圖窮事自至[20],豪主正怔營[21]。惜哉劍術疏[22],奇功遂不成。其人雖已没,千載有餘情[23]。

　　　　　　　　　　　　　　　　　　　　　　　　　《陶淵明集箋注》卷四

【校注】

[1]燕丹:燕王喜的太子,名丹。善:優待。士:此指戰國時諸侯養的門客。
[2]强嬴:猶言强秦,秦王姓嬴氏。　　[3]百夫良:百裏挑一的壯士。《詩·秦風·黄鳥》:"維此奄息,百夫之特。"鄭玄箋:"百夫之中最雄俊也。"　　[4]死知己:意謂爲知己而死。　　[5]燕京:燕國都城,故址在今北京西南。　　[6]素驥:白馬。阮瑀《詠史》:"素車駕白馬,相送易水津。"史書言燕太子丹及賓客皆白衣冠爲荆軻送行,未言荆軻有騎白馬之事,淵明此句或據阮瑀《詠史》。廣陌:大道。　　[7]雄髮:狀寫憤怒時頭髮上指之貌。指:直立,豎起。危冠:高冠。
[8]纓:繫冠的帶。　　[9]飲餞:宴飲餞別。易水:水名,源出今河北易縣西。
[10]漸離:高漸離,與宋意皆燕太子丹客。《淮南子·泰族訓》:"高漸離、宋意爲擊筑,而歌於易水之上。"然《史記》不言宋意高歌事。筑:古絃樂器,形似筝,頸細而肩圓。演奏時以左手握持,右手以竹尺擊絃發音。　　[11]蕭蕭:風聲。　　[12]淡淡:水波蕩漾的樣子。《史記》記荆軻臨別歌"風蕭蕭兮易水寒",爲此二句所本。
[13]商音:古五聲有宫、商、角、徵、羽,商音凄凉。　　[14]羽奏:羽亦是五聲之

一,其聲慷慨。以上二句互文見義,意謂高漸離擊筑與荊軻之高歌,使人流涕、震動。　　[15]公知去不歸:謂明知去不歸。王叔岷《陶淵明詩箋證稿》:"公,猶明也。荊軻歌'壯士一去兮不復還',所謂'明知去不歸'也。《史記·呂太后本紀》:'太尉尚恐不勝諸呂,未敢訟言誅之。'《索隱》:'徐廣云:(訟)一作公。公言,猶明言也。'"公知,一作心知。　　[16]顧:回返。　　[17]飛蓋:形容車快如飛。蓋,車蓋,此代指車。　　[18]凌厲:奮起直前貌。　　[19]逶(wēi 威)迤(yǐ 以):曲折前行的樣子。　　[20]圖:地圖,指燕地督亢地圖。其地肥沃,在燕東。窮:盡。事:指荊軻刺秦之事。見《史記·刺客列傳》。　　[21]豪主:指秦王。怔營:驚恐不安的樣子。　　[22]疏:粗疏,不精。　　[23]"其人"句:意謂荊軻雖然不在,但他的精神與事迹卻永遠感動人心。

【集評】

　　(宋)朱熹《朱子語錄》卷一三六:"淵明詩,人皆説平淡,余看他自豪放,但豪放得來不覺耳。其露出本相者,是《詠荊軻》一篇,平淡底人如何説得這樣言語出來。"

　　(清)方東樹《昭昧詹言》卷四:"次叙高簡,託意深微,而章法明整。起四句言丹,'君子'六句言軻,'飲餞'八句叙事,'心知'二句頓挫,以離爲章法。'登車'六句續接叙事,'惜哉'四句入己託意作收。"

擬挽歌辭

其　　一

【題解】

　　魏晉詩人頗喜挽歌,淵明之前有繆襲、陸機等人《挽歌》,淵明此詩即擬陸機而作。此題共三首,第一首寫死,第二首寫送葬,第三首寫出殯及落葬。三首連貫爲一個過程,第三首有云:"親戚或餘悲,他人亦已歌。死去何所道,託體同山阿。"尤爲後人所賞。此爲第一首,寫人生脆弱,一旦而生死迥别,生者自悲,而死者則不復知曉,所可惋惜的是生時飲酒不得足。其人生達觀的態度,亦感人至深。

　　有生必有死,早終非命促[1]。昨暮同爲人,今旦在鬼録[2]。魂氣散何之,枯形寄空木[3]。嬌兒索父啼,良友撫我哭。得失不復知,是非安能覺[4]?千秋萬歲後,誰知榮與辱?但恨在世時,飲酒不得足。

　　　　　　　　　　　　　　　　　　　　　　《陶淵明集箋注》卷四

【校注】

[1]"有生"二句:意謂人之有生必有死,且無所謂長短壽夭,早終亦非命短也。

[2]鬼録:鬼簿。魏文帝曹丕《與吳質書》:"觀其姓名,已爲鬼録。"　　[3]空木:中空之木,此指棺木。此句謂魂魄已散,空留枯形於棺木之中。　　[4]覺:感知。

【集評】

　　(宋)李公焕《箋注陶淵明集》卷五引祁寬曰:"昔人自作祭文挽詩者多矣,或寓意騁辭,成於暇日。寬考次靖節詩文,乃絕筆於祭挽三篇,蓋出於屬纊之際者,辭情俱達,尤爲精麗,其於畫夜之道,了然如此。古之聖賢,唯孔子、曾子能之,見於曳杖之歌,易簀之言。嗟哉! 斯人没七百年,未聞有稱讚及此者。"

　　(清)方東樹《昭昧詹言》卷四:"一起凝結,言死一耳,但早終非有促短之殊,曠怡妙義空古今。'魂氣'八句敍足,結句收轉,倒具奇趣。"

歸去來兮辭　并序

【題解】

　　本篇作於晉義熙元年乙巳(405)十一月。淵明辭彭澤令歸家,自此以後堅不出仕。本文寫擺脱官場羈絆、歸隱田園、身心獲得自由的快樂心情,作者將自己入仕比爲誤入塵網,而重筆描寫了家居生活與田園景物的美麗和諧,表達了詩人任自然的人生觀。

　　"歸去來"爲六朝習語,强調的是"歸"字。説見袁行霈《陶淵明集箋注》。"辭"是文體名,《文選》已單列一類。又,《文選》録此文,題無"兮辭"二字。

　　　余家貧,耕植不足以自給[1]。幼稚盈室,缾無儲粟[2],生生所資,未見其術[3]。親故多勸余爲長吏,脱然有懷[4],求之靡途。會有四方之事[5],諸侯以惠愛爲德[6];家叔以余貧苦[7],遂見用爲小邑[8]。于時風波未静[9],心憚遠役[10]。彭澤去家百里,公田之秫,過足爲潤[11],故便求之。及少日,眷然有歸歟之情[12]。何則? 質性自然,非矯勵所得[13];飢凍雖切,違己交病[14]。嘗從人事,皆口腹自役[15]。於是悵然慷慨,深愧平生之志[16]。猶望一稔[17],當歛裳宵逝[18]。

　　尋程氏妹喪於武昌[19]，情在駿奔[20]，自免去職。仲秋至冬，在官八十餘日。因事順心[21]，命篇曰《歸去來兮》[22]。乙巳歲十一月也[23]。

【校注】

[1]耕植：耕作種植。給(jǐ己)：豐足。　　[2]缾(píng瓶)無儲粟：意謂連一缾粟之儲都沒有。缾，本爲盛水器或酒器。　　[3]“生生”二句：此承上句指養育幼稚之需。資：用。術：方法。　　[4]脫然：喜貌。淵明原爲“生生所資，未見其術”所苦，今親故勸其爲長吏，遂舒然抒懷而有此想。　　[5]會：適逢。四方之事：諸侯當四方之事，此指劉裕等起兵勤王。　　[6]諸侯：此承上句“四方之事”言，謂諸侯以惠愛人才爲德。　　[7]家叔：指陶夔。陶淵明《晉故征西大將軍長史孟府君傳》：“淵明從父太常夔。”　　[8]小邑：指彭澤縣令。　　[9]風波：指桓玄篡晉，劉裕起兵討桓之事。事見《宋書》卷一《武帝紀上》。　　[10]憚：畏懼。遠役：行役至遠處。　　[11]“公田”二句：淵明爲彭澤縣令，有公田三頃，足以養家，較原先飢貧之狀已過足且爲豐潤矣。此二句又作“公田之利，足以爲酒”，亦通。[12]眷然：反顧貌。歸歟：《論語·公冶長》：“子在陳，曰：‘歸歟！歸歟！’”歟，歎詞。　　[13]“質性”句：本性自然，不可勉強。矯勵：勉勵磨練。　　[14]“飢凍”句：謂凍餒雖深至，但違背自己的意願所帶來的痛苦更甚於是。病：指精神上承受的痛苦。　　[15]“嘗從人事”二句：意謂自己過去曾經出仕，但都因爲貧困所役使，非本性所好也。　　[16]平生之志：指自己不樂仕途，甘於躬耕之志。[17]一稔：猶一年。穀物成熟曰“稔”。　　[18]斂裳宵逝：意謂恭恭敬敬辭去官職，毫不留戀遲疑，連夜離去。斂裳，即斂衽，整飾衣襟以示敬。晉潘岳《秋興賦》：“且斂衽以歸來兮，忽投紱以高厲。”五臣呂向注：“衽，衣襟也。”　　[19]尋：不久。程氏妹：淵明妹嫁於程氏者。　　[20]駿奔：疾奔。　　[21]因事順心：意謂因程氏妹之喪而得以辭官，恰順遂心願。　　[22]命篇：名篇。　　[23]乙巳：晉義熙元年(405)。至於文中涉及歸途及歸後情事，當是作者想像之辭。

　　歸去來兮，田園將蕪胡不歸[1]？既自以心爲形役[2]，奚惆悵而獨悲[3]？悟已往之不諫，知來者之可追[4]；實迷途其未遠，覺今是而昨非[5]。

　　舟遙遙以輕颺[6]，風飄飄而吹衣。問征夫以前路[7]，恨晨光之熹微[8]。乃瞻衡宇[9]，載欣載奔[10]；僮僕歡迎，稚子候門。三

徑就荒[11]，松菊猶存。攜幼入室，有酒盈罇[12]。引壺觴以自酌，
眄庭柯以怡顏[13]。倚南窗以寄傲[14]，審容膝之易安[15]。園日涉
以成趣[16]，門雖設而常關；策扶老以流憩[17]，時矯首而遐觀[18]。
雲無心以出岫[19]，鳥倦飛而知還；景翳翳以將入[20]，撫孤松而盤
桓[21]。

【校注】

[1]胡不歸：《詩·邶風·式微》："式微，式微，胡不歸？"胡，何。　　[2]心爲形
役：求祿出仕，爲足口腹之欲，是爲外形，此淵明內心所不欲者，故稱心爲形所役
使。　　[3]奚：爲何。惆悵：悲愁貌。　　[4]諫：止。追：補救。《論語·微
子》："楚狂接輿歌而過孔子曰：'鳳兮，鳳兮！何德之衰？往者不可諫，來者猶可
追。已而，已而！今之從政者殆而！'"　　[5]"實迷途"二句：迷途指違背內心求
仕。今辭去官職歸隱田園，合其本性，故今是而昨非。《楚辭·離騷》："回朕車以
復路兮，及行迷之未遠。"　　[6]遙遙：飄蕩。《宋書·陶潛傳》作"超遙"，亦通。
颻：輕舉貌。此處形容船行輕快，是作者心情的寫照。　　[7]征夫：行人。
[8]熹微：晨光微明。　　[9]衡宇：橫木爲門之屋宇，喻淺陋之屋舍。《詩·陳
風·衡門》："衡門之下，可以棲遲。"　　[10]載：則。　　[11]三徑：園庭內小
路。唐李善《文選注》引《三輔決錄》："蔣詡字元卿，舍中三徑，唯羊仲、求仲從之
游。皆挫廉逃名不出。"五臣李周翰注："昔蔣詡隱居幽深，開三徑，潛亦慕之，言久
不歸，已就荒蕪也。"　　[12]罇：盛酒器。　　[13]眄：斜視。柯：樹枝。怡：悅。
[14]寄傲：寄託曠放高傲之情懷。　　[15]審：誠知。容膝：僅能容納雙膝，喻容
身之地狹小。　　[16]涉：游涉。趣：李善《文選注》："《爾雅》曰：堂上謂之行，堂
下謂之步，門外謂之趨，中庭謂之走。郭璞曰：此皆人行步趨走之處，因以名。"胡
克家《文選考異》說："'趣'當作'趨'……倘作'趣'，此一節全無附麗矣。五臣
（劉）良注云：自成佳趣。乃作'趣'也。各本皆以五臣亂善，而失著校語。"案，《晉
書》、《宋書》、《南史》均作"趣"，是原本作"趣"。五臣劉良注："言田園之中日日游
涉，自成佳趣。"　　[17]策：扶杖。扶老：手杖之別稱。或以此爲藤杖，實則竹、
木、藤皆有扶老，淵明所策，不必爲藤杖。參見徐文靖《管城碩記》卷二〇。
[18]矯首：擡頭。遐觀：遠望。　　[19]岫：峰巒。　　[20]景：同"影"，日影。
翳翳：光綫暗淡。　　[21]盤桓：徘徊。

　　　歸去來兮，請息交以絶游[1]！世與我而相遺，復駕言兮焉求[2]？

悦親戚之情話,樂琴書以消憂。農人告余以春及,將有事於西疇^[3]。或命巾車^[4],或棹孤舟^[5]。既窈窕以尋壑^[6],亦崎嶇而經丘。木欣欣以向榮,泉涓涓而始流^[7]。善萬物之得時,感吾生之行休^[8]。

已矣乎!寓形宇内能復幾時,曷不委心任去留^[9]。胡爲乎遑遑兮欲何之^[10]?富貴非吾願,帝鄉不可期^[11]。懷良辰以孤往^[12],或植杖而耘耔^[13]。登東皋以舒嘯^[14],臨清流而賦詩。聊乘化以歸盡,樂夫天命復奚疑^[15]!

《陶淵明集箋注》卷五

【校注】

[1]"請息交"句:謂斷絕交游,不與世俗往來。　　[2]駕言:駕車外出。言,助詞。《詩·邶風·泉水》:"駕言出游。"　　[3]西疇:西田。　　[4]巾車:以帷幕裝飾車子,因指整車出行。　　[5]棹(zhào 罩):船槳,此作動詞,划的意思。
[6]窈窕:幽深貌。　　[7]涓涓:水細流貌。　　[8]行:將。　　[9]"寓形"二句:意謂寄身世間無復多時矣,何不順遂本心,聽任死生呢?寓:寄。能:一無"能"字。曷:何。去留:死生。　　[10]遑遑:匆促不安。兮:一無"兮"字。
[11]帝鄉:此指仙境。《莊子·天地》:"千歲厭世,去而上仙,乘彼白雲,至於帝鄉。"　　[12]良辰:美好時光。　　[13]植杖:五臣劉良注:"謂插其所執之杖於田,以除田中之草也。"《論語·微子》:"植其杖而耘。"耘:除草。耔:培土於苗根上。《詩·小雅·甫田》:"今適南畝,或耘或耔。"　　[14]東皋:東田。《文選》卷四〇阮籍《詣蔣公》:"方將耕於東皋之陽,輸黍稷之税,以避當塗者之路。"舒:緩。嘯:撮口長嘯,古人抒發感情的一種方式。《世說新語·棲逸》劉孝標注引《魏氏春秋》:"籍乃嘐然長嘯,韻響寥亮。蘇門先生乃逌爾而笑。籍既降,先生乃喟然高嘯,有如鳳音。"　　[15]"聊乘化"二句:意謂聊且順應大化以了此一生,樂天知命,不必有何懷疑。乘化:乘任自然之變化。《易·繫辭》:"樂天知命故不憂。"

【集評】

(元)李公焕《箋注陶淵明集》卷五引宋歐陽修曰:"晉無文章,惟陶淵明《歸去來兮辭》一篇而已。"

又引宋李格非曰:"陶淵明《歸去來兮辭》,沛然如肺腑中流出,殊不見有斧鑿痕。"

(宋)陳知柔《休齋詩話》:"陶淵明罷彭澤令,賦《歸去來》,而自命曰辭。迨今人歌之,頓挫抑揚,自協聲律。蓋其詞高甚,晉、宋而下,欲追躡之不能。漢武帝《秋風詞》,盡蹈襲《楚辭》,未甚敷暢。《歸去來》則自出機杼,所謂無首無尾,無終無始,前非歌而後非辭,欲斷而復續,將作而遽止,謂洞庭鈞天而不淡,謂霓裳羽衣而不綺,此其所以超然乎先秦之世,而與之同軌者也。"

桃花源記 并詩

【題解】

本篇寫作時間不詳,一説爲晚年所作,要當是淵明隱居後託寫理想之境。晉末多亂,淵明寓託的桃花源,百姓安居樂業,農耕得時,遵古法,無王税,風俗淳厚,怡然自樂,和現實形成強烈的對比。陶淵明的社會理想有兩個特點,一是他所描繪的是普通百姓的生活,二是這種幸福建立在自食其力的基礎上,這與以往單純對虛無的仙境描寫不同。此篇對後人產生了極大的影響。

晉太元中[1],武陵人捕魚爲業,緣溪行[2],忘路之遠近。忽逢桃花林,夾岸數百步,中無雜樹,芳華鮮美,落英繽紛[3]。漁人甚異之,復前行,欲窮其林[4]。林盡水源[5],便得一山。山有小口,髣髴若有光[6],便捨船,從口入。初極狹,纔通人[7],復行數十步,豁然開朗。土地平曠,屋舍儼然[8],有良田、美池、桑竹之屬,阡陌交通[9],雞犬相聞[10]。其中往來種作,男女衣著,悉如外人[11]。黃髮垂髫[12],並怡然自樂。見漁人乃大驚,問所從來,具答之[13]。便要還家[14],爲設酒殺雞作食。村中聞有此人,咸來問訊[15]。自云先世避秦時亂,率妻子邑人來此絕境[16],不復出焉,遂與外人間隔。問今是何世,乃不知有漢,無論魏晉[17]。此人一一爲具言所聞,皆歎惋[18]。餘人各復延至其家[19],皆出酒食,停數日,辭去。此中人語云:"不足爲外人道也。"既出,得其船,便扶向路[20],處處誌之[21]。及郡下,詣太守説如此[22]。太守即遣人隨其往,尋向所誌[23],遂迷,不復得路。南陽劉子驥[24],高尚士也[25]。聞之,欣然規往[26],未果[27],尋病終[28]。後遂無問津者[29]。

【校注】

[1]太元:東晉孝武帝年號(376—396)。太元,一作"太康"。太康是西晉武帝年號(280—289)。　　[2]緣:沿着。　　[3]落英繽紛:落花紛繁貌。一説"落"作"開始"解,落英即指始開之花,亦通。　　[4]窮:盡。　　[5]林盡水源:意謂桃花林之盡頭,正是溪水之源。　　[6]髣髴:同"仿佛"。　　[7]纔通人:僅能通過一人。　　[8]儼然:此謂整齊。　　[9]阡陌:田間小路,南北曰阡,東西曰陌。[10]雞犬相聞:此用《老子》語。《老子》第八十章:"鄰國相望,雞犬之聲相聞,民至老死不相往來。"意謂民相安無事。　　[11]"其中"三句:謂桃源中人無論耕作,還是衣着等,悉與桃源以外人相同。此即詩中所謂"俎豆猶古法,衣裳無新製"之意。　　[12]黃髮:指老人。垂髫:指兒童。小兒垂髮爲飾曰髫。　　[13]具:全部。　　[14]要:邀請。　　[15]咸來問訊:村中人都來詢問外界消息。[16]絕境:與外界隔絕之地。　　[17]"乃不知"二句:桃源中人秦時入此境,故不知秦以後的漢魏晉之世。　　[18]愴:驚歎。　　[19]延:邀請、引導。[20]扶:沿着。向路:舊路,指來時之路。　　[21]誌:做標誌。　　[22]詣:至。[23]尋向所誌:尋找過去所做的標誌。　　[24]劉子驥:劉驎之,字子驥,東晉時南陽(今屬河南)人,事迹見《晉書·隱逸傳》。　　[25]高尚士:隱士。[26]規:謀劃。　　[27]果:實現。　　[28]尋:不久。　　[29]問津:意謂訪求。用孔子使子路向長沮、桀溺問津事,見《論語·微子》。津,渡口,引申指門路、途徑。

　　嬴氏亂天紀[1],賢者避其世。黃綺之商山[2],伊人亦云逝[3]。往跡寖復湮[4],來徑遂蕪廢。相命肆農耕[5],日入從所憩[6]。桑竹垂餘蔭,菽稷隨時藝[7]。春蠶收長絲,秋熟靡王税[8]。荒路曖交通[9],雞犬互鳴吠[10]。俎豆猶古法[11],衣裳無新製[12]。童孺縱行歌,班白歡游詣[13]。草榮識節和,木衰知風厲[14]。雖無紀曆誌,四時自成歲[15]。怡然有餘樂,于何勞智慧[16]。奇蹤隱五百[17],一朝敞神界。淳薄既異源[18],旋復還幽蔽[19]。借問游方士[20],焉測塵囂外?願言躡輕風[21],高舉尋吾契[22]。

《陶淵明集箋注》卷六

【校注】

[1]嬴氏:指秦始皇嬴政,始皇姓嬴氏。亂天紀:淆亂正常紀綱。　　[2]黃綺:秦

末夏黄公、綺里季,與東園公、角里先生四人隱於商山,合稱"商山四皓"。見晉皇甫謐《高士傳》。　　[3]伊人:指桃花源中人。　　[4]寢:止息。湮:湮没。[5]肆農耕:努力耕種。　　[6]日入從所憩:用《帝王世紀》所載《擊壤歌》"日出而作,日入而息"(《藝文類聚》卷一一)語。　　[7]隨時藝:按照季節及時耕種。藝,種植。　　[8]靡:無。　　[9]"荒路"句:謂荒路被草木掩蔽,有礙交通。[10]"雞犬"句:用《老子》第八十章"雞犬之聲相聞,民至老死不相往來"意。[11]俎豆:古代祭祀禮器。此句謂桃源中人禮制仍遵古法。　　[12]新製:新式樣。　　[13]班白:指老人。班,通"斑",指鬢髮花白。歡游詣:謂歡樂自在地交往。詣,往,至。　　[14]厲:烈。　　[15]"雖無"二句:意謂雖無歲曆之推算記載,而四季更替自成一年。　　[16]"于何"句:意謂智慧無可用處。道家推重不用智慧的古樸生活,《老子》第十八章:"智慧出,有大偽。"《莊子·繕性》:"人雖有知,無所用之。"　　[17]奇蹤:指桃源人的蹤迹。隱五百:自秦末以來,已五百餘年矣。　　[18]淳:指桃源中人風俗淳樸。薄:指桃源外之世風澆薄。異源:本源不同。　　[19]旋復還幽蔽:指桃源神境敞露之後隨即重又隱蔽。　　[20]游方士:游於方内之士,指世俗中人。　　[21]躡:蹈。　　[22]吾契:與我志趣相投之人,指桃源中人。

【集評】

(宋)唐庚《唐子西文録》:"唐人有詩云:'山僧不解數甲子,一葉落知天下秋。'及觀陶元亮詩云:'雖無紀曆誌,四時自成歲。'便覺唐人費力如此。如《桃花源記》言:'尚不知有漢,無論魏晉。'可見造語之簡妙,蓋晉人工造語,而元亮其尤也。"

(明)張自烈輯《箋注陶淵明集》卷五:"或謂淵明借此發揮胸次,非真述其事,大抵漁人不近俗,故託言漁人。'緣溪'一段,行止自如,懶懶散散,須看他是何等人品。'開朗'一段,是説蕭野氣象,即在人間,故曰'悉如外人'。獨言避秦,秦之先三代也,明明自謂與三代相接,是即所謂羲皇上人之意。此語殊不呆滯,但本記字字可悟,更須言外遇之,如'緣溪行,忘路遠近,忽逢桃花林',此數句須看一個'忘'字,一個'忽'字,隱然説人到忘處,百慮都盡,便忽有會意處也。'屋舍儼然'以下忽綴一語云:'見漁人,乃大驚,問所從來。'此正文字絕處逢生法。惝怳變幻,另開一逕,才轉出'設酒作食'一段光景。末段云太守遣人隨其往,尋向所誌,遂迷不復得路,又寓言凡人事境閱歷以無意適遭爲至,著意便迷惑矣,與莊氏異哉象罔乃得同旨。結句'後遂無問津者',冷諷世人,悠然不盡。"

五柳先生傳

【題解】

梁蕭統《陶淵明傳》説:"嘗著《五柳先生傳》以自况。"是五柳先生即陶淵明的自我寫照。淵明以簡潔的筆墨,生動地描繪了自己的人生態度,情趣盎然,形象鮮明,深深影響打動後人,五柳先生遂成爲中國士大夫的理想人格。本篇文字精潔,語言雋永,是晉人小品文的上乘之作。

先生不知何許人也[1],亦不詳其姓字。宅邊有五柳樹,因以爲號焉。閑靖少言[2],不慕榮利。好讀書,不求甚解[3]。每有會意,便欣然忘食。性嗜酒,家貧不能常得,親舊知其如此,或置酒而招之[4]。造飲輒盡[5],期在必醉。既醉而退,曾不吝情去留[6]。環堵蕭然[7],不蔽風日。短褐穿結[8],簞瓢屢空[9],晏如也[10]。常著文章自娱,頗示己志。忘懷得失[11],以此自終。

贊曰:黔婁之妻有言[12]:"不戚戚於貧賤[13],不汲汲於富貴[14]。"極其言,兹若人之儔乎[15]?酣觴賦詩,以樂其志,無懷氏之民歟?葛天氏之民歟[16]?

《陶淵明集箋注》卷六

【校注】

[1]何許:何處。　[2]靖:蕭統《陶淵明傳》引作"静",亦通。　[3]"好讀書"二句:意謂讀書不作繁瑣訓詁,所喜唯在會通書中要旨。淵明獨標此一項,旨在與兩漢以來的儒家章句之學相區别,此則符合魏晉玄學家風氣。　[4]置:置備。　[5]造:往。　[6]曾不吝情去留:意謂欲去欲留皆表現於外,直率任真,無所顧惜。吝情,惜情。　[7]環堵:指狹小簡陋的居室。蕭然:蕭條狀。[8]短褐:粗布短衣。穿結:指衣上破洞與補綻。　[9]簞瓢屢空:意謂常無飲食。《論語·雍也》:"子曰:'賢哉,回也! 一簞食,一瓢飲,在陋巷,人不堪其憂,回也不改其樂。賢哉,回也!'"　[10]晏如:安然的樣子。　[11]忘懷得失:人生之得失,不放在心上。　[12]黔婁之妻:漢劉向《列女傳·魯黔婁妻》:"黔婁死,曾子與門人往弔之……其妻曰:'……彼先生者,甘天下之淡味,安天下之卑位。不戚戚於貧賤,不忻忻於富貴。求仁而得仁,求義而得義,其諡爲康,不亦宜乎?'"黔婁死諡曰"康",曾子不解,故黔婁妻如是答。　[13]戚戚:憂貌。

[14]汲汲:心情急切貌。　　[15]"極其言"二句:謂推究黔婁之妻所言,黔婁則五柳先生同類人也。極:盡,窮盡。若人:此人,指五柳先生。　　[16]"無懷氏"二句:無懷氏、葛天氏是傳說中的上古帝王。《管子·封禪》:"昔無懷氏封泰山。"尹知章注:"古之王者,在伏羲前。"《吕氏春秋·古樂》:"昔葛天氏之樂,三人操牛尾,投足以歌八闋。"

【集評】

(清)林雲銘評注《古文析義》二編卷五:"昭明作陶公傳,以此傳敍入,則此傳乃陶公實録也。看來此老胸中,浩浩落落,總無一點粘著。即好讀書亦不知有章句,嗜飲酒亦不知有主客,無論富貴貧賤,非得孔、顏樂處,豈易語此乎?贊末'無懷'、'葛天'二句,即夷、齊、神農、虞、夏之思,暗寓不仕宋意,然當身即是上古人物,無採薇忽没之歎,更覺高渾也。後人仿作甚多,總無一似。"

謝靈運

【作者簡介】

謝靈運(385—433),陳郡陽夏(今河南太康)人,生於會稽始寧(今浙江上虞)。祖玄,東晉名將。靈運出生後寄養於錢塘杜明師道觀,故小名"客兒",世稱"謝客"。晉安帝元興元年(402),襲封康樂公,故世亦稱"謝康樂"。義熙十一年(415),爲中書侍郎、黄門侍郎。劉裕代晉,降爵爲康樂侯。靈運自以才能宜參機要,而劉裕僅用爲文學侍從,於是依附廬陵王劉義真。永初三年(422),出爲永嘉太守,在此期間創作了大量山水詩。少帝景平二年(424)秋,辭歸始寧。宋文帝元嘉三年(426),徵爲秘書監。以文帝亦以文士相待,常稱疾不朝。元嘉五年重返始寧。七年,太守孟顗誣以謀逆,靈運親往京師自陳,除臨川内史。在臨川游放不異始寧,爲有司所劾,遣人執録。靈運逃逸被擒,論斬。文帝詔徙廣州。元嘉十年在廣州棄世。《宋書》卷六七、《南史》卷一九有傳。

謝靈運工詩文,能書畫,通史學,精玄學佛理。文章爲江左第一,所作山水詩開一代風氣,與顏延之、鮑照並稱爲"元嘉三大家"。有集二十卷,佚,明張溥輯有《謝康樂集》。今人顧紹柏《謝靈運集校注》(中州古籍出版社1987年版)是謝靈運詩文集的全注本。

登池上樓

【題解】

　　此詩作於景平元年(423)初春。池,即謝公池,在永嘉郡治永寧縣(今浙江温州)西北。本篇寫久病初起時登樓所見、所感,表達了詩人政治失意的鬱悶。

　　潛虬媚幽姿[1],飛鴻響遠音[2]。薄霄愧雲浮[3],棲川怍淵沈[4]。進德智所拙[5],退耕力不任[6]。徇禄反窮海[7],臥痾對空林[8]。衾枕昧節候,褰開暫窺臨[9]。傾耳聆波瀾,舉目眺嶇嶔[10]。初景革緒風[11],新陽改故陰[12]。池塘生春草,園柳變鳴禽[13]。祁祁傷豳歌[14],萋萋感楚吟[15]。索居易永久[16],離群難處心[17]。持操豈獨古[18],無悶徵在今[19]。

《文選》卷二二

【校注】

[1]潛虬(qiú 求):深潛水中的龍。虬,傳説中有角的小龍。幽姿:深潛的姿勢。
[2]遠音:因爲鴻雁高飛,所以它的鳴聲聽起來很遠。　　[3]“薄霄”句:此言鴻能高飛遠害。薄:迫近。　　[4]“棲川”句:此言虬能深潛保身。怍:慚愧。唐李善注:“虬以深潛而保真,鴻以高飛而遠害。今己嬰俗網,故有愧虬鴻也。”
[5]進德:《周易·乾》:“君子進德修業,欲及時也。”智所拙:智力低下。此説要及時增進德業,成一番事業,但又非自己的智慧所及。　　[6]力不任:體力承擔不了。　　[7]徇禄:指任職。徇,元劉履《選詩補注》卷六:“以身從物曰徇。”反:通“返”,歸。宋本《三謝詩》作“及”。窮海:荒僻的海濱,指永嘉。　　[8]臥痾(ē阿):臥病。空林:冬季的樹林。　　[9]“衾枕”二句:因臥病與衾枕爲伍,不明季節變化。如今纔打開窗子,向外眺望。昧節候:不明季節。褰(qiān 千)開:打開,拉開。窺臨:眺望。二句原無,今據五臣本補。胡克家《文選考異》卷四:“此句(指‘傾耳聆波瀾’——編者)上袁本、茶陵本有‘衾枕昧節候,褰開暫窺臨’,云‘善無此兩句’。何校添,陳同。案:詳文義當有,各本所見,或傳寫脱之也。”　　[10]嶇(qū 屈)嶔(qīn 親):山高貌,此指山。　　[11]初景:初春的陽光。革:清除。緒風:餘風,指殘冬寒風。　　[12]新陽:新春。故陰:舊冬。唐李善注引《神農本

草》曰:"春夏爲陽,秋冬爲陰。"　　　[13]變鳴禽:鳴禽的種類有了改變。
[14]祁祁傷豳(bīn 賓)歌:《詩·豳風·七月》:"春日遲遲,采蘩祁祁,女心傷悲,
殆及公子同歸。"祁祁,衆多貌。豳,今陝西旬邑,是周代祖先公劉遷居地。
[15]萋萋感楚吟:《楚辭·招隱士》:"王孫游兮不歸,春草生兮萋萋。"萋萋,草木
茂盛貌。　　　[16]"索居"句:離開朋友獨居,易感日子長久。《禮記·檀弓上》:
"吾離群而索居,亦已久矣。"　　　[17]難處心:難以保持心理平衡。　　　[18]"持
操"句:言保持操守豈獨古人。王符《潛夫論》卷八:"有度之士,情意精專,心思獨
睹。不驅於險墟之俗,不惑於衆多之口。聰明懸絕,秉心塞淵,獨立不懼,遯世無
悶。心堅金石,志輕四海,故守其心,而成其信。凡器則不然,内無持操,外無準
儀,傾側險詖,求同於世,口無定論,不恒其德,二三其行。秉操如此,難以稱信。"
[19]無悶:没有苦悶。《周易·乾》:"龍德而隱者也,不易乎世,不成乎名,遁世無
悶。"徵:驗。

【集評】

　　(金)元好問《論詩絕句三十首》:"池塘春草謝家春,萬古千秋五字新。傳語閉
門陳正字,可憐無補費精神。"

　　(明)黄淳耀《陶菴全集》卷二一:"謝康樂'池塘生春草'得之夢中,評詩者或以
爲尋常,或以爲淡妙,皆就句中求之耳。單拈此句,亦何淡妙之有? 此句之根,在四
句之前。其云'臥痾對空林,衾枕昧節候',乃其根也。'褰開暫窺臨'下歷言所見之
景,而至於池塘草生,則臥痾前所未見者,其時節流换可知矣。此等處皆淺淺易曉,
然其妙在章而不在句。不識讀詩者何以必就句中求之也。"

石壁精舍還湖中作

【題解】

　　此詩作於景平二年(424)夏,寫歷山游湖所見、所感。石壁,是東山的一
個山峰,在今浙江上虞上湖一帶,因其方正如樓,故名石壁。精舍,佛寺,指
招提精舍。湖,指巫湖。"昏旦"四句,言石壁周邊山水怡人,令游子忘歸;
"出谷"二句,寫離山入湖;"林壑"四句,寫湖中晚景;"披拂"二句,寫返回寓
所;"慮澹"四句,寫游覽中體會到的理趣。

　　昏旦變氣候,山水含清暉。清暉能娱人,游子憺忘歸[1]。出谷日

尚早，入舟陽已微。林壑斂暝色[2]，雲霞收夕霏[3]。芰荷迭映蔚[4]，蒲稗相因依[5]。披拂趨南逕[6]，愉悅偃東扉[7]。慮澹物自輕[8]，意愜理無違[9]。寄言攝生客[10]，試用此道推。

《文選》卷二二

【校注】

[1]憺：安適貌。《楚辭·九歌·東君》：“羌聲色兮娛人，觀者憺兮忘歸。”
[2]斂：聚集。暝色：暮色。　　[3]夕霏：傍晚空中的雲霞。　　[4]芰（jì 計）：菱。迭映蔚：言芰荷光色相互映照。　　[5]蒲：菖蒲。稗（bài 拜）：稗草。相因依：相互倚扶。　　[6]披拂：撥開掩路的草木。　　[7]偃：歇息。東扉：東屋的門。　　[8]“慮澹”句：清靜寡欲自會看輕利祿。慮澹：思慮澹泊。物：外物，指利祿。　　[9]意愜（qiè 怯）：愜意，心裏舒服。　　[10]攝生客：養生的人。攝，持。

【集評】

　　（元）方回《文選顏鮑謝詩評》卷一：“虛谷曰：靈運所以可觀者，不在於言景，而在於言情。‘慮澹物自輕，意愜理無違。’如此用工，同時諸人，皆不能逮也。至其所言之景，如‘山水含清暉’、‘林壑斂暝色’及他日‘天高秋月明’、‘春晚綠野秀’，於細密之中，時出自然。不皆出於織組。顏延年、鮑明遠、沈休文，雖各有所長，不到此地。”

　　（清）張玉穀《古詩賞析》卷一六：“此兩截題格也。前六，先敘石壁之景，游壁之樂，而以‘出谷’二句點清竟日，落到還湖。中六，則敘湖中所見晚景，趨徑偃扉，又透題後。後四，總上兩層，約指其趣，自悟悟人，詠歎作結。”

入彭蠡湖口

【題解】

　　此詩作於宋文帝元嘉九年（432）春。彭蠡湖，今江西鄱陽湖。彭蠡湖口，即江州（九江）口，是湖與長江交匯處。此詩通過抒寫長途水上旅行進入彭蠡湖口時的所見所感，表達了詩人惆悵鬱悶的心緒。

客游倦水宿[1]，風潮難具論。洲島驟迴合，圻岸屢崩奔[2]。乘月聽哀狖,湄露馥芳蓀[3]。春晚緑野秀,巖高白雲屯。千念集日夜,萬感盈朝昏。攀崖照石鏡[4],牽葉入松門[5]。三江事多往,九派理空存[6]。靈物娄珍怪[7],異人祕精魂[8]。金膏滅明光[9],水碧綴流温[10]。徒作千里曲,絃絶念彌敦[11]。

《文選》卷二六

【校注】

[1]客游:指作者從建康(今江蘇南京)乘船逆水而上至鄱陽湖。　　[2]"洲島"二句:五臣吕向注:"言人隨風潮之急,數見洲島迴曲會合。"圻(qí 旗)岸:崖岸。圻,地界。崩奔:崩坍。　　[3]"乘月"二句:唐李善注曰:"言乘月而游,以聽哀狖之響。濕露而行,爲玩芳叢之馥。"狖(yòu 幼):猿類動物。湄(yì 義):濕。馥:香氣。蓀:香草名。　　[4]石鏡:山名,爲廬山山峰。唐李善注引張僧鑒《潯陽記》云:"石鏡山,東有一圓石,懸崖明净,照人見形。"《水經注·廬江水》:"山東有石鏡,照水之所出。有一圓石,懸崖明净,照見人影。晨光初散,則延曜入石,毫細必察,故名石鏡焉。"據此,石鏡山在江西潯陽一帶,是廬山支蘢,因山上有石鏡得名。　　[5]牽葉:攀枝。松門:山名,在今江西都昌縣南。《太平御覽·地部》卷四八"松門山"條:"《豫章圖經》曰:松門山者,以其山多松遂以爲名。北臨大江及彭蠡湖,山上有石鏡,光明照人。謝靈運《入彭蠡湖口》詩云'攀崖照石鏡,牽葉入松門'是也。"　　[6]"三江"二句:言有關三江、九派的各種説法時間既久,又難於梳理,故難以考查。三江之説,源於《尚書·禹貢》"三江既入,震澤底定"。具體説法有多種:一説指吴江、錢塘江、浦陽江,見三國吴韋昭《國語·越語上》"三江環之"注;一説指岷江、松江、浙江,見《水經注·沔水》引郭璞説;一説指漢水(北江)、彭蠡(贛江,亦名南江)、岷江(大江、中江),見《初學記》卷六引鄭玄説;一説指大江(出汶山)、北江(出曼山)、南江(出高山),見《山海經·海内東經》。九派:指長江中游的九條支流。《尚書·禹貢》"九江孔殷"唐陸德明《釋文》引晉張僧鑒《潯陽地記》認爲九江是烏白江、蚌江、烏江、嘉靡江、畎江、源江、累江、提江、箘江,張僧鑒之父張須元《緣江圖》以爲九江是三里江、五州江、嘉靡江、烏土江、白蚌江、白烏江、箘江、沙提江、廪江。派,同"派"。　　[7]靈物:靈異之物,指金膏、水碧。靈,原作"露",今據五臣本改。娄:同"齊",齊惜。　　[8]"異人"句:江湖之中的靈怪神異,均不願現其相貌、精神,隱而不見。異人:不同凡俗之人。祕:隱藏。精魂:靈魂。郭璞《江賦》曰:"納隱淪之列真,挺異人乎精魄。"　　[9]金膏:神話中的一種寶物。《穆天子傳》卷一:"己未,天子大朝于黄之山,乃披圖視典,周觀天子

之珧器。曰:天子之珧,玉果、璿珠、燭銀、黃金之膏。"　　[10]水碧:水玉、水精。《山海經·東山經》曰:"又南三百里曰耿山,無草木,多水碧。"郭璞注曰:"水碧,亦水玉類。"《南山經》:"堂庭之山……多水玉。"郭璞注:"水玉,今水精也。"綴:停止。五臣本作"輟",二字通。流溫:言水玉溫潤也。五臣呂向注:"(金膏、水碧)此江中有之,然皆滅其明光,止其溫潤而不見。"　　[11]"徒作"二句:唐李善曰:"奏曲冀以消憂,絃絕而念逾甚,故曰徒作也。"意謂欲借琴銷憂,而曲終思念更深。千里曲:曲名,即《千里別鶴》。《文選》卷一八嵇康《琴賦》李善注引蔡邕《琴操》曰:"商陵牧子娶妻五年,無子,父兄欲爲改娶,牧子援琴鼓之,歎別鶴以舒其憤懣,故曰《別鶴操》。鶴一舉千里,故名'千里別鶴'也。崔豹《古今注》曰:《別鶴操》,商陵牧子所作也。牧子娶妻五年,無子,父母將爲之改娶。妻聞之,中夜起,聞鶴聲,倚户而悲。牧子聞之,愴然歌曰:將乘比翼隔天端,山川悠遠路漫漫。攬衣不寢食。後人因以爲樂章也。"絃絕:謂曲終。念:思鄉之情。彌敦:愈加深厚。

【集評】

(清)吳淇《六朝選詩定論》卷一八:"客之倦於水宿者,以風潮故。'洲島'二句,正寫風潮。至於哀狄之鳴、芳蓀之馥、綠野香秀、白雲高屯,無限好景。自千念萬感之人視之,無非風潮者,正所謂難具論也。於是舍舟而崖,遠入松門而望,三江九派歷歷矣。事者,古人之事蹟,如大禹九江既入之績之類。然事既往矣,孰爲繼之? 理者,即康樂後詩所蘊之'真',如古聖觀河而作圖、臨洛而作書,皆因其理。其理空存,誰是作者? 故'靈物丢珍怪'而不出,'異人秘精魂'而不見。金膏之明光已滅,水碧之流溫久綴。所謂天地閉、賢人隱之時也。所以徒作思歸之曲,轉令憂念益甚耳。"

鮑　照

【作者簡介】

鮑照(? —466),字明遠。先世本上黨(今山西長治)人,後遷東海(今山東郯城)。生於今江蘇鎮江一帶。家世寒微。宋文帝元嘉十六年(439),謁臨川王劉義慶,賦詩言志,用爲臨川國侍郎。劉義慶出爲江州刺史、南兗州刺史,照亦隨之。劉義慶卒,又爲始興王劉濬國侍郎。元嘉二十九年爲永安令。後爲孝武帝中書舍人。又爲秣陵令、海虞令等。宋孝武帝大明（457—464）中，臨海王劉子頊爲荆州刺史，以照爲前軍參軍，掌書記，隨至江陵。明帝即位，孝武子晉安王子勛在江州起兵與明帝争位，子頊響應。及子勛兵敗，鮑照死於亂兵之中，時年五十餘。《宋書》卷五一、《南史》卷一三有傳。

《隋書·經籍志》著録《鮑氏集》十卷，今存明毛扆校宋本《鮑氏集》十卷。今人錢仲聯《鮑參軍集注》（上海古籍出版社 1980 年版）最爲翔實。

出自薊北門行

【題解】

本篇題目，毛扆校宋本《鮑氏集》作《代出自薊北門行》。薊，故燕國之地，秦漢爲漁陽郡，今北京市一帶。《樂府解題》謂此曲與《從軍行》同致，古詞多言燕薊風物及突騎勇悍之狀。此詩爲中國古代較早的邊塞詩。前八句寫敵虜入侵、邊地告急，中八句寫援軍赴邊，末四句寫壯士以死報國的決心。鮑照這類詩篇“慷慨任氣，磊落使才”（劉熙載《藝概》），在南朝詩壇獨樹一幟。

羽檄起邊亭[1]，烽火入咸陽[2]。徵騎屯廣武[3]，分兵救朔方[4]。嚴秋筋竿勁[5]，虜陣精且強[6]。天子按劍怒，使者遥相望[7]。雁行緣石逕[8]，魚貫度飛梁[9]。簫鼓流漢思[10]，旌甲被胡霜。疾風衝塞起，沙礫自飄揚。馬毛縮如蝟[11]，角弓不可張[12]。時危見臣節，世亂識忠良。投軀報明主，身死爲國殤[13]。

　　　　　　　　　　　　　　　　　　　　　　　　《文選》卷二八

【校注】

[1]羽檄：緊急軍書。宋程大昌《演繁露》卷一〇“羽檄”條：“《魏武奏事》曰：有急，以雞羽插木檄，謂之羽檄。”此指插有羽毛的緊急軍書。檄，木簡，用於徵召。邊亭：邊地亭障。　　[2]烽火：古代邊疆報警的煙火。白天放煙曰烽，夜間舉火曰燧。咸陽：秦都，此借指京城。　　[3]騎：毛扆校宋本《鮑氏集》、宋本《樂府詩集》作“師”。廣武：今山西代縣西。　　[4]朔方：漢代朔方郡，今内蒙古自治區河套西北部及後套地區。　　[5]嚴秋：深秋。筋竿勁：深秋氣候乾燥，弓箭強勁。筋竿，指弓弦、箭杆。　　[6]虜陣：敵虜軍陣。指北方匈奴軍馬。匈奴入秋軍馬肥壯，故言虜陣精且強。　　[7]“天子”二句：清張雲璈《選學膠言》：“《史記·大宛

傳》:貳師將軍請罷兵,天子大怒,"使使遮玉門,曰軍有敢入者輒斬之。"遥相望:言不絕於路。　　[8]雁行:指軍隊排列得整齊而有次序,像雁的行列一樣。[9]魚貫:謂兵士行進時如游魚前後相貫。飛梁:高架的橋梁。　　[10]流漢思:謂軍樂中流蕩着漢人的情思。　　[11]毛:五臣注本作"步"。蝟:刺蝟。因天氣嚴寒,馬身蜷縮,毛如刺蝟一樣。唐李善注引《西京雜記》:"元封二年,大雪深五尺,野鳥獸皆死,牛馬蜷縮如蝟。"　　[12]角弓:飾有獸角的弓。不可張:極言天氣嚴寒,無法拉弓。　　[13]國殤:爲國戰死的人。

【集評】

　　(元)劉履《風雅翼》卷七《選詩補注》:"此言漢時邊塞警急,出師征戰,正當嚴秋,弓矢堅勁,敵陣精强之時。而其冒犯風霜,不避辛苦如此。大抵危亂之際,方見臣子之懷忠殉節,能棄其身而不顧也。豈亦因時多難,有所激勸而言之歟?"

　　(清)張玉穀《古詩賞析》卷一七:"此擬立功邊塞之作。前八,用逆筆先就邊境徵兵,胡强主怒敍起,爲壯士立功之會寫一排場。中八,落出從軍,鋪寫途路勞苦。朔方早寒,故多在寒上設色。後四,收到立節效忠,偏以不吉祥語,顯出無退悔心,悲壯淋漓。"

擬行路難

其　三

【題解】

　　本詩共十八首,此爲第三首,是七言閨怨詩的佳作。本詩非常注意文字的裝飾,尤其是前六句,大量使用錯彩鏤金的文字如璇、玉、椒、文、繡、羅、金、芳等來描述女主人的居住環境、服飾,借此給人以鮮明的視覺印象。後四句既直抒胸臆,又巧用比喻,道出了對真實生活的追求與渴望。

　　璇閨玉墀上椒閣[1],文窗繡戶垂羅幕[2]。中有一人字金蘭[3],被服纖羅采芳藿[4]。春燕差池風散梅[5],開幃對景弄春爵[6]。含歌攬涕恒抱愁[7],人生幾時得爲樂?寧作野中之雙鳧,不願雲間之别鶴[8]。

【校注】

[1]璇閨:美玉砌成的閨門。璇,美石。玉墀:玉石砌成的臺階。椒閣:即椒房,以香椒塗壁的房間。言建築華美。《藝文類聚》卷一五引應劭《漢官儀》曰:"皇后稱椒房,取其實蔓延盈升。以椒塗室,取溫煖祛惡氣也。"   [2]文窗:雕花之窗。羅幕:綺羅帷幕。   [3]金蘭:聞人倓《古詩箋》卷二:"金蘭取《周易》'二人同心,其利斷金,同心之言,其臭如蘭'之意,蓋假設之辭也。"   [4]芳藿:藿香,香料植物。   [5]差池:即參差。散:吹落。   [6]景:指春景。春:《樂府詩集》作"禽"。爵:同"雀"。   [7]含歌:歌聲含而不發。攬涕恒抱愁:《玉臺新詠》作"攬淚不能言"。攬涕,猶收涕。   [8]"寧作"二句:言富貴離居,未若貧賤團圓。鳧(fú 浮):野鴨。別鶴:失偶的孤鶴。

【集評】

(清)張玉穀《古詩賞析》卷一七:"此章亦設爲閨怨,言良時當惜,那堪久別也。前六,直就香閨佳人對景獨酌敘起,若從旁人看出者,便與前首不複。幻出金蘭之名,即有同心不可離居意,奇甚。後四,説出情來,卻先説抱愁不樂,然後以願雙悵別,點眼作收。既得逆勢,且忽用比意整筆,空靈矯健。"

<h2 style="text-align:center">其　六</h2>

【題解】

鮑照生活在門閥制度盛行的時代,"上品無寒門,下品無勢族"的現象比比皆是。鮑照出身庶族,空有才能與熱忱,卻報國無門。這種"才秀人微"(鍾嶸《詩品》)的現狀使詩人既渴望仕宦騰達,又渴望擺脱官場的壓抑,享受無拘無束的家居生活之樂;既對官場的不公十分憤慨,又因無法遠離官場而倍感無奈。本詩即是這種複雜心緒的流露。

對案不能食[1],拔劍擊柱長歎息。丈夫生世會幾時[2],安能蹀躞垂羽翼[3]?棄置罷官去,還家自休息。朝出與親辭,暮還在親側[4]。弄兒牀前戲,看婦機中織。自古聖賢盡貧賤,何況我輩孤且直[5]!

《鮑氏集》卷八

【校注】

[1]案:放食器的小几。   [2]會:當。《樂府詩集》作"能"。   [3]蹀(dié

迭)躞(xiè 屑):小步行走的樣子。垂羽翼:喻失意喪氣之狀。　　[4]在:原作
"往",今據影宋本《樂府詩集》校改。　　[5]孤且直:孤寒而正直。

【集評】

　　(清)沈德潛《古詩源》卷一一:"家庭之樂,豈宦游可比? 明遠乃亦不
免俗見耶! 江淹《恨賦》亦以'左對孺人','顧弄稚子'爲恨,功名中人,懷
抱爾爾。"

　　(清)張玉穀《古詩賞析》卷一七:"此章言孤直難容,宜安家室,自詠懷
抱,乃諸詩之骨也。前四,突然感慨而起,跌出生世不長,安能蹦踏,暗含仕
途蹭蹬意,詞旨鬱勃。中六,透筆寫出罷官歸家,正多樂事。乃憑空想像,莫
作賦景觀。後二,援古自慰,收出孤直不容,當安貧賤本旨,筆勢仍自傲岸。"

劉義慶

【作者簡介】

　　劉義慶(403—444),彭城(今江蘇徐州)人。劉裕異母弟道憐子,過繼於道憐
弟道規。義熙十二年(416)隨劉裕北伐,十四年,授豫州刺史。劉裕代晉,襲封臨
川王。宋文帝元嘉六年(429)加尚書左僕射。九年,爲荊州刺史。十六年,遷江州
刺史。十七年,徙南兗州刺史。二十一年卒。年四十二。劉義慶爲人簡素,愛好
文學,招聚才學之士,致力於典籍編纂,有《徐州先賢傳》十卷、《江左名士傳》一卷、
《宣驗記》十三卷、《集林》二百卷、《世說新語》十卷。《世說新語》記東漢、魏晉名
士言行,文辭雋永,是魏晉南北朝志人小說的傑出代表。梁劉孝標徵引四百多種
書籍,爲之作注,更增加了該書的分量。

顧和始爲揚州從事

【題解】

　　選自《雅量篇》。顧和當衆覓蝨,絲毫未覺羞慚,這就是魏晉名士們崇尚
的雅量,所以深受周顗的讚賞。

顧和始爲揚州從事[1]。月旦當朝[2]，未入頃[3]，停車州門外。周侯詣丞相，歷和車邊[4]。和覓蝨，夷然不動。周既過，反還，指顧心曰：“此中何所有？”顧搏蝨如故，徐應曰：“此中最是難測地。”周侯既入，語丞相曰：“卿州吏中有一令僕才[5]。”

《世說新語》卷中

【校注】

[1]顧和：字君孝。王導爲揚州刺史時曾辟顧和爲別駕。咸康（335—342）初爲御史中丞，遷侍中。康帝即位，遷尚書僕射。《晉書》卷八三有傳。　　[2]月旦：農曆每月初一。　　[3]頃：短暫的時刻。　　[4]周侯：周顗，字伯仁，官至尚書左僕射。《晉書》卷六九有傳。丞相：指王導。　　[5]令僕：指尚書令、尚書僕射。

王子猷居山陰

【題解】

選自《任誕篇》。魏晉名士崇尚真率，不做作，一切發乎自然，任性而動。本篇王子猷“乘興而行，興盡而返”，以興之所至作爲日常行爲的依據，即是這種真率風格的具體體現。

王子猷居山陰[1]，夜大雪，眠覺[2]，開室，命酌酒，四望皎然[3]。因起仿偟，詠左思《招隱詩》[4]。忽憶戴安道[5]。時戴在剡[6]，即便夜乘小船就之。經宿方至，造門不前而返[7]。人問其故，王曰：“吾本乘興而行，興盡而返，何必見戴！”

《世說新語》卷下

【校注】

[1]王子猷（yóu 由）：王徽之（338？—386），字子猷，王羲之第五子。琅琊臨沂（今屬山東）人。山陰：今浙江紹興。　　[2]覺：醒。　　[3]皎然：潔白貌。
[4]左思：西晉詩人，生平事蹟見本書作者簡介。所作《招隱詩》云：“杖策招隱士，荒塗橫古今。巖穴無結構，丘中有鳴琴。白雲停陰岡，丹葩曜陽林。”　　[5]戴安道：戴逵（330？—396），字安道，譙郡銍（今安徽宿縣西）人。善書畫、雕塑、文章。博學恬和，屢徵不就。《晉書》卷九四有傳。　　[6]剡（shàn 扇）：今浙江嵊縣。

[7]造：到，至。

【集評】

（元）尹廷高《玉井樵唱》卷上《子猷訪戴》："乾坤清夜玉含輝，萬壑千巖景絶奇。一舸自來還自去，古今高卧可曾知。"

（元）虞集《道園遺稿》卷四《子猷訪戴》："半夜輕舟發，清興豈在雪。不見主人翁，來往謾騷屑。曹溪昔有客，無來去何速。祗緣相見後，乃爲留一宿。"

鍾士季精有才理

【題解】

選自《簡傲篇》。嵇康"陽狂鍛鐵"是魏晉名士風流的經典故事。《三國志·魏書·王粲傳》裴注引《魏氏春秋》曰："鍾會爲司馬大將軍兄弟所暱，聞嵇康名而造之。會，名公子，以才能貴幸，乘肥衣輕，賓從如雲。康方箕踞而鍛，會至，不爲之禮。康問會曰：'何所聞而來？何所見而去？'會曰：'有所聞而來，有所見而去。'會深銜之。"後人每以此事作爲嵇康遭戮之原因，其實嵇康之死，主要是因爲他非湯武而薄周孔觸怒了司馬氏政權。

鍾士季精有才理[1]，先不識嵇康。鍾要于時賢儁之士，俱往尋康。康方大樹下鍛，向子期爲佐鼓排[2]。康揚槌不輟，傍若無人，移時不交一言[3]。鍾起去，康曰："何所聞而來？何所見而去？"鍾曰："聞所聞而來，見所見而去。"

《世説新語》卷下

【校注】

[1]鍾士季：鍾會，字士季，三國魏文士、玄學家。深得司馬懿賞識，爲司馬師、司馬昭的重要心腹，嵇康被殺，與其傾陷有關。魏滅蜀，鍾會與鄧艾分道進兵，蜀降後，鍾會據成都起兵反司馬昭，爲亂軍所殺。《三國志》卷二八有傳。才理：才思。
[2]要：通"邀"。鍛：鍛造，打鐵。佐：助手。鼓排：鼓風吹火。排，冶煉所用的風箱。　[3]移時：過了一段時間。

【集評】

（金）趙秉文《滏水集》卷二〇《題王致叔書嵇叔夜〈養生論〉後》："嵇中散龍章鳳姿，高情遠韻，當世第一流也。不幸當魏晉之交，危疑之際，且又魏之族壻，鍾會嗾司馬昭以卧龍比之，此豈昭弑逆之賊所能容哉？前史稱會造公，公不爲禮，謂會：'何所聞而來？何所見而去？'會以是銜之。向無此言，公亦不免。世人喜以成敗論士，遂以公爲才多而識寡，難乎免於今之世，過矣。自古姦雄窺伺神器者，鮮不維縶英豪，使不得遁。如中郎死於董卓，文舉死於魏武，司空圖僅以疾免，揚子雲幾至辱身，亦時之不幸也。如公重名，安所遁哉？人孰無死，惟得死爲不没。如會勸司馬昭斷喪魏室，既滅劉禪，遂據蜀叛，竟以誅死。若等犬豕耳，死與草木共腐。而公之没，以今望之，若神人然，爲不死矣，尚何訾云？故備論之，至於書之工拙，復何足云。"

石崇要客燕集

【題解】

　　選自《汰侈篇》。通過王敦不肯飲酒、石崇殘殺美人之事，揭露了石崇、王敦的殘忍。

　　石崇每要客燕集[1]，常令美人行酒[2]。客飲酒不盡者，使黄門交斬美人[3]。王丞相與大將軍嘗共詣崇[4]。丞相素不能飲，輒自勉彊，至於沉醉。每至大將軍，固不飲[5]，以觀其變。已斬三人，顏色如故，尚不肯飲。丞相讓之[6]，大將軍曰："自殺伊家人，何預卿事[7]？"

　　　　　　　　　　　　　　　　　　　　　《世説新語》卷下

【校注】

[1]石崇（249—300）：字季倫。晉惠帝時任荆州刺史，以劫掠遠使商客而暴富。曾與貴戚王愷爭靡鬥富，以豪奢著名。《晉書》卷三三有傳。要：通"邀"，約請。燕：通"宴"。《晉書·王敦傳》："時王愷、石崇以豪侈相尚，愷嘗置酒，敦與導俱在坐。有女伎吹笛小失聲韻，愷便毆殺之。一坐改容，敦神色自若。他日又造愷，愷使美人行酒，以客飲不盡，輒殺之。酒至敦、導所，敦故不肯持，美人悲懼失色，而敦傲然不視。導素不能飲，恐行酒者得罪，遂勉强盡觴。導還，歎曰：'處仲若當世，心懷剛忍，非令終也。'"余嘉錫《世説新語箋疏》引程炎震曰："《晉書》九十八《敦傳》，兼取行酒及吹笛兩事，但云王愷，不云石崇。又不言已殺三人，較可信。"

[2]行酒:斟酒勸客。　　　[3]黃門:僕役中的閹人,以供内室使役。交:交替。
[4]王丞相:王導,字茂弘,晉元帝時爲丞相。《晉書》卷六五有傳。大將軍:王敦,
字處仲,是王導的從兄,元帝時爲征南大將軍。《晉書》卷九八有傳。　　　[5]固:
堅決。　　　[6]讓:責備。　　　[7]伊:第三人稱代詞。

【集評】
　　(宋)呂祖謙編《宋文鑑》卷七五王回《晉蔡謨贊》:“晉自武帝酒色無度,王公貴
人競以酒色相侈,而王愷、石崇尤甚。愷使美人行酒勸客,飲不盡輒殺美人。”

沈　約

【作者簡介】
　　沈約(441—513),字休文,吳興武康(今浙江湖州南)人。仕劉宋爲奉朝請、尚
書度支郎。入齊爲東宮步兵校尉,管書記,校四部圖書,深受賞識。又爲竟陵王蕭
子良所賞,爲“竟陵八友”之一。永元三年(501),蕭衍率兵攻入建康,沈約與范雲
勸進,大受蕭衍賞識。次年,蕭衍代齊,沈約爲尚書僕射。蕭統立爲太子,約爲太
子詹事,尋遷尚書令、領太子少傅。天監十二年卒,年七十三。謚曰隱。《梁書》卷
一三、《南史》卷五七有傳。
　　沈約歷仕宋齊梁三朝,官高望重,爲文壇所宗。著述極富,有《晉書》一百一十
卷、《宋書》一百卷、《齊紀》二十卷、《高祖紀》十四卷。其中《宋書》獨存,爲二十四
史之一。尚有《邇言》、《謚法》、《文章志》、《俗説》、《雜説》、《袖中記》、《珠叢》等。
文集一百卷,今佚。明人輯爲《沈約集》,今人陳慶元有《沈約集校箋》(浙江古籍
出版社 1995 年版)。

別范安成

【題解】
　　本詩作於建武三年(496)。范安成,名岫,字懋賓,南齊時曾爲建威將軍安成内
史。沈約與范安成曾同在南齊文惠太子幕中任職。此次老友重逢,但又不得不再次

話別,個中況味難以盡言。此詩風格頗似唐詩,"勿言一樽酒,明日難重持"二句,對王維《送元二使安西》"勸君更盡一杯酒,西出陽關無故人"或有啓發和影響。

　　生平少年日[1],分手易前期[2]。及爾同衰暮,非復別離時[3]。勿言一樽酒[4],明日難重持[5]。夢中不識路,何以慰相思[6]?

《文選》卷二〇

【校注】

[1]生平:往昔,指少時。《史記·魏其侯列傳》:"及魏其侯失勢,亦欲倚灌夫引繩批根生平慕之後棄之者。"少年日:年輕之時。　　[2]易前期:視再度相會爲易。易,看得很容易。唐李善注曰:"言春秋既富,前期非遠,分手之際,輕而易之。言不難也。"　　[3]非復別離時:不是相別之時。即暮年別離難得相逢。《三國志·蜀書·宗預傳》:"預復東聘吳。孫權捉預手涕泣而別曰:'君每銜命,結二國之好,今君年長,孤亦衰老,恐不復相見。'遺預大珠一斛。"李善注曰:"言年壽衰暮,死日將近,交臂相失,故曰非時也。"　　[4]一樽酒:蘇武《別李陵》詩:"我有一樽酒,欲以贈遠人。"　　[5]難重持:難以持杯共飲。[6]"夢中"二句:唐李善注引《韓非子》曰:"六國時,張敏與高惠二人爲友,每相思不能得見,敏便於夢中往尋,但行至半道,即迷不知路,遂回,如此者三。"

【集評】

　　(清)沈德潛《古詩源》卷一二:"一片真氣流出。句句轉,字字厚。去《十九首》不遠。"

　　(清)賀貽孫《詩筏》:"沈休文《別范安成》詩,雖風骨道上,爲齊梁間僅見,然已漸似李太白、孟襄陽、高達夫、岑嘉州近體矣。"

　　(清)張玉穀《古詩賞析》卷一九:"前四,以少年易別,跌出今非其時。後四,惜別尊之重持難得,悲遠夢之莫慰相思。詩只空寫離懷,而兩人交誼已溢言表,氣清骨重,彷彿漢音。"

悼　亡

【題解】

　　自潘岳寫作《悼亡》以來,後世專以此題寫悼念亡妻。此詩先用去秋之月今秋復來、今春蘭蕙來春依然吐芳，與人生謝世永遠銷亡相對比，悲歎人生的不可重復，抒發了人類情感中特殊的悲哀；繼而又以亡者不可復生，進一步表達了作者對萬物無不共盡的深痛。

去秋三五月[1]，今秋還照房。今春蘭蕙草[2]，來春復吐芳。悲哉人道異[3]，一謝永銷亡[4]。屏筵空有設，帷席更施張[5]。游塵掩虛座[6]，孤帳覆空牀。萬事無不盡[7]，徒令存者傷。

《玉臺新詠》卷五

【校注】

[1]三五月：十五的月亮。《禮記·禮運》卷二三：“地秉陰竅於山川，播五行於四時，和而後月生也。是以三五而盈，三五而闕。”　　[2]蘭蕙：香草。《楚辭·九歎》：“懷蘭蕙與衡芷兮，行中壁而散之。”　　[3]人道：人世。　　[4]謝：消逝。《楚辭·大招》：“青春受謝，白日昭只。”王逸注：“謝，去也。”銷：同“消”。[5]“屏筵”二句：屏筵、帷席二句互文，言盛宴、帷席今日安排得再好，亦是空忙。前句，《文苑英華》卷三〇二、《古詩紀》卷八三作“簾屏既毀撤”。屏筵：盛宴。帷席：帷幔與牀席。《漢書·外戚列傳》：“祖宗寢廟，揚裂帷席。”施張：安放。《楚辭·九歌·湘夫人》：“白蘋兮騁望，與佳期兮夕張。”王逸注：“張，施也。”　　[6]游塵：浮塵。舊題漢郭憲《洞冥記》：“元光中，帝起壽靈壇……此壇高八丈，帝使董謁乘雲霞之輦以昇壇。至夜三更，聞野雞鳴，忽如曙。西王母駕玄鸞，歌春歸樂，謁乃聞王母歌聲而不見其形，歌聲遶梁三帀乃止。壇傍草樹枝葉，或翻或動，歌之感也。四面列種軟棗，條如青桂。風至，自拂堦上游塵。”虛座：亦曰靈座，爲死者所設的座位。陶淵明《悲從弟仲德》：“流塵集虛座，宿草旅前庭。”　　[7]事：物。南朝梁任昉《出郡傳舍哭范僕射》：“一朝萬化盡，猶我故人情。”北齊邢子才《文宣皇帝哀策文》：“萬事同盡，百慮俱收。”

江 淹

【作者簡介】

　　江淹（444—505），字文通，濟陽考城（今河南蘭考）人，先世隨晉室南渡遷往江南，約生於今江蘇丹徒一帶。宋明帝時，起家南徐州從事，後入建平王劉景素幕，以被誣受賄下獄，作《詣建平王上書》自白，獲釋。宋順帝昇明初，蕭道成輔政，召爲參軍。荆州刺史沈攸之起兵，淹預言其敗，大受蕭道成寵信，使掌書記文翰，當時軍書表記，皆使淹具草。入齊，歷中書侍郎、御史中丞、秘書監、遷吏部尚書。東昏侯蕭寶卷無道，蕭衍自雍州起兵東下，江淹奔新林迎候，蕭衍任爲司徒左長史。入梁，官至金紫光禄大夫，封醴陵伯。梁武帝天監四年卒，年六十二，謚憲。《梁書》卷一四、《南史》卷五九有傳。《隋書·經籍志》著録：“《江淹集》九卷，梁二十卷。《江淹後集》十卷，佚。”明張溥《漢魏六朝百三家集》有《江醴陵集》一卷，明胡之驥有《江文通集匯注》（中華書局 1984 年版）。今人俞紹初、張亞新有《江淹集校注》（中州古籍出版社 1994 年版）。

恨　賦

【題解】

　　本篇爲江淹代表作，所寫爲人間諸多恨事。將某一特定情感作爲貫穿全篇綫索的賦，始自西晉孫楚《笑賦》和陸機、傅咸的《感別賦》，這反映了魏晉賦從體物爲主向抒情爲主的過渡。此賦即是在這種背景下產生的名作。本賦層次清楚，文辭雋麗，情景交融，渾然一體，具有強烈的藝術感染力。《恨賦》對後世影響頗大，唐李白、明李東陽皆有《擬恨賦》，宋喻良能又反其意而作《喜賦》（《香山集》卷一），明皇甫汸因江淹有《恨賦》而作《恨詩》。但諸擬作、續作皆不及江淹原作。

　　試望平原，蔓草縈骨[1]，拱木斂魂[2]。人生到此，天道寧論[3]。於是僕本恨人[4]，心驚不已。直念古者[5]，伏恨而死[6]。

【校注】

[1]蔓草：蔓生的雜草。縈骨：纏繞着屍骨。縈，纏繞。　　[2]拱木：兩手合抱之樹。拱，兩手合抱。《左傳·僖公三十二年》：“爾何知？中壽，爾墓之木拱矣！”斂

魂：聚歛魂魄。《樂府詩集》卷二七《蒿里》（古辭）：“蒿里誰家地，聚歛魂魄無賢愚。”　　　[3]天道：福善懲惡的天意。寧：難道。　　　[4]僕：謙詞，指自己。恨人：含恨之人。　　　[5]直：特。　　　[6]伏恨而死：含恨而死。伏，承受。

　　至如秦帝按劍[1]，諸侯西馳[2]。削平天下，同文共規[3]。華山爲城[4]，紫淵爲池[5]。雄圖既溢[6]，武力未畢。方架黿鼉以爲梁，巡海右以送日[7]，一旦魂斷，宮車晩出[8]。

【校注】

[1]秦帝按劍：謂秦始皇以武力統一天下。按劍，撫劍，形容發怒。　　　[2]諸侯西馳：各諸侯國前往西方朝拜秦王。秦在西，六國諸侯在東，故説西馳。
[3]同文共規：統一了文字和車輛的寬度。規，通“軌”。《禮記·中庸》：“車同軌，書同文。”一説“規”爲“法度”，亦通。　　　[4]華山爲城：以華山做爲城墻。華山，在今陜西華陽南。　　　[5]紫淵爲池：紫淵，水名，在長安北。池，護城河。唐李善注曰：“《過秦論》曰：‘踐華爲城，因河爲池。’《上林賦》曰：‘丹水更其南，紫淵徑其北。’”五臣吕向注曰：“‘紫淵’，水名，在西河。遠取山水以爲城池，明壯大也。”　　　[6]雄圖既溢：雄心勃勃。雄圖，宏偉的戰略。溢，滿。　　　[7]方：將。黿(yuán 原)：大鱉。鼉(tuó 駝)：揚子鰐，亦稱鼉龍、豬婆龍。梁：橋梁。《竹書紀年》卷下：“（周穆王）三十七年，大起九師，東至於九江，架黿鼉以爲梁，遂伐越，至於紆。”巡：巡行。海右：黃海、東海以西地區。古時以西爲右。杜甫《陪李北海宴歷下亭》：“海右此亭古，濟南名士多。”仇兆鼇注引趙汸曰：“海在東而州在西，則謂之海右宜矣。”送日：觀日落。唐李善注引《列子》曰：“穆王駕八駿之乘，乃西觀日所入。”明彭大翼《山堂肆考》卷二“周穆觀入”條：“《列子》曰：穆王駕八駿之乘，乃西觀日之所入，一日行萬里。”此言秦始皇巡遊天下。
[8]宮車晩出：或曰“宮車晏駕”，喻皇帝死亡。《漢書·天文志》“宮車晏駕”顔師古注：“應劭曰：‘天子當晨起早作，而方崩殂，故稱晏駕云。’韋昭曰：‘凡初崩爲晏駕者，臣子之心，猶謂宮車當駕而出耳。’”本段寫帝王之恨。

　　若乃趙王既虜[1]，遷於房陵[2]。薄暮心動[3]，昧旦神興[4]。別艷姬與美女，喪金輿及玉乘。置酒欲飲，悲來填膺[5]。千秋萬歲，爲怨難勝[6]。

【校注】

[1]趙王:指幽繆王遷。前229年,秦國攻趙,殺趙蔥,虜趙王遷。 [2]房陵:治所在今湖北房縣,爲秦、漢、唐、宋諸朝皇族罹罪的遷徙地。《淮南子·泰族訓》:"趙王遷流於房陵,思故鄉,作爲《山水》之謳,聞者莫不殞涕。" [3]薄暮:傍晚。薄,迫。 [4]昧旦:黎明。神興:心動,心神不寧。 [5]膺:胸。 [6]勝:盡。本段寫列侯之恨。

至如李君降北[1],名辱身冤[2]。拔劍擊柱[3],弔影慙魂[4]。情往上郡,心留鴈門[5]。裂帛繫書[6],誓還漢恩。朝露溘至[7],握手何言[8]。

【校注】

[1]李君:指西漢李陵。《史記·李將軍列傳》載,天漢二年(前99),李陵率兵與匈奴作戰,力窮矢盡而降,武帝殺其全家。降北:投降北方,此指投降匈奴。
[2]名辱身冤:古人多以爲李陵之降爲權宜之計,並非真心降北,武帝誅滅陵家,對李陵言是名辱身冤。 [3]拔劍擊柱:《史記·劉敬叔孫通列傳》:"高帝悉去秦苛儀法,爲簡易,群臣飲酒爭功,醉或妄呼,拔劍擊柱。高帝患之。"此指李陵投降後鬱悶如狂,無從發洩和排解。 [4]弔影:即形影相弔,孤獨無依。
[5]"情往"二句:互文見義,言李陵雖然已經離開漢代邊郡,但其心仍繫念漢代邊郡。上郡、鴈門:漢代北部郡名。 [6]裂帛繫書:以蘇武故事言李陵欲報漢恩。《漢書·蘇武傳》載,天漢元年(前100),蘇武出使匈奴,因故被扣,匈奴迫降,武不從,徙至北海牧羊。蘇武仗漢節牧羊達十九年。昭帝年間,與蘇武同時被扣留匈奴的常惠私見漢使者,教漢使者對單于説,天子在上林苑射下一隻鴻鴈,足繫帛書,言蘇武在某澤中,單于不得已始放蘇武歸漢。 [7]朝露:喻生命短促。溘(kè客):忽然。 [8]握手何言:用李陵與蘇武握別之事。《漢書·蘇武傳》載李陵與即將歸漢的蘇武相別時説:"異域之人,壹別長絶。"又載:"陵起舞歌曰:'徑萬里兮度沙幕,爲君將兮奮匈奴。路窮絶兮矢刃摧,士衆滅兮名已隤。老母已死,雖欲報恩將安歸。'陵泣下數行,因與武決。"本段寫降將之恨。

若夫明妃去時[1],仰天太息[2]。紫臺稍遠[3],關山無極[4]。搖風忽起,白日西匿。隴鴈少飛,代雲寡色[5]。望君王兮何期,終蕪絶兮異域[6]。

【校注】

[1]明妃:即王昭君,晉避司馬昭(文帝)諱,改稱明君、明妃。漢元帝宮人王嬙,字昭君,南郡秭歸(今屬湖北)人。　　[2]太息:大聲歎息,深深歎息。　　[3]紫臺:指帝王居處。唐李善注曰:“紫臺,猶紫宮也。”稍:逐漸。　　[4]關山無極:離漢北去,路經的關隘没有盡頭,意謂行程遥遠。極,盡頭。　　[5]“摇風”四句:言北地邊塞荒涼。摇風:扶摇風,盤旋而上的暴風。白日西匿:天色將暮。匿,隱藏。隴、代:本爲今陝、甘、晉、冀一帶地名,此處泛指北部邊關。　　[6]蕪絶:死亡。異域:異國,指匈奴。本段寫美人之恨。

    至乃敬通見抵[1],罷歸田里。閉關却掃[2],塞門不仕。左對孺人[3],顧弄稚子[4]。脱略公卿[5],跌宕文史[6]。齎志没地[7],長懷無已[8]。

【校注】

[1]敬通:馮衍,字敬通,京兆杜陵(今陝西西安東)人。先後仕王莽、更始,終歸光武。因歸降光武較晚,爲光武深忌,後因交通外戚免官,終潦倒而死。事見《後漢書·桓馮列傳》。見抵:抵罪。抵,當。　　[2]閉關却掃:閉門謝客。却掃,不掃路迎客。　　[3]孺人:妻子。　　[4]顧弄稚子:《藝文類聚》卷三〇作“右顧稚子”。　　[5]脱略:輕慢,不以爲意。　　[6]跌宕:放縱不羈。　　[7]齎(jī激)志:懷抱大志。没地:死去。　　[8]長懷無已:飲恨不止。長懷,長念,長恨。已,止。本段寫才士之恨。

    及夫中散下獄[1],神氣激揚[2]。濁醪夕引[3],素琴晨張[4]。秋日蕭索[5],浮雲無光。鬱青霞之奇意[6],入脩夜之不暘[7]。

【校注】

[1]中散:指嵇康(223—263),曾爲中散大夫,世稱嵇中散,爲司馬昭所殺。《三國志》卷二一、《晉書》卷四九有傳。　　[2]神氣:神情氣概。激揚:激越昂揚。[3]濁醪(láo勞):濁酒。引:招致,即飲酒。　　[4]素琴:不飾彩繪的琴。張:陳設,即彈琴。嵇康《與山巨源絶交書》:“濁酒一杯,彈琴一曲,志願畢矣。”[5]蕭索:蕭條冷落。　　[6]鬱:鬱結。青霞之奇意:志向高遠不俗。李善注:“青霞、奇意,志意高也。”霞,一作“念”。　　[7]脩夜:長夜。脩,通“修”。暘:天明。

本段寫高士之恨。

　　或有孤臣危涕，孽子墜心[1]。遷客海上[2]，流戍隴陰[3]。此人但聞悲風汩起[4]，血下霑衿[5]。亦復含酸茹歎[6]，銷落湮沈[7]。

【校注】

[1]"或有"二句：此二句互文見義。李善注："心當云危，涕當云墜。江氏愛奇，故互文以見義。"《孟子·盡心上》："獨孤臣孽子，其操心也危，其慮患也深，故達。"孤臣：孤立無助不受重用的遠臣。孽子：庶子，非正妻所生之子。危涕、墜心：落淚心懼。涕，淚。　　[2]遷客：被貶斥放逐之人。　　[3]流戍：被流放戍邊之人。海上、隴陰：泛指邊地。　　[4]此人：指"孤臣"、"孽子"、"遷客"、"流戍"四種人。汩(yù 玉)起：迅猛而起。汩，迅疾貌。　　[5]血下霑衿(jīn 巾)：血淚霑濕衣襟。衿，同"襟"。　　[6]含酸茹歎：心含辛酸，飲恨吞聲。茹，吃。　　[7]銷落湮沈：消散湮滅。本段寫窮士之恨。

　　若迺騎疊跡，車屯軌[1]；黃塵帀地[2]，歌吹四起。無不煙斷火絕，閉骨泉裏[3]。

【校注】

[1]"若迺"二句：此二句互文見義，形容車馬眾多。疊跡、屯軌：車馬之跡相疊。屯，聚集。唐李善注："《楚辭》曰：'屯余車其千乘。'王逸曰：'屯，陳也。'"　　[2]黃塵帀地：車騎眾多而黃塵彌漫，此形容榮華者舞樂喧天。帀，同"匝"，滿。　　[3]閉骨泉裏：屍骨埋於九泉之下。本段寫榮華之恨。

　　已矣哉[1]！春草暮兮秋風驚，秋風罷兮春草生。綺羅畢兮池館盡，琴瑟滅兮丘壠平[2]。自古皆有死，莫不飲恨而吞聲[3]。

《文選》卷一六

【校注】

[1]已矣哉：即"算了吧"。已，停止。　　[2]"綺羅"二句："綺羅"、"琴瑟"互文，指身著綺羅、手彈琴奏瑟的美人。池館：臨水的館舍。丘壠平：墳墓夷平。丘壠，墳墓。　　[3]飲恨、吞聲：忍受痛苦，不敢表露。本段總寫自古亡者皆有恨。

【集評】

　　（明）彭大翼《山堂肆考》卷一二九“恨賦”條曰：“江淹以其遭時否塞,有志不伸,乃作此賦。”

　　（清）許槤、黎經誥《六朝文絜箋注》卷一：“通篇奇隙有韻,語法俱自千錘百鍊中來,然卻無痕跡,至分段敍事,慷慨激昂,讀之英雄雪涕。”

別　　賦

【題解】

　　《別賦》集中而鮮明地將人們大抵體驗過而又難以名狀的離情別緒,酣暢淋漓地表現出來,成爲與《恨賦》並列的名作。作者既總寫離別之感,又具體描摹出不同身份的人在別離時的不同感受,特別是善於通過環境表現人物的情感和心理。筆下的離情,銷人心魂。

　　黯然銷魂者[1],唯別而已矣！況秦吳兮絶國[2],復燕宋兮千里[3]。或春苔兮始生,乍秋風兮蹔起[4]。是以行子腸斷[5],百感悽惻。風蕭蕭而異響,雲漫漫而奇色[6]。舟凝滯於水濱[7],車逶遲於山側[8]。櫂容與而詎前[9],馬寒鳴而不息[10]。掩金觴而誰御[11],橫玉柱而霑軾[12]。居人愁卧[13],怳若有亡[14]。日下壁而沈彩[15],月上軒而飛光。見紅蘭之受露,望青楸之離霜[16]。巡曾楹而空揜[17],撫錦幕而虛凉[18]。知離夢之躑躅,意別魂之飛揚[19]。

【校注】

[1]黯(àn 暗)然:感傷沮喪貌。銷魂:形容極其哀愁。　　　[2]絶國:相距極爲遼遠的邦國。秦國在今陝西一帶,吳國在今江、浙一帶,相隔遥遠,故稱“絶國”。
[3]千里:極言兩國相距之遠。燕、宋之間有千里之遥。燕國在今河北北部,宋國在今河南東部。　　　[4]蹔:同“暫”,倉促,突然。唐李善注曰:“言此二時,別恨愈切。”　　　[5]行子:出行之人。腸斷:形容極度悲傷。　　　[6]“風蕭蕭”二句:因爲行子有別離之恨,所以感到風聲雲色不同往常。奇色:奇異的顏色。
[7]凝滯:滯留。　　　[8]逶(wēi 危)遲(yí 移):游移徘徊貌。　　　[9]櫂(zhào 照):船槳。容與:徘徊猶豫。詎前:不前。詎,豈。　　　[10]寒鳴:淒涼的鳴聲。

[11]掩：覆。金觴：金杯，酒杯的美稱。御：用。　[12]横：横置，指玉柱的方向與豎置的琴絃相反，故稱"横"。玉柱：琴瑟上的玉製絃柱。霑：同"沾"。軾(shì式)：車前横木。　[13]居人：與"行子"相對，指住在家裏的人。　[14]怳(huǎng 謊)若有亡：精神恍惚，似若有失。怳，精神模糊不清。　[15]沈彩：光輝隱没。　[16]"見紅蘭"二句：二句互文見義，意謂紅蘭、青楸蒙露罹霜的清秋更易生發别恨。紅蘭：即秋蘭。唐五臣李周翰注曰："蘭至秋，色紅也。"青楸(qiū秋)：緑色的楸樹。楸，落葉喬木。罹：同"罹"，遭受。　[17]巡：反復察看。曾(zēng 增)檻：高大的柱子，此指房屋。曾，高。檻(yíng 營)，屋前柱。揜：同"掩"，掩門。唐李善注："掩，掩涕也。"　[18]幕：幃帳。　[19]"知離夢"二句：五臣劉良注曰："居人既涕泣相思，則意知行子離夢躑躅不進，别魂飛揚不安。"離夢：指行子之夢。躑(zhí 執)躅(zhú 竹)：猶豫不前貌。意：料知。本段總寫離别對行者和居者造成的痛苦。

　　故别雖一緒[1]，事乃萬族[2]。至若龍馬銀鞍[3]，朱軒繡軸[4]，帳飲東都[5]，送客金谷[6]。琴羽張兮簫鼓陳[7]，燕趙歌兮傷美人[8]；珠與玉兮艷暮秋，羅與綺兮嬌上春[9]。驚駟馬之仰秣[10]，聳淵魚之赤鱗[11]。造分手而銜涕[12]，感寂漠而傷神。

【校注】

[1]一緒：一事。緒，頭緒。　[2]萬族：萬類。族，類。　[3]龍馬：《周禮·夏官·廋人》："馬八尺以上爲龍。"　[4]朱軒：紅色的車。繡軸：彩飾的車軸。[5]帳飲：設置幃帳在郊外飲酒餞别。帳，原作"悵"，今據《藝文類聚》卷三〇改。東都：漢代長安(今陝西西安)東都門。此用西漢疏廣事。《漢書·疏廣傳》載，漢宣帝時疏廣爲太子太傅，其姪疏受爲太子少傅，名重一時。廣憂懼名高致禍，與受同時辭官。離京時，公卿大臣於長安東都門外帳飲餞行，車乘數百，成爲美談。[6]金谷：又名金谷園，在洛陽西北金谷澗中，爲西晉石崇的别墅。據石崇《金谷詩序》，石崇與諸友於金谷園爲征西將軍王詡返長安盛宴餞行。　[7]羽：宫商角徵羽五音中的最高音。張：演奏。陳：陳列，此指演奏。　[8]燕、趙：國名。燕，在今河北一帶；趙，在今山西一帶。古代燕趙二國以多出美女而著名。《古詩十九首》："燕趙多佳人，美者顔如玉。"傷美人：美人因演唱别離之歌而感到悲傷。[9]"珠與"二句：珠、玉、羅、綺：珍珠、玉石、綾羅、綺繡，極寫歌伎服飾的華貴。暮秋：晚秋。上春：初春。"艷暮秋"、"嬌上春"互文。　[10]駟馬：古時一乘車駕

四匹馬,稱駟馬。仰秣:謂馬聽見美妙的音樂竟昂起頭來吃飼料。《韓詩外傳》卷
六:"昔者,瓠巴鼓瑟而潛魚出聽,伯牙鼓琴而六馬仰秣。"《淮南子·説山訓》卷一
六:"伯牙鼓琴,駟馬仰秣。"高誘注:"仰秣,仰頭吹吐,謂馬笑也。"　　　[11]聳:同
"悚",驚。赤鱗:指魚。　　　[12]造:到。銜涕:含淚。本段寫富貴之別。

　　乃有劍客慚恩,少年報士[1],韓國趙厠[2],吳宮燕市[3],割慈忍
愛,離邦去里。瀝泣共訣[4],抆血相視[5]。驅征馬而不顧,見行塵之
時起。方銜感於一劍[6],非買價於泉裏[7]。金石震而色變[8],骨肉悲
而心死[9]。

【校注】

[1]報士:立志報仇之士。　　　[2]國:國都。此指聶政刺殺韓相俠累事。《史
記·刺客列傳》載,戰國時,韓國嚴仲子與韓相俠累有仇,逃亡至齊,以百金結交刺
客聶政,聶政感其知遇之恩,至韓刺殺俠累並自殺。厠:厠所。指豫讓刺殺趙襄子
事。《史記·刺客列傳》載,春秋時,豫讓深受晉國智伯禮遇,後智伯被趙襄子所
滅,豫讓乃變姓名爲刑人,入宮塗厠,欲以刺襄子,爲趙襄子發覺而事未遂。
[3]吳宮:吳國宮殿。指專諸刺殺吳王僚事。《史記·刺客列傳》載,春秋時,吳國
公子光欲奪取王位,遂設謀請王僚宴飲,刺客專諸把匕首藏於炙好的魚腹中,在席
上以匕首刺死吳王僚。燕市:燕國集市。指荆軻刺秦王事。《史記·刺客列傳》
載,戰國末,荆軻受燕太子丹的恩遇,受丹之命赴秦刺殺秦王。他將匕首藏在卷起
來的地圖中以獻秦王,圖窮而匕首見,他以匕首刺秦王,不中,被秦王殺害。
[4]瀝泣:灑淚。瀝,滴。訣:別。此指死別。　　　[5]抆(wěn 穩)血:擦拭訣別時
的血淚。抆,拭。　　　[6]銜感:銜恩感德。　　　[7]買價:買取聲價。泉裏:黃泉
之下。此指死。　　　[8]金石:指鐘、磬類樂器。此指樂器。色變:臉色突變。李
善注引《燕丹子》:"荆軻與武陽入秦,秦王陛戟而見燕使,鼓鐘並發,群臣皆呼萬
歲,武陽大恐,面如死灰色。"　　　[9]骨肉悲而心死:此用聶政之典。《史記·刺客
列傳》載,聶政刺殺韓相俠累之後,"因自皮面決眼,自屠出腸,遂以死"。韓人將聶
政陳屍市上,懸賞千金以求識者。其姐聶榮不忍其弟死而没名,遂伏屍大哭,自殺
其旁。一説此二句言刺客行刺連金石都感到震恐而變色,骨肉之親更感到悲痛萬
分了。本段寫刺客之別。

　　或乃邊郡未和,負羽從軍[1]。遼水無極,雁山參雲[2]。閨中風

暖,陌上草薰。日出天而耀景,露下地而騰文。鏡朱塵之照爛[3],襲青氣之煙熅[4]。攀桃李兮不忍別,送愛子兮霑羅裙。

【校注】

[1]負羽從軍:身背弓箭從軍。羽,箭。　　[2]遼水:遼河,在遼寧境内。雁山:雁門山,在山西境内。參雲:高聳入雲。遼水、鴈山,泛指從軍之地。　　[3]鏡:照。朱塵:紅塵,塵土。照爛:光輝燦爛。　　[4]青氣:春天的氣息。煙(yīn 因)熅(yūn 暈):同"氤氳",雲煙彌漫貌。本段寫從軍之別。

　　至如一赴絕國,詎相見期[1]。視喬木兮故里[2],決北梁兮永辭[3]。左右兮魂動,親賓兮淚滋。可班荆兮贈恨[4],唯罇酒兮敍悲[5]。值秋鴈兮飛日,當白露兮下時。怨復怨兮遠山曲[6],去復去兮長河湄[7]。

【校注】

[1]"至如"二句:絕國:極其遼遠的邦國。詎相見期:哪裏還有相見的日期。詎,豈。李善注引《琴道》曰:"雍門周以琴見孟嘗君,孟嘗君曰:'先生鼓琴,亦能令悲乎?'對曰:'臣之所能令悲者,無故生離,遠赴絕國,無相見期,臣爲一揮琴而太息,未有不悽愴而流涕者'。"　　[2]喬木:高大的樹木。古時常用喬木象徵故鄉。《孟子·梁惠王下》:"孟子見齊宣王曰:'所謂故國者,非謂有喬木之謂也,有世臣之謂也。'"王充《論衡·佚文篇》:"睹喬木,知舊都。"　　[3]決:同"訣",別。北梁:北橋。指訣別之處。梁,橋。　　[4]班荆:把荆草鋪在地上坐。班,布。《左傳·襄公二十六年》:"伍舉與聲子相善……伍舉奔鄭,將遂奔晉。聲子將如晉,遇之於鄭郊。班荆相與食,而言復故。"杜預注:"班,布也。布荆坐地,共議歸楚事。"贈恨:向對方傾訴離別之恨。　　[5]罇:盛酒器。　　[6]怨復怨:怨上加怨。形容怨恨之深。山曲:山勢彎曲隱蔽處。　　[7]去復去:遠離再遠離,形容離別之遠。湄(méi 眉):水邊。本段寫絕國之別。

　　又若君居淄右[1],妾家河陽[2]。同瓊珮之晨照,共金爐之夕香[3]。君結綬兮千里[4],惜瑶草之徒芳[5]。慙幽閨之琴瑟[6],晦高臺之流黄[7]。春宫閟此青苔色[8],秋帳含兹明月光。夏簟清兮晝不暮[9],冬釭凝兮夜何長[10]!織錦曲兮泣已盡,迴文詩兮影獨傷[11]。

【校注】

[1]淄(zī 資)右:淄水之西。淄,水名,在今山東境內。　　[2]河陽:黃河之北。
[3]瓊珮:玉珮。金爐:銅爐。同晨照、共夕香:追敍離別前夫妻恩愛,早晨同沐晨光,傍晚共點夕香。　　[4]結綬:指做官。綬,繫官印的帶子。　　[5]瑤草:傳説中的香草,此喻閨中少婦。《山海經·中山經》曰:“姑媱之山,帝女死焉,其名曰女尸,化爲䔄草,其葉胥成,其華黃,其實如菟丘,服之媚於人。”“䔄”與“瑤”同。
[6]幽閨:深閨。慙琴瑟:因無心彈奏而愧對琴瑟。　　[7]“晦高臺”句:因無心洗滌而使帷幕佈滿灰塵。晦:使……變暗。流黃:黃色的絹,此指高臺帷幕。
[8]春宮:指少婦的住室。閟(bì 必):閉門。　　[9]簟(diàn 店):竹席。清:涼。
[10]釭(gāng 缸):燈。凝:燈光凝滯。　　[11]“織錦曲”二句:織錦曲:彩色織錦製成的迴文詩,亦稱“璇璣圖”。《晉書·列女傳》載:“竇滔妻蘇氏,始平人也,名蕙,字若蘭。善屬文。滔苻堅時爲秦州刺史,被徙流沙,蘇氏思之,織錦爲迴文旋圖詩以贈滔,宛轉循環以讀之。詞甚悽惋,凡八百四十字。”迴文詩:一種縱、橫、正、反、旁、斜均可成章的詩體。影獨傷:對燭影而自悲傷。本段寫伉儷之別。

　　儻有華陰上士[1],服食還山[2]。術既妙而猶學,道已寂而未傳。守丹竈而不顧[3],鍊金鼎而方堅[4]。駕鶴上漢,驂鸞騰天[5]。暫游萬里[6],少別千年[7]。惟世間兮重別[8],謝主人兮依然[9]。

【校注】

[1]華陰:華陰山,即華山,在今陝西華陰。上士:指得道之士。　　[2]服食:服用丹藥。爲道家一種養生術。嵇康《養生論》:“呼吸吐納,服食養身。”　　[3]丹竈:煉丹爐。　　[4]鍊金鼎:金鼎煉丹。方堅:意志堅定。　　[5]“駕鶴”二句:駕鶴、驂鸞:指成仙。驂(cān 參),乘。上漢、騰天:指飛昇。漢,天漢,銀河。
[6]暫游萬里:刹那一游,亦有萬里。暫,同“暫”。　　[7]少別千年:天上小別,亦有千年。　　[8]重別:看重離別。　　[9]謝:辭別。本段寫方外之別。

　　下有芍藥之詩[1],佳人之歌[2]。桑中衛女,上宮陳娥[3]。春草碧色,春水淥波[4]。送君南浦[5],傷如之何! 至乃秋露如珠,秋月如珪[6]。明月白露,光陰往來。與子之別,思心徘徊。

【校注】

[1]下:指人間。芍藥之詩:《詩·鄭風·溱洧》:“維士與女,伊其相謔,贈之以芍藥。”贈芍藥,表示男女相愛。　　[2]佳人之歌:《漢書·外戚傳上》載李延年歌:“北方有佳人,絕世而獨立。”歌,同“歌”。　　[3]桑中:衛國地名。上宮:陳國地名。均爲《詩·鄘風·桑中》詩中青年男女相約之處。衛女:指《桑中》詩中的女子。陳娥:陳地的美女。陳、衛二國相鄰,故言衛而及陳。此指熱戀中的青年女子。　　[4]淥(lù 録):水清。　　[5]南浦:南面的水邊。浦,水邊。《楚辭·九歌·河伯》:“子交手兮東行,送美人兮南浦。”後代詩文中用來泛指送別之地。[6]珪(guī 歸):瑞玉。本段寫戀人之別。

是以別方不定[1],別理千名[2]。有別必怨,有怨必盈。使人意奪神駭[3],心折骨驚[4]。雖淵雲之墨妙[5],嚴樂之筆精[6]。金閨之諸彥[7],蘭臺之群英[8]。賦有凌雲之稱[9],辯有雕龍之聲[10]。誰能摹暫離之狀,寫永訣之情者乎!

《文選》卷一六

【校注】

[1]別方:別離的方式。　　[2]別理:別離的原因。　　[3]意奪:神志沮喪。神駭:神驚。　　[4]心折骨驚:實是心驚骨折。南朝人競爲新奇,亦是一例。
[5]淵雲之墨妙:王褒、揚雄精妙的文筆。淵,漢代王褒,字子淵。雲,漢代揚雄,字子雲。他們都是漢代著名的辭賦家。　　[6]嚴樂之筆精:嚴安、徐樂精湛的文翰。嚴,漢代嚴安。樂,漢代徐樂。嚴安、徐樂是漢武帝時著名的文章家。
[7]金閨:即金門,漢代金馬門,爲西漢學士的待詔之處。彥:才學之士。
[8]蘭臺:漢代宮中藏書之處。英:傑出人士。　　[9]賦有凌雲之稱:賦寫得如同司馬相如一樣高妙。典出《史記·司馬相如列傳》:“相如既奏《大人》之頌,天子大説,飄飄有凌雲之氣,似游天地之間意。”　　[10]辯有雕龍之聲:辯論之才達到雕龍奭的名氣。戰國騶衍、騶奭善辯,被齊人譽爲“談天衍,雕龍奭”。見《史記·孟子荀卿列傳》。雕龍,喻文彩華麗,如雕鏤出的龍文。本段説明《別賦》寫作之難。

【集評】

(明)楊慎《升菴詩話》卷三“四言詩自然句”條:“江淹《別賦》‘春草碧色,春水綠波。送君南浦,傷如之何!’取諸目前,不雕琢而自工,可謂天然之句。”

　　（清）許槤、黎經誥《六朝文絜箋注》卷一："立格與《恨賦》同，前以激昂勝，此以柔婉勝。"

孔稚珪

【作者簡介】

　　孔稚珪（447—501），字德璋，會稽山陰（今浙江紹興）人。少有美譽，太守王僧虔引爲主簿。劉宋後廢帝元徽二年（474），舉秀才，爲安成王車騎法曹行參軍，轉遷殿中郎。順帝昇明元年（477），齊高帝蕭道成爲驃騎大將軍，引爲記室參軍，與江淹對掌辭筆。齊永明初爲竟陵王蕭子良從事中郎，轉太子中庶子、廷尉。永明末，爲御史中丞。齊明帝建武四年（497），爲平西將軍、荆州刺史蕭遥欣長史。東昏侯永元元年（499）爲都官尚書，遷太子詹事，加散騎常侍。三年卒。有集十卷，佚。明張溥《漢魏六朝百三家集》有《孔詹事集》一卷。《南齊書》卷四八、《南史》卷四九有傳。

北山移文

【題解】

　　北山，即鍾山，因在建業（今江蘇南京）北，故名北山。移是古代一種文體，旨在宣述己意曉諭對方。《文選》李善注以爲文中"周子"即周顒，五臣吕向注曰："鍾山在都北。其先，周彦倫隱於此山，後應詔出爲海鹽縣令，欲却過此山。孔生乃假山靈之意移之，使不許得至。"然《南齊書》與《南史》《周顒傳》均無周顒任海鹽令的記載，周顒一生仕宦未嘗中斷，似無隱而復出之事。鍾山立隱舍，係供朝中任職者假日休憩之用，因此，五臣吕向之説未必可信。詳參清張雲璈《選學膠言》。此文實爲游戲文字，所言周顒隱而復出之事，未必有據。

　　鍾山之英[1]，草堂之靈[2]，馳煙驛路[3]，勒移山庭[4]。夫以耿介拔俗之標[5]，蕭灑出塵之想[6]，度白雪以方絜[7]，干青雲而直上[8]，吾方知之矣。若其亭亭物表[9]，皎皎霞外[10]，芥千金而不眄[11]，屣萬乘其如脱[12]，聞鳳吹於洛浦[13]，值薪歌於延瀨[14]，固亦有焉[15]。豈期終始參差[16]，蒼黃翻覆[17]，淚翟子之悲[18]，慟朱公之哭[19]，乍迴跡以心染[20]，或先貞而後黷[21]，何其謬哉！嗚呼！尚生不存[22]，仲氏既往[23]，山阿寂寥，千載誰賞[24]？

【校注】

[1]鍾山：即北山，今南京紫金山。英：神靈。　　[2]草堂：周顒隱居鍾山時名其居處曰草堂。唐李善注引梁簡文帝《草堂傳》曰："汝南周顒，昔經在蜀，以蜀草堂寺林壑可懷，乃於鍾嶺雷次宗學館立寺，因名草堂，亦號山茨。"　　[3]馳煙：謂馳驅如雲煙。驛路：大路。　　[4]勒：刻。山庭：山中。　　[5]耿介：耿直有節操。拔俗、出塵：皆謂超越塵俗。標：原指樹梢，此謂高風、高標。　　[6]蕭灑：脫略不拘。　　[7]度：量。方：比。絜：同"潔"，潔白。　　[8]干：犯，凌駕。　　[9]亭亭：聳立貌。表：外。　　[10]皎皎：潔白貌。物表、霞外：皆言志趣高遠。

[11]芥：小草。唐李善注引《史記》曰："秦軍引去。平原君乃置酒。酒酣，起前，以千金爲魯連壽。魯連笑曰：'所貴於天下之士者，爲人排患釋難解紛而不取也。即有取者，是商賈之事，而連不忍爲也。'遂辭平原君而去。"事見《史記·魯仲連列傳》。眄(miǎn 免)：斜視。原作"盼"，今據日本古鈔本《文選》校改。　　[12]屣(xǐ 徙)萬乘其如脱：視萬乘如脱屣。屣，草鞋，此處作動詞用。萬乘，兵車萬乘，指天子。唐李善注引《淮南子》(主術訓)曰："'堯年衰志閔，舉天下而傳之舜，猶却行而脱屣也。'許慎曰：'言其易也。'"　　[13]"聞鳳吹"句：《樂府詩集》卷二九《王子喬》引漢劉向《列仙傳》曰："王子喬者，周靈王太子晉也，好吹笙作鳳鳴。游伊洛之間，道人浮丘公接以上嵩高山。"浦，水邊。　　[14]值薪歌於延瀨(lài 賴)：五臣呂向注曰："蘇門先生游于延瀨，見一人采薪，謂之曰：'子以終此乎？'采薪人曰：'吾聞聖人無懷，以道德爲心，何怪乎而爲哀也。'遂爲歌二章而去。"值，遇上。延瀨，長河。瀨，水流沙上。以上二句言常與高士過從。　　[15]固亦有：本來就有。　　[16]期：料。參差：不齊，不一，指歧路。　　[17]蒼黃翻覆：謂白絲可染青色亦可染黃色，翻覆變化不一。　　[18]翟子：墨翟。《淮南子·説林訓》："楊子見逵路而哭之，爲其可以南，可以北；墨子見練絲而泣之，爲其可以黃，可以黑。"　　[19]朱公：楊朱，即上引《淮南子·説林訓》中的楊子。

[20]乍：暫時。回跡：謂遁跡山林。心染：指心染仕途名利。　　[21]貞：正。黷(dú 獨)：污垢。　　[22]尚生：尚子平，西漢末隱士。吳景旭《歷代詩話》卷三二："吳旦生曰：嵇康《高士傳》：尚長，字子平。……范曄《後漢書》尚作'向'。余

觀從來稱引,或作尚平,或作向平,豈各據所出,汔無定屬耶? 張伯起云:古人姓名且不免有誤,況其遺事哉!"晉皇甫謐《高士傳》卷中:"向長,字子平,河內朝歌人也。隱居不仕,性尚中和,好通《老》、《易》……建武中,男女嫁娶既畢,敕斷家事勿相關,當如我死也。於是遂肆意與同好北海禽慶俱游五嶽名山,竟不知所終。"
[23]仲氏:仲長統。《後漢書·仲長統傳》:"仲長統,字公理,山陽高平人也……統性俶儻,敢直言,不矜小節,默語無常,時人或謂之狂生。每州郡命召,輒稱疾不就。"　　[24]山阿:山之隱曲處。本段從真假隱士談起,慨歎世無真隱,致使山阿寂寞。

　　世有周子[1],儁俗之士[2];既文既博,亦玄亦史[3]。然而學遁東魯[4],習隱南郭[5],偶吹草堂[6],濫巾北嶽[7]。誘我松桂,欺我雲壑。雖假容於江皋[8],乃纓情於好爵[9]。其始至也,將欲排巢父[10],拉許由[11],傲百氏[12],蔑王侯[13],風情張日[14],霜氣橫秋[15]。或歎幽人長往[16],或怨王孫不游[17]。談空空於釋部[18],覈玄玄於道流[19]。務光何足比[20],涓子不能儔[21]。及其鳴騶入谷[22],鶴書赴隴[23];形馳魄散,志變神動。爾乃眉軒席次[24],袂聳筵上[25],焚芰製而裂荷衣[26],抗塵容而走俗狀[27]。風雲悽其帶憤,石泉咽而下愴[28],望林巒而有失,顧草木而如喪[29]。

【校注】

[1]周子:指周顒。　　[2]儁俗之士:迥出於流俗之上的雋士。儁同"雋",指才智出衆。　　[3]亦玄亦史:既通玄學又通史學。玄,指老、莊之道。《南齊書·周顒傳》説顒"泛涉百家,長於佛理","兼善《老》《易》"。　　[4]學遁:學習隱遁。東魯:指顏闔。《莊子·讓王》:"魯君聞顏闔得道之人也,使人以幣先焉。顏闔守陋閭……使者至曰:'此顏闔之家與?'顏闔對曰:'此闔之家也。'使者致幣。顏闔對曰:'恐聽者謬而遺使者罪,不若審之。'使者還,反審之,復來求之,則不得已。"魯國在東方,故稱東魯。　　[5]習隱:學習隱居。南郭:南郭子綦。《莊子·齊物論》:"南郭子綦隱几而坐,仰天而噓,嗒焉似喪其耦。"隱几,憑几。　　[6]偶吹:大家一起吹奏樂器。《韓非子·內儲説》:"齊宣王使人吹竽,必三百人,南郭處士請爲王吹竽,宣王説之。廩食以數百人。宣王死,湣王立,好一一聽之,處士逃。"　　[7]濫:失實。巾:隱士的頭巾。北嶽:北山。　　[8]假容:裝樣。江皋:江邊,指隱者居處。　　[9]纓情:繫情。好爵:上等爵祿。　　[10]排:排斥。　　[11]拉:折

辱。巢父、許由均爲堯時隱士。晉皇甫謐《高士傳》:"堯讓天下於許由,不受而逃去。堯又召爲九州長,由不欲聞之,洗耳於潁水濱。時其友巢父牽犢欲飲之,見由洗耳,問其故。對曰:'堯欲召我爲九州長,惡聞其聲,是故洗耳。'巢父曰:'汙吾犢口。'牽犢上流飲之。"   [12]百氏:諸子百家。   [13]蔑:原作"蔑",今據五臣注本《文選》校改。   [14]風情:指風度情致。張:大。   [15]橫:蓋。以上諸句説周顒初來北山時自信勝過巢父、許由,更不將諸子百家放在眼中,其風度情致遮天蔽日,其志氣凜嚴如秋霜之盛。   [16]幽人:隱士。長往:隱居不返。潘岳《西征賦》:"悟山潛之逸士,卓長往而不反。"   [17]王孫:貴族子弟。《楚辭·招隱士》:"王孫游兮不歸,春草生兮萋萋。"不游:謂王孫公子因貪圖富貴而不肯隱。   [18]空空:佛教用語,謂色即是空,空即是色。因其以空明空,故曰空空。此指佛教義理。釋部:佛經。   [19]覈(hé 核):研究。玄玄:道家用語。《老子》:"玄之又玄,衆妙之門。"道家玄之又玄,故曰玄玄。道流:道家。[20]務光:李善注引《列仙傳》:"務光者,夏時人也。耳長七寸,好琴,服蒲韭根。殷湯伐桀,因光而謀,光曰:'非吾事也。'湯得天下,已而讓光,光遂負石沉窾水而自匿。"   [21]涓子:《列仙傳》:"涓子者,齊人也。好餌朮……隱於宕山,能致風雨。"儔:匹敵。   [22]鳴騶(zōu 鄒):指使者的車馬。鳴,指車鈴聲。騶,主駕之官。或曰鳴爲官吏喝道,騶爲隨從。   [23]鶴書:即鶴頭詔書,指所用書體如鶴頭。此指皇帝徵召的詔書。唐白居易《白孔六帖》卷二二"徵召"、宋祝穆《古今事文類聚》前集卷二九"聘召"條均以"鶴書赴隴"爲條目,是古人以爲"鶴書赴隴"爲徵召,李善注引蕭子良《古今篆隸文體》曰:"鶴頭書與偃波書,俱詔板所用。在漢則謂之尺一簡,髣髴鶴頭,故有其稱。"隴:山阜。   [24]軒:揚。[25]袂(mèi 妹):衣袖。聳:高舉。眉軒、袂聳寫周顒得意之態。   [26]芰(jì 技)製:用芰荷做成的衣服。芰,菱。焚芰製、裂荷衣,言其決心放棄高潔的隱居生活。《楚辭·離騷》:"製芰荷以爲衣兮,集芙蓉以爲裳。"   [27]抗:舉。走:馳騁。抗塵容、走俗狀,言其現出俗狀。   [28]愴:悲傷。以上兩句説風雲、石泉因周顒而悲愴悽憤。   [29]"望林巒"二句:意思説顧望林巒、草木,也都似有所失。本段以周顒仕隱時的兩種不同面貌揭露其假隱士的真面目。

　　至其紐金章[1],綰墨綬[2]。跨屬城之雄[3],冠百里之首[4]。張英風於海甸[5],馳妙譽於浙右[6]。道帙長殯[7],法筵久埋[8]。敲扑諠囂犯其慮[9],牒訴倥傯裝其懷[10]。琴歌既斷,酒賦無續。常綢繆於結課[11],每紛綸於折獄[12]。籠張趙於往圖[13],架卓魯於前録[14]。希蹤

三輔豪[15]，馳聲九州牧[16]。使我高霞孤映，明月獨舉，青松落陰，白
雲誰侶？磵戶摧絕無與歸[17]，石逕荒涼徒延佇[18]。至於還飆入
幕[19]，寫霧出楹[20]。蕙帳空兮夜鵠怨[21]，山人去兮曉猨驚[22]。昔聞
投簪逸海岸[23]，今見解蘭縛塵纓[24]。

【校注】

[1]紐：繫。金章：銅印。　　[2]綰（wǎn 挽）：繫。墨綬：黑色印帶。五臣劉良注
曰：“銅章、墨綬，縣令之章飾也。”　　[3]跨：超越。屬城：相鄰的各縣。
[4]百里：古時一縣管轄之地約百里，故以百里爲縣的代稱。《漢書·百官公卿表
（上）》：“縣大率方百里。”　　[5]英風：美聲、美名。海甸：近海之地。甸，郊野。
[6]浙右：浙江之右，今浙江紹興一帶。　　[7]道帙（zhì 秩）：道家經典。帙，書
套。殯：謂抛棄。　　[8]法筵：佛教講經説法者的坐席。埋：與上句“殯”同意，抛
棄的意思。　　[9]敲扑：鞭笞。慮：思慮。　　[10]牒訴：公文及訴訟。倥
（kǒng 恐）傯（ zǒng 總）：事務紛繁迫促。　　[11]綢繆：牽纏。《詩·唐風·綢
繆》：“綢繆束薪，三星在天。”結課：考課，即對官吏政績功過的考核。　　[12]紛
綸：衆多貌。折獄：斷決獄訟。　　[13]籠：籠蓋。張趙：指西漢的張敞和趙廣
漢。兩人都做過京兆尹。往圖：與下句“前録”義同，指歷史記載。圖，圖籍。
[14]架：超越。卓魯：指卓茂和魯恭。兩人都是東漢的縣令。以上四人都是漢代
名吏。録：簿籍。　　[15]希蹤：追慕蹤跡。三輔豪：三輔之尹。三輔，漢代將京
城長安附近分爲京兆、左馮翊、右扶風，以拱衛京城，稱爲三輔。　　[16]馳聲：使
聲名遠播。九州牧：九州之長。古時分天下爲九州，牧指一州之長。　　[17]磵
戶：原作“磵石”，今據五臣本改。“磵”通“澗”。　　[18]延佇：久立等候。
[19]還（xuán 旋）飆（biāo 標）：回風，疾風。還，通“旋”，回旋。飆，暴風。
[20]寫：同“瀉”，吐。楹：堂前柱。　　[21]蕙帳：茸蕙草以爲帳。蕙，香草。
[22]山人：指周顒。　　[23]投簪：指棄官隱居。逸：隱逸。唐李善注謂此用漢
疏廣故事。疏廣，東海人，爲太子太傅，後擲官隱居。事見《漢書》卷七一。
[24]解蘭：指放棄隱居。蘭：香草，隱士所佩。縛塵纓：爲世俗的繩纓所縛，指出
仕。纓，繫帽之帶。以上寫周顒出仕，傾心名利，遂使山阿寂寞。

　　於是南岳獻嘲，北壟騰笑，列壑争譏，攢峰竦誚[1]。慨游子之我
欺[2]，悲無人以赴弔[3]。故其林慙無盡，磵愧不歇，秋桂遣風[4]，春蘿
罷月，騁西山之逸議，馳東皋之素謁[5]。今又促裝下邑[6]，浪拽上

京[7]。雖情投於魏闕[8]，或假步於山扃[9]。豈可使芳杜厚顏[10]，薜荔無恥，碧嶺再辱，丹崖重滓[11]，塵游躅於蕙路[12]，汙淥池以洗耳[13]。宜扃岫幌[14]，掩雲關[15]，斂輕霧[16]，藏鳴湍，截來轅於谷口[17]，杜妄轡於郊端[18]。於是叢條瞋膽[19]，疊穎怒魄[20]，或飛柯以折輪[21]，乍低枝而掃跡[22]。請迴俗士駕，爲君謝逋客[23]。

《文選》卷四三

【校注】

[1]攢峰：衆峰。攢，密聚。竦誚：譏笑。竦(sǒng 聳)，同“聳”，跳動。誚，譏笑。五臣劉良注曰：“言皆譏誚此山初容此人也。” [2]游子：周顒外出游宦，故稱。 [3]弔：慰問。 [4]遣：罷遣。原作“遺”，今據五臣本改。 [5]“騁西山”二句：騁、馳皆謂傳播。逸議、素謁：高論。謁，告、議論。素，素心。 [6]促裝：急治行裝。下邑：指山陰，或曰海鹽。 [7]浪拽(yè 頁)：鼓棹，駕舟。上京：指建業。 [8]魏闕：指朝廷。魏，同“巍”，高大。闕，宮門兩邊的門樓。 [9]假步：借路。山扃(jiōng 坰)：山門，指北山。《呂氏春秋·審爲》卷二一：“中山公子牟謂詹子曰：‘身在江海之上，心居乎魏闕之下，奈何？’” [10]芳杜：杜若。 [11]重滓(zǐ 子)：重蒙汙穢。 [12]塵：染塵。躅(zhú 燭)：足跡。 [13]淥：水清。 [14]扃：關閉。岫(xiù 袖)幌：山窗。岫，山穴。幌，帷幕。 [15]掩：閉。雲關：雲霧籠罩的關隘。 [16]斂：收。 [17]截：阻攔。來轅：指周顒之車。轅，駕車之木，此指車乘。 [18]杜：堵塞、拒絕。妄轡：肆意亂闖的車馬，指周顒的車馬。 [19]叢條：茂密的樹枝。瞋膽：怒從膽生。 [20]疊穎：衆草。穎，草的末端。 [21]柯：樹枝。 [22]乍：驟然。 [23]君：指山靈。謝：謝絕。俗士、逋客：皆指周顒。逋，逃。以上寫飽受嘲諷的北山堅決拒絕周顒再度入山。

【集評】

(宋)樓昉《崇古文訣》卷七：“此篇當看節奏紆徐、虛字轉折處。然造語駢儷，下字新奇，所當詳味。”

(清)許槤、黎經誥《六朝文絜箋注》卷八：“此六朝中極雕繪之作，煉格煉詞，語語精闢。其妙處尤在數虛字旋轉得法，當與徐孝穆《玉臺新詠序》並爲唐人軌範。”

陶弘景

【作者簡介】

陶弘景(456—536),字通明,自號華陽隱居,丹陽秣陵(今江蘇南京)人。年十歲,讀葛洪《神仙傳》,即有養生之志。宋末,蕭道成爲相,任爲諸子侍讀。齊武帝永明九年(491)授奉朝請。十年,上表辭官,隱居句容茅山。梁武帝早年與之游,弘景援引圖讖,説明天命在梁。梁武帝即位後,書問不絶,冠蓋相望。朝廷每有大事,無不諮詢,時稱"山中宰相"。大同二年卒,年八十一。謚貞白先生。有文集三十卷,内集十五卷,佚。明人輯有《陶隱居集》二卷,見正統《道藏》、汪士賢《漢魏諸名家集》、張溥《漢魏六朝百三家集》。《梁書》卷五一、《南史》卷七六有傳。

答謝中書書

【題解】

謝中書,名徵(一作微),字玄度。好學,善屬文,梁武帝天監(502—519)間曾爲豫章王蕭琮記室,兼中書舍人。大同二年(536)卒官,年三十七。《梁書》卷五〇、《南史》卷一九有傳。高步瀛《南北朝文舉要》則以爲"謝中書"是謝朓,朓天監五年(506)爲中書監。《梁書》卷一五、《南史》卷二〇有傳。本篇敍述江南山水之美,清麗自然。"山川"二句,總寫山水。"高峰"、"清流"分寫山、水。"石壁"、"青林"、"翠竹"略作點染,再從"曉霧"與"夕陽"兩方面盛讚山水之美。末以"欲界之仙都"一句收結,極有層次。

　　山川之美,古來共談。高峰入雲,清流見底。兩岸石壁,五色交暉。青林翠竹,四時俱備。曉霧將歇,猿鳥亂鳴。夕日欲頽[1],沉鱗競躍[2]。實是欲界之仙都[3]。自康樂以來,未復有能與其奇者[4]。

　　　　　　　　　　　　　　　　　　　　　　　　《藝文類聚》卷三七

【校注】

[1]頽:落。　　　[2]沉鱗:潛在水中的魚。　　　[3]欲界之仙都:人間天堂。欲界,佛教三界之一,即地獄、餓鬼、畜生、修羅、人間及六欲天的總稱。此界衆生貪欲熾盛,故名。此指人間。仙都,仙人居地。《海内十洲記》:"滄海島在北海中……

島中有紫石宫室,九老仙都所治,仙官數萬人居焉。” 　　[4]“自康樂”二句:言自謝靈運後就再無欣賞這奇山異水之人了。康樂,謝靈運。靈運襲封康樂公,生平喜愛游山玩水。與:參與,即欣賞。

【集評】

（清）許槤、黎經誥《六朝文絜箋注》:“演迤澹沱,蕭然塵壒之外。得此一書,何謂白雲不堪持贈?”

陸　厥

【作者簡介】

陸厥,字韓卿,吴郡吴(今江蘇蘇州)人。齊永明九年(491),舉秀才。明帝建武元年(494),爲少傅王晏主簿,遷後軍行軍參軍。後廢帝永元元年(499),始安王蕭遥光反,其父株連被殺。不久赦令下,陸厥痛惜其父未趕上大赦,悲慟而卒,年僅二十八。《南齊書》卷五二、《南史》卷四八有傳。

臨江王節士歌

【題解】

據《史記·五宗世家》記載,西漢景帝子臨江王劉榮以事被召還長安受審,臨行,車軸折斷,江陵父老流淚説他不能再回江陵。至京城後,劉榮畏罪自殺。南齊時明帝曾大量殺害齊高帝、武帝子孫,此詩可能借史以諷刺時事。《漢書·藝文志》載有《臨江王》及《愁思》、《節士歌詩》四篇,陸厥始將上述四篇篇目合爲《臨江王節士歌》,後來庾信、杜甫、李白俱承陸厥作《臨江王節士歌》。節士,對節操高尚者的敬稱。

木葉下,江波連,秋月照浦雲歇山。秋思不可裁[1],復帶秋風來。秋風來已寒,白露驚羅紈[2],節士慷慨髮衝冠[3]。彎弓掛若木[4],長劍竦雲端[5]。

【校注】

[1]裁:截斷。　　　[2]羅紈:這裏代指着羅衣的美人。紈:白色細絹。　　　　[3]"節
士"句:用荆軻事。《史記·刺客列傳》:"太子及賓客知其事者,皆白衣冠以送之。
至易水之上,既祖,取道,高漸離擊筑,荆軻和而歌,爲變徵之聲,士皆垂淚涕泣。
又前而爲歌曰:'風蕭蕭兮易水寒,壯士一去兮不復還。'復爲羽聲忼慨。士皆瞋
目,髮盡上指冠。於是荆軻就車而去,終已不顧。"　　　　[4]若木:神話中太陽下山
地方所生的樹。《山海經·大荒北經》:"大荒之中,有衡石山、九陰山、泂野之山,
上有赤樹,青葉,赤華,名曰若木。"晉郭璞注:"生崑崙西,附西極,其華光赤,下照
地。"　　　　[5]"長劍"句:化用宋玉《大言賦》"長劍耿耿倚天外"句意,唐李白《臨江
王節士歌》:"安得倚天劍,跨海斬長鯨。"亦用此意。

【集評】

　　(明)陸時雍《古詩鏡》卷一六:"美人麗情,壯士猛氣,'秋風來已寒,白露驚羅
紈',此語何與壯士!"

　　(清)張玉穀《古詩賞析》卷一八:"歌賦節士之慷慨也。然節士最善悲秋,秋令
蕭殺,增人壯氣,故前路以秋引入。首三,先泛寫秋景。中四,點明秋思,已伏節士,
卻仍頂秋風,連轉作逼。後三,始突接節士慷慨,隨用整筆模寫其慷慨之形,截然竟
住,音節鏗鏘入古。"

謝　朓

【作者簡介】

　　謝朓(464—499),字玄暉,陳郡陽夏(今河南太康)人,生於建康(今江蘇南
京)。齊武帝永明五年(487)爲王儉東閣祭酒時,預"竟陵八友"之列。時王融倡
導聲律之說,謝朓與沈約積極應和,成爲"永明體"的代表作家。齊明帝時,爲中書
郎,掌詔誥。建武二年(495),出爲宣城太守,在郡一年,創作了大量山水詩。後因
告發岳父王敬則謀反,轉任尚書吏部郎。永泰元年(498)七月,明帝病卒,太子蕭
寶卷立,在位頗失德。權臣江祏、江祀與始安王蕭遥光謀廢寶卷,拉攏謝朓,朓既
感恩於明帝,又害怕牽連,因泄其謀,遂爲蕭遥光等所害,下獄死。時年三十六。

《南齊書》卷四七、《南史》卷一九有傳。

　　《隋書·經籍志》著録《謝脁集》十二卷,《逸集》一卷。今本《謝宣城集》五卷,出宋樓炤刻本。今人注本有郝立權《謝宣城詩注》(1936 年鉛印本)、曹融南《謝宣城集校注》(上海古籍出版社 1991 年版)。

玉 階 怨

【題解】

　　宋鄭樵《通志》卷四九《樂略》"相和歌楚調十曲"曰:"《白頭吟行》、《泰山吟行》、《梁甫吟行》、《東武吟》(亦曰《東武琵琶吟行》)、《怨詩行》(亦曰《怨歌行》、《明月照高樓》)、《長門怨》(亦曰《阿嬌怨》)、《班婕妤》(亦曰《婕妤怨》)、《娥眉怨》、《玉階怨》、《雜怨》。"故本篇爲"相和歌楚調十曲"之一,或誤《玉階怨》爲《婕妤怨》,非。本篇寫宮女的哀怨,卻未有一詞及"怨"字。所寫宮女自"夕"至"夜"的寂寞無聊極爲含蓄,頗具唐詩神韻。

　　夕殿下珠簾[1],流螢飛復息。長夜縫羅衣[2],思君此何極。

《謝宣城詩集》卷二

【校注】

[1] 珠簾:綴珠之簾。《晉書·苻堅載記》:"堅自平諸國之後,國內殷實,遂示人以侈,懸珠簾於正殿。"　　[2] 羅衣:薄繒衣。

【集評】

　　(清)沈德潛《古詩源》卷一二:"竟是唐人絶句,在唐人中爲最上者。"

　　(清)張玉穀《古詩賞析》卷一八:"此宮怨詩,能於景中含情,故言情一句便醒。"

晚登三山還望京邑

【題解】

　　此詩爲建武二年(495)謝脁任宣城太守離京所作,抒寫詩人離京外任之際的鄉國之思。詩篇善於將白日、飛甍、餘霞、澄江、喧鳥、雜英組合在一首詩中,遠近、大小、動靜、高低完美和諧地統一起來,形成一幅黃昏美景圖,歷來爲人所激賞。三山,唐李善注曰:"山謙之《丹陽記》:江寧縣北十二里,濱江有三山相接,即名爲三山,舊時津濟道也。"在今南京西南長江南岸。京邑,指建業(今江蘇南京)。

　　灞涘望長安[1],河陽視京縣[2]。白日麗飛甍[3],參差皆可見[4]。餘霞散成綺[5],澄江静如練[6]。喧鳥覆春洲,雜英滿芳甸[7]。去矣方滯淫[8],懷哉罷歡宴。佳期悵何許[9],淚下如流霰[10]。有情知望鄉,誰能鬒不變[11]?

《文選》卷二七

【校注】

[1]灞涘:灞水之濱。涘,岸。漢末王粲《七哀詩》(其一):"南登灞陵岸,回首望長安。"　　[2]河陽:今河南孟縣。京縣:指洛陽。晉潘岳《河陽縣作》:"引領望京室,南路在伐柯。"以上二句以王粲、潘岳望京喻己之望京。　　[3]麗:作動詞用,使……明。飛甍(méng 盟):形容屋脊兩簷如飛翼。甍,屋脊。　　[4]參差:上下不齊貌。　　[5]餘霞:晚霞。綺:有花紋的絲織物。　　[6]澄江:清澈的江水。練:白絹。　　[7]英:華。甸:郊野。　　[8]滯淫:久留。王粲《七哀詩》(其二):"荆蠻非我鄉,何爲久滯淫。"　　[9]佳期:指返國(京都)之期。[10]霰:小雪粒。《楚辭·九章·哀郢》:"涕淫淫其若霰。"　　[11]鬒(zhěn 診):黑髮。鬒,原作"縝",今據五臣本《文選》改。變:指變白。

【集評】

　　(元)劉履《風雅翼》卷八:"玄暉在郡既久,必有所不樂於懷,因出。臨江登眺而起戀闕之思,故作是詩。其言當去矣,而且留滯之久,懷念至此,寧不使人罷歡宴耶?然是時朝廷擇授,非憑勢要,無由通進。則是未知佳期又在何許,是以不免悲泣而至於歎傷也。"

　　(明)陸時雍《古詩鏡》卷一六:"'餘霞散成綺,澄江净如練。'景色最佳。此得象最深處。"此書《詩鏡總論》篇又曰:"夫詠物之難,非肖難也,惟不局局於物之難。玄暉'餘霞散成綺,澄江净如練'、'天際識歸舟,雲中辨江樹',山水煙霞,衷成圖繪。指點盼顧,遇合得之。古人佳處,當不在言語間也。"

之宣城出新林浦向版橋

【題解】

　　此詩作於齊明帝建武二年（495）春，作者從建康赴宣城太守任的途中。其時南齊政争激烈，齊武帝死後的一年（494）中三换年號，每次都帶來一系列殺戮，身處於政治鬥争漩渦中的謝朓驚懼不已。因此建武二年的離京外任，對謝朓而言不失爲亂世之中全身遠禍的一種方式。但離京外任又非謝朓之願，此詩即表達了詩人在“懷禄情”與“滄州趣”之間的徘徊與猶豫。前四句寫江行所見之景，“旅思”二句爲前後過渡，後六句寫幽棲遠害之念。宣城郡今屬安徽。版橋，版橋浦，在今江蘇南京西南。唐李善注引《水經注》：“江水經三山，又湘浦出焉。水上南北結浮橋渡水，故曰版橋浦，江又北經新林浦。”所以，自金陵出發，逆大江而上，新林浦是作者西行的第一站。

　　江路西南永[1]，歸流東北鶩[2]。天際識歸舟[3]，雲中辨江樹。旅思倦搖搖[4]，孤游昔已屢[5]。既懽懷禄情[6]，復協滄州趣[7]。囂塵自兹隔[8]，賞心於此遇。雖無玄豹姿，終隱南山霧[9]。

《文選》卷二七

【校注】

[1]永：長。　　[2]歸流：江水東北入海，故曰歸流。鶩（wù 物）：奔。《廣雅·釋室》：“鶩，犇也。”“犇”同“奔”。　　[3]天際：天邊。漢揚雄《交州箴》：“交州荒裔，水與天際。”歸舟：回歸京城的船。　　[4]搖搖：動蕩不定貌，此指心神不定。《詩·王風·黍離》：“行邁靡靡，中心搖搖。”《戰國策·楚策一》：“寡人卧不安席，食不甘味，心搖搖如懸旌，而無所終薄。”　　[5]屢：多。　　[6]懷禄：懷戀禄位。漢楊惲《報孫會宗書》：“懷禄貪勢，不能自退。”　　[7]協：合。滄州趣：隱居的意趣。滄州是隱者黃公所居的幽僻之地。李善注引揚雄《檄靈賦》云：“世有黃公者，起於蒼州，精神養性，與道浮游。”　　[8]囂塵：喧鬧塵雜，喻京城官場。囂，喧聲。塵，塵土。《左傳·昭公三年》：“初，景公欲更晏子之宅，曰：‘子之宅近市，湫隘囂塵，不可以居。’”注：“囂，聲。塵，土。”　　[9]“雖無”二句：言己雖無玄豹的資質，但今已遠離京都，如玄豹隱於南山霧中，可以幽棲遠害。玄豹：黑豹。南山：喻宣城。漢劉向《列女傳·陶答子妻》：“答子治陶三年，名譽不興，家富三倍，其妻數諫，不用。居五年，從車百乘，歸休，宗人擊牛而賀之，其妻獨抱兒而泣。姑怒曰：

‘何其不祥也。’婦曰：‘……妾聞南山有玄豹，霧雨七日而不下食者，何也？欲以澤其毛而成文章也，故藏而遠害。犬彘不擇食以肥其身，坐而須死耳。今夫子治陶，家富國貧，君不敬，民不戴，敗亡之徵見矣。願與少子俱脱。’姑怒，遂棄之。處期年，答子之家果以盜誅。”

【集評】

（清）張玉穀《古詩賞析》卷一八：“此亦之官宣城時作。前四，先寫江行之樂，揭過題面。後八，則以久已倦游，跌出吏隱外郡，庶幾可以遠害全身，是爲題情，較《京路夜發》作，用意一變。”

丘　遲

【作者簡介】

丘遲（464—508），字希範，吳興烏程（今浙江湖州）人。齊武帝永明初辟州從事，舉秀才。歷國子博士、大司馬參軍。後任蕭衍驃騎主簿。蕭衍爲梁王，勸進及建天子旌旗諸文俱出遲筆。衍即帝位，授散騎侍郎，遷中書侍郎。天監三年（504），出爲永嘉太守。五年，作《與陳伯之書》。七年卒。南朝梁鍾嶸《詩品》將其與范雲同列，入中品。有集十一卷，又編《集抄》四十卷，均佚。明張溥《漢魏六朝百三家集》輯錄一卷。

與陳伯之書

【題解】

陳伯之，濟陰睢陵（今江蘇睢寧）人。南齊末年爲江州刺史，後降梁，仍任江州刺史。梁武帝天監元年（502）陳伯之謀反，兵敗，叛降北魏。天監四年冬，臨川王蕭宏大舉北伐，陳伯之率兵相拒。宏命記室丘遲寫勸降信給陳伯之。伯之得書，於天監五年三月在壽陽梁城率衆八千歸降，蕭衍用爲通直散騎常侍。信中陳説大義，曉以利害，充滿故國之思。文筆委婉曲折，淋漓盡致，被公認爲南北朝名文。

　　遲頓首陳將軍足下[1]：無恙[2]，幸甚幸甚！將軍勇冠三軍[3]，才爲世出[4]，棄鷃雀之小志，慕鴻鵠以高翔[5]。昔因機變化[6]，遭遇明主[7]，立功立事，開國稱孤[8]，朱輪華轂[9]，擁旄萬里[10]，何其壯也！如何一旦爲奔亡之虜，聞鳴鏑而股戰[11]，對穹廬以屈膝[12]，又何劣邪！

【校注】

[1]頓首：以頭叩地。古人書信中常用的客氣語。足下：對對方的尊稱。

[2]無恙：古人的問候語。恙，病，憂。　　　[3]三軍：春秋時大夫擁有上、中、下三軍，後泛指全軍。漢李陵《答蘇武書》：“陵先將軍（指李廣）功略蓋天地，義勇冠三軍。”　　　[4]才爲世出：才能是當代傑出的。蘇武《報李陵書》：“每念足下才爲世英，器爲時出。”　　　[5]“棄鷃雀”二句：勸其背齊歸梁。鷃雀：即燕雀，小鳥，喻目光短淺者。鴻鵠：天鵝，喻志向遠大者。《史記·陳涉世家》：“陳涉少時，嘗與人傭耕，輟耕之壟上，悵恨久之，曰：‘苟富貴，無相忘！’庸者笑而應曰：‘若爲庸耕，何富貴也！’陳涉太息曰：‘嗟乎！燕雀安知鴻鵠之志哉！’”　　　[6]因機：順應時機。變化：指梁武帝起兵時，陳伯之降梁。　　　[7]明主：英明的君主，指梁武帝。

[8]“立功”二句：立功立事：陳伯之降梁後輔佐梁武帝平齊，建立了功勳。開國：此指封爵。孤：王侯自稱。《梁書·陳伯之傳》載：“力戰有功。城平，進號征南將軍，封豐城縣公，邑二千户。”　　　[9]華轂：華麗的車子，指陳伯之所乘象徵顯赫地位的車子。轂（gǔ古），車輪中心的圓木。　　　[10]擁旄（máo毛）：古代高級武官持節統制一方，稱爲“擁旄”。旄，古代用牦牛尾裝飾的旗子，此指旄節，使臣持之以爲信物，專制軍事的武官持旄節以爲權力的象徵。萬里：極言其統轄區域之大。

[11]鳴鏑（dí敵）：響箭。相傳是西漢初匈奴冒（mò墨）頓（dú獨）單于所造，軍中用以發號施令。鏑，箭頭。股戰：言其膽怯。　　　[12]穹廬：北方游牧民族居住的圓形氈帳，此指北魏。此言陳伯之一旦降敵，在北魏惶恐不安，卑躬屈膝，顯得多麼卑劣下賤！本段將陳伯之昔日的明智、顯赫與今日的愚蠢、卑怯比照，斥其負梁投敵。

　　尋君去就之際[1]，非有他故，直以不能内審諸己[2]，外受流言[3]，沈迷猖獗[4]，以至於此。聖朝赦罪責功[5]，棄瑕録用[6]，推赤心於天下，安反側於萬物[7]，將軍之所知，不假僕一二談也[8]。朱鮪涉血於友于[9]，張繡剚刃於愛子[10]，漢主不以爲疑，魏君待之若舊。況將軍無昔人之罪,而勳重於當世！夫迷塗知反[11],往哲是與[12];不遠而復[13],先典攸高[14]。主上屈法申恩[15],吞舟是漏[16];將軍松柏不翦[17],親戚安居。高臺未傾[18],愛妾尚在,悠悠爾心[19],亦何可言！

【校注】

[1]尋:推究。去就:指背梁投魏。　　[2]直:衹。內審諸己:自己內心反復思考。審,察。　　[3]流言:謠言。　　[4]沈迷猖獗:五臣李周翰注説:“沈溺,迷惑,倡狂,蹶僵也。言惑亂妄行,至於此也。”　　[5]聖朝:指梁朝。責功:責求事功。[6]瑕:玉石上的斑點,喻過失、錯誤。　　[7]反側:指惶恐不安者。此用東漢光武帝劉秀事。《後漢書·光武帝紀》:光武破銅馬等軍時,“降者猶不自安。光武知其意,敕令各歸營勒兵,乃自乘輕騎,按行部陳。降者更相語曰:蕭王推赤心置人腹中。安得不投死乎？由是皆服。”攻入邯鄲後,劉秀又將毀謗他、要求發兵攻擊他的文書當衆銷毁:“收文書得吏人與郎交關謗毁者數千章,光武不省,會諸將軍燒之曰:‘令反側子自安。’”　　[8]假:憑藉。僕:古代與人交際時對自己的謙稱。一二談:一一細説。　　[9]朱鮪(wěi 偉):王莽末年綠林軍的將領。涉血:喋血,指血流滿地。友于:指兄弟。《尚書·君陳》:“惟孝友于兄弟。”後人遂以“友于”二字指兄弟。此指光武兄伯升。李善注引謝承《後漢書》:“光武攻洛陽,朱鮪守之。上令岑彭説鮪曰:‘赤眉已得長安,更始爲胡殷所反害,今公誰爲守？’鮪曰:‘大司徒公被害,鮪與其謀,誠知罪深,不敢降耳！’彭還白上,上謂彭復往明曉之:‘夫建大事不忌小怨,今降,官爵可保,況誅罰乎？’朱鮪遂獻城而降。[10]張繡:漢末魏初人。剚(zì 自)刃:刺殺。愛子:指曹操長子曹昂。李善注引《魏志》曰:“建安二年,公(曹操)到宛,張繡降。既而悔之,復反。公與戰,軍敗,爲流矢所中,長子昂、弟子安民遇害。四年,張繡率衆降,封列侯。”　　[11]迷塗知反:本於《離騷》:“迴朕車以復路兮,及行迷之未遠。”　　[12]往哲:前賢。與:嘉許。　　[13]不遠而復:指迷途不遠而返回。　　[14]先典:先代典籍,此指《易經》。語本《易·復卦》:“不遠復,無祇悔,元吉。”攸:所。高:以爲高,贊許。[15]屈法:謂放寬刑法。申恩:申明恩惠。　　[16]吞舟是漏:網漏吞舟之魚,喻法網寬疏。李善注引《鹽鐵論》曰:“明王茂其德教而緩其刑罰,網漏吞舟之魚。”吞舟,吞舟之魚,喻罪大之人。　　[17]松柏不翦:指祖墳未遭破壞。松柏,李善注引仲長子《昌言》曰:“古之葬,松柏、梧桐以識其墳。”　　[18]高臺:指住宅。傾:傾斜,倒塌。　　[19]悠悠:思慮深長貌。本段以梁朝的法網寬厚和陳伯之家在其降北後的待遇爲例,力勸陳伯之歸梁。

今功臣名將,鴈行有序[1]。佩紫懷黃[2],讚帷幄之謀[3];乘軺建節[4],奉疆場之任[5]。並刑馬作誓[6],傳之子孫。將軍獨靦顏借命[7],驅馳氈裘之長[8],寧不哀哉!夫以慕容超之强,身送東市[9];姚泓之盛,面縛西都[10]。故知霜露所均,不育異類;姬漢舊邦[11],無取雜種。北虜僭盜中原,多歷年所,惡積禍盈[12],理至燋爛[13]。況偽孽昏狡[14],自相夷戮,部落攜離[15],酋豪猜貳[16]。方當繫頸蠻邸[17],懸首槀街[18],而將軍魚游於沸鼎之中[19],鷰巢於飛幕之上[20],不亦惑乎!

【校注】

[1]鴈行:大雁飛行時排成的行列,喻尊卑排列有序。　[2]佩紫懷黃:指位居高官。紫,繫官印的紫色綬帶。黃,指黃金官印。《史記·范睢蔡澤列傳》:"蔡澤笑謝而去,謂其御者曰:吾持粱刺齒肥,躍馬疾驅,懷黃金之印,結紫綬於要,揖讓人主之前,食肉富貴,四十三年,足矣。"　[3]讚帷幄之謀:指參與謀劃軍國大計。讚,佐助。帷幄,軍帳。《史記·留侯世家》:"運籌策帷幄中,決勝千里外,子房功也。"　[4]軺(yáo 搖):兩匹馬拉的輕車。建:豎立。節:符節,古代使者所持以示憑信。　[5]疆場(yì 易):邊疆。　[6]刑馬作誓:殺馬盟誓。古代盟誓,常殺白馬飲血立誓。意爲梁朝有誓約,功臣名將的爵位可以傳之子孫。　[7]靦(miǎn 勉):羞慚的樣子。借命:苟且偷生。　[8]驅馳:喻奔走效力。氈裘之長:指北魏君長。氈裘,用羊毛編織的衣服,此借指北魏。　[9]慕容超:十六國時南燕君主。劉裕率兵北伐,擒之,斬於建康。事見《宋書·武帝紀》。東市:漢朝長安東市爲處決死刑犯之地,後泛指刑場。　[10]姚泓:十六國時後秦君主。劉裕於義熙十三年(417)八月攻克長安,生擒姚泓。亦見《宋書·武帝紀》。面縛:謂雙手反綁於後。《史記·宋微子世家》:"周武王伐紂克殷,微子乃持其祭器造於軍門,肉袒面縛。"司馬貞《索隱》:"肉袒者,謂袒衣而露肉也。""面縛者,縛手於背而面向前也。"　[11]姬漢舊邦:謂北方中原一帶是周漢故國。姬,周朝天子姓姬。　[12]惡積禍盈:《周易·繫辭下》:"善不積不足以成名,惡不積不足以滅身。小人以小善爲無益而弗爲也,以小惡爲無傷而弗去也。故惡積而不可掩,罪大而不可解。"　[13]燋爛:喻崩潰滅亡。燋,通"焦"。　[14]偽孽:對北魏宣武帝拓跋恪的蔑稱。孽,同"孼"。昏狡:昏瞶偽詐。　[15]攜離:分裂。[16]酋豪:酋長。猜:猜疑。貳:二心。　[17]繫頸:以繩繫頸,指投降。蠻邸(dǐ 底):外族首領在京師的館舍。　[18]槀(gǎo 稿)街:漢代長安街名,爲蠻邸集中之處。　[19]沸鼎:盛滿沸水的鼎。唐李善注引袁崧《後漢書》朱穆上疏曰:"此猶

養魚沸鼎之中,棲鳥烈火之上。水木,本魚鳥之所生也,用之不時,必至燋爛。"

[20]飛幕:飄動搖盪的帳幕。《左傳·襄公二十九年》:吳公子札"自衛如晉,將宿於戚,聞鐘聲焉,曰:'異哉!……夫子獲罪於君以在此,懼猶不足,而又何樂?夫子之在此也,猶燕之巢於幕上。'"本段言魏不足恃,望陳伯之明察時局,及早歸梁。

　　暮春三月[1],江南草長,雜花生樹,群鶯亂飛[2]。見故國之旗鼓,感平生於疇日[3],撫絃登陴[4],豈不愴恨[5]!所以廉公之思趙將[6],吳子之泣西河[7],人之情也,將軍獨無情哉!想早勵良規[8],自求多福。

【校注】

[1]暮春:季春,即三月。　　[2]鶯:同"鸎"。　　[3]疇日:昔日。　　[4]絃:弓弦。陴(pí 疲):城上呈凹凸形的矮牆,亦稱女牆。　　[5]愴(chuàng 創)恨(liàng 亮):悲傷。　　[6]廉公:指廉頗。李善注引《史記》曰:"廉頗爲趙將,伐齊,大破之,拜爲上卿。趙孝成王卒,悼襄王立。使樂乘代之。頗怒,攻樂乘,遂奔魏之大梁。久之,魏王不能信用,而趙亦數困於秦兵。趙王思復得廉頗,廉頗亦思復用於趙。王以爲老,遂不召。"　　[7]吳子:指吳起。李善注引《吕氏春秋》曰:"吳起治西河之外,王錯譖之於魏武侯,武侯使人召之,吳起至於岸門,止車而望西河,泣數行而下。其僕謂吳起曰:'竊觀公之意,視釋天下若舍履,今去西河而泣,何也?'吳起抿泣應之曰:'子不識!君知我而使我,畢能,西河可以王。今君聽讒人之議,而不知我,西河之爲秦取不久矣!'起入荆,西河果入秦。"李善注所引出自《吕氏春秋·觀表》。西河:今陝西黄河西岸郃陽一帶。　　[8]勵:勉勵。良規:計劃。本段以江南之景、故國之思激發陳伯之歸梁。

　　當今皇帝盛明,天下安樂。白環西獻[1],楛矢東來[2];夜郎滇池[3],解辮請職[4];朝鮮昌海[5],蹶角受化[6]。唯北狄野心[7],掘强沙塞之間[8],欲延歲月之命耳。中軍臨川殿下[9],明德茂親[10],揔兹戎重[11],弔民洛汭[12],伐罪秦中[13]。若遂不改[14],方思僕言。聊布往懷[15],君其詳之[16]。丘遲頓首。

《文選》卷四三

【校注】

[1]白環:白玉環。李善注引《世本》曰:"舜時西王母獻白環及佩。"《太平御覽》卷

六六一引《集仙録》：“黃帝在位，王母遣使乘白鹿，集帝庭，授以地圖。其後，帝舜在位，遣使獻白玉環及益地圖。”　　[2]楛（hù 户）矢：楛木製的箭。唐李善注引《家語》：“孔子曰：‘昔武王尅商，於是肅慎氏貢楛矢石砮。’”李善注見《孔子家語·六本》，但所引並非初典。《孔子家語》之前諸多典籍亦多載此事，如《國語·魯語下》：“於是肅慎氏貢楛矢石砮。”此用舜及周武王時各地朝貢珍品説明梁朝盛明。　　[3]夜郎：在今貴州桐梓縣。滇池：在今雲南昆明市附近。二者均爲漢代西南少數民族所建方國。　　[4]解辮請職：解開髮辮改從漢俗，請求封職以示歸順。　　[5]昌海：西域國名，在今新疆羅布泊。　　[6]蹶角：以額角叩地，以示歸化。受化：接受梁朝教化。　　[7]北狄：指北魏。　　[8]掘强：同“倔强”。[9]臨川：指中軍將軍臨川王蕭宏。天監四年（505），臨川王蕭宏奉旨北伐。[10]明德：德行良好。茂親：至親。蕭宏是梁武帝蕭衍之弟，故稱茂親。　　[11]揔兹戎重：總領這次北伐的重任。揔，通“總”，持。戎重，兵權重任。　　[12]弔民：慰問百姓。《孟子·梁惠王下》：“湯一征自葛始……誅其君而弔其民。”洛汭（ruì 鋭）：洛水流入黃河處，代指中原。汭，河流會合之處。　　[13]伐罪：討伐有罪者。秦中：指函谷關以西的故秦地，在今陝西中部。此指北魏。　　[14]遂：因循。[15]布：陳述。往懷：往日情意。　　[16]詳：詳加考慮。本段宣示梁朝之盛，促陳早降。

【集評】

　　（明）王志堅《四六法海》卷七：“伯之，故齊將也。梁武起兵，説降之。建康平，使鎮江州。別駕鄧繕等恣行姦利，武帝遣人代之。伯之不奉詔，繕勸伯之反。兵敗，遂降魏。天監四年，臨川王宏北侵，命丘遲與之書。伯之擁衆八千來降，復用爲平北將軍、永新縣侯。伯之不知書，得文牒惟作大諾，不知此書何以得解，當是幕中有人，然如此書，正可使頑石點頭。”

王　融

【作者簡介】

　　王融（467—493），字元長，琅邪臨沂（今屬山東）人。王僧達之孫。幼孤，受母教，博涉有文才。以父宦不達，弱年便欲振興家業。永明四年（486），爲晉安王蕭子懋南中郎行參軍。預“竟陵八友”之列。九年，武帝幸芳林園，禊宴朝臣，使融爲《曲水詩序》，文藻富麗，當世稱之。後爲寧朔將軍。與竟陵王情好殊常。武帝疾篤，融謀立竟陵王，深爲鬱林王所嫉。鬱林王即位十餘日，收融付廷尉，旋賜死獄中。《南齊書》卷四七、《南史》卷二一有傳。有集十卷，久佚。明張溥《漢魏六朝百三家集》輯有《王寧朔集》一卷。

臨　高　臺

【題解】

　　此詩寫登臺眺望所見。元馬端臨《文獻通考·樂考十四》（卷一四一）載漢短簫鐃歌（亦曰鼓吹曲）凡二十二曲，《臨高臺》爲其中之一。王夫之曰：“以鐃吹曲爲題，即題賦詠，事起沈約、謝朓。後人跡此而爲近體，淵源所始，即不取合金革。雖借題敷疎，要能即事含情，如此者固不多得。櫽括不泛。”（《船山全書》，岳麓書社1996年版）此詩正是其中的傑出代表。

　　游人欲騁望[1]，積步上高臺[2]。井蓮當夏吐[3]，窗桂逐秋開[4]。花飛低不入，鳥散遠時來。還看雲棟影[5]，含月共徘徊。

　　　　　　　　　　　　　　　　　　　　　　　　《樂府詩集》卷一八

【校注】

[1]騁望：平望。《楚辭·九歌·湘夫人》：“白蘋兮騁望，與佳期兮夕張。”洪興祖注曰：“騁，平也。”此言高臺入雲，望月毋須仰視。　　　[2]積步：累積步子。　　　[3]井蓮：並蒂之蓮，古代祥瑞之一，與嘉禾、合歡、連理、兩岐之麥、同蒂之瓜同被視爲草木之瑞。　　　[4]窗桂：窗間月桂。《酉陽雜俎》卷一：“舊言月中有桂有蟾蜍，故異書言：月桂高五百丈，下有一人常斫之，樹創隨合。人姓吳名剛，西河人，學仙有過，謫令伐樹。”　　　[5]雲棟：雲中棟梁，言其高。棟，一作“陣”。

吳　均

【作者簡介】

　　吳均（469—520），字叔庠，吳興故鄣（今浙江安吉）人。齊末梁初，入建康，沈約見其文，頗爲讚賞。梁武帝天監（502—519）初，柳惲任吳興太守，召爲主簿，常相賦詩酬唱。天監四、五年間，曾入蕭宏幕，參加北伐。天監六年，返建康，揚州刺史建安王蕭偉用爲記室。天監九年，蕭偉爲江州刺史，補國侍郎。天監十二年，還建康，除奉朝請。後奉詔撰寫《通史》，未就而卒。《梁書》卷四九、《南史》卷七二有傳。

　　史稱吳均詩清拔有古氣，時人效之，號“吳均體”。《隋書·經籍志》著録：“梁奉朝請《吳均集》二十卷。”已佚。明張溥《漢魏六朝百三家集》輯有《吳朝請集》一卷。

與朱元思書

【題解】

　　本文描寫了富春江兩岸清朗秀美的自然風光，同時也透露出對官場的厭倦和渴望寄情山水的心緒。

　　這篇山水書劄，誕生於中國古代山水文學發軔的南北朝時期，獨步古今，原因有三：一是層次清晰。入筆以“奇山異水，天下獨絶”八字結上啓下。然後寫奇山、異水，繪聲繪色。二是語言省净。變漢魏之厚重板滯爲清新自然，雖爲駢文，却清泠可愛。三是手法多變。或化静爲動，或視聽交錯，或妙用比喻，各盡其致。朱元思之“朱”，清許槤《六朝文絜》作“宋”。黎經誥《箋注》：“宋，一作朱，非。案宋元思，字玉山。劉峻有《與宋玉山元思書》。”按劉峻之書見《藝文類聚》卷三七，僅此孤證，恐難遽改。

　　風煙俱净[1]，天山共色，從流飄蕩，任意東西。自富陽至桐廬[2]，一百許里，奇山異水，天下獨絶。水皆漂碧[3]，千丈見底；游魚細石，直視無礙。急湍甚箭，猛浪若奔[4]。夾峰高山，皆生寒樹，負勢競上[5]，互相軒邈[6]，爭高直指，千百成峰。泉水激石，泠泠作響[7]；好鳥相鳴，嚶嚶成韻[8]。蟬則千轉不窮[9]，猿則百叫無絶。鳶飛戾天

者[10]，望峰息心；經綸世務者[11]，窺谷忘反。橫柯上蔽[12]，在晝猶
昏；疎條交映，有時見日。

《藝文類聚》卷七

【校注】

[1]風煙：指富春江上的煙霧。净：指消散。　　[2]富陽：今屬浙江。桐廬：亦屬
浙江。二縣均臨富春江。　　[3]漂碧：淡青色。漂，一作"縹"。　　[4]急湍：
急流。甚箭：比箭快。奔：謂奔馬。　　[5]負勢：憑藉山的氣勢。　　[6]互相
軒邈：互比高下。軒，高。邈，遠。　　[7]泠（líng 零）泠：清越的水流聲。
[8]嚶嚶：原作"駕駕"，今據明刻《漢魏六朝百三家集》校改。　　[9]轉：通"囀"，
婉轉地鳴叫。　　[10]鳶（yuān 淵）飛戾（lì 麗）天：《詩·大雅·旱麓》："鳶飛戾
天，魚躍於淵。"原指鳶高飛至天，此喻飛黃騰達。鳶，鷹。戾，至。　　[11]經綸
世務：指處理政事。經綸，經營。　　[12]柯：樹枝。

【集評】

（清）許槤《六朝文絜》卷七："掃除浮艷，淡然無塵，如讀靖節《桃花源記》、興公
《天台山賦》，此費長房縮地法，促長篇爲短篇也。"

（清）李兆洛《駢體文鈔》卷三〇："巧構形似，助以山川。"

酈道元

【作者簡介】

酈道元（469？—527），字善長，范陽涿鹿（今屬河北）人。魏孝文帝時，曾任御
史中尉、治書侍御史。延昌四年（515）爲東荊州刺史，以嚴酷免官。孝明帝時，爲
御史中尉。執法嚴峻，爲權豪所憚。以讒遣爲關右大使，被雍州刺史蕭寶夤殺害。
《魏書》卷八九、《北史》卷二七有傳。《北史》本傳說："道元好學，歷覽奇書，撰注
《水經》四十卷、《本志》十三篇，又爲《七聘》及諸文，皆行於世。"今存《水經注》四
十卷，餘皆散佚。《水經》是一部記載全國水道的地理文獻，舊傳漢桑欽作。原書
較爲粗略，酈道元博稽有關典籍，又加以自己對北方山川的游歷及實地考察，爲

《水經》作注,引書達四百多種,大大豐富了原書的記載。酈道元文筆簡潔優美,故《水經注》不僅是地理學重要文獻,也是藝術水平極高的游記散文著作,對後世產生了極大影響。其中,《江水注·三峽》尤爲膾炙人口。不過此段文字實出於南朝宋人盛弘之《荆州記》。《太平御覽》卷五三《地部》"峽"門錄引盛書全文,僅個別文字稍有出入。酈道元生當南北分裂的北魏,終生未嘗涉足江南,《江水注》依據晉宋時期南方地志撰寫,亦屬當然。據《隋書·經籍志》,僅知盛弘之爲臨川王侍郎,其生平已不可詳考。酈道元雖非此文的原創者,但由於盛氏《荆州記》早佚,酈氏《水經注》的潤色傳播之功,亦不可没,今仍署酈道元名。

水經注·江水注(節錄)

【題解】

　　本文善於抓住山水景物的特色描寫山水,如寫山形高峻,江面狹窄,僅用"自非停午夜分不見曦月"十字,情貌無遺,境界全出。又如寫夏季峽水湍急迅馳,用"有時朝發白帝,暮到江陵,其間千二百里,雖乘奔御風,不以疾也"數句,遂可想見峽窄水急,輕舟如箭之態。文辭精到高妙,亦使此文增色生輝。如寫三峽春冬之季,因爲急流瀉灘,雪浪飛濺,潭水澄碧,深沉寧静,故謂之"素湍緑潭"。一"素"字,一"緑"字,便使意境全出;又以"清榮峻茂"四字分寫水、木、山、草,形神兼備。結尾更以歌謡作結,餘韻悠長。

　　自三峽七百里中,兩岸連山,略無闕處[1]。重巖疊嶂,隱天蔽日,自非停午夜分[2],不見曦月[3]。至於夏水襄陵[4],沿泝阻絶[5]。或王命急宣[6],有時朝發白帝[7],暮到江陵[8],其間千二百里,雖乘奔御風[9],不以疾也。春冬之時,則素湍緑潭[10],迴清倒影。絶巘多生檉柏[11],懸泉瀑布,飛漱其間[12],清榮峻茂[13],良多趣味。每至晴初霜旦,林寒澗肅,常有高猿長嘯,屬引淒異[14],空谷傳響,哀轉久絶。故漁者歌曰:"巴東三峽巫峽長,猿鳴三聲淚沾裳。"

《水經注疏》卷三四

【校注】

[1]闕:同"缺"。　　[2]停午:中午。夜分:半夜。　　[3]曦月:日月。曦,日光。　　[4]襄陵:夏季水漲,漫上山陵。襄,上。《尚書·堯典》:"湯湯洪水方

割,蕩蕩懷山襄陵,浩浩滔天。"　　　[5]沿:順流而下。泝(sù 訴):逆流而上。
[6]王命:朝廷文告。宣:宣佈,傳達。　　　[7]白帝:城名,在今重慶奉節縣東。
[8]江陵:今湖北江陵縣。　　　[9]乘奔:乘着奔跑的馬。奔,指快馬。御風:駕風。
此言乘馬駕風都不如船行之快。　　　[10]素湍:雪白的急流。湍,急流。
[11]絕巘(yǎn 演):極高的山峰。　　　[12]飛漱:飛流沖蕩。　　　[13]清榮峻茂:
水清,樹榮,山高,草茂。　　　[14]屬引:指猿聲不斷。屬,連。淒異:淒涼異常。

何　遜

【作者簡介】

　　何遜(472—519?),字仲言,東海郯(今山東郯城)人。梁武帝天監(502—
519)初,任奉朝請。天監六年前後,遷建安王蕭偉水曹行參軍,兼記室。天監九
年,蕭偉出爲江州刺史,何遜隨任記室,仍兼書記。十二年九月,蕭偉入京,何遜
轉爲郢州刺史安成王蕭秀參軍,旋返京授尚書水部郎。後任廬陵王蕭續記室。
世稱"何水部"或"何記室"。有集八卷,佚。明張溥《漢魏六朝百三家集》輯有
《何記室集》一卷。《梁書》卷四九、《南史》卷三三有傳。

從鎮江州與故遊別

【題解】

　　天監九年(510),建安王蕭偉出爲江州刺史,何遜隨任記室,仍兼書記,
離京時作此詩,一時傳誦頗廣。詩題一作《臨行與故遊夜別》。詩寫告別朋
友時依依難分的情景。

　　歷稔共追隨[1],一旦辭群匹[2]。復如東注水,未有西歸日。夜雨
滴空堦,曉燈暗離室。相悲各罷酒,何時更促膝[3]。

《藝文類聚》卷二九

【校注】

[1]歷稔(rěn 忍):歷年。稔,熟。穀一熟爲一年,故"稔"可指年。　　[2]群匹:群侶,指交游。　　[3]促膝:促膝而談。古時席地或據榻而坐,對坐膝相接近,叫"促膝"。促,近。

【集評】

(明)陸時雍《古詩鏡》卷二二:"'夜雨滴空堦,曉燈暗離室。'深。寫得苦。此皆直繪物情,不煩妝點。"

(清)張玉穀《古詩賞析》卷二〇:"此爲留別時詩,如此製題,則曉然矣。前四,言久聚忽別,隨用比意,醒出勢難重聚。後四,點明夜別之景,收到惜別之情。'群匹'則非一人,故題祇以故游總括,須知。"

相　　送

【題解】

此是留贈送行朋友的詩,末二以景結情,最妙。此詩不見於唐宋類書,詩題不知爲何人所加。

客心已百念[1],孤游重千里。江暗雨欲來,浪白風初起[2]。

《漢魏六朝百三家集·何記室集》

【校注】

[1]客心:異鄉作客之心。百念:謂心中湧起各種念頭。　　[2]"江暗"二句:寫分手時的江上景色,寓旅途艱辛之意。

【集評】

(清)張玉穀《古詩賞析》卷二〇:"首二,兩層申寫,言情已透。後二,只就水程別時之景頓住,峭甚。"

陰　鏗

【作者簡介】

　　陰鏗,字子堅,武威姑臧(今甘肅武威)人。梁武帝大同(535—545)間,爲湘東王蕭繹法曹參軍。陳文帝天嘉(560—566)中,爲始興王陳伯茂府中錄事參軍。累遷招遠將軍、晉陵太守、員外散騎常侍。

　　陰鏗善五言詩,爲時所重。清陳祚明評曰:"陰子堅詩,聲調既亮,無齊梁晦澀之習,而琢句抽思,務極新雋;尋常景物,亦必搖曳出之,務使窮態極妍,不肯直率。"有集三卷,已佚。明張溥《漢魏六朝百三家集》輯有《陰常侍集》一卷。《陳書》卷三四、《南史》卷六四有傳。

江津送劉光禄不及

【題解】

　　津,渡口。劉光禄,指劉孺,曾爲湘東王長史,後爲散騎侍郎、兼光禄卿。《梁書》卷四一、《南史》卷三九有傳。本篇寫去江邊渡頭送劉光禄,到遲了,未及相見,佇立江邊,心情悵惘。

　　依然臨送渚[1],長望倚河津。鼓聲隨聽絕[2],帆勢與雲鄰。泊處空餘鳥,離亭已散人[3]。林寒正下葉[4],鈞晚欲收綸[5]。如何相背遠,江漢與城闉[6]。

　　　　　　　　　　　　　　　　　　　　　　《文苑英華》卷二六六

【校注】

[1]依然:依戀貌。渚:小洲。　　[2]鼓聲:古時開船,打鼓爲號。　　[3]離亭:渡頭送行亭子。　　[4]下葉:落葉。　　[5]鈞:一作"鉤"。綸:釣絲。
[6]城闉(yīn 因):猶言城門。闉,城曲重門。江漢是友人所去的地方,城闉是作者歸去的地方,故曰"相背遠"。

【集評】

　　(明)陸時雍《古詩鏡》卷二五:"'帆勢與雲鄰','勢'字當家,風格最老;'泊處空餘鳥，離亭已散人’，趣韻天成；‘釣晚欲收綸’，語極自在可愛。”

溫子昇

【作者簡介】

溫子昇（495—547），字鵬舉，自稱太原人。世居江南，避難歸魏，家於濟陰冤句（今山東菏澤西南）。初受學於崔靈恩、劉蘭，長乃博覽百家，文章清婉。初爲廣陽王元淵賤客，因常景賞其《侯山祠堂碑文》，由是知名。熙平初（516），對策高第，補御史。孝莊帝建義初（528），爲南主客郎中，修起居注。孝武帝永熙（532—533）間，爲侍讀兼舍人，遷散騎常侍、中軍大將軍。孝靜帝時，元瑾、荀濟等謀殺高澄，事泄，澄疑子昇預其謀，餓之於晉陽獄，食敝襦而死。《魏書》卷五八、《北史》卷八三有傳。

子昇文筆頗勝，濟陰王暉業嘗云：“江左文人，宋有顏延之、謝靈運，梁有沈約、任昉，我子昇足以陵顏轢謝，含任吐沈。”（《魏書·溫子昇傳》）子昇嘗作《韓陵山寺碑》，庾信使北還，人問北方文士如何？信道：“惟韓陵片石，堪共語耳！”（《朝野僉載》）有集三十五卷，明張溥輯有《溫侍讀集》一卷。

擣　衣　詩

【題解】

明楊慎《丹鉛總録》卷二〇“擣衣”條曰：“《字林》云：‘直舂曰擣。’古人擣衣，兩女子對立，執一杵，如舂米。然今易作臥杵，對坐擣之，取其便也。”據此，擣衣乃女子取衣料置石上，用木杵捶打至平整柔軟，然後縫製，此即《樂府詩集》卷九四《擣衣曲》解題所謂的“擣素裁衣”。六臣注《文選》卷三〇謝惠連《擣衣》詩劉良注：“婦人擣帛裁衣，將以寄遠也。”此詩寫婦女擣衣爲在外的丈夫縫製寒衣而觸發思念之情。

長安城中秋夜長，佳人錦石擣流黃[1]。香杵紋砧知近遠[2]，傳聲遞響何淒涼[3]。七夕長河爛[4]，中秋明月光。蠮螉塞邊絕候雁[5]，鴛鴦樓上望天狼[6]。

【校注】

[1]佳人：指妻子。錦石：有花紋之石，此爲擣衣石之美稱。流黃：絹帛。《玉臺新詠》卷九王筠《行路難》：“探揣箱中取刀尺，拂拭機上斷流黃。”《樂府詩集》卷三五《長安有狹斜行》：“中婦織流黃。”　　[2]香杵紋砧：擣衣杵與擣衣石的美稱。《古文苑》卷三班婕妤《擣素賦》：“於是投香杵，扣玫砧。”知：怎知，豈知。

[3]傳聲遞響：謂砧聲次第傳來。　　[4]七夕：七月七日，傳說這天牛郎與織女相會。明顧起元《説略》卷四“七夕”條：“《續齊諧記》曰：‘桂陽城武丁有仙道，忽謂其弟曰：“七月七日織女當渡河，吾向已被召。”弟問：“織女何事渡河？”答曰：“暫詣牽牛。”今人妄云織女嫁牽牛也。’傅玄《擬天問》曰：‘七月七日，織女牽牛會天河也。’周處《風土記》曰：‘七月七夕夜，灑掃中庭，施几筵，設酒脯，牽牛織女相會。’……《淮南子》曰：‘烏鵲填河而渡織女。’《風俗記》云：‘織女七夕渡河，使鵲爲橋，故古詩云：“寂然香滅後，鵲散渡橋空。”’……《玉燭寶典》云：‘七夕乞巧，使蜘蛛結萬字。造明星酒，裝同心膾。’又按《西京雜記》：‘戚夫人七月七日臨百子池，作于闐樂。樂畢，以五色縷相羈，謂爲相連愛。’又云：‘漢綵女七夕皆穿針於開襟樓。’則七夕其來古矣。”長河：指天河，銀河。爛：光明。此言七夕之夜銀河明亮。　　[5]蠮（yē 椰）螉（wēng 翁）塞：《日下舊聞考》卷一五四：“蠮螉，即‘居庸’音轉耳。”（《方輿紀要》引）“居庸”，即居庸關。《晉書·慕容皝載記》：“於是率騎二萬出蠮螉塞，長驅至於薊城。”候雁：《六臣注文選·蜀都賦》“候鴈銜蘆”劉逵注曰：“雁候時南北，故曰候雁。”此以候雁代指邊關音訊。　　[6]鴛鴦樓：元陶宗儀《説郛》卷六一上載潘岳《關中記》曰：“未央宮東有鴛鴦殿。”此指佳人居處。天狼：《楚辭·九歌·東君》：“舉長矢兮射天狼。”王逸注：“天狼，星名。以喻貪殘。”《晉書·天文志》：“狼一星在東井東南；狼爲野將，主侵掠。”望天狼是説看天狼星是否退下。古人以爲天狼消失，表示戰爭結束。

【集評】

（清）王夫之《船山古詩評選》卷一：“從聞擣衣者想像即雅，代擣衣者言情即易入俗稚，其妙尤在平渾無痕。結語可謂‘麗以則’，‘麗’可學，‘則’不可至也。”

（清）張玉轂《古詩賞析》卷二一：“前四，點明長安秋夜，佳人念遠，隨處擣衣，是爲題面。後四，遥頂秋夜，言已過七夕，忽又中秋，彼處見雁南飛，歸心必動，我樓頭望見天狼，能不感觸而望郎之返，是爲擣衣時心事。辭鍊意含，結得妙甚。”

邢　劭

【作者簡介】

　　邢劭(496—?)，字子才，河間鄚(今河北任丘鄚州)人。仕魏爲宣武帝挽郎，歷奉朝請、著作佐郎，累遷中書侍郎、國子祭酒等。北齊皇建(560—561)中，出除驃騎將軍、西兗州刺史。武成時入爲中書令，遷太常卿、兼中書監。後授特進。邢劭有集三十卷，今佚。《北齊書》卷三六、《北史》卷四三有傳。

思　公　子

【題解】

　　《樂府詩集》卷七四王融《思公子》詩題下注曰："《楚辭·九歌》曰：'靁填填兮雨冥冥，猨啾啾兮狖夜鳴。風颯颯兮木蕭蕭，思公子兮徒離憂。''思公子'蓋出於此。"此詩寫思婦懷人。前兩句從形體消瘦與青春消退直寫相思之苦，後兩句承"桃李無顔色"五字寫容顔盡失、歸來難於相認，更深一層地揭示了思婦的相思之苦。邢劭此詩與謝朓《王孫游》"綠草蔓如絲，雜樹紅英發。無論君不歸，君歸芳已歇"意義相當接近，但謝詩含蓄，邢詩直白。邢劭樂府詩僅存此篇，詩風深受南朝樂府民歌影響，洵爲佳構。

　　綺羅日減帶[1]，桃李無顔色[2]。思君君未歸，歸來豈相識。

　　　　　　　　　　　　　　　　　　　　　　　　　　　　《樂府詩集》卷七四

【校注】

[1]綺羅：有花紋的絲織品，此指思婦之衣。日減帶：衣帶一天天變長。此句意同《古詩十九首》之《行行重行行》"衣帶日已緩"。　　[2]桃李：喻思婦鮮艷的容顔。無顔色：指容顔凋謝。

蕭　綱

【作者簡介】

　　蕭綱（503—551），即梁簡文帝，字世纘，南蘭陵（今江蘇常州）人。梁武帝第三子。天監五年（506），封晉安王。九年，任南兗州刺史。十二年，入爲丹陽尹。後歷仕江州刺史、西中郎將領石頭戍軍事、南徐州刺史、雍州刺史。中大通三年（531）四月，昭明太子蕭統卒，五月，蕭綱被立爲皇太子。太清二年（548）侯景反，入據建康，囚梁武帝。三年武帝卒，侯景立蕭綱爲帝，改元大寶。大寶二年，爲侯景所殺。《梁書》卷四、《南史》卷八有傳。

　　蕭綱論詩強調情性流蕩，倡導輕艷之作，時稱“宮體”。但他亦有清麗可讀者，少數樂府詩已開唐人先河。有文集一百卷，已佚。明張溥《漢魏六朝百三家集》輯有《梁簡文帝御製集》一卷。

詠　　舞
其　　二

【題解】

　　此詩又見於《藝文類聚》卷四三、《初學記》卷一五、《文苑英華》卷二一三，文字略同。梁陳作家庾肩吾、何遜、殷芸、何敬容、庾信、徐陵均有倡和之作。此詩生動地描寫了年輕舞女的姣好舞姿。

　　可憐初二八[1]，逐節似飛鴻[2]。懸勝河陽妓[3]，闇與淮南同[4]。入行看履進[5]，轉面望鬟空[6]。腕動苕華玉[7]，袖隨如意風[8]。上客何須起，嗁烏曲未終[9]。

《玉臺新詠》卷七

【校注】

[1]可憐：可愛。二八：十六歲，此指年輕的舞女。　　[2]節：指舞曲音節。

[3]懸勝：絕對勝過。河陽妓：當年石崇河陽別業的舞女，此指舞女。晉石崇《思歸引序》：“五十以事去官。晚節更樂放逸，篤好林藪，遂肥遁於河陽別業。其制宅也，却阻長堤，前臨清渠，百木幾於萬株，流水周於舍下。有觀閣池沼，多養魚鳥。

家素習技,頗有秦趙之聲。”(《文選》卷四五)　　　[4]闇:同“暗”。淮南:指舞女。
漢張衡《舞賦》:“昔客有觀舞於淮南者,美而賦之。”(《藝文類聚》卷四三)
[5]入行(xíng 形):樂曲演奏第一遍。履:鞋。　　　[6]轉面:喻極短的時間。鬢
空:鬢孔,鬢形髮髻中間的圓孔。空,通“孔”。　　　[7]苕華玉:美玉。《竹書紀
年》卷上:“癸命扁伐山民。山民女於桀二人,曰琬,曰琰。后愛二人。女無子焉,
斲其名於苕華之玉,苕是琬,華是琰,而棄其元妃於洛,曰妹喜,於傾宮飾瑤臺居
之。”　　　[8]如意風:隨同如意起舞。庾信《對酒歌》:“王戎如意舞。”後遂以“如
意舞”指揮動如意起舞。　　　[9]嗁(tí 啼)烏:指《烏夜啼》。相傳是臨川王劉義
慶所作,屬清商樂。

魏　收

【作者簡介】

　　魏收(506—572),字伯起,鉅鹿下曲陽(今河北晉州西)人。北魏節閔帝時典
起居注,並修國史,兼中書侍郎。孝武帝時任中書舍人。東魏孝靜帝時任中書侍
郎。北齊天保元年(550),除中書令。二年,奉詔撰魏史,至天保五年完成。但魏
史雜以個人恩怨,褒貶失當,號爲“穢史”。孝昭帝時兼侍中。武成帝河清二年
(563),兼右僕射。後主天統元年(565)爲左光禄大夫。累官至開府、中書監,武平
三年(572)卒。《魏書》卷一○四、《北齊書》卷三七、《北史》卷五六有傳。

　　魏收與温子昇、邢劭齊名,世號“三才”。有集七十卷,已佚。明張溥《漢魏六
朝百三家集》有《魏特進集》一卷。今人繆鉞有《魏收年譜》(見《讀史存稿》,三聯
書店 1963 年版)。

挾　瑟　歌

【題解】

　　本詩寫思婦懷人之苦。從詩體流變看,本詩及同類詩篇對唐代七絕的形成有
很大影響。

　　春風宛轉入曲房^[1]，兼送小苑百花香^[2]。白馬金鞍去未返^[3]，紅妝玉箸下成行^[4]。

《樂府詩集》卷八六

【校注】

[1]曲房：内室，密室。漢枚乘《七發》：“往來游醼，縱恣於曲房隱間之中。”
[2]小苑：苑囿。　　　[3]白馬金鞍：鞍馬華美貌，此指其夫。唐王昌齡《青樓曲二首》（其一）：“白馬金鞍從武皇，旌旗十萬宿長楊。樓頭小婦鳴箏坐，遥見飛塵入建章。”　　　[4]玉箸：淚的美稱。明彭大翼《山堂肆考》卷一一三“垂玉箸”條：“《六帖》：魏甄后面白，淚雙垂，如玉箸也。”六朝作家以“玉箸”形容流淚者甚多，如劉孝威《獨不見》“誰憐雙玉箸，流面復流襟”、王褒《從軍行》“誰憐下玉箸，向暮掩金屏”。

【集評】

　　（明）楊慎《升菴詩話》卷一四：“此詩緣情綺靡，漸入唐調。李太白、王少伯、崔國輔諸家皆效法之。”

　　（清）王夫之《船山全書》卷三《小詩》：“與梁元帝同爲七言小詩之祖。此用偶結，盛唐人多仿之，所謂流水聯也。”

徐　陵

【作者簡介】

　　徐陵（507—583），字孝穆，東海郯（今山東郯城）人，徐摛子。初爲梁晉安王寧蠻府參軍，中大通三年（531），晉安王蕭綱爲皇太子，陵爲東宫學士。太清二年（548），累遷通直散騎常侍。入陳，天嘉六年（565），除散騎常侍、御史中丞。天康元年（566），遷吏部尚書。太建四年（572），遷尚書左僕射。七年，領國子祭酒、南徐州大中正。後主即位，遷左光禄大夫、太子少傅。至德元年（583）卒，謚章。《陳書》卷二六、《南史》卷六二有傳。

　　徐陵兼擅詩文，與庾信同爲宫體詩作者，號稱“徐庾體”。有集三十卷，宋佚。

編有《玉臺新詠》十卷。今存《徐孝穆集》爲明人所編。

玉臺新詠集序

【題解】

《玉臺新詠》編成於蕭綱作太子時,編纂目的是提倡艷體詩風以與故太子蕭統抗衡,但由於宮廷政治鬥爭的原因,受到蕭衍的批評,後又命徐陵重新擴編,即唐人所説的"大其體"。唐劉肅《大唐新語》:"梁簡文帝爲太子,好作艷詩,境内化之,浸以成俗,謂之宫體。晚年改作,追之不及,乃令徐陵撰《玉臺集》以大其體。"徐陵編纂《玉臺新詠》的時間當是梁中大通四年(532)至大同元年(535),選録多爲寫閨情的艷詩。該《序》遣詞濃艷,駢儷工巧,是六朝駢文的標本。

　　夫淩雲概日[1],由余之所未窺[2];千門萬户,張衡之所曾賦[3]。周王璧臺之上[4],漢帝金屋之中[5],玉樹以珊瑚作枝,珠簾以瑇瑁爲押,其中有麗人焉[6]。其人也[7]:五陵豪族[8],充選掖庭[9];四姓良家[10],馳名永巷[11]。亦有潁川、新市,河間、觀津[12],本號嬌娥[13],曾名巧笑[14]。楚王宫裏[15],無不推其細腰;衛國佳人,俱言訝其纖手[16]。閱詩敦禮[17],豈東鄰之自媒[18];婉約風流,異西施之被教[19]。弟兄協律[20],生小學歌;少長河陽[21],由來能舞。琵琶新曲,無待石崇[22];箜篌雜引,非關曹植[23]。傳鼓瑟於楊家[24],得吹簫於秦女[25]。

【校注】

[1]淩雲概日:高大的宮殿矗立雲端。淩,淩駕。概,量米粟時刮平斗斛用的木板,意爲刮平。一説,"淩雲"指"淩雲臺"。三國魏文帝黄初二年(221)建於洛陽,高二十三丈。　　[2]由余:春秋時人。《史記·秦本紀》載:"由余觀秦,秦繆公示以宫室積聚。由余曰:'使鬼爲之則勞神矣,使人爲之亦苦民矣。'"　　[3]千門萬户:形容宫室宏大。張衡《西京賦》:"閈庭詭異,門千户萬。"以上四句泛指帝王宫室臺觀,點明"玉臺"二字。　　[4]周王璧臺:周穆王爲其妃盛姬建重璧臺,臺的形狀像重疊的玉璧。事見《穆天子傳》。　　[5]金屋:華麗的宫室。《漢武故事》載:帝爲膠東王,數歲,長公主抱置膝上問曰:兒欲得婦否?長公主指左右長御百餘人,皆云不用。指其女阿嬌好否。笑對曰:好!若得阿嬌作婦,當作金屋貯之,長公主大悦。　　[6]瑇(dài 代)瑁(mào 帽):一種大海龜,甲殼光滑堅硬,

有花紋,可作裝飾品。押:簾軸,用以鎮簾。《漢武故事》載:漢武帝聽信方士欒大之言,建神屋,前庭植玉樹,以珊瑚爲枝,碧玉爲葉。屋以白珠爲簾,瑇瑁爲押。麗人:美人。以上五句由宮室引出麗人。　　[7]其人也:"也"字原缺,今據《藝文類聚》卷五五補。　　[8]五陵:指西漢高帝、惠帝、景帝、武帝、昭帝所葬長陵、安陵、陽陵、茂陵、平陵,在今陝西渭河北咸陽、興平一帶。豪族:指漢高祖劉邦大量遷往關中安排在長陵附近的高官、富人。　　[9]掖庭:宮中旁舍,爲嬪妃居住之地。　　[10]四姓:指東漢明帝時的外戚樊氏、郭氏、殷氏、馬氏,見《後漢書·明帝紀》。良家:清白人家。　　[11]永巷:皇宮中的長巷,此泛指後宮。此四句言,這些後宮女子有的出身富家豪族,有的出身貴戚良家。　　[12]潁川:指晉明穆庾皇后,潁川鄢陵人。事見《晉書》卷三二。晉潁川郡,治所在許昌(今河南許昌東)。新市:今湖北京山縣東北。所指何人不詳。河間:今屬河北。漢武帝鉤弋夫人姓趙氏,河間人。見《史記·外戚世家》。觀津:今河北武邑東南。《史記·外戚世家》載:竇太后,清河觀津人。　　[13]嬌娥:泛指美麗女子。　　[14]巧笑:魏文帝宮人。《中華古今注》載:段巧笑,魏文帝宮人。　　[15]楚王:春秋時楚靈王。《墨子·兼愛中》載:楚靈王喜歡纖細的腰身,因而他的臣下"皆以一飯爲節,脅息然後帶,扶墻然後起。"《尹文子·大道上》:"楚莊愛細腰,一國皆有飢色。"《韓非子·二柄》:"楚靈王好細腰,而國中多餓人。"《後漢書·馬援傳》:"楚王好細腰,宮中多餓死。"　　[16]纖手:尖細柔美的手。《詩·衛風·碩人》:"手如柔荑。"　　[17]詩、禮:《詩經》、《儀禮》,代指五經。《藝文類聚》卷五五此句作"説詩明禮"。　　[18]東鄰:東鄰之女。宋玉《登徒子好色賦》:"臣東家之子……嫣然一笑,惑陽城,迷下蔡。然此女登墻窺臣三年,至今未許也。"司馬相如《美人賦》:"臣之東鄰有一女子,雲髮豐艷,蛾眉皓齒,顏盛色茂,景曜光起。恒翹翹而西顧,欲留臣而共止,登垣而望臣三年於茲矣,臣棄而不許。"自媒:自我作媒,即不用媒妁而自主求婚。　　[19]被教:指西施入吳前,曾被"教以容步,習於土城,臨於都巷,三年學成"。事見《吳越春秋》卷五。　　[20]協律:指漢武帝協律都尉李延年。《史記·佞幸列傳》載:李延年知音善舞,武帝愛之。後因其妹李夫人受武帝寵愛,延年遂任協律都尉。　　[21]河陽:指陽阿公主。《漢書·五行志》載,成帝常微服出游,一次"過河陽主(即陽阿公主)作樂,見舞者趙飛燕而幸之"。又《外戚傳》載:漢成帝趙皇后曾在陽阿公主家"學歌舞,號曰飛燕"。顏師古注《漢書》時已指出,把"陽阿"寫成"河陽"是後人妄改。　　[22]石崇:字季倫,西晉詩人,其《王明君辭》序説:"昔公主嫁烏孫,令琵琶馬上作樂,以慰其道路之思。其送明君(即昭君,因避晉文帝司馬昭諱改),亦必爾也。其造新曲,多哀怨之聲,故敍之於紙云爾。"　　[23]箜篌:古樂器名,體曲而長,二十三弦。引:樂曲的一種體裁,有序曲之意。魏曹植作有《箜篌引》。　　　[24]楊家:指楊惲,漢宣帝時人。他在《報孫會宗書》中説她的妻子是趙人,"雅善鼓瑟"。　　　[25]秦女:指秦穆公女弄玉。《列仙傳》載,秦穆公時,蕭史善吹簫,能致孔雀、白鶴。穆公女弄玉非常喜歡蕭史,秦穆公嫁女於蕭史,二人後乘鳳而去。

　　至若寵聞長樂[1],陳后知而不平[2];畫出天儼[3],閼氏覽而遥妒[4]。至如東鄰巧笑[5],來侍寢於更衣;西子微嚬[6],得横陳於甲帳[7]。陪游馺娑[8],駢纖腰於結風[9];長樂鴛鴦[10],奏新聲於度曲[11]。妝鳴蟬之薄鬢[12],照墮馬之垂鬟[13]。反插金鈿[14],横抽寶樹[15]。南都石黛[16],最發雙蛾[17];北地燕支[18],偏開兩靨[19]。亦有嶺上儼童,分丸魏帝[20];腰中寶鳳[21],授曆軒轅[22]。金星將婺女争華,麝月與嫦娥競爽[23]。驚鸞冶袖[24],時飄韓掾之香[25];飛燕長裾[26],宜結陳王之珮[27]。雖非圖畫,入甘泉而不分[28];言異神僊,戲陽臺而無别[29]。真可謂傾國傾城[30],無對無雙者也。

【校注】

[1]長樂:長樂宮。漢初曾爲朝會之所,不久改爲太后住所。　　　[2]陳后:指漢武帝陳皇后。《漢書·外戚傳》載,陳皇后因其母爲漢武帝即位立有大功,"擅寵驕貴",後聽説漢武帝寵幸衛子夫,心中憤懣,多次欲死。　　　[3]天儼:紀容舒《玉臺新詠考異》:"諸本並同,然無意義,疑爲'天山'之訛。"　　　[4]閼(yān 煙)氏(zhī 支):漢時匈奴王后妃的稱號。《漢書·高帝紀》載,高祖曾被匈奴包圍在平城,後用陳平計,聲稱給匈奴王獻美女,利用閼氏的嫉妒心得以解脱。　　　[5]東鄰巧笑:見上"曾名巧笑"句注。　　　[6]西子:西施。嚬(pín 貧):皺眉頭。《莊子·天運》:"西施病心而矉其里。其里之醜人見而美之,歸亦捧心而矉其里。其里之富人見之,堅閉門而不出;貧人見之,挈妻子而去之走。彼知美矉而不知矉之所以美。"　　　[7]横陳:睡卧。甲帳:神帳。《漢武故事》載,漢武帝以琉璃、珠玉、明月、夜光,雜錯天下珍寶爲甲帳,其次爲乙帳。甲者居神,乙者自居。　　　[8]馺(sà 薩)娑(suō 縮):指漢代建章宮的馺娑殿。　　　[9]結風:古歌舞曲名。一説,用趙飛燕事。《拾遺記》載,漢成帝與飛燕在太液池上蕩舟,飛燕體輕,"每輕風時至,飛燕殆欲隨風入水,帝以翠纓結飛燕之裾"。　　　[10]長樂:經常快活。鴛鴦:西漢未央宮殿名。《飛燕外傳》言帝居鴛鴦殿便房。　　　[11]度曲:製曲。
[12]鳴蟬之薄鬢:鬢髮薄如鳴蟬之翼。《中華古今注》卷中:魏文帝宫人莫瓊樹

始製爲蟬鬢,望之縹緲如蟬翼,故曰蟬鬢。　　　[13]墮馬:漢代流行的一種髮型。《藝文類聚》卷一八:"華嶠《漢書》曰:梁冀妻孫壽色美,能作愁眉、啼粧、墮馬髻、折腰步、齲齒笑,以爲媚惑也。"　　　[14]金鈿:用金翠珠寶製成的形狀如花的首飾。　　　[15]抽:原作"搐",今據《文苑英華》校改。寶樹:俗稱步摇,用黃金爲底座,貫珠玉爲桂枝形的首飾,走起路來一步一摇。　　　[16]南都:泛指南方。下文"北地",泛指北方。石黛:女子畫眉用的青黑色顏料。　　　[17]最發:最終顯現。雙蛾:狀如蠶蛾觸鬚的雙眉。　　　[18]燕支:即"胭脂",用於面頰和口脣的紅色顏料。　　　[19]偏開:特地開在。偏,副詞。靨(yè 夜):臉上的酒窩。　　　[20]魏帝:指魏文帝曹丕。其《折楊柳行》前兩解曰:"西山一何高,高高殊無極。上有兩仙童,不飲亦不食。與我一丸藥,光耀有五色。服藥四五日,身體生羽翼。輕舉乘浮雲,倏忽行萬億。流覽觀四海,茫茫非所識。"
[21]寶鳳:指創制音律的十二箈(即"管"),因其音如鳳鳴,故名。據《漢書·律曆志》載,黃帝派泠綸製作音律,泠綸取嶰谷之竹製成十二箈,其音如鳳之鳴,雄鳴、雌鳴各六種,定爲黃鐘十二律。　　　[22]軒轅:即黃帝,姓公孫,生於軒轅之丘,故稱軒轅氏。　　　[23]婺女:星名,二十八宿之一。金星、麝月:均指女子靨部星月形的妝容。嫦娥:《淮南子·覽冥訓》:"羿請不死之藥於西王母,姮娥竊以奔月。"姮娥,即嫦娥,漢人避諱改。因貼金如星,故及婺女;又因貼黃如月,故及嫦娥。
[24]鷥鷟:衣袖飄拂如鷥鳳飛翔。冶袖:艷麗的衣袖。　　　[25]韓掾:指韓壽,西晉權臣賈充聘韓壽作掾(即屬官),故稱韓掾。《世説新語·惑溺篇》載:韓壽姿容甚美,賈充之女一見傾心,派侍女暗通消息,私下約會,並贈韓壽西域奇香。賈充見女兒近日盛妝修扮,又聞見韓壽身上有異香之味,知女兒與韓壽私通,經查證後,未敢聲張,而把女兒嫁給了韓壽。　　　[26]飛燕:衣襟輕揚如飛燕。裾(jū 居):衣襟。張衡《舞賦》:"裾似飛燕。"　　　[27]陳王:指陳思王曹植。《三國志》卷一九有傳。其《洛神賦》載:"曳霧綃之輕裾……願誠素之先達兮,解玉珮以要之。"　　　[28]甘泉:即甘泉宮。《漢書·外戚傳》載:李夫人年少早卒,漢武帝思念不已,"圖畫其形於甘泉宮"。
[29]陽臺:傳説是巫山神女的住所。宋玉《高唐賦序》:"妾在巫山之陽,高丘之岨,旦爲朝雲,暮爲行雨,朝朝暮暮,陽臺之下。"　　　[30]傾國傾城:可以傾覆邦國和城池,形容絶色美麗的女子。《漢書·外戚傳》李延年歌:"北方有佳人,絶世而獨立。一顧傾人城,再顧傾人國。寧不知傾城與傾國,佳人難再得。"

　　加以天時開朗[1],逸思雕華[2],妙解文章,尤工詩賦。瑠璃硯匣[3],終日隨身;翡翠筆牀[4],無時離手。清文滿篋[5],非惟芍藥之花[6]；新製連篇，寧止蒲萄之樹[7]。九日登高[8]，時有緣情之作[9]；萬年公主[10]，非無累德之辭[11]。其佳麗也如彼，其才情也如此。

【校注】

[1]時：紀容舒《玉臺新詠考異》以爲當作“情”：“《藝文類聚》、宋刻作‘時’，《文苑英華》作‘晴’。案，《魏書·崔光傳》曰：‘天情沖謙，動容祗愧。’《齊書·王文殊傳》曰：‘婚義滅於天情，官序空於素抱。’庾信《謚國夫人步陸孤氏墓誌》曰：‘敬愛天情，言容禮典。’則‘天情’二字，本南北朝之習語，蓋訛‘情’爲‘晴’，又訛‘晴’爲‘時’耳。揆以文意，舛誤顯然，今改正。”天情：天性。　　[2]逸思：文思超絶。雕華：詞藻精美。　　[3]瑠璃：有光澤的天然寶石。　　[4]筆牀：即筆管，四管爲一筆牀（宋曾慥《類説》卷一三）。　　[5]清文：清麗的文章。篋（qiè 怯）：小箱子。　　[6]芍藥之花：指晉傅統妻《芍藥花頌》。　　[7]蒲萄之樹：指鍾會、荀勖的《蒲萄賦》。　　[8]九日：農曆九月九日，即重陽節。《續齊諧記》、《搜神記》卷二、《西京雜記》卷三、《荆楚歲時記》均載此日登高、飲菊花酒以消災。[9]緣情之作：指詩。陸機《文賦》：“詩緣情而綺靡。”　　[10]萬年公主：指晉武帝女。《晉書·后妃傳》載：左思妹左芬有文才，晉武帝納爲貴嬪。萬年公主死後，武帝詔左芬作誄。　　[11]累德之辭：指誄文。《文心雕龍·誄碑》：“誄者，累也，累其德行，旌之不朽也。”

　　既而椒宮宛轉[1]，柘館陰岑[2]，絳鶴晨嚴[3]，銅蠡晝静[4]。三星未夕[5]，不事懷衾[6]；五日猶睽[7]，誰能理曲[8]。優游少託，寂寞多閑。厭長樂之疎鐘[9]，勞中宮之緩箭[10]。纖腰無力[11]，怯南陽之擣衣[12]；生長深宮，笑扶風之織錦[13]。雖復投壺玉女[14]，爲觀盡於百嬌[15]；爭博齊姬，心賞窮於六箸[16]。無怡神於暇景[17]，惟屬意於新詩[18]。庶得代彼皋蘇[19]，蠲兹愁疾[20]。但往世名篇，當今巧製，分諸麟閣[21]，散在鴻都[22]。不藉篇章，無由披覽。於是然脂暝寫[23]，弄筆晨書，撰録艷歌[24]，凡爲十卷。曾無參於雅頌[25]，亦靡濫於風人[26]，涇渭之閒[27]，若斯而已。

【校注】

[1]椒宮：漢代皇后居住的宮殿，用椒和泥塗壁，取其温香多子之意。宮，《藝文類聚》卷五五作“房”。宛轉：曲折。　　[2]柘（zhè 這）館：一名“柘觀”，漢代上林

苑中的館名。陰岑:陰森。　　　[3]絳鶴:指銅鎖,絳指顏色,鶴指形制。

[4]銅螭(lí 離):銜門環的銅製螺形底座。說見清徐文靖《管城碩記》卷一九。

[5]三星:小星。《詩·召南·小星》:“嘒(huì 會)彼小星,三五在東。”　　　[6]懷衾(qīn 親):抱着被子。《詩·召南·小星》:“抱衾與裯(chóu 愁),寔命不猶。”

[7]賒(shē 奢):長。　　　[8]理曲:演習樂曲。　　　[9]長樂:指漢代皇太后居住的長樂宮。疎鐘:稀疎的鐘聲。　　　[10]中宮:皇后的寢宮。緩箭:走得很慢的浮箭。箭,漏壺上標示時間的尺度,隨水升降以計時。　　　[11]纖腰:《藝文類聚》卷五五作“身輕”。　　　[12]擣衣:捶擊紈素一類織物,使之柔軟,以便縫製衣服。

[13]扶風:漢武帝分京師長安爲三輔,京都爲京兆,左爲馮翊,右爲扶風。

[14]投壺:古代飲宴時的游戲。賓主向壺中投矢,中多者爲勝,負者飲酒。玉女:《玉芝堂談薈》卷三一“投壺百嬌”條載:“玉女投壺,每投十枝,百二十嬌。設有出不入者,天帝爲之醫噓。”　　　[15]百嬌:當作“百驍”。驍是一種特定的投壺游戲。據《西京雜記》卷五載,古時投壺,壺中填小豆,使其投中之後矢不跳出。漢武帝時,郭舍人改變舊法,以竹爲矢,奮力投擲,使它能跳出返回,一矢百餘返,稱之爲“驍”,言如博之擊梟於掌中爲驍傑也。又明徐應秋《玉芝堂談薈》卷三一:“梟,一作‘嬌’。《神異經》:‘東王公與玉女投壺千二百嬌。嬌音尻。楊大年詩:書題柱史藏三尺,壺矢誰同賽百嬌。’”是原當作“百驍”,後或訛爲“百嬌”。然《神異經》已作“百嬌”,徐陵原本或即如此,故仍之不改。　　　[16]博:賭輸贏的游戲。心賞:內心愉快。六箸:古代一種博戲。共十二棋,六白六黑,二人對博,每人六棋,故稱六箸,也稱六博。　　　[17]怡神:心情愉悅。暇景:空閒時間。　　　[18]屬(zhǔ 主)意:注意。新詩:指宮體詩。　　　[19]庶得代彼皋蘇:《文苑英華》卷七一二作“可得代彼萱蘇”。皋蘇,王朗《與魏太子書》:“萱草忘憂,皋蘇釋勞。”

[20]蠲茲愁疾:《文苑英華》作“微蠲愁疾”。蠲(juān 捐),除去。　　　[21]麟閣:即麒麟閣,漢代蕭何建,在未央宮中,用來收藏典籍。　　　[22]鴻都:指鴻都門,東漢京城洛陽的宮門,內設學校和書庫。漢末董卓之亂,所藏典籍流散。

[23]然脂:指點燈。然,“燃”的古字。暝:日落,天黑。　　　[24]撰錄:選錄。撰,原作“選”,今據《藝文類聚》改。紀容舒《玉臺新詠考異》:“古人編輯總集,皆謂之‘撰’。《文選》題曰‘梁昭明太子撰’,猶是古法。作‘選’爲誤。”艷歌:艷詩,指以男女之情爲題材的詩歌,此指宮體詩。　　　[25]曾:竟。無參:不參加,比不上。雅頌:指盛世之音。　　　[26]濫:過度。風人:詩人。　　　[27]涇渭:本指涇水、渭水,此用涇渭二水匯合處清濁分明之義。

　　於是麗以金箱[1],裝之寶軸[2]。三臺妙跡[3],龍伸蠖屈之書[4]；五色華箋[5]，河北膠東之紙[6]。高樓紅粉[7]，仍定魚魯之文[8]；辟惡生香[9]，聊防羽陵之蠹[10]。《靈飛》、《六甲》，高擅玉函[11]；《鴻烈》僊方[12]，長推丹枕。至如青牛帳裏[13]，餘曲既終；朱鳥窗前[14]，新妝已竟。方當開茲縹帙[15]，散此緗繩，永對翫於書帷[16]，長循環於織手。豈如鄧學《春秋》[17]，儒者之功難習；竇專黃老[18]，金丹之術不成[19]。固勝西蜀豪家[20]，託情窮於《魯殿》[21]；東儲甲觀[22]，流詠止於《洞簫》[23]。孌彼諸姬[24]，聊同棄日[25]。猗歟彤管[26]，無或譏焉[27]。

《玉臺新詠》卷首

【校注】

[1]麗：附着，即盛裝之意。金箱：書箱的美稱。《漢武帝內傳》載，武帝崩時，遺詔以雜經三十餘卷置棺中。元康二年河東功曹李友入上黨抱犢山採藥，於巖室中得此經，盛以金箱。河東太守張純以經箱奏進，帝問武帝時左右侍臣，典書中郎冉登見經及箱流涕對曰："此是孝武皇帝殯斂時物也，臣時料以著棺中，不知何緣得出。"宣帝愴然，以經付孝武帝廟中。《文苑英華》卷七一二作"金繩"。　　[2]寶軸：卷軸的美稱。　　[3]三臺妙跡：指蔡邕的書法。蔡邕善八分、飛白諸體。《後漢書・蔡邕傳》載：東漢董卓專權，蔡邕被迫出任侍御史，又轉治書御史，遷尚書，"三日之間，周歷三臺"。三臺，三個官署。妙跡，指書法精妙。　　[4]龍伸蠖（huò 獲）屈：形容書體屈伸自如。蠖，尺蠖，行動時身體先屈後伸。成公綏《雲賦》："龍伸蠖屈，蜿蜒逶迤，連翩鳳飛，虎轉相隨。"《宣和書譜》卷一三以此讚美"書聖"皇象的字體"龍蠖蟄啓，伸盤腹行"。　　[5]五色華箋：一種精美的紙。《桓玄僞事》載："玄詔令平準作青、赤、縹、綠、桃花紙，使極精，令速作之。"（《北堂書鈔》卷一〇四、《太平御覽》卷六〇五引）。　　[6]河北、膠東：指今山東境內黃河以北和膠萊河以東地區。　　[7]紅粉：指女子。　　[8]魚魯：文字因形近而傳寫致誤。《鶡冠子・原序》："語曰'書三寫，魚成魯，帝成虎'，豈虛言哉？"[9]辟惡：避除邪惡。生香：指芸草之類，能除蠹書蟲。　　[10]羽陵之蠹：《穆天子傳》載：周穆王東游，在羽陵曬書，驅除書中蠹蟲。　　[11]"《靈飛》"二句：《靈飛》、《六甲》：均爲道家典籍。《漢武帝內傳》載：武帝受西王母《真形》、《六甲》、《靈飛》十二事，盛以黃金几，封以白玉函，置柏梁臺上。六：原作"太"，今據《文苑英華》卷七一二校改。擅：原作"檀"，今據《文苑英華》改。徐乃昌《玉臺新詠校記》："'檀'，當作'擅'。"　　[12]《鴻烈》僊方：《漢書・劉向傳》："淮南有《枕中鴻寶苑祕

書》，書言神僊使鬼物爲金之術，及鄒衍重道延命方。”顔師古曰：“《鴻寶苑祕書》並道
術篇名，臧在枕中，言常存録之，不漏泄也。”《淮南鴻烈》，即《淮南子》，漢淮南王劉安
等撰。　　[13]青牛帳：畫有青牛的帳幔。　　[14]朱鳥窗：指南窗。朱鳥，神話中
的南方之神。《博物志》載：七月七日漢武帝於承華殿供帳迎西王母，東方朔“竊從殿
南廂朱鳥牖中窺母，母顧之謂帝曰：此窺牖小兒嘗三來盜吾此桃”。　　[15]縹
（piāo 瞟）帙（zhì 質）：青白色的書套，此指書卷。縹是青白色絲織品，常用來製
作書套。　　[16]縚（tāo 濤）：絲帶。《文苑英華》卷七一二作“緗編”，注：“一
作‘縚繩’。”對翫：相對玩賞，此爲共同閱讀之意。　　[17]鄧：和熹鄧皇后。
《後漢書·皇后紀》載：鄧皇后六歲能讀史書，並向諸兄學習經傳，但無學《春
秋》之事，《後漢書·皇后紀》載明德馬皇后“好讀《春秋》”。　　[18]竇：指漢
文帝竇皇后，景帝母。《漢書·外戚傳》載：竇皇后“好黃帝、老子言”。
[19]金丹之術：指道家煉丹術。　　[20]固：原作“因”，今據《文苑英華》改。
西蜀豪家：指三國蜀漢車騎將軍劉琰（yǎn 掩）。　　[21]託情：寄託情感。
《魯殿》：指東漢王延壽的《魯靈光殿賦》。《三國志·劉琰傳》載：劉琰生活奢
侈，“侍婢數十，皆能爲聲樂。又悉教誦讀《魯靈光殿賦》”。　　[22]東儲：東
宮儲君，指皇太子。甲觀：漢太子宮中的樓觀名。《漢書·成帝紀》載：漢元帝生
於太子宮甲觀畫堂。　　[23]《洞簫》：指西漢王褒所作《洞簫賦》。《漢書·王
褒傳》載：漢元帝爲太子時，喜愛王褒《洞簫賦》，“令後宮貴人左右皆誦讀之”。
[24]孌（luán 鑾）：美好的樣子。《詩·邶風·泉水》：“孌彼諸姬，聊與之謀。”
[25]棄日：浪費時日。　　[26]猗歟：嘆詞，表示讚美。彤管：赤管筆，古代女史
以彤管記事。　　[27]無或譏焉：恐怕不會有人譏笑吧。

【集評】

（明）張溥《徐陵集題辭》：“《玉臺》一序，與《九錫》並美。天上石麟，青
晴慧相，亦何所不可哉！”

（清）許槤、黎經誥《六朝文絜箋注》卷八：“駢語至徐庾，五色相宣，八音
迭奏，可謂六朝之渤澥，唐代之津梁，而是篇尤爲聲偶兼到之作。煉格煉詞，
綺綰繡錯，幾於赤城千里霞矣。”

（清）譚獻：“無字不工。四六之上駟，峭舊麗密。”

關 山 月

其 一

【題解】

　　樂府舊題,多寫感傷別離。原題二首,此選其一。此詩抒寫戍邊征人的思鄉之情。前半篇通過征夫在月夜想像妻子對自己的相思,表示自己對家鄉、親人的懷念;後半篇感慨戰爭終止無日,不知自己何時能歸。

　　關山三五月[1],客子憶秦川[2]。思婦高樓上,當牕應未眠。星旗暎疎勒[3],雲陣上祁連[4]。戰氣今如此[5],從軍復幾年。

　　　　　　　　　　　　　　　　　　　　　　　　《樂府詩集》卷二三

【校注】

[1]關山:此泛指邊關山川。三五月:十五的月亮。　　[2]客子:指征人。秦川:指關中平原,在今陝西中部。　　[3]星旗:星名,亦稱天旗,古人認爲是主西北兵象的星。暎:“映”之異體。疎勒:漢西域國名。都城遺址在今新疆疎勒縣。
[4]雲陣:古代一種兵陣。祁連:山名,今新疆天山。　　[5]戰氣:戰爭的氣象。

【集評】

　　(唐)吳兢《樂府古題要解》卷下:“皆言傷離別也。”

　　(清)王夫之《古詩評選》卷六:“納之古詩中,則如落日餘光;置之近體中,則如春晴始旦。”

王 褒

【作者簡介】

　　王褒(511?—574?),字子淵,琅琊臨沂(今屬山東)人。仕梁起家秘書郎,轉太子舍人。襲爵南昌縣侯。梁元帝即位,歷侍中,累遷吏部尚書、左僕射。西魏攻

江陵,元帝使褒都督江陵城西諸軍事。江陵破,被遣送至長安,周文帝授褒車騎大
將軍、儀同三司。周孝閔帝、明帝、武帝朝俱受信用。官終宜州刺史。《周書》卷四
一、《北史》卷八三有傳。有集二十一卷,已佚。明張溥《漢魏六朝百三家集》輯有
《王司空集》一卷。

贈周處士

【題解】

　　周處士,即周弘讓。《陳書》卷二四、《南史》卷三四有傳。《周書·王褒傳》載:
"初,褒與梁處士汝南周弘讓相善。及弘讓兄弘正自陳來聘,高祖許褒等通親知音
問,褒贈弘讓詩并致書。"此詩或即王褒借周弘正北地出使之際贈周弘讓之作。全詩
充滿了對故國的思念之情。

　　我行無歲月[1],征馬屢盤桓[2]。崝曲三危阻[3],關重九折難[4]。
猶持漢節使[5],尚服楚臣冠[6]。巢禽疑上幕[7],驚羽畏虛彈[8]。飛蓬
去不已,客思漸無端[9]。壯志與時歇[10],生年隨事闌[11]。百齡悲促
命,數刻念餘歡[12]。雲生隴坻黑[13],桑疎薊北寒[14]。鳥道無蹊徑,
清溪有波瀾[15]。思君化羽翮[16],要我鑄金丹[17]。

《藝文類聚》卷三六

【校注】

[1]無歲月:沒有時間之限。歲月,年月,指時間。　　　[2]征馬:能夠遠行的馬。
盤桓:徘徊。　　　[3]崝曲:崝山深處。三危:古代西部邊疆之山。《尚書·禹貢》:
"三危既宅。"孔傳:"三危為西裔之山也。"此泛指江陵以西的山脈。阻:險要。
[4]關重:關隘重重。九折:極為曲折。晉孫綽《遊天台山賦》:"既克躋於九折,路
威夷而脩通。"唐李善注:"言其道嶮,曲折有九也。杜篤《首陽山賦》曰:'九折委
崸而多艱。'"　　　[5]漢節使:持有符節的漢使。《漢書·張騫傳》:"(匈奴)留騫十
餘歲,予妻,有子,然騫持漢節不失。"　　　[6]楚臣冠:楚國臣子的帽子。《左傳·成
公九年》:"晉侯觀於軍府,見鍾儀,問之曰:'南冠而縶者,誰也?'有司對曰:'鄭人
所獻楚囚也。'使稅之,召而弔之。再拜稽首。問其族,對曰:'泠人也。'公曰:'能
樂乎?'對曰:'先父之職官也,敢有二事?'使與之琴,操南音。"　　　[7]巢禽:指
燕。疑上幕:疑其巢於幕上。《左傳·襄公二十九年》:吳公子札自衛如晉,宿於

戚,聞孫林父擊鐘聲,曰:"夫子獲罪於君以在此,懼猶不足,而又何樂?夫子之在此也,猶燕之巢於幕上。"因幕非燕巢之所,故以燕巢幕上喻處境危險。梁丘遲《與陳伯之書》:"將軍魚游於沸鼎之中,鶼巢於飛幕之上,不亦惑乎!"晉潘岳《西征賦》:"危素卵之累殼,甚玄鶼之巢幕。"　　　[8]驚羽:受驚之鳥。畏虛彈:害怕未射出的彈丸。《戰國策·楚策四》:"更羸與魏王處京臺之下,仰見飛鳥,更羸謂魏王曰:'臣爲王引弓,虛發而下鳥。'魏王曰:'然則,射可至此乎?'更羸曰:'可。'有間,鴈從東方來,更羸以虛發而下之。"　　　[9]無端:沒有盡頭。　　　[10]與時歇:隨着時間的推移而逐漸消磨。　　　[11]生年:一生。闌:將盡,消退。　　　[12]數刻:短時間。　　　[13]隴坻(dǐ 底):甘肅六盤山南段的別名,亦稱隴阪。[14]薊北:今河北東北部。薊,今北京市西南。周武王克商,封堯之後於此。隴坻、薊北,此指王褒寓居的北周。　　　[15]"鳥道"二句:言南歸之路崎嶇不通。鳥道:指南歸之路。無蹊徑:無路可行,喻南歸無望。清溪有波瀾:喻南歸之路不太平。　　　[16]化羽翮:化爲飛鳥。羽翮,鳥翅。此指鳥。　　　[17]要:通"邀"。金丹:古時方士以金石所煉的長生丹藥。

庾　信

【作者簡介】

　　庾信(513—581),字子山,南陽新野(今河南新野)人。其父庾肩吾是梁朝著名的宮體詩人。庾信早年與其父及徐摛、徐陵出入梁朝宮廷,創作了大量綺艷詩文,被稱爲"徐庾體"。梁元帝時庾信出使西魏,梁亡後被強留北方。因爲北朝仰慕南朝文化,庾信又有很高的文學修養和知名度,因此,先後得到西魏和北周的優禮,官至驃騎大將軍、開府儀同三司。但是,鄉關之思與屈身之痛始終困擾着庾信。因此,他後期的創作風格蒼勁沉鬱,與前期的輕艷有了顯著的不同。庾信將南朝文學的形式技巧與北方剛勁的風格有機融合起來,對唐代文學的發展有着重要影響。《周書》卷四一、《北史》卷八三有傳。今傳清倪璠《庾子山集注》十六卷,中華書局 1980 年版。

小 園 賦

【題解】

　　清倪璠曰：“《小園賦》者，傷其屈體魏周，願爲隱居而不可得也。其文既異潘岳之《閒居》，亦非仲長之《樂志》，以鄉關之思，發爲哀怨之辭者也。”此言可謂得其旨。此賦的結構、內容，許槤、黎經誥《六朝文絜箋注》卷一眉批頗爲精當：“此賦前半俱從小園落想，後半以鄉關之思，爲哀怨之詞。”本文用典繁富，內容深廣，爲魏晉南北朝駢賦名作。

　　若夫一枝之上，巢父得安巢之所[1]；一壺之中，壺公有容身之地[2]。況乎管寧藜牀，雖穿而可坐[3]；嵇康鍛竈，既煖而堪眠[4]。豈必連闥洞房[5]，南陽樊重之第[6]；赤墀青瑣[7]，西漢王根之宅[8]。余有數畝弊廬，寂寞人外[9]，聊以擬伏臘[10]，聊以避風霜。雖復晏嬰近市[11]，不求朝夕之利；潘岳面城[12]，且適閑居之樂。況乃黃鶴戒露[13]，非有意於輪軒[14]；爰居避風[15]，本無情於鐘鼓[16]。陸機則兄弟同居[17]，韓康則舅甥不別[18]，蝸角蚊睫[19]，又足相容者也。

【校注】

[1]巢父：上古隱士，傳説堯欲讓位於他，他不接受。《藝文類聚》卷三六引嵇康《高士傳》曰：“巢父，堯時隱人。年老，以樹爲巢而寢其上，故人號爲巢父。”
[2]壺公：東漢一道士。《太平御覽》卷三九四引《神仙傳》曰：“壺公者不知何許人也。從遠方來賣藥，得錢與飢凍者。常懸一壺於坐上，日入後跳入壺。市掾費長房於樓上見之，知非常人，身爲掃除，並進餅餌，公令房共跳入壺中，但見樓觀重門，侍者數十人。”　　[3]管寧：三國北海朱虛（今山東臨朐）人。晉皇甫謐《高士傳》卷下：“管寧字幼安，北海朱虛人也……常坐一木榻上，積五十五年未嘗箕踞，榻上當膝皆穿。”藜牀：藜莖編的牀榻。指簡陋的坐榻。藜，草名。穿：穿破。
[4]“嵇康”二句：嵇康：三國魏文學家，“竹林七賢”之一。《三國志》卷二一、《晉書》卷四九有傳。鍛竈：打鐵用的爐竈。煖（nuǎn 暖）：溫暖。《太平御覽》卷三八九引《文士傳》曰：“嵇康性絕巧，好鍛。家有盛柳樹，乃激水圜之，夏天甚凉，恒居其下自鍛。有人就者，康不受其直。”　　[5]連闥（tà 榻）洞房：重門深邃的房屋。闥，門。洞，通。　　[6]樊重：字君雲，東漢南陽湖陽（今河南唐河）人。光武帝劉秀之舅父。善於理財，富有田產，所造房屋，皆重堂高閣，陂池灌注。事見《後漢

書·樊宏傳》。第:府第。　　　[7]赤墀(chí 遲):塗以丹漆的臺階。赤,原作
"綠",今據清吳兆宜《庾開府集箋注》改。青瑣:門窗上裝飾的青色連環花紋。
[8]王根:字稚卿。王莽之叔,漢成帝之舅,封曲陽侯。其住宅華美可比皇宫。
[9]人外:人境之外,指地處偏僻。　　　[10]擬伏臘:揣度寒暑,度日。伏,伏日,此
指夏天。臘,臘日,此指冬天。　　　[11]晏嬰:春秋時齊國大夫。近市:住宅臨近
街市。《左傳·昭公三年》:"初,景公欲更晏子之宅,曰:'子之宅近市,湫隘囂塵,
不可以居。請更諸爽塏者。'辭曰:'君之先臣容焉。臣不足以嗣之,於臣侈矣。且
小人近市,朝夕得所求,小人之利也。敢煩里旅?'"　　　[12]潘岳:西晉文學家。
《晉書》卷五五有傳。其《閒居賦》云:"退而閒居於洛之涘。身齊逸民,名綴下士。
陪京泝伊,面郊後市。"面城:面向城郊。　　　[13]黄鶴戒露:據説黄鶴遇露降則相
警遠徙。《藝文類聚》卷九〇引《風土記》曰:"鳴鶴戒露。此鳥性警,至八月白露
降,流於艸上,滴滴有聲,因即高鳴相警,移徙所宿處,慮有變害也。"　　　[14]輪
軒:偏義複詞,指車。《左傳·閔公二年》曰:"衛懿公好鶴,鶴有乘軒者。"
[15]爰居避風:海鳥爰居在魯東門外棲息避風。《國語·魯語上》:"海鳥曰爰居,
止於魯東門之外三日,臧文仲使國人祭之。展禽曰……今兹海其有災乎? 夫廣川
之鳥獸,恒知避其災也。是歲也,海多大風,冬煖。"　　　[16]鐘鼓:指祭祀時用的
音樂。　　　[17]陸機:西晉文學家,字士衡。弟陸雲,字士龍,亦有文名。吳亡後,
兄弟同往洛陽。《晉書》卷五四有傳。《世説新語·賞譽》:"蔡司徒在洛見陸機兄
弟住參佐廨中,三間瓦屋,士龍住東頭,士衡住西頭。"　　　[18]韓康:即韓伯,字康
伯,故稱韓康,爲殷浩之甥。《晉書·殷浩傳》:"浩甥韓伯,浩素賞愛之,隨至徙所,
經歲還都,浩送至渚側,詠曹顏遠詩云:'富貴他人合,貧賤親戚離。'因而泣下。"不
别:不忍相别。　　　[19]蝸角蚊睫:蝸牛的角,蚊子的睫毛。極寫小園狹窄。《莊
子·則陽》曰:"有國於蝸之左角者曰觸氏,有國於蝸之右角者曰蠻氏,時相與爭地
而戰,伏尸數萬。逐北,旬有五日而後反。"

　　爾乃窟室徘徊[1],聊同鑿坯[2]。桐間露落,柳下風來。琴號珠
柱[3],書名《玉杯》[4]。有棠梨而無館[5],足酸棗而非臺[6]。猶得敧側
八九丈[7],縱横數十步,榆柳三兩行,梨桃百餘樹[8]。撥蒙密兮見
窗[9],行敧斜兮得路[10]。蟬有翳兮不驚[11],雉無羅兮何懼[12]! 草樹
混淆,枝格相交[13]。山爲簣覆[14],地有堂坳[15]。藏狸並窟[16],乳鵲
重巢。連珠細茵[17],長柄寒匏[18]。可以療飢,可以棲遲[19]。敧嶇兮
狹室[20],穿漏兮茅茨[21]。籬直倚而妨帽,户平行而礙眉。坐帳無

鶴[22]，支牀有龜[23]。鳥多閒暇，花隨四時。心則歷陵枯木[24]，髮則
睢陽亂絲[25]。非夏日而可畏[26]，異秋天而可悲[27]。

【校注】

[1]窟室：地室。《左傳·襄公三十年》曰："鄭伯有耆酒，爲窟室，而夜飲酒，擊鐘
焉。朝至，未已。"晉杜預注曰："窟室，地室。"　　[2]鑿坏(pī 批)：掘地道。《淮
南子·齊俗訓》："顏闔，魯君欲相之而不肯，使人以幣先焉，鑿培而遁之。"
[3]珠柱：琴名。柱爲琴上繫絃的短軸，以玉爲之，故名。　　[4]《玉杯》：書名。
董仲舒《春秋繁露》第二篇即爲《玉杯》。　　[5]棠梨：野梨樹。梨，原作"黎"，今
據清倪璠《庾子山集注》改。棠梨又爲宮名。《三輔黃圖》卷三："棠梨宮在甘泉苑
垣外雲陽南三十里。"　　[6]酸棗：《水經注·濟水》："(酸棗縣)城西有韓王望氣
臺。孫子荆《故臺賦敍》曰：酸棗縣門外，夾道左右，有兩故臺。訪之故老，云韓王
聽訟觀，臺高十五仞。雖樓榭泯滅，然廣基似於山嶽。召公大賢，猶舍甘棠；區區
小國，而臺觀隆崇，驕盈於世。以鑒來今，故作賦曰：蔑丘陵之邐迆，亞五岳之嵯
峨。言壯觀也。"　　[7]欹側：不正貌。此指小園地勢傾斜。　　[8]梨：原作
"黎"，今據清倪璠《庾子山集注》改。　　[9]蒙密：茂密的草木。　　[10]欹斜：
傾斜。　　[11]翳：(樹蔭)遮蓋。《藝文類聚》作"翕"。　　[12]雉：鳥名，俗稱
野雞。羅：捕鳥的網。　　[13]格：樹上的長枝條。　　[14]簣(kuì 愧)
覆：用土
筐盛土倒在地上。簣，盛土的竹筐。　　[15]堂坳(ào 傲)：堂的低窪處。此指
小園的低窪之處。《莊子·逍遙游》："覆杯水於坳堂之上，則芥爲之舟。"
[16]貍：貉的別稱，俗呼野貓。　　[17]連珠細茵：言其草實可食，貫連如珠。茵，
席。或言細草連貫如珠，若鋪茵席。　　[18]長柄寒匏(páo 袍)：深秋長成的長
把葫蘆。《世說新語·簡傲》："陸士衡初入洛，咨張公所宜詣，劉道真是其一。陸
既往，劉尚在哀制中。性嗜酒。禮畢，初無他言，唯問：'東吳有長柄壺盧，卿得種
來不？'陸兄弟殊失望，乃悔往。"　　[19]"可以療飢"二句：《詩·陳風·衡門》：
"衡門之下，可以棲遲。泌之洋洋，可以樂飢。"樂飢，《韓詩外傳》引作"療飢"。棲
遲：游息。　　[20]攲(qī 欺)嶇(qū 曲)：同"崎嶇"，指屋内地面不平整。
[21]茅茨：蓋房頂的茅草，此指茅草屋頂。　　[22]坐帳無鶴：《神仙傳》卷九載：
"介象者，字元則，會稽人也……吳王詔徵象到武昌，甚敬重之，稱爲介君。爲象起
第宅，以御帳給之，賜遺前後累千金……象在吳連求去，先主不許。象言某月日
病，先主使左右以梨一奩賜象。象食之，須臾便死，先主殯埋之。以日中死，其日
餔時，已至建鄴。以所賜梨付苑内種之。吏後以表聞，先主發視其棺中，唯一奏版
符耳。先主思象，使以所住屋爲廟，時時躬往祭之，常有白鵠來集座上，良久乃

去。"　　　[23]支牀有龜:《史記·龜策列傳》:"南方老人用龜支牀足,行二十餘歲,老人死,移牀,龜尚生不死。"以上二句,言自己久居長安,如同支牀之龜,不能如介象以道術歸建鄴。　　　[24]歷陵:漢代屬豫章郡,故城在今江西九江市東。枯木:謂己心如枯木。《宋書·五行志》曰:"永嘉六年七月,豫章郡有樟樹久枯,是月忽更榮茂。"　　　[25]睢陽:縣名,古屬宋國,故城在今河南商丘南。墨翟,宋人。此以睢陽代指墨子。亂絲:蓬頭亂髮。《吕氏春秋·當染》:"墨子見染素絲者而歎曰:染於蒼則蒼,染於黃則黃。"　　　[26]夏日可畏:《左傳·文公七年》:"酆舒問於賈季曰:‘趙衰、趙盾孰賢?’對曰:‘趙衰冬日之日也,趙盾夏日之日也。’"杜預注:"冬日可愛,夏日可畏。"夏日,原作"暇日",今據清倪璠《庾子山集注》改。[27]秋天可悲:宋玉《九辯》:"悲哉,秋之爲氣也。蕭瑟兮,草木搖落而變衰。"以上二句,言自己的處境雖非夏日、秋天,但卻感到可畏可悲。

　　一寸二寸之魚,三竿兩竿之竹。雲氣蔭於叢蓍,金精養於秋菊[1]。棗酸梨酢,桃榹李薁[2]。落葉半牀,狂花滿屋[3]。名爲野人之家[4],是謂愚公之谷[5]。試偃息於茂林[6],乃久羨於抽簪[7]。雖有門而長閉[8],實無水而恒沉[9]。三春負鋤相識,五月披裘見尋[10]。問葛洪之藥性[11],訪京房之卜林[12]。草無忘憂之意[13],花無長樂之心[14]。鳥何事而逐酒[15],魚何情而聽琴[16]?

【校注】

[1]"雲氣"二句:《藝文類聚》作"離披落格之藤,爛熳無叢之菊"。蓍(shī 濕):古代卜筮用的草。《史記·龜策列傳》曰:"聞蓍生滿百莖者,其下必有神龜守之,其上常有青雲覆之。傳曰:‘天下和平,王道得,而蓍莖長丈,其叢生滿百莖。’"金精:甘菊的别名。《天中記》卷五三載《玉函方》曰:"甘菊。三月上寅日採,名曰玉英。六月上寅日採,名曰客成。九月上寅日採,名曰金精。十二月上寅日採,名曰長生。"　　　[2]"棗酸"二句:梨酢(cù 促):酸梨。酢,"醋"的本字。桃榹(sì 四):山桃。李薁(yù 玉):山李,亦稱郁李。　　　[3]狂花:隨風飛舞之花。　　　[4]野人之家:晉皇甫謐《高士傳》卷下:"漢濱老父者,不知何許人也。桓帝延熹中,幸竟陵,過雲夢,臨沔水,百姓莫不觀者。有老父獨耕不輟。尚書郎南陽張溫異之,使問曰:‘人皆來觀,老父獨不輟,何也?’老父笑而不答。溫下道百步,自與言。老父曰:‘我野人也,不達斯語。’"　　　[5]愚公之谷:劉向《説苑·政理》:"齊桓公出獵,逐鹿而走。入山谷之中,見一老公而問之:‘是爲何谷?’對曰:‘爲愚公之谷。’

桓公曰:'何故?'對曰:'以臣名之。'桓公曰:'今視公之儀狀,非愚人也,何爲以公名?'對曰:'臣請陳之:臣故畜牸牛,生子而大,賣之而買駒。少年曰:"牛不能生馬。"遂持駒去。傍鄰聞之,以臣爲愚,故名此谷爲愚公之谷。'"　　　[6]偃息:退隱休息。　　　[7]抽簪:指棄官。簪爲連結冠與髮的針型首飾,抽簪則髮散。古人束髮爲從官,散髮爲罷官。　　　[8]有門而長閉:此用陶淵明《歸去來兮辭》"門雖設而常關"句意,謂人際交往極少。　　　[9]無水而恒沉:《莊子·則陽》:"方且與世違,而心不屑與之俱,是陸沉者也。"郭象注:"人中隱者,譬無水而沉,曰陸沉。"[10]五月披裘:《高士傳》卷下"披裘公"條曰:"披裘公者,吳人也。延陵季子出游,見道中有遺金,顧披裘公曰:'取彼金。'公投鐮瞋目拂手而言曰:'何子處之高而視人之卑,五月披裘而負薪,豈取金者哉?'季子大驚,既謝而問姓名。公曰:'吾子皮相之士,何足語姓名也。'"　　　[11]葛洪:字稚川,號抱朴子。東晉思想家、醫藥學家。《晉書》卷七二有傳。所著《抱朴子·內篇》言神仙方藥之事。另有醫藥學著作《金匱藥方》一百卷、《肘後應急方》四卷。　　　[12]京房:字君明,西漢經學家。治《易》,著有《周易集林》等。《漢書》卷七五、八八有傳。卜林:指京房的著作。　　　[13]忘憂:草名,即萱草,亦名"諼草"。古人以爲此草可以忘憂。[14]長樂:花名,晉傅玄《紫華賦》:"紫華一名長樂華,舊生於蜀。"以上二句,言自己羈留北方,看見花草也含憂愁。　　　[15]鳥逐酒:《莊子·至樂》:"昔者海鳥止於魯郊,魯侯御而觴之於廟,奏《九韶》以爲樂,具太牢以爲膳。鳥乃眩視憂悲,不敢食一臠,不敢飲一杯,三日而死。"　　　[16]魚聽琴:《韓詩外傳》曰:"昔伯牙鼓琴而淵魚出聽。"以上二句,言海鳥當棲林卻被迫飲酒食肉,淵魚當潛淵卻被迫聽琴,皆失其本性,喻己仕北爲官非其本意。

加以寒暑異令,乖違德性[1]。崔駰以不樂損年[2],吳質以長愁養病[3]。鎮宅神以蘸石[4],厭山精而照鏡[5]。屢動莊舄之吟[6],幾行魏顆之命[7]。薄晚閑閨,老幼相攜。蓬頭王霸之子[8],椎髻梁鴻之妻[9]。燋麥兩甕[10],寒菜一畦[11]。風騷騷而樹急[12],天慘慘而雲低。聚空倉而雀噪,驚懶婦而蟬嘶[13]。

【校注】

[1]乖違德性:違背自己的本性。　　　[2]崔駰:字亭伯。《後漢書》卷五八有傳。曾任車騎將軍竇憲僚屬。竇憲擅權驕恣,駰數諫不從。憲不能容,出爲長岑長,駰自以遠去不得意,未赴任,終因心情鬱悶卒於家。　　　[3]吳質:字季重,《三國志》

卷二一有傳。建安二十二年(217),魏地大疫,太子曹丕問候吳質,吳質復信説:"質已四十二矣。白髮生鬢,所慮日深,實不復若平日之時也,但欲保身敕行,不蹈有過之地,以爲知己之累耳。游宴之歡,難可再遇;盛年一過,實不可追。"

[4]薶(mái 埋)石:古人在住宅四角埋石以鎮鬼神。薶,同"埋"。元陶宗儀《説郛》卷五下:"《淮南畢萬術》曰:埋石四隅家無鬼。" [5]厭(yā 押)山精:壓制山鬼。厭,通"壓"。照鏡:照鏡可使假託人形的山鬼現形。《抱朴子・登涉》:"萬物之老者,其精悉能假託人形,以眩惑人目而常試人,唯不能於鏡中易其真形耳。是以古之入山道士,皆以明鏡徑九寸以上懸於背後,則老魅不敢近人。" [6]莊舄(xì 戲)之吟:《史記・陳軫列傳》:"越人莊舄仕楚執珪,有頃而病。楚王曰:'舄故越之鄙細人也,今仕楚執珪,貴富矣,亦思越不?'中謝對曰:'凡人之思故,在其病也。彼思越則越聲,不思越則楚聲。'使人往聽之,猶尚越聲也。" [7]魏顆:春秋晉國魏武子之子。《左傳・宣公十五年》:"魏武子有嬖妾,無子。武子有疾,命顆曰:'必嫁是。'疾病,則曰:'必以爲殉。'及卒,顆嫁之,曰:'疾病則亂,吾從其治也。'"以上二句,言自己思念故國,以至於病中神志昏亂。 [8]蓬頭王霸之子:謂其子蓬頭垢面如同當年王霸之子。《後漢書・列女傳》載,王霸少立高節,光武時連徵不仕。霸與同郡令狐子伯爲友,後子伯爲楚相,令子奉書於霸,車馬服從,雍容如也。霸子時方耕於野,聞賓至,投耒而歸。見令狐子,沮怍不能仰視。霸因其子蓬髮歷齒,不知禮則而慚卧。其妻以保持高節責勉他,霸笑而起。

[9]椎(chuí 垂)髻梁鴻之妻:謂其妻椎髻布衣亦如當年梁鴻之妻。梁鴻,漢代隱士,娶孟光爲妻。孟氏裝飾入門,鴻七日不理。其妻乃更爲椎髻布衣,鴻大喜曰:"此真梁鴻妻也。"事見《後漢書・逸民傳》。 [10]燋麥:炒麥。燋,通"焦"。

[11]寒菜:越冬的蔬菜。 [12]風騷騷而樹急:《藝文類聚》作"樹騷騷而風急"。騷騷,風聲。 [13]懶婦:蟋蟀的別名。晉崔豹《古今注》卷中曰:"蟋蟀,一名吟蛩,秋初生,得寒則鳴。一云濟南呼爲懶婦。"嘶:《藝文類聚》作"啼"。

　　昔草濫於吹噓[1],籍《文言》之慶餘[2]。門有通德[3],家承賜書[4]。或陪玄武之觀[5],時參鳳凰之墟[6]。觀受釐於宣室[7],賦長楊於直廬[8]。

【校注】

[1]草:草莽,草莽之人。濫於吹噓:即濫竽充數。吹噓,吹竽。《韓非子・內儲説

上》:"齊宣王使人吹竽,必三百人。南郭處士請爲王吹竽,宣王説之,廩食以數百人。宣王死,湣王立,好一一聽之,處士逃。一曰:'韓昭侯曰:"吹竽者衆,吾無以知其善者。"'田嚴對曰:'一一而聽之。'"　　　[2]籍《文言》之慶餘:憑藉《文言》篇所説的祖先蔭德爲官。《易·乾卦·文言》:"積善之家,必有餘慶。"籍,通"藉"。以上二句,言自己以草莽之人而爲官,憑藉的是祖上的蔭德。　　　[3]門有通德:用鄭玄事。《後漢書·鄭玄傳》:"鄭玄,字康成,北海高密人……國相孔融深敬於玄,屐履造門。告高密縣爲玄特立一鄉,曰:'……今鄭君鄉宜曰鄭公鄉。昔東海于公僅有一節,猶或戒鄉人侈其門閭,矧乃鄭公之德而無駟牡之路?可廣開門衢,令容高車,號爲通德門。'"　　　[4]家承賜書:此用班固事。《漢書·敍傳》:"(班)彪字叔皮,幼與從兄嗣共游學,家有賜書,内足於財,好古之士自遠方至,父黨揚子雲以下,莫不造門。"據《梁書·文學傳》載,庾信的父親庾肩吾與伯父庾於陵均有文名,因此以班彪、班固相比。　　　[5]玄武之觀:即玄武觀。《景定建康志》卷二二:"玄武觀在玄武湖上。"

[6]鳳凰之墟:鳳凰臺。南朝建康有鳳凰臺。以上二句,言自己在梁曾任皇帝侍從,出入朝廷。　　　[7]受釐(xǐ 喜):漢制,皇帝派人或委託郡國祭祀天地五時,祭祀後,將剩餘的祭肉獻給皇帝,以示受福,曰受釐。釐,祭後餘肉。宣室:未央宮前的正室。《史記·屈原賈生列傳》:"後歲餘,賈生徵見。孝文帝方受釐,坐宣室。上因感鬼神事而問鬼神之本,賈生因具道所以然之狀。至夜半,文帝前席。"　　　[8]長楊:漢宮殿名。揚雄曾隨漢成帝校獵於長楊宮,撰《長楊賦》。直廬:皇帝近侍值宿休息之所。以上二句,言庾氏父子在梁出入禁闥,如漢文帝在宣室召見賈誼,又如揚雄隨侍長楊宮作《長楊賦》,恩寵莫比。

　　遂乃山崩川竭,冰碎瓦裂,大盜潛移,長離永滅[1]。摧直轡於三危[2],碎平途於九折[3]。荆軻有寒水之悲[4],蘇武有秋風之别[5]。關山則風月悽愴[6],隴水則肝腸斷絶[7]。龜言此地之寒[8],鶴吪今年之雪[9]。百齡兮倏忽[10],精華兮已晚[11]。不雪雁門之踦[12],先念鴻陸之遠[13]。非淮海兮可變[14],非金丹兮能轉[15]。不曝骨於龍門[16],終低頭於馬坂[17]。諒天造兮昧昧[18],嗟生民兮渾渾[19]!

《文苑英華》卷九七

【校注】

[1]"遂乃"四句:喻國家敗亡。《史記·周本紀》:"夫國必依山川。山崩川竭,亡國之徵也。"大盜:指侯景。侯景原爲魏將,後叛魏歸梁,封河南王。梁武帝太清二

年侯景反梁,佔領建康,梁武帝被囚餓死,簡文帝被害,梁元帝被迫遷都江陵。後西魏攻破江陵,梁朝滅亡。潛移:暗中移動。此指侯景竊取政權。長離:鳳,或謂星宿名(即朱雀)。此喻梁武帝及其後代。　　[2]摧直轡:折斷了一直向前的車駕。轡,駕馭牲畜的韁繩、嚼子。三危:古代山名,在今甘肅敦煌東南。摧,原作"推",今據清倪璠《庚子山集注》校改。　　[3]碎平途:在平坦的路上遇險。九折:阪名,在今四川邛崍山。折,原作"拆",今據《庚子山集注》改。　　[4]荆軻有寒水之悲:戰國末,燕太子丹派荆軻入秦刺秦王,易水送別時,荆軻慷慨悲歌:"風蕭蕭兮易水寒,壯士一去兮不復還。"事見《史記・刺客列傳》。　　[5]蘇武有秋風之別:漢武帝時,蘇武出使匈奴,因副使張勝捲入匈奴内亂而受牽連,被扣十九年。後蘇武回國,與李陵相別,相傳李陵贈詩有"欲因晨風發,送子以賤軀"。以上二句,言自己出使西魏猶如荆軻不歸,又如蘇武被扣。　　[6]關山:古樂府有感傷離別的《關山月》,此既指古樂府曲,又實指自己與江陵故國關山阻隔。風月悽愴:清風明月亦悲傷凄涼。　　[7]隴水:古樂府有《隴頭歌辭》:"隴頭流水,鳴聲幽咽。遥望秦川,心肝斷絶。"肝腸斷絶:言極度悲傷。以上二句,言自己身處西魏,關山隴水無不浸含故國之情。　　[8]龜言:《水經注・渭水》:"車頻《秦書》曰:苻堅建元十四年,高陸縣民穿井得龜,大二尺六寸,背文負八卦古字。堅以石爲池養之,十六年而死。取其骨以問吉凶,名爲客龜。大卜佐高魯夢客龜言:'我將歸江南,不遇,死於秦。'"此以龜夢喻己不得南歸。　　[9]鶴訝今年之雪:劉敬叔《異苑》卷三:"晉太康二年冬,大寒。南州人見二白鶴語於橋下曰:'今兹寒不減堯崩年也。'於是飛去。"此以堯崩喻梁元帝之亡。　　[10]百齡:原作"百靈",今據《藝文類聚》改。　　[11]精華:即光陰。　　[12]不雪雁門之踦(jī基):《漢書・段會宗傳》載,段會宗爲西域都護,他的朋友谷永因知其喜愛功名,故寫信勸他:"願吾子因循舊貫,毋求奇功,終更亟還,亦足以復鴈門之踦。"踦,指命運不偶。　　[13]鴻陸之遠:《易・漸卦》:"鴻漸於陸,夫征不復。"以上二句,言自己年邁命舛,不再希求立功,祇能像"鴻漸於陸"那樣遠征不回了。　　[14]淮海可變:指動物入水而發生變化。《國語・晉語九》:"趙簡子歎曰:雀入於海爲蛤,雉入於淮爲蜃。黿、鼉、魚、鱉,莫不能化。唯人不能,哀夫!"　　[15]金丹能轉:指丹藥在煉爐内能有一轉至九轉的變化(見葛洪《抱朴子・金丹》)。金丹,道士採藥石煉製的丹藥。以上二句,言自己屈身仕魏,不能轉變。　　[16]曝(pù瀑)骨龍門:指魚因不能越過龍門暴腮而返。《三秦記》曰:龍門山在河東界。禹鑿山斷門一里餘,黃河自中流下,兩岸不通車馬。魚登者化爲龍,不登者點額暴腮而返。龍門,即禹門口,在山西河津西北和陝西韓城東北之間。黃河至此,兩岸峭壁對峙,形如門闕,故名。　　[17]低頭馬坂:典出《戰國策・楚策四》:"夫驥之齒至矣,服鹽車而上太行,蹄申膝折,尾湛胕潰,漉汁灑地,白汗交流,中阪遷延,負轅不能上。伯樂遭之,下車攀而哭之。"言年邁的駿馬拉鹽車上坡,低頭挣扎,伯樂見而潜然下淚。坂,山坡。以上二句,言自己不能爲國死節,祇能屈身侍北。　　[18]天造:天運,天道。《易·屯卦》:"天造草昧。"昧昧:昏暗。　　[19]渾渾:愚昧貌。以上二句,言天道不明,百姓愚昧。

【集評】

　　(清)吳景旭《歷代詩話》卷一九"花笑"條:"庾信《小園賦》:'草無忘憂之意,花無長樂之心。鳥何事而逐酒,魚何情而聽琴。'説到花鳥忘機處,更深。"

　　(清)許槤、黎經誥《六朝文絜箋注》卷一眉批"落葉半牀"至"魚何情而聽琴"曰:"此段自傷屈體魏周,至於疾病。其眷眷故國之思,藹然言外。"又"遂乃山崩川竭"至"鶴訝今年之雪"曰:"此言侯景之亂。大盜指侯景。長離指梁武子孫。三危九折本險地,而直轡以往,視若平途,致遭摧碎。指梁武納侯景之降,以有此亂。荆軻、蘇武指奉使西魏事。瑣陳縷述,悲感淋漓,窮途一慟。"

俠 客 行

【題解】

　　此詩在明馮惟訥《古詩紀》、曹學佺《石倉歷代詩選》、張溥《漢魏六朝百三家集》中,皆作爲《詠畫屏詩二十首》的第一首,《藝文類聚》卷三、中華書局影印宋配明本《文苑英華》一九六、逯欽立《先秦漢魏晉南北朝詩》所據子山本集卷二均作《俠客行》。詩寫俠客們的日常生活。

　　俠客重連鑣[1],金鞍被桂條[2]。細塵障路起[3],驚花亂眼飄。酒醺人半醉[4],汗濕馬全驕。歸鞍畏日晚[5],爭路上河橋。

《文苑英華》卷一九六

【校注】

[1]重連鑣(biāo 標):即重義氣。重,看重。連鑣,並駕齊驅。鑣,馬勒,馬銜。
[2]被:同"披"。桂條:指名馬。蕭繹《金樓子》卷五:"春風秋月,賞心樂事。淨竹節之船,驅桂條之馬。"《藝文類聚》卷九三引梁元帝《答齊國雙馬書》曰:"名重桂

條,形圖柳轂。"　　[3]障路起:即"起障路",指奔馬揚起的塵土遮蔽大路。
[4]酒醺:酒醉。　　[5]歸鞍:歸馬。

擬　詠　懷
其　　七

【題解】

　　《擬詠懷》詩凡二十七首,本篇原列第七首。清倪璠《庾子山集注》卷三詩題下注:"皆在周鄉關之思,其辭旨與《哀江南賦》同矣。"本詩抒寫羈旅北方不得南歸的痛苦。

　　榆關斷音信[1],漢使絕經過[2]。胡笳落淚曲[3],羌笛斷腸歌[4]。纖腰減束素[5],別淚損橫波[6]。恨心終不歇[7],紅顏無復多。枯木期填海[8],青山望斷河[9]。

《漢魏六朝百三家集·庾開府集》

【校注】

[1]榆關:山海關。此處泛指北方邊塞。　　[2]漢使:漢廷使者。　　[3]胡笳(jiā 加):古代北方民族的管樂。　　[4]羌笛:古代管樂,因出羌中,故名。
[5]纖腰:細腰。減束素:腰細得還不如一束素。減,指因悲傷過度而形體消瘦。宋玉《登徒子好色賦》曰:"腰如束素。"　　[6]橫波:指眼睛。傅毅《舞賦》:"眉連娟以增繞兮,目流睇而橫波。"　　[7]恨心:充滿離恨之心。歇:停止。　　[8]枯木填海:此用精衛填海事。《山海經·北山經》:"又北二百里曰發鳩之山。其上多柘木,有鳥焉,其狀如烏,文首白喙赤足,名曰精衛,其鳴自詨(jiào 叫)。是炎帝之少女,名曰女娃。女娃游於東海,溺而不返,故爲精衛。常衛西山之木石,以堙(yīn 因)於東海。"　　[9]青山斷河:《水經注·河水》(卷四):"華岳本一山當河,河水過而曲行。河神巨靈,手盪腳蹋,開而爲兩。"期、望:渴望。

【集評】

　　(清)馮舒《詩紀匡謬》:"庾信《擬詠懷》詩,按《藝文》但稱庾信《詠懷詩》,並無'擬'字。此直子山自詠其懷耳,增一'擬'字,遂謂以阮公爲法,如文通之效阮矣。夫阮公當晉魏之際,寓託微遠,顏延年謂其百代之下,難以情測。子山自梁入周,意氣激露,論世不同,原情各異。杜老所謂'清新'意正在此。若曰擬阮,則何啻徑庭。世人不察,妄生議論,皆此一字誤之。"

　　(清)沈德潛《古詩源》卷一四《擬詠懷》詩題下曰:"無窮孤憤,傾吐而出。工拙都忘,不專擬阮。"

其 十 八

【題解】

　　本篇原列爲第十八首。寫羈旅北方,無法報效祖國,祇能無端消磨時光。眼見時光如梭,青春不再,又不能如莊子一樣曠達,故悲愁不已。

　　尋思萬户侯[1],中夜忽然愁[2]。琴聲遍屋裏,書卷滿牀頭。雖言夢蝴蝶,定自非莊周[3]。殘月如初月,新秋似舊秋[4]。露泣連珠下[5],螢飄碎火流。樂天乃知命,何時能不憂[6]。

《漢魏六朝百三家集·庾開府集》

【校注】

[1]萬户侯:食邑萬户的列侯。古代有大功者方能封萬户侯。《漢書·李廣傳》:"文帝曰:'惜廣不逢時,令當高祖世,萬户侯豈足道哉!'"　　　[2]中夜:夜半。
[3]"雖言"二句:《莊子·齊物論》:"昔者莊周夢爲蝴蝶,栩栩然蝴蝶也,自喻適志與!不知周也。俄然覺,則蘧蘧然周也。不知周之夢爲蝴蝶與?蝴蝶之夢爲周與?周與蝴蝶則必有分矣。此之謂物化。"定自:肯定。自,語氣詞。　　　[4]"殘月"二句:言時光如梭,瞬息即逝。殘月:農曆月末之月。初月:農曆月初之月。農曆月末、月初之月皆如弓形,故曰"殘月如初月"。　　　[5]露泣:古人以爲露水滴下如人啼泣。《劉子·言苑》:"故春葩含日似笑,秋葉泫露如泣。"　　　[6]"樂天"二句:《周易·繫辭上》:"樂天知命,故不憂。"

其二十六

【題解】

　　本篇原列爲第二十六首。清倪璠《庾子山集注》卷三:"言自己入長安之後,即景傷懷,若李陵之長絶,荆卿之不還。又傷江陵之亡,同於垓下也。"前四句寫北地獨有悲涼之景,後四句援古人以自喻,抒發被强留北方、不得南歸的苦悶。

　　蕭條亭障遠[1]，悽慘風塵多。關門臨白狄[2]，城影入黃河。秋風別蘇武[3]，寒水送荆軻[4]。誰言氣蓋世，晨起帳中歌[5]。

《漢魏六朝百三家集·庾開府集》

【校注】

[1]亭障：古代邊塞的堡壘。　　[2]白狄：春秋時狄族的一支，此泛指北方少數民族。《左傳·僖公三十三年》：“狄伐晉，及箕，八月戊子，晉侯敗狄於箕，郤缺獲白狄子。”晉杜預注：“白狄，狄別種也。”《管子·小匡》：“西征，攘白狄之地，遂至於西河。”　　[3]秋風別蘇武：《漢書·蘇武傳》載，蘇武出使匈奴，因副使張勝捲入匈奴內亂而被强行扣押達十九年。其後，漢與匈奴和親，匈奴被迫放蘇武歸漢，李陵因置酒與蘇武泣別。後世遂託名李陵作《與蘇武詩》，《文選》收錄三首，庾信即用此典。　　[4]寒水送荆軻：《戰國策·燕策三》載，荆軻告別太子丹入秦行刺時，高漸離擊筑，荆軻高歌曰：“風蕭蕭兮易水寒，壯士一去兮不復還。”　　[5]帳中歌：指項羽敗亡事。《史記·項羽本紀》載，項羽駐軍垓下，漢兵圍之數重。夜半，項羽聽見四面楚歌，於是飲酒帳中，“悲歌慷慨，自爲詩曰：‘力拔山兮氣蓋世，時不利兮騅不逝。騅不逝兮可奈何，虞兮虞兮奈若何。’歌數闋，美人和之，項王泣數行下”。

【集評】

　　(清)沈德潛《古詩源》卷一四：“‘城影’句悲壯。”

江　總

【作者簡介】

　　江總(519—594)，字總持，濟陽考城(今河南蘭考)人。梁武帝大同三年(537)，解褐爲宣威武陵王蕭紀府法曹參軍。侯景反，江總參加平叛，失利避居廣州。入陳仕至尚書令。爲政不持政務，日與後主游宴後庭，與陳暄、孔範、王瑳等十餘人被稱爲“狎客”。陳亡入隋，拜上開府。開皇十四年(594)卒於江都。《陳書》卷二七、《南史》卷三六有傳。有集三十二卷，已佚。明張溥《漢魏六朝百三家集》輯有《江令君集》一卷。

閨　怨　篇

【題解】

　　自漢代樂府以來,閨怨詩是最常見的題材,大多以棄婦、思婦爲主要描寫對象,以傷春懷人爲主題,剖析女子在特定社會情態、生活遭遇下或悲悼、或悔恨、或失落、或惆悵的複雜心理狀態。此詩寫閨中少婦思念遠征丈夫,表現其離別獨處的哀怨之情。命意並不新鮮,但出語自然,對仗工整,已接近七言律體。

　　寂寂青樓大道邊[1],紛紛白雪綺窗前[2]。池上鴛鴦不獨自,帳中蘇合還空然[3]。屏風有意障明月,燈火無情照獨眠。遼西水凍春應少[4],薊北鴻來路幾千[5]。願君關山及早度,念妾桃李片時妍[6]。

《文苑英華》卷三四六

【校注】

[1]青樓:青漆塗飾的豪華精緻的樓房,此指女主人住所。曹植《美女篇》:“借問女安居,乃在城南端。青樓臨大路,高門結重關。”　　[2]綺窗:雕花之窗。
[3]蘇合:香名。然:同“燃”。　　[4]遼西:郡名,秦置。　　[5]薊北:今河北東北部。遼西、薊北皆泛指邊地。　　[6]片時妍:極短時間的美妍。言青春易逝。

【集評】

　　(清)張玉穀《古詩賞析》卷二一:“前六,點地點時,先就閨人摹寫其冬夜空房獨宿,觸物傷心苦景。中二,則念彼邊應亦苦寒,音信何偏稀少。後二,以早歸慰我,就彼邊收合己邊。‘片時妍’,説得危竦。友人卜近村云:‘此種七言,專工對仗,已開唐人排律之體。’良然。”

　　(清)吳喬《圍爐詩話》卷一:“問曰:‘唐體於何而始?’答曰:‘……又有七言十句似律詩者,如江總《閨怨》云:“寂寂青樓大道邊,紛紛白雪綺窗前。池上鴛鴦不獨自,帳中蘇合還空然。屏風有意障明月,燈火無情照獨眠。遼西水凍春應少,薊北鴻來路幾千。願君關山及早度,念妾桃李片時妍。”大輅始於椎輪,諸詩皆七律之椎輪也。’”

採用底本目録

樂府詩集　（宋）郭茂倩編　文學古籍刊行社 1955 年影印宋本

文選　（南朝梁）蕭統編　中華書局 1974 年影印宋淳熙八年（1181）尤袤刻本

玉臺新詠　（陳）徐陵編　文學古籍刊行社 1955 年影印明寒山趙均覆宋本

後漢書　（南朝宋）范曄撰　中華書局點校本

漢魏六朝百三家集　（明）張溥輯　江蘇古籍出版社 2002 年影印本

陶淵明集箋注　袁行霈箋注　中華書局 2003 年版

搜神記校注　汪紹楹校注　中華書局 1981 年版

世說新語　（南朝宋）劉義慶撰　中華書局 1962 年影印宋紹興八年（1138）廣川
　　董弅刻本

鮑氏集　《四部叢刊》影印毛扆校宋本

謝宣城詩集　《四部叢刊》影印明依宋鈔本

藝文類聚　（唐）歐陽詢等編　汪紹楹校　上海古籍出版社 1982 年版

文苑英華　（宋）李昉等編　中華書局 1982 年影印本

水經注疏　楊守敬、熊會貞注疏　科學出版社 1957 年影印本

參考書目

魏晉南北朝文學史參考資料　北京大學古代文學研究室編　中華書局 1964 年版

魏晉文舉要　高步瀛選注　中華書局 1989 年版

漢魏六朝詩選　余冠英選注　人民文學出版社 1979 年版

魏晉南北朝詩歌選　曹道衡、俞紹初注評　三秦出版社 2004 年版

歷代文學作品選（上編）　朱東潤主編　上海古籍出版社 1979 年版

漢魏六朝賦選　瞿蛻園選注　上海古籍出版社 1979 年版

王粲集　俞紹初校點　中華書局 1980 年版

建安七子集　俞紹初輯校　中華書局 2005 年版

建安七子集校注　郁賢皓、張采民校注　巴蜀書社 1990 年版

樂府詩粹箋　潘重規選注　香港人生出版社 1963 年版

謝宣城集校注　曹融南校注　上海古籍出版社 1991 年版

謝靈運集校注　顧紹柏校注　中州古籍出版社 1993 年版

沈約集校箋　陳慶元校箋　浙江古籍出版社 1995 年版

江文通集彙注　（明）胡之驥注　中華書局 1984 年版

江淹集校注　俞紹初、張亞新校注　中州古籍出版社 1994 年版

庾子山集注　（清）倪璠注　許逸民點校　中華書局 1980 年版

徐孝穆箋注　（清）吳兆宜注　上海古籍出版社《四庫全書》本

玉臺新詠箋注　（清）吳兆宜注　穆克宏點校　中華書局 1985 年版

古詩賞析　（清）張玉穀撰　許逸民點校　上海古籍出版社 2000 年版

玉臺新詠考異　（清）紀容舒撰　上海古籍出版社《四庫全書》本

世說新語箋疏　余嘉錫箋疏　中華書局 1983 年版

第四編
隋唐五代文學

盧思道

【作者簡介】

盧思道(535—586),字子行,范陽(今河北涿州)人。齊天保八年(557)釋褐爲司空行參軍,直中書省。齊後主時,爲給事黃門侍郎。周武帝滅齊,被徵至長安,未幾,以母疾返里。後與同郡祖英伯等舉兵擁齊范陽王叛周,兵敗被執,將誅,赦而爲掌教上士。周大象二年(580)爲武陽太守。隋文帝開皇元年(581),從高熲伐陳。尋以母憂解職,起爲散騎侍郎、奏内史侍郎事,六年卒於長安。盧思道詩文爲北朝至隋大家,唐盧照鄰謂"北方重濁,獨盧黃門往往高飛"(《盧照鄰集·南陽公集序》)。原有集,已佚,今所存者唯詩二十八首,逯欽立輯入《先秦漢魏晉南北朝詩》;文十三篇,清嚴可均輯入《全上古三代秦漢三國六朝文》。《隋書》卷五七有傳。

從 軍 行

【題解】

《從軍行》爲樂府舊題,屬《相和歌辭·平調曲》,所寫"皆軍旅苦辛之辭"(宋郭茂倩《樂府詩集》卷三三引《樂府解題》)。此詩亦寫軍人征戰之苦。前半寫軍士出征,自"關山萬里不可越,誰能坐對芳菲月"以下轉入對思婦懷人之情的抒寫,與唐高適《燕歌行》結尾同趣。全詩情調深沉且"明艷可觀"(明胡應麟《詩藪》外編卷二),無論在題材和格式上,對初唐七言歌行均有巨大影響。

朔方烽火照甘泉[1],長安飛將出祁連[2]。犀渠玉劍良家子[3],白馬金羈俠少年。平明偃月屯右地,薄暮魚麗逐左賢[4]。谷中石虎經銜箭[5],山上金人曾祭天[6]。天涯一去無窮已,薊門迢遞三千里[7]。朝見馬嶺黃沙合[8],夕望龍城陣雲起[9]。庭中奇樹已堪攀[10],塞外征人殊未還。白雪初下天山外[11],浮雲直上五原間[12]。關山萬里不可越,誰能坐對芳菲月[13]?流水本自斷人腸,堅冰舊來傷馬骨[14]。邊庭節物與華異,冬霰秋霜春不歇。長風蕭蕭渡水來,歸雁連連映天没[15]。從軍行[16],軍行萬里出龍庭。單于渭橋今已拜[17]，將軍何處覓功名？

《先秦漢魏晉南北朝詩·隋詩》卷一

【校注】

[1]朔方：漢郡名，轄境約當今寧夏銀川至陝西延安、宜川一帶黄河流域。此處泛指長安西北邊塞地區。甘泉：西漢甘泉宫，故址在今陝西淳化西北。　　[2]飛將：漢時匈奴人稱李廣爲"飛將軍"，此處指良將。祁連：山名，即天山。匈奴人呼天爲祁連，爲漢時大將衛青、霍去病與匈奴作戰之地。　　[3]犀渠：盾牌，用犀牛皮製成。良家子：即出身良家的子弟。漢朝制度，醫、巫、商賈、百工及有罪官吏、逃亡罪犯等七種人以外乃爲良家。　　[4]偃月、魚麗：皆營陣名，呈環旋形狀，以包圍敵方。左賢：即左賢王，匈奴貴族的高級封號，位僅在匈奴王單于之下。[5]"谷中"句：此句用漢將李廣事。《史記·李將軍列傳》："廣出獵，見草中石，以爲虎而射之，中石没鏃，視之石也。因復更射之，終不能復入石矣。"　　[6]金人：指佛像，匈奴人用以祭天。《史記·匈奴列傳》："漢使驃騎將軍去病將萬騎出隴西……破得休屠王祭天金人。"　　[7]薊門：關名，又稱薊丘，故址在今北京西北郊。　　[8]馬嶺：關隘名，在今山西太谷東南。　　[9]龍城：又名龍庭，地名，爲匈奴祭天之處。　　[10]"庭中"句：此句用晉人桓溫事。《世説新語·言語》："桓公（桓溫）北征，經金城，見前爲琅邪時種柳，皆已十圍，慨然曰：'木猶如此，人何以堪！'攀枝執條，泫然流淚。"意謂時間已久，樹已長大，而征人猶不能歸。奇樹：即嘉樹。奇，一作"琪"，義同。　　[11]雪：一作"雲"，聯繫下文"初下"，作"雪"是。　　[12]五原：漢郡名，故址在今内蒙古五原縣。　　[13]芳菲月：形容月光之美。　　[14]"流水"二句：北朝樂府《隴頭歌辭》："隴頭流水，流離山下。念吾一身，飄然曠野。"又："隴頭流水，鳴聲幽咽。遥望秦川，心肝斷絶。"三國魏陳琳《飲馬長城窟行》："飲馬長城窟，水寒傷馬骨。"二句用其義。　　[15]"長風"二句：漢蔡琰《悲憤詩》："邊荒與華異，人俗少義理。處所多霜雪，胡風春夏起。"二句化用其義。　　[16]從軍行：從軍出征。此處"行"字作行走解，與樂府曲名不同。　　[17]渭橋：指中渭橋，在長安北渭水上。漢宣帝甘露三年（前51）正月，匈奴呼韓邪單于來朝，贊謁稱藩臣而不名，宣帝登渭橋，在京各族君長王侯夾道迎者數萬人，咸呼萬歲。見《漢書·宣帝紀》。

【集評】

　　(明)張溥《漢魏六朝百三家集題辭·盧武陽集》："子行詩兼工七言。唐玄宗自蜀回，登勤政樓，歌曰：'庭前琪樹已堪攀，塞北征人去未還。'即盧薊北歌詞也。唐風近隋,盧、薛(道衡)諸體,世尤宗尚,含蓄意寡,而音響無滯,自以爲昆吾莫邪爾。"

薛道衡

【作者簡介】

薛道衡(540—609),字玄卿,河東汾陰(今山西萬榮)人。北齊文宣帝時,彭城王高浟引爲兵曹從事,齊武帝時,累遷太尉府主簿兼散騎常侍、中書侍郎。入隋,歷内史舍人、吏部侍郎、内史侍郎,加上儀同三司等。煬帝立,拜司隸大夫,以不能迎合煬帝,被害。道衡爲隋朝最著名詩人,"詩篇英麗"(明張溥《漢魏六朝百三家集題辭·薛司隸集》),開初唐之風。原有集,已佚,今存詩二十一首,逯欽立輯入《先秦漢魏晉南北朝詩》;文八篇,清嚴可均輯入《全上古三代秦漢三國六朝文》。《隋書》卷五七有傳。

人日思歸

【題解】

隋文帝開皇四年(584),薛道衡以散騎常侍使陳,次年春在陳作此詩。首二句平穩,只是如實説來。後二句突發奇想,映襯全詩,渾然成一整體,皆成佳句。

入春纔七日^[1],離家已二年^[2]。人歸落雁後,思發在花前。

《先秦漢魏晉南北朝詩·隋詩》卷一

【校注】

[1]"入春"句:舊俗以農曆正月初七日爲人日。宋高承《事物紀原·正朔曆數部》引東方朔《占書》:"歲正月一日占雞,二日占狗,三日占羊,四日占豬,五日占牛,六日占馬,七日占人,八日占穀。皆晴明温和,爲蕃息安泰之候。"　　[2]二年:一作"三年",誤。

【集評】

　　(唐)劉餗《隋唐嘉話》卷上:"薛道衡聘陳,爲人日詩云:'入春纔七日,離家已二年。'南人嗤之曰:'是底言?誰謂此虜解作詩!'及云:'人歸落雁後,思發在花前。'乃喜曰:'名下固無虛士。'"

郭　震

【作者簡介】

　　郭震(656—713),字元振,以字顯,魏州貴鄉(故址在今河北大名附近)人。慷慨任俠,少有奇志。高宗咸亨四年(673)舉進士第,授通泉尉,出使吐蕃,有功,拜主客郎中。武后大足元年(701)授涼州都督、隴右諸軍州大使。中宗神龍中,遷左驍衛將軍、安西大都護。睿宗景雲二年(711)進同中書門下三品。玄宗先天元年(712)爲朔方軍大總管,明年,復以兵部尚書同中書門下三品。以助平太平公主功,封代國公。玄宗講武驪山,坐軍容不整流新州,尋起爲饒州司馬,道病卒。元振公務之暇,手不釋卷,工詩能文,不乏佳作。《古劍篇》被譽爲"唐人歌行烜赫者","驚絕一時"(明胡應麟《詩藪》内編卷三)。原有集,已佚,《全唐詩》編其詩爲一卷。《舊唐書》卷九七、《新唐書》卷一二二有傳。

古　劍　篇

【題解】

　　題一作《古劍歌》、《寶劍篇》。《新唐書》本傳載,元振尉通泉,日與豪俠交接,不以細務介意,武后召見欲詰之,與語,大奇;索文章,上《寶劍篇》,覽之嘉歎。此詩託物言志,以寶劍自擬其才華出衆,抒發不得大用於世的感慨。氣勢雄大,感情激越。

　　君不見昆吾鐵冶飛炎煙[1],紅光紫氣俱赫然[2]。良工鍛煉凡幾年,鑄得寶劍名龍泉[3]。龍泉顔色如霜雪,良工咨嗟歎奇絕。琉璃玉匣吐蓮花[4],錯鏤金環映明月[5]。正逢天下無風塵,幸得周防君子身[6]。精光黯黯青蛇色，文章片片綠龜鱗[7]。非直結交游俠子，亦曾親近英雄人[8]。何言中路遭棄捐，零落漂淪古獄邊？雖復塵埋無所用，猶能夜夜氣衝天[9]。

《全唐詩》卷六六

【校注】

[1]昆吾：傳説中山名。《山海經・中山經》：“又西二百里曰昆吾之山，其上多赤銅。”郭璞注：“此山出名銅，色赤如火，以之作刃，切玉如割泥也。”又美石名。《雲笈七籤》卷二六：“(流洲)上多山川積石，名爲昆吾，冶其石成鐵，作劍，光明洞照如水精狀，割玉如泥。” [2]紅光紫氣：指寶劍冶煉時放射出的精光寶氣。 [3]龍泉：寶劍名，即龍淵。唐避李淵諱，以“泉”爲“淵”。 [4]琉璃玉匣：儲劍之器。舊題晉葛洪《西京雜記》卷一：“高祖斬白蛇劍，劍上有七采珠、九華玉以爲飾，雜厠五色琉璃爲劍匣。” [5]錯鏤金環：在環狀的劍柄上飾以金。錯，塗金。鏤，雕刻。 [6]“正逢”二句：意謂天下無戰事，寶劍不得其用，所幸寶劍還可以被君子拿來防身。周防：自衛。 [7]青蛇色、綠龜鱗：指劍身花紋。《初學記》卷二二《武部・劍》引《吳越春秋》：“吳使干將造劍二，陽曰干將，而作龜文、龍藻。”文章：即花紋。 [8]非直：不僅僅是。直，通“衹”。游俠子、英雄人：即上句所説的君子。 [9]“何言”四句：用《晉書・張華傳》所載雷煥於豐城獄掘地得寶劍事。詳見王勃《滕王閣序》注。

【集評】

(清)賀裳《載酒園詩話又編》：“《寶劍篇》英氣逼人，自是磊落丈夫本色。”

虞世南

【作者簡介】

虞世南(558—638)，字伯施，越州餘姚(今屬浙江)人。少與兄世基同受學於著名學者顧野王，精思讀書十餘年。爲文婉縟，見稱於徐陵；又學書於沙門智永，妙得其體，故聲名籍甚。仕陳爲建安王法曹參軍，入隋，官秘書郎、起居舍人。入

唐,爲秦王府參軍,轉記室,掌文翰。太宗即位,歷著作郎兼弘文館學士、秘書少
監、秘書監,封永興縣公。貞觀十二年(638)表請致仕,尋卒。世南爲太宗朝著名
文士,能直諫,甚得太宗親禮,謂世南有五絶:德行、忠直、博學、文辭、書翰。編有
《北堂書鈔》一百六十卷,今存;原有集,已佚,《全唐詩》、《全唐文》輯其詩、文各一
卷。《舊唐書》卷七二、《新唐書》卷一〇二有傳。

蟬

【題解】

　　古人以爲蟬是所謂"清高"之物,詩即寫其"清"、"高",又處處以物寫
人。末二句表露自己以德行居於高位、不藉飛馳之勢的品格。

　　　垂綏飲清露[1],流響出疏桐。居高聲自遠,非是藉秋風[2]。

《全唐詩》卷三六

【校注】

[1]垂綏(ruǐ 蕊):古時士人繫冠之緌,此指蟬首鬚觸。《禮記·檀弓下》:"范則
冠而蟬有緌。"孔穎達疏:"結纓頷下以固冠,結之餘者,散而下垂,謂之緌。"
[2]非是:一作"端不",亦通。

【集評】

　　(清)沈德潛《唐詩别裁集》卷一九:"詠蟬者每詠其聲,此獨尊其品格。"
　　(清)施補華《峴傭説詩》:"《三百篇》比興爲多,唐人猶得此意。同一詠
蟬,虞世南'居高聲自遠,端不藉秋風'是清華人語;駱賓王'露重飛難進,風
多響易沈'是患難人語;李商隱'本以高難飽,徒勞恨費聲'是牢騷人語。比
興不同如此。"

魏　徵

【作者簡介】

　　魏徵(580—643),字玄成,館陶(今屬河北)人。少孤貧,有大志,好讀書。隋末,李密起兵,召爲典書記,密敗,竇建德署爲起居舍人,後歸唐。太宗即位,擢爲諫議大夫,拜尚書右丞。貞觀三年(629)遷秘書監,七年(633)進侍中,封鄭國公。以疾辭官,拜特進,仍知門下省事。卒贈司空,謚文貞。性諒直,在朝直言敢諫,多所匡建,史稱名臣。曾主持校輯秘府圖籍,主編《群書治要》,受詔總領周、齊、梁、陳、隋諸史修撰事,序論多出其手。徵於文學,既反對梁陳浮靡文風,復倡合南北文風兩長(見《隋書·文學傳序》),開初唐文學改革先聲。今傳有清人所輯《魏鄭公文集》三卷。《舊唐書》卷七一、《新唐書》卷九七有傳。

述　懷

【題解】

　　題一作《出關》。時李淵初稱帝,魏徵投唐未久,欲有大作爲,故請命往山東(華山以東)説服李密舊部歸降。詩寫平生抱負及重意氣、報主恩思想,詩筆凝重簡勁,字裏行間貫注慷慨之氣。

　　中原初逐鹿,投筆事戎軒[1]。縱橫計不就,慷慨志猶存[2]。杖策謁天子,驅馬出關門[3]。請纓繫南粵[4],憑軾下東藩[5]。鬱紆陟高岫[6],出没望平原。古木鳴寒鳥,空山啼夜猿。既傷千里目,還驚九逝魂[7]。豈不憚艱險[8]?深懷國士恩[9]。季布無二諾,侯嬴重一言[10]。人生感意氣,功名誰復論!

《全唐詩》卷三一

【校注】

[1]"中原"二句:謂自己當隋末群雄並起争奪政權之際投筆從戎。逐鹿:比喻争奪政權。《史記·淮陰侯列傳》:"秦失其鹿,天下共逐之。"戎軒:即戎車,指從軍。隋大業末年,武陽郡丞元寶藏舉兵應李密,召徵使典書記。　　[2]"縱橫"二句:謂自己在李密軍中不得志。《舊唐書·魏徵傳》載徵嘗"進十策以干密,(密)雖奇之

而不能用"；及王世充攻密於洛陽，徵又獻"深溝高壘，堅營勿與戰"之策，被斥爲
"老生常談"，密終於落敗。縱橫計：用戰國蘇秦、張儀游説列國事。蘇秦主張齊楚
等六國聯合抗秦，即"合縱"之計；張儀企圖説服六國聽命於秦，即"連橫"之計。
[3]"杖策"二句：謂自己投奔李淵，請命安撫山東。杖策：手持馬棰。關：指潼關，
當今陝西、河南、山西三省交通要衝，自古爲軍事重地，故址在今陝西潼關東北。
[4]請纓：用西漢人終軍事。漢武帝使終軍出使南粵，終軍臨行前向武帝作豪言
道："願受長纓，必羈南越王而致之闕下。"見《漢書·終軍傳》。南粵：同"南越"，
今廣東、廣西一帶。　　[5]"憑軾"句：用漢初酈食(yì 異)其(jī 基)事。漢初，高
祖用酈食其説降齊王，食其"憑軾下齊七十餘城"(《漢書·酈食其傳》)。憑軾：乘
車而行。軾爲車前橫木，古人乘車時憑依於軾上。東藩：東方屬國。此指李密舊
部。　　[6]鬱紆：形容山路曲折。岫(xiù 袖)：山。　　[7]"既傷"二句：形容路
途景物忧目驚心。傷千里目：語出《楚辭·招魂》："目極千里兮傷春心。"九逝魂：
語出屈原《九章·哀郢》："魂一夕而九逝。"逝，一作"折"。江淹《別賦》："使人意
奪神駭，心折骨驚。"作"折"亦通，然不如"逝"字貼切。　　[8]憚(dàn 但)：懼
怕。　　[9]國士：一國之内的傑出人物。此句説自己深懷唐主以國士待己的
恩情。　　[10]"季布"二句：以古有氣節之人自勵，表示自己一定要兑現諾
言。季布：楚漢時著名游俠，爲人尚氣重諾，楚人諺語云："得黃金百斤，不如得
季布一諾。"《史記》《漢書》有傳。侯嬴：戰國時魏國人，爲大梁夷門(都城東門)
監者，賢，信陵君待以上賓。秦圍趙，侯嬴爲信陵君設計竊符救趙。當信陵君統
軍出發之際，侯嬴以年老不能相隨，但許以殺身相報。後來果然實踐諾言。事
見《史記·魏公子列傳》。

【集評】

　　(明)陸時雍《唐詩鏡》卷一："挺挺有烈士風。'古木鳴寒鳥，空山啼夜
猿'是初唐一等格力。"
　　(清)沈德潛《唐詩別裁集》卷一："氣骨高古，變從前纖靡之習。盛唐風
格，發源於此。"

王　績

【作者簡介】

　　王績(590—644),字無功,絳州龍門(今山西河津)人。隋大業末,應孝悌廉潔舉,除秘書省正字,不樂在朝,求爲揚州六合縣丞,因簡傲縱酒被劾,遂棄官歸里。唐高祖武德中,以前官待詔門下省,特判日給酒一斗,時人號爲"斗酒學士"。貞觀四年(630)託疾罷歸。十一年,復以家貧赴選,爲大樂丞。不久又棄官還鄉,隱居東皋,自號東皋子。績詩上承阮籍、陶淵明傳統,詩風平淡質樸,"盡洗鉛華,獨存體質","近而不淺,質而不俗,殊有魏晉之風"(明何良俊《四友齋叢説》卷二五)。有《王無功文集》三卷本、五卷本兩種傳世。《舊唐書》卷一九二、《新唐書》卷一九六有傳。

野　望

【題解】

　　詩作於唐高祖入主關中之初。閒逸安適中帶有幾分孤獨苦悶,質樸無華是本詩最大藝術特色。經歷了六朝華靡艷麗之後,唐初出現如此樸素的詩,無異於空谷足音。詩是五言律詩。當時"四傑"及沈、宋等尚未登上詩壇,五律亦未定型,《野望》給後人提供了一個五律的樣本。

　　薄暮東皋望[1],徙倚欲何依[2]? 樹樹皆秋色[3],山山唯落暉。牧人驅犢返,獵馬帶禽歸。相顧無相識,長歌懷采薇[4]。

《王績詩注》

【校注】

[1]薄暮東皋:一作"東皋薄暮"。皋,水邊地。東皋在詩人故里。　　[2]徙倚:猶徘徊、彷徨。　　[3]秋:一作"春"。詩中別無明顯的季節特色,作"春"亦通。[4]采薇:用《詩·召南·草蟲》"陟彼南山,言采其薇。未見君子,我心悲傷"句意,謂其孤獨無侶。另,周初伯夷、叔齊隱於首陽,采薇爲生,作者與之處境有相似之處,也有借用之意。

【集評】

　　(清)黃生《唐詩矩》卷一:"前寫野望之景,結處方露已意。三、四喻時值衰晚,此天地閉、賢人隱之象也。故末寄懷采薇,蓋欲追蹤夷、齊之意。然含蓄深渾,不露線索,結法深厚。得此一結,便登唐人正果,非復陳、隋小乘禪矣。"

王梵志

【作者簡介】

　　王梵志(生卒年不詳),約生於隋末,武則天當政時仍可能在世,則其享年在七十歲以上。文獻記載其爲衛州黎陽(今河南浚縣)人,幼或爲棄嬰,爲王姓人家所收養;據其詩推斷,其家曾有田地奴婢,較殷富;曾娶妻,有數子;早年熟讀儒家經典,後皈依佛教。然皆不能認定。今存"王梵志詩",非王梵志一人所作,有相當數量是無名氏(主要是僧侶)仿照王梵志詩風格所創作。王梵志詩不見收於《全唐詩》,今存"王梵志詩",有敦煌所出三卷本、敦煌所出一卷本及出於敦煌遺書及唐宋詩話、筆記的散見王梵志詩。據考,三卷本爲"王梵志詩"最重要部分,真正的王梵志詩多出於此;一卷本實際上是唐代民間童蒙讀本,其寫作年代應在晚唐時期;散見的"王梵志詩",則爲盛唐以後至宋陸續所産生。王梵志詩以白描、敍述和議論見長,風格質樸,詼諧幽默,富於理趣,下啓寒山、拾得等,開唐代白話詩一派。

吾富有錢時

【題解】

　　這是一首慨歎人情冷暖的諷刺詩。全用口語,平平敍來,不作驚人之筆,卻描摹如畫,極有情致,充滿了作者對世情險薄的激憤之情。詩中所諷刺者是"婦兒",其實世間人情冷暖又何止"婦兒"? 這應是詩人特別着意之處。

　　吾富有錢時,婦兒看我好。吾若脱衣裳,與吾疊袍襖。吾出經求去[1],送吾即上道[2]。將錢入舍來,見吾滿面笑。繞吾白鴿旋,恰似鸚鵡鳥。邂逅暫時貧[3],看吾即貌哨[4]。人有七貧時,七富還相報[5]。圖財不顧人[6]，且看來時道[7]。

《王梵志詩校注》卷一

【校注】

[1]經求：唐時口語，經營求利。　　[2]上道：通衢、大路。　　[3]邂逅（hòu後）：不期而遇、偶然遇到。　　[4]貌峭：一作“藐峭”，唐時口語，面目冷漠難看。[5]七貧、七富：唐時俗語，形容貧富變化無常。　　[6]圖：一作“徒”，義同。[7]來時道：猶言“將來待我富時再數落你”。

上官儀

【作者簡介】

　　上官儀（607？—664），字游韶，陝州陝縣（今屬河南）人。貞觀初舉進士，召授弘文館直學士，累遷秘書郎，每與宮中宴集，奉和作詩，爲宮廷重要文人。高宗龍朔二年（662）拜西臺侍郎、同東西臺三品，因建議高宗廢武后，忤武氏，麟德元年（664），受誣構參與梁王謀反，下獄死。儀工五言詩，“以綺錯婉媚爲本”（《舊唐書》本傳）；又總結六朝以來詩歌偶對之法，創爲“六對”、“八對”之説，對律詩形成有促進作用。原有集，已佚，《全唐詩》輯其詩一卷。《舊唐書》卷八〇、《新唐書》卷一〇五有傳。

入朝洛堤步月

【題解】

　　詩作於高宗朝，高宗及百僚皆在東都洛陽。時上官儀詩名滿天下，位尊勢隆，上朝途中於不經意之間吟出此詩，一種位極人臣、太平宰相的自得之情含蓄其中。

　　脈脈廣川流[1]，驅馬歷長洲[2]。鵲飛山月曙，蟬噪野風秋。

《全唐詩》卷四〇

【校注】

[1]脈(mò 墨)脈:水流悠遠貌。廣川:指洛水。　　　[2]長洲:指洛堤。

【集評】

　　(唐)劉餗《隋唐嘉話》卷中:"高宗承貞觀之後,天下無事。上官侍郎儀獨持國政,嘗凌晨入朝,巡洛水堤,步月徐轡,詠詩云(略)。群公望之,猶神仙焉。"

　　(明)胡震亨《唐音癸籤》卷一一:"上官儀'鵲飛山月曉,蟬噪野風秋',率爾出風致語,佳耳。張説'雁飛江月冷,猿嘯野風秋'似有意學之,那得佳? 歐公力擬温飛卿警聯不及,亦同此。"

駱賓王

【作者簡介】

　　駱賓王(627? —684?),字觀光,婺州義烏(今屬浙江)人。七歲能詩,開口詠鵝,被呼爲神童。弱冠爲道王李元慶府屬,咸亨間從軍塞上,又奉使入蜀。上元元年(674)回京參選,歷任武功主簿、長安主簿等。調露元年(679)遷侍御史,屢上書言事,得罪,被誣下獄,次年遇赦獲釋,出爲臨海縣丞。武則天光宅元年(684),徐敬業於揚州起兵,賓王與其事,軍中書檄,皆出其手,兵敗被殺。一説亡匿爲僧,不知所終。爲"初唐四傑"之一,詩文兼擅。爲詩長於七言歌行,明王世貞謂《帝京篇》長篇巨製,如"綴錦貫珠,滔滔洪遠,故是千秋絶藝"(《藝苑卮言》卷四);五言律亦秀麗精絶。有《駱賓王文集》十卷行世。《舊唐書》卷一九〇上、《新唐書》卷二〇一有傳。

在獄詠蟬

【題解】

　　詩作於高宗調露二年(680)秋。賓王因言事被誣入獄將近一年。詩前有長序,序中謂蟬"故潔其身也,稟君子達人之高行;蜕其皮也,有仙都羽化之靈姿","有目斯開,不以道昏而昧其視;有翼自薄,不以俗厚而易其真;吟喬樹之微風,韻姿天縱;飲高秋之墜露,清畏人知",託蟬詠志的創作意圖非常明顯。詩中一以自悲,又希望有人能施以援手,情真調苦,淒切感人。

西陸蟬聲唱[1],南冠客思侵[2]。那堪玄鬢影[3],來對白頭吟[4]?露重飛難進,風多響易沈。無人信高潔,誰爲表予心!

《駱臨海集箋注》卷四

【校注】

[1]西陸:秋天。《隋書·天文志》:"日循黃道東行,一日一夜行一度,三百六十五日有奇而周天。行東陸謂之春,行南陸謂之夏,行西陸謂之秋,行北陸謂之冬。"　　[2]南冠:《左傳》成公九年:"晉侯觀於軍府,見鍾儀,問之曰:'南冠而縶者,誰也?'有司對曰:'鄭人所獻楚囚也。'"杜預注:"南冠,楚冠。"後因以南冠代囚犯。　　[3]玄鬢:指蟬鬢。晉崔豹《古今注》:魏文帝宮人莫瓊樹始製蟬鬢,望之縹緲如蟬。玄,黑色。鬢髮梳得薄如蟬翼,故稱蟬鬢。　　[4]"來對"句:謂蟬聲悲苦,似在同情他清而遭讒的處境。白頭:年老人,作者自指。又"白頭吟"爲古樂府"楚調"曲名,曲調哀怨。

【集評】

(明)陸時雍《唐詩鏡》卷一:"大家語,大略意象深而物態淺。"

於易水送人

【題解】

易水,在今河北西部。《元和郡縣圖志》卷一八《河北道三·易州》:"易水,一名故安河,出縣西寬中谷……燕太子丹送荆軻易水之上,即此水也。"詩人個性中原有感激慷慨的一面,生平多遭遇不公,此次送人易水之上,遂想起千載以前事,不禁生此感慨。

此地別燕丹,壯士髮衝冠[1]。昔時人已没,今日水猶寒[2]。

《駱臨海集箋注》卷五

【校注】

[1]燕丹:即燕太子丹。丹遣荆軻如秦刺秦王,於易水送別。《史記·刺客列傳》:
"(荆軻)遂發,太子及賓客知其事者,皆白衣冠以送之。至易水之上,既祖,取道,
高漸離擊筑,荆軻和而歌,爲變徵之聲,士皆垂淚涕泣。又前而爲歌曰:'風蕭蕭兮
易水寒,壯士一去兮不復還!'復爲羽聲慷慨,士皆瞋目,髮盡上指冠。於是荆軻就
車而去。"壯士髮:一作"壯髮上",義同。　　　[2]水猶寒:用荆軻歌辭意。

【集評】

　　(清)毛先舒《詩辯坻》卷三:"臨海《易水送別》,借軻、丹事,用一'別'字
映出題面,餘作憑弔,而神理已足。二十字中游刃如此,何等高筆!"

盧照鄰

【作者簡介】

　　盧照鄰(634?—686?),字昇之,范陽(今河北涿州)人。二十歲時爲鄧王李
元裕府典籤,龍朔中遷益州新都尉,秩滿,留蜀中,放曠詩酒。後離蜀入洛,咸亨
三年(672)染風疾,入長安從孫思邈問醫,又入太白山養疾,服藥不精中毒,遂罹
痼疾,自號"幽憂子"。永隆二年(681)轉洛陽龍門山學道服餌,垂拱元年(685)
移寓陽翟具茨山下,二年前後,不堪疾病折磨,自沉潁水死。照鄰工駢文、詩歌,
與王勃、楊炯、駱賓王齊名,並稱"四傑"。爲詩長於七言歌行,詞采艷麗,楊炯稱
其爲"人間才傑"(《王勃集序》)。有《幽憂子集》七卷傳世。《舊唐書》卷一九
○上、《新唐書》卷二○一有傳。

梅 花 落

【題解】

　　《梅花落》爲樂府古題,本笛中曲。此詩借内地梅花寫思婦思念邊地丈
夫。詩中以内地梅花喻思婦,以邊地雪借指丈夫,花忽而爲雪,雪忽而爲花,
巧妙地將思婦糾葛纏綿之情表達出來。

　　梅院花初發[1]，天山雪未開[2]。雪處疑花滿，花邊似雪迴[3]。因風入舞袖，雜粉向妝臺[4]。匈奴幾萬里，春至不知來[5]。

《盧照鄰集校注》卷二

【校注】

[1]梅院：植梅的院落。梅院，一作"梅嶺"。梅嶺有二：一爲唐虔州（今江西寧都）東北之梅嶺山；一爲大庾嶺，嶺上多植梅，故稱。"梅嶺"與下句"天山"相對，亦通。
[2]天山：唐時稱伊州（今新疆哈密）、西州（今新疆吐魯番）以北一帶山脈爲天山，也稱白山、折羅漫山。雪未開：雪未消融。　　[3]"雪處"二句：寫思婦幻覺。天山之雪似爲梅花，而院落之梅又似爲雪。迴：迴旋、飄舞。　　[4]"因風"二句：用南朝宋武帝女壽陽公主"梅花妝"事。《太平御覽》卷九七〇引《宋書》："武帝女壽陽公主人日臥於含章簷下，梅花落公主額上，成五出之華，拂之不去，皇后留之。自後有梅花妝。"　　[5]不知來：指丈夫出擊匈奴不會回來。

長安古意

【題解】

　　"古意"即擬古。漢魏六朝以來，流行以長安、洛陽爲背景題材的詩歌，或寫山河關隘、宮殿城闕，或寫上層豪貴和市井生活。本篇託古以詠今，有較强烈的刺時諷世的用意。篇中首先展現長安的繁華富庶和交錯如蛛網的道路，繼而展開對上層社會權勢人物驕奢淫逸生活和下層社會形形色色人物生活狀態的描寫，使全詩顯得五彩繽紛、目不暇給。詩中還有對愛情的渴望，對守節礪志窮愁著述者的同情。此詩明顯受到左思《詠史》（"濟濟京城內"）的影響，但視野更開闊，描寫更細緻，長篇巨製，鋪排豪華，藻飾富麗，"以賦爲詩"的傾向很明顯。聞一多以詩歌發展眼光，將此詩與六朝詩歌相比，盛讚此詩有"生龍活虎般騰踔的節奏"，"得成比目何辭死"二句有"起死回生的力量"（《唐詩雜論·宮體詩的自贖》）。

　　長安大道連狹斜[1]，青牛白馬七香車[2]。玉輦縱橫過主第[3]，金鞭絡繹向侯家。龍銜寶蓋承朝日[4]，鳳吐流蘇帶晚霞[5]。百丈游絲爭繞樹[6]，一群嬌鳥共啼花。啼花戲蝶千門側，碧樹銀臺萬種色[7]。複道交窗作合歡[8]，雙闕連甍垂鳳翼[9]。梁家畫閣天中起[10]，漢帝金莖雲外直[11]。樓前相望不相知，陌上相逢詎相識[12]？借問吹簫向紫煙，曾經學舞度芳年[13]。得成比目何辭死，願作鴛鴦不羨仙[14]。比目鴛鴦真可羨，雙去雙來君不見[15]？生憎帳額繡孤鸞，好取門簾帖雙燕[16]。雙燕雙飛繞畫梁，羅緯翠被鬱金香[17]。片片行雲着蟬鬢，纖纖初月上鴉黃[18]。鴉黃粉白車中出，含嬌含態情非一。妖童寶馬鐵連錢[19]，娼婦盤龍金屈膝[20]。御史府中烏夜啼[21]，廷尉門前雀欲棲[22]。隱隱朱城臨玉道[23]，遙遙翠幰沒金堤[24]。挾彈飛鷹杜陵北[25]，探丸借客渭橋西[26]。俱邀俠客芙蓉劍[27]，共宿娼家桃李蹊[28]。娼家日暮紫羅裙，清歌一囀口氛氳[29]。北堂夜夜人如月，南陌朝朝騎似雲[30]。南陌北堂連北里[31]，五劇三條控三市[32]。弱柳青槐拂地垂，佳氣紅塵暗天起。漢代金吾千騎來[33]，翡翠屠蘇鸚鵡杯[34]。羅襦寶帶爲君解[35]，燕歌趙舞爲君開[36]。別有豪華稱將相，轉日回天不相讓[37]。意氣由來排灌夫[38]，專權判不容蕭相[39]。專權意氣本豪雄，青虯紫燕坐春風[40]。自言歌舞長千載，自謂驕奢凌五公[41]。節物風光不相待，桑田碧海須臾改。昔時金階白玉堂，即今唯見青松在[42]。寂寂寥寥揚子居[43]，年年歲歲一牀書[44]。獨有南山桂花發[45]，飛來飛去襲人裾[46]。

《盧照鄰集校注》卷二

【校注】

[1]狹斜：指平民所居的小巷。或謂指歌妓所居的小街曲巷。古樂府有《長安有狹斜行》，述少年冶游之事，後遂以"狹斜"指妓院，亦通。斜，一作"邪"，音義俱同。
[2]七香車：用多種香木製成的車子。因叶韻，"車"讀如 chā（插）。　　[3]玉輦：本指皇帝乘坐的車。此處泛指貴人所乘的車。主第：公主的府第。　　[4]龍銜寶蓋：車蓋的支柱雕成龍形，龍口似銜着車蓋。寶蓋，即華蓋，車上張起的傘狀車篷。　　[5]鳳吐流蘇：車蓋上的立鳳嘴端懸着流蘇。流蘇，一種裝飾品，在彩繡的球形物上綴有下垂的絲縷。　　[6]游絲：春天蟲類吐出的絲，飄在空中。
[7]"啼花"二句：寫漢宮樓閣壯麗。千門：形容宮中建築繁複重疊。銀臺：以銀爲裝飾的臺閣。　　[8]複道：空中架起的連接樓閣的通道。因地面上還有一層通道，故稱複道。交窗：即綺窗，窗櫺做成花的形狀。　　[9]"雙闕"句：指漢長安建章宮東門外的雙鳳闕，舊題潘岳撰《關中記》："建章宮圓闕臨北道，有金鳳在闕上，

高丈餘,故號鳳闕也。"此處代指唐長安宮門前雙闕。王維《奉和聖製從蓬萊向興慶閣道中留春雨中春望之作應製》詩:"雲裏帝城雙鳳闕,雨中春樹萬人家。"雙闕:建於宮前的望樓,形似兩段不相連的城牆,故名"闕"。甍(méng 蒙):屋脊。

[10]梁家:指東漢順帝時外戚梁冀。梁冀在洛陽大起宅第,連房洞户,臺閣周通,柱壁雕鏤,殫極土木。 [11]金莖:即漢長安建章宫内銅柱,武帝所立,高二十丈,上有仙人,掌中托承露盤。武帝取盤中露水,合玉屑服之,以求長生。

[12]"樓前"二句:是樓下男子欲與樓上女子結好的探問,意謂美女如雲,我在樓前雖然曾經相望於你,卻不相知,如今陌上相逢豈能相識? [13]"借問"二句:意謂男子打聽到這位女子是舞女。吹簫:用傳説中秦穆公女兒弄玉成仙事。弄玉從丈夫蕭史吹簫作鳳鳴,穆公築鳳臺爲他們夫婦居住,一夕吹簫引鳳,弄玉與蕭史乘鳳升空成仙而去。事見漢劉向《列仙傳》卷上。 [14]"得成"二句:是男子欲與女子結好的誓詞。比目:魚名,即鰈(dié 碟)。舊説此魚一目,須兩兩相並始能游行,故又名比目魚。後世詩文常用以比喻愛侣須臾不可相離。 [15]"比目"二句:是樓上女子對樓下男子欲與其結好的回應,即兩心相同之意。 [16]"生憎"二句:是女子向男子表露心聲,意謂自己亦有意尋求愛侣,不願意孤棲。生憎:最厭惡。帳額:帳簷,即帳簾上端垂下的部分。孤鸞:帳額上所繡,象徵獨居。帖雙燕:門簾上所繡,象徵愛情。帖,同"貼",一種繡法,即"盤繡",晚唐温庭筠《菩薩蠻》"新帖繡羅襦,雙雙金鷓鴣"同此。 [17]"雙燕"二句:寫女子居處。翠被:繡有翠鳥圖紋的被。鬱金香:一種香料,用來熏被。 [18]"片片"二句:寫女子裝飾。行雲:形容鬢髮蓬鬆如雲朵。蟬鬢:一種髮式,即將兩鬢梳成蟬翼樣。初月:形容女子額飾如初月狀。鴉黃:嫩黄色。六朝及唐代女子流行額上塗鴉黄,以爲美觀。 [19]妖童:豪貴家的歌童或男僕,主人出行時隨從。因爲容貌姣美,服飾華麗,故名"妖童"。鐵連錢:青色有連錢斑紋的馬。 [20]娼婦:歌妓舞女。亦爲豪貴家隨從。盤龍金屈膝:車門上有盤龍飾紋的金屬合頁。屈膝,用於屏風、門、窗等物上的金屬部件,可以自由開合,今名"合頁"。 [21]御史:官職名,掌糾察彈劾百官。其官署,西漢稱御史府,東漢及唐稱御史臺。烏夜啼:用西漢御史府典故。《漢書·朱博傳》:"(御史)府中列柏樹,常有野烏數千棲宿其上,晨去暮來,號曰'朝夕烏'。" [22]廷尉:官職名,掌執法。雀欲棲:用西漢廷尉翟公典故。《史記·汲鄭列傳》:"始翟公爲廷尉,賓客闐門,及廢,門外可設雀羅。" [23]朱城:宫城。玉道:長安大道。"玉"形容其净潔。 [24]翠幰(xiǎn 顯):車上翠綠色帷幕。金堤:渠岸旁大道。"金"形容其堅固。 [25]挾彈飛鷹:指圍獵。杜陵:地名,在長安東南,秦時爲杜縣,漢宣帝葬於此,改稱杜陵。漢、唐時,此地爲游俠少年游樂之處。 [26]探丸借客:指游俠殺人復仇。探

丸,爲游俠殺人前的部署:每次行動前,殺人者以探丸決定分工,探得赤丸者殺武吏,探得黑丸者殺文吏,探得白丸者主治喪。借客,即借人報仇之意。渭橋:即中渭橋,在長安北。　　　[27]芙蓉劍:春秋時越國所鑄名劍。《藝文類聚》卷六〇引《吳越春秋》:"越王允常聘區冶子作名劍五枚,一曰純鉤……秦客薛燭善相劍,王取純鉤示之,薛燭矍然望之曰:'沈沈如芙蓉始生於湖。觀其文,如列星之行;觀其光,如水之溢塘。'"此處泛指名劍。　　　[28]桃李蹊:此指娼家所居處。《史記·李將軍列傳》有"桃李不言,下自成蹊"語,此處借用,暗示去娼家的人很多。

[29]口氛氲:謂歌女身上脂粉氣味濃郁,開口唱歌時,似從口中傳出香味。一説指歌女口脂(塗在嘴唇上的化妝品)的香氣,亦通。　　　[30]北堂、南陌:分指娼家内部、娼家以外。人如月:形容歌女貌美。　　　[31]北里:即平康坊,唐長安坊名,在長安城春明門(東門)内,其位置偏於長安北,故又稱北里。爲唐代長安妓女聚居之地。唐孫棨著有《北里志》,記當時妓女生活情況。　　　[32]五劇三條:謂長安交通縱橫交錯。道路交錯謂之"劇",道路相通謂之"條"。控:控制,此處指多條道路均與商業區相通。三市:每天的三次集市,泛指長安城内集市繁榮。

[33]金吾:即執金吾,長安禁軍名稱,負責巡防京師。此處指禁軍軍官,他們也來到娼家。　　　[34]翡翠屠蘇:指酒。翡翠,是酒翠緑的顏色。屠蘇,是一種香草,用來浸酒。古代有正月飲屠蘇酒的習俗。鸚鵡杯:用鸚鵡螺製成的酒杯。此處泛指酒具名貴。　　　[35]"羅襦"句:謂妓女陪客人過夜。《史記·滑稽列傳》:"日暮酒闌,合尊促坐,男女同席,履舄交錯,杯盤狼藉,堂上燭滅……羅襦襟解,微聞薌(香)澤。"此處用其意。　　　[36]"燕歌"句:謂妓女爲客人歌舞。古代燕趙地區以歌舞著名。因牽就聲律關係,此句與上句次序倒置。　　　[37]轉日回天:謂恃權將相權力之大,可以左右皇帝。　　　[38]灌夫:漢武帝時將軍,使氣任俠,每使酒罵座,略無顧忌。灌夫與魏其武安侯竇嬰交結,在宰相田蚡與竇嬰權力鬥爭中,灌夫支援竇嬰,因而觸怒田蚡,遭其陷害,族誅。事見《史記·魏其武安侯列傳》。"排灌夫",猶言意氣壓倒灌夫。　　　[39]判:同"拚",必然、一定之意。蕭相:指蕭望之,漢宣帝時爲御史大夫、太子太傅,元帝時爲將軍,嘗自謂"備位將相"。後被宦官石顯陷害,自殺。一説指高祖時宰相蕭何,但蕭何未有不見容於同朝權臣之事。　　　[40]青虬、紫燕:皆駿馬名。春:一作"生",義同。

[41]五公:指漢代張湯、杜周、蕭望之、馮奉世、史丹,五人並爲漢代權貴,見《文選》班固《西都賦》"七相五公"李善注。　　　[42]節物風光:隨季節變更的不同景物。以上四句説隨着時間飛逝,昔日豪貴人物皆已化爲烏有。　　　[43]揚子:指漢揚雄。雄字子雲,蜀郡成都人,博學無所不覽,清静無爲,不汲汲於富貴名利。其在長安爲官,極不得意。此處作者用以自況。　　　[44]牀:此指几、案之類。北周庾信

《寒園即目》詩:"隱士一牀書。"　　[45]南山:終南山,在長安南。　　[46]裾:衣前襟。

【集評】

(明)顧璘《批點唐音》卷一:"此篇鋪敍長安帝都繁華,宫室之美,人物之盛,極於將相而至。然而盛衰相代,唯子雲安貧樂道,乃久垂令名耳。但詞藻浮艷,骨力較輕,所以爲初唐之音也。"

(清)毛先舒《詩辯坻》卷四:"(七言歌行)初唐如(駱賓王)《帝京》《疇昔》,(盧照鄰)《長安》,(李嶠)《汾陰》等作,非鉅匠不辨。非徒博麗,即氣概充碩、無紀渻之養者,一望卻走。唐人無賦,此調可以上敵班(固)、張(衡)。蓋風神流動,詞旨宕逸,即文章屬第二義。"

元日述懷

【題解】

題一作《明月引》。詩或作於高宗咸亨三年(672),時詩人離蜀在洛陽家中閒居。首句爲牢騷語,於是顯得末聯的"願得長如此"便不是由衷的話,不過詩仍然寫得安適而含蓄。詩爲五律,格律稍有不合,因當時五律尚未最後定型之故。

筮仕無中秩[1],歸耕有外臣[2]。人歌小歲酒[3],花舞大唐春。草色迷三徑[4],風光動四鄰。願得長如此,年年物候新[5]。

《盧照鄰集校注》卷二

【校注】

[1]筮仕:古人將出仕,先占吉凶,謂之筮仕。後遂稱入官爲筮仕。中秩:中等級別的官職。盧照鄰曾官新都尉,品秩爲八、九品,屬下等官吏。　　[2]外臣:方外之臣,指隱居不仕的人。此處是詩人自指。　　[3]小歲酒:小歲之日向尊長者敬獻的酒。古代在冬至後第三個戌日行臘祭,臘祭次日爲小歲。後世又分別以冬至夜、元日爲小歲。《太平御覽》卷三三引漢崔寔《四民月令》:"臘明日,謂小歲,進酒尊長,修刺賀君師。"明謝肇淛《五雜俎·天部》:"臘之次日爲小歲,今俗以冬至夜爲小歲。然盧照鄰《元日》詩云云,則元日亦可謂之小歲矣。"　　[4]三徑:西漢末,王莽專權,兗州刺史蔣詡告病辭官,隱居鄉里,於院中闢三徑,唯羊休、求仲與之

游。事見漢趙岐《三輔決録·逃名》。後每以三徑代稱故里家園。　　　　［5］物候：庶
物應節候而至，如春日見燕、秋來霜降之類。

李　嶠

【作者簡介】

　　李嶠（645？—714？），字巨山，趙州贊皇（今屬河北）人。二十歲舉進士第，
授長安尉。武后聖曆元年（698）官至同鳳閣鸞臺平章事（武后光宅元年改中書
省、門下省爲鳳閣、鸞臺）。中宗即位，坐附張易之，貶通州刺史，未幾召回，授禮
部侍郎，神龍二年（706）爲中書令，景龍三年（709）爲兵部尚書。睿宗即位，以附
韋后、武三思，貶懷州刺史。玄宗立，再貶滁州別駕，卒於官。嶠爲武后、中宗朝
四大學士之一，文學聲名卓著，其詩詞采典麗，與蘇味道齊名，並稱“蘇李”。張
説《五君詠》（其三）贊其“才華乃天授”、“新詩貫宇宙”（《張説之文集》卷一
〇）。五律詠物詩多達一百二十首，藻飾極工。原有集，已佚，明人輯有《李嶠
集》三卷。《舊唐書》卷九四、《新唐書》卷一二三有傳。

風

【題解】

　　李嶠有一組數量龐大的詠物詩，自日月星辰、山川河流到芳草佳樹、服
玩器用等，包羅極廣，多達百餘首，皆用標準的五律體，號爲《李嶠百詠》。此
詩亦是詠物詩，體裁卻爲五絶。詩人對風施於外物的“形態”作了畫圖式的
描繪，語言形象淺近，兼有啓蒙作用。

　　解落三秋葉[1]，能開二月花。過江千尺浪，入竹萬竿斜。

　　　　　　　　　　　　　　　　　　　　　　　　　　《李嶠詩注》

【校注】
[1]解:能,能够。

杜審言

【作者簡介】

　　杜審言(645？—708),字必簡,其先京兆(今陝西西安)杜陵人,後徙居襄陽
(今屬湖北),至其祖依藝,定居於鞏縣(今屬河南)。杜甫之祖。高宗咸亨元年
(670)舉進士第,授隰城尉,轉洛陽丞,恃才傲物,爲同僚所忌,貶吉州司户。後
召還,官至膳部員外郎。中宗神龍元年(705)坐附張易之流峰州,次年召還,授
國子監主簿。善五、七言律,屬對謹嚴,“於初唐流麗中,別具沈摯”(清翁方綱
《石洲詩話》卷一)。原有集,已佚,《全唐詩》録其詩一卷。《舊唐書》卷一九○
上、《新唐書》卷二○一有傳。

和晉陵陸丞早春遊望

【題解】

　　晉陵,唐縣名,即今江蘇常州,唐時爲毗陵郡治所。陸丞,晉陵縣丞,名
字不詳。《早春遊望》爲陸丞所作,此詩和其作。武后永昌元年(689)前後,
詩人曾在毗陵郡所屬江陰縣任丞、尉一類官職,當是此時與陸丞的唱和之
作。詩寫江南早春景色,流露思鄉情緒。明胡應麟推此篇爲初唐五律第一
(《詩藪》内編卷四)。一作韋應物詩,誤。

　　獨有宦遊人[1],偏驚物候新[2]。雲霞出海曙,梅柳渡江春。淑氣
催黄鳥[3],晴光轉緑蘋[4]。忽聞歌古調[5],歸思欲沾巾。

《杜審言詩注》

【校注】
[1]宦遊人:在外做官的人。　　　　[2]物候新:景物應節候而發生的變化。

[3]淑氣:春天温煦之氣。黃鳥:黃鸝。　　[4]"晴光"句:謂蘋葉在陽光下日漸變綠。江淹《詠美人春游》:"江南二月春,東風轉綠蘋。"此句化用其意。
[5]古調:指陸丞詩。

【集評】

　　(明)陸時雍《唐詩鏡》卷三:"三、四如精金百煉……'曙'、'春'一字一句,古人琢意之妙。起、結意勢冲盈。"

蘇味道

【作者簡介】

　　蘇味道(648—705),趙州欒城(今屬河北)人。弱冠舉進士第,累調咸陽尉,歷吏部員外郎、考功郎中,武后延載元年(694)官至鳳閣鸞臺平章事,翌年貶集州刺史,聖曆元年(698)復以鳳閣侍郎同平章事。中宗神龍元年(705)坐附張易之貶眉州刺史,俄遷益州長史,卒。以文辭與李嶠並稱"蘇李",又與李嶠、崔融、杜審言合稱"文章四友"。初唐五律,當"四傑"之際,"才氣雖雄,情詞未斐,蘇、李加以密裁……律詩之盛,在此際間耳"(明陸時雍《唐詩鏡》卷三)。原有集,已佚,《全唐詩》編其詩爲一卷。《舊唐書》卷九四、《新唐書》卷一一四有傳。

正月十五夜

【題解】

　　詩寫長安元宵(即上元)夜燈火輝煌及通宵達旦車馬喧闐、人流如潮景象。四聯八句皆對,整飭而不板結。

　　火樹銀花合[1],星橋鐵鎖開[2]。暗塵隨馬去,明月逐人來。游伎皆穠李[3],行歌盡落梅[4]。金吾不禁夜,玉漏莫相催[5]。

　　　　　　　　　　　　　　　　　　　　　　《蘇味道詩注》

【校注】

[1]火樹銀花:形容燈火輝煌。四望如一,故言"合"。王維《終南山》"白雲迴望合",孟浩然《過故人莊》"緑樹村邊合",與此同。唐張鷟《朝野僉載》卷三記睿宗先天二年(713)長安元宵燈會云:"於京師安福門外作燈輪,高二十丈,衣以錦綺,飾以金玉,燃五萬盞燈,簇之如花樹。宮女千數,衣羅綺,曳錦繡,耀珠翠,施香粉。一花冠、一巾帔皆萬錢,裝束一妓女皆至三百貫。妙簡長安、萬年少女婦千餘人,衣服、花釵、媚子(首飾名)亦稱是。"所記雖爲睿宗時事,而長安元宵夜景象可以想像得知。 [2]星橋:神話中的鵲橋。元宵燈會中可能扮有牛、女相會的故事。一説星橋指護城河上橋,點綴以燈火,故稱星橋;城門通宵開放,鐵鎖爲開,即崔液《上元夜》"鐵關金鎖徹明開"句意,亦通。 [3]游伎:巡游各處的歌妓。伎,同"妓"。穠李:形容歌妓美艷如花。 [4]落梅:即"梅花落",爲笛曲名。

[5]"金吾"二句:謂元宵夜通宵開禁。金吾:禁軍。參見盧照鄰《長安古意》詩注。玉漏:古代宮中計時器,以滴水多寡計量時間,也稱漏壺、漏刻。

【集評】

(明)陸時雍《唐詩鏡》卷三:"纖濃恰中。"

(清)《瀛奎律髓匯評》卷一六引紀昀評語:"三、四自然有味,確是元夜真景,不可移之他處。夜游得神處尤在出句,出句得神處尤在'暗'字。"

王 勃

【作者簡介】

王勃(650—676),字子安,絳州龍門(今山西河津)人。隋末大儒文中子王通之孫。六歲能文,九歲讀顔師古注《漢書》,撰《指瑕》以摘其失。高宗乾封元年(666)應幽素科及第,授朝散郎,次年爲沛王(李賢)府修撰。總章二年(669)戲爲《檄英王雞文》,爲高宗斥逐出府,遂漫游蜀中。後補虢州參軍,又因匿殺官奴獲死罪,遇赦除名,父福時受累貶交趾令。上元二年(675)勃渡南海省父,自交趾返時,溺水受驚而卒。"初唐四傑"之一。其詩氣象渾厚,音律諧暢,開初唐新風,尤以五言律詩爲工;其駢文繪章絺句,對仗精工,《滕王閣序》極負盛名。楊炯稱勃所作

“壯而不虛,剛而能潤,雕而不碎,按而彌堅”(《王勃集序》),當時對於糾正文壇積弊、推動初唐詩歌改革有積極作用。原有集,已佚,有明人所輯《王子安集》十六卷傳世。《舊唐書》卷一九〇上、《新唐書》卷二〇一有傳。

滕王閣序 并詩

【題解】

　　題一作《秋日登洪府滕王閣餞別序》。滕王閣故址在今江西南昌。唐高祖子李元嬰官洪州都督時,臨贛江建閣,貞觀十三年(639)元嬰受封爲滕王,後世遂稱此閣爲滕王閣。高宗上元二年(675),洪州都督宴賓客於滕王閣,王勃往南海省父,路過此地,參與宴會,即席援筆而爲此文。文中描繪南昌地理形勝、滕王閣四周景色及賓主之美,言隨文意,清新俊爽,境界開闊,氣勢壯大;復以盛宴不再,離別在即,興盡悲來,轉入對個人行役羈旅、命運偃蹇的抒寫,於窮途中寄希望,頹傷中能振作。文爲駢體,在精美嚴整的形式之中,極盡自然變化之趣。尤其景物描寫部分,文筆瑰麗,手法多樣,將秋日風光描繪得神采飛動,令人擊節歎賞。其中“落霞與孤鶩齊飛,秋水共長天一色”一聯,動靜相映,意境渾融,成爲千古傳誦的名句。此文作年舊有二說:一說在王勃十四歲時,勃父爲六合(今屬江蘇)縣令;一說在上元二年勃往交趾(今越南河內附近)省父時。以後說較符合作者生平實況。

　　豫章故郡,洪都新府[1]。星分翼軫[2],地接衡廬[3]。襟三江而帶五湖[4],控蠻荆而引甌越[5]。物華天寶,龍光射牛斗之墟[6];人傑地靈,徐孺下陳蕃之榻[7]。雄州霧列,俊采星馳[8]。臺隍枕夷夏之交[9],賓主盡東南之美。都督閻公之雅望,棨戟遙臨[10];宇文新州之懿範,襜帷暫駐[11]。十旬休假,勝友如雲[12];千里逢迎,高朋滿座。騰蛟起鳳,孟學士之詞宗[13];紫電青霜,王將軍之武庫[14]。家君作宰[15],路出名區;童子何知[16],躬逢勝餞。

【校注】

[1]“豫章”二句:南昌在漢爲豫章郡治所,在唐爲洪州都督府治所。　　[2]翼、軫(zhěn 枕):皆二十八宿星宿名。古人習以天上星宿位置與地面某一區域位置相對應,稱作分野。據《越絕書》,豫章郡古屬楚地,翼、軫二星爲楚地分野。

[3]衡廬:衡山和廬山。此以衡山、廬山代衡州、江州,謂洪州與衡、江二州相接。

[4]三江、五湖:泛指長江中下游江河和湖泊。句謂洪州以三江爲襟,以五湖爲帶,地理位置很重要。　　　[5]蠻荊:古代稱楚國爲蠻荊。此處泛指今湖南、湖北一帶地域。甌越:指今浙江一帶地區。古東越王都東甌(今浙江永嘉),時俗稱東甌王。句謂洪州西控兩湖,東扼江浙。　　　[6]"物華"二句:用晉張華使雷焕於豐城掘地得寶劍事。張華妙識天象,晉未滅吳時,華見斗牛之間常有紫氣。吳平之後,紫氣愈明。華聞豫章人雷焕妙達緯象,乃邀焕宿,登樓仰觀。華問焕:"是何祥也?"焕曰:"寶劍之精,上徹於天耳。劍在豫章豐城。"華即補焕爲豐城令。焕到縣,掘獄屋基,入地四丈餘,得一石函,中有雙劍,並刻題:一曰龍泉,一曰太阿。其夕,斗牛間氣不復見焉。詳見《晉書・張華傳》。句謂洪州物產之精華,堪爲上天之珍寶。

[7]"人傑"二句:用東漢名士陳蕃、徐穉事。據《後漢書・徐穉傳》,穉字孺子,豫章南昌人;時陳蕃爲太守,在郡不接賓客,唯穉來,特設一榻,去則懸之。句謂洪州人物之美。　　　[8]"雄州"二句:前句說洪州地形雄壯如雲霧籠罩,後句說洪州才俊之士如群星湧現。采:通"寀",《爾雅・釋詁》:"寀,寮,官也。"采,一作"彩"。

[9]臺隍:臺閣、城塹。或云護城河無水曰隍。夷夏:蠻夷和華夏。句謂洪州地處中原華夏與南方少數民族交界之處。　　　[10]都督閻公:名不詳。舊說謂是閻伯璵,誤。蔣清翊《王子安集注》:"張遜業校正《王勃集序》,謂是閻伯璵,未知何據。《新唐書・王勃傳》有'起居舍人閻伯璵'之名,殆因此而誤耶?"棨(qǐ 起)戟:以赤黑色繪爲衣套的木戟。古時官員出行,以棨戟之類作爲儀仗前導。唐高祖武德元年以洪州爲總管府,七年改爲都督府。此句說洪州都督出席宴會。此下數句逐人介紹與宴的嘉賓。　　　[11]宇文新州:指新州刺史複姓宇文者。新州,唐屬嶺南道,治新興(今屬廣東)。宇文刺史大約是赴任途經南昌,受邀參加宴會。懿範:模範、楷模,讚美之詞。襜(chān 攙)帷:車上的帷幔。此指車駕。　　　[12]十旬休假:唐制,十日爲一旬,遇旬日則官員休沐,稱爲"旬休"。假,一作"暇"。假、暇通,皆空閒之意。　　　[13]騰蛟起鳳:《西京雜記》卷二:"董仲舒夢蛟龍入懷,乃作《春秋繁露》詞。"又:"雄著《太玄經》,夢吐鳳凰,集《玄》之上,頃而滅。"孟學士:來賓之一,名未詳。《唐摭言》謂孟學士即都督閻公女婿,滕王閣之會,嘗屬意其爲此序。詳見"集評"。此句贊孟學士文章可與董仲舒、揚雄媲美。　　　[14]紫電青霜:晉崔豹《古今注》卷上:"吳大帝(孫權)有寶劍六……二曰紫電。"《西京雜記》卷一:"高祖(劉邦)斬白蛇劍,十二年一加磨瑩,刃上常若霜雪。"王將軍:來賓之一,名不詳。武庫:原指收藏兵器的倉庫,此處贊王將軍富於軍事韜略。　　　[15]家君:向人指稱其父。作宰:居縣令之官。時王勃父福時爲交趾令。　　　[16]童子:王勃自稱。童子不必專指幼童,據高步瀛考訂,古人至三十歲,仍有被稱爲"童

子”者，而《唐摭言》以爲《滕王閣序》作於王勃十四歲時，或因勃自稱“童子”致誤。詳見高步瀛《唐宋文舉要》乙編卷一。

　　時維九月，序屬三秋[1]。潦水盡而寒潭清[2]，煙光凝而暮山紫。儼驂騑於上路[3]，訪風景於崇阿。臨帝子之長洲[4]，得天人之舊館[5]。層臺聳翠，上出重霄；飛閣翔丹，下臨無地[6]。鶴汀鳧渚，窮島嶼之縈迴；桂殿蘭宮，即岡巒之體勢[7]。披繡闥[8]，俯雕甍[9]；山原曠其盈視，川澤紆其駭矚[10]。閭閻撲地[11]，鐘鳴鼎食之家[12]；舸艦迷津[13]，青雀黃龍之軸[14]。雲銷雨霽，彩徹區明[15]。落霞與孤鶩齊飛，秋水共長天一色[16]。漁舟唱晚，響窮彭蠡之濱[17]；雁陣驚寒，聲斷衡陽之浦[18]。

【校注】

[1]三秋：古人稱七、八、九月爲孟秋、仲秋、季秋，三秋即季秋九月。　　　[2]潦(lǎo 老)水：雨後地面積水。　　　[3]儼驂騑：整頓車馬。驂騑，《禮記·曲禮上》孔穎達疏：“車有一轅而四馬駕之，中央兩馬夾轅者名服馬，兩邊名騑馬，亦曰驂馬。”此處泛指駕車的馬。　　　[4]帝子：指滕王李元嬰。下句“天人”同。長洲：閣下沙洲。　　　[5]天人：一作“仙人”，義同。　　　[6]“層臺”四句：分寫仰觀滕王閣及自滕王閣俯視。《文選》南齊王屮(chè 徹)《頭陀寺碑》有“層軒延袤，上出雲霓；飛閣逶迤，下臨無地”句，四句由此化出。翔：一作“流”。　　　[7]“桂殿”二句：指滕王閣周邊宮殿建築，隨着岡巒山勢的起伏而起伏。即：一作“列”。
[8]披：推開。繡闥(tà 踏)：雕有花飾的閣門。　　　[9]雕甍(méng 盟)：雕有鳥獸花紋的屋脊。　　　[10]駭矚：觸目令人驚駭。　　　[11]閭閻：意謂人煙稠密。《説文》：“閭，里門也；閻，里中門也。”撲地：猶言匝地。《文選》鮑照《蕪城賦》：“廛閈(hàn 旱)撲地。”此句由此化出。　　　[12]鐘鳴鼎食：漢張衡《西京賦》：“擊鐘鼎食。”古代貴族鳴鐘列鼎而食。此處代富貴人家。　　　[13]舸(gě 葛)艦迷津：形容船舶之多。舸，大船。《方言》卷九：“南楚江、湘，凡船大者謂之舸。”艦，船上有屋者。　　　[14]青雀黃龍：船的裝飾形狀。軸：通“舳(zhú 竹)”，船尾把舵處。《方言》卷九：“船後曰舳。舳，制水也。”此處代指船隻。　　　[15]彩徹區明：形容彩虹通徹整個區域。　　　[16]“落霞”二句：北周庾信《馬射賦》：“落花與芝蓋同飛，楊柳共春旗一色。”二句由此化出。　　　[17]彭蠡：古澤名。《元和郡縣圖志》卷二八《江南道·江州》：“彭蠡湖在縣西六十里。”此處代指鄱陽湖。　　　[18]衡

陽:今屬湖南。境內衡山有回雁峰,相傳秋雁南飛止於此。

遥襟甫暢[1],逸興遄飛。爽籟發而清風生[2],纖歌凝而白雲遏[3]。睢園緑竹[4],氣凌彭澤之樽[5];鄴水朱華[6],光照臨川之筆[7]。四美具,二難并[8]。窮睇眄於中天[9],極娛游於暇日。天高地迥,覺宇宙之無窮;興盡悲來,識盈虛之有數。望長安於日下[10],目吳會於雲間[11]。地勢極而南溟深[12],天柱高而北辰遠[13]。關山難越,誰悲失路之人[14];溝水相逢[15],盡是他鄉之客。懷帝閽而不見[16],奉宣室以何年[17]?

【校注】

[1]遥襟:猶言襟懷。襟,一作"吟"。"遥吟"即遠望而口中吟哦,亦通。甫:方才。一作"俯"。　　[2]爽籟:管子參差不齊的排簫。《文選》殷仲文《南州桓公九井作》詩李善注:"《爾雅》曰:'爽,差也。'簫管非一,故言爽焉。"　　[3]白雲遏:形容歌聲嘹亮,能遏止行雲。《列子·湯問》:"薛譚學謳於秦青,未窮青之技,自謂盡之,遂辭歸。秦青弗止,餞於郊衢,撫節悲歌,聲振林木,響遏行雲。"　　[4]睢(suī 雖)園:即漢梁孝王菟園。《史記·梁孝王世家》:"孝王築東苑,方三百餘里,廣睢陽城七十里。"《水經注·睢水》:"(睢水)又東南流,歷於竹圃……世人言梁王竹園也。"　　[5]彭澤:在今江西湖口縣東。陶淵明曾官彭澤縣令,世稱陶彭澤。樽:酒器。淵明好飲酒,《歸去來兮辭》有"有酒盈樽"之句。以上二句意謂滕王閣下綠竹可比睢園竹林,今日滕王閣宴集如梁王昔日文士之聚,勝似陶淵明獨飲。　　[6]鄴水:在鄴下(今河北臨漳)。建安時,鄴下文人集團(三曹、七子等)常聚會於此。朱華:荷花。曹植《公讌詩》:"秋蘭被長阪,朱華冒綠池。"　　[7]臨川之筆:指謝靈運詩。謝曾任臨川內史,《宋書》本傳稱他"文章之美,江左莫逮"。臨川,郡名,治所在今江西撫州。以上二句意謂滕王閣下荷花盛開如鄴下,衆賓客之文思如同謝靈運。　　[8]四美:指良辰、美景、賞心、樂事。語出謝靈運《擬魏太子鄴中集詩序》:"天下良辰美景,賞心樂事,四者難并。"二難:指賢主、嘉賓難得。[9]窮睇眄:極目遠望。　　[10]"望長安"句:《世說新語·夙惠》:"晉明帝數歲,坐元帝膝上。有人從長安來,元帝……因問明帝:'汝意謂長安何如日遠?'答曰:'日遠。不聞人從日邊來,居然可知。'元帝異之。明日,集群臣宴會,告以此意,更重問之,乃答曰:'日近。'元帝失色,曰:'爾何故異昨日之言邪?'答曰:'舉目見日,不見長安。'"此以長安、日邊喻朝廷難以企及。　　[11]目:一作"指"。吳會(舊讀 kuài 快,今讀 guì 貴):吳郡和會稽郡。即今江蘇蘇州、浙江紹興。　　[12]地勢

極:地勢極遠。南溟:南海。　　　[13]天柱:崑崙山。《藝文類聚》卷七《山部上》引《神異經》:"崑崙有銅柱焉,其高入天,所謂天柱也。"北辰:北極。以上二句再申前説,以天柱之極高、北辰之極遠喻朝廷,自己永難達到。　　　[14]失路之人:王勃自指。　　　[15]溝水相逢:指人生偶然相聚,聚後隨即各自東西。樂府《白頭吟》:"今日斗酒會,明日溝水頭。蹀躞御溝上,溝水東西流。"溝,一作"萍",義同。[16]帝閽(hūn 昏):天帝的守門人。屈原《離騷》:"吾令帝閽開關兮,倚閭闔而望予。"此處以"懷帝閽"喻思念朝廷。　　　[17]奉:侍奉。宣室:漢長安未央宮正殿。漢文帝時,賈誼遷謫長沙,四年後,文帝復徵他回長安,召問於宣室。見《史記·屈原賈生列傳》。此處亦以自喻。

　　嗟乎!時運不齊,命途多舛;馮唐易老[1],李廣難封[2]。屈賈誼於長沙,非無聖主[3];竄梁鴻於海曲,豈乏明時[4]?所賴君子見幾[5],達人知命[6]。老當益壯,寧移白首之心;窮且益堅,不墜青雲之志[7]。酌貪泉而覺爽[8],處涸轍而相歡[9]。北海雖賒,扶搖可接[10];東隅已逝,桑榆非晚[11]。孟嘗高潔,空餘報國之情[12];阮籍猖狂,豈效窮途之哭[13]!

【校注】

[1]馮唐易老:《史記·馮唐列傳》:"(馮)唐以孝著,爲中郎署長,事文帝……拜唐爲車騎都尉,主中尉及郡國車士。七年,景帝立,以唐爲楚相,免。武帝立,求賢良,舉馮唐。唐時年九十餘,不能復爲官。"　　　[2]李廣難封:李廣,漢武帝時名將,多次與匈奴作戰,軍功卓著,卻始終未獲封爵。事見《史記·李將軍列傳》。
[3]賈誼:西漢時人,漢文帝召爲博士,超遷,一歲中至太中大夫,又議以賈誼爲公卿,遭忌,被貶爲長沙王太傅。見《史記·屈原賈生列傳》。聖主:指漢文帝。
[4]梁鴻:後漢章帝時高士,字伯鸞,初隱於霸陵山中,後東出關過京師,作《五噫之歌》。章帝聞之不樂,求梁鴻,鴻易姓名,與妻子居齊魯間,又往吳地,爲人賃舂(勞作)。事見《後漢書·逸民傳》。海曲:濱海之地。章帝號稱明主,故稱"明時"。
[5]君子見幾:猶言君子隨時局變化而有作爲。語出《易·繫辭下》:"君子見幾而作。"見幾,一作"安貧"。　　　[6]達人知命:猶言通達之人樂天而知命。語出《易·繫辭上》:"樂天知命,故不憂。"　　　[7]老當益壯、窮且益堅:語出《後漢書·馬援傳》:"丈夫爲志,窮當益堅,老當益壯。"　　　[8]"酌貪泉"句:用晉人吳隱之事。廣州石門附近有貪泉,人一飲貪泉水,即貪得無厭。廉吏吳隱之赴廣州刺史任,飲

貪泉之水,並作詩云:"古人云此水,一歃懷千金。試使夷齊飲,終當不易心。"見《晉書・吳隱之傳》。 [9]涸轍:乾涸的車轍。比喻處境困厄。《莊子・外物》載有鮒魚處於涸轍的故事。 [10]"北海"二句:《莊子・逍遥游》:"北冥(溟)有魚,其名爲鯤……化而爲鳥,其名爲鵬。……是鳥也,海運則將徙於南冥(溟)……鵬之徙於南冥(溟)也,水擊三千里,搏扶搖而上者九萬里。"語本此。扶搖:鵬鳥飛起時形成的旋風。 [11]"東隅"二句:《後漢書・馮異傳》:"失之東隅,收之桑榆。"東隅:日出處,表示早晨。桑榆:日落處,表示傍晚。二句意謂早年雖然失意,晚年還可以有所作爲。 [12]"孟嘗"二句:孟嘗,字伯周,東漢會稽上虞人。曾任合浦太守,以廉潔奉公著稱,後因病隱居。桓帝時,雖有人屢次薦舉,終不見用。事見《後漢書・孟嘗傳》。 [13]"阮籍"二句:阮籍,字嗣宗,晉代名士,以佯狂著稱。《晉書・阮籍傳》:籍"時率意獨駕,不由徑路。車跡所窮,輒慟哭而反"。以上四句,意謂自己雖如孟嘗不爲世所用,但決不效阮籍的哭於窮途。

　　勃三尺微命,一介書生[1]。無路請纓,等終軍之弱冠[2];有懷投筆[3],愛宗慤之長風[4]。捨簪笏於百齡,奉晨昏於萬里[5]。非謝家之寶樹[6],接孟氏之芳鄰[7]。他日趨庭,叨陪鯉對[8];今兹捧袂,喜託龍門[9]。楊意不逢,撫凌雲而自惜[10];鍾期既遇,奏流水以何慚[11]。嗚呼!勝地不常,盛筵難再;蘭亭已矣,梓澤丘墟[12]。臨別贈言,幸承恩於偉餞[13];登高作賦,是所望於群公[14]。敢竭鄙懷,恭疏短引[15];一言均賦,四韻俱成[16],請灑潘江,各傾陸海云爾[17]:

　　滕王高閣臨江渚,佩玉鳴鸞罷歌舞[18]。畫棟朝飛南浦雲,朱簾暮卷西山雨[19]。閒雲潭影日悠悠,物換星移幾度秋[20]。閣中帝子今何在?檻外長江空自流[21]。

《王子安集注》卷八

【校注】

[1]一介書生:自謙之詞,猶言一個微不足道的書生。介,同"芥",草木微生。

[2]"無路"二句:用漢終軍請纓典,見魏徵《述懷》詩注。等:等同、相同。弱冠:古人二十歲行冠禮,表示成年。《禮記・曲禮上》:"二十曰弱冠。" [3]投筆:用漢班超投筆從戎事。《後漢書・班超傳》:"(班超)家貧,常爲官傭書以供養。久勞苦,嘗輟業投筆歎曰:'大丈夫無它志略,猶當效傅介子、張騫立功異域,以取封侯,安能久事筆研(硯)間乎!'" [4]"宗慤(què 卻)"句:慤,字元幹,南朝宋南

陽(今屬河南)人,年少時向叔父自述志向,云“願乘長風破萬里浪”。事見《宋書·宗愨傳》。愛:一作“慕”。　　[5]“捨簪笏”二句:謂自己捨去一生前程,前去侍奉父母。簪笏:古人以簪固冠;笏爲大臣上朝時用來書寫奏事提綱的長板,以竹木或象牙爲之。此處代指官職。百齡:一生。奉晨昏:侍奉父母。《禮記·曲禮上》:“凡爲人子之禮,冬溫而夏清,昏定而晨省。”鄭玄注:“定,安其牀衽也;省,問其安否何如。”　　[6]“非謝家”句:《世説新語·言語》:“謝太傅(安)問諸子侄‘子弟亦何預人事,而正欲使其佳?’諸人莫有言者。車騎(謝玄)答曰:‘譬如芝蘭玉樹,欲使其生於階庭耳。’”後以“謝家寶(玉)樹”喻佳子弟。句謂自己雖非謝家佳子弟,亦有良好的家庭教育。　　[7]“接孟氏”句:據説孟軻的母親爲教育兒子而擇鄰三遷,最後定居於學宮附近。事見劉向《列女傳·母儀篇》。句謂自己今日有幸與各位嘉賓相接。　　[8]“他日趨庭”二句:《論語·季氏》:“(孔子)嘗獨立,(孔)鯉趨而過庭。(子)曰:‘學詩乎?’對曰:‘未也。’‘不學詩,無以言。’鯉退而學詩。他日,又獨立,鯉趨而過庭。(子)曰:‘學禮乎?’對曰:‘未也。’‘不學禮,無以立。’鯉退而學禮。”鯉,孔鯉,孔子之子。後以“趨庭”喻兒子接受父親教誨。句謂自己將往南海接受父親指教。　　[9]“今兹”二句:兹:一作“辰”。“今辰”即今日,亦通。捧袂(mèi 妹):與長者相見,表示恭敬的姿勢。喜託龍門:東漢李膺,聲名極高,士人把能受到他的容接稱爲登龍門。見《後漢書·李膺傳》。
[10]“楊意”二句:據《史記·司馬相如列傳》,漢武帝讀司馬相如《子虛賦》而善之,蜀人楊得意爲武帝狗監,云與司馬相如爲同鄉,遂予以引薦,司馬相如方能入朝。又云:“相如既奏《大人》之頌,天子大悦,飄飄有凌雲之氣。”楊意:楊得意的省稱。凌雲:指司馬相如作《大人賦》。　　[11]“鍾期”二句:《列子·湯問》:“伯牙善鼓琴,鍾子期善聽。伯牙鼓琴……志在流水,鍾子期曰:‘善哉!洋洋兮若江河。’”鍾期:鍾子期的省稱。流水:喻自己此篇序文。二句意謂今日既遇知音,乃寫此序文,不以爲慚。　　[12]“蘭亭”二句:謂昔日名勝皆成丘墟。蘭亭:在今浙江紹興附近。晉穆帝永和九年(353)上巳節,王羲之等當時名賢四十餘人宴集於此,行修褉禮,羲之並爲作《蘭亭序》。梓澤:即晉石崇的金谷園,故址在今河南洛陽西北。以上爲下文“臨別贈言”張本,意謂勝地雖然不存,但言、文可以永久。
[13]“臨別”二句:意謂承主人盛情款待,希望賓客臨別能以言相贈。《説苑·雜言》載子路臨別請孔子贈以言,《禮記·檀弓》載子路、顏回臨別互贈以言,可知臨別贈言是古人應有的禮節。　　[14]登高作賦:古代文人、士大夫登高時往往賦詩作文。《韓詩外傳》卷七:“孔子曰:‘君子登高必賦。’”《漢書·藝文志》:“登高能賦,可以爲大夫。”　　[15]“敢竭”二句:懷:一作“誠”。恭疏短引:指寫這篇序文。恭,謙辭;疏,條録、書寫。　　[16]“一言”二句:意謂請諸位以一字爲韻,賦

四韻之詩。王勃《越州秋日宴山亭序》有"時動緣情之作,人分一字,四韻成篇"句,與此意同。四韻詩,即四韻八句的詩。　　[17]"請灑"二句:意謂請諸位盡顯如江海般文才。潘江、陸海:指晉代文人潘岳、陸機。鍾嶸《詩品》:"陸(機)才如海,潘(岳)才如江。"　　[18]"滕王"二句:謂昔日滕王閣上的歌酒歡會已成往事。佩玉鳴鸞:指參與滕王歡會的賓客及舞女身上所佩玉飾等。　　[19]"畫棟"二句:謂時至今日,滕王閣上唯見朝雲暮雨而已。畫棟:繪有彩飾的樓棟。南浦:津渡名。所在多有,今南昌西南贛江分流處亦稱南浦。南朝梁江淹《別賦》有"送君南浦,傷如之何"之句,"南浦"遂成爲送別分手之地的代稱。朱:一作"珠"。西山:在南昌西南。　　[20]"閒雲"二句:謂時光流逝,閒雲潭影自在,而人世間事變遷很大。物換星移:謂物像改換,星宿推移。　　[21]"閣中"二句:感歎滕王已矣,而江水依舊。

【集評】

(五代)王定保《唐摭言》:"王勃著《滕王閣序》,時年十四。都督閻公不之信,勃雖在座,而閻公意屬子婿孟學士者爲之,已宿構矣。及以紙筆巡讓賓客,勃不辭讓。公大怒,拂衣而起,專令人伺其下筆。第一報云'南昌故郡,洪都新府',公曰:'亦是老生常談!'又報云'星分翼軫,地接衡廬',公聞之,沈吟不言。又云'落霞與孤鶩齊飛,秋水共長天一色',公矍然而起曰:'此真天才,當垂不朽矣!'遂亟請宴所,極歡而罷。"

高步瀛《唐宋文舉要》乙編卷一引王益吾評語:"文興到筆落,不無機調過熟之病。而英思壯采,如泉源之湧,流離遷謫,哀感駢集,固是名作,不能抹殺。"

送杜少府之任蜀川

【題解】

此詩是送別之作。時王勃供職長安。杜少府名字不詳,"少府"是縣尉的通稱。蜀川指今四川西部一帶,"川"一作"州"。蜀州,據《元和郡縣圖志·劍南道上》及《舊唐書·地理志》,武則天垂拱二年(686)始置,當王勃在世時尚無蜀州,作"川"是。友人遠宦,且是卑職,臨歧傷感在所難免。但年輕的詩人正對人生抱積極樂觀態度,於是以昂揚向上的情緒慰藉友人。

城闕輔三秦[1],風煙望五津[2]。與君離別意,同是宦游人[3]。海內存知己,天涯若比鄰[4]。無爲在歧路,兒女共沾巾[5]。

《王子安集注》卷三

【校注】

[1]"城闕"句:謂長安爲三秦所護持。城闕:指長安。三秦:指今陝西關中一帶。據《史記·項羽本紀》,項羽入關,將關中分爲雍、塞、翟三部分,立秦降將章邯、司馬欣、董翳爲王,故稱三秦。　　[2]五津:五個渡口。據《華陽國志·蜀志》,岷江自灌縣以下到犍爲一段,有五津:白華津、萬里津、江首津、涉頭津、江南津。此句說友人赴任將經過五津。　　[3]宦游人:因做官而出門在外的人。　　[4]比鄰:近鄰。孔子弟子子夏曾説:"四海之内,皆兄弟也。"(《論語·顏淵》)曹植《贈白馬王彪》云:"丈夫志四海,萬里猶比鄰。"兩句化用其義。　　[5]"無爲"二句:意謂當臨歧分手之際,我們不必效小兒女涕泣傷心。曹植《贈白馬王彪》"憂思成疾疢,無乃兒女仁",與此義同。歧路:道路分岔,此指分手告別處。

【集評】

　　(明)胡應麟《詩藪》内編卷四:"唐初五言律,惟王勃'送送多窮路'(《別薛華》首句)、'城闕輔三秦'等作,終篇不著景物,而興象婉然,氣骨蒼然,實首啓盛、中妙境。"

山　　中

【題解】

　　此詩爲高宗咸亨二年(671)詩人流寓蜀中時所作。宋玉《九辯》:"悲哉秋之爲氣也,蕭瑟兮草木搖落而變衰。憭栗兮若在遠行,登山臨水兮送將歸。"全詩由此化出。詩人有感於秋氣,遂觸動鄉關之思。

長江悲已滯[1],萬里念將歸[2]。況屬高風晚[3],山山黄葉飛。

《王子安集注》卷三

【校注】

[1]"長江"句:謂登高遠望長江,江水似亦因傷悲而遲滯不暢。　　[2]"萬里"句:猶言念及將歸於萬里之外的故鄉。此因合律的關係而倒置。　　[3]屬(zhǔ

主）:適值、正當。高風:秋風。

【集評】

　　(清)黄叔燦《唐詩箋注》卷七:"上二句悲路遠,下二句傷時晚,分兩層寫,更覺縈紆。"

秋江送別

其　　二

【題解】

　　原詩二首,此爲第二首。與前篇作時相同。詩人因送人北歸而引發故鄉之思。雖衹是一水之隔,在詩人看來,已有他鄉與故鄉之別了。

　　歸舟歸騎儼成行[1],江南江北互相望[2]。誰謂波瀾才一水,已覺山川是兩鄉。

《王子安集注》卷三

【校注】

[1]歸舟歸騎:指送人者或乘船、或乘馬歸去。儼:即儼然、宛然。　　　[2]江南江北:指送人者與被送者隔江相望。

楊　炯

【作者簡介】

　　楊炯(650—693?),華州華陰(今屬陝西)人。幼聰敏,十歲時舉神童,待制弘文館。高宗上元三年(676)應制舉及第,授校書郎,永淳元年(682)任太子李顯府詹事司直,遷崇文館學士。武后垂拱元年(685),出爲梓州司法參軍,如意元年(692)爲盈川令,卒於官。爲"初唐四傑"之一。詩文俱工。詩歌擅長五律,《從軍行》等邊塞之作,氣勢昂揚,風格豪放,"工緻而得明澹之旨"(明張遜業《楊炯集序》)。原有集,已佚,有明人所輯《楊盈川集》十卷,今傳。《舊唐書》卷一九〇上、《新唐書》卷二〇一有傳。

從 軍 行

【題解】

　　此詩以五律爲樂府,當作於詩人任職崇文館學士時。詩中表達了詩人欲投筆從戎的慷慨意氣。

　　烽火照西京[1],心中自不平。牙璋辭鳳闕[2],鐵騎繞龍城[3]。雪暗凋旗畫,風多雜鼓聲[4]。寧爲百夫長,勝作一書生[5]。

《楊炯集》卷二

【校注】

[1]烽火:邊庭報警的火。古時從邊境到內地,置烽火臺,日以煙,夜以火,有警即示之。西京:即長安。唐以長安爲西京,洛陽爲東京,合稱兩京。　　[2]牙璋:朝廷調集兵馬的符信,似刀而兩旁無刃,由兩部分合成,分別由朝廷和主帥所掌,契合處呈牙狀。鳳闕:漢長安宮闕名,在建章宮東,上有銅鳳凰,故名。此以代長安。　　[3]龍城:漢時匈奴地名,在今蒙古國境內鄂溫渾河西側和碩柴達木湖附近。此處泛指敵軍所在。　　[4]“雪暗”二句:形容邊境環境艱苦。天色晦暗,旗畫爲之失色;風聲激烈,戰鼓爲之不響。　　[5]“寧爲”二句:用東漢班超投筆從戎事,見前《滕王閣序》注。百夫長:古時軍隊中低級軍官。

【集評】

　　(明)陸時雍《唐詩鏡》卷一:“渾厚,字字銖兩悉稱。首尾圓滿,殆無餘憾。”

驄 馬

【題解】

　　《驄馬》爲樂府《橫吹曲辭》名。此詩寫驄馬,兼寫俠少年,歌頌俠少年英勇報國、不計酬勳的品質,有詩人的寄託。唐詩中的“俠少年”多指貴族出身的少年將士,有邊防作戰的經歷,如王維《少年行》中的“咸陽游俠”那樣。

驄馬鐵連錢[1]，長安俠少年。帝畿平若水[2]，官路直如弦[3]。夜玉妝車軸[4]，秋金鑄馬鞭[5]。風霜但自保，窮達任皇天[6]。

《楊炯集》卷二

【校注】

[1]驄馬：青白色馬。此處泛指駿馬。鐵連錢：馬身上黑色的錢形斑點，是良馬特徵。　　[2]帝畿：京畿。指長安。平若水：形容長安大道。　　[3]官路：即官道。直如弦：形容長安大道平直如弦。此處“官路”兼指仕途，以“直如弦”比喻爲人正直。《後漢書·五行志一》：“順帝之末，京都童謠曰：‘直如弦，死道邊；曲如鉤，反封侯。’”　　[4]夜玉：夜明珠。　　[5]秋金：即金。金於五行中主秋。《吕氏春秋·孟秋》：“某日立秋，盛德在金。”此處隨文以秋字修飾金。金，一作“風”，以“秋風”形容馬之快，亦通。但與上句“夜玉”不偶。　　[6]“風霜”二句：意謂但保個人風霜之節，至於仕途窮達任隨天意。

【集評】

　　(清)黃生《唐詩矩》卷一：“尾聯見意格。”又曰：“人、馬雙起，不用虛字，法老。”

劉希夷

【作者簡介】

　　劉希夷(651—?)，一名庭芝，或説字庭芝，汝州(今河南臨汝)人。少有才華，美姿容，善彈琵琶，落魄不拘常格。高宗上元二年(675)舉進士第，不及仕，未及中年而卒。希夷“苦篇詠，特善閨幃之作，詞情哀怨”(元辛文房《唐才子傳》卷一)。《代悲白頭翁》一篇，最爲時人所重。原有集，已佚，《全唐詩》編其詩一卷。《舊唐書》卷一九〇中有傳。

代悲白頭翁

【題解】

　　題一作《白頭吟》,樂府《相和歌辭·楚調曲》名。舊辭相傳爲卓文君因司馬相如聘茂陵女子爲妾,自歎白頭而寫。嗣後繼作,多不離青春已逝、恩愛不再的古辭主旨。本篇由此生發,注入了作者對人生深刻感悟之後富於哲理的喟歎。

　　洛陽城東桃李花,飛來飛去落誰家。洛陽女兒好顔色[1],坐見落花長歎息[2]。今年花落顔色改,明年花開復誰在?已見松柏摧爲薪,更聞桑田變成海[3]。古人無復洛城東,今人還對落花風[4]。年年歲歲花相似,歲歲年年人不同。寄言全盛紅顔子[5],應憐半死白頭翁。此翁白頭真可憐,伊昔紅顔美少年。公子王孫芳樹下,清歌妙舞落花前。光禄池臺開錦繡,將軍樓閣畫神仙[6]。一朝臥病無相識,三春行樂在誰邊[7]?宛轉蛾眉能幾時[8],須臾鶴髮亂如絲[9]。但看古來歌舞地,惟有黄昏鳥雀悲。

《劉希夷詩注》

【校注】

[1]洛陽女兒:梁武帝《河中之水歌》有"河中之水向東流,洛陽女兒名莫愁"句,後遂以"洛陽女兒"代指貴族婦女。　　[2]坐:因爲。　　[3]"已見"二句:謂時代更易,變化很大。葛洪《神仙傳》卷三"王遠"條:"麻姑自説云:'接待以來,已見東海三爲桑田。'"　　[4]"古人"二句:南朝宋范雲《聯句》詩云:"洛陽城東西,長作經年别。昔去雪如花,今來花似雪。"二句用其意。　　[5]紅顔子:年輕人。[6]"光禄"二句:謂白頭翁往昔之盛。光禄:即光禄寺,官職名,九寺之一,掌朝廷祭祀宴享時膳食供設。開錦繡:謂酒宴之盛。畫神仙:形容歌女貌美。　　[7]三春:指春天。古以正月爲孟春,二月爲仲春,三月爲季春,合稱三春。　　[8]宛轉蛾眉:謂妙齡女子。宛轉,多情動人貌。　　[9]鶴髮:白髮。鶴羽白,以喻老人頭髮。

【集評】

　　(唐)劉肅《大唐新語》卷八:"(希夷)嘗爲《白頭翁》詠曰:'今年花落顔色改,明年花開復誰在?’既而自悔曰:‘我此詩似讖,與石崇“白首同所歸”何異也?’乃更作一句云:‘年年歲歲花相似,歲歲年年人不同。’既而歎曰:‘此句復似向讖矣。然死生有命,豈復由此!’乃兩存之。詩成未周,爲姦所殺。或云宋之問害之。”

　　(清)毛先舒《詩辯坻》卷三:“(希夷)《白頭翁》一意紆迴,波折入妙,佳在更從老説至少年虛寫一段。”

陳子昂

【作者簡介】

　　陳子昂(661—702),字伯玉,梓州射洪(今屬四川)人。家世豪富,少時任俠使氣,年十七始發憤讀書,遂博覽群籍。睿宗文明元年(684)登進士第。武后稱制,獻書闕下,召見金華殿,授麟臺正字。長壽二年(693)遷右拾遺,以直言敢諫見稱於朝。萬歲通天元年(696)隨武攸宜北征契丹,爲參謀;軍還,仍爲拾遺。聖曆初以父老解職歸鄉,爲縣令段簡所害。子昂爲初唐詩歌革新先驅,其《修竹篇序》反對齊梁以來“彩麗競繁,而興寄都絕”詩風,主張復興“漢魏風骨”,對革除齊梁柔靡詩風,其功甚偉,故盧藏用稱其“卓立千古,橫制頹波,天下翕然,質文一變”(《右拾遺陳子昂文集序》)。其詩如《感遇》、《薊丘覽古》、《登幽州臺歌》等,指斥時弊,慨歎身世,對後世影響甚大,明高棅評云:“繼往開來,中流砥柱,上遏貞觀之微波,下決開元之正派。”其散文雖雜有駢句,但平實疏朗,實開古文運動先河。有《陳伯玉文集》十卷傳世。《舊唐書》卷一九〇中、《新唐書》卷一〇七有傳。

感　　遇

其　　二

【題解】

　　陳子昂《感遇》共三十八首,非一時一地所作,大部分爲後期作品。其體例和内容明顯受到阮籍《詠懷》影響。此篇作於聖曆初歸田之後,詩中託物言志,以蘭若生於山林無人欣賞寄寓其懷才不遇的感慨。

　　蘭若生春夏[1]，芊蔚何青青[2]。幽獨空林色[3]，朱蕤冒紫莖[4]。遲遲白日晚[5]，嫋嫋秋風生[6]。歲華盡搖落[7]，芳意竟何成！

《陳子昂詩注》卷一

【校注】

[1]蘭若：蘭草和杜若。蘭草爲多年生草本，高三四尺，紫莖綠葉，夏秋間開紅白色花。杜若爲香草名，多生水邊，花赤黃。　　[2]芊蔚、青(jīng 菁)青：茂盛貌。《廣雅·釋訓》：“芊芊、蔚蔚，茂也。”《楚辭·九歌·少司命》：“秋蘭兮青青。”洪興祖注：“青青，茂盛也，音菁。”　　[3]空林色：意謂蘭若之花秀色超群，林中之花盡皆失色。　　[4]朱蕤(ruí 綾)：紅花。句意謂紅花覆蓋着紫莖。《文選》曹植《公讌詩》：“秋蘭被長阪，朱華冒綠池。”李善注引《毛詩傳》：“冒，猶覆也。”　　[5]遲遲：白日漸長。《詩·豳風·七月》：“春日遲遲。”　　[6]嫋(niǎo 鳥)嫋：風微微吹動貌。《楚辭·九歌·湘夫人》：“嫋嫋兮秋風。”　　[7]歲華：一年之花。華，古“花”字，草木一歲一枯榮，故曰“歲華”。

【集評】

　　(明)程元初《初唐風緒箋》卷六：“詩欲氣高而不怒，怒則失於風流。此詩氣高而不怒。”

<h1 align="center">其三十四</h1>

【題解】

　　此詩爲武后神功元年(697)作。時詩人隨建安郡王武攸宜北征契丹。詩借“幽燕客”的敍述抒發其報國熱情和備受壓抑的遭遇。

　　朔風吹海樹[1]，蕭條邊已秋。亭上誰家子，哀哀明月樓[2]。自言幽燕客[3]，結髮事遠游[4]。赤丸殺公吏，白刃報私仇[5]。避仇至海上，被役此邊州[6]。故鄉三千里，遼水復悠悠[7]。每憤胡兵入，常爲漢國羞[8]。何知七十戰，白首未封侯[9]。

《陳子昂詩注》卷一

【校注】

[1]朔風：北風。《爾雅·釋訓》：“朔，北方也。”　　[2]“亭上”二句：曹植《白馬

篇》:"借問誰家子? 幽并游俠兒。"句法本此。亭:即亭候,邊塞哨所。明月樓:此指亭上戍樓。　　　[3]幽燕:今河北北部及遼寧一帶,古爲幽州,戰國時屬燕國,故稱幽燕。　　　[4]結髮:此指男子初成年時。《文選》蘇武詩:"結髮爲夫妻,恩愛兩不疑。"李善注:"結髮,始成人也。謂男年二十,女年十五時,取笄、冠爲義也。"[5]赤丸殺公吏:謂游俠受雇殺人。詳見盧照鄰《長安古意》詩注。白刃:一作"白日"。"白日"謂豪俠殺人略無顧忌,亦通。　　　[6]被役:指服兵役。　　　[7]遼水:即流經今東北南部的遼河。　　　[8]"每憤"二句:南朝梁劉孝威《隴頭水》詩:"時觀胡騎飲,常爲漢國羞。"句法本此。漢國:漢朝,即中國。　　　[9]"何知"二句:用漢李廣事。廣曾與匈奴大小七十餘戰,威震塞漠,但始終未能封侯,最後憂憤自殺。事見《史記·李將軍列傳》。

【集評】

(明)唐汝詢《唐詩解》卷一:"此亦《從軍》、《出塞》,而述戍卒之詞以自況也。"

(明)顧璘《批點唐音》卷二:"功名難立,浩蕩生愁。"

燕　昭　王

【題解】

此爲組詩《薊丘覽古贈盧居士藏用》七首之一。其序云:"丁酉歲(即神功元年,697),吾北征。出自薊門,歷觀燕之舊都,其城池霸業,跡已蕪没矣,乃慨然仰歎……因登薊丘,作七詩以志之。"《史記·燕召公世家》:齊因燕之內亂而伐之,大勝。"燕君噲死……燕人共立太子平,是爲燕昭王。燕昭王於破燕之後即位,卑身厚幣以招賢者……士爭趨燕。燕王弔死問孤,與百姓同甘苦……燕國殷富,士卒樂軼輕戰。於是遂以樂毅爲上將軍,與秦、楚、三晉合謀以伐齊。齊兵敗,湣王出亡於外。燕兵獨追北,入至臨淄,盡取齊寶,燒其宮室宗廟"。此詩緬懷古人,藉以抒發壯志不酬的感慨。

南登碣石館[1],遥望黄金臺[2]。丘陵盡喬木[3],昭王安在哉? 霸圖悵已矣,驅馬復歸來。

《陳子昂詩注》卷三

【校注】

[1]碣石館：即碣石宮，燕昭王爲接納各國賢士所建。《史記·孟子荀卿列傳》：
"（鄒衍）如燕，昭王擁彗先驅……築碣石宮，身親往師之。"張守節《正義》："碣石
宮在幽州薊縣西三十里寧臺之東。"故址在今北京城西南。　　　[2]黄金臺：燕昭
王所築。《文選》鮑照《代放歌行》李善注："《上谷郡圖經》曰：黄金臺在易水東南
十八里。燕昭王置千金於臺上，以延天下之士。"其故址當在今河北易縣東南。
[3]丘陵：此指黄金臺所在。

【集評】

　　王文濡《唐詩評注讀本》卷一："碣石館爲薊丘古跡，登其上以遠望黄金臺，引起
無限感慨。蓋陳伯玉初年不遇，故寄慨能禮賢之燕昭。讀結句，見有'微斯人吾誰與
歸'之意。"

登幽州臺歌

【題解】

　　與前篇爲同時之作。幽州臺即薊北樓，故址在今北京西南。據盧藏用
《陳氏別傳》，子昂在武攸宜軍幕，多有進諫而不爲攸宜所用，"子昂知不合，
因鉗默下列……登薊北樓，感昔樂生（樂毅）、燕昭之事，賦詩數首，乃泫然流
涕而歌曰"，即此詩。詩中緬懷古明君賢士的風雲際會，深感生不逢時，報國
無門。格調沉鬱，語言質樸蒼勁，具强烈感染力。

　　前不見古人[1]，後不見來者。念天地之悠悠[2]，獨愴然而涕下。

《陳子昂詩注》卷三

【校注】

[1]古人：指前代明君賢士，如燕昭王、樂毅等。　　　[2]悠悠：久遠無窮。《楚辭·
遠遊》："惟天地之無窮兮，哀人生之長勤。"詩用其意。

【集評】

　　（清）黄周星《唐詩快》卷二："胸中自有萬古，眼底更無一人。古今詩人多矣，從
未有道及此者。此二十二字，真可以泣鬼。"

春夜別友人

其　　一

【題解】

　　子昂文明元年（684）登進士第，詩即作於離蜀赴洛時。原有二首，此爲第一首。其第二首有云："懷君欲何贈？願上大臣書。"抱負極高。故雖是別友人之詩而多有綺麗語。

　　銀燭吐青煙[1]，金樽對綺筵。離堂思琴瑟，別路繞山川[2]。明月隱高樹，長河没曉天[3]。悠悠洛陽道，此會在何年？

《陳子昂詩注》卷三

【校注】

[1]銀燭：潔白如銀的蠟燭。明楊慎《升庵詩話》卷一二："《穆天子傳》：'天子之寶：璿珠、燭銀。'郭璞注：'銀有精光如燭也。'……唐人詩用'銀燭'字，本此。"

[2]"離堂"二句：謝朓《離夜》詩："離堂華燭盡，別幌清琴哀。"二句本此。

[3]"明月"二句：寫離筵從晚上一直延續到次日拂曉。長河：銀河。没曉天：謂銀河消失於曙色之中。

【集評】

　　（明）顧璘《批點唐音》卷二："富麗，有味。"

　　（清）王夫之《唐詩評選》卷三："雄大中饒有幽細，無此則一笨伯。結寧弱而不濫，風範固存。"

東方虬

【作者簡介】

　　東方虬(生卒年不詳),平原厭次(故址在今山東惠民東南)人。武后時任左史,曾作《詠孤桐篇》(已佚),深得陳子昂讚譽。《全唐詩》僅録存其詩四首。

昭　君　怨
其　　一

【題解】

　　《昭君怨》爲樂府《琴曲歌辭》名;一作《王昭君》,爲《相和歌辭》,皆詠王昭君故事。昭君字嬙,據《西京雜記》卷二所載,昭君爲漢元帝官人。元帝後官既多,乃使畫工圖形,案圖召見之。諸官人皆賂畫工,獨嬙不肯,遂不得見。匈奴求和親,元帝案圖,以昭君行。及行,召見,貌爲後官第一。帝悔之,乃窮案其事,畫工皆棄市。詩共三首,此首爲第一首。自漢至唐,朝廷屢有和親之舉,詩藉以諷刺之。

　　漢道方全盛[1],朝廷足武臣[2]。何須薄命妾[3],辛苦事和親?

《全唐詩》卷一〇〇

【校注】

[1]"漢道"句:謂漢朝國勢正值全盛之際。　　[2]足武臣:良將很多。　　[3]須:一作"煩",蓋因形近而致誤。

【集評】

　　(清)黃叔燦《唐詩箋注》卷七:"大議論出以微婉之辭,更妙在怨意已足。"

張　旭

【作者簡介】

　　張旭(生卒年不詳),字伯高,蘇州吳(今江蘇蘇州)人。初爲常熟尉,後官金吾長史。工書能詩,神龍間與賀知章、包融、張若虛俱以文詞揚名京師,合稱"吳中四士"。性嗜酒,與李白等合稱"飲中八仙"。善草書,每醉後狂叫呼走,索筆揮灑,或以頭濡墨而書,變化無窮,時人號爲"張顛"。唐文宗時,詔以張旭草書、李白歌詩與裴旻劍舞爲"三絶"。《全唐詩》録存其詩六首。《舊唐書》卷一九〇中、《新唐書》卷二〇二有傳。

山行留客

【題解】

　　題一作《山中留客》。詩以山行途中勸客之語寫深山雲霧溟濛景色,與庾信《和宇文内史春日游山》"山深雲濕衣"、王維《山中》"山路元無雨,空翠濕人衣"同一意境。此詩又見於宋蔡襄《蔡忠惠公文集》中,今人或疑非張旭之作。見莫礪鋒《〈唐詩三百首〉中有宋詩嗎?》一文(收在作者論文集《古典詩學的文化觀照》中)。

　　山光物態弄春暉,莫爲輕陰便擬歸。縱使晴明無雨色,入雲深處亦沾衣[1]。

《張旭詩注》

【校注】

[1]"縱使"二句:是勸客語,意謂縱使晴明不雨,雲氣亦常沾衣,不必因輕陰便擬歸去。

【集評】

　　(清)宋顧樂《唐人萬首絶句選評》:"清詞妙意,令人低迴不止。"

沈佺期

【作者簡介】

　　沈佺期(656？—716？)，字雲卿，相州内黄(今屬河南)人。高宗上元二年(675)舉進士第，武后聖曆間累遷通事舍人，轉考功員外郎，官至給事中。中宗神龍元年(705)因諂附張易之流驩州，二年，北歸。後召爲起居郎、修文館直學士。歷中書舍人、太子少詹事，開元初卒。沈佺期爲武后朝重要詩人，工詩，尤長於律體，與宋之問並稱"沈宋"，對律體定型有重要貢獻。《新唐書·文藝傳中·宋之問傳》云："魏建安後汔江左，詩律屢變。至沈約、庾信，以音韻相婉附，屬對精密。及之問、沈佺期，又加靡麗，回忌聲病，約句準篇，如錦繡成文，學者宗之，號爲'沈宋'。"其詩多應制之作，詩風靡麗，流放驩州時期頗有情意真切之篇什。原有集，已佚，明人輯有《沈佺期集》四卷。《舊唐書》卷一九〇中、《新唐書》卷二〇二有傳。

雜　　詩

其　　一

【題解】

　　《文選》王粲《雜詩》李善注："雜者，不拘流例，遇物即言，故云雜也。"原有四首，此爲第一首。四首均抒寫因丈夫久戍不歸的思婦閨怨，有一定的現實意義。

　　聞道黄龍戍[1]，頻年不解兵。可憐閨裏月，長照漢家營[2]。少婦今春意，良人昨夜情。誰能將旗鼓，一爲取龍城[3]。

《沈佺期宋之問集校注》卷三

【校注】

[1]黄龍：在今遼寧朝陽。《水經注·大遼水》："白狼水又北逕黄龍城東。《十三州志》曰'遼東屬國都尉治昌遼道，有黄龍亭者也'。"　　[2]"可憐"二句：南朝宋謝莊《月賦》："隔千里兮共明月。"二句用其意。　　[3]龍城：即黄龍城，在今遼寧朝陽，爲前燕、北燕建都之地。《水經注·遼水》："白狼水又東北逕龍山西。燕慕容皝以柳城之北、龍山之南福地也，使陽裕築龍城，改柳城爲龍城縣。""龍城"在

唐邊塞詩中屢見,多沿襲漢代以來習慣,指匈奴祭天之地,在今蒙古國境内。此詩
寫唐東北邊境,故應指十六國時所築之龍城。

【集評】

(明)陸時雍《唐詩鏡》卷四:"'可憐閨裏月,長照漢家營',恨不與俱;
'誰能將旗鼓,一爲取龍城',此其結想欲狂矣。'爲'者爲誰,語何殷喁。"

(清)黃生《唐詩摘抄》卷一:"全篇直敍格。三、四即景見情,最是唐人
神境……結處即私情以見公義,最柔最婉。"

夜宿七盤嶺

【題解】

詩寫夜宿山嶺聞見,境界極真切。沈佺期上元二年(675)至垂拱元年(685)之
間,或有蜀中之游,詩當作於入蜀途中。七盤嶺在今陝西漢中勉縣北。

獨游千里外,高卧七盤西[1]。山月臨窗近,天河入户低。芳春平
仲綠[2],清夜子規啼[3]。浮客空留聽[4],褒城聞曙雞[5]。

《沈佺期宋之問集校注》卷三

【校注】

[1]七盤:《輿地紀勝》卷一八三"興元府":"七盤坡在褒城縣北二十里,唐元積詩
云:'迤邐七盤路,坡陁數丈城。'"　　[2]平仲:銀杏的別名。　　[3]子規:杜鵑
鳥的別稱。　　[4]浮客:游子。詩人自謂。　　[5]褒城:唐興元府(治漢中)屬
縣。故址在今陝西勉縣東。

【集評】

(明)胡應麟《詩藪》内編卷四:"沈佺期《宿七盤》……氣象冠裳,句格鴻麗。"

古意呈喬補闕知之

【題解】

題一作《古意》、《獨不見》。"古意"即擬古之意,《獨不見》爲樂府舊題,屬《雜

曲歌辭》。補闕,諫官名,武則天垂拱元年(685)於左、右省(門下、中書)置補闕、拾遺二員,專司諫諍之職。喬知之,同州馮翊(今陝西大荔)人,時爲左補闕。據陳子昂《觀荆玉篇序》,武則天垂拱二年(686)初,子昂從喬知之北征同羅、僕固(屬鐵勒族之一部),九月歸東都。詩當作於此際。詩以海燕雙棲起興,借古題以抒思婦曠怨之情。體裁爲完整之七律。七律一體,初唐時作者寥寥,沈佺期此篇爲較早的成熟之作,明人有推此篇爲唐人七律第一者(見楊慎《升庵詩話》)。

　　盧家少婦鬱金堂[1],海燕雙棲玳瑁梁[2]。九月寒砧催木葉[3],十年征戍憶遼陽[4]。白狼河北音書斷[5],丹鳳城南秋夜長[6]。誰爲含愁獨不見[7],更教明月照流黃[8]。

《沈佺期宋之問集校注》卷一

【校注】

[1]盧家少婦:即莫愁。梁武帝《河中之水歌》:"河中之水向東流,洛陽女兒名莫愁。莫愁十三能織綺,十四采桑南陌頭。十五嫁爲盧家婦,十六生兒字阿侯。盧家蘭室桂爲梁,中有鬱金蘇合香。"此詩由此化出。　　[2]玳瑁:似龜,背甲可爲裝飾物。　　[3]砧:古代婦女裁縫衣服時用,以平滑巨石爲之,將衣料置石上搗(捶)之使平展。木葉:一作"葉下",義同。　　[4]遼陽:在今遼寧遼陽西北。　　[5]白狼河:即今遼寧大凌河。《水經注·大遼水》:"遼水右會白狼水,水出右北平白狼縣東南。"音書:一作"軍書",亦通。　　[6]丹鳳城:指長安。長安大明宮正南門爲丹鳳門,後遂以"丹鳳城"或"鳳城"代長安。　　[7]誰爲:何爲。獨不見:唐吳兢《樂府解題》:"獨不見,傷思而不得見也。"此借古題寫意。獨,卻。　　[8]流黃:黃紫相間的絲織品,指思婦的衣裙。一説指思婦所搗的衣料,亦通。此句也是謝莊《月賦》"隔千里兮共明月"句意,意謂明月來照更增加了愁思。

【集評】

　　(明)陸時雍《唐詩鏡》卷四:"高古渾厚,絕不似唐人所爲。三、四迥出常度,結更雄厚深沈。"

　　(清)吳喬《圍爐詩話》卷二:"沈佺期《古意》云:'盧家少婦鬱金香,海燕雙棲玳瑁梁',以雙棲起興也。'九月寒砧催木葉',言當寄衣之時也。'十年征戍憶遼陽',出題意也。'白狼河北音書斷',足上文征戍之意。'丹鳳城南秋夜長',足上文'憶遼陽'之意。'誰爲含情獨不見,更教明月照流黃',完上文寄衣之意。題雖曰樂府

'古意',而實《擣衣曲》之類。八句如鉤鎖連環,不用起承轉合一定之法者也。"

宋之問

【作者簡介】

　　宋之問(656?—712),字延清,汾州西河(今山西汾陽)人,一說虢州弘農(今河南靈寶)人。高宗上元二年(675)舉進士第,武后天授元年(690)爲宮中習藝館學士,後授洛州參軍,遷尚方監丞、左奉宸内供奉。中宗神龍元年(705)因諂附張易之兄弟,貶瀧州參軍。未幾遇赦,起爲鴻臚主簿,轉户部員外郎,兼修文館直學士,景龍三年(709)貶越州長史。睿宗景雲元年(710)因附武三思、韋后流徙欽州,玄宗先天元年(712),賜死於流所。工詩,爲武后、中宗朝著名宮廷詩人,詩多應制之作,五、七律"研練精切,穩順聲勢"(元稹《唐故工部員外郎杜君墓係銘》),學者宗之。與沈佺期齊名,號爲"沈宋"。原有集,已佚,今傳明人所輯《宋學士集》九卷。《舊唐書》卷一九〇中、《新唐書》卷二〇二有傳。

登總持寺閣

【題解】

　　題一作《登禪定寺閣》。禪定寺,隋大業三年(607)煬帝爲文帝所立,初名大禪定寺,唐高祖武德元年(618)改爲大總持寺。寺在長安永陽坊。詩寫登高環視京師,境界極闊大。

　　梵宇出三天[1],登臨望八川[2]。開襟坐霄漢[3],揮手拂雲煙。函谷青山外[4],昆明落日邊[5]。東京楊柳陌,少別已經年[6]。

《沈佺期宋之問集校注》卷四

【校注】

[1]梵宇:佛寺。三天:佛家語,即三界。佛教稱欲界、色界、無色界爲三天。此處泛指世間。　　[2]八川:指長安附近的八條河流,即灞、滻、涇、渭、灃、鎬、澇、潏

水。　　[3]坐霄漢:一作"俯城闉"。據清徐松《唐兩京城坊考》卷四,總持寺建有木浮圖(佛塔),高三百三十尺。"坐霄漢"即極言其高,較"俯城闉"一般的形容爲好。　　[4]函谷:即函谷關,在陝西、河南交界處,以其道深險如函,故名。秦函谷關故址在今河南靈寶西南,漢徙關於新安東。參見《元和郡縣圖志》卷五《河南道一·河南府》"新安縣"條及卷六《河南道二·陝州》"靈寶縣"條。　　[5]昆明:即昆明池,漢武帝元狩三年鑿,周迴四十一里,以習水戰,在長安西南。[6]"東京"二句:高宗、武后朝,皇帝多在東京洛陽。宋之問或有家在洛陽。

【集評】

（明）陸時雍《唐詩鏡》卷五:"三、四體態自在。"

靈 隱 寺

【題解】

此詩爲中宗景龍三年(709)宋之問爲越州(即杭州)長史時作。題一作《題杭州天竺寺》。靈隱寺,在今杭州西靈隱山,晉時所建。詩爲五言排律,對偶工整,第二聯"樓觀滄海日,門對浙江潮"境界尤爲開闊。相傳宋之問爲此詩時,第二聯苦吟不出,有靈隱寺老僧代爲吟出,老僧即隱於靈隱寺之駱賓王(見《本事詩·徵異》)。小説家言,不足信,然可知此聯傳誦之廣。

鷲嶺鬱岧嶢[1],龍宮鎖寂寥[2]。樓觀滄海日,門對浙江潮[3]。桂子月中落[4],天香雲外飄。捫蘿登塔遠,刳木取泉遙[5]。霜薄花更發,冰輕葉未凋。夙齡尚遐異[6],搜對滌煩囂[7]。待入天台路,看余度石橋[8]。

《沈佺期宋之問集校注》卷三

【校注】

[1]鷲嶺:即鷲嶺山,梵語爲耆闍崛山,在印度,相傳爲釋迦牟尼説法處。《水經注·河水》引《西域記》:"耆闍崛山在阿耨達王舍城東北,西望其山,有兩峰雙立,相去二三里,中道鷲鳥,常居其嶺,土人號曰耆闍崛山,胡語耆闍,鷲也。"岧(tiáo條)嶢(yáo遥):山高峻貌。　　[2]龍宮:龍王宮殿,此指佛寺。《法華經·提婆達多品》稱文殊師利及諸菩薩坐蓮花上,於大海娑竭羅龍宮自然湧出,因以代佛

寺。　　　[3]浙江潮:即錢塘江潮。《水經注·漸江水》:"(錢塘)縣東有定、包諸山,皆西臨浙江,水流於兩山之間,江川急浚,兼濤水晝夜再來,來應時刻,常以月晦及望尤大,至二月、八月最高,峨峨二丈有餘。"　　　[4]"桂子"句:傳説月中有桂樹,桂子每落於人間。唐封演《封氏聞見記》卷七:"垂拱四年三月,月桂子降於台州臨海縣界,十餘日乃止。"　　　[5]刳(kū 枯)木:剖開挖空樹木。　　　[6]夙齡:早年。尚遐異:喜好遠方的奇觀。　　　[7]搜對:猶言搜索枯腸作詩。對,指律詩的對偶。時上官儀於律詩,倡"六對"、"八對"之法。滌煩囂:排除鬱悶心情。一本無"夙齡"二句。無此二句則於律不合,誤。　　　[8]"待入"二句:謂其將要往天台山探奇。天台:山名,在今浙江天台縣北。石橋:在天台山中。《文選》卷一一孫綽《游天台山賦》:"跨穹隆之懸磴,臨萬丈之絕冥。"李善注引顧愷之《啓蒙記》曰:"天台山石橋,路逕不盈尺,長數十步,步至滑,下臨絕冥之澗。"李白《送王屋山人魏萬還王屋》"石梁橫青天,側足履半月"之"石梁",即此石橋。

【集評】

(明)邢昉《唐風定》卷一八:"宏麗巍峨,初唐之傑。"

渡　漢　江

【題解】

此詩爲中宗神龍二年(706)之間自瀧州貶所遇赦北歸途中作。漢江源於漢中,流經今陝西南部、湖北北部,由漢口匯入長江。詩人有家在洛陽,渡過漢江,距家已近,家人安危,愈急於知道愈怯於知道。末二句對特殊背景下特殊心理有準確入微的描述。杜甫安史亂中《述懷》詩:"自寄一封書,今已十月後。反畏消息來,寸心亦何有?"仿佛似之。一作李頻詩,誤。

嶺外音書斷,經冬復歷春[1]。近鄉情更怯,不敢問來人。

《沈佺期宋之問集校注》卷三

【校注】

[1]"嶺外"二句:據《舊唐書·張行成傳》,神龍元年(705)正月,武后病甚,宰臣張柬之等起羽林兵,迎太子(即唐中宗)入玄武門,誅張易之、張昌宗兄弟,朝官宋之問等十餘人皆坐附張氏兄弟竄逐。嶺外:指嶺南。宋之問貶所瀧州,即今廣東羅定。

【集評】

　　（清）施補華《峴傭説詩》：“五絶中能言情。與嘉州‘馬上相逢無紙筆’七絶同妙。”

賀知章

【作者簡介】

　　賀知章（659—744），字季真，越州永興（今浙江蕭山）人，早年移居山陰（今浙江紹興）。武后證聖元年（695）舉進士第，授國子四門博士，遷太常博士。玄宗開元二十六年（738），官至太子賓客、秘書監。天寶二年（743）表請爲道士，求還鄉里，未幾卒。知章少以文詞知名，與張旭、包融、張若虚合稱“吳中四士”。性放曠，晚年無復拘檢，自號“四明狂客”；又與李白、張旭等合稱“飲中八仙”。工書能詩，尤擅草隸。有《賀秘監集》一卷傳世。《舊唐書》卷一九〇中、《新唐書》卷一九六有傳。

詠　柳

【題解】

　　此詩爲詠物詩。雖然别無寄託，但構思奇妙，比喻新巧而饒有興味。

　　碧玉妝成一樹高，萬條垂下緑絲縧[1]。不知細葉誰裁出，二月春風似剪刀[2]。

《賀知章詩注》

【校注】

[1]絲縧(tāo 掏)：絲編的帶子或繩子。　　　[2]“不知”二句：一問一答作設問。宋梅堯臣《東城送運判馬察院》詩：“春風騁巧如剪刀，先裁楊柳後杏桃。”清金農《柳》詩：“千絲萬縷生便好，剪刀誰説勝春風。”皆從此二句化出。

【集評】

（清）黄叔燦《唐詩箋注》卷八："賦物入妙,語意温柔。"

回鄉偶書二首

【題解】

此詩爲天寶三載(744)歸鄉後作。二首俱寫久别歸鄉之感。其一重點在"鄉音無改"和兒童的不相識,以反襯鄉情的濃厚和故鄉對自己的陌生之感;其二以鏡湖水波依舊與前首的陌生相映襯,說明故鄉對久别歸來的游子仍然懷有眷戀之情。第二首《全唐詩》又作黄損詩,字句略有異。按黄損爲連州(今廣東連縣)人,與鏡湖無涉,當爲誤收。

其　　一

少小離家老大回[1],鄉音無改鬢毛衰[2]。兒童相見不相識[3],笑問客從何處來。

【校注】

[1]賀知章自武后證聖元年(695)應進士舉離家,到玄宗天寶三載(744)返鄉,中間相隔五十年。少:一作"幼"。家:一作"鄉"。　　[2]衰(cuī崔):疏落。
[3]兒童:一作"家童"。"家童"指故家應門之童,與下句的"客"相應,亦通。

其　　二

離别家鄉歲月多,近來人事半銷磨[1]。唯有門前鏡湖水[2],春風不改舊時波。

《賀知章詩注》

【校注】

[1]銷磨:指人事變故很大。　　[2]鏡湖:一名鏡水、鑒湖,因水明似鏡而得名,在今浙江紹興會稽山北麓,周迴三百餘里。《新唐書》本傳載知章請歸時,"有詔賜鏡湖剡川一曲"。

【集評】

　　(宋)范晞文《對牀夜語》卷三:"楊衡詩云:'正是憶山時,復送歸山客。'張籍云:'長因送人處,憶得別家時。'盧象《還家》詩云:'小弟更孩幼,歸來不相識。'賀知章云:'兒童相見不相識,笑問客從何處來。'語益換而益佳,善脱胎者宜參之。"

　　(清)宋宗元《網師園唐詩箋》卷一五:"情景宛然,純乎天籟。"

張若虛

【作者簡介】

　　張若虛(生卒年不詳),揚州(今屬江蘇)人。少以文詞知名,與賀知章、張旭、包融合稱"吴中四士"。後官至兖州兵曹參軍。詩多佚,《全唐詩》存詩二首。

春江花月夜

【題解】

　　《春江花月夜》爲樂府《清商曲辭·吴聲歌曲》舊題,曲調傳爲陳後主所創。後主所作今已不傳,現存歌辭最早者爲隋煬帝所作二首。此詩雖襲用樂府舊題,但改原宮體艷曲爲游子思婦傳統主題,並賦以新意。全詩以"春江花月夜"爲中心展開,描摹春江月夜清麗明净景色,抒發游子望月懷人之情。詩中雖有人生無常的傷感,但感情真摯,且蘊含探求精神,故不顯低沉。整篇韻律和諧婉轉,語言優美流暢,極富音樂之美,爲初唐名篇。

　　春江潮水連海平,海上明月共潮生[1]。灩灩隨波千萬里[2],何處春江無月明! 江流宛轉繞芳甸[3],月照花林皆似霰[4]。空裏流霜不覺飛[5],汀上白沙看不見[6]。江天一色無纖塵,皎皎空中孤月輪。江畔何人初見月? 江月何年初照人? 人生代代無窮已,江月年年祇相似。不知江月待何人,但見長江送流水。白雲一片去悠悠,青楓浦上不勝愁[7]。誰家今夜扁舟子[8]? 何處相思明月樓[9]? 可憐樓上月徘徊[10]，應照離人妝鏡臺。玉户簾中捲不去，擣衣砧上拂還來[11]。此時相望不相聞，願逐月華流照君[12]。鴻雁長飛光不度，魚龍潛躍水成文[13]。昨夜閒潭夢落花[14]，可憐春半不還家。江水流春去欲盡，江潭落月復西斜。斜月沈沈藏海霧，碣石瀟湘無限路[15]。不知乘月幾人歸，落月搖情滿江樹[16]。

《張若虛詩注》

【校注】

[1]"春江"二句：寫明月初生時景象。海：指長江下游江面寬闊處。　　[2]灧(yàn 艷)灧：水波動盪閃光貌。　　[3]芳甸：遍生花草的郊野。　　[4]霰(xiàn 線)：小雪粒。清徐增《而庵説唐詩》卷四："水光灧灧，花光離離，相交不定，故云如霰也。"　　[5]空裏流霜：古人以爲霜和雪皆由空中飄落，故有"飛霜"之説。此處形容月光下，飛霜不易覺察。　　[6]汀：江畔淺處。此句形容月光下，汀上之白沙不能分辨。　　[7]青楓浦：又名雙楓浦，在今湖南瀏陽。此處泛指遥遠荒僻的水邊。《而庵説唐詩》卷四："長沙有青楓江。然不必擬定。江上多楓樹，楓經霜則紅。春時葉青，用青字者，要關著春字也。"　　[8]扁(piān 篇)舟子：乘船飄泊在外的游子。　　[9]明月樓：泛指樓中思婦。清王堯衢《唐詩合解》卷三："扁舟子，是游子也；樓上人，是懷游子者也。今夜扁舟中，不知是誰家之子，又安知思此游子者之閨人住在何處樓哉？"　　[10]月徘徊：月光移動。曹植《七哀》詩："明月照高樓，流光正徘徊。上有愁思婦，悲歎有餘哀。"此處化用其意。　　[11]"玉户"二句：謂月光總是伴着思婦，更撩起她的相思之情。捲不去：謂繡簾可以捲起，而月光不能捲走。拂還來：謂月光拂拭不去。　　[12]月華：月光。《而庵説唐詩》卷四："單就樓上人説，願逐月華以照夫君之前。不言光而言華者，亦欲關著花字也。"　　[13]"鴻雁"二句：意謂所懷之人遠在他方，音信難通。《漢書·蘇武傳》載蘇武在匈奴被拘，匈奴詭言蘇武已死。昭帝得蘇武不死消息，使使至匈奴，言天子射上林中，得雁，雁足繫有帛書，言蘇武在某澤中，匈奴乃釋蘇武。後遂以雁足代書信；樂府《飲馬長城窟行》："客從遠方來，遺我雙鯉魚。呼兒烹鯉魚，中有尺素書。"後遂以魚書代書信。龍是因魚連類而及。　　[14]閒：義同"静"。

[15]碣石：山名，在今河北昌黎西北。瀟湘：即瀟水、湘水。瀟水源出今湖南藍山、九嶷山，北流至湖南零陵入湘水。湘水源出今廣西興安海陽山，北流與瀟水匯合後稱瀟湘，再匯入洞庭湖。此處碣石、瀟湘猶言天南地北，極言相距遥遠。
[16]"落月"句：謂落月牽動情思，如同搖曳於晨風中的江樹。

【集評】

　　(明)鍾惺、譚元春《唐詩歸》卷六:"淺淺説去,節節相生,使人傷感。未免有情,自不能讀,讀不能厭。"

　　(清)王夫之《唐詩評選》卷一:"句句翻新,千條一縷,以動古今人心脾,靈愚共感。其自然獨絶處,則在順手積去,宛爾成章,今淺人言格局、言提唱、言關鎖者,總無下口分在。"

　　(清)王闓運《王志》卷二:"張若虚《春江花月夜》用《西洲》格調,孤篇横絶,竟爲大家。"

張　説

【作者簡介】

　　張説(667—731),字道濟,一字説之。其先范陽(今河北涿州)人,世居河東,後遷居洛陽(今屬河南),因稱洛陽人。載初元年(689)應詔舉,對策爲天下第一,授太子校書,累遷至鳳閣舍人。因不附張易之、張昌宗,坐忤旨配流欽州。中宗即位,召拜兵部員外郎,累轉工部侍郎、兵部侍郎,兼修文館學士。睿宗景雲二年(711),進同中書門下平章事,監修國史。玄宗即位,爲中書令,封燕國公。後罷爲相州刺史、河北道按察使,轉岳州刺史。開元九年(721),拜兵部尚書,同中書門下三品,監修國史。又除中書令,加集賢院學士,知院事。卒諡文貞。説前後三度爲相,掌文學之任凡三十年,爲文精壯俊麗,朝廷制誥多出其手,與許國公蘇頲齊名,時號"燕許大手筆"。其詩歌風格樸實遒勁,元辛文房云其"晚謫岳陽,詩益悽婉,人謂得江山之助"(《唐才子傳》卷一)。有《張説之集》三十卷傳世。《舊唐書》卷九七、《新唐書》卷一二五有傳。

鄴　都　引

【題解】

　　此詩作於玄宗開元二年(714)秋,時作者出爲相州刺史後作。鄴都,三國時魏國都城。建安十八年(213),曹操爲魏公,定都於此。曹丕代漢,復定都洛陽,鄴仍爲魏都之一。其舊址在今河北臨漳縣西南。"引",詩體名。元稹《樂府古題序》:"《詩》訖於周,《離騷》訖於楚。是後,詩之流爲二十四名……其在琴瑟者爲操、引。"詩前半部分以簡括的語言描述曹操文武功業之盛,後半部分則轉寫繁華消歇,一片廢墟秋風,流露出對世事變遷的感慨。

　　君不見魏武草創爭天禄[1],群雄睚眦相馳逐[2]。畫攜壯士破堅陣,夜接詞人賦華屋[3]。都邑繚繞西山陽[4],桑榆汗漫漳河曲[5]。城郭爲虛人代改[6],但有西園明月在[7]。鄴傍高冢多貴臣[8],蛾眉曼睩共灰塵[9]。試上銅臺歌舞處[10],惟有秋風愁殺人。

《全唐詩》卷八六

【校注】

[1]魏武:即曹操。漢末曹操曾封魏王,曹丕稱帝後追尊爲魏武帝。草創:指開創基業。天禄:天賜的福禄。《書·大禹謨》:"四海困窮,天禄永終。"後常指帝位。
[2]群雄:指當時與曹操爭雄天下的軍閥,如袁紹、袁術、孫堅、孫權、劉備等。睚眦:瞪眼怒視。馳逐:相互追趕。這裏指爭奪權力。　[3]"畫攜"二句:堅陣:堅固的陣地。賦華屋:在華屋中作賦。曹操好文學,在漢末戰亂中,頗注意羅致文士,且喜登高吟詠。這裏指他經常與文士宴飲賦詩。　[4]都邑:此指鄴都。西山:當是鄴都郊外的一座山。曹操的陵墓名西陵,在鄴西三十里。此處西山當即西陵所在地。　[5]汗漫:無邊無際貌。漳河:水名,流經臨漳。其源出今山西東部清漳、濁漳二水,東南流至今河北、河南邊境,合爲漳河。曲:河岸曲折處。
[6]"城郭"句:謂隨着人事朝代的更替變遷,昔日鄴都已變成一片廢墟。虛:通"墟",空曠荒廢之地。人代:即"人世"。唐人避太宗李世民諱,以"世"爲"代"。
[7]西園:亦稱銅雀園,曹操所建,是曹氏父子與文士經常宴游之地,建安文人詩中多有出現。　[8]冢:通"塚",墳墓。　[9]蛾眉曼睩(lù lù):代指美女。蛾眉,細長的眉毛。曼睩,謂靈活的眼珠。曼,一作"曼"。　[10]銅臺:銅雀臺的省稱。建安十五年(210)曹操建,在鄴都西北角,高二丈五尺,頂置銅雀,曹操生前常行樂於此。

【集評】

　　(明)周珽《唐詩選脈會通評林》卷一六:"此詩從群雄爭逐、壯士詞人,說到貴臣蛾眉同歸灰塵,思致豈不深沈? 似笑似悲,似嘗似弔耶!"

　　(清)沈德潛《唐詩別裁集》卷五:"聲調漸響,去王、楊、盧、駱體遠矣。"又云:"'草創'二字,居然史筆。'畫攜壯士'二句,敍得簡老。"

王　灣

【作者簡介】

　　王灣(生卒年不詳),洛陽(今屬河南)人。玄宗先天元年(712)登進士第,開元初,爲滎陽主簿。開元五年(717),馬懷素主持校理四部書目,奏請王灣預其事。書成,出任河南洛陽尉。十七年曾任朝官,其後事蹟不詳。灣詞翰早著,爲天下所稱。其《次北固山下》"潮平兩岸闊,風正一帆懸。海日生殘夜,江春入舊年"二聯,唐殷璠譽爲"詩人以來,少有此句";"海日"一聯,張說曾手題於政事堂,"每示能文,令爲楷式"(俱見《河岳英靈集》卷下)。《全唐詩》今存其詩十首。生平事蹟見元辛文房《唐才子傳》卷一。

次北固山下

【題解】

　　一作《江南意》。次,停宿。北固山,在今江蘇鎮江,北臨大江。詩人早年曾往來吳楚間,詩當是作者泊舟北固山下觸景抒懷之作。中間兩聯寫景開闊,充滿朝氣,於景物、節令的刻畫中既含理趣,又渾然天成。

　　客路青山外,行舟綠水前[1]。潮平兩岸闊,風正一帆懸[2]。海日生殘夜,江春入舊年[3]。鄉書何處達,歸雁洛陽邊[4]。

　　　　　　　　　　　　　　　　　　　　　　　　《全唐詩》卷一一五

【校注】

　　[1]"客路"二句:一作"南國多新意,東行伺早天"。　　[2]"潮平"二句:謂潮水平穩,江面寬闊,舟行風順。二句一作"潮平兩岸失,風正數帆懸"。　　[3]"海日"二句:謂殘夜未盡而旭日已生於海面,舊年未去而江南春意已至。　　[4]"鄉

書”二句:一作“從來觀氣象,惟向此中偏”。

【集評】

(清)賀裳《載酒園詩話》卷一:“王灣《北固山下》曰:‘潮平兩岸闊,風正一帆懸。’或作‘兩岸失’,非是。凡波浪洶湧,則隔岸不見,波平岸始出耳。‘闊’字正與‘平’字相應,猶‘懸’字與‘正’字相應。若使斜風,則帆敧側不似懸矣。”

(清)沈德潛《唐詩別裁集》卷一〇:“江中日早,客冬立春,本尋常意,一經錘煉,便成奇絕。與少陵‘無風雲出塞,不夜月臨關’一種筆墨。”

蘇　頲

【作者簡介】

蘇頲(670—727),字廷碩,京兆武功(今屬陝西)人。十七歲舉進士第,授烏程縣尉,武后萬歲登封元年(696)應賢良方正科登第,歷監察御史、起居郎、考功郎中等。中宗神龍中遷中書舍人。時父蘇瓌爲相,父子同掌樞密,世以爲榮。玄宗先天初擢中書侍郎,襲封許國公。開元四年(716)遷紫微侍郎、同紫微黃門平章事,八年,罷爲禮部尚書,尋出爲益州長史,復入朝知吏部事,卒。自睿宗景龍後,與燕國公張說俱以文章顯名,所作制誥,典麗雅正,號“燕許大手筆”。詩與李嶠齊名,並稱“蘇李”,明王世貞謂其“應制七言,宏麗有色”(《藝苑卮言》卷四)。原有集,已佚,有明人所輯《蘇廷碩集》二卷。《舊唐書》卷八八、《新唐書》卷一二五有傳。

將赴益州題小園壁

【題解】

此詩爲開元八年(720)頲赴益州(今四川成都)長史任、告別長安時作。詩借小園花樹説出自己留戀長安之情。

歲窮惟益老[1],春至卻辭家。可惜東園樹[2],無人也作花。

《全唐詩》卷七四

【校注】

[1]歲窮:歲暮。　　　[2]可惜:可愛。

張九齡

【作者簡介】

張九齡(678—740),一名博物,字子壽,韶州曲江(今廣東韶關)人。武后長安二年(702)登進士第,中宗神龍三年(707)中材堪經邦科,授秘書省校書郎。玄宗先天元年(712)以應道侔伊吕科對策高第,遷左拾遺。尋除禮部員外郎,轉司勳員外郎。累遷至中書舍人、太常少卿。後出爲洪州刺史,轉桂州刺史兼嶺南按察使。開元二十一年(733)同中書門下平章事,明年遷中書令,兼集賢院學士知院事、修國史。爲李林甫所構,於二十五年出爲荆州長史。卒,謚文獻。九齡在朝忠耿敢諫,重視文士,爲開元賢相之一。工詩能文。其文雖體多應用,然不求富艷;詩則格調清雅,寄興深婉,後人謂其詩"如蜘蛛之放游絲,一氣傾吐,隨風卷舒,自然成態"(清厲志《白華山人詩説》卷一引赤菫氏語)。有《曲江張先生文集》二十卷傳世。《舊唐書》卷九九、《新唐書》卷一二六有傳。

感　遇

其　一

【題解】

玄宗開元二十五年(737),因遭李林甫等排擠,張九齡自右丞相出爲荆州長史,其間作有組詩十二首,總名《感遇》。本篇爲組詩第一首。詩以比興手法,借蘭、桂以寄意,抒寫其行芳志潔、不慕榮利的操守。

蘭葉春葳蕤[1],桂華秋皎潔[2]。欣欣此生意,自爾爲佳節[3]。誰知林棲者,聞風坐相悦[4]。草木有本心,何求美人折[5]?

《全唐詩》卷四七

【校注】

[1]蘭:指蘭草,即澤蘭。屬菊科,多年生草本植物,莖葉俱香。葉:一作"蕊"。作"蕊",則蘭當屬蘭科的蘭花。葳蕤:草木枝葉茂盛貌。　　[2]桂華:即桂花。　　[3]"欣欣"二句:謂由於春蘭、秋桂長得生機勃勃,香氣四散,春秋二季自然也就成爲美好的時節。自爾:自然、當然。　　[4]"誰知"二句:意謂蘭桂並不在意林棲者是否相悅。誰知:豈知。林棲者:指山林中的隱士。坐:殊,非常。梁何遜《南還道中送贈劉咨議別》:"夫君日高興,爲樂坐驕奢。"相:一作"見"。　　[5]"草木"二句:意謂賢者的行芳志潔是出於其本性,而不是爲了獲取高名,正如同蘭、桂散發香馥之氣不是求人折取一樣。草木:分指蘭、桂。有本心:一作"本無心"。"有本心"將物擬人化,較"本無心"義長。美人:指林棲者,也包括其他"相悅"者。

【集評】

(明)鍾惺、譚元春《唐詩歸》卷五:"《感遇》詩,正字氣運蘊含,曲江精神秀出;正字深奇,曲江淹密,各有至處,皆出前人之上。……平平至理,非透悟不能寫出。"

(清)沈德潛《唐詩別裁集》卷一:"'草木有本心,何求美人折!'想見君子立品,即昌黎'不采而佩,於蘭何傷'意。"

望月懷遠

【題解】

這是一篇月夜懷人之作。詩從"望月"與"懷遠"兩方面着筆,章法上於二者承轉之自然,幾於渾然無跡。首二句高華渾融,尤見出色,是千古傳誦的名句。

海上生明月,天涯共此時。情人怨遙夜[1],竟夕起相思[2]。滅燭憐光滿[3],披衣覺露滋。不堪盈手贈[4],還寢夢佳期。

《全唐詩》卷四八

【校注】

[1]情人:多情之人,此處是作者自指。遙夜:長夜。　　[2]竟夕:終夜。[3]憐:愛惜。　　[4]不堪:不能夠。盈手贈:指用手滿掬月光相贈。

【集評】

（明）郭濬《增定評注唐詩正聲》卷四：“清渾不著，又不佻薄，較杜審言《望月》更有餘味。”

（清）黄叔燦《唐詩箋注》卷一：“首二句領得妙。‘情人’一聯，先就遠人懷念言之，少陵‘今夜鄜州月’詩同此筆墨。”

王　翰

【作者簡介】

王翰（生卒年不詳），翰一作澣。字子羽，并州晉陽（今山西太原）人。睿宗景雲元年（710）進士及第，爲張嘉貞、張説所禮重。復舉直言極諫科，調昌樂縣尉；又中超拔群類科。張説爲相，召爲秘書正字，擢通事舍人、駕部員外郎。説罷相，翰出爲汝州長史，徙仙州別駕。因任俠嗜酒，恃才不羈，坐貶道州司馬，卒。翰家有聲伎，櫪多名馬，發言立意，自比王侯。能詩文。詩善寫邊塞生活，絕句《涼州詞》二首尤著名。原有集，已佚。《全唐詩》存其詩一卷。《舊唐書》卷一九〇中、《新唐書》卷二〇二有傳。

涼　州　詞

其　　一

【題解】

原有二首，此爲第一首。《涼州詞》，唐開元、天寶間新興樂章。《樂府詩集》卷七九引《樂苑》云：“《涼州》，宫調曲。開元中，西涼府都督郭知運進。”涼州，地在今甘肅武威一帶，唐時爲河西節度府治所。此詩爲寫邊塞戍卒生活的名篇，然對其主旨與情調的理解，歷來多有分歧。或以爲寫邊塞士卒英雄氣概，情調豪放；或以爲寫士卒對邊塞征戰之厭倦及對自身命運之無奈，情調悲涼。皆可通。

葡萄美酒夜光杯[1]，欲飲琵琶馬上催[2]。醉卧沙場君莫笑，古來征戰幾人回。

【校注】

[1]葡萄美酒:西域地區以葡萄釀成的酒。《史記·大宛列傳》:“宛左右以葡萄爲酒,富人藏酒至萬餘石,久者數十歲不敗。”夜光杯:一種精美的酒杯,以白玉製成,夜間可發光。舊題漢東方朔撰《海内十洲記》載:“周穆王時,西胡獻昆吾割玉刀及夜光常滿杯……杯是白玉之精,光明夜照。”　　[2]琵琶:一種彈撥樂器,漢時傳入中國。漢劉熙《釋名·釋樂器》:“枇杷(琵琶)本出於胡中,馬上所鼓也。推手前曰枇(琵),引手卻曰杷(琶),象其鼓時,因以爲名也。”催:催飲。一説催人出征。

【集評】

(清)沈德潛《唐詩別裁集》卷一九:“故作豪飲之詞,然悲感已極。”

(清)施補華《峴傭説詩》:“作悲傷語讀便淺,作諧謔語讀便妙,在學人領悟。”

王之涣

【作者簡介】

王之涣(688—742),字季凌,原籍晉陽(今山西太原),五世祖時遷絳州(今山西新絳),遂佔籍爲絳人。曾任冀州衡水主簿,因遭誣構,拂衣去官,優游山水,足跡遍及黄河南北。晚年復補莫州文安縣尉,以清正稱。之涣倜儻有才略,曾游邊塞,長於邊塞詩,唐靳能稱其“嘗或歌從軍,吟出塞,曒兮極關山明月之思,蕭兮得易水寒風之聲”(《唐故文安郡文安縣太原王府君墓誌銘并序》)。開元中,嘗與高適、王昌齡游,詩名動一時。其詩今多佚,《全唐詩》僅存六首。生平事蹟見元辛文房《唐才子傳》卷三。

登鸛雀樓

【題解】

一作朱斌詩,又作朱佐日詩。鸛雀樓,雀一作“鵲”,在蒲州(今山西永濟,唐時屬河東道)。《大清一統志》卷一〇一《蒲州·古跡》:“鸛鵲樓,在府城西南城上。沈括《夢溪筆談》:河中府鸛雀樓三層,前瞻中條,下瞰大河。唐王之煥(渙)詩能狀其景。舊志:樓舊在郡城西南黃河中高阜處,時有鸛鵲樓其上,遂名。”

白日依山盡[1],黃河入海流。欲窮千里目,更上一層樓。

《全唐詩》卷二五三

【校注】

[1]盡:此指隱没。

【集評】

(明)唐汝詢《唐詩解》卷二二:“日没河流之景,未足稱奇;窮目之觀,更在高處。”

(清)沈德潛《唐詩別裁集》卷一九:“四語皆對,讀去不嫌其排,骨高故也。”

涼 州 詞

其 一

【題解】

一作《出塞》(見《樂府詩集》卷二二“橫吹曲辭”),有二首,此爲其一。唐薛用弱《集異記》卷二載:開元中,詩人王昌齡、高適、王之渙齊名,共詣旗亭貰酒。忽有伶官十數人會宴,三人私約曰:“我輩各擅詩名……今者可以密觀諸伶所謳,若詩入歌辭之多者則爲優矣。”俄一伶唱“寒雨連江夜入吳”,昌齡引手畫壁曰:“一絕句。”又一伶謳“開篋淚沾臆”,適引手畫壁曰:“一絕句。”尋又一伶謳“奉帚平明金殿開”,昌齡又畫壁曰:“二絕句。”之渙因指諸妓中最佳者曰:“待此子所唱,如非我詩,吾即終身不敢與子爭衡矣。”須臾雙鬟發聲,則“黃河遠上白雲間”。之渙揶揄二子曰:“田舍奴,我豈妄哉?"因大諧笑,飲醉竟日。小説家言,其事未盡可信,但從中可知當時此詩傳播之廣。明人評論唐人七絶,也有推許此爲壓卷之作者。

　　黃河遠上白雲間[1],一片孤城萬仞山[2]。羌笛何須怨楊柳[3],春風不度玉門關[4]。

《全唐詩》卷二五三

【校注】

[1]黃河遠上:一作"黃沙直上"。"黃沙直上"寫出邊塞荒莽蒼涼之景,"黃河遠上"可見山川形勝之壯觀。持"黃沙"論者,謂黃河去涼州遠甚,何得共入一景?持"黃河"論者,謂唐人邊塞之作,興會神到,但求情景交融,於地理方位、距離,不盡顧及,解詩者於此不可拘泥。或以爲"河""沙"草書形近而致訛。然就聲情論,"河"聲清揚,"沙"聲沉黯,"黃河遠上"似略勝。　　[2]孤城:指玉門關。一説指涼州。仞:古代長度單位。周制八尺爲一仞。　　[3]羌笛:古代一種管樂器,因出自羌中,故名。楊柳:即笛曲《折楊柳》。《樂府詩集·梁鼓角橫吹曲》有《折楊柳枝歌》,云:"上馬不捉鞭,反拗楊柳枝。下馬吹長笛,愁殺行客兒。"由於歌曲寫離別,後世因多以之爲怨別懷鄉之曲。
[4]玉門關:故址在今甘肅敦煌西北,是古時通往西域的交通要道。

【集評】

　　(明)楊慎《升庵詩話》卷二:"此詩言恩澤不及於邊塞,所謂君門遠於萬里也。"
　　(明)王世懋《藝苑擷餘》:"于鱗選唐七言絶句,取王龍標'秦時明月漢時關'爲第一;以語人,多不服。于鱗意止擊節'秦時明月'四字耳。必欲壓卷,還當於王翰'葡萄美酒'、王之渙'黃河遠上'二詩求之。"

孟浩然

【作者簡介】

　　孟浩然(689—740)，名不詳(一説名浩)，字浩然，以字行，襄州襄陽(今湖北襄樊)人。早年隱居鹿門山。開元十六年(728)，赴長安應進士舉，落第而歸，遂南游吴越。二十五年，入張九齡幕府，不久即辭歸。二十八年，與王昌齡會於襄陽，食鮮疾動，卒。孟浩然與張九齡、王維、裴朏、盧僎、獨孤策等人爲忘形之交，是盛唐山水田園詩的代表作者，與王維並稱“王孟”。其詩多寫山水行旅、隱居閒適，佇興造思，不落凡近。詩風清曠沖淡，尤工五言，唐殷璠謂“浩然詩，文采豐茸，經緯綿密，半遵雅調，全削凡體”(《河岳英靈集》卷上)。明謝榛云：“浩然五言古詩、近體，清新高妙，不下李杜。”(《四溟詩話》卷二)有《孟浩然集》四卷傳世。《舊唐書》卷一九〇下、《新唐書》卷二〇三有傳。

臨　洞　庭

【題解】

　　一作《望洞庭湖贈張丞相》，又作《岳陽樓》。張丞相，即張説，時任岳州刺史。一説指張九齡；九齡嘗爲荆州長史。作者借觀湖之興達干謁之旨，表現了積極用世的思想和希望得到賞識與汲引的心情。前四句描寫洞庭湖的壯美景色，氣象開闊；後四句抒寫用世情懷和求仕不得的隱衷，感慨深沉。清沈德潛《唐詩别裁集》卷九云：“讀此詩知襄陽非甘於隱遁者。”

　　八月湖水平[1]，涵虛混太清[2]。氣蒸雲夢澤[3]，波撼岳陽城[4]。欲濟無舟楫[5]，端居恥聖明[6]。坐觀垂釣者，徒有羨魚情[7]。

《孟浩然集校注》卷三

【校注】

[1]湖水平:指湖水上漲與岸齊平。八月爲秋汛之期，故云。　　　[2]“涵虛”句:意謂湖面極爲廣闊，仿佛涵容天空，水天相連，混而爲一。涵:包容，涵容。虛:太虛。《文選》孫綽《游天台山賦》:“太虛遼闊而無閡。”李善注:“太虛，謂天也。”太清:亦指天空。《文選》左思《吴都賦》:“魯陽揮戈而高麾，回曜靈於太清。”劉淵林

注:"太清,謂天也。"　　　[3]雲夢澤:古澤藪名。《周禮·夏官·職方氏》:"荆州……其澤藪曰雲瞢。"一說本爲二澤,江北爲"雲",江南爲"夢"。據《漢書·地理志》,其在南郡華容縣(今湖北監利北)南,範圍不大。後世則愈言愈廣,涵蓋今湖北省東南部、湖南省北部等地區,洞庭湖即在其中。此句言洞庭湖一帶皆爲水氣所籠罩。　　　[4]"波撼"句:宋范致明《岳陽風土記》:"孟浩然洞庭詩有'波撼岳陽城',蓋城據湖東北,湖面百里,常多西南風,夏秋水漲,濤聲喧如萬鼓,晝夜不息,漱囓城岸,歲常傾頹。"撼:一作"動"。岳陽:位於洞庭湖東岸,今屬湖南。[5]濟:渡水。楫:船槳。《尚書·説命上》:"若濟巨川,用汝作舟楫。"孔安國傳:"渡大水,待舟楫。"此句以欲渡洞庭卻無舟楫喻指想出仕而無人引薦。　　　[6]端居:獨處,隱居。聖明:聖明之時,即太平盛世。《論語·泰伯》:"邦有道,貧且賤焉,恥也;邦無道,富且貴焉,恥也。"　　　[7]"坐觀"二句:典出《淮南子·説林訓》:"臨河而羨魚,不如歸家織網。"此謂希望得到張丞相援引。徒:一作"空"。

【集評】

　　(宋)曾季貍《艇齋詩話》:"老杜有《岳陽樓》詩,孟浩然亦有。浩然雖不及老杜,然'氣蒸雲夢澤,波撼岳陽城',亦自雄壯。"

　　(明)邢昉《唐風定》卷一三:"孟詩本自清淡,獨此聯("氣蒸"一聯)氣勝,與少陵敵,胸中幾不可測。"

　　(清)毛先舒《詩辯坻》卷三:"襄陽《洞庭》之篇,皆稱絶唱,至欲取壓唐律卷。予謂起句平平,三、四雄,而'蒸'、'撼'語勢太矜,句無餘力;'欲濟無舟楫'二語感懷已盡,更增結語,居然蛇足,無復深味。又上截過壯,下截不稱。世目同賞,予不敢謂之然也。"

宿桐廬江寄廣陵舊遊

【題解】

　　孟浩然開元十八年(730)去京南遊,淹留廣陵後又南下浙東。此詩爲夜宿桐廬江上所作。桐廬江,指錢塘江流經浙江桐廬境内的一段。《元和郡縣圖志》卷二五《江南道一·睦州》:"桐廬江,源出杭州於潛縣界天目山,南流至(桐廬)縣東一里入浙江。"廣陵,即今江蘇揚州。此詩發調警挺,由景入情,於追憶舊友之愁思中時見清越拔俗之氣。

　　山暝聽猿愁,滄江急夜流[1]。風鳴兩岸葉,月照一孤舟。建德非吾土[2],維揚憶舊遊[3]。還將數行淚[4],遥寄海西頭[5]。

《孟浩然集校注》卷三

【校注】

[1]滄江:青蒼色的江水。滄,一作“蒼”,“滄”、“蒼”此處義同。　　[2]建德:今屬浙江。非吾土:不是自己的故鄉。王粲《登樓賦》:“雖信美而非吾土兮,曾何足以少留。”桐廬屬睦州,州治爲建德,故云。　　[3]維揚:即揚州。《尚書·禹貢》:“淮海惟揚州。”宋費袞《梁溪漫志》:“古今稱揚州爲惟揚,蓋掇取《禹貢》‘淮海惟揚州’之語。”今則易“惟”爲“維”矣。　　[4]數行:一作“兩行”。　　[5]海西頭:指揚州。因揚州位於東海之西,故云。隋煬帝《泛龍舟》:“借問揚州在何處?淮南江北海西頭。”

【集評】

　　(宋)劉辰翁《王孟詩評·孟詩》卷下:“‘一孤舟’似病,天趣自得。大有洗煉,非率爾得者。”

　　(清)沈德潛《唐詩別裁集》卷九:“孟公詩高於起調,故清而不寒。”

過故人莊

【題解】

　　此詩摹寫至友人田莊作客之樂,既繪出田園之景,又兼及朋友之情。恬淡自然,切而能清,爲孟浩然田園詩代表作。

　　故人具雞黍[1],邀我至田家。綠樹村邊合,青山郭外斜[2]。開筵面場圃[3],把酒話桑麻[4]。待到重陽日,還來就菊花[5]。

《孟浩然集校注》卷四

【校注】

[1]具:備辦。雞黍:泛指農家待客的飯菜。《論語·微子》:“子路從而後,遇丈人,以杖荷篠……止子路宿,殺雞爲黍而食之。”　　[2]郭:外城。　　[3]筵:一

作“軒”。場圃：《詩·豳風·七月》：“九月築場圃。”毛傳：“春夏爲圃，秋冬爲場。”朱熹《集傳》：“場圃同地，物生之時，則耕治以爲圃而種菜茹；物成之際，則築堅之以爲場而納禾稼。”　　　[4]桑麻：指農事。陶淵明《歸園田居》其二：“相見無雜言，但道桑麻長。”　　　[5]“待到”二句：爲相約之辭。重陽：農曆九月九日，古人以九爲陽數，故云。古時風俗，重陽節要登高賞菊，飲菊花酒。南朝梁宗懍《荆楚歲時記》：“（九月九日）飲菊花酒，云令人長壽。”

【集評】

（元）方回《瀛奎律髓》卷二三：“此詩句句自然，無刻畫之跡。”

（清）沈德潛《唐詩別裁集》卷九：“通體清妙。末句‘就’字作意，而歸於自然。”

宿建德江

【題解】

一作《建德江宿》。建德江，浙江流經建德縣（今屬浙江）水段。詩人於開元十六年（728）赴長安求仕，一無所獲，遂漫游吳越。日暮泊舟建德江邊，一股淡淡的新愁湧上心來，遂成此篇。詩寫江中夜泊所見所感，“野曠”兩句繪景如畫，構思新穎，胡應麟贊其爲“神品”（《詩藪》內編卷六）。

移舟泊煙渚[1]，日暮客愁新。野曠天低樹，江清月近人。

《孟浩然集校注》卷四

【校注】

[1]煙渚：籠罩着煙霧的江中小洲。

【集評】

（宋）羅大經《鶴林玉露》甲編卷三：“孟浩然詩云：‘江清月近人’，杜陵云‘江月去人只數尺’，子美視浩然爲前輩，豈祖述而敷衍之耶！浩然之句渾涵，子美之句精工。”

（清）黃叔燦《唐詩箋注》卷七：“‘野曠’一聯，人但賞其寫景之妙，不知其即景而言旅情，有詩外味。”

春　曉

【題解】

　　一作《春晚絕句》。詩抒惜春之情，自然天成，意味雋永。

　　春眠不覺曉[1]，處處聞啼鳥。夜來風雨聲[2]，花落知多少。

《孟浩然集校注》卷四

【校注】

[1]"春眠"句：意謂春眠甚熟，不知不覺間忽已天曉。　　[2]來：名詞詞綴，置於"夜"後，構成表示時間的名詞。此處"夜來"指昨夜。

【集評】

　　（明）陸時雍《唐詩鏡》卷一一："喁喁慨慨，絕得閨中體氣，宛是六朝之餘，第骨未峭耳。"

　　（清）黃叔燦《唐詩箋注》卷七："詩到自然，無跡可尋。'花落'句含幾許惜春意。"

李　頎

【作者簡介】

　　李頎（690？—754？），潁陽（今河南登封）人。開元二十三年（735）進士，官新鄉尉。久不得陞遷，遂棄官歸隱。頎於詩，長於七古、七律。七古遒勁奔放，酣暢恣肆；七律風格朗暢，聲韻鏗鏘。唐殷璠評其詩曰："發調既清，修辭亦秀；雜歌咸善，玄理最長。"（《河岳英靈集》卷上）有集，已佚，《全唐詩》編其詩爲三卷。生平事蹟見元辛文房《唐才子傳》卷二。

古從軍行

【題解】

　　《從軍行》爲樂府舊題，此詩以古喻今，借漢諷唐，故稱《古從軍行》。詩約作於天寶年間，時唐玄宗大擧開邊，窮兵黷武。詩中提到戰爭對漢、胡雙方均帶來痛苦，是爲可貴。

　　白日登山望烽火[1]，黄昏飲馬傍交河[2]。行人刁斗風沙暗[3]，公主琵琶幽怨多[4]。野雲萬里無城郭[5]，雨雪紛紛連大漠。胡雁哀鳴夜夜飛，胡兒眼淚雙雙落。聞道玉門猶被遮[6]，應將性命逐輕車[7]。年年戰骨埋荒外，空見蒲桃入漢家[8]。

《全唐詩》卷一三三

【校注】

[1]烽火：古代邊防要地遇敵侵犯時用以示警的煙火。　　[2]交河：在今新疆吐魯番西北，因河水分流繞城下而得名。　　[3]行人：從軍之人。刁斗：銅器，形似鍋，軍中平時用作炊具，夜間敲擊用以巡更。　　[4]“公主”句：《宋書·樂志一》引傅玄《琵琶賦》曰：“漢遣烏孫公主嫁昆彌，念其行道思慕，故使工人裁箏、筑，爲馬上之樂。欲從方俗語，故名曰琵琶，取其易傳於外國也。”烏孫公主：漢江都王劉建之女劉細君，漢武帝遣其遠嫁烏孫和親。　　[5]雲：一作“營”。　　[6]“聞道”句：意謂皇帝仍不準罷兵，戰爭仍將繼續。《漢書·李廣利傳》：漢武帝命李廣利攻大宛，廣利“使使上書言：‘道遠，多乏食，且士卒不患戰而患飢。人少，不足以拔宛，願且罷兵，益發而復往。’天子聞之，大怒，使使遮玉門關，曰：‘軍有敢入，斬之。’”遮：遮擋，阻攔。　　[7]輕車：漢代有輕車將軍、輕車都尉等職，李廣從弟李蔡即曾任輕車將軍。此處泛指將領。　　[8]蒲桃：又稱蒲陶，即葡萄。《漢書·西域傳上》：“宛王蟬封與漢約，歲獻天馬二匹，漢使採蒲陶、苜宿種歸。天子以天馬多，又外國使來衆，益種蒲陶、苜宿離宮館旁，極望焉。”

【集評】

　　(明)邢昉《唐風定》卷七：“音調鏗鏘，風情澹冶，皆真骨獨存，以質勝文，所以高步盛唐，爲千秋絶藝。”

　　(清)沈德潛《唐詩別裁集》卷五：“以人命換塞外之物，失策甚矣。爲開邊者垂戒,故作此詩。"

送陳章甫

【題解】

陳章甫,江陵(今屬湖北)人,開元、天寶間名士。曾應制科及第,官太常博士,後罷官,隱居嵩山二十餘年。據詩意,此詩當爲陳罷官返鄉時作者送行之作。詩以豪爽俊麗之筆,刻畫陳章甫耿直狂傲、坦蕩不羈的性格,雖有惆悵之情,卻無哀惋之態,展現出盛唐士人樂觀曠達的精神風貌。

四月南風大麥黃,棗花未落桐陰長。青山朝別暮還見,嘶馬出門思舊鄉。陳侯立身何坦蕩,虬鬚虎眉仍大顙[1]。腹中貯書一萬卷,不肯低頭在草莽。東門酤酒飲我曹[2],心輕萬事皆鴻毛。醉臥不知白日暮,有時空望孤雲高。長河浪頭連天黑,津口停舟渡不得。鄭國游人未及家[3],洛陽行子空歎息[4]。聞道故林相識多,罷官昨日今如何[5]?

《全唐詩》卷一三三

【校注】

[1]大顙(sǎng 嗓):額頭寬闊。　　[2]我曹:我輩。　　[3]鄭國游人:指陳章甫。鄭國,今河南中部黃河以南一帶,春秋時屬鄭國。　　[4]洛陽行子:作者自指。李頎曾官新鄉縣尉,地近洛陽。　　[5]"聞道"二句:猶言聽説你在家鄉的熟人很多,但罷官之後,情況又會怎樣呢? 故林:故園。

【集評】

(明)顧璘《批點唐音》卷四:"首二句化腐處須自得。接二句淺淺説便佳。'有時空望孤雲高',豪語勝前多矣。"

(清)張文蓀《唐賢清雅集》卷一:"開局宏敞,音節自然。寫奇崛如見。收得妙。"

(清)方東樹《昭昧詹言》卷一二:"何等警拔,便似嘉州、達夫。起二句奇景湧出。'東門沽酒'句換氣。"

王昌齡

【作者簡介】

王昌齡(694？—756？)，字少伯，京兆萬年(今陝西西安)人。開元十五年(727)舉進士第，授秘書省校書郎。二十二年登博學宏詞科，官汜水尉。後以事謫嶺南，二十八年改江寧丞。天寶初，又貶龍標尉。故世稱"王江寧"、"王龍標"。安史亂起，避亂江淮，爲濠州刺史閭丘曉所殺。王昌齡爲盛唐著名詩人，有"詩家天(一作夫)子"之稱。其詩多邊塞軍旅、宮怨閨情之作，尤擅七絶，微婉多諷，清剛俊爽。唐殷璠編《河岳英靈集》，選王昌齡詩多至十六篇，居諸家之首，並評曰："元嘉以還，四百年内，曹、劉、陸、謝，風骨頓盡，頃有太原王昌齡、魯國儲光羲，頗從厥迹。"有集，已佚，《全唐詩》編其詩爲四卷。《舊唐書》卷一九〇下、《新唐書》卷二〇三有傳。

從　軍　行

【題解】

王昌齡《從軍行》原七首，從不同角度描寫了戍邊將士的生活。既表現出他們誓殺強敵、掃淨邊塵的報國之心，又反映了他們久戍思歸、心馳家園的征戍之愁。皆意態雄健，言微旨遠。此選其中四首。

其　　一

烽火城西百尺樓[1]，黄昏獨坐海風秋[2]。更吹羌笛關山月[3]，無那金閨萬里愁[4]。

《王昌齡詩注》卷四

【校注】

[1]百尺樓：指設置烽火的戍樓，百尺言其高。　　[2]獨坐：一作"獨上"。海風：當指從青海湖上吹來的風。　　[3]羌笛：羌族樂器，竹製，四孔，漢京房改爲五孔。關山月：樂府《橫吹曲辭·漢橫吹曲》舊題。《樂府詩集》卷二三引《樂府解題》云："《關山月》，傷離别也。"　　[4]無那：同"無奈"，即無可奈何。金閨：裝飾華美之閨房，此代指閨中思婦。

【集評】

　　（明）陸時雍《唐詩鏡》卷一二："昌齡作絕句往往襲積其意,故覺其情之深長而辭之飽快也。……法不與衆同也。"

　　俞陛雲《詩境淺説續編》："詩之佳處,在末句'無那'二字,用提筆以結全篇。海風山月,都化綺愁矣。"

其　　二

　　琵琶起舞換新聲,總是關山舊別情[1]。撩亂邊愁聽不盡[2],高高秋月照長城。

《王昌齡詩注》卷四

【校注】

[1]舊:一作"離",皆通。"舊別情"承上句"換新聲",言雖然曲調更新,而別情依舊,作"舊"爲勝。　　[2]"撩亂"句:意謂琵琶之聲撩動邊愁。聽:一作"彈";聽者、彈者,人稱有所不同,於義皆通。

【集評】

　　（明）唐汝詢《唐詩解》卷二六："奏樂所以娛心,今我起舞而琵琶更奏新聲,本以相樂也,然總之爲離別之情。邊聲已不堪聞,其奈月照長城乎！入耳目者皆邊愁也。"

　　（清）黄叔燦《唐詩箋注》卷八："跟上首來,故曰'換',曰'總是關山舊別情',即指上笛中所吹曲説。'撩亂邊愁'而結之以'聽不盡'三字,下無語可續,言情已到盡頭處矣。'高高秋月照長城',妙在即景以託之,思入微茫,魂游惝怳,似脱實粘,詩之最上乘也。"

其　　四

　　青海長雲暗雪山[1],孤城遥望玉門關[2]。黄沙百戰穿金甲,不破樓蘭終不還[3]。

《王昌齡詩注》卷四

【校注】

[1]青海:湖名,在今青海西寧西。唐邊將哥舒翰築城於此,置神威軍戍守。唐與

吐蕃於此時有戰爭發生。雪山:指祁連山,在今青海、甘肅兩省交界處。《後漢書·明帝紀》:"竇固破呼衍王於天山。"李賢注:"天山即祁連山,一名雪山,今名折羅漢山,在伊州北。"　　[2]玉門關:故址在今甘肅敦煌西。漢武帝時置,因西域輸入玉石取道於此而得名。　　[3]破:一作"斬"。樓蘭:漢時西域諸國之一,故址在今新疆若羌縣及其東北之羅布泊一帶。漢武帝時遣使通大宛,樓蘭國王安歸爲匈奴間諜,多次攻擊漢朝使臣,後大將霍光派平樂監傅介子前往樓蘭,用計斬其王,持其首還長安。事見《漢書·傅介子傳》。此處泛指侵擾西北邊地的吐谷渾等族。

【集評】

(清)沈德潛《唐詩別裁集》卷一九:"作豪語看亦可,然作歸期無日看,倍有意味。"

(清)黃叔燦《唐詩箋注》卷八:"玉關在望,生入無由,青海雪山,黃沙百戰,悲從軍之多苦,冀克敵以何年。'不破樓蘭終不還',憤激之詞也。"

其　　五

大漠風塵日色昏,紅旗半捲出轅門[1]。前軍夜戰洮河北[2],已報生擒吐谷渾[3]。

《王昌齡詩注》卷四

【校注】

[1]轅門:軍營之門。古時車戰,行軍紮營時以車轅圍作爲屏障,出入處仰起兩車,使車轅相向交接,成一半圓形的門。　　[2]前軍:先頭部隊。洮(táo 桃)河:又名巴爾西河,黃河上游支流,在今甘肅西南部。　　[3]吐谷(yù 玉)渾:古代少數民族名,相傳爲晉時鮮卑族慕容氏後裔。唐時居於青海一帶。《新唐書·西域傳》:"吐谷渾居甘松山之陽,洮水之西,南抵白蘭,地數千里。"此處泛指敵人。

【集評】

(明)周珽《唐詩選脈會通評林》卷五二:"唐汝詢曰:江寧《從軍》諸首,大都戍卒旅情,獨此有獻凱意。亦樂府所不可少。周珽曰:戰捷凱歌之詞。末即殲厥巨魁之意,謂大寇即擒,餘不足論矣。橫逸之氣,壯烈之志,合而並出。"

俞陛雲《詩境淺說續編》:"此詩總結前數章,故言掃老上之庭,飲黃龍之府,以告武成。爲塞下曲之淒調悲歌,別開面目也。"

出　塞
其　一

【題解】

　　《出塞》爲樂府《鼓吹曲辭·漢横吹曲》名。唐樂府舊題詩《前出塞》、《後出塞》、《塞上曲》、《塞下曲》等,皆從這一曲調演變而來。有二首,此其第一首。詩以漢代唐,概言征戍之苦,並影射唐將的無能,思想深刻,意境雄渾,明楊慎以爲"此詩可入神品"(《升庵詩話》卷二)。

　　秦時明月漢時關[1],萬里長征人未還。但使龍城飛將在[2],不教胡馬度陰山[3]。

《王昌齡詩注》卷四

【校注】

[1]"秦時明月"與"漢時關"互文見義,意謂明月仍是秦漢時的明月,關塞仍是秦漢時的關塞。沈德潛《説詩晬語》卷上:"防邊築城起於秦漢,明月屬秦,關屬漢,詩中互文。"　　[2]龍城飛將:指漢李廣。李廣爲右北平太守,匈奴稱其爲"漢之飛將軍"。見《史記·李將軍列傳》。此處泛指揚威北方邊地的名將。龍城,一作"盧城",指盧龍縣(今河北喜峰口一帶)。清閻若璩《潛丘札記》卷二:"右北平,唐爲北平郡,又名平州,治盧龍縣。唐時有盧龍府、盧龍軍。"一説爲漢時匈奴祭天與大會部族之地,在今蒙古國境内。　　[3]陰山:在今内蒙古中部,漢時匈奴常越過此處侵擾内地。

【集評】

　　(明)王世貞《藝苑卮言》卷四:"李于鱗言唐人絶句當以'秦時明月漢時關'壓卷,余始不信,以少伯集中有極工妙者。既而思之,若落意解,當別有所取;若以有意無意可解不可解間求之,不免此詩第一耳。"

　　(清)沈德潛《説詩晬語》卷上:"'秦時明月'一章,前人推獎之而未言其妙。蓋言師勞力竭,而功不成,緜將非其人之故。得飛將軍備邊,邊烽自熄,即高常侍《燕歌行》歸重'至今人説李將軍'也。防邊築城,起於秦、漢,明月屬秦,關屬漢,詩中互文。"

長信秋詞

其　　三

【題解】

　　題一作《長信怨》,樂府《相和歌辭·楚調曲》名。長信,漢宮殿名。據《漢書·外戚傳》載,班婕妤以才學入宮,受漢成帝寵愛,後爲趙飛燕所妒,爲避禍乃自求於長信宮侍奉太后,凄清度日。此詩約作於開元十五年(727)王昌齡中進士後任秘書省校書郎期間。原有五首,此爲第三首。通篇怨情以含蓄蘊藉的手法寫出,哀婉纏綿,爲宮怨詩的佳作。

　　奉帚平明金殿開[1],且將團扇共徘徊[2]。玉顏不及寒鴉色,猶帶昭陽日影來[3]。

《王昌齡詩注》卷四

【校注】

[1]奉帚:捧着掃帚,意謂打掃宮殿。《漢書·外戚傳》載,班婕妤失寵居長信宮,作《自悼賦》自傷,云:"共灑掃於帷幄兮,永終死以爲期。"金:一作"秋"。

[2]"且將"句:以秋扇見棄抒發君恩斷絕的哀怨之情。樂府《相和歌辭·楚調曲》中有《怨歌行》一首,一名《團扇詩》,相傳爲班婕妤所作。詩曰:"新裂齊紈素,鮮潔如霜雪。裁爲合歡扇,團團似明月。出入君懷袖,動搖微風發。常恐秋節至,涼飆奪炎熱。棄捐篋笥中,恩情中道絕。"且:一作"暫"。　　　[3]"玉顏"二句:言寒鴉猶帶日影,玉顏不及也。昭陽:即昭陽宮。沈德潛《唐詩別裁集》卷一九:"昭陽宮,趙昭儀(即趙合德,趙飛燕妹)所居,宮在東方。寒鴉帶東方日影而來,見己之不如鴉也。優柔婉麗,含蘊無窮,使人一唱而三歎。"日影:即陽光,此處雙關,亦指君王的恩寵。

【集評】

　　(明)高棅《唐詩品彙》卷四引宋謝枋得語:"此篇怨而不怒,有風人之義。"

　　(明)邢昉《唐風定》卷二一:"一片神工,非從鍛煉而成,神韻干雲,絕無煙火,深衷隱厚,妙協《簫韶》,此評庶近之矣。"

　　(清)黃生《唐詩摘鈔》卷四:"此等詩要識其章法錯敍之妙,看其如何落想,如何用筆,作者當時必非率然一揮而就者。後人作詩流於率易,祇是不知理會章法、句法耳。亦知古人鍛煉之功如此其至乎!"

芙蓉樓送辛漸
其　　一

【題解】

　　開元二十八年(740),王昌齡出任江寧(今江蘇南京)丞,此詩即作於任江寧丞時。原題二首,此其一。芙蓉樓,當指潤州丹徒(今江蘇鎮江)之西北樓。辛漸,作者友人。據《河岳英靈集》卷下載,王昌齡曾因"晚節不矜細行,謗議沸騰,再歷遐荒"。此詩借送友自抒胸臆。

　　寒雨連江夜入吳[1],平明送客楚山孤[2]。洛陽親友如相問,一片冰心在玉壺[3]。

《王昌齡詩注》卷四

【校注】

[1]吳:古國名,包括淮、泗以南至浙江太湖以東地區,此泛指潤州一帶。吳,一作"湖"。"湖"指太湖。以下句看,作"吳"爲是。　　　[2]楚:與"吳"爲互文。潤州春秋時屬吳,戰國時屬楚。　　　[3]冰心、玉壺:喻指高潔清明的人品。晉陸機《漢高祖功臣頌》:"心若懷冰。"劉宋鮑照《白頭吟》:"直如朱絲繩,清如玉壺冰。"唐姚崇《冰壺誡序》:"內懷冰清,外涵玉潤,此君子冰壺之德也。"

【集評】

　　(明)唐汝詢《唐詩解》卷二六:"此亦被謫入吳,逢辛赴洛而有是歎也。言我方冒雨夜行,君則依山曉發,不勝跋涉之勞。倘親友問我之行藏,當言心如冰冷,日就清虛,不復爲宦情所牽矣。"

　　(清)黃叔燦《唐詩箋注》卷八:"上二句送時情景,下二句託寄之言,自述心地瑩潔,無塵可滓。本傳言少伯'不護細行',或有所爲而云。"

祖　詠

【作者簡介】

祖詠(生卒年不詳),洛陽(今屬河南)人。開元十二年(724)進士及第。長期屈居林下,與王維相交甚密。詩以贈答酬和、羈旅行役、山水田園之作爲主,殷璠評其詩"剪刻省静,用思尤苦,氣雖不高,調頗凌俗"(《河岳英靈集》卷下)。清賀裳《載酒園詩話》云:"讀祖詠詩,如坐春風中,令人心曠神怡。"有集,已佚,《全唐詩》編其詩爲一卷。生平事蹟見元辛文房《唐才子傳》卷一。

終南望餘雪

【題解】

詩題爲開元十二年進士科"雜文試"試題,限爲六韻十二句。據《唐詩紀事》卷二〇載,祖詠在考場上只作此四句即交卷,考官訝而問之,答曰:"意盡。"終南,山名,即秦嶺;又指秦嶺位於今陝西西安南的一段,爲關中名勝。

終南陰嶺秀[1],積雪浮雲端。林表明霽色[2],城中增暮寒。

《全唐詩》卷一三一

【校注】

[1]陰嶺:指終南山的北麓。古時以山北水南爲陰。　　[2]"林表"句:狀雪霽天晴,陽光下餘雪之皎潔。林表:林外。

【集評】

(明)鍾惺、譚元春《唐詩歸》卷一三:"説得縹緲森秀。"

(清)王士禎《漁洋詩話》卷上:"古今雪詩,惟羊孚一贊及陶淵明'傾耳無希聲,在目浩已潔'及祖詠'終南陰嶺秀'一篇,右丞'灑空深巷静,積素廣庭閒',韋左司'門對寒流雪滿山'句,最佳。"

高　適

【作者簡介】

　　高適(700？—765)，字達夫，《舊唐書》本傳稱渤海蓨縣(今河北景縣)人，《新唐書》則稱渤海郡，皆屬郡望，其里籍莫考。二十歲西游長安，求仕無成。遂北游燕趙，後客居宋中(今河南商丘一帶)。天寶八載(749)，舉有道科中第，授封丘尉，旋即棄官而去。十二載，參隴右節度使哥舒翰幕府，官左驍衛兵曹參軍、掌書記。肅宗時，爲淮南節度使，歷彭、蜀二州刺史，劍南西川節度使。廣德二年(764)召還長安，爲刑部侍郎，轉左散騎常侍，世稱"高常侍"。其詩以邊塞詩著稱，風骨遒勁，氣韻雄渾，尤長歌行。唐殷璠謂高適"詩多胸臆語，兼有氣骨，故朝野通賞其文"(《河岳英靈集》卷上)。與岑參並稱爲"高岑"，同爲盛唐邊塞詩派重要作家。明人輯有《高常侍集》十卷。《舊唐書》卷一一一、《新唐書》卷一四三有傳。

燕　歌　行　并序

【題解】

　　《燕歌行》，爲樂府《相和歌辭·平調曲》名。魏文帝曹丕曾以此題寫閨中秋思，後人多仿效。高適首以其敍寫邊塞。詩作於開元二十六年(738)。據《舊唐書·張守珪傳》，張守珪開元二十三年因戰功拜輔國大將軍、右羽林大將軍，兼御史大夫。二十六年，張守珪爲奚族餘部所敗，卻謊報得勝，次年事泄，貶括州刺史。所謂"感征戍之事"，即指此。全詩大開大合，描寫了開元年間唐軍將士戍邊的艱辛，讚揚了戰士們勇往直前、爲國捐軀的精神，揭露了官兵之間的矛盾和苦樂懸殊的事實，諷刺邊地將領不得其人，蘊含着詩人對當時邊防問題的深刻觀察和思考，爲高適及盛唐邊塞詩最具代表性作品。

　　　開元二十六年，客有從元戎出塞而還者[1]，作《燕歌行》
以示適，感征戍之事，因而和焉。

　　漢家煙塵在東北[2]，漢將辭家破殘賊，男兒本自重橫行[3]，天子非常賜顏色[4]。摐金伐鼓下榆關[5]，旌旆逶迤碣石間[6]，校尉羽書飛

瀚海[7]，單于獵火照狼山[8]。山川蕭條極邊土，胡騎憑陵雜風雨[9]，
戰士軍前半死生，美人帳下猶歌舞。大漠窮秋塞草腓[10]，孤城落日鬥
兵稀，身當恩遇常輕敵[11]，力盡關山未解圍。鐵衣遠戍辛勤久[12]，玉
箸應啼別離後[13]，少婦城南欲斷腸，征人薊北空回首[14]。邊庭飄颻
那可度[15]，絕域蒼茫無所有，殺氣三時作陣雲[16]，寒聲一夜傳刁
斗[17]。相看白刃血紛紛[18]，死節從來豈顧勳[19]。君不見沙場征戰
苦，至今猶憶李將軍[20]。

《高適詩集編年箋注》

【校注】

[1]元戎：軍事統帥，此指張守珪。一作“御史大夫張公”。　　[2]漢家：借漢指
唐。煙塵：烽煙和塵土，指軍事行動。東北：今遼寧和内蒙古南部，唐時爲奚、契丹
族聚居地。　　[3]橫行：縱橫馳騁，一往無前。《史記·季布列傳》：“願得十萬
衆，橫行匈奴中。”　　[4]非常：不同尋常。賜顏色：猶言給好臉色看。此指禮遇、
器重。開元二十三年(735)，張守珪回東都獻捷，玄宗賦詩褒獎，並加官進爵，賞賜
財物。或指此事。　　[5]摐(chuāng窗)金：敲擊金屬樂器。伐鼓：擊鼓。榆
關：即山海關，爲東北軍事要地。　　[6]旌旆：軍中各類旗幟。逶迤：宛曲而連
綿。碣石：山名，在今河北昌黎北，此泛指東北濱海地帶。　　[7]校尉：武職名。
漢武帝時置八校尉，爲特種部隊將領。唐爲武散官，位次於將軍。此處泛指武將。
羽書：插有鳥羽的緊急軍事文書。瀚海：北海名，在今内蒙古高原東北，亦作“翰
海”。據《史記·衛將軍驃騎列傳》，驃騎將軍霍去病率師大破匈奴，“封狼居胥山，
禪於姑衍，登臨翰海”。司馬貞《索隱》引崔浩云：“北海名，群鳥之所解羽，故云翰
海。”漢以後人多稱沙漠爲瀚海。　　[8]單于：匈奴君長的稱號，此處泛指敵方首
領。獵火：打獵時生起的火。古代游牧民族在作戰以前，往往舉行大規模的校獵，
以爲軍事演習。狼山：即狼居胥山，在今内蒙古西北部。《新唐書·地理志》：“幽
州范陽郡昌平縣……西北三十五里有納款關，即居庸故關，亦謂之軍都關，其北有
防禦軍，古夏陽川也，有狼山。”此泛指接戰之地。　　[9]憑陵：仗勢欺凌侵犯。
雜風雨：形容敵軍兇猛如風雨交加。劉向《新序·善謀》：“且匈奴者，輕疾悍亟之兵
也，來若風雨，解若收電。”　　[10]腓(féi肥)：草木枯萎變黄。《詩·小雅·四月》：
“秋日淒淒，百卉具腓。”一作“衰”。　　[11]常：一作“恒”，義同。　　[12]鐵衣：
鐵甲戰衣。《木蘭辭》：“寒光照鐵衣。”此處指代遠戍邊塞的士兵。　　[13]玉
箸：玉質的筷子。這裏指思婦的眼淚。箸，同“筯”。劉孝威《獨不見》：“誰憐雙玉

箸,流面復流襟。"　　[14]薊北:唐薊州(今河北薊縣)以北地區,泛指東北邊地。
[15]庭:一作"風"。飄颻:一作"飄飄"。　　[16]三時:指晨、午、晚,即一整天。
一説指春、夏、秋三季。　　[17]刁斗:軍中金屬用具,形似鍋,夜間用以打更,日
間用以煮飯。　　[18]血:一作"雪"。　　[19]死節:指爲國捐軀。節,氣節,節
操。　　[20]李將軍:指漢將李廣。《史記·李將軍列傳》:"廣居右北平,匈奴聞
之,號曰漢之飛將軍,避之,數歲不敢入右北平。"又:"廣之將兵,乏絶之處,見水,
士卒不盡飲,廣不近水;士卒不盡食,廣不嘗食。寬緩不苛,士卒以此愛樂爲用。"
此處兼取捍禦强敵和愛撫士卒二義,感古思今,意謂當時没有像李廣那樣的邊將。
一説,李將軍指戰國時趙將李牧。

【集評】

　　(明)邢昉《唐風定》卷九:"金戈鐵馬之聲,有玉磬鳴球之節,非一意抒寫以爲悲
壯也。"

　　(清)王夫之《唐詩評選》卷一:"詞淺意深,鋪排中即爲誹刺。此道自《三百篇》
來,至唐而微,至宋而絶。'少婦'、'征人'一聯,倒一語乃是征人想他如此。聯上
'應'字,神理不爽。結句亦苦平淡,然如一匹衣着,寧令稍薄,不容有纇。"

人日寄杜二拾遺

【題解】

　　此詩爲寄贈杜甫之作。杜二拾遺,即杜甫,杜曾官左拾遺。高適與杜甫
是相交多年的摯友。上元元年(760)九月,高適轉蜀州(今四川崇慶)刺史,
時卜居於成都西郊浣花溪畔的杜甫乃赴蜀州,分别數年的老友得以相聚。
翌年人日(正月初七),高適仍在蜀州,作此詩寄杜甫。杜甫《追酬故高蜀州
人日見寄》曾憶及此詩。詩中感念故人,慨歎平生,抒發身世之感,真情流
貫,語省净而意概括。

　　人日題詩寄草堂[1],遥憐故人思故鄉。柳條弄色不忍見,梅花滿
枝空斷腸。身在南蕃無所預[2],心懷百憂復千慮[3]。今年人日空相
憶,明年人日知何處[4]。一卧東山三十春,豈知書劍老風塵[5]。龍鍾
還忝二千石[6],愧爾東西南北人[7]。

　　　　　　　　　　　　　　　　　　　　　　　　　《高適詩集編年箋注》

【校注】

[1]草堂:在今成都西郊浣花溪邊。杜甫《堂成》:"背郭堂成蔭白茅。"　　[2]南蕃:指蜀中。蕃,同"藩"。預:參與朝政。　　[3]百憂:語出三國魏曹植《贈王粲》:"自使懷百憂。"　　[4]人日:一作"此日"。　　[5]"一卧"二句:高適謂杜甫。杜甫至德二載(757)至乾元二年(759)曾短暫爲官,至是流寓蜀中,懷才不遇,故云"書劍老風塵"。東山:東晉謝安隱居處。《晉書·謝安傳》:"(安)出則漁弋山水,入則言詠屬文,無處世意……及萬(安弟)黜廢,安始有仕進志,時年已四十餘矣。征西大將軍桓温請爲司馬,將發新亭,朝士咸送,中丞高崧戲之曰:'卿累違朝旨,高卧東山,諸人每相與言:安石不肯出,將如蒼生何?蒼生今亦將如卿何?'"高適以謝安比杜甫,是委婉的説法,有尊敬的意思。　　[6]龍鍾:老人行不進貌,此指老態。高適自謂。上元元年高適爲此詩時,已六十歲。二千石:漢制:郡守俸禄二千石,即月俸百二十斛。後世因稱郡守爲二千石。高適時爲蜀州刺史,與漢郡守同。　　[7]東西南北人:謂杜甫。杜甫自乾元二年棄官華州後,兩年之間流徙於秦州、蜀中,不遑居處。《禮記·檀弓》載孔子嘗自謂"東西南北之人也";杜甫《謁文公上方》詩亦云:"甫也南北人。"

【集評】

(明)陸時雍《唐詩鏡》卷一三:"語多合拍,雖無他奇,故是可詠。"

(清)黄培芳《唐賢三昧集箋注》卷下:"收攝沉頓。此一字一頓。老杜和作,乃分詮四段以應之,宜取參看。"

別　董　大

其　　二

【題解】

原有二首,此爲其二。董大,敦煌寫本《唐詩選》殘卷題作《別董令望》。令望事蹟不可考。舊注或謂董大指著名琴師董庭蘭,或謂是作者在長安結識的一位友人。詩先寫離别的悲凉之景,一轉而爲安慰鼓舞之詞,骨格粗豪。

千里黄雲白日曛[1],北風吹雁雪紛紛。莫愁前路無知己,天下誰人不識君。

《高適詩集編年箋注》

【校注】

[1] 千:一作"十"。黄雲:塞外黄沙蔽天,故雲呈黄色。曛:日暮。

【集評】

(明)唐汝詢《唐詩解》卷二七:"雲有將雪之色,雁起離群之思,於此分別,殆難爲情,故以莫愁慰之。言君才易知,所如必有合者。"

富壽蓀、劉拜山《千首唐人絶句》:"上二句寫景,極雄闊蒼茫之致。下二句聲情慷慨,不作離別淒涼之語,在唐人送行詩中未可多得。"

封 丘 縣

【題解】

題一作《封丘作》。天寶八載(749)高適初任封丘(今屬河南)尉時所作。《舊唐書·高適傳》:"宋州刺史張九皋深奇之,薦舉有道科……解褐汴州封丘尉,非其好也。"尉,掌管一縣軍事治安之九品小吏。高適志向遠大,無法忍受侍奉官長、鞭撻黎庶的微職,不久即辭官。詩中抒寫了對卑微官職的不滿,表達了對百姓的同情和自己内心深處的矛盾痛苦。

　　我本漁樵孟諸野[1],一生自是悠悠者[2]。乍可狂歌草澤中[3],寧堪作吏風塵下[4]。祇言小邑無所爲,公門百事皆有期[5]。拜迎官長心欲碎,鞭撻黎庶令人悲。歸來向家問妻子,舉家盡笑今如此。生事應須南畝田[6],世情付與東流水。夢想舊山安在哉,爲銜君命日遲迴[7]。乃知梅福徒爲爾[8],轉憶陶潛歸去來[9]。

《高適詩集編年箋注》

【校注】

[1]孟諸:古澤名,在今河南商丘東北。《爾雅·釋地》:"宋有孟諸。"高適出仕前曾在此住過很長時間。野:鄉野之人。　　[2]悠悠者:閒散自在、無拘無束之人。[3]乍可:祇可。草澤:指民間。　　[4]寧堪:怎能忍受。風塵:污濁紛擾之官場。[5]期:期限,日程。　　[6]生事:生計。南畝:泛指田地。《詩·豳風·七月》:"饁彼南畝。"　　[7]銜君命:奉君之命。《禮記·檀弓》:"銜君命而使。"遲迴:猶

豫，徘徊。　　　[8]"乃知"句：謂作縣尉無所成就，徒勞而已。梅福：西漢末年人，曾任南昌縣尉，後棄官歸家，隱居讀書。王莽時抛棄家室，變姓名爲吳市門卒。事見《漢書·梅福傳》。徒爲：猶言徒勞。　　　[9]陶潛歸去來：據蕭統《陶淵明傳》，陶潛曾爲彭澤令，郡督郵將至，例應束帶謁見，潛歎曰："我豈能爲五斗米，折腰向鄉里小兒！"遂辭官歸隱，作《歸去來辭》以寄意。

【集評】

　　(宋)葛立方《韻語陽秋》卷一一："其末句云：'乃知梅福徒爲爾，轉憶陶潛歸去來。'則不堪作吏之卑辱，而復思孟瀦之漁樵也。韓退之云：'居閒食不足，從仕力難任。'其此之謂乎？"

王　維

【作者簡介】

　　王維(701—761)，字摩詰，祖籍太原祁(今山西太原)，至父處廉徙家於蒲(今山西永濟)，遂爲河東人。開元九年(721)進士及第，授太樂丞，旋因伶人舞黃獅子事，坐貶濟州司倉參軍。二十三年，張九齡擢其爲右拾遺。後曾以監察御史出使涼州，任河西節度判官；又曾以侍御史知南選。天寶中，歷官至給事中。安史之亂起，兩京失陷，玄宗奔蜀，維扈從不及，爲亂軍所獲，拘於洛陽菩提寺。維服藥僞稱瘖瘂，但仍被迫受僞職。兩京收復，以陷賊官論罪，因《凝碧池詩》及弟縉願削己職贖兄罪而獲免，責授太子中允。後歷官至尚書右丞，世因稱王右丞。王維早年思想積極，嚮往開明政治，中年以後，則漸趨消極。在藍田輞川購得宋之問別墅，修葺之後，與友人優游其中。又崇信佛教，晚年尤篤，退朝之餘，即焚香獨坐，以禪誦爲事。維具有多方面才能，精於詩文、音樂、繪畫，又能將音樂、繪畫及禪理融通於詩，語言自然而又精練準確，形象鮮明生動且意境高遠，宋蘇軾稱之云："味摩詰之詩，詩中有畫；觀摩詰之畫，畫中有詩。"(《書摩詰藍田煙雨圖》)其詩衆體兼擅，五律、絕句成就尤高。題材上則以山水田園影響最大，與孟浩然並爲盛唐山水田園詩之代表詩人。有《王右丞文集》十卷傳於世。《舊唐書》卷一九〇下、《新唐書》卷二〇二有傳。

隴 頭 吟

【題解】

一作《邊情》。《隴頭吟》,即《隴頭》,又稱《隴頭水》,爲樂府《橫吹曲辭·漢橫吹曲》舊題。古辭今不傳。隴頭,即隴山,又名隴阪、隴首,在今陝西隴縣至甘肅平涼一帶。此詩藉少年游俠意欲邊塞求功名,引出關西老將的遭遇,在少年游俠與關西老將的對比中,展示作品的主題,意旨深長,耐人尋味。

長安少年游俠客[1],夜上戍樓看太白[2]。隴頭明月迥臨關[3],隴上行人夜吹笛。關西老將不勝愁[4],駐馬聽之雙淚流[5]。身經大小百餘戰,麾下偏裨萬户侯[6]。蘇武纔爲典屬國,節旄空盡海西頭[7]!

《王維集校注》卷二

【校注】

[1]長安:一作“長城”。長安多俠少,且與後面“關西老將”相應,義稍長。
[2]戍樓:古代建於邊境要塞上的敵樓,用以瞭望敵情。太白:指太白星,即金星。古代星相家以太白星主殺伐,由太白的出没情況預測戰爭的勝敗吉凶,故多以之喻兵戎。《晉書·天文志中》:“太白進退以候兵,高埤遲速,静躁見伏,用兵皆象之,吉。其出西方,失行,夷狄敗;出東方,失行,中國敗;未盡期日,過參天,病其對國。若經天,天下革,民更王,是謂亂紀,人衆流亡。”　　[3]迥:遠。關:指隴關,又名大震關,故址在今甘肅清水東隴山東坡。　　[4]關西老將:秦漢以來,關西多出名將,故云。《後漢書·虞詡傳》:“諺曰:‘關西出將,關東出相。’”關西,函谷關以西,今陝西、甘肅一帶。　　[5]駐:一作“驅”。“駐”見傷感神韻,較“驅”義勝。　　[6]“身經”二句:乃老將慨歎時運不濟之辭,暗用西漢李廣與匈奴戰不得封侯事。詳見王勃《滕王閣序》注。麾下:即部下。麾,古代指揮軍隊的旗幟。偏裨:副將。萬户侯:食邑萬户的侯爵。漢代置二十等爵,最高一等名通侯,又稱列侯。侯之大者至食邑萬户,故稱。　　[7]“蘇武”二句:借蘇武事以抒發有功不賞的慨歎。《漢書·蘇武傳》載,漢武帝時,蘇武奉命出使匈奴,爲匈奴所扣。單于百般誘脅其投降,武不屈,於是被徙於北海(今貝加爾湖)。武持漢節牧羊,年深月久,節旄盡落。武留匈奴十九年,至昭帝時歸漢,授典屬國之職。典屬國:掌管歸服少數民族事務的官。《漢書·百官公卿表》:“典屬國,秦官,掌蠻夷降者。”節旄:

使者所持的信物,以竹爲節桿,上綴以旄牛尾,故稱。空盡:一作"落盡",又作"零落"。"空盡"有感慨,義勝。海西:一作"海南"。"海西"有歎遠意,較"海南"義長。

【集評】

（清）沈德潛《唐詩別裁集》卷五:"少年看太白星,欲以立邊功自命也;然老將百戰不侯,蘇武祇邀薄賞,邊功豈易立哉!"

（清）方東樹《昭昧詹言》卷一二:"起勢翩然。'關西'句轉。收渾脱沈轉,有遠勢,有厚氣。此短篇之極則。"

山居秋暝

【題解】

此詩當是王維居輞川時作。作者以清新自然的筆觸,描繪了山中富有詩情畫意的優美景色,表現了作者對大自然的熱愛。暝,夜晚。

空山新雨後,天氣晚來秋。明月松間照,清泉石上流。竹喧歸浣女,蓮動下漁舟[1]。隨意春芳歇,王孫自可留[2]。

《王維集校注》卷五

【校注】

[1]"竹喧"二句:謂聽到林中傳出喧鬧聲,知是浣衣女子歸來了;看見蓮葉搖動,知是打魚船隻順水下行。　　　[2]"隨意"二句:意謂山中景致無論是春天芳草茂盛,還是秋日物華凋謝,都是非常美麗的,王孫自然可以留在山中不出。《楚辭》淮南小山《招隱士》:"王孫游兮不歸,春草生兮萋萋。"又:"王孫兮歸來,山中兮不可以久留。"此處反用其意。王孫:與公子同義,此處是詩人自指。

【集評】

（清）吳喬《圍爐詩話》卷三:"右丞之'明月松間照,清泉石上流',極是天真大雅,後人學之,則爲小兒語也。"

（清）張謙宜《䋜齋詩談》卷五:"'空山新雨後,天氣晚來秋',起法高潔,帶得通篇俱好。"

終 南 山

【題解】

此詩作於開元二十九年(741)作者隱居終南山時。詩題一作《終南山行》，又作《終山行》。終南山，即秦嶺。其西起甘肅天水，東至河南陝縣，綿亙千餘里。長安城南山亦稱終南山，又名中南、周南、地脯、南山、太一等。詩中所寫主要指後者。作者以移步換形的手法，從不同角度，寫出了終南山崢嶸雄偉的氣勢。

太乙近天都[1]，連山到海隅[2]。白雲迴望合，青靄入看無[3]。分野中峰變，陰晴衆壑殊[4]。欲投人處宿，隔水問樵夫[5]。

《王維集校注》卷二

【校注】

[1]太乙：亦作太一。太乙與終南，古謂非一山，唐人則以太乙爲終南之別稱。唐李泰《括地志》卷一："終南山，一名中南山，一名太一山……在雍州萬年縣南五十里。"天都：帝都，此指京城長安。一說，指天帝所居之處。　　[2]到：一作"接"。海隅：海邊，海角。　　[3]"白雲"二句：謂行於山間本未見雲，回頭一望，身後卻匯成一片雲海；遠遠望去似有青青霧靄，走近之後，卻又不見。[4]"分野"二句：意謂終南山高大廣闊，登上中峰，已屬不同分野；同一時間，各個山谷間陰晴亦不相同。分野：古人將地上不同地理區域與天上的星宿對應相配，使每一區域都劃定在一定的星空範圍，稱爲分野。　　[5]水：一作"浦"。"浦"爲水濱，亦通。

【集評】

(清)王夫之《薑齋詩話》卷二："'欲投人處宿，隔水問樵夫'，則山之遼廓荒遠可知，與上六句初無異致，且得賓主分明，非獨頭意識懸相描摹也。"

(清)沈德潛《唐詩別裁集》卷九："'近天都'言其高，'到海隅'言其遠，'分野'二句言其大，四十字中，無所不包，手筆不在杜陵下。或謂末二句似與通體不配，今玩其語意，見山遠而人寡也，非尋常寫景可比。"

觀　　獵

【題解】

　　題一作《獵騎》,又作《觀獵詩》。作者通過對狩獵活動的描寫,刻畫出一位英武豪邁、氣度不凡的將軍形象。詩風遒勁剛健,章法、句法及遣字,均極見功力。

　　風勁角弓鳴[1],將軍獵渭城[2]。草枯鷹眼疾[3],雪盡馬蹄輕[4]。忽過新豐市[5],還歸細柳營[6]。回看射雕處[7],千里暮雲平。

《王維集校注》卷七

【校注】

[1]勁:一作"動",亦通,然不如"勁"字有力。角弓鳴:射箭時弓弦震動所發出的響聲。角弓,飾以獸角的硬弓。　　[2]渭城:地名。本秦都咸陽故城,漢高祖改名新城,後廢。武帝時復置,改名渭城。其地今屬陝西咸陽,在西安西北。
[3]"草枯"句:謂由於草木枯萎凋零,獵物無處藏身,所以就覺得鷹眼格外明銳。
[4]"雪盡"句:謂因爲雪已化盡,馬奔馳時少粘滯,便顯得非常輕快。　　[5]新豐市:地名。漢置新豐縣,其地在今西安臨潼東。市,一作"戍"。作"市"見將軍於市井熱鬧處疾馳之態,較"戍"義長。　　[6]細柳營:地名。在今陝西咸陽西南渭水北。漢代名細柳倉,因名將周亞夫曾屯軍於此,故稱。又,唐長安縣西南有細柳原(在今西安西南古昆明池南),萬年縣東北亦有細柳營,均非周亞夫屯軍之細柳(説見宋程大昌《雍録》卷七)。此以細柳營代指軍營。　　[7]射雕處:即打獵處。射雕,一作"失雁"。"射雕"暗用"射雕手"典,義長。雕,又名鷲,一種猛禽,能高飛,射殺不易,匈奴稱射技高超者爲"射雕手"。

【集評】

　　(清)沈德潛《説詩晬語》卷上:"王右丞'風勁角弓鳴'一篇,神完氣足,章法、句法、字法俱臻絶頂,此律詩正體。"
　　(清)沈德潛《唐詩別裁集》卷九:"起二句,若倒轉便是凡筆,勝人處全在突兀也。結亦有回身射雕手段。"

漢江臨眺

【題解】

開元二十八年(740)，王維知南選途經襄陽時作。據詩意，當是作者與地方長官泛江同游之作。漢江，也稱漢水，發源於今陝西寧强縣，流經湖北，在漢陽注入長江。臨眺，一作“臨汎”。

楚塞三湘接，荆門九派通[1]。江流天地外，山色有無中。郡邑浮前浦，波瀾動遠空[2]。襄陽好風日[3]，留醉與山翁[4]。

《王維集校注》卷二

【校注】

[1]“楚塞”二句：寫漢水流域之遼闊，南接三湘，西起荆門，東達九江。楚塞：楚國邊界。此指襄陽一帶的漢水，因其在楚國之北部邊境，故稱。三湘：湘水與灘水合稱灘湘，與蒸水合稱蒸湘，與瀟水合稱瀟湘，總稱“三湘”。但古詩文中，“三湘”一般多泛指湘江流域及洞庭湖地區。湘，一作“江”。“湘”見地之遼闊，較“江”勝。荆門：山名。在今湖北宜都縣西北，位於長江南岸，與北岸之虎牙山相對。北魏酈道元《水經注·江水二》：“江水又東歷荆門、虎牙之間。荆門在南，上合下開，闇徹山南；有門像，虎牙在北，石壁色紅，間有白文，類牙形。並以物像受名。此二山，楚之西塞也。”九派：九條支流。舊説長江流至潯陽分爲九派。《文選》郭璞《江賦》：“流九派乎潯陽。”李善注引應劭《漢書》注：“江自廬江潯陽分爲九也。”但長江實非九派之源，而是其地別有九條小水匯流入長江。　　[2]“郡邑”二句：形容江水浩淼，水勢很盛，仿佛郡邑（襄陽城）漂浮於水面之上，遠處天空也似在波浪翻滾中搖動。　　[3]風日：風光。日，一作“月”，義少遜。　　[4]與：猶“如”。山翁：指晉山簡。簡，字季倫，山濤之子。曾以征南將軍節鎮襄陽，常往郡中豪族習氏園亭習家池嬉游宴飲，每飲輒醉，名之曰高陽池。這裏以之借代襄陽地方官。翁，一作“公”，亦通。

【集評】

(元)方回《瀛奎律髓彙評》卷一：“右丞此詩，中兩聯皆言景，而前聯尤壯，足敵孟、杜岳陽之作。”

(清)屈復《唐詩成法》卷二：“前六雄俊闊大，甚難收拾，卻以‘好風日’三字結之,筆力千鈞。題中'臨泛',不過末句順帶而已……三、四氣格雄渾,盛唐本色。"

使至塞上

【題解】

　　開元二十五年(737),王維以監察御史奉命赴河西節度使崔希逸幕勞軍,並兼河西節度使幕府判官。詩當作於赴河西途中。

　　單車欲問邊,屬國過居延[1]。征蓬出漢塞[2],歸雁入胡天。大漠孤煙直[3],長河落日圓[4]。蕭關逢候騎[5],都護在燕然[6]。

《王維集校注》卷二

【校注】

[1]"單車"二句:一作"銜命辭天闕,單車欲問邊"。又,問,一作"向"。"問"字與題目中"使"字相應,作"問"字是。或因"向"、"問"草書相近而致誤。單車:謂輕裝簡從。問邊:赴邊塞宣慰。屬國:即附屬國。漢時凡已歸附的少數民族,其所在地區稱爲屬國。《史記·衛將軍驃騎列傳》:"居頃之,乃分徙降者邊五郡故塞外,而皆在河南,因其故俗,爲屬國。"張守節《史記正義》曰:"以降來之民徙置五郡,各依本國之俗而屬於漢,故言'屬國'也。"《漢書·武帝本紀》:"(元狩)二年……秋,匈奴昆邪王殺休屠王,並將其衆合四萬餘人來降,置五屬國以處之。"顏師古注:"凡言屬國者,存其國號而屬漢朝,故曰屬國。"居延:地名。西漢張掖郡有居延縣,故城在今内蒙古額濟納旗東南。又,東漢涼州刺史部有張掖居延屬國,轄境在今居延澤一帶。　　[2]征蓬:蓬草遇秋,隨風飄轉,詩人奉使出塞,路途遼遠,故以之自喻。蓬,一作"鴻"。"鴻"與下句"雁"意重,作"蓬"佳。　　[3]孤煙直:指烽煙。古代烽火用狼糞,取其煙直而聚,雖遭風吹而不斜,故云"直"。一說指邊地特有的一種自然現象,一般出現於温暖季節天氣晴朗時。夾帶塵沙的空氣渦旋從地面冒出,迅速向空中伸展,現代氣象學稱之爲"塵卷風"。　　[4]長河:指黄河。
[5]蕭關:古關名。故址在今寧夏固原東南。候騎:偵察騎兵。騎,一作"吏"。"候騎"透露邊塞戰争氣氛,"候吏"意平,作"騎"是。　　[6]都護:官名。漢宣帝時始設西域都護,爲駐西域地區最高長官。唐時則置安西、安北、安東、安南、單于、北庭六大都護府,管理周邊少數民族事務,每府設大都護一人。此處都護借指河西節度使崔希逸。燕然:山名。即今蒙古國境内杭愛山。

【集評】

　　（清）王夫之《唐詩評選》卷三：“右丞每於後四句入妙，前以平語養之，遂成完作。”又云：“一結平好蘊藉，遂已迥異，蓋用景寫意，景顯意微，作者之極致也。”

　　（清）張謙宜《覝齋詩談》卷五：“‘大漠孤煙直，長河落日圓’，邊景如畫，工力相敵。”

鳥　鳴　澗

【題解】

　　王維有《皇甫岳雲溪雜題》五首，《鳥鳴澗》原列五首之第一。詩寫山中春日月夜幽靜之景。皇甫岳，事蹟不詳。《新唐書·宰相世系表》有皇甫岳，當即此人。王昌齡天寶間謫龍標尉途經宣城時，有《至南陵答皇甫岳》詩，則皇甫岳可能曾在宣城一帶爲官。雲溪，當是皇甫岳別業名或其別業所在地，疑在長安附近。

　　人閒桂花落[1]，夜静春山空。月出驚山鳥[2]，時鳴春澗中。

　　　　　　　　　　　　　　　　　　　　　　　《王維集校注》卷七

【校注】

[1]閒:安静、寂静。桂花:亦稱木犀。常見者爲秋季開花，也有四季開花者。此處所寫當是春天開花的一種。一說是冬天開花、春天花落者。　　　[2]驚:一本作“空”，蓋承上句“空”而誤。

【集評】

　　（明）胡應麟《詩藪》内編卷六：“太白五言絶，自是天仙口語，右丞卻入禪宗。如‘人閒桂花落……’，‘木末芙蓉花，山中發紅萼。澗户寂無人，紛紛開且落’，讀之身世兩忘，萬念皆寂，不謂聲律之中，有此妙詮。”

　　（清）沈德潛《唐詩別裁集》卷一九：“諸詠聲息臭味，迥出常格之外，任後人摹仿不到，其故難知。”

鹿　　柴

【題解】

　　王維有描寫其輞川別業周圍景物的詩,總名《輞川集》,共收入五言絶句二十首。原有序,云:"余別業在輞川山谷,其游止有孟城坳、華子岡、文杏館、斤竹嶺、鹿柴、木蘭柴、茱萸沜、宫槐陌、臨湖亭、南垞、欹湖、柳浪、欒家瀬、金屑泉、白石灘、北垞、竹里館、辛夷塢、漆園、椒園等,與裴迪閒暇各賦絶句云爾。"輞川,地名,在今陝西藍田南輞谷内,以水狀如輞,故名。本篇原列第五,寫空山之寂静。柴,同"砦(zhài 寨)",即栅欄、籬落。

　　空山不見人,但聞人語響。返景入深林[1],復照青苔上[2]。

《王維集校注》卷五

【校注】

[1]返景:傍晚的日光。　　[2]"復照"句:謂夕陽透過茂密的樹葉,復照於青苔之上,明暗的對比感很强。

【集評】

　　(清)章燮《唐詩三百首注疏》卷六:"首二句見輞川中花木幽深,静中寓動。後二句有一派天機,動中寓静。詩意深雋,非静觀不能自得。"

　　(清)黄叔燦《唐詩箋注》卷七:"'不見人'、'聞人語',以林深也。……林深少日,易長青苔,而反景照入,空山閴寂,真麋鹿場也。詩細甚。"

竹 里 館

【題解】

　　本篇原列《輞川集》第十七。寫竹里館之幽静,亦寫出詩人風神。

　　獨坐幽篁裏[1],彈琴復長嘯[2]。深林人不知,明月來相照。

《王維集校注》卷五

【校注】

[1]幽篁:深邃幽暗的竹林。篁,竹叢。　　[2]長嘯:撮口發出長而清越的聲音。

【集評】

(清)吳煊、胡棠《唐賢三昧集箋注》卷上:"幽迥之思,使人神氣爽然。"

俞陛雲《詩境淺説續編》:"此詩言月下鳴琴,風篁成韻,雖一片静境,而以渾成出之。"

雜　　詩
其　　二

【題解】

《雜詩》一組共三首,本篇原列第二。

君自故鄉來,應知故鄉事。來日綺窗前[1],寒梅著花未[2]?

《王維集校注》卷七

【校注】

[1]綺窗:雕鏤有花紋的窗户。　　[2]著花:開花、生花。

【集評】

(明)鍾惺《唐詩歸》卷九:"寒梅外不問及他事,妙甚。'來日'二字如面對語。"

王文濡《唐詩評注讀本》卷三:"通首都是訊問口吻,不必作無聊語。即此尋常通問,而游子思鄉之念,昭然若揭。"

少　年　行
其　　一

【題解】

原有四首,此爲第一首。宋郭茂倩《樂府詩集》卷六六録此組詩於《雜曲歌辭·結客少年場行》之後,引《樂府解題》曰:"《結客少年場行》,言輕生重義、慷慨以立功名也。"王維《少年行》讚美長安少年任俠勇武、矢志報國行爲,此首着重烘染少年游俠意氣。

　　　新豐美酒斗十千[1]，咸陽游俠多少年[2]。相逢意氣爲君飲，繫馬高樓垂柳邊[3]。

　　　　　　　　　　　　　　　　　　　　　　　《王維集校注》卷一

【校注】

[1]新豐：故址在今陝西西安臨潼東，盛產美酒。斗十千：極言酒價昂貴。魏曹植《名都篇》：“歸來宴平樂，美酒斗十千。”　　　[2]咸陽：此指長安。游俠：唐時少年將士，多有出身貴戚、將門子弟者，他們有邊庭作戰的經歷，每喜以游俠自稱。唐人樂府舊題詩《結客少年場行》、《少年行》、《公子行》、《俠客行》等，多以其爲描寫對象，可以參看。　　　[3]“相逢”二句：猶言雖然邂逅相逢，但爲意氣故，下馬與君飲酒。

【集評】

　　（明）鍾惺、譚元春《唐詩歸》卷一一：“‘意氣’二字，虛用得妙。”

　　（清）黃叔燦《唐詩箋注》卷八：“少年游俠，意氣相傾，絕無鄙瑣跼踏之態，情景如畫。”

九月九日憶山東兄弟　時年十七

【題解】

　　據題下注，此詩當作於玄宗開元五年(717)。時作者在長安。九月九日，即重陽節，俗於此日登高，佩茱萸以避邪。山東，華山以東。王維故鄉蒲州（今山西永濟）在華山東，故云“山東兄弟”。詩寫重陽節在長安對故鄉親人的思念。

　　　獨在異鄉爲異客，每逢佳節倍思親[1]。遙知兄弟登高處，遍插茱萸少一人[2]。

　　　　　　　　　　　　　　　　　　　　　　　《王維集校注》卷一

【校注】

[1]佳：一作“嘉”。“佳”、“嘉”義近，然“佳”偏指美好，“嘉”含有“善”義，作“佳”

是。　　　[2]茱萸:植物名,有山茱萸、吳茱萸、食茱萸之分。吳茱萸香氣濃鬱,舊俗重陽節所佩者即此。舊題梁吳均《續齊諧記》云:"汝南桓景,隨費長房游學累年,長房謂曰:'九月九日,汝家中當有災,宜急去,令家人各作絳囊,盛茱萸以繫臂,登高飲菊花酒,此禍可除。'景如言,齊家登山。夕還,見雞犬牛羊一時暴死。長房聞之,曰:'此可代也。'今世人登高飲酒,婦人帶茱萸囊,蓋始於此。"

【集評】

　　(宋)胡仔《苕溪漁隱叢話·後集》卷六:"子美《九日藍田崔氏莊》云:'明年此會知誰健?醉把茱萸仔細看。'王摩詰《九日憶山東兄弟》云:'遙知兄弟登高處,遍插茱萸少一人。'朱放《九日與楊凝崔淑期登江上山有故不往》云:'那得更將頭上髮,學他少年插茱萸?'此三人類各有所感而作,用事則一,命意不同,後人用此爲九日詩,自當隨事分別用之,方得爲善用故實也。"

　　(清)張謙宜《絸齋詩談》卷五:"不説我想他,卻説他想我,加一倍凄涼。"

送元二使安西

【題解】

　　這是一首送人赴邊的詩,因被入樂譜曲而廣爲傳唱。詩題又作《渭城曲》、《陽關三疊》。宋郭茂倩《樂府詩集》卷八〇《近代曲辭》:"《渭城》一曰《陽關》,王維之所作也。本《送人使安西詩》,後遂被於歌。劉禹錫《與歌者詩》云:'舊人唯有何戡在,更與殷勤唱《渭城》。'白居易《對酒詩》云:'相逢且莫推辭醉,聽唱《陽關》第四聲。'《陽關》第四聲,即'勸君更盡一杯酒,西出陽關無故人'也。《渭城》、《陽關》之名,蓋因辭云。"元二,名字不詳。安西,指安西都護府,治所在今新疆庫車附近。

　　渭城朝雨裛輕塵[1],客舍青青柳色新[2]。勸君更盡一杯酒,西出陽關無故人[3]。

《王維集校注》卷四

【校注】

[1]渭城:地名。見前《觀獵》注。裛(yì 邑):潤濕。　　[2]青青:一作"依依"。柳色:一作"楊柳"。新:一作"春"。　　[3]陽關:漢所置關名。以其居玉門關之南,故稱陽關。與玉門關俱爲唐時通往西域的要道,玉門關謂北道,陽關謂南道

（見《元和郡縣圖志》卷四〇）。故址在今甘肅敦煌西南。

【集評】

　　（明）胡應麟《詩藪·內編》卷六：“‘數聲風笛離晚亭，君向瀟湘我向秦’，‘日暮酒醒人已遠，滿天風雨下西樓’，豈不一唱三歎，而氣韻衰颯殊甚。‘渭城朝雨’自是口語，而千載如新。此論盛唐、晚唐三昧。”

　　（清）朱之荊《增訂唐詩摘抄》卷四：“先點別景，後寫別情，唐人絕句多如此，畢竟以此首爲第一。惟其氣度從容，風味雋永，諸作無出其右故也。失粘，須將一、二倒過，然畢竟移動不得，由作者一時天機湊泊，寧可失粘，而語勢不可倒轉，此古人神境，未易到也。”

送沈子福歸江東

【題解】

　　沈子福，生平事蹟不詳。一作“沈子”。歸，一作“之”。江東，指長江下游南岸地區。長江在今蕪湖、南京間作西南、東北流向，習慣上稱自此以下南岸地區爲江東。詩寫送別，以無邊之春色做襯託，使人感到其別情充塞天地，無處不在。

　　楊柳渡頭行客稀，罟師蕩槳向臨圻[1]。惟有相思似春色，江南江北送君歸。

　　　　　　　　　　　　　　　　　　　　　　　　　　《王維集校注》卷七

【校注】

[1] 罟師：漁人，此指船夫。罟，魚網。臨圻：原意指臨近曲岸之地，此處當是地名，疑在江東地區。一説“圻”當作“沂”，臨沂是東晉僑置縣，故城在今江蘇南京附近。

【集評】

　　（清）沈德潛《唐詩別裁集》卷一九：“春光無處不到，送人之心，猶春光也。”

相　　思

【題解】

　　題一作《江上贈李龜年》。唐范攄《雲谿友議》卷中《雲中命》曰:"明皇幸岷山,百官皆竄辱……唯李龜年奔迫於江潭……龜年曾於湘中採訪使筵上唱:'紅豆生南國,秋來發幾枝。贈君多采擷,此物最相思。'又:'清風明月苦相思,蕩子從戎十載餘。征人去日殷勤囑,歸雁來時數附書。'此詞皆王右丞所製,至今梨園唱焉。歌闋,合座莫不望行幸而慘然。"則此詩或當作於安史之亂前,後人可能因范攄所載而誤題爲《江上贈李龜年》。

　　紅豆生南國[1],春來發幾枝[2]。勸君多采擷[3],此物最相思。

　　　　　　　　　　　　　　　　　　　　　《王維集校注》卷四

【校注】

[1]紅豆:木名,又稱相思子,生長於江南及嶺南地區。其葉似槐,子若豆,色鮮紅。[2]春:原作"秋",據通行本改。紅豆四季不凋,春日開花,作"春"近是。幾:一作"故"。"幾"見珍稀意,較"故"義長。　　[3]勸:一作"願",一作"贈"。多:一作"休",於義各有偏勝。擷(xié 協):摘。

【集評】

　　(清)管世銘《讀雪山房唐詩序例·五絕凡例》:"王維'紅豆生南國',王之渙'楊柳東門樹',李白'天下傷心處',皆直舉胸臆,不假雕鏤,祖帳離筵,聽之惘惘,二十字移情固至此哉!"

山中與裴秀才迪書

【題解】

　　這是王維寫給裴迪的一封書信,約作於玄宗天寶三載(744)以後、安史之亂前。文中以優美的文筆描繪了輞川令人神往的山水自然景色,筆致清淡空靈,情趣盎然。山中,此指輞川別業。裴迪,關中人,王維好友,曾與王維在輞川"浮舟往來,彈琴賦詩,嘯詠終日"(《舊唐書·王維傳》),天寶後嘗任蜀州刺史。秀才,唐人對士子的泛稱。

　　近臘月下[1]，風景和暢，故山殊可過[2]，足下方溫經[3]，猥不敢相煩[4]，輒便獨往山中，憩感配寺[5]，與山僧飯訖而去。比涉玄灞[6]，清月映郭，夜登華子岡[7]，輞水淪漣[8]，與月上下。寒山遠火，明滅林外，深巷寒犬，吠聲如豹，村墟夜舂[9]，復與疏鐘相間[10]。此時獨坐，童僕靜默，多思曩昔，攜手賦詩，步仄逕[11]，臨清流也。當待春中，草木蔓發[12]，春山可望，輕鯈出水[13]，白鷗矯翼[14]，露濕青皋[15]，麥隴朝雊[16]，斯之不遠[17]，儻能從我游乎[18]？非子天機清妙者[19]，豈能以此不急之務相邀！然此中有深趣矣，無忽[20]。因馱黃檗人往[21]，不一[22]。山中人王維白。

《王維集校注》卷一〇

【校注】

[1]臘月：即農曆十二月。古代於此月舉行臘祭，故稱。下：謂月末。　　　[2]故山：指輞川，爲王維輞川別業所在。過：過訪。　　　[3]足下：古人對上或同輩的敬稱。溫經：溫習經書。　　　[4]猥：鄙，自謙之詞。　　　[5]感配寺：據陳鐵民《王維集校注》考證，當是“化感寺”之訛誤。王維有《過感化寺曇興上人山院》、《游感化寺》詩，“感化”乃“化感”之倒誤，“化”、“配”草書形近，又誤爲“感配”。化感寺在藍田縣境內。　　　[6]比：近來。一作“北”，當是形近致訛。玄灞：指灞水顏色深綠，幾近於黑色。玄，赤黑色。灞，水名。又稱霸水、滋水，源出藍田縣藍田谷，北流入渭河。　　　[7]華子岡：輞川中地名，也是王維輞川別業的景點之一。
[8]輞水：即輞谷水。宋宋敏求《長安志》卷一六：“輞谷水出南山輞谷，北流入霸水。”淪漣：水旋轉流動貌。《詩·魏風·伐檀》：“河水清且漣猗。”毛傳：“風行水成文曰漣。”又，“河水清且淪猗。”毛傳：“小風，水成文，轉如輪也。”　　　[9]村：一作“社”。按，村墟即村落，“社”當是“村”之訛。　　　[10]間：一作“聞”。“間”有間雜意，謂夜舂聲與疏鐘聲相間，於義爲長。　　　[11]仄逕：狹窄的小路。
　　[12]草：一作“卉”，俱通。蔓：滋長。　　　[13]鯈(tiáo 條)：河水中一種銀白色小魚，又名白鯈、白鰷。　　　[14]矯翼：謂張開翅膀。矯，舉。　　　[15]皋：水邊高地。　　　[16]朝雊：清晨野雞的鳴叫。《詩·小雅·小弁》：“雉之朝雊，尚求其雌。”鄭玄注：“雊，雉鳴也。”　　　[17]斯之不遠：意謂以上所說春天景象不久當會到來。　　　[18]儻：或許，也許。　　　[19]天機：猶言天然之本性，與“嗜欲”相對。《莊子·大宗師》：“其耆欲深者，其天機淺。”　　　[20]無忽：不要

忽略。　　　[21]“因駄”句:意謂託駄運黃蘗之人帶信。駄:運。一作“馱”,蓋因形近致訛。黃蘗:植物名。落葉喬木,開黃綠色小花,果實黑色。莖可製爲黃色染料,樹皮可入藥,有清熱解毒作用。　　　[22]不一:書信結尾的套語,猶言“不一一詳説”。

【集評】

　　高步瀛《唐宋文舉要》卷一:“昔人謂摩詰詩中有畫,畫中有詩,此文幽儁華妙,有畫所不到處。”

常　建

【作者簡介】

　　常建(生卒年、籍貫不詳),或謂爲長安(今陝西西安)人。開元十五年(727)登進士第。一生沉淪失意,曾官盱眙尉。後隱居鄂渚、秦中。其詩多寫山林逸趣、田園風光,明胡應麟謂建詩“語極幽玄,讀之使人泠然如出塵表”(《詩藪》內編卷二)。唐殷璠編《河岳英靈集》,首列其詩,足見推重。有《常建詩集》今傳。生平事蹟見元辛文房《唐才子傳》卷二。

題破山寺後禪院

【題解】

　　一作《破山寺後禪院》。《河岳英靈集》中已録此詩。《河岳英靈集》所收詩迄於天寶十二載(753),知此詩作於十二載以前。破山寺,即興福寺,在今江蘇常熟虞山北麓。始建於南朝齊,唐咸通九年(868)賜額爲破山興福寺。此詩爲常建最傳誦之名篇,“竹徑”一聯,尤爲警策。歐陽修嘗愛此一聯,欲效之而不可得(見歐陽修《續居士集》卷二三《題青州山齋》)。

　　清晨入古寺,初日照高林。竹徑通幽處[1],禪房花木深[2]。山光悦鳥性,潭影空人心。萬籟此俱寂^[3],但餘鐘磬音^[4]。

《全唐詩》卷一四四

【校注】

[1]竹:一作"曲"。　　[2]禪房:僧人住房。　　[3]萬籟:泛指自然界的一切聲音。　　[4]鐘磬(qìng 慶):寺院中敲擊的鳴器。僧人誦經、參禪,開始時敲鐘,結束時敲磬。

【集評】

(明)邢昉《唐風定》卷一二:"詩家幽境,常尉臻極,此猶是其古體也。"

(清)紀昀《瀛奎律髓刊誤》卷四七:"興象深微,筆筆超妙,此爲神來之候。'自然'二字尚不足以盡之。"

西鄙人

【作者簡介】

作者姓名不詳。題爲西鄙人,當爲天寶時期西北邊地之人。

哥 舒 歌

【題解】

此爲唐西北邊地人民懷念名將哥舒翰的民歌。哥舒翰(?—757),突厥突騎施哥舒部落之裔,世居安西(今新疆庫車)。曾任隴右節度使兼河西節度使,率兵大破吐蕃,收復黄河九曲,置洮陽郡,使吐蕃不敢再近青海。《太平廣記》卷四九五引溫庭筠《乾𦠜子》云"天寶中,哥舒翰爲安西(當作"河西")節度,控地數千里,甚著威令,故西鄙人歌之曰"云云,即此詩,惟後兩句微有異。

北斗七星高,哥舒夜帶刀。至今窺牧馬,不敢過臨洮^[1]。

《全唐詩》卷七八四

【校注】

[1]“至今”二句：言敵不敢犯。一作“吐蕃總殺盡，更築兩重濠。”臨洮：今甘肅岷縣，以臨洮水得名。秦築長城即西起臨洮。

【集評】

（清）吳瑞榮《唐詩箋要續編》卷六：“音節雄古，有聽鐘帶聲之意。每諷數過，歎息此人姓氏不傳。”

俞陛雲《詩境淺說續編》：“高歌慷慨，與‘敕勒川，陰山下’之歌同是天籟。如風高大漠，古戍聞笳，令壯心飛動也。首句排空疾下，與盧綸之‘月黑雁飛高’皆工於發端。惟盧詩含意未盡，此詩意盡而止，各極其妙。”

李　白

【作者簡介】

李白（701—762），字太白，祖籍隴西成紀（今甘肅秦安），先世隋末因罪流徙西域，李白即出生在安西都護府之碎葉城（今吉爾吉斯斯坦共和國北部），五歲時隨父遷居綿州昌明（今四川江油），遂爲蜀人。少時就學於蜀中。開元十二年（724）出蜀漫游，南窮蒼梧，東涉溟海，西入長安，北上太原，先後隱居安陸（今屬湖北）與徂徠山（在今山東）。天寶初奉詔入京，供奉翰林，與賀知章、張旭等合稱“飲中八仙”。後因得罪權貴，被賜金放還，浪跡南北。安史亂起，因入永王璘幕府被牽累，長流夜郎。中途遇赦，又漫游於長江中下游一帶，病歿於當塗（今屬安徽）。李白反權貴，輕王侯，傲岸不群。其詩橫絶一代，具有强烈的主觀感情色彩，充滿着對黑暗時局的抨擊，對祖國山河的熱愛，對下層人民的同情以及對自我理想的追求等。想像奇特豐富，風格雄健奔放，色調瑰麗絢爛，語言清新俊逸，體現出盛唐詩歌氣勢充盈的特點，杜甫以“筆落驚風雨，詩成泣鬼神”譽之（《寄李十二白二十韻》）。與杜甫並稱“李杜”，爲唐代詩壇並峙雙峰。韓愈云：“李杜文章在，光焰萬丈長。”（《調張籍》）明陸時雍《唐詩鏡》云：“太白雄姿逸氣，縱橫無方，所謂天馬行空，一息千里。”其詩衆體兼長，尤長於樂府及七言歌行，七絶與王昌齡齊名，號爲“神品”。有《李太白文集》三十卷傳世。《舊唐書》卷一九〇下、《新唐書》卷二〇二有傳。

古　風
其　一

【題解】

　　李白《古風》共五十九首,非一時一地之作,内容相當豐富。大致以政治抒情爲主,間有人生感慨和歷史回顧,多用比興手法,體裁均爲五言古體,風格質樸。此爲第一首,作年不詳。一般認爲論述了李白的詩歌主張,也有學者強調重在論述政治與詩歌乃至整個文化的關係,藉文學的變遷,表達對政治的批判。參見俞平伯《李白〈古風〉第一首解析》(《文學遺産增刊》第七輯)、袁行霈《李白〈古風〉其一再探討》(《文學評論》2004 年第 1 期)。

　　大雅久不作[1],吾衰竟誰陳[2]。王風委蔓草,戰國多荆榛[3]。龍虎相啖食[4],兵戈逮狂秦。正聲何微茫[5],哀怨起騷人[6]。揚馬激頹波,開流蕩無垠[7]。廢興雖萬變,憲章亦已淪[8]。自從建安來,綺麗不足珍[9]。聖代復元古[10],垂衣貴清真[11]。群才屬休明,乘運共躍鱗[12]。文質相炳焕[13],衆星羅秋旻[14]。我志在删述,垂輝映千春[15]。希聖如有立,絶筆於獲麟[16]。

《李白集校注》卷二

【校注】

[1]“大雅”句:謂《詩經》傳統久已斷絶。大雅:《詩經》中的一部分,共三十一篇,多爲西周時代的作品。《毛詩序》云:“言天下之事,形四方之風,謂之雅。雅者,正也,言王政之所由廢興也。政有小大,故有小雅焉,有大雅焉。”此以《大雅》代《詩經》。　　[2]“吾衰”句:語出《論語·述而》:“子曰:甚矣吾衰也!”相傳古代天子命太師搜集詩歌獻上,以觀民風。意謂孔子已衰老,還有誰能編集《大雅》這樣的詩歌來向天子陳述?有“捨我其誰”之意。　　[3]“王風”二句:謂戰國時代詩壇荒蕪。王風:《詩經》十五國風之一,爲周王室東遷後,東都洛邑(今河南洛陽)一帶的民歌。此以王風代《詩經》。委蔓草:丟棄在草叢中,凋零衰竭之意。荆榛:叢雜的樹木。　　[4]龍虎:指戰國七雄。班固《答賓戲》:“於是七雄虓闞,分裂諸夏,龍戰而虎争。”相啖食:相互吞併。　　[5]“正聲”句:意謂以《詩經》爲代表的平

和雅正之音衰微。正聲：平和雅正的詩歌。　　　[6]騷人：指屈原、宋玉等楚國詩人。屈原的《離騷》是楚辭的代表，後稱楚辭體爲騷體，稱詩人爲騷人。《史記·屈原列傳》："屈平之作《離騷》，蓋自怨生也。"　　　[7]"揚馬"二句：謂時至西漢，詩道衰微，揚馬以漢賦取而代之。揚馬：指西漢著名辭賦家揚雄、司馬相如。漢賦一體，起於揚馬，此後衍爲大觀，故曰"開流蕩無垠"；漢賦具宏麗外表，故曰"激頽波"。　　　[8]"廢興"二句：謂先秦至漢，詩、騷、賦廢興變化雖多，但《詩經》傳統終歸淪喪。憲章：此處指以《詩經》爲代表的詩歌法度。　　　[9]"自從"二句：謂自建安以來，詩歌趨於綺麗，已不足珍。建安：東漢末獻帝年號(196—219)。其時以曹操父子和建安七子爲代表的詩歌内容充實，格調剛健，後世稱之爲"建安風骨"。但建安詩歌已有綺麗之傾向，影響直至唐初，故曰"不足珍"。　　　[10]聖代：指唐代。復元古：謂上古大治局面重新出現。　　　[11]垂衣：化用《易·繫辭下》"黃帝、堯、舜垂衣裳而天下治"之語，讚頌唐代政治清明。清真：樸素純真。[12]"群才"二句：謂詩人遭逢清明之世，乘運共起，如魚得水，騰躍於文壇。屬：恰逢，正值。休明：指政治清明。　　　[13]"文質"句：語出《論語·雍也》："質勝文則野，文勝質則史，文質彬彬，然後君子。"句謂唐代詩歌文質相兼，互相輝映。[14]秋旻(mín 民)：秋日天空。　　　[15]"我志"二句：用孔子事。據說古有詩三千餘首，孔子删而存三百零五首。又，孔子嘗云其"述而不作，信而好古"(《論語·述而》)；朱熹注："孔子删《詩》、《書》，定禮樂，贊《周易》，修《春秋》，皆傳先王之舊，而未嘗有所作也，故其自言如此。"二句意謂己將效法孔子，爲一代文化做出重要貢獻，垂光輝於永世。　　　[16]"希聖"二句：意謂倘能如孔子那樣，即使有絶筆之時亦將無憾。希聖：指追慕孔子。晋夏侯湛《閔子騫贊》："聖既擬天，賢亦希聖。"有立：有所成就。獲麟：《史記·孔子世家》載：魯哀公十四年(前481)，魯國人打獵獲麟，孔子認爲吉祥之物不當出現於亂世，麒麟被人捕獲，象徵着自己將要死亡，哀歎道："吾道窮矣！"遂擱筆不復著述，《春秋》絶筆於此年。

【集評】

　　(明)胡震亨《李杜詩通》卷六："統論前古詩源，志在删詩垂後，以此發端，自負不淺。"

　　(清)趙翼《甌北詩話》卷一："青蓮一生本領，即在五十九首《古風》之第一首。開口便説《大雅》不作，騷人斯起，然詞多哀怨，已非正聲；至揚、馬益流宕，建安以後，更綺麗不足爲法；迨有唐文運肇興，而己適當其時，將以删述繼獲麟之後。是其眼光所注，早已前無古人，後無來者，直欲於千載後上接《風》《雅》。蓋自信其才分之高，趨向之正，足以起八代之衰，而以身任之，非徒大言欺人也。"

其 十 九

【題解】

此詩作於天寶十五載(756)。時安祿山已在洛陽稱帝,國號大燕。此詩正面描寫了這場巨大的變亂,前半寫在蓮花山的游仙生活,虛幻飄渺;後半忽然轉入現實,從蓮花山上俯視人間,對安祿山封賞逆臣、洛陽人民慘遭屠戮,深表憤怒和沉痛。

西上蓮花山[1],迢迢見明星[2]。素手把芙蓉,虛步躡太清[3]。霓裳曳廣帶,飄拂昇天行。邀我登雲臺[4],高揖衛叔卿[5]。恍恍與之去,駕鴻凌紫冥[6]。俯視洛陽川,茫茫走胡兵[7]。流血塗野草,豺狼盡冠纓[8]。

《李白集校注》卷二

【校注】

[1]上:一作"嶽"。蓮花山:即蓮花峰,西嶽華山的最高峰。《太平御覽》卷三九引《華山志》曰:"山頂有池,生千葉蓮花,服之羽化,因曰華山。" [2]明星:華山上的神仙。《太平廣記》卷五九引《集仙錄》:"明星玉女者,居華山,服玉漿,白日昇天。" [3]虛步:凌空而行。太清:天空。 [4]雲臺:華山東北的高峰。慎蒙《名山記》:"雲臺峰在太華山東北,兩峰崢嶸,四面陡絕,上冠景雲,下通地脈,嶷然獨秀,有若靈臺。" [5]衛叔卿:漢武帝時中山人,服雲母石成仙。曾乘雲車、駕白鹿降臨宮殿,因武帝不加禮遇而去。帝甚悔恨,遣使者尋其蹤跡,終於在華山絕巖之下,望見他與數仙人在石上下棋。見《神仙傳》卷二。 [6]紫冥:紫色的高空。晉郭璞《游仙詩》:"駕鴻乘紫煙。" [7]胡兵:指安祿山叛軍。 [8]"豺狼"句:謂安祿山建立偽政權後大封官職。冠纓:官僚的代稱。

【集評】

(明)陸時雍《唐詩鏡》卷一七:"有情可觀,無跡可履,此古人落筆佳處。"

(清)陳沆《詩比興箋》卷三:"(此詩與"鄭客西入關"一首)皆遁世避亂之詞,託之游仙也。《古風》五十九章,涉仙居半,惟此二章差有古意,則詞含寄託故也。"

蜀　道　難

【題解】

　　《蜀道難》爲樂府《相和歌辭·瑟調曲》舊題。《樂府解題》云:"《蜀道難》備言玉壘、銅梁(皆爲蜀中山名)之阻。"前人多爲五言短詩,李白則拓展爲雜言長篇。關於此詩的作年、背景及寓意,歧見頗多。或謂開元年間首次入京追求功業無成而作;或謂天寶初在京送友人入蜀而作;或謂安史亂後諷刺玄宗逃難入蜀之作;或謂嚴武鎮蜀,欲害房琯、杜甫,爲房、杜危之而作等等。然皆有不盡切當處。顧炎武《日知錄》卷二六云:"李白《蜀道難》之作,當在開元、天寶間。時人共言錦城之樂,而不知畏途之險,異地之虞,即事成篇,別無寓意。"其説或稍稍近之。全詩以雄健奔放的筆調描繪了蜀道的奇險壯美,想像豐富,氣勢宏偉。據《本事詩·高逸》,李白初至長安,賀知章往訪,見《蜀道難》,"稱歎者數四,號爲謫仙"。則其作年,或在開元十八年前後。

　　噫吁嚱[1],危乎高哉!蜀道之難,難於上青天!蠶叢及魚鳧[2],開國何茫然[3]。爾來四萬八千歲,不與秦塞通人煙[4]。西當太白有鳥道[5],可以橫絕峨眉巔[6]。地崩山摧壯士死,然後天梯石棧相鈎連[7]。上有六龍迴日之高標[8],下有衝波逆折之迴川。黃鶴之飛尚不得過[9],猿猱欲度愁攀援[10]。青泥何盤盤[11],百步九折縈巖巒[12]。捫參歷井仰脅息[13],以手撫膺坐長歎[14]。問君西游何時還,畏途巉巖不可攀。但見悲鳥號古木,雄飛雌從繞林間。又聞子規啼夜月[15],愁空山。蜀道之難,難於上青天,使人聽此彫朱顏[16]。連峰去天不盈尺,枯松倒掛倚絕壁。飛湍瀑流爭喧豗[17],砯崖轉石萬壑雷[18]。其險也若此,嗟爾遠道之人胡爲乎來哉!劍閣崢嶸而崔嵬[19],一夫當關,萬夫莫開。所守或匪親,化爲狼與豺[20]。朝避猛虎,夕避長蛇[21],磨牙吮血,殺人如麻。錦城雖云樂[22],不如早還家。蜀道之難,難於上青天,側身西望長咨嗟!

《李白集校注》卷三

【校注】

[1]噫吁嚱(xū xī 須西):驚歎詞,爲蜀地方言。　　[2]蠶叢、魚鳧:傳説中古蜀國

的兩個開國君主。《文選》左思《蜀都賦》劉逵注引揚雄《蜀王本紀》:"蜀王之先,名蠶叢、柏濩、魚鳧、蒲澤、開明……從開明上到蠶叢,積三萬四千歲。" [3]茫然:邈遠不清貌。 [4]不與:一作"乃與"。秦塞:即秦地,今陝西關中一帶。秦中自古稱爲四塞之國。塞,山川險阻之處。古蜀國本與中原不相往來,戰國時秦惠王滅蜀(前316),蜀地始與秦地交通。 [5]太白:山名,爲秦嶺主峰,在今陝西眉縣東南。鳥道:僅容鳥飛的通道。 [6]橫絕:橫渡,跨越。峨眉:山名,在今四川峨眉市。 [7]"地崩"二句:《華陽國志・蜀志》:"秦惠王知蜀王好色,許嫁五女於蜀,蜀遣五丁迎之。還到梓潼,見一大蛇入穴中。一人攬其尾,掣之,不禁。至五人相助,大呼拽蛇,山崩。時壓殺五人及秦五女並將從,而山分爲五嶺。" [8]六龍迴日:神話傳説謂日乘車,駕以六龍,羲和爲之馭。此處形容山勢險峻,日神都得爲之迴車。高標:指山的最高峰。 [9]黃鶴:即黃鵠,爲善高飛之鳥。古籍中"鶴"、"鵠"二字通用。 [10]猱(náo 撓):一種善於攀援的猿類動物。 [11]青泥:嶺名,在今陝西略陽西北。《元和郡縣圖志》卷二二《山南道三・興州》:"青泥嶺在(長舉)縣西北五十三里接溪山東,即今通路也。懸崖萬仞,山多雲雨,行者屢逢泥淖,故號青泥嶺。"盤盤:盤旋曲折貌。 [12]"百步"句:形容山路曲折盤旋,環繞着山巖峰巒。 [13]捫(mén 門):摸。參(shēn 深)、井:兩星宿名。古人把天空中星宿的位置與地理區劃相對應。參宿爲蜀之分野,井宿爲秦之分野。脅息:屏氣不敢呼吸。 [14]膺(yīng 英):胸口。一作"心",義同。 [15]子規:鳥名,即杜鵑,又稱杜宇,蜀中最多。相傳古蜀國望帝死後魂魄化爲子規,春暮即鳴,啼聲哀怨動人,似説"不如歸去"。 [16]彫朱顏:猶言使人愁而衰老。朱顏,即紅顏。 [17]喧豗(huī 灰):喧鬧聲。 [18]砯(pīng 乒):流水撞擊巖石聲。 [19]劍閣:在今四川劍閣縣北,即大劍山、小劍山之間的一條棧道,爲三國時諸葛亮率衆所開。後成爲秦蜀間的交通要道。唐代於此設劍門關。 [20]"一夫當關"四句:語本晉張載《劍閣銘》:"一人荷戟,萬夫趑趄。形勝之地,非親勿居。"意謂劍閣形勢險要,若非親信防守,一旦叛變,將會發生像豺狼吃人那樣的禍患。 [21]猛虎、長蛇:喻指據險叛亂者。 [22]錦城:即錦官城,故址在今四川成都南。三國蜀漢時管理織錦之官駐此,故名。後用作成都別稱。

【集評】

(唐)殷璠《河岳英靈集》卷上:"至如《蜀道難》等篇,可謂奇之又奇。然自騷人以還,鮮有此體調也。"

(明)朱諫《李詩選注》卷二:"首二句以歎辭而發其端,末二句以歎辭而結其意,首尾相應,而關鍵之密也。白此詩極其雄壯,而鋪敍有條,起止有法,唐詩之絶唱者。杜子謂其長句之好,蓋亦意醉而心服之者歟!”

(清)沈德潛《唐詩別裁集》卷六:“諸解紛紛,蕭士贇謂禄山亂華、天子幸蜀而作,爲得其解。臣子忠愛之辭,不比尋常穿鑿。筆陣縱横,如虬飛蠖動,起雷霆於指顧之間。任華、盧仝輩仿之,適得其怪耳。太白所以爲仙才也。”

將 進 酒

【題解】

《將進酒》爲樂府《鼓吹曲辭·漢鐃歌》曲名,内容多言飲酒放歌。李白此詩,前人多謂作於天寶三載(744)賜金放還後,今人或以爲作於嵩山元丹丘處,時約開元二十一年(733)後,值李白首次入京失意歸來之際。將(qiāng槍),勸詞;將進酒,請飲酒之意。詩中慨歎人生短暫,鄙棄世俗富貴,主張及時行樂,於悲愁中見豪放,失意中見曠達。

君不見黄河之水天上來[1],奔流到海不復回[2]。君不見高堂明鏡悲白髮,朝如青絲暮成雪。人生得意須盡歡,莫使金樽空對月。天生我材必有用,千金散盡還復來[3]。烹羊宰牛且爲樂,會須一飲三百杯[4]。岑夫子[5],丹丘生[6],進酒君莫停[7]。與君歌一曲,請君爲我傾耳聽[8]。鐘鼓饌玉不足貴[9],但願長醉不用醒[10]。古來聖賢皆寂寞,惟有飲者留其名。陳王昔時宴平樂,斗酒十千恣歡謔[11]。主人何爲言少錢,徑須沽取對君酌[12]。五花馬[13],千金裘[14],呼兒將出換美酒[15],與爾同銷萬古愁。

《李白集校注》卷三

【校注】

[1]天上來:黄河發源於青海中部巴顔喀拉山北麓,古代統稱其處爲崑崙墟,故有河出崑崙之説。《爾雅·釋地》:“河出崑崙虛,色白。”高步瀛《唐宋詩舉要》卷二:“河出崑崙,以其地極高,故曰從‘天上來’。”　　[2]“奔流”句:古樂府《長歌行》:“百川東到海,何時復西歸。”　　[3]“天生”二句:極言其抱負之大和千金之易得。李白《上安州裴長史書》云:“曩昔東游維揚,不逾一年,散金三十餘萬,有落魄

公子,悉皆濟之。"　　[4]會須:應該。一飲三百杯:《世説新語·文學》劉孝標注引《鄭玄别傳》稱,鄭玄飲三百餘杯,仍不醉。　　[5]岑夫子:名岑勳,南陽人,李白友人。李白另有《酬岑勳見尋就元丹丘對酒相待以詩見招》詩。　　[6]丹丘生:即元丹丘,李白好友。　　[7]進酒君莫停:一作"將進酒,杯莫停"。[8]傾:一作"側",義同。　　[9]鐘鼓饌玉:代指榮華富貴。古代豪貴之家用膳鳴鐘鼓奏樂。饌玉,形容食物精美。　　[10]不用:一作"不願"。　　[11]"陳王"二句:用曹植《名都篇》"歸來宴平樂,美酒斗十千"詩意。陳王:曹植,太和六年(232)封陳王。平樂:宫觀名,在洛陽。恣歡謔:盡情尋歡作樂。　　[12]徑須:直須,衹管。沽取:買取。　　[13]五花馬:馬毛呈現五色花紋的名貴之馬。唐朱景玄《唐朝名畫録》:"開元後,四海清平,外國名馬重譯累至……自後内厩有飛黄、照夜、浮雲、五花之乘。"一説,開元、天寶間,時尚將馬鬣修剪成花瓣形,剪成五花狀者即名五花馬。　　[14]千金裘:指名貴的裘衣。《史記·孟嘗君列傳》:"孟嘗君有一狐白裘,直千金,天下無雙。"　　[15]將出:拿出。

【集評】

(宋)嚴羽《評點李太白詩集》:"一往豪情,使人不能句字賞摘。蓋他人作詩用筆想,太白但用胸口一噴即是,此其所長。"

(清)徐增《而庵説唐詩》卷五:"太白此歌,最爲豪放,才氣千古無雙。"

(清)王堯衢《古唐詩合解》卷三:"此篇用長短句爲章法,篇首用兩個'君不見'領起,亦一局也。"

行　路　難
其　　一

【題解】

《行路難》爲樂府《雜曲歌辭》曲名。今存最早爲鮑照所作之十八首。李白此題共三首,此爲第一首。舊以爲作於天寶三載(744)李白出朝後,今人多以爲作於開元間初入長安失意而歸時。詩中抒寫了世路艱險、功業難成的苦悶,充滿抑鬱不平之感。結尾處又表現出對前途的憧憬,待時而起,大展宏圖,顯示了作者積極樂觀的心態。

金樽清酒斗十千[1],玉盤珍羞直萬錢[2]。停杯投筯不能食,拔劍四顧心茫然[3]。欲渡黃河冰塞川,將登太行雪滿山[4]。閒來垂釣碧溪上,忽復乘舟夢日邊[5]。行路難,行路難,多歧路,今安在?長風破浪會有時,直掛雲帆濟滄海[6]。

《李白集校注》卷三

【校注】

[1]斗十千:極言酒之昂貴。曹植《名都篇》:"歸來宴平樂,美酒斗十千。"
[2]珍羞:珍貴的菜肴。羞,同"饈"。《北史·韓晉明傳》:"(晉明)好酒誕縱,招飲賓客,一席之費,動至萬錢,猶恨儉率。"　　[3]"停杯"二句:用南朝宋鮑照《擬行路難》"對案不能食,拔劍擊柱長歎息"詩意。筯:同"箸",即筷子。　　[4]太行:山名,綿延於山西高原與河北平原之間。　　[5]"閒來"二句:寬慰之詞。意謂人生遭遇變幻莫測,人的功業成就亦有出於偶然者。傳說姜尚未遇周文王時,曾在渭水磻溪(今陝西寶雞東南)垂釣;伊尹見湯以前,曾夢到乘舟過日月之邊。
[6]"長風"二句:意謂遠大的抱負終有機會得以施展。《宋書·宗慤傳》:"慤年少時,炳(慤叔父)問其志,慤曰:'願乘長風,破萬里浪。'"雲帆:高聳入雲的船帆。

【集評】

　　(清)應時《李杜詩緯·李集》卷一:"太白縱作失意之聲,亦必氣概軒昂,若杜子則不然。"

　　(清)高宗弘曆《唐宋詩醇》卷二:"'冰塞'、'雪滿',道路之難甚矣。而日邊有夢,破浪濟海,尚未決志於去也。後有二篇,則畏其難而決去矣。此蓋被放之初,述懷如此,真寫得'難'字意出。"

日出入行

【題解】

　　《日出入行》爲樂府《郊廟歌辭·江郊祀歌》曲名。舊辭感慨日出入無窮,悲歎人生短促,希望能乘六龍升仙。此詩反其意而行,認爲日出日入、草木榮枯,皆自然規律,非關神人,應游心物外,與萬物同一。

　　日出東方隈[1],似從地底來。歷天又入海,六龍所舍安在哉[2]。其始與終古不息[3],人非元氣,安能與之久徘徊[4]。草不謝榮於春風,木不怨落於秋天[5]。誰揮鞭策驅四運[6]，萬物興歇皆自然[7]。羲和羲和，汝奚汩没於荒淫之波[8]？魯陽何德，駐景揮戈[9]？逆道違天，矯誣實多。吾將囊括大塊[10]，浩然與溟涬同科[11]。

《李白集校注》卷三

【校注】

[1]隈（wēi危）：山、水彎曲之處。《説文》：“隈，水曲隩也。”　　[2]六龍所舍：《淮南子·天文訓》：“爰止羲和，爰息六螭，是謂懸車。”徐堅注：“日乘車，駕以六龍，羲和御之。日至此而薄於虞淵，羲和至此而迴。”　　[3]始：始終，指日出與日入。終古不息：語本《莊子·大宗師》：“日月得之，終古不息。”　　[4]元氣：古代思想家認爲天地形成之前的混一之氣。天地萬物，皆由元氣化育而成。[5]“草不謝榮”二句：宋王應麟《困學紀聞》謂郭象《莊子注》“暖然若陽春之自和，故蒙澤者不謝；淒乎若秋霜之自降，故彫落者不怨。”太白云云，其語本此。榮：草木開花。　　[6]四運：指春、夏、秋、冬四時。晉陸機《梁父吟》：“四運循環轉，寒暑自相承。”　　[7]興歇：生長與衰落。　　[8]“羲和”二句：意謂羲和爲什麽要駕着太陽沉入虞淵？汩（gǔ古）没：沉淪。荒淫之波：指浩渺之大海。　　[9]“魯陽”二句：《淮南子·覽冥訓》：“魯陽公與韓搆難，戰酣，日暮，援戈而撝之，日爲之返三舍。”語本此。景：同“影”。　　[10]大塊：大自然。《莊子·大宗師》：“夫大塊載我以形，勞我以生，佚我以老，息我以死。”[11]溟涬（xìng幸）：指混茫的元氣。漢王充《論衡·談天》：“溟涬濛澒，氣未分之類也。”同科：同類。

【集評】

　　（明）周珽《唐詩選脈會通評林》卷一九：“必用議論，卻隨游衍，得屈子《天問》意，千載以上人物呼之欲出。”

　　（清）高宗弘曆《唐宋詩醇》卷二：“《易》曰原始反終，故知死生之説。不知自然之運，而意於長生久視者，妄也。詩意似爲求仙者發，故前云‘人非元氣，安得與之久徘徊’，後云‘魯陽揮戈，矯誣實多’，而結以‘與溟涬同科’。言不如委順造化也。若謂寫時行物生之妙，作理學語，亦索然無味矣。觀此益知白之學仙，蓋有所託而然也。”

長 干 行

其　　一

【題解】

　　《長干行》爲樂府《雜曲歌辭》曲名。本爲四句短詩,李白衍爲長篇。原題二首,此爲第一首。長干,里名,在今江蘇南京南,參見崔顥《長干曲》注。此詩以長干里商賈之女的口吻編織情意綿綿的“兒女子情事”(《唐宋詩醇》評語),描寫細膩,感情真摯,在李白詩中呈另一種風貌。

　　妾髮初覆額[1],折花門前劇。郎騎竹馬來[2],繞牀弄青梅[3]。同居長干里,兩小無嫌猜。十四爲君婦,羞顏未嘗開。低頭向暗壁,千喚不一回。十五始展眉,願同塵與灰。常存抱柱信[4],豈上望夫臺[5]。十六君遠行,瞿塘灩澦堆[6]。五月不可觸,猿聲天上哀[7]。門前遲行跡,一一生綠苔[8]。苔深不能掃,落葉秋風早。八月蝴蝶來[9],雙飛西園草。感此傷妾心,坐愁紅顏老。早晚下三巴[10],預將書報家。相迎不道遠[11],直至長風沙[12]。

《李白集校注》卷四

【校注】

[1]初覆額:頭髮剛剛蓋住額角,意謂年紀尚小。古代女子十五歲束髮待嫁,稱爲及筓。《禮記·內則》:“女子……十五而筓。”　　[2]竹馬:古代兒童玩耍時,把竹竿騎在胯下當作馬,稱竹馬。《後漢書·郭汲傳》:“有童兒數百,各騎竹馬,道次迎拜。”　　[3]牀:井欄。　　[4]抱柱信:《莊子·盜跖》:“尾生與女子期於梁(橋)下,女子不來。水至,不去。抱梁柱而死。”　　[5]望夫臺:《初學記》卷五引劉義慶《幽明錄》:“古傳云:昔有貞婦,其夫從役,遠赴國難,攜弱子餞送此山,立望夫,而化爲立石。”此類故事流傳甚廣,望夫石、望夫山所在多有。如《輿地紀勝·江州》載:“(望夫臺)在德安縣西北一十五里,高一百丈。按《方輿紀》云:夫行役未回,其妻登山而望。每登山輒以藤箱盛土,積日累功漸益高峻,故以名焉。”
[6]瞿塘:長江三峽之一,在今重慶奉節東。灩澦堆:險灘名,在瞿塘峽口,周迴二十丈,當江水中心。冬水淺,屹然露出,夏水漲,僅露其頂,過往船隻多觸没。故諺云:“灩澦大如馬,瞿塘不可下。灩澦大如鱉,瞿塘行舟絶。灩澦大如龜,瞿塘不可窺。灩澦大如襆(fú服),瞿塘不可觸。”　　[7]猿聲:一作“猿鳴”。三峽兩岸,

山極高峻,上多猿。古歌云:"巴東三峽巫峽長,猿鳴三聲淚沾裳。"　　[8]"門前"二句:謂離別之久。遲:等待。遲,一作"舊"。　　[9]蝴蝶來:一作"蝴蝶黃"。清王琦《李太白文集注》云:"楊升庵謂蝴蝶或白或黑,或五彩皆具,唯黃色一種至秋乃多,蓋感金氣也,引太白'八月蝴蝶黃'一句,以爲深中物理,而評今本'來'字爲淺。琦謂以文義論字,終以'來'字爲長。"按:唐張謂《別韋郎中》詩:"崢嶸洲上飛黃蝶,灩澦堆邊起白波。"作"黃"字亦有道理。　　[10]早晚:猶言何時。下三巴:從三巴順流而下,指由蜀返吳。三巴,巴郡、巴東、巴西的總稱,相當於今重慶東部,這裏泛指蜀中。　　[11]不道:猶言不管或不顧。　　[12]長風沙:在今安徽安慶長江邊。《太平寰宇記·舒州·懷寧縣》:"長風沙在縣東一百九十里,置在江界,以防寇盜。"陸游《入蜀記》卷三謂自金陵至長風沙有七百里。

【集評】

(明)鍾惺、譚元春《唐詩歸》卷一五:"古秀,真漢人樂府。人負輕捷妍媚之才者,每於換韻疾佻,結句疏宕,太白尤甚。"

(清)清高宗弘曆《唐宋詩醇》卷三:"兒女子情事,直從胸臆間流出,縈迂回折,一往情深。嘗愛司空圖所云'道不自器,與之圓方'爲深得委曲之妙,此篇庶幾近之。"

静　夜　思

【題解】

此詩抒寫靜夜思鄉之情,即景言情,自然神妙。宋郭茂倩編入《樂府詩集》卷九○《新樂府辭》中,謂:"新樂府者,皆唐世之新歌也。以其辭實樂府,而未嘗被於聲,故曰新樂府也。"

牀前看月光[1],疑是地上霜[2]。舉頭望明月[3],低頭思故鄉。

《李白集校注》卷六

【校注】

[1]牀:古代臥具或坐具。一説指井欄。《樂府詩集》卷五四《淮南王篇》:"後園鑿井銀作牀,金瓶素綆汲寒漿。"看:一作"明"。　　[2]"疑是"句:梁簡文帝《玄圃納涼》:"夜月似秋霜。"與此句意近。疑:似。　　[3]明月:原作"山月",此據通

行本改。晉《清商曲辭·子夜四時歌·秋歌》：“仰頭看明月，寄情千里光。”

【集評】

（明）鍾惺、譚元春《唐詩歸》卷一六：“忽然妙景，目中口中湊泊不得，所謂不用意得之者。”

（清）沈德潛《唐詩別裁集》卷一九：“旅中情思，雖説明卻不説盡。”

子夜吴歌
其　　三

【題解】

《舊唐書·音樂志二》：“《子夜》，晉曲也。晉有女，子夜造此聲，聲過哀苦。”因屬吳聲曲，故又稱《子夜吳歌》。六朝樂府《清商曲辭·吳聲歌曲》有《子夜歌》、《子夜四時歌》等。其歌本四句，多寫男女間情事。李白仿其體制，改爲六句，共作四首，依次寫春、夏、秋、冬四時，此爲其三。

長安一片月，萬户擣衣聲[1]。秋風吹不盡，總是玉關情[2]。何日平胡虜，良人罷遠征[3]？

《李白集校注》卷六

【校注】

[1]擣衣：古時裁衣必先擣帛，用杵捶打衣料，使之鬆軟，易於裁製。其多於秋風起時，爲寄遠人禦寒之用。六朝以來多借此以寫閨思。　　[2]玉關情：對遠戍玉門關的丈夫的思念之情。　　[3]良人：女子對丈夫的稱呼。

【集評】

（清）王夫之《唐詩評選》卷一：“前四句是天壤間生成好句，被太白拾得。”

（清）沈德潛《説詩晬語》卷上：“詩貴寄意，有言在此而意在彼者，李太白《子夜吳歌》，本閨情語而忽冀罷征。”

秋 浦 歌
其 十 五

【題解】

　　《秋浦歌》原題十七首,爲李白天寶十二、三載(753、754)在秋浦游歷時所作。此爲第十五首。作者以誇張的筆觸抒寫其懷才不遇、壯志難酬的悲苦。秋浦,在今安徽貴池西。

　　白髮三千丈,緣愁似箇長[1]。不知明鏡裏,何處得秋霜。

　　　　　　　　　　　　　　　　　　　　　　　　《李白集校注》卷八

【校注】

[1]箇(gè 個):如此,這般。一作"個"。

【集評】

　　(清)王琦《李太白文集注》卷八:"起句奇甚,得下文一解,字字皆成妙義。洵非仙才,那能作此?"

　　(清)黄叔燦《唐詩箋注》卷七:"因照鏡而見白髮,忽然生感,倒裝説入,便如此突兀,所謂逆則成丹也。唐人五絶用此法多,太白落筆便超。"

峨眉山月歌

【題解】

　　開元十二年(724),李白去蜀惜別故鄉之作。全詩四句,融敘事、寫景、抒情於一體,空靈秀麗。而五地名連用,渾然天成,匠心獨具。

　　峨眉山月半輪秋,影入平羌江水流[1]。夜發清溪向三峽[2],思君不見下渝州[3]。

　　　　　　　　　　　　　　　　　　　　　　　　《李白集校注》卷八

【校注】

[1]平羌:即平羌江,又名青衣江。源於今四川蘆山縣,東南流至樂山匯入岷江。

[2]清溪:即清溪驛,在今四川犍爲、峨眉山附近。《輿地紀勝》:"清溪驛在嘉州犍爲縣。"一説清溪當是嘉州(今樂山)附近的板橋驛。《樂山縣志》:"板橋溪,出平羌峽口五里,廛居十餘家,高臨大江傍岸。清邑宰每迎大僚於此。蓋唐時清溪驛,即宋時平羌驛也。"三峽:指長江上游瞿塘峽、巫峽、西陵峽。一説爲嘉定三峽,即平羌峽、背峨峽、犁頭峽。　　　　[3]君:一説指友人。清沈德潛以爲"君"字即指"月",可謂慧眼獨具。月即峨眉山月,而峨眉山即代表故鄉。李白其後有同題詩云:"一振高名滿京都,歸來還弄峨眉月。"正以峨眉代故鄉。渝州:今重慶。

【集評】

　　(明)高棅《唐詩品彙》卷四七引劉辰翁語:"含情淒婉,有《竹枝》縹緲之音。"

　　(明)王世貞《藝苑卮言》卷四:"此是太白佳境,然二十八字中,有峨眉山、平羌江、清溪、三峽、渝州,使後人爲之,不勝痕跡矣。益見此老爐錘之妙。"

贈 汪 倫

【題解】

　　此詩作於天寶十三載(754)。宋楊齊賢云:"白游涇縣桃花潭,村人汪倫常釀美酒以待白,倫之裔孫至今寶其詩。"(《分類補注李太白集》)或謂汪倫爲隱逸之士。今人李子龍考證,汪倫爲唐貞觀時歙州總管汪華之五世孫,李白往訪時,其爲涇縣令(見《關於汪倫其人》)。

　　李白乘舟將欲行,忽聞岸上踏歌聲[1]。桃花潭水深千尺[2],不及汪倫送我情。

《李白集校注》卷一二

【校注】

[1]踏歌:《資治通鑑》卷二〇六胡三省注:"踏歌者,連手而歌,踏地以爲節。"

[2]桃花潭:在今安徽涇縣西南。

【集評】

（明）謝榛《四溟詩話》卷二："詩有四格:曰興、曰趣、曰意、曰理。太白《贈汪倫》曰:'桃花潭水深千尺,不及汪倫送我情。'此興也。"

（清）沈德潜《唐詩别裁集》卷二〇:"若説汪倫之情比於潭水千尺,便是凡語,妙境祇在一轉换間。"

聞王昌齡左遷龍標遥有此寄

【題解】

此詩約作於天寶八載(749),時王昌齡因"不護細行,貶龍標尉"(《新唐書·王昌齡傳》)。李白聞訊後,寫此詩以寄,表示關切。左遷,貶官,古人尚右,故以降職爲左遷。龍標,在今湖南黔陽西南。

楊花落盡子規啼[1],聞道龍標過五溪[2]。我寄愁心與明月,隨君直到夜郎西[3]。

《李白集校注》卷一三

【校注】

[1]子規:即杜鵑鳥。　　[2]五溪:《水經注·沅水》謂爲雄溪、橫溪、酉溪、武溪、辰溪。又《通典·州郡·黔州》謂爲西溪、武溪、辰溪、巫溪、沅溪。均在今湘西、黔東一帶。　　[3]君:原作"風",此據通行本改。夜郎西:泛指遥遠的西南邊地。夜郎,古國名,約有今貴州西北部及雲南、四川、廣西部分地區。唐夜郎縣在今貴州正安西北。一説此處指業州所屬之夜郎,即今湖南新晃侗族自治縣境内。

【集評】

（明）胡應麟《詩藪·内編》卷六:"太白七言絶,如'楊花落盡子規啼'……等作,讀之真有揮斥八極,凌屬九霄意。賀監謂爲'謫仙',良不虚也。"

（清）黄叔燦《唐詩箋注》卷八:"首句興起懷人,已覺黯然。'聞道'句悲其竄逐蠻地。接入'愁心'二句,何等纏綿悱惻! 而'我寄愁心',猶覺比'隔千里兮共明月'意更深摯。"

夢游天姥吟留別

【題解】

　　題一作《夢游天姥山別東魯諸公》，一作《別東魯諸公》。天寶五載(746)，李白結束梁、宋、齊、魯漫游，擬再游吳越，告別東魯朋侶時作。天姥(mǔ母)，山名，唐代屬剡縣，在今浙江新昌南。《太平寰宇記》卷九六引《後吳錄》："剡縣有天姥山，傳云登者聞天姥歌謠之響。"詩以夢游的形式，抒寫其對山水名勝和神仙世界的熱烈嚮往，以及蔑視權貴的傲岸人格、追求自由的積極精神。全詩想像奇特，感情奔放，具有濃鬱的浪漫色彩。

　　海客談瀛洲[1]，煙濤微茫信難求。越人語天姥，雲霞明滅或可睹。天姥連天向天橫，勢拔五嶽掩赤城[2]。天台四萬八千丈[3]，對此欲倒東南傾。我欲因之夢吳越[4]，一夜飛渡鏡湖月[5]。湖月照我影，送我至剡溪[6]。謝公宿處今尚在[7]，淥水蕩漾清猿啼。腳著謝公屐[8]，身登青雲梯[9]。半壁見海日，空中聞天雞[10]。千巖萬轉路不定，迷花倚石忽已暝。熊咆龍吟殷巖泉，慄深林兮驚層巔[11]。雲青青兮欲雨，水澹澹兮生煙。列缺霹靂[12]，丘巒崩摧。洞天石扇[13]，訇然中開[14]。青冥浩蕩不見底[15]，日月照耀金銀臺[16]。霓爲衣兮風爲馬，雲之君兮紛紛而來下[17]。虎鼓瑟兮鸞回車[18]，仙之人兮列如麻[19]。忽魂悸以魄動，恍驚起而長嗟。惟覺時之枕席，失向來之煙霞。世間行樂亦如此，古來萬事東流水。別君去兮何時還？且放白鹿青崖間[20]，須行即騎訪名山。安能摧眉折腰事權貴[21]，使我不得開心顏。

《李白集校注》卷一五

【校注】

[1]海客：往來海上之人。瀛洲：傳說中的海上仙山。《史記·封禪書》："自(齊)威(王)、宣(王)、燕昭(王)使人入海求蓬萊、方丈、瀛洲，此三神山者，其傅在勃海中，去人不遠。患且至，則船風引而去。"　　[2]赤城：山名，在今浙江天台縣北。《海錄碎事》引顧野王《輿地志》："赤城山有赤石羅列，長里餘，遥望似赤城。"
[3]天台：山名，在今浙江天台縣北。四：一作"一"。陶弘景《真誥》："天台山高一

萬八千丈。" [4]吳越:此處指越地。 [5]鏡湖:又稱鑑湖或慶湖,在今浙江紹興,因波平如鏡,故名。 [6]剡溪:水名,在今浙江嵊縣南,北流入縣北界曰曹娥江,又北入上虞縣界,稱上虞江。 [7]謝公:指南朝詩人謝靈運。謝靈運《登臨海嶠》詩云:"暝投剡中宿,明登天姥岑。" [8]謝公屐(jī 基):謝靈運游山時特製的木屐。《南史·謝靈運傳》:"尋山陟嶺,必造幽峻,巖嶂數十重,莫不備盡。登躡常着木屐,上山則去其前齒,下山去其後齒。" [9]青雲梯:指高峻入雲的山路。《文選》謝靈運《登石門最高頂》:"惜無同懷客,共登青雲梯。"劉良注:"仙者因雲而昇,故曰雲梯。" [10]天雞:傳説中神雞名。南朝梁任昉《述異記》卷下:"東南有桃都山,上有大樹,名曰桃都,枝相去三千里,上有天雞,日初出照此木,天雞則鳴,天下雞皆隨之鳴。" [11]"熊咆"二句:意爲巖泉發出巨大的聲響,有如熊咆龍吟,令人爲之戰慄。一説龍吟熊吼聲震山巖泉水,使高山驚懼,深林戰慄。殷:震動。 [12]列缺:閃電。揚雄《校獵賦》:"霹靂列缺,吐火施鞭。"應劭注曰:"霹靂,雷也。列缺,天隙電照也。" [13]洞天:道家稱仙人居處。石扇:一作"石扉"。 [14]訇(hōng 轟)然:巨響聲。 [15]青冥:天空。 [16]金銀臺:傳説中神仙所居宮闕皆以黃金白銀築成。郭璞《游仙詩》:"神仙排雲出,但見金銀臺。" [17]雲之君:雲神。此處指從雲中下降的群仙。[18]虎鼓瑟:張衡《西京賦》:"白虎鼓瑟。" [19]列如麻:形容衆多。《雲笈七籤》卷九六《上元夫人步虛曲》:"忽過紫微垣,真人列如麻。" [20]白鹿:傳説中仙人的坐騎。 [21]摧眉折腰:低頭彎腰,卑躬貌。

【集評】

(明)周珽《唐詩選脈會通評林》卷一九:"出於千絲鐵網之思,運以百色流蘇之局,忽而飛步凌頂,忽而煙雲自舒。想其拈筆時,神魂毛髮盡脱於毫楮而不自知,其神耶!"

(清)沈德潛《唐詩別裁集》卷六:"託言夢游,窮形盡相,以極'洞天'之奇幻;至醒後,頓失煙霞矣。知世間行樂,亦同一夢,安能於夢中屈身權貴乎? 吾當別去,遍游名山,以終天年也。詩境雖奇,脈理極細。"

(清)方東樹《昭昧詹言》卷一二:"陪起,令人迷。'我欲'以下正叙夢,愈唱愈高,愈出愈奇。'失向'句,收住。'世間'二句,入作意,因夢游推開,見世事皆成虛幻也;不如此則作詩之旨無歸宿。留別意衹末後一點。"

金陵酒肆留別

【題解】

此詩約作於開元十四年(726)。時李白出蜀初游至金陵,游興、豪情及青春氣息溢於言表。金陵即今江蘇南京。

風吹柳花滿店香[1],吳姬壓酒喚客嘗[2]。金陵子弟來相送,欲行不行各盡觴。請君試問東流水,別意與之誰短長?

《李白集校注》卷一五

【校注】

[1]風吹:一作“白門”。六朝都城建康正南門宣陽門一稱白門,後遂以白門代金陵。　　[2]吳姬:指酒店當壚賣酒女。壓酒:新酒釀成,尚未出槽入甕,須壓槽取之。喚:一作“勸”。

【集評】

(宋)胡仔《苕溪漁隱叢話》前集卷五:“《詩眼》云:好句須要好字,如李太白詩‘吳姬壓酒喚客嘗’,見新酒初熟,江南風物之美,工在‘壓’字。”

(宋)魏慶之《詩人玉屑》卷一四引《詩眼》:“山谷言:學者不見古人用意處,但得其皮毛,所以去之更遠。如‘風吹柳花滿店香’,若人復能爲此句,亦未是太白。至於‘吳姬壓酒勸客嘗’,‘壓酒’二字他人亦難及。‘金陵子弟來相送,欲飲不飲各盡觴’,益不同。‘請君試問東流水,別意與之誰短長’,至此乃真太白妙處,當潛心焉。”

黃鶴樓送孟浩然之廣陵

【題解】

此詩作於開元十六年(728)。黃鶴樓,故址在今湖北武昌蛇山黃鶴磯上。詳見崔顥《黃鶴樓》詩題解。廣陵,今江蘇揚州。詩爲送別之作,前二句敍事,融情綴景;後二句寫景,景麗情深。全篇景象闊大,色調明麗,爲盛唐時代精神風貌的體現。

故人西辭黃鶴樓[1],煙花三月下揚州[2]。孤帆遠影碧空盡[3],唯見長江天際流。

《李白集校注》卷一五

【校注】

[1]故人:指孟浩然。開元十五年秋冬間,李白北游汝海(今河南汝州),途經襄陽,已結識孟,故云。　　[2]煙花:狀春日氣暖花繁的景象。　　[3]影:一作"映"。碧空:一作"碧山"。

【集評】

　　(明)朱諫《李詩選注》卷九:"此詩詞氣清順而有音節,情思流動而絕塵埃,如輕風晴雲,淡蕩悠揚於太虛之間,不可以形跡而模擬者也。白於浩然,可謂知己,率爾而發,莫非佳句;譬之伯牙遇子期,而後有《高山》、《流水》之操也。"

　　(明)唐汝詢《唐詩解》卷二五:"黃鶴,分別之地;揚州,所往之鄉;煙花,敍別之景;三月,紀別之時。帆影盡,則目力已極;江水長,則離思無涯。悵望之情,俱在言外。"

渡荆門送別

【題解】

　　開元十四年(726),李白由三峽出蜀,沿江東下途中作此詩。題中"送別"是指故鄉的江水送自己離開蜀中。詩以雄奇飄逸的筆觸描繪了楚地的偉麗山川,表現了詩人博大的胸襟和非凡的抱負,以及戀鄉惜別的情愫。荆門,山名,在今湖北宜都西北長江南岸,與北岸之虎牙山相對峙,爲楚蜀交界之地。

　　渡遠荆門外,來從楚國游[1]。山隨平野盡,江入大荒流。月下飛天鏡[2],雲生結海樓[3]。仍憐故鄉水[4],萬里送行舟。

《李白集校注》卷一五

【校注】

[1]楚國:此指荆州(今屬湖北)一帶。戰國時楚國建都於此。　　[2]"月下"句:意謂船輕快地順流東下,看到月亮如飛鏡一樣向西墜下。一說,江中月影,有如明鏡從天空飛下。　　[3]"雲生"句:謂江上雲彩像海市蜃樓一樣奇麗多變。海樓:

即海市蜃樓,是一種因光線折射而產生的幻景,常見於海濱或沙漠。　　[4]憐:
愛,此處有留戀之意。故鄉水:指蜀地的長江水。

【集評】

(清)王琦《李太白文集注》卷一五:"胡元瑞謂'"山隨平野盡,江入大荒流",此
太白壯語也。子美詩"星垂平野闊,月湧大江流"二語,骨力過之。'予謂李是畫景,杜
是夜景;李是行舟暫視,杜是停舟細觀,未可概論。"

(清)王夫之《唐詩評選》卷三:"明麗呆如初日。結二語得象外於圜中。飄然思
不窮,唯此當之。汎濫鑽研者,正由思窮於本分耳。"

宣州謝朓樓餞別校書叔雲

【題解】

一作《陪侍御叔華登樓歌》,作於天寶十二載(753),時李白游宣城(今屬安徽)。
謝朓樓,又稱謝公樓、疊嶂樓、北樓,爲南齊詩人謝朓官宣城太守時所建,故址在今安
徽宣城陵陽山。校書,即校書郎。叔雲,指李雲,雲時官秘書省校書郎。或依另一
題,當作李華,天寶十一載官監察御史,唐人稱此職爲侍御(見趙璘《因話錄》卷五)。
詩以憂思發端,抒寫年華虛度、報國無門的憤懣,繼而盛讚漢代文章、建安風骨及謝
朓詩歌的豪情逸興,末以出世之思作結。此詩章法跳躍多變,感情激蕩起伏,於逸散
中見嚴整,爲李白七古名篇。

棄我去者,昨日之日不可留;亂我心者,今日之日多煩憂。長風
萬里送秋雁,對此可以酣高樓[1]。蓬萊文章建安骨[2],中間小謝又清
發[3]。俱懷逸興壯思飛,欲上青天覽明月[4]。抽刀斷水水更流,舉杯
消愁愁更愁。人生在世不稱意,明朝散髮弄扁舟[5]。

《李白集校注》卷一八

【校注】

[1]酣:盡情暢飲。　　[2]蓬萊:海中仙山,爲道家幽經秘録珍藏處。東漢時,洛
陽南宮有東觀,明帝命班固等人修撰《漢書》於此,後爲皇家藏書處。當時學者稱
東觀爲老氏藏室、道家蓬萊山。見《後漢書·竇章傳》。此處借指漢代文學。建安
骨:指東漢建安時曹氏父子及建安七子所作之詩。其詩慷慨激昂,風格遒勁,世謂

之“建安風骨”。　　　[3]小謝:指謝朓。謝朓與謝靈運並稱大小謝。清發:清新秀發,即鍾嶸《詩品》謂謝朓“奇章秀句,往往警遒”的詩風。　　　[4]覽:同“攬”,摘取。　　　[5]散髮:古人平日束髮,去掉冠和簪子,使髮散落,是不拘禮節的行爲。此處指隱居不仕。《後漢書·袁閎傳》:“延熹末,黨事將作,閎遂散髮絶世。”弄扁舟:指退隱江湖。《史記·貨殖列傳》:“范蠡既雪會稽之恥……乃乘扁舟,浮於江湖。”

【集評】

(明)陸時雍《唐詩鏡》卷一九:“雄情逸調,高莫可攀。”

(清)高宗弘曆《唐宋詩醇》卷七:“遥情飈豎,逸興雲飛,杜甫所謂‘飄然思不群’者,此矣。千載而下,猶見酒間岸異之狀,真仙才也。”

答王十二寒夜獨酌有懷

【題解】

此詩約作於天寶八載(749)冬。題下注:“再入吴中。”爲答王十二懷己之作。王詩激發太白之幽憤,故答詩亦以憤激之詞出之,毫不掩飾,於時政亦多所抨擊,直言指斥權臣李林甫、楊國忠輩,爲李白抒情詩中現實政治色彩最强烈者。王十二,李白友人,名字及身世均不詳。

昨夜吴中雪,子猷佳興發[1]。萬里浮雲卷碧山,青天中道流孤月。孤月滄浪河漢清,北斗錯落長庚明[2]。懷余對酒夜霜白,玉牀金井冰峥嶸[3]。人生飄忽百年内,且須酣暢萬古情。君不能狸膏金距學鬥雞,坐令鼻息吹虹霓[4];君不能學哥舒,横行青海夜帶刀,西屠石堡取紫袍[5]。吟詩作賦北窗裏,萬言不直一杯水。世人聞此皆掉頭,有如東風射馬耳[6]。魚目亦笑我[7],謂與明月同[8]。騄驪拳跼不能食[9],蹇驢得志鳴春風[10]。折楊皇華合流俗[11],晉君聽琴枉清角[12]。巴人誰肯和陽春[13],楚地猶來賤奇璞[14]。黄金散盡交不成,白首爲儒身被輕。一談一笑失顔色,蒼蠅貝錦喧謗聲[15]。曾參豈是殺人者?讒言三及慈母驚[16]。與君論心握君手,榮辱於余亦何有?孔聖猶聞傷鳳麟[17],董龍更是何雞狗[18]?一生傲岸苦不諧,恩疏媒勞志多乖[19]。嚴陵高揖漢天子[20]，何必長劍拄頤事玉階[21]？達亦不足貴，窮亦不足悲。韓信羞將絳灌比[22]，禰衡恥逐屠沽兒[23]。君不見李北海，英風豪氣今何在[24]？君不見裴尚書，土墳三尺蒿棘居[25]。少年早欲五湖去[26]，見此彌將鐘鼎疏[27]。

《李白集校注》卷一九

【校注】

[1]"昨夜"二句：用王子猷雪夜訪戴逵事。《世説新語·任誕》："王子猷居山陰，夜大雪……忽憶戴安道，時戴在剡，即便夜乘小船就之，經宿方至，造門不前而返。人問其故，王曰：'吾本乘興而行，興盡而返，何必見戴。'"此以王子猷擬王十二。

[2]長庚：即金星，又名太白星。《爾雅·釋天》注曰："晨見東方爲啓明，昏見西方爲太白。"　[3]"玉牀"句：古樂府《淮南王篇》："後園鑿井銀作牀，金瓶素綆汲寒漿。"爲此句所本。玉牀：裝飾華貴的井欄。金井：或爲"金瓶"之誤。

[4]"君不能狸膏"二句：諷刺玄宗荒於治國，而鬥雞之徒竟取富貴。陳鴻《東城老父傳》："玄宗在藩邸時，樂民間清明節鬥雞戲。及即位，治雞坊於兩宮間，索長安雄雞，金毫鐵距，高冠昂尾千數，養於雞坊。選六軍小兒五百人，使馴擾教飼之。上之好之，民風尤甚。"狸膏金距：鬥雞時雞頭塗狸膏，使異雞聞之畏懼。雞爪加以金屬假距，便於側擊。梁簡文帝《雞鳴篇》："陳思助鬥協狸膏，邱昭妒敵安金距。"鼻息吹虹霓：形容鬥雞徒氣焰之盛。李白《古風》其二十四云："路逢鬥雞者，冠蓋何輝赫。鼻息干虹霓，行人皆怵惕。"　[5]"君不能學哥舒"三句：諷刺玄宗好戰拓邊、哥舒翰屠石堡城事及邊將借殺戮取高位。哥舒：即哥舒翰，唐代著名邊將。見前《哥舒歌》詩注。《舊唐書·哥舒翰傳》："（天寶）八載，以朔方、河東群牧十萬衆委翰總統攻石堡城，翰使麾下將高秀巖、張守瑜進攻，不旬日而拔之。上録其功，拜特進、鴻臚員外卿，與一子五品官，賜物千匹，莊宅各一所，加攝御史大夫。"石堡：石堡城，又名鐵刃城，在今青海西寧西南。紫袍：唐代正三品官服色，御史大夫爲正三品，故云。按：石堡爲吐蕃所據，玄宗欲攻取之，詔問河西、隴右節度使王忠嗣攻取之策，忠嗣奏："石堡險固，吐蕃舉國而守之，若頓兵堅城之下，必死者數萬，然後事可圖。臣恐所得不如所失。"又曰："今爭一城，得之未制於敵，不得之未害於國，忠嗣豈以數萬人之命易一官？"由是見怒於玄宗，又爲李林甫構陷，幾死。天寶六載十一月，貶王忠嗣，以哥舒翰代之，至天寶八載，遂拔石堡。見兩《唐書》《王忠嗣傳》、《哥舒翰傳》等。　[6]東風射馬耳：唐時俗語，意謂充耳不聞，漠然不動。　[7]魚目：似珠，此以魚目喻世俗庸碌之人。　[8]謂：一作"請"，非

是。明月:即明月珠,詩人自比。　　　[9]騄駬:古代駿馬名,傳爲周穆王八駿之一。《莊子·秋水》:"騏驥驊騮,一日而馳千里。"拳跼(jú 局):蜷曲不伸貌。　　　[10]蹇驢:跛足之驢。　　　[11]折楊、皇華:古俗曲名,與大聲(高雅音樂)相對。《莊子·天地》:"大聲不入於里耳,《折楊》《皇華》,則嗑然而笑。"　　　[12]"晉君"句:據《韓非子·十過》,晉平公聽琴,命師曠奏《清角》,師曠曰:"今主君德薄,不足聽之,聽之將恐有敗。"平公不信,師曠不得已而鼓之。一奏,風雨大作,帷裂俎破,坐者散走。清角:古曲名,傳爲黃帝所造。此處藉以諷刺玄宗薄於德。　　　[13]"巴人"句:宋玉《對楚王問》:"客有歌於郢中者,其始曰《下里》《巴人》,國中屬而和者數千人……其爲《陽春》《白雪》,國中屬而和者不過數十人。"此謂己處世曲高和寡。　　　[14]"楚地"句:用卞和事。《韓非子·和氏》載,楚人卞和得一璞,獻厲王,以爲石,定欺君之罪,刖其左足;厲王死,再獻之武王,武王復以爲誑,刖其右足。武王死,文王即位,抱其璞而哭於楚山之下,三日三夜,淚盡而繼之以血。此以卞和自喻。　　　[15]蒼蠅貝錦:指讒言四起而傷於己。《詩·小雅·青蠅》:"營營青蠅,止於棘。讒人罔極,交亂四國。"《詩·小雅·巷伯》:"萋兮斐兮,成是貝錦。彼譖人者,亦已太甚。"貝錦,織成貝形花紋的錦緞。　　　[16]"曾參"二句:《戰國策·秦策二》:"昔者曾子處費,費人有與曾子同名族者而殺人,人告曾子母曰:'曾參殺人。'曾子之母曰:'吾子不殺人。'織自若。有頃焉,人又曰:'曾參殺人。'其母尚織自若也。有頃焉,一人又告之曰:'曾參殺人。'其母懼,投杼逾墻而走。"　　　[17]孔聖:即孔子,曾歎"鳳鳥不至,河不出圖,吾已矣夫!"見《論語·子罕》。又曾因魯人狩獲麒麟而曰:"吾道窮矣!"見《史記·孔子世家》。皆生不逢時之意。

　　[18]董龍:指前秦右僕射董榮,小字龍。據《十六國春秋》,董榮以佞幸進,宰相王墮剛直,疾之如仇。或勸其降意接之,墮曰:"董龍是何雞狗,而令國士與之言乎!"　　　[19]恩疏:謂朝廷見棄。媒勞:謂薦舉者徒勞。《楚辭·九歌·湘君》:"心不同兮媒勞,恩不甚兮輕絕。"乖:違背。　　　[20]嚴陵:漢人嚴光,字子陵,少與劉秀同游學。及劉秀即位,遣使聘之,三反而後至,仍不接受官職。事見《後漢書·嚴光傳》。高揖:長揖不拜,此處有辭別之意。　　　[21]長劍挂頤:狀人臣蕭立侍君之貌。《戰國策·齊策》載齊童謠曰:"大冠若箕,修劍挂頤。"　　　[22]"韓信"句:事見《史記·淮陰侯列傳》。韓信爲淮陰侯,自恃功高,常稱病不朝,羞與潁陰侯灌嬰、絳侯周勃等同列。　　　[23]"禰衡"句:《後漢書·禰衡傳》:禰衡建安初游許,"是時許都新建,賢士大夫四方來集,或問衡曰:'盍從陳長文、司馬伯達乎?'對曰:'吾焉能從屠沽兒耶?'"禰衡:東漢末文士,尚氣剛傲。此以自比。　　　[24]"君不見李北海"二句:用李邕事。李邕爲當代名士,以書法、文章名於天下,喜汲引下士,曾任北海太守,天寶六載(747)爲宰相李林甫陷害杖殺。

見《新唐書·李邕傳》。　　　[25]"君不見裴尚書"二句:用唐刑部尚書裴敦復事。裴爲李林甫所忌,貶淄川太守。天寶六載與李邕同案被杖殺。事見《舊唐書·玄宗紀》。蒿棘:指雜草。　　　[26]五湖:指太湖,此處用范蠡功成退隱事。《國語·越語下》載,句踐滅吳,"反至五湖,范蠡辭於王曰:'君王勉之,臣不復入越國矣。'……遂乘輕舟以浮於五湖,莫知其所終極"。　　　[27]鐘鼎:指功名富貴。《文選》張衡《西京賦》:"擊鐘鼎食。"

【集評】

(宋)樂史《李翰林別集序》:"白有歌云:'吟詩作賦北窗裏,萬言不及一杯水。'蓋歎乎有其時而無其位。嗚呼!以翰林之才名,遇玄宗之知見,而乃飄零如是!"

(元)蕭士贇《分類補注李太白詩》卷一九:"此篇造語敍事,錯亂顛倒,絕無倫次,董龍一事尤爲可笑。決非太白之作,乃先儒所謂五季間學太白者所爲耳。"

望廬山瀑布

其　　二

【題解】

此詩作年不詳,或謂在開元十三年(725)初出蜀沿江漫游至廬山時,或謂在至德元載(756)隱居廬山時。題一作《望廬山瀑布水》,原有二首,此其二。廬山,在今江西九江南。詩中描繪了廬山瀑布雄偉磅礴的氣勢,空中落筆,神韻天成。

日照香爐生紫煙[1],遥看瀑布掛前川[2]。飛流直下三千尺,疑是銀河落九天。

《李白集校注》卷二一

【校注】

[1]香爐:廬山北部山峰。晉釋慧遠《廬山記略》:"東南有香爐山,孤峰秀起。游氣籠其上,則氤氳,若香煙。"　　　[2]前川:一作"長川"。

【集評】

(明)唐汝詢《唐詩解》卷二五:"泉自峰頂而出,故以香爐發端。從天際而下,故以銀河取譬。"

富壽蓀、劉拜山《千首唐人絶句》:"結句空中落筆,直撮瀑布之神,兼傳'望'字之理,乃知誇張比擬之詞,必似此神理俱全,方臻上乘。《藝苑雌黄》譏石敏若'燕南雪花大如掌,冰柱懸簷一千丈'爲豪而畔理,信然。"

秋登宣城謝朓北樓

【題解】

天寶十二載(753)秋,李白自梁園(今河南商丘南)南下,至宣城(今屬安徽)後作此詩。謝朓,字玄暉,南朝齊詩人,曾任宣城太守,在宣城陵陽山上建北樓。詩人借眺望發興,以自然圓潤之筆描繪了宣城風光,抒發了懷念謝朓,追慕古人的情懷。

江城如畫裏,山晚望晴空。兩水夾明鏡[1],雙橋落彩虹[2]。人煙寒橘柚,秋色老梧桐。誰念北樓上,臨風懷謝公。

《李白集校注》卷二一

【校注】

[1]兩水:指環繞安徽宣州城的宛溪和句溪。　　[2]雙橋:即宛溪上的鳳凰、濟川二橋,隋開皇年間(581—600)所建。《江南通志》:"宛溪在寧國府城東,跨溪上下有兩橋,上橋曰鳳凰,直城東南泰和門外;下橋曰濟川,直城東陽德門外。"

【集評】

(元)方回《瀛奎律髓》卷一:"此詩起句似晚唐,中二聯言景而豪壯,則晚唐所無也。"

(清)高宗弘曆《唐宋詩醇》卷七:"風神散朗。五、六寫出秋意,鬱然蒼秀。"

早發白帝城

【題解】

題一作《白帝下江陵》、《下江陵》。唐肅宗乾元二年(759),李白長流夜郎,中途遇赦,從白帝城返舟東下江陵途中作此詩。白帝城,位於今重慶奉節東白帝山上,東漢初公孫述建,因其自稱白帝,故名。詩中以輕舟瞬息千里的速度襯託遇赦後的欣喜之情,詩境流轉,迴蕩有致。

　　朝辭白帝彩雲間[1]，千里江陵一日還[2]。兩岸猿聲啼不住[3]，輕舟已過萬重山[4]。

《李白集校注》卷二二

【校注】

[1]"朝辭"句：謂白帝城地勢高峻，從山下仰望，如在雲中。　　[2]"千里"句：《水經注·江水》："有時朝發白帝，暮到江陵，其間千二百里，雖乘奔御風，不以疾也。"　　[3]"兩岸"句：《水經注·江水》："每至晴初霜旦，林寒澗肅，常有高猿長嘯，屬引淒異。空谷傳響，哀囀久絕。故漁者歌曰：'巴東三峽巫峽長，猿鳴三聲淚沾裳。'"住：一作"盡"。　　[4]輕舟已過：一作"須臾過卻"。

【集評】

　　（清）沈德潛《唐詩別裁集》卷二〇："寫出瞬息千里，若有神助。入'猿聲'一句，文勢不傷於直。畫家佈景設色，每於此處用意。"

　　（清）顧樂《唐人萬首絕句選評》卷三："讀者爲之駭極，作者殊不經意，出之似不着一點氣力。阮亭推爲三唐壓卷，信哉！"

宿五松山下荀媼家

【題解】

　　約作於天寶十二載（753）。五松山，在今安徽銅陵南，唐代屬宣城郡南陵縣。時李白客居宣城，常游五松山，有多篇詩作。此篇寫夜宿農家情景，對老媼進飯深懷慚意。

　　我宿五松下，寂寥無所歡。田家秋作苦[1]，鄰女夜舂寒[2]。跪進雕胡飯[3]，月光明素盤。令人慚漂母[4]，三謝不能餐。

《李白集校注》卷二二

【校注】

[1]秋作苦：秋日辛苦勞作。《漢書·楊惲傳》："田家作苦。歲時伏臘，烹羊炰羔，斗酒自勞。"　　[2]舂：以杵搗去穀物皮殼。　　[3]跪進：指以跪禮進獻食物，是

一種恭敬的表示。古時禮節,兩膝着地,伸直腰背爲跪。雕胡飯:即用菰米做成的飯食。菰米是水中作物茭白的果實,可食用。　　[4]漂母:漂洗衣物的老婦。此用韓信事。《史記·淮陰侯列傳》:"信釣於城下,諸母漂。有一母見信飢,飯信,竟漂數十日。信喜,謂漂母曰:'吾必有以重報母。'……漢五年正月……信至國,召所從食漂母,賜千金。"此處以漂母比荀媼,自愧於韓信無以報答。

【集評】

　　(明)陸時雍《唐詩鏡》卷二〇:"盛唐以古行律,其體遂敗……若恃才一往,非善之善也。《對酒憶賀監》、《宿五松山下荀媼家》……清音秀骨,夫豈不佳? 第非律體所宜耳。"

　　(清)余成教《石園詩話》卷一:"太白《宿五松山下荀媼家》詩末云:'令人慚漂母,三謝不能餐。'夫荀媼一雕胡飯之進,素盤之供,而太白感之如是,且詩以傳之,壽於其集。當世之賢媛淑女多矣,而獨傳於荀媼,荀媼亦賢矣。然不遇太白,一草木同斃之村嫗耳。嗚乎! 人其可不知所依附哉!"

月下獨酌

其　　一

【題解】

　　一作《月下對影獨酌》。約作於玄宗天寶三載(744),時李白供奉翰林,遭小人讒毀,爲君王所疏,思想極其苦悶。原詩共四首,此其一。雖爲獨酌,卻臆想出熱鬧場景,試圖藉以解脫孤寂愁懷,然更反襯出作者的落寞心境。

　　花間一壺酒[1],獨酌無相親。舉杯邀明月,對影成三人[2]。月既不解飲,影徒隨我身。暫伴月將影[3],行樂須及春。我歌月徘徊,我舞影零亂。醒時同交歡,醉後各分散。永結無情游[4],相期邈雲漢[5]。

　　　　　　　　　　　　　　　　　　　　　　　《李白集校注》卷二三

【校注】

[1]花間:一作"花下",一作"花前"。　　[2]三人:指自己、月和影。　　[3]將:與,共。　　[4]無情游:忘卻世情之游。　　[5]邈:遥遠。雲漢:銀河。這裏借指天上仙境。

【集評】

（明）朱諫《李詩選注》卷一二：“《獨酌》四詩，極其情趣，而文辭清麗，音節鏗鏘，出於天成。蓋自白胸中流出，故言之親切而有味也。”

（清）高宗弘曆《唐宋詩醇》卷八：“千古奇趣，從眼前得之。爾時情景雖復潦倒，終不勝其曠達，陶潛云：‘揮杯勸孤影。’白意本此。”

獨坐敬亭山

【題解】

此詩爲天寶十二載（753）李白客居宣城時作。敬亭山，在今安徽宣城北。山上原有敬亭，傳爲南齊詩人謝朓吟詠處。《古今圖書集成·山川典》：“敬亭山，一名昭亭山，又名查山，東臨宛句，南俯城闉，萬壑千巖，雲蒸霞蔚，固近郊勝境。”詩寫獨坐與山對望，兩相不厭，遺世之情自在言外。

衆鳥高飛盡，孤雲獨去閒。相看兩不厭，衹有敬亭山。

《李白集校注》卷二三

【集評】

（明）鍾惺、譚元春《唐詩歸》卷一六：“胸中無事，眼中無人。”

（清）黃叔燦《唐詩箋注》卷七：“‘盡’字、‘閒’字是‘不厭’之魂，‘相看’下著‘兩’字，與敬亭山對若賓主，共爲領略，妙！”

春夜宴從弟桃花園序

【題解】

一作《春夜宴諸從弟桃園序》，又作《春夜宴桃李園序》。作年不詳。從弟，堂弟。李白有《秋夜宿龍門香山寺奉寄從弟幼成令問》詩，或謂即指李幼成、李令問等。桃花園當在汝州（今河南臨汝）。清道光《汝州全志》卷一山川八景之一有“春日桃園”，卷九“古跡”又謂“桃園在城東北聖王里”。文爲駢體，文筆華美流暢。文中敍寫了與從弟相聚飲酒的雅興，亦流露出浮生若夢、及時行樂的思想。

夫天地者，萬物之逆旅也[1]；光陰者，百代之過客也。而浮生若

夢[2]，爲歡幾何？古人秉燭夜遊，良有以也[3]，況陽春召我以煙景，大
塊假我以文章[4]，會桃花之芳園，序天倫之樂事[5]。群季俊秀[6]，皆
爲惠連[7]；吾人詠歌，獨慚康樂[8]。幽賞未已，高談轉清。開瓊筵以
坐花，飛羽觴而醉月[9]。不有佳詠，何伸雅懷。如詩不成，罰依金谷
酒數[10]。

《李白集校注》卷二七

【校注】

[1]逆旅：客舍，旅店。《左傳・僖公二年》：“今虢爲不道，保於逆旅。”唐孔穎達
疏：“逆，迎也；旅，客也。迎止賓客之處也。”　　　[2]浮生若夢：語本《莊子・刻
意》：“其生若浮，其死若休。”意謂人生在世漂浮不定。　　　[3]“古人秉燭”句：
《古詩十九首》：“晝短苦夜長，何不秉燭游。”魏文帝曹丕《與吳質書》：“古人思秉
燭夜游，良有以也。”此句化用。　　　[4]大塊：大自然。《莊子・大宗師》：“夫大
塊載我以形，勞我以生，佚我以老，息我以死。”　　　[5]序：通“敍”。　　　[6]群
季：即群弟。古人以伯仲叔季作爲兄弟間的排行，此處以“季”代弟。　　　[7]惠
連：指謝惠連，謝靈運之族弟。《宋書・謝惠連傳》：“（謝惠連）幼而聰敏，年十歲，
能屬文。”　　　[8]康樂：指謝靈運。因靈運襲封康樂公，故稱。曾云：“每有篇章，
對惠連輒得佳語。”嘗於永嘉西堂思詩，竟日不就，忽夢見惠連，即得“池塘生春
草”，大以爲工（見《南史・謝方明傳》）。　　　[9]羽觴：鳥雀形的酒杯。《漢書・
孝成班婕妤傳》：“酌羽觴兮銷憂。”顏師古注引孟康曰：“羽觴，爵也，作生爵（雀）
形，有頭、尾、羽翼。”　　　[10]金谷酒數：泛指宴會上的罰酒數。晉太康時石崇築
園於金谷澗（位於今河南洛陽西北），世稱金谷園，常於此設宴賦詩。石崇《金谷詩
序》：“遂各賦詩，以敍中懷，或不能者，罰酒三斗。”

【集評】

　　（清）吳楚材、吳調侯《古文觀止》卷七：“發端數語，已見瀟灑風塵之外。而轉落
層次，語無泛設，幽懷逸趣，辭短韻長。讀之增人許多情思。”

崔　顥

【作者簡介】

崔顥(704？—754)，汴州(今河南開封)人。玄宗開元十一年(723)進士及第，嘗漫游大江南北。開元後期，以監察御史任職河東軍幕。天寶初，任太僕寺丞、司勳員外郎。天寶十三載(754)卒。顥開元、天寶間頗有名於時，然有俊才無士行，詩風前後亦有變化。殷璠謂其“少年爲詩，名陷輕薄，晚節忽變常體，風骨凛然，一窺塞垣，説盡戎旅”(《河岳英靈集》卷下)。《全唐詩》今存其詩一卷。《舊唐書》卷一九〇下、《新唐書》卷二〇三有傳。

黄　鶴　樓

【題解】

黄鶴樓，故址在今湖北武昌西蛇山黄鶴磯上，相傳始建於三國吳黄武二年(223)。《元和郡縣圖志》卷二七“江南道三鄂州”：“州城本夏口城，吳黄武二年，城江夏以安屯戍地也。城西臨大江，西南角因磯爲樓，名黄鶴樓。”舊傳有仙人王子安曾騎黄鶴由此經過(見《南齊書·州郡志》)；一説，三國時費禕在此乘鶴憩駕(見《太平寰宇記》卷一一二“武昌府”)，因此磯與樓俱以黄鶴爲名。崔顥此詩久負盛名，宋計有功《唐詩紀事》卷二一載，相傳李白曾至黄鶴樓見此詩，云：“眼前有景道不得，崔顥題詩在上頭。”後來遂作《鳳凰臺》詩以較勝負。嚴羽《滄浪詩話》推許此詩爲唐人七律壓卷之作。詩題一作《題黄鶴樓》；一題下有附注：“黄鶴樓乃人名也。”

昔人已乘黄鶴去，此地空餘黄鶴樓[1]。黄鶴一去不復返，白雲千載空悠悠[2]。晴川歷歷漢陽樹[3]，芳草萋萋鸚鵡洲[4]。日暮鄉關何處是[5]，煙波江上使人愁。

《崔顥詩注》

【校注】

[1]昔人：指昔日乘鶴仙人。黄鶴：一作“白雲”。黄鶴樓以仙人乘鶴游得名，詩首切題面，作“黄鶴”是。　　[2]千載：一作“千里”。“千載”見懷古意，前後貫通，較“千里”意勝。　　[3]歷歷：清晰分明貌。漢陽：縣名，唐時爲沔州治所。約在

今武漢三鎮的漢陽區,與武昌隔江相對。　　　[4]芳草:一作“春草”。萋萋:一作
“青青”。“萋萋”可兼有“青青”之意,含義略富。鸚鵡洲:在漢陽西南長江中,東
漢末年,禰衡曾作《鸚鵡賦》,後爲黃祖所殺,葬於此處,鸚鵡洲因以得名。鸚鵡洲
唐時尚在江中,後因江水沖刷,沙洲堆積,今已與漢陽陸地連在一起。　　　[5]鄉
關:故鄉。

【集評】

　　(清)王夫之《唐詩評選》卷四:“鵬飛象行,驚人以遠大。竟從懷古起,
是題樓詩,非登樓。一結自不如《鳳凰臺》,以意多礙氣也。”

　　(清)沈德潛《唐詩別裁集》卷一三:“意得象先,神行語外,縱筆寫去,遂
擅千古之奇。”

長　干　曲

【題解】

　　《長干曲》,屬樂府《雜曲歌辭》,多男女言情之作。崔顥《長干曲》原有
四首,此處所選爲前二首。二詩寫舟行途中一男一女邂逅相逢的問答,於清
新自然中可見人物神韻。

其　　一

　　君家何處住?妾住在橫塘[1]。停船暫相問,或恐是同鄉。

【校注】

[1]橫塘:古堤塘名。在今南京西南,三國吳孫權時修建,也是百姓聚居之地,地近
長干里。

【集評】

　　(明)鍾惺、譚元春《唐詩歸》卷一二:“急口遥問語,覺一字未添。”

　　(清)吳瑞榮《唐詩箋要續編》卷六:“首二句明明是問,末二句已自包,卻又故作
重複,失檢樣愈見情多,非初盛唐人不肯爲此。”

其　　二

家臨九江水^[1]，來去九江側。同是長干人^[2]，生小不相識^[3]。

《崔顥詩注》

【校注】

[1]九江：此泛指江水。長江下游有諸多水流匯入，“九”蓋言其多，非今江西之九江。　　[2]長干：即長干里。古建康里名，在今江蘇南京南。《文選》左思《吳都賦》：“長干延屬，飛甍舛互。”李善注：“建鄴南五里有山崗，其間平地，民庶雜居，東長干中有大長干、小長干，皆相連。”《景定建康志》卷一六：“長干里在秦淮南……《實録》云：長干是里巷名，江東謂山隴之間曰干，建康南五里有山崗，其間平地，民庶雜居，有大長干、小長干、東長干，並是地里名。”　　[3]生小：從小。《古詩爲焦仲卿妻作》：“昔作女兒時，生小出野里。”生，一作“自”。

【集評】

（明）邢昉《唐風定》卷一九：“情思纏綿，聲辭逼古，真乃清商曲調之遺也。”

（清）管世銘《讀雪山房唐詩序例》：“讀崔顥《長干曲》，宛如艤舟江上，聽兒女子問答，此之謂天籟。”

俞陛雲《詩境淺説續編》：“第一首既問君家，更言妾處，……情網遂憑虛而下矣。第二首承上首同鄉之意，言生小同住長干，惜竹馬青梅，相逢恨晚。”

崔國輔

【作者簡介】

崔國輔（生卒年不詳），吳郡（今江蘇蘇州）人。開元十四年（726）進士及第，初授山陰尉，二十三年中牧宰科，授許昌令。天寶間任集賢院直學士、禮部員外郎，天寶十一載（752），貶竟陵司馬，與處士陸羽游。後行跡無考。崔國輔有詩名，曾與王昌齡、王之渙等人“聯唱疊和，名動一時”（白居易《故滁州刺史贈刑部尚書滎陽鄭公墓誌銘》）。今存詩四十餘首，樂府詩佔半數以上，唐殷璠評其樂府詩“婉

變清楚,深宜諷味,樂府數章,古人不及也”(《河岳英靈集》卷下)。《全唐詩》編爲
一卷。生平事蹟見元辛文房《唐才子傳》卷二。

從 軍 行

【題解】

　　《從軍行》爲樂府舊題,《樂府詩集》引《樂府解題》曰:“皆軍旅苦辛之
詞。”此詩描繪了唐軍夜間奇襲的場面,於刀光塞月中表現出行軍戰鬪的艱
苦和緊張,境像逼真。

　　塞北胡霜下[1],營州索兵救[2]。夜間偷道行,將軍馬亦瘦。刀光
照塞月,陣色明如畫。傳聞賊滿山,已共前鋒鬪。

《崔國輔詩注》

【校注】

[1]塞北:泛指長城以北地區。　　[2]營州:北魏太平真君五年(444)置,治所
在龍城,隋改爲柳城(今遼寧朝陽)。轄境相當於今遼寧大小凌河流域、六股河
流域、女兒河流域等地,其後範圍逐漸縮小。唐開元七年(719)置平盧節度使於
營州,至肅宗上元二年(761)屬奚。安禄山在營州時,曾屢次挑起邊釁,致使唐
與奚、契丹等少數民族之間戰爭不息。本篇所寫,或與此有關。

【集評】

　　(清)賀裳《載酒園詩話》:“一段踴躍之氣,勃勃言下。”

儲光羲

【作者簡介】

　　儲光羲(706？—762？)，潤州延陵(今江蘇丹陽)人。開元十四年(726)進士，仕宦不得意，二十一年前後辭官歸鄉，後隱居終南山，與王維、裴迪等交游。復爲太祝，遷監察御史。安史亂中被迫受僞職，亂平後貶謫嶺南，卒於貶所。詩多寫山水田園，長於五古。唐殷璠謂其"格高調逸，趣遠情深，削盡常言"(《河岳英靈集》卷下)，然質樸有餘，空靈不足，於山水派詩人中"遠遜王韋，次慚孟柳"(清李慈銘《越縵堂讀書記》)。有集已佚，《全唐詩》輯爲四卷。生平事蹟見元辛文房《唐才子傳》卷一。

釣 魚 灣

【題解】

　　此爲詩人組詩《雜詠五首》第四首。詩以清新靈動的筆法描繪了釣魚灣的明秀景色，結句點明候人之旨，妙趣橫生。釣魚灣，不詳所在。

　　垂釣綠灣春，春深杏花亂。潭清疑水淺，荷動知魚散。日暮待情人[1]，維舟綠楊岸[2]。

《全唐詩》卷一三六

【校注】

[1]情人：親密的友人。　　　[2]維舟：繫舟。

【集評】

　　(清)王夫之《唐詩評選》卷二："漣漪赴曲，晴色在眉。'日暮'二句忽入，自有條理。"

　　(清)沈德潛《唐詩別裁集》卷一："'待情人'，候同志也，見釣者意不在魚。"

錢　起

【作者簡介】

　　錢起(710？—782？)，字仲文，吴興(今浙江湖州)人。玄宗天寶十載(751)登進士第，授秘書省校書郎。肅宗乾元二年(759)任藍田尉。代宗大曆間歷祠部員外郎、司勳員外郎。德宗建中初任考功郎中，卒於任。有詩名，與盧綸、司空曙、韓翃等並稱“大曆十才子”，唐高仲武稱其詩“體格新奇，理致清贍”，並許爲“右丞(王維)没後，員外爲雄”(《中興間氣集》卷上)。今存《錢考功集》十卷。《舊唐書》卷一六八、《新唐書》卷二〇三有傳。

歸　雁

【題解】

　　詠北歸之雁，筆致空靈，不同於尋常詠物之詩。

　　瀟湘何事等閒迴，水碧沙明兩岸苔[1]？二十五絃彈夜月，不勝清怨卻飛來[2]。

《錢起詩集校注》卷九

【校注】

[1]“瀟湘”二句：爲問雁之辭。猶言瀟湘水碧沙明，兩岸多緑，爲何輕易北歸？

[2]“二十五絃”二句：爲雁之答辭。謂湘靈以二十五絃彈於明月之夜，不勝其哀怨，故而飛迴。二十五絃：指瑟。《史記·封禪書》：“或曰太帝使素女鼓五十弦瑟，悲，帝禁不止，故破其瑟爲二十五弦。”

【集評】

　　(清)黄叔燦《唐詩箋注》卷九：“意似有寄託，作問答法妙。”

　　俞陛雲《詩境淺説續編》：“作聞雁詩者，每言旅思鄉愁。此詩獨擅空靈之筆，殊耐循諷。”

省試湘靈鼓瑟

【題解】

此詩爲天寶十載(751)詩人應進士試的試卷,唐人稱爲試帖詩。試帖詩格式爲五言六韻(排律,即在五律中增加兩聯對語),限韻(以規定的某字爲韻)。省試,指由尚書省禮部主持的進士試。"湘靈鼓瑟"爲當年試題。湘靈即湘水之神,爲堯之女、舜之妃。《楚辭·遠遊》:"使湘靈鼓瑟兮,令海若舞馮夷。"試題由此而來。試帖詩不宜寫真性情,祇應就題面有所發揮和延伸。此詩藻飾華麗,對語精工,全篇渾成,末二句妙手偶得,境界高遠,享有盛譽。

善鼓雲和瑟,常聞帝子靈[1]。馮夷空自舞[2],楚客不堪聽[3]。苦調淒金石,清音入杳冥[4]。蒼梧來怨慕,白芷動芳馨[5]。流水傳瀟浦[6],悲風過洞庭。曲終人不見,江上數峰青[7]。

《錢起詩集校注》卷六

【校注】

[1]"善鼓"二句:因協律而倒置,意謂聽説堯帝之女善鼓雲和之瑟。雲和瑟:雲和山所出之琴瑟。《周禮·春官宗伯·大司樂》有"孤竹之管,雲和之琴瑟"之句,注云:"雲和,山名。"山具體所在,已不詳。帝子靈:指堯女娥皇、女英。
[2]馮(píng 憑)夷:傳説中河神名。　　[3]楚客:逐客、逐臣。此指屈原。《楚辭·九歌·湘夫人》:"帝子降兮北渚,目眇眇兮愁予。"　　[4]"苦調"二句:意謂瑟聲淒於金石之聲,樂聲播於天空。金石:指鐘磬一類樂器。杳冥:天空。入杳冥,一作"發杳冥";發杳冥謂瑟聲起於杳冥,亦通,但與帝子所在的瀟湘之浦不合。　　[5]"蒼梧"二句:意謂瑟聲淒苦,使蒼梧之山、芷草亦爲之感動。蒼梧:即九嶷山,在今湖南寧遠縣境,傳説舜帝南巡,崩於蒼梧之野。白芷(zhǐ 止):香草名。　　[6]瀟浦:一作"湘浦"。古籍中"瀟湘"一向連用,義同。　　[7]"曲終"二句:《舊唐書·錢徽傳》:"(錢)起能五言詩。初從鄉薦,寄家江湖,嘗於客舍月夜獨吟,遽聞人吟於庭曰:'曲終人不見,江上數峰青。'起愕然,攝衣視之,無所見矣。以爲鬼怪,而志其一十字。起就試之年,李暐所試《湘靈鼓瑟》詩題中有'青'字,起即以鬼謡十字爲落句,暐深嘉之,稱爲絶唱。"二句妙手偶得,確是神來之筆。所謂"鬼謡"云云,應是錢起自得之餘的託詞。

【集評】

　　（清）宋宗元《網師園唐詩箋》卷一八："曲與人與地，膠黏入妙。末二句遠韻悠然。"

杜　甫

【作者簡介】

　　杜甫（712—770），字子美，其先京兆（今陝西西安）杜陵人，後徙居襄陽（今湖北襄樊），曾祖依藝時，移居鞏縣（今河南鞏義）。祖父杜審言，則天時著名詩人。甫七歲即能詩，年十五出入東都洛陽翰墨場。開元中，先後漫游吳越、齊趙間，又曾應進士舉，不第。天寶五載（746）至長安，困居達十年之久，鬱鬱不得志，至十四載始授右衞率府胄曹參軍，旋即因安史之亂起，流離戰亂中。聞肅宗即位靈武，遂奔赴行在，拜左拾遺。乾元元年（758）六月，出爲華州司功參軍。次年七月棄官奔秦州，貧益甚，遂入蜀，於肅宗上元元年（760）抵成都。嚴武再鎮蜀，表爲節度參謀、檢校工部員外郎，後世因稱杜工部。代宗永泰元年（765）攜家出蜀，漂泊至湘中。大曆五年（770）病卒於湘水扁舟中。杜甫出身於"奉儒守官"的士大夫家庭，深受儒家忠君愛民思想的影響，並有積極用世的志向與遠大的政治抱負，但因處於唐王朝由盛轉衰的時代，身經世亂流離，仕宦失意，坎坷一生。這種遭遇使他能够深切體會並同情下層人民的痛苦，故其詩歌抒情寫懷，多能圍繞時代環境及人民疾苦展開，思想深厚，境界廣闊，有極强的現實性與鮮明的時代特色，後世因譽爲"詩史"。在詩歌藝術上，他廣泛地吸收了前代文學創作的經驗，融彙各家之長，兼採衆體而集其大成，形成了以"沉鬱頓挫"爲主的詩風。元稹曾評其特點曰："上薄風騷，下該沈宋，言奪蘇李，氣吞曹劉，掩顔謝之孤高，雜徐庾之流麗，盡得古今之體勢，而兼人人之所獨專矣。"（《唐故工部員外郎杜君墓係銘并序》）他的創作對後來的作家也産生了深遠的影響，中唐以後的詩人，大都得到其詩歌思想與藝術的沾溉。北宋時孫洙編有《杜工部集》六十卷，補遺一卷，已散佚。後世通行杜集爲宋人重編。《舊唐書》卷一九〇下、《新唐書》卷二〇一有傳。

望　嶽

【題解】

　　開元二十五年(737)前後,杜甫嘗漫游齊趙(今山東、河南、河北一帶),並往兗州(今屬山東)探視任州司馬的父親杜閑,詩約作於此時。這是杜甫現存詩中較早的一首。嶽,中國古代有五嶽之說,此指東嶽泰山,在今山東泰安境内。詩全從"望"處着筆,從不同方面描繪了泰山高峻、雄壯的氣勢以及作者決心攀登絶頂、俯覽一切的豪情。

　　岱宗夫如何[1],齊魯青未了[2]。造化鍾神秀,陰陽割昏曉[3]。盪胸生曾雲[4],決眥入歸鳥[5]。會當凌絶頂[6],一覽衆山小[7]。

《杜詩詳注》卷一

【校注】

[1]"岱宗"句:意謂岱宗究竟怎麽樣呢。是設問的口氣。岱宗:即泰山。古人以爲其居五嶽之長,爲諸山所宗,故稱。　　[2]"齊魯"句:謂泰山綿延長遠,其峰巒青蒼之色,直至齊魯之境,猶然未盡。齊魯:春秋時二國名,在今山東境内。二國以泰山爲界,泰山以北爲齊,南爲魯。未了:不盡。　　[3]"造化"二句:謂大自然賦予泰山以神奇與靈秀,其高峻的山勢,使山南北兩邊明暗迥然不同,猶若清晝與黃昏。造化:即大自然。鍾:集中、聚集。陰陽:山南爲陽,北爲陰。割昏曉:猶言判若黃昏與清晝。割,意即分割。　　[4]"盪胸"句:意謂望見山上層雲疊生,如在心頭蕩滌,使人心胸頓爲之開豁。曾:同"層"。　　[5]決眥(zì 自):猶言睜裂眼眶,是睜大眼睛的誇張説法。決,裂開。眥,眼眶。入歸鳥:鳥歸向山,目隨鳥盡。入,謂收入、看到。　　[6]會當:唐人口語,猶言"終當"、"定要"。　　[7]"一覽"句:語本《孟子·盡心上》:"孔子登東山而小魯,登泰山而小天下。"

【集評】

　　(清)浦起龍《讀杜心解》卷一:"公《望嶽》詩凡三首,此望東嶽也。越境連綿,蒼峰不斷,寫嶽勢只'青未了'三字,勝人千百矣。'鍾神秀',在嶽勢前推出;'割昏曉',就嶽勢上顯出。'盪胸'、'決眥',明逗'望'字。末聯則以將來之凌眺,剔現在之遙觀,是透過一層收也……杜子心胸氣魄,於斯可觀。取爲壓卷,屹然作鎮。"

　　(清)施補華《峴傭説詩》:"《望嶽》一題,若入他人手,不知作多少語,少陵衹以四韻了之,彌見簡勁。'齊魯青未了'五字,囊括數千里,可謂雄闊。"

兵 車 行

【題解】

　　這是一首反對唐王朝統治者發動黷武戰爭,同情人民遭受行役之苦的詩。關於此詩的背景,歷來有用兵吐蕃與進攻南詔二說。明單復曰:"此爲明皇用兵吐蕃而作,故託漢武以諷,其辭可哀也。先言人哭,後言鬼哭,中言内郡凋弊,民不聊生,此安史之亂所由起也。"(《杜詩詳注》卷二引)清錢謙益曰:"天寶十載,鮮于仲通討南詔蠻,士卒死者六萬。楊國忠掩其敗狀,反以捷聞。制大募兩京及河南、北兵,以擊南詔。人聞雲南瘴癘,士卒未戰而死者十八九,莫肯應募。國忠遣御史分道捕人,連枷送軍所。於是行者愁怨,父母妻子送之,所在哭聲震野。此詩序南征之苦,設爲役夫問答之詞……是時國忠方貴盛,或未敢斥言之。雜舉河隴之事錯互其詞,若不爲南詔而發者,此作者之深意也。"(《錢注杜詩》卷一)兩說與詩中的具體描寫各有相合處,皆可通。按,唐天寶中對外屢興戰爭,徵調頻繁,詩中所寫,可能概括了當時社會現實中諸多事實,若不拘泥於某一具體戰爭,或更見其深刻意義。"行",樂府體裁之一。《兵車行》是杜甫根據其詩的内容創製的一種新題樂府。這類自創新題之作是他學習樂府詩而獨見創造性處,元稹曾概括其特點是"即事名篇,無復依傍"(《元氏長慶集》卷二十三《樂府古題序》)。

　　車轔轔[1],馬蕭蕭[2],行人弓箭各在腰[3]。耶孃妻子走相送[4],塵埃不見咸陽橋[5]。牽衣頓足攔道哭[6],哭聲直上干雲霄[7]。道旁過者問行人,行人但云點行頻[8]。或從十五北防河[9],便至四十西營田[10]。去時里正與裹頭[11],歸來頭白還戍邊[12]。邊庭流血成海水,武皇開邊意未已[13]。君不聞,漢家山東二百州,千村萬落生荆杞[14]。縱有健婦把鋤犁,禾生隴畝無東西[15]。況復秦兵耐苦戰[16],被驅不異犬與雞。長者雖有問[17],役夫敢伸恨[18]?且如今年冬,未休關西卒[19]。縣官急索租[20],租稅從何出?信知生男惡,反是生女好。生女猶得嫁比鄰,生男埋没隨百草[21]。君不見,青海頭,古來白骨無人收[22]。新鬼煩怨舊鬼哭,天陰雨濕聲啾啾[23]。

【校注】

[1]轔轔:衆車之聲。《詩·秦風·車鄰》:"有車鄰鄰。"鄰,同"轔"。　　　[2]蕭蕭:馬鳴聲。《詩·小雅·車攻》:"蕭蕭馬鳴。"　　　[3]行人:行役之人,即從軍出征者。　　　[4]耶孃:即父母。　　　[5]咸陽橋:漢名便橋,唐時名咸陽橋,架渭水上,在今陝西咸陽西南,漢武帝造。　　　[6]攔:一作"橋"。"攔"字見送行者因生離死別而悲傷之强烈,作"攔"字是。　　　[7]干:衝犯。　　　[8]點行頻:猶言頻繁地徵調。點行,按登記在册的壯丁來抽調。自"但云"以下,皆行人答詞。

[9]十五:指士卒之年齡。下句"四十"同。北防河:《資治通鑑》卷二一三載:"(開元十五年)十二月,戊寅,制以吐蕃爲邊患,令隴右道及諸軍團兵五萬六千人,河西道及諸軍團兵四萬人,又徵關中兵萬人集臨洮,朔方兵萬人集會州防秋,至冬初,無寇而罷;伺虜入寇,互出兵腹背擊之。"是時吐蕃侵擾河右,會兵備禦,即所謂防河。　　　[10]營田:即漢以來所實行的屯田制。唐時士卒戍邊,兼事耕種,稱營田。《新唐書·食貨志三》:"唐開軍府以捍要衝,因隙地置營田,天下屯總九百九十二……有警,則以兵若夫千人助收。"　　　[11]里正:唐制,百户爲一里,里置正一人,掌户口、課税等事。見唐杜佑《通典·食貨三》。與裹頭:替他裹頭。古以皂羅三尺裹頭,曰頭巾。因被徵調者年齡尚小,故里正代爲裹頭。　　　[12]還:一作"猶"。義同。　　　[13]"邊庭"二句:玄宗天寶中,對外屢有邊釁,戍卒多有傷亡。明王嗣奭《杜臆》卷一云:"按《唐鑒》:天寶六載,帝欲使王忠嗣攻吐蕃石城堡城,忠嗣上言:'石城堡險固,吐蕃舉國守之,非殺數萬人不能克,恐所得不如所亡,不如俟釁取之。'帝不快。將軍董延光自請取石堡,帝命忠嗣分兵助之;忠嗣奉詔而不盡副延光所欲,蓋以愛士卒之故。延光過期不克。八載,帝使哥舒翰攻石堡,拔之,士卒死者數萬,果如忠嗣之言。故有'邊城流血'等語。"可爲參考。邊庭:一作"邊亭"。"邊庭"指邊地,"邊亭"指邊地之亭,義不及"邊庭"勝。武皇:漢武帝,此借指唐玄宗。唐人詩中,類多以漢代唐,稱明皇爲武皇。武,一作"我",作"我"字似失於直。意未已:猶言其心未厭。　　　[14]"山東"二句:山東:指華山以東。二百州:《十道四蕃志》載:"關以東七道,凡二百一十七州。"(見《杜詩詳注》卷二引)此處云"二百州",蓋取其成數。詩中實際指除關中以外的所有地區。荆杞:野生灌木。此指田園荒蕪的景象。　　　[15]無東西:指莊稼長得雜亂不整,不成行列。

[16]秦兵:指關中之兵。　　　[17]長者:對年長者的尊稱,即上文"道旁過者"。

[18]役夫:行役者自稱。敢:猶言"豈敢"、"哪敢"。　　　[19]"且如"二句:役夫不敢訴説内心的憤恨,但又忍不住其怨苦,因舉眼前事以爲例證。且如:就如。今年冬:指天寶九載(750)冬。《資治通鑑》卷二一六:"(天寶九載十二月)關西游奕使王難得,擊吐蕃,克五橋。拔樹敦城,以難得爲白水軍使。"下句"未

休關西卒”即指此。一説,指天寶十載(751)冬,蓋因去冬徵兵,今冬又徵,故下句有“未休”之語。關西卒:即上文中的“秦兵”。關,一作“隴”。上言秦兵,自當以“關”爲是。　　[20]縣官:指國家、朝廷。《漢書·食貨志上》:“貴粟之道,在於使民以粟爲賞罰。今募天下入粟縣官,得以拜爵,得以除罪。”　　[21]“信知”四句:寫戰爭帶來了爲父母者心態的變化。秦築長城,死者遍野,當時民諺云:“生男慎莫舉,生女哺用餔。不見長城下,屍骸相支拄。”(見《樂府詩集》卷三八引楊泉《物理論》)杜甫這裏化用其意,意謂現在才知道確實是這樣。信知:確知。比鄰:猶近鄰。男:一作“兒”,義同,此處杜甫化用民諺,當以“男”爲是。　　　　[22]“君不見”三句:唐與吐蕃之戰,經常發生於青海邊,故云。青海周圍八九百里,原爲吐谷渾所有,高宗龍朔三年(663)爲吐蕃所併。高宗儀鳳中,李敬玄與吐蕃戰,敗於青海。玄宗開元中,王君㚟、張景順、張忠亮、崔希逸、皇甫惟明、王忠嗣等先後破吐蕃,皆在青海西。至天寶中,哥舒翰築神威軍於青海上,又築城龍駒島,吐蕃始不敢近青海。　　[23]啾啾:猶唧唧。嗚咽之聲。

【集評】

(清)何焯《義門讀書記》卷五一:“篇中逐層相接,纍纍貫珠。弊中國以邀邊功,農桑廢而賦歛益急,不待禄山作逆,山東已有土崩之勢矣。況畿輔根本亦空虛如是,一朝有事,誰與守耶? 借漢以喻唐,借山東以切關西,尤得體。”

(清)沈德潛《唐詩別裁集》卷六:“以人哭始,以鬼哭終,照應在有意無意。詩爲明皇用兵吐蕃而作,設爲問答。音節節奏,純從古樂府得來。”

(清)浦起龍《讀杜心解》卷二:“是爲樂府創體,實乃樂府正宗。”

麗　人　行

【題解】

天寶初,玄宗册封楊玉環爲貴妃,備極寵愛,楊氏兄妹也因之富貴。十一載(752)十一月楊國忠任右丞相,諸楊之貴盛至於極點。詩當作於十二載春。從長安貴婦曲江春游寫起,着重描繪楊氏兄妹的游春情景,對他們奢侈淫逸的生活、恃寵擅權的跋扈都做了深刻的揭露與諷刺,從一個側面反映了當時社會政治的腐敗。與《兵車行》一樣,此篇也是杜甫創製的新題樂府詩。

三月三日天氣新[1],長安水邊多麗人[2]。態濃意遠淑且真^[3]，肌理細膩骨肉勻^[4]。繡羅衣裳照莫春，蹙金孔雀銀麒麟^[5]。頭上何所有？翠爲匋葉垂鬢脣^[6]。背後何所見？珠壓腰衱穩稱身^[7]。就中雲幕椒房親^[8]，賜名大國虢與秦^[9]。紫駝之峰出翠釜，水精之盤行素鱗^[10]。犀箸厭飫久未下，鸞刀縷切空紛綸^[11]。黄門飛鞚不動塵，御廚絡繹送八珍^[12]。簫管哀吟感鬼神^[13]，賓從雜遝實要津^[14]。後來鞍馬何逡巡？當軒下馬入錦茵^[15]。楊花雪落覆白蘋，青鳥飛去銜紅巾^[16]。炙手可熱勢絶倫^[17]，慎莫近前丞相瞋^[18]。

《杜詩詳注》卷二

【校注】

[1]三月三日：上巳日。漢以前以農曆三月上旬巳日爲"上巳"，魏以後定爲三月三日，不再用上巳，俗以此日臨水邊祓除不祥（見《晉書·禮志下》）。　[2]長安水邊：指曲江。曲江在長安城東南，是著名的風景區所在。唐康駢《劇談録》卷下："曲江池本秦時隑州，唐開元中疏鑿，遂爲盛境。南有紫雲樓、芙蓉苑；其西有杏園、慈恩寺。花卉環周，煙水明媚。"唐時長安士女上巳日多至曲江游賞。宋趙次公曰："晉宋諸人侍宴曲水，皆以三月三日爲題。唐開元中，都人游賞於曲江，莫盛於中和、上巳節。此三月三日所以水邊多麗人也。"（《分門集注杜工部詩》卷三）麗人：泛指貴族婦女。　[3]"態濃"句：謂麗人姿色濃艷、神態端莊高貴。淑且真：姿態嫻靜而又自然。　[4]"肌理"句：謂麗人肌膚細膩、身材勻稱。[5]"繡羅"二句：謂麗人所穿的繡羅衣，上面有用金線繡成的孔雀、用銀線繡成的麒麟圖案，其光彩與暮春的景色交相輝映。繡：一作"畫"。莫：同"暮"。蹙：刺繡的一種方法。　[6]翠爲匋（è 惡）葉：用翡翠製成的婦女髮上的裝飾物。鬢脣：鬢邊。　[7]"背後"二句：謂綴着珠玉的裙帶與麗人的腰身恰相般配，非常合體。背：一作"身"。"身"則純客觀描述，"背"乃"麗人"已去遠望所見，見麗人富貴不可逼近之態，較"身"更有意味。珠壓腰衱：綴珠於衣襟，壓而使下垂。衱（jié 潔），衣後襟。一作"襟"，又作"衼"。"襟"謂衣裙帶，"衼"言體形，詩所寫乃背後所見，又與上句"頭上所有"相應，當以"衱"爲是。　[8]就中：其中。雲幕椒房親：指楊貴妃之姊韓、虢、秦諸夫人。雲幕，像雲霧一樣的帳幕。椒房親，皇后親屬。椒房，漢未央宮有椒房殿，以椒和泥塗壁，取其芳馨。後用以代指后妃。　[9]賜名：賜予封號。虢與秦：虢國夫人與秦國夫人。《舊唐書·楊貴妃傳》："（貴妃）有姊三人，皆有才貌，玄宗並封國夫人之號：長曰大姨，封韓國；三姨，封虢國；八姨，封秦國。並

承恩澤,出入宮掖,勢傾天下。"此處因字數所限,乃舉二以概三。　　[10]"紫駝"二句:寫楊氏姊妹食饌之精美。紫駝之峰:即駝峰。唐貴族食品中有駝峰炙,爲珍貴食品。峰,一作"珍"。翠釜:翠色炊具。水精:即水晶。素鱗:指銀白色的魚。
[11]"犀筋"二句:謂食物雖極精美,但楊氏姐妹早已吃膩,毫無食欲,所以廚師白白忙亂。犀筋:用犀牛角製成的筋(筷子)。厭飫:飽。此處猶言吃膩了。厭,同"饜"。鸞刀:飾有鈴的刀。縷切:細切。空紛綸:白白地忙亂。紛綸,形容廚房刀砧聲音之紛亂。　　[12]"黃門"二句:謂皇帝又派黃門不斷從御廚送來許多精美食品。黃門:即宦官。飛鞚:駕着快馬。鞚,馬籠頭。絡繹:一作"絲絡",義同。八珍:八種珍異名饌。此代指多種名貴菜肴。　　[13]管:一作"鼓"。二者俱以樂器代音樂,然後接以"哀吟",當以"管"字佳。　　[14]"賓從"句:謂衆多賓客隨從佔據了曲江要道。雜遝(tà 踏):多而雜亂。雜,一作"合"。"合"言衆人之彙集,"雜"則見衆色人等之紛亂,曲江游春,麗人賓從相混,迤邐而行,當以"雜遝"爲善。要津:交通要道。　　[15]"後來"二句:寫楊國忠的到來。逡巡:徐行貌,此處有大模大樣、旁若無人的意思。軒:一作"道"。"軒"即貴妃姊妹所乘坐的軒車,"當軒下馬",可見楊國忠之驕逸,且見諸楊關係之曖昧,作"軒"是。錦茵:鋪在地上的錦毯。　　[16]"楊花"二句:借眼前景物託興,語意雙關,對楊氏兄妹間曖昧關係暗含譏刺。白蘋:植物名,生淺水中。宋陸佃《埤雅》卷一六:"楊花入水化爲浮萍。"(蘋爲萍中較大一種),則白蘋與楊花爲同源,楊花又寓楊氏之姓。"楊花覆白蘋"是對楊氏兄妹間曖昧關係之暗示。又,北魏胡太后與楊白花私通,白花懼禍南奔,改名楊華("華"、"花"通),太后思念,作《楊白花歌》,有"秋去春還雙燕子,願銜楊花入窠裏"之句。這裏可能也暗用了這一與楊姓有關的淫穢典故以加強暗示作用。青鳥:傳爲西王母使者。後多指男女間傳遞消息者。紅巾:女子所用飾物,亦常作定情物用。"青鳥銜紅巾",也是對楊氏兄妹不正常關係的暗示。
[17]炙手可熱:謂權高勢崇,氣焰灼人。勢絶倫:權勢無人可比。　　[18]近:一作"向"。"近"、"向"俱自第三者言,"近"無意,"向"有意,"近"更見國忠之驕橫。瞋(chēn 琛):同"嗔",發怒。

【集評】

(宋)許顗《彦周詩話》:"老杜作《麗人行》云'賜名大國虢與秦',其卒曰'慎勿近前丞相嗔'!虢國、秦國何預國忠事,而近前即嗔耶? 東坡言'老杜似司馬遷',蓋深知之。"

(清)沈德潛《唐詩別裁集》卷六:"極言姿態服飾之美,飲食音樂賓從之盛,微指椒房,直言丞相,大意本《君子偕老》之詩,而風刺意較顯。"

　　(清)浦起龍《讀杜心解》卷二:"無一刺譏語,描摹處,語語刺譏。無一慨歎聲,點逗處,聲聲慨歎。"

後 出 塞
其　二

【題解】

　　《出塞》、《入塞》是漢樂府橫吹曲舊題(見《樂府詩集》卷二一《橫吹曲辭·漢橫吹曲》)。杜甫先有《出塞》一組九首,後又寫《出塞》一組五首,加"前"和"後"以示區別。《後出塞》五首作於玄宗天寶十四載(755),時范陽、平盧、河東三鎮節度使安禄山欲以邊功市寵,連攻略奚、契丹,並藉以壯大實力,圖謀叛亂,詩當緣此而作。組詩以一個征夫的口吻,從其出征開赴戰地寫起,至主將位崇氣驕、叛相顯露,自己因而避禍逃歸爲止,對當時現實作了反映。本篇原列第二,敍述征夫在行軍途中情景。

　　朝進東門營,暮上河陽橋[1]。落日照大旗,馬鳴風蕭蕭[2]。平沙列萬幕,部伍各見招[3]。中天懸明月,令嚴夜寂寥。悲笳數聲動,壯士慘不驕[4]。借問大將誰,恐是霍嫖姚[5]。

《杜詩詳注》卷四

【校注】

[1]"朝進"二句:寫從軍入伍的地點以及出發經行途徑。東門:即洛陽東門,稱上東門。當時徵集士兵的軍營在此,故詩中云"東門營"。門營,一作"營門"。河陽橋:在孟津(今河南孟州),爲跨黃河的浮橋,晉杜預造。　　[2]"馬鳴"句:《詩·小雅·車攻》:"蕭蕭馬鳴,悠悠斾旌。"此化用其語。　　[3]部伍:部曲行伍。各見招:各自召集其部屬。　　[4]"悲笳"二句:寫宿營時夜間氣氛。笳:胡笳。一種少數民族管樂器。此處所寫悲笳,是部隊靜營之號令。　　[5]大將:指招募統領這支軍隊的主將。霍嫖姚:即霍去病。漢武帝時曾爲嫖姚校尉,隨大將軍衛青出塞,爲漢代名將,這裏以之比擬"大將"。

【集評】

　　(宋)許顗《彦周詩話》:"詩有力量,猶如弓之鬭力,其未挽時,不知其難也。及其挽之,力不及處,分寸不可强。若《出塞曲》云:'落日照大旗,馬鳴風蕭蕭。鳴笳三四發,壯士慘不驕'……此等力量,不容他人到。"

　　(清)賀裳《載酒園詩話又編》:"'朝進東門營,暮上河陽橋。落日照大旗,馬鳴風蕭蕭',軍前風景如畫。'平沙列萬幕,部伍各見招',二句猶妙。凡勇士所之,無不欲收爲已用者,此語直傳其神。'中天懸明月,令嚴夜寂寥','寂寥'妙甚,深見軍中紀律自肅。'悲笳數聲動,壯士慘不驕。借問大將誰,恐是霍嫖姚',古來名將甚多,而獨舉霍氏。史稱去病'士卒乏食,而後軍餘粱肉',殊帶怵惕意,卻妙在一'恐'字,語意甚圓。"

自京赴奉先縣詠懷五百字

【題解】

　　玄宗天寶十四載(755)十一月,杜甫在客居長安近十年後授右衛率府冑曹參軍,因抽暇赴奉先縣(今陝西蒲城)探望寄居在那裏的妻小。此詩爲詩人抵家以後作。全詩從"自比稷契"的抱負志向寫起,歷敍探家途中及到家後的見聞、遭遇與感想,對當時統治集團政治之腐敗、聚斂之苛虐、社會之貧富不均以及詩人對當時國家形勢之殷憂,都有深刻反映,不僅展示了安史之亂前夕唐王朝危機四伏的社會面貌,而且也體現了詩人敏銳的政治洞察力。詩雖以紀行爲主,實則紀行所以言志,故以"詠懷"爲題。在寫法上,詩人將敍事、抒情、說理三者有機結合,從而大大地突破了前人"詠懷"的體制,具有波瀾起伏、恢弘壯闊的史詩特點。

　　杜陵有布衣[1],老大意轉拙[2]。許身一何愚[3],竊比稷與契[4]。居然成濩落[5],白首甘契闊[6]。蓋棺事則已,此志常覬豁[7]。窮年憂黎元[8],歎息腸内熱。取笑同學翁,浩歌彌激烈[9]。非無江海志,蕭灑送日月。生逢堯舜君,不忍便永訣[10]。當今廊廟具,構廈豈云缺[11]?葵藿傾太陽,物性固莫奪[12]。顧惟螻蟻輩[13],但自求其穴。胡爲慕大鯨,輒擬偃溟渤[14]?以兹悟生理,獨恥事干謁[15]。兀兀遂至今[16],忍爲塵埃没。終愧巢與由,未能易其節[17]。沉飲聊自遣[18],放歌破愁絶[19]。歲暮百草零,疾風高岡裂。天衢陰崢嶸[20],客子中夜發[21]。霜嚴衣帶斷,指直不能結。凌晨過驪山[22],御榻在嵽嵲[23]。蚩尤塞寒空[24],蹴踏崖谷滑。瑤池氣鬱律[25],羽林相摩戛[26]。君臣留歡娛[27],樂動殷膠葛[28]。賜浴皆長纓,與宴非短褃[29]。彤庭所分帛,本自寒女出。鞭撻其夫家,聚斂貢城闕[30]。聖人筐篚恩,實願邦國活。臣如忽至理,君豈棄此物[31]?多士盈朝廷,仁者宜戰慄[32]。況聞内金盤,盡在衛霍室[33]。中堂舞神仙,煙霧蒙玉質[34]。煖客貂鼠裘[35],悲管逐清瑟[36]。勸客駝蹄羹,霜橙壓香橘[37]。朱門酒肉臭,路有凍死骨。榮枯咫尺異,惆悵難再述[38]。北轅就涇渭[39],官渡又改轍[40]。群水從西下,極目高崒兀[41]。疑是崆峒來,恐觸天柱折[42]。河梁幸未拆,枝撐聲窸窣[43]。行李相攀援[44],川廣不可越。老妻寄異縣[45],十口隔風雪。誰能久不顧?庶往共飢渴[46]。入門聞號咷,幼子餓已卒。吾寧捨一哀,里巷亦鳴咽[47]。所愧爲人父,無食致夭折。豈知秋禾登,貧窶有倉卒[48]。生常免租稅,名不隸征伐[49]。撫跡猶酸辛,平人固騷屑[50]。默思失業徒[51],因念遠戍卒[52]。憂端齊終南[53],澒洞不可掇[54]。

《杜詩詳注》卷四

【校注】

[1]杜陵布衣:杜甫自稱。杜陵,地名,在長安東南,古爲杜伯國,秦爲杜縣,漢時因宣帝陵墓在此,故稱杜陵。其東南爲宣帝許后葬地,稱少陵。杜甫遠祖爲杜陵人,在長安時又曾在杜陵一帶居住過,故自稱杜陵布衣、杜陵野老、杜少陵。布衣,平民。古時平民不能衣錦繡,故稱布衣。　　[2]"老大"句:謂自己年齡越大,反而愈加迂拙。這是杜甫含憤激情緒的反話。老大:杜甫時年四十四歲,功名未遂,故云。拙:笨拙。此指不願投機取巧、隨波逐流。　　[3]許身:即自我期許。愚:一作"過",據上下詩句意,作"愚"義勝。　　[4]"竊比"句:私下裏把自己比做稷與契。竊:謙詞。稷、契:上古時期的兩位賢臣。稷,周的祖先,舜時爲農事之官,教民播種五穀;契,商的祖先,舜時佐禹治水有功,任爲司徒,推行教化。杜甫竊比上古兩位賢臣,期許高遠,故自謂"愚"、"拙"。　　[5]居然:竟然。濩落:即瓠落,大而無當之意。《莊子·逍遙遊》:"魏王貽我大瓠之種,我樹之成而實五石,以盛水漿,其堅不能自舉也;剖之以爲瓢,則瓠落無所容。"陸德明《釋文》:"簡文云:'瓠落'猶'廓落'也。"　　[6]甘:一作"苦"。"甘"字見杜甫執着品格,較"苦"義勝。契闊:勤苦。《詩·邶風·擊鼓》:"死生契闊,與子成說。"《毛傳》:"契闊,勤苦也。"　　[7]"蓋棺"二句:意謂祇要活着,就不會放棄自己的這種志向。蓋棺:謂死;"蓋棺事則已"猶言死而後已。覬:希望。豁:達到。　　[8]窮年:終年,一年到頭。黎元:百姓。　　[9]"取笑"二句:謂自己的志向,雖爲同學輩所譏笑,但

自己表達感情的歌唱卻更慷慨激昂。翁:對年長者的尊稱,這裏有反諷意。彌:更加。　[10]“非無”四句:意謂自己並非没有歸隱江湖、蕭灑度日的志趣,但遭逢像上古堯舜一般的賢君,實在是捨不得和他訣别。江海志:放浪江海之上的願望,也即歸隱之志。堯舜君:指玄宗。玄宗前期曾勵精圖治,頗有作爲,晚年耽於逸樂,漸趨荒怠。杜甫青壯年是在開元時期度過的,對當時盛世的局面印象頗深,此詩雖寫於天寶末,但大亂尚未爆發,故對玄宗還有好感。　[11]“當今”二句:意謂當今朝廷百官皆棟梁之材,治理國家難道缺少我這塊材料?廊廟:朝廷的建築物,此代指朝廷。構廈:修建大屋,此指治理國家。　[12]“葵藿”二句:言自己忠君愛國,本於天性,不可改變。葵藿:兩種蔬菜。葵,即冬葵。《詩・豳風・七月》:“七月亨(烹)葵及菽。”藿,豆葉,嫩葉可食。葵、藿性向日,古人用以比喻下對上赤心趨向。《淮南子・説林訓》:“聖人之於道,猶葵之與日也,雖不能與終始哉,其鄉之誠也。”高誘注:“鄉,仰。誠,實。”魏曹植《求通親親表》:“若葵藿之傾葉,太陽雖不爲迴光,然終向之者,誠也。”一説葵向日而藿不向日,此處葵藿連舉,是複詞偏義,單取“葵”而言。莫:原作“難”,校云:“一作莫。”此從一作。奪:改變。　[13]螻蟻輩:喻指那些目光短淺、營求自謀的小人。螻,螻蛄。蟻,螞蟻。[14]“胡爲”二句:以“輒擬偃溟渤”來表現與上句的“但自求其穴”不同的另一種追求。意謂自己每每希望像大鯨游息大海一樣,做一番大事業。此處以反問語氣出之,則是一種感慨。偃:游息。溟渤:即滄海。海水溟溟無涯,故稱。　[15]“以兹”二句:謂自己因此懂得了生活的道理,所以對干謁奔走權貴之門,便深以爲恥。悟:一作“惧”。按,下句“獨恥事干謁”,有因反省而對當年干謁的愧悔意,當以“悟”爲是。　[16]兀兀:猶“矻矻”,勤苦貌。　[17]“終愧”二句:謂自己最終還是未能改變原來(許身稷契)的操守,去效法古代的高士巢父、許由而隱遁避世,所以對他們不免感到慚愧。巢:巢父。由:許由。二人俱爲堯時隱士,相傳堯曾讓位於二人,皆不受。　[18]聊自遣:姑且自我消遣。遣,一作“適”,亦通。[19]破愁絶:破除自己的憂愁。破,一作“顧”,作“破”見頓挫意,較“顧”義勝。愁絶,猶愁極。　[20]天衢:天街。這裏借指長安。崢嶸:本意狀山高峻貌,此處形容天空黑雲密佈,重疊如山。　[21]客子:杜甫自指。中夜:半夜。[22]驪山:山名,在長安東六十里,今西安臨潼境内。山有温泉,唐華清宫在其上。[23]“御榻”句:玄宗與楊貴妃每年十月移居華清宫避寒,杜甫此次路經驪山,玄宗與楊貴妃正居山上宫中。御榻:皇帝的牀榻,這裏代指皇帝。嵽(dié 迭)嵲(niè 聶):山高峻貌。此指驪山。　[24]蚩尤:傳説中上古部落酋長,與黃帝作戰時,興大霧。後以之爲霧的代稱。一説,天上有赤氣出,如匹練帛,稱之爲蚩尤旗,乃兵亂之兆。　[25]瑶池:神話傳説中周穆王與西王母宴會之所,此處借指驪山溫泉。鬱律:暖氣蒸騰貌。　　[26]羽林:即羽林軍,是保衛皇帝宮禁的近衛軍。羽林軍之設始於漢,取"爲國羽翼如林之盛"之意;唐亦置左右羽林軍,爲侍衛皇帝的禁軍。參見《漢書·百官公卿表上》及《新唐書·兵志》。摩戛:猶摩擦。此處指武器互相撞擊,形容羽林人數之多。　　[27]君臣:一作"聖君"。"君臣"與下之"賜浴"等語有照應,作"君臣"是。　　[28]"樂動"句:言音樂聲奏起,傳播很遠,充塞天地之間。殷:盛大,引申爲充塞。膠葛:曠遠貌。此指廣闊的天空。[29]"賜浴"二句:謂受到皇帝恩賜到溫泉沐浴與參與宴會的都是一些權貴,絕無身着粗布衣服的平民。長纓:貴官的服飾,此代指權貴。短褐:粗布短衣,代指平民。短褐:一作"裋(shù 樹)褐",二者義近,俱可通。　　[30]"彤庭"四句:《資治通鑑》卷二一六:"天寶八載二月,引百官觀左藏,賜帛有差。是時州縣殷富,倉庫積粟帛,動以萬計。楊釗(國忠)奏請所在糶變爲輕貨,及徵丁租地稅皆變布帛輸京師。屢奏帑藏充牣,古今罕儔,故上帥群臣觀之,賜釗紫衣金魚以賞之。上以國用豐衍,故視金帛如糞壤,賞賜貴寵之家,無有限極。"詩中所云,可與史載相資鑒。彤庭:即朝廷。彤,紅色。朝廷建築多以紅色爲飾。聚歛:意即搜刮。城闕:指京城。　　[31]"聖人"四句:意謂皇帝之所以如此賞賜大臣,無非是希望他們能够盡忠效力,使國家至於隆盛,如果做大臣的不懂得這一至關重要的道理,那麼皇帝豈不是將這些賞賜物白白地丟掉了? 聖人:指皇帝,唐人習稱天子爲聖人。筐篚恩:賞賜大臣的恩惠。筐篚,竹器。方爲筐,圓爲篚。皇帝賜宴時,以筐篚盛幣帛賞賜大臣,以示恩寵。至理:即"實願邦國活"的道理。　　[32]多士:指朝廷百官。仁者:此指官員中有良心者。　　[33]内金盤:皇帝内府的金盤。内,内府、大内,對皇帝宮禁的稱呼。衛霍:指漢代衛青、霍去病,他們都是漢朝的外戚。衛青姐姐衛子夫受到漢武帝的寵幸,被立爲皇后;霍去病是衛青另一姐姐少兒之子。這裏藉指楊貴妃的哥哥楊國忠及其姐妹親屬。　　[34]"中堂"二句:寫宴會歌舞之盛。神仙:唐人習稱美艷的女性爲神仙,這裏指歌兒舞女。煙霧:形容其衣服之輕飄。玉質:指歌伎肌膚潔白如玉。　　[35]煖客:即暖客。煖,同"暖",此處做動詞用。　　[36]"悲管"句:管指管樂,瑟代絃樂,"悲"、"清"形容管、絃樂之動聽,管瑟相逐,謂二者之合奏。一說,管樂音悲,瑟樂音清,故云"悲管逐清瑟"。　　[37]"勸客"二句:寫飲食之珍異。駝蹄羹:用駝蹄肉做的羹湯。橙、橘俱爲南方所出產,北方冬天尤不易得。以上所列舉的都是極珍貴的食品,以見宴會之豪奢。　　[38]"榮枯"二句:承上"朱門酒肉臭,路有凍死骨"兩句,意謂一牆之隔,其苦樂相去如此之大,真讓人感慨萬端無法再說下去。　　[39]北轅:車轅北向,也即向北行走。涇渭:涇水、渭水。涇水發源於今寧夏境内六盤山東麓,東南流經甘肅,至陝西高陵境内入渭水。渭水發源於甘肅渭源境内鳥鼠山,東流入陝西,横貫渭河平原,至潼關入黄河。　　[40]"官渡"句:謂渡口又改换了地方。官渡:官府所設立的渡口。改轍:改道。河邊津渡常因水勢變化而遷徙,杜甫至涇渭合流處,渡口已變了地方。　　[41]崒(zú 足)兀:高聳貌。此處形容水勢之大。　　[42]"疑是"二句:寫水勢洶湧奔流的景象。因涇、渭二水俱自隴西流下,所以疑其來自崆峒山;又因水流迅猛,故而感到天柱似乎也要被衝斷了。崆峒:山名,在今甘肅岷縣。天柱折:古代神話傳説,共工與顓頊争爲帝,怒而觸不周山,將支撑天的柱子都弄斷了。見《列子・湯問》。這裏喻水勢。　　[43]"河梁"二句:因河水洶湧,官渡改移,祇好改從橋上經過,幸而橋梁還没有被拆掉,祇是橋柱支撑處不斷發出摇動的聲響。枝撑:橋柱的交木。窸窣:像聲詞。[44]行李:行人。李,一作"旅"。義同。　　[45]寄:客居。異縣:指奉先縣(今陝西蒲城)。　　[46]"庶往"句:謂希望和妻兒一起過苦日子。庶:希望。[47]"吾寧"二句:謂幼子餓死,連鄰居都爲之嗚咽流涕,我這個做父親的又豈能忍住不痛哭?　　[48]"豈知"二句:謂今年秋收之後,糧食本不該缺乏,哪知貧窮人家還是不免出現如此意外之事。禾:一作"未",作"禾"見賦斂之苛急,較"未"義長。登:穀物成熟。貧窶(jù 劇):貧窮的人。　　[49]"生常"二句:唐前期實行租庸調與府兵制,規定官僚家庭享有免租税與免兵役的特權。杜甫也屬享受這種特權者,故云。常:一作"當",疑形近而訛。　　[50]"撫跡"二句:意謂自己是個小官尚且這樣,那麽一般平民生活的痛苦不安就更不用説了。撫跡:猶撫事,即反復思量自己家的遭遇。平人:即平民。唐人避李世民諱,以"民"爲"人"。騷屑:本指風聲,此指動摇不安貌。　　[51]失業徒:指由於失去産業而不能從事生産的農民。唐前期實行均田制,男丁十八歲以上給田百畝,二十畝爲永業田,可以由繼承人繼承。開元末,因大地主土地兼併,均田制破壞,大量農民失去土地,成爲失業者。業,指田産。徒,一作"途","途"於義不順,當以"徒"爲是。　　[52]遠戍卒:到邊遠地方戍守的士卒。　　[53]憂端:猶憂愁。齊:一作"際"。"齊"見憂愁之廣大,較"際"形象生動。　　[54]澒(hóng 洪)洞:廣大無邊貌。掇:收拾。

【集評】

(清)仇兆鰲《杜詩詳注》卷四引胡夏客語曰:"詩凡五百字,而篇中敍發京師,過驪山,就涇渭,抵奉先,不過數十字耳。餘皆議論感慨成文,此最得變雅之法而成章者也。"

(清)浦起龍《讀杜心解》卷一:"是爲集中開頭大文章……須用一片大魄力讀去,斷不宜如朱、仇諸本,瑣瑣分裂。通篇只是三大段,首明費志去國之情,中慨君臣耽樂之失,末述到家哀苦之感。而起手用'許身'、'比稷、契'二句總領,如金之聲也。

結尾用'憂端齊終南'二句總收,如玉之振也。其'稷契'之心,'憂端'之切,在於國奢民困。而民惟邦本,尤其所深危而極慮者。故首言去國也,則曰'窮年憂黎元';中慨耽樂也,則曰'本自寒女出';末述到家也,則曰'默思失業徒'。一篇之中,三致意焉。然則其所謂比'稷、契'者,果非虛語。而結'憂端'者,終無已時矣。"

月　夜

【題解】

玄宗天寶十五載(756,是年七月改元,即肅宗至德元載)六月,安史亂軍陷長安。杜甫在戰亂中攜家逃難,先自奉先移家至白水(今屬陝西),再自白水移家至鄜州(今陝西富縣)。七月,肅宗在靈武(故址在今寧夏靈武西北)即位,杜甫聽説後即前往投奔,途中爲亂軍俘獲,擄至長安。詩即作於長安。寫其困居長安、月夜思家並期望團聚的心情。

今夜鄜州月,閨中祇獨看[1]。遥憐小兒女,未解憶長安[2]。香霧雲鬟濕,清輝玉臂寒[3]。何時倚虛幌,雙照淚痕乾[4]?

　　　　　　　　　　　　　　　　　　　　　　　　　《杜詩詳注》卷四

【校注】

[1]閨中:閨中人,這裏代指妻子。　　[2]"遥憐"二句:緊承上句"祇獨看",兒女之"未解憶",正見出妻子之"獨看"、"獨憶"。未解憶,其含義有二:一謂兒女年齡尚小,尚不懂想念身陷長安的父親;一謂小兒女年幼無知,還不能理解母親望月懷人的心事。　　[3]"香霧"二句:寫想像中妻子月夜懷念自己的形象。因思念深,故望月久,以至鬟鬟沾濕,玉臂生寒。香霧:鬟鬟所散發的香氣在月夜霧氣中彌漫。雲鬟:指鬢髮稠密蓬鬆,猶如雲霧。　　[4]虛幌:薄而透光的帷幔。

【集評】

(清)浦起龍《讀杜心解》卷三:"心已馳神到彼,詩從對面飛來,悲婉微至,精麗絕倫,又妙在無一字不從月色照出也。"

(清)沈德潛《唐詩別裁集》卷一〇:"'祇獨看'正憶長安,兒女無知,未解憶長安者苦衷也。反復曲折,尋味不盡。""五、六語麗情悲,非尋常穠艷。"

春　　望

【題解】

　　詩作於肅宗至德二載(757)三月,時杜甫羈居長安。經過安史亂軍的劫掠,長安已是滿目荒凉。春日到來,杜甫觸景傷懷,因寫其傷時念亂之感。

　　國破山河在,城春草木深[1]。感時花濺淚,恨別鳥驚心[2]。烽火連三月[3],家書抵萬金。白頭搔更短,渾欲不勝簪[4]。

《杜詩詳注》卷四

【校注】

[1]“國破”二句:謂長安淪陷,山河依舊,但春來草木叢生、少有人居,面目已非昔比。國破:指長安淪陷。安史叛軍於天寶十五載(756)六月攻佔長安。城春:一作“城荒”。“城春”有時節無情之感,“荒”字較平直。　　[2]“感時”二句:謂有感於時事,對花而傷感流淚;因爲恨別,聽到鳥鳴也感到驚心。一説,二句將花、鳥擬人化,謂因感時傷事,覺得花亦流淚,鳥亦驚心。　　[3]“烽火”句:謂戰亂連綿時間很長。烽火:代指戰爭。三月:言時間之久。一説,指春季三個月,或戰事連逢兩個三月,恐均拘泥。　　[4]“白頭”二句:謂因愁於國事家事,頭上白髮脱落得愈加稀疏。渾欲:簡直,幾乎要。不勝:不能承受。古時男子成年後,將頭髮束於頭頂,加簪子予以固定,不勝簪即髮少不能加簪。

【集評】

　　(宋)司馬光《溫公續詩話》:“古人爲詩,貴於意在言外,使人思而得之,故言之者無罪,聞之者足以戒也。近世詩人唯子美最得詩人之體,如‘國破山河在……’‘山河在’,明無餘物矣;‘草木深’明無人矣;‘花’‘鳥’,平時可娛之物,見之而泣,聞之而悲,則時可知矣。”

　　(清)吳喬《圍爐詩話》卷二:“《春望》詩云‘國破山河在,城春草木深’,言無人物也。‘感時花濺淚,恨別鳥驚心’,花鳥樂事而濺淚驚心,景隨情化也。‘烽火連三月,家書抵萬金’,極平常語,以境苦情真,遂同於《六經》中語之不可動摇。”

羌村三首

其　一

【題解】

　　肅宗至德二載(757)秋,杜甫由鳳翔(肅宗行在)回鄜州(今陝西富縣)省親,抵家後作《羌村三首》,分別寫其與家人、鄰里相見等情事。本篇列第一首,敍其由鳳翔初至家中的情景。羌村,在鄜州城外,時杜甫寓妻兒於此。

　　峥嶸赤雲西,日腳下平地[1]。柴門鳥雀噪,歸客千里至[2]。妻孥怪我在[3],驚定還拭淚[4]。世亂遭飄蕩,生還偶然遂[5]。鄰人滿墙頭,感歎亦歔欷。夜闌更秉燭[6],相對如夢寐。

《杜詩詳注》卷五

【校注】

　　[1]"峥嶸"二句:是作者遠望所見黃昏景色。峥嶸:山高峻貌。此處形容雲峰之狀。赤雲:因夕陽餘暉照耀,雲呈赤色。日腳:太陽穿過雲縫隙射下來的光線。　　[2]歸客:一作"客子",義近。指作者自己。　　[3]妻孥:妻子與兒女。這裏指妻子。　　[4]定:一作"走"。"定"字狀妻子忽見丈夫之神態傳神,"走"字誇張過甚。　　[5]"生還"句:謂總算僥倖活着回來了。遂:如願。[6]"夜闌"句:謂飽經世亂,久別而歸,因過於興奮,至夜深猶不能眠,遂復燃起蠟燭。夜闌:夜深。更秉燭:再燃起蠟燭。更:復,再。

【集評】

　　(清)浦起龍《讀杜心解》卷一:"鄰人感歎,生發好;秉燭如夢,復疑好。公凡寫喜,必帶淚寫,其情彌摯。"

　　(清)翁方綱《石洲詩話》卷一:"《羌村》第一首,'歸客千里至'五字,乃'鳥雀噪'之語,下轉入妻子,方爲警動(鳥雀知遠人之來,而妻子轉若出自不意者,妙絕!妙絕!)。若直作少陵自説千里歸家,不特本句太實太直,而下文亦都偪緊無復伸縮之理矣。此等處最是詩家關捩,而評杜者皆未及。"

北　征

【題解】

　　肅宗至德二載(757)四月,杜甫逃出被安史亂軍佔領的長安,奔赴肅宗駐蹕的鳳翔(今屬陝西)行在。五月,被任命爲左拾遺,不久卻因疏救房琯,觸怒肅宗。八月,肅宗墨制放杜甫回鄜州省親。此詩即杜甫省親間所作。征,行也。杜甫此次由鳳翔往鄜州,因鄜州在鳳翔東北,故以《北征》爲題。另,漢代班彪有《北征賦》,杜甫此詩的命名以及詩的結構佈局,也受其影響。全詩七十韻,一百四十句,七百字,爲杜集中長篇之一。詩以作者回家省親的經歷、見聞、感想以及到家後的情事爲中心,將當時朝廷的治亂、詩人對時局與國家命運的看法、人民的苦難、家庭的悲歡、個人的遭際,都做了真切的反映。這首詩與其兩年前寫的《自京赴奉先縣詠懷五百字》一樣,都是將家庭與國家命運結合在一起敍述,具有鮮明地反映時代面貌的“詩史”特徵,是杜甫詩歌中有影響的代表作之一。

　　皇帝二載秋,閏八月初吉[1]。杜子將北征,蒼茫問家室[2]。維時遭艱虞[3],朝野少暇日。顧慚恩私被,詔許還蓬蓽[4]。拜辭詣闕下[5],怵惕久未出[6]。雖乏諫諍姿,恐君有遺失[7]。君誠中興主[8],經緯固密勿[9]。東胡反未已[10],臣甫憤所切。揮涕戀行在[11],道途猶恍惚。乾坤含瘡痍[12],憂虞何時畢?靡靡踰阡陌[13],人煙眇蕭瑟[14]。所遇多被傷,呻吟更流血。回首鳳翔縣,旌旗晚明滅[15]。前登寒山重,屢得飲馬窟[16]。邠郊入地底,涇水中蕩潏[17]。猛虎立我前,蒼崖吼時裂[18]。菊垂今秋花,石帶古車轍[19]。青雲動高興,幽事亦可悦[20]。山果多瑣細,羅生雜橡栗[21]。或紅如丹砂,或黑如點漆。雨露之所濡[22],甘苦齊結實。緬思桃源內,益歎身世拙[23]。坡陀望鄜畤[24],巖谷互出没。我行已水濱,我僕猶木末[25]。鴟鳥鳴黄桑[26],野鼠拱亂穴[27]。夜深經戰場,寒月照白骨。潼關百萬師,往者散何卒[28]?遂令半秦民,殘害爲異物[29]。況我墮胡塵,及歸盡華髮[30]。經年至茅屋[31],妻子衣百結[32]。慟哭松聲迴,悲泉共幽咽[33]。平生所嬌兒[34],顔色白勝雪[35]。見耶背面啼[36],垢膩腳不襪。牀前兩小女,補綴才過膝[37]。海圖拆波濤,舊繡移曲折。天吳及紫鳳,顛倒在裋褐[38]。老夫情懷惡,嘔泄臥數日[39]。那無囊中

帛[40]，救汝寒凛慄[41]。粉黛亦解苞[42]，衾裯稍羅列[43]。瘦妻面復
光，癡女頭自櫛[44]。學母無不爲，曉妝隨手抹。移時施朱鉛[45]，狼籍
畫眉闊[46]。生還對童稚，似欲忘飢渴[47]。問事競挽鬚[48]，誰能即瞋
喝[49]？翻思在賊愁，甘受雜亂聒[50]。新歸且慰意，生理焉得説[51]。
至尊尚蒙塵[52]，幾日休練卒[53]？仰觀天色改，坐覺妖氛豁[54]。陰風
西北來，慘澹隨回紇[55]。其王願助順[56]，其俗善馳突[57]。送兵五千
人，驅馬一萬匹。此輩少爲貴，四方服勇決[58]。所用皆鷹騰，破敵過
箭疾[59]。聖心頗虛佇，時議氣欲奪[60]。伊洛指掌收，西京不足
拔[61]。官軍請深入，蓄鋭可俱發[62]。此舉開青徐，旋瞻略恒碣[63]。
昊天積霜露，正氣有肅殺[64]。禍轉亡胡歲，勢成擒胡月。胡命其能
久，皇綱未宜絶[65]。憶昨狼狽初，事與古先別[66]。姦臣竟葅醢[67]，
同惡隨蕩析[68]。不聞夏殷衰，中自誅妺妲[69]。周漢獲再興，宣光果
明哲[70]。桓桓陳將軍[71]，仗鉞奮忠烈[72]。微爾人盡非，於今國猶
活[73]。淒涼大同殿，寂寞白獸闥[74]。都人望翠華[75]，佳氣向金
闕[76]。園陵固有神，掃灑數不缺[77]。煌煌太宗業，樹立甚宏達[78]。

《杜詩詳注》卷五

【校注】

[1]皇帝:指肅宗。二載:即肅宗至德二載(757)。玄宗天寶三年(744)改年稱載，
至肅宗乾元元年(758)復改稱年。初吉:朔日，即初一。《詩·小雅·小明》:"二月
初吉，載離寒暑。"《毛傳》:"初吉，朔日也。"　　　[2]蒼茫:猶渺茫。杜甫回家省
親，值戰亂不寧，對家中情況不盡瞭然，因有蒼茫之感。　　　[3]維時:猶言是時。
維，發語詞。艱虞:艱難且使人憂慮。　　　[4]"顧慚"二句:謂皇帝給我以特別的
照顧，降詔讓我回家探親，真是感到慚愧。按，杜甫在至德二載五月被授予左拾
遺，不久就因疏救房琯觸怒肅宗，詔令三司推問，幾遭不測，幸因宰相張鎬爲之申
辯，方被免罪。所謂詔許省親，實乃肅宗對他有意疏遠，"顧慚"云云，不過是杜甫
的門面話。恩私被:得到特殊的恩惠。蓬蓽:即蓬門蓽户。窮人用蓬、蓽做門户的
屋子。這裏是作者對自己鄜州住屋的謙稱。蓽，通"篳"。　　　[5]詣:到，至。闕
下:朝廷所在之處。　　　[6]怵(chù 觸)惕:惶恐不安貌。　　　[7]"雖乏"二句:
意謂雖然我算不得稱職的諫臣，但唯恐君主有失，仍不能不貢獻自己的意見。諫
諍:舊時稱對君主、尊長進行規勸謂之諫，以直言爭論，使其改正錯誤謂之諍。

[8]中興主:使一個王朝從衰落重新振作起來的君主。此指肅宗。　　　[9]經緯:織物時,縱線爲經,橫線爲緯,經緯交織而成布帛。後引申爲處理事務時經營安排有條理。這裏指處理國家大事。密勿:勞心勉力。　　　[10]"東胡"句:至德二載(757)正月,安祿山之子安慶緒殺死其父自立,繼續與唐軍對抗,故云。東胡:指安祿山、史思明父子。《舊唐書·安祿山傳》:"安祿山,營州柳城雜種胡人。"《舊唐書·史思明傳》:"史思明,本名窣幹,營州寧夷州突厥雜種胡人。"　　　[11]行在:皇帝臨時所住之處,此指鳳翔。　　　[12]"乾坤"句:謂全國到處都飽受戰爭的傷害。含:一作"合",蓋形近之訛。　　　[13]靡靡:猶遲遲,即慢慢地走。踰:越過。阡陌:田間小路。南北爲阡,東西曰陌。　　　[14]"人煙"句:謂人口稀少,一片蕭瑟。眇:少。瑟:一作"索",義同。　　　[15]"回首"二句:因"戀行在",故回首顧瞻,看到旌旗在落日餘暉中飄動,明滅忽閃。　　　[16]"前登"二句:謂向前行走,登上重重疊疊的山巒,一路上時時可見戰爭留下的遺跡。重:重疊。飲馬窟:指戰時飲馬所留下的積水坑。　　　[17]"邠郊"二句:邠州(今陝西彬縣)郊原爲盆地,杜甫其時行於山上,自上往下看,故云"入地底"。蕩潏(yù 玉):水流騰湧貌。[18]"猛虎"二句:謂矗立在前面的山崖,其形象如猛虎一樣,晚風呼嘯,猶如虎吼,山崖似乎也要被震裂開了。一説,猛虎乃寫實,虎聲粗大,可以裂石。　　　[19]"石帶"句:謂山石路上被軋上了很深的車轍。帶:一作"戴",一作"載"。"戴"、"載"義均窒礙,作"帶"是。　　　[20]"青雲"二句:謂秋天的青雲觸動了自己高雅的興致,眼前山間的幽美景色也讓他感到賞心悦目。　　　[21]羅生:羅列叢生。橡栗:櫟樹的果實,也叫橡實、橡子。　　　[22]濡:滋潤。　　　[23]"緬思"二句:是由眼前景物聯想到桃花源生活,又由桃花源生活慨歎自己的境遇。緬思:猶遥想。桃源:桃花源,即晉陶淵明《桃花源記》中所寫遠離紛擾的世外樂園。身世拙:猶言自己不善處世,一事無成。　　　[24]坡陀:地勢起伏不平貌。鄜畤(zhì 志):代指鄜州。鄜畤是春秋時秦文公所築的祀天祭壇,在鄜縣山阪上。　　　[25]"我行"二句:意謂我已下山行到水邊了,回望僕人卻還在山崖上面。這是杜甫寫其歸家心切,腳步快於僕人。木末:猶樹梢。這裏指山顛。　　　[26]鴟鳥:鳥,一作"梟"。鴟梟,即貓頭鷹。　　　[27]"野鼠"句:謂野鼠像人似地拱手立於亂穴。拱:指拱立。　　　[28]"潼關"二句:指哥舒翰二十萬軍守潼關失敗事。安史之亂爆發後,玄宗遣哥舒翰守潼關,哥舒翰取堅守之策,而楊國忠恐哥舒翰反己,因促玄宗令哥舒翰出戰,結果爲安祿山所敗。《舊唐書·哥舒翰傳》:"王師自相排擠,墜於河。其後者見前軍陷敗,悉潰,填委於河,死者數萬人,號叫之聲振天地,縛器械以槍爲楫投北岸,十不存一二。"這裏説"百萬"是誇張的説法。散:一作"敗",義同。卒:通"猝",倉促。　　　[29]"遂令"二句:謂哥舒翰的潼關失守,結果造成安史亂軍

長驅直入攻進長安,關中百姓死傷大半。爲異物:指死亡。　　[30]"況我"二句:指其被安史亂軍擄入長安及由長安逃往鳳翔事。至德元載(756)七月,杜甫在鄜州聽説肅宗在靈武(故址在今寧夏靈武西北)即位,遂動身前往投奔,中途爲亂軍所獲,被送往已淪陷的長安。次年四月,杜甫由長安逃出,時肅宗已移駕鳳翔,杜甫因奔赴行在,授左拾遺。由於歷經艱辛與憂憤,頭髮因此都花白了。　　[31]經年:杜甫自去年七月離家,至今年閏八月回家省親,其間一年有餘。　　[32]百結:指衣服上打滿補丁。　　[33]"慟哭"二句:意謂松風、流泉也都與哭聲相應和,似在爲人而嗚咽痛哭。　　[34]所嬌兒:謂所寵愛的兒子。嬌,一作"驕",俱通。　　[35]白勝雪:指肌膚白净。與下文"垢膩"相對。一説,指面色因飢餓而慘白。　　[36]耶:同"爺",俗稱父爲爺。背面啼:指孩子認生,看見父親反背過臉哭。　　[37]"補綻"句:謂兩個女兒所穿衣服不僅破爛,而且短小。綻:一作"綻",作"綴"是。　　[38]"海圖"四句:承上句"補綻才過膝",謂孩子衣服破了,由於找不到布,祇好將家中海圖繡幛剪開縫補上去,遂使幛子上的天吳、紫鳳拆開後位置移動得曲折顛倒。海圖:指繡有海景的繡幛,天吳、紫鳳當是其中的圖案。據《山海經·海外東經》,天吳是水神名,八首八面,八足八尾,色青黄。又,《大荒北經》載有九鳳,九首,人面鳥身。紫鳳疑即九鳳。一説紫鳳是衣服上所繡的圖案。裋(shù樹)褐:粗布短衣。裋,一作"短",義同。　　[39]嘔泄:嘔吐。泄,一作"咽",作"泄"是。　　[40]"那(nuó挪)無"句:無奈行囊中没有足够的布帛。那:"奈何"的合音。　　[41]寒凜慄:謂冷得打哆嗦。　　[42]黛:古時婦女用來畫眉的一種青黑色顔料。苞:包裹。苞,一作"包",字通。　　[43]衾裯:被子和牀帳。　　[44]"癡女"句:謂女兒也自己梳起頭來。癡女:即嬌兒,此處非貶義。櫛:梳。　　[45]移時:過了一會兒。朱鉛:紅粉。　　[46]狼籍:紛亂貌。畫眉闊:指畫闊眉。闊眉是唐代婦女眉妝之一,畫眉尚闊,一度曾爲時尚,如張籍《倡女詞》:"輕鬟叢梳闊畫眉。"一説天寶末年曾盛行細眉,如白居易《上陽白髮人》:"小頭鞋履窄衣裳,青黛點眉眉細長。外人不見見應笑,天寶末年時世妝。"故畫眉闊是寫小孩不會化妝,將眉毛畫得太粗,故以"狼籍"形容。　　[47]忘飢渴:指忘記旅途的艱辛。　　[48]問事:指問陷賊、逃亡及回家旅途等事。[49]瞋喝:生氣喝止。　　[50]雜亂聒:指孩子們問事時的吵鬧。　　[51]"新歸"二句:謂回到家能與家人團聚已感到欣慰,至於一家人的生計問題,一時哪還談得到呢?生理:猶生計。　　[52]至尊:指皇帝。蒙塵:皇帝因故流落在外,蒙受風塵之苦。當時長安尚未收復,玄宗、肅宗父子都還未返京。　　[53]"幾日"句:有幾天是停止練兵的呢?指戰争尚在繼續。　　[54]"仰觀"二句:是以天象喻人事,謂感到國事將會有好轉。坐:因。妖氛:指安史叛軍。豁:開朗。

［55］“陰風”二句：指唐王朝借回紇兵平叛事。至德二載（757）九月，郭子儀以回紇兵精，勸肅宗借兵回紇以平安史亂軍。回紇：原是匈奴的一支，唐末遷入今新疆境内。回紇，一作“回鶻”，疑誤，因“回紇”至唐德宗貞元四年（788）始改稱“回鶻”。　　［56］“其王”句：謂（回紇）願意幫助唐王朝平定叛亂。《舊唐書·回紇傳》：“（至德二載）九月戊寅……回紇遣其太子葉護領其大將帝德等兵馬四千餘衆，助國討逆，肅宗宴賜甚厚。又命元帥廣平王見葉護，約爲兄弟，接之頗有恩義。葉護大喜，謂王爲兄。”“其王”指回紇當時的首領懷仁可汗；一説是懷仁之子葛勒可汗。　　［57］善馳突：善於奔馳衝突。此指回紇騎兵精良。　　［58］“此輩”二句：謂回紇兵以少爲貴，所以四方都服其驍勇果決。一説所謂“少爲貴”，乃杜甫對借回紇兵的看法，認爲借外兵平叛，多則難於對付，故以少爲貴。　　［59］“所用”二句：形容回紇兵十分剽悍迅疾。鷹騰：如鷹一般飛騰。箭疾：像箭一樣迅疾。

［60］“聖心”二句：謂肅宗想依靠回紇，所以對回紇虚心接待，朝廷百官雖有異議，也不敢公開反對。虚佇：謙虚等待。時議：當時朝廷百官對借兵回紇的異議。氣欲奪：指雖有不同意見，但懾於皇帝的威嚴，不敢公開反對。　　［61］“伊洛”二句：謂伊洛的收復若在指掌間，西京的攻取，更不在話下。伊洛：伊水、洛水流域，此代指東都洛陽。不足拔：不值一拔。　　［62］“官軍”二句：謂官軍經過養精蓄鋭，這時可與回紇協同作戰，乘勝進擊。　　［63］“此舉”二句：謂官軍由此繼續擴大戰果，打入青、徐，轉眼就可奪取恒、碣。青、徐：指青州、徐州，在今山東與蘇北一帶。恒、碣：謂恒山、碣石山，在今山西、河北北部。　　［64］“昊天”二句：是以自然界的規律形容平叛的形勢，認爲平定叛亂的時機已到。昊天：此指秋天。

［65］“皇綱”句：謂唐王朝不應因有這場叛亂而崩潰。皇綱：指王朝的政權、制度。

［66］“憶昨”二句：這是追溯安史亂起以及玄宗奔蜀事。意謂叛亂爆發，玄宗的處置和古代遭遇類似情況的帝王畢竟有所區別。狼狽初：指玄宗倉皇奔蜀事。

［67］“姦臣”句：馬嵬兵變，士兵殺死楊國忠後，“屠割支體，以槍揭其首於驛門外”（《資治通鑑》卷二一八）。姦臣：指楊國忠。菹（zū 租）醢（hǎi 海）：肉醬，這裏做動詞用。　　［68］“同惡”句：指楊氏家族及黨羽盡被誅滅。楊國忠被殺後，其子暄、晞，妻裴氏，妹韓國夫人、秦國夫人以及支持楊國忠的御史大夫魏方進等都被誅殺。　　［69］“不聞”二句：意謂從來没有聽説過夏、殷等前代帝王因女寵招致災禍卻能够割斷私情，將其女寵處死的，玄宗能處死楊貴妃，這是他勝過前代帝王的地方。妹妲：即妹喜、妲己，分别是夏桀、殷紂的女寵。按：玄宗之處死楊貴妃，是因兵變不得已而爲之，這裏説是出於玄宗的主動，是杜甫對“尊者”的諱飾之詞。妹，一作“褒”，指周幽王的女寵褒姒。作“妹”是。　　［70］“周漢”二句：是對肅宗的讚美。宣、光：指周宣王與漢光武帝。二者分别是振興周朝與建立東漢的中

興之主,這裏用以比肅宗。　　　[71]桓桓:威武貌。陳將軍:指左龍武大將軍陳玄禮。　　　[72]"仗鉞"句:指陳玄禮發動馬嵬兵變誅殺楊國忠及其黨羽事。《舊唐書·楊國忠傳》:"(玄宗)至馬嵬驛,軍士飢而憤怒。龍武將軍陳玄禮懼亂,先謂軍士曰:'今天下崩離,萬乘震蕩,豈不由楊國忠割剥甿庶,朝野怨咨,以至此耶?若不誅之以謝天下,何以塞四海之怨憤!'衆曰:'念之久矣。事行,身死固所願也。'……諸軍乃圍驛擒國忠,斬首以徇。是日,貴妃既縊,韓國、虢國二夫人亦爲亂兵所殺,御史大夫魏方進死,左相韋見素傷。"鉞:大斧。一種兵器。[73]"微爾"二句:這是讚美陳玄禮的話。意謂如果没有你,人民都會非唐朝所有,因爲有你,國家纔得以存在。微:無。　　　[74]大同殿:在長安南内興慶宮勤政樓北,是玄宗接見群臣的地方。白獸闥:即白獸門,在長安西内(太極宫)東北角凌煙閣北、太極殿西南。當年玄宗爲臨淄王時誅韋后、平内難、定帝業,即經由此門。　　　[75]"都人"句:謂人民都盼望勝利,希望玄宗、肅宗二帝早日回京。翠華:飾有翠羽的旌旗,是皇帝所用的儀仗。　　　[76]佳氣:興旺之氣。古代有所謂望氣者,認爲根據天上雲氣變化可預測人事之吉凶。　　　[77]"園陵"二句:謂先帝的神靈定會保佑肅宗平定叛亂,而收復長安後,祭掃先帝園陵一定會禮數不缺。數:指禮數。　　　[78]煌煌:光輝盛大。

【集評】

(清)高宗弘曆《唐宋詩醇》卷一〇:"以排天幹地之力,行屬詞比事之法,具備萬物,橫絶太空,前無古人,後無來者,自有五言,不得不以此爲大文字也。問家室者,事之主;憤艱虞者,意之主。以皇帝起,太宗結,戀行在,望匡復,言有倫脊,忠愛見矣。道途感觸,抵家悲喜,瑣瑣細細,靡不具陳,極窮苦之情,絶不衰餒。"

(清)沈德潛《唐詩別裁集》卷二:"漢、魏以來,未有此體,少陵特爲開出,是詩家第一篇大文。"

(清)施補華《峴傭説詩》:"《奉先詠懷》及《北征》是兩篇有韻古文,從文姬《悲憤》詩擴而大之者也。後人無此才氣,無此學問,無此境遇,無此襟抱,斷斷不能作。然細繹其中,陽開陰合,波瀾頓挫,殊足增長筆力,百回讀之,隨有所得。"

贈衛八處士

【題解】

肅宗乾元二年(759)春作,時杜甫任華州(今陝西華縣)司功參軍。本年杜甫曾回洛陽訪舊,詩的作地或在洛陽,或在由洛陽返華州途中。處士,即隱居不仕者。衛八其人,名字不詳。一説唐蒲州有隱士衛大經,疑衛八乃其族子;一説是衛賓。均無確據。詩人與老友衛八相逢,蒙其熱情款待,撫今追昔,感慨萬千。其中所寫人世滄桑與別易會難之感,尤爲生動感人。

　　人生不相見,動如參與商[1]。今夕復何夕,共此燈燭光[2]。少壯能幾時,鬢髮各已蒼。訪舊半爲鬼[3],驚呼熱中腸[4]。焉知二十載,重上君子堂。昔別君未婚,兒女忽成行[5]。怡然敬父執[6],問我來何方。問答未及已,驅兒羅酒漿[7]。夜雨剪春韭,新炊間黃粱[8]。主稱會面難[9],一舉累十觴。十觴亦不醉[10],感子故意長。明日隔山嶽,世事兩茫茫。

《杜詩詳注》卷六

【校注】

[1]動:動輒,往往。參與商:參星和商星。二星東西相對,此起彼没,永不相見。
[2]共此燈燭光:一作“共宿此燈光”。“共此”謂相逢,“共宿”謂同榻,義皆通。
[3]“訪舊”句:謂尋訪故舊親朋,半數都已死去。舊:一作“問”,稍遜。　　[4]驚:一作“嗚”,稍遜。熱中腸:謂内心激動。　　[5]兒:原作“男”,注:“一作兒。”今據改。成行:謂兒女衆多。　　[6]怡然:和悦貌。父執:父親的朋友。　　[7]驅兒:一作“兒女”。“驅兒”見衛八音容神態,較“兒女”義長。羅酒漿:指擺設酒筵。[8]間:一作“聞”。“間”謂攙雜,見農家本色,義長。黃粱:黃小米。　　[9]主:主人。此指衛八處士。　　[10]十:一作“百”。醉:一作“辭”。“十”承上句;“辭”承“百觴”,爲辭讓、推辭意,皆通。

【集評】

　　(明)王嗣奭《杜臆》卷一:“信手寫去,意盡而止,空靈宛暢,曲盡其妙。”
　　(清)浦起龍《讀杜心解》卷一:“古趣盎然,少陵別調。一路皆屬敘事,情真、景真,莫乙其處。只起四句是總提,結兩句是去路。”

石壕吏

【題解】

　　肅宗乾元元年(758)冬末,杜甫自華州回洛陽探親,至次年春返華州。當時長安、洛陽雖已收復,但唐王朝的平叛戰爭仍在繼續。乾元元年九月,唐朝廷命郭子儀、李光弼、王思禮等九節度使圍攻安慶緒佔據的鄴城(即相州,今河南安陽),但肅宗不立元帥,而以宦官魚朝恩爲觀軍容宣慰處置使。由於大軍無統,加以史思明派軍增援,次年三月,官軍潰敗於城下,諸節度各回本鎮,郭子儀退守河陽,洛陽震動,時局一時又緊張起來。杜甫自洛陽返華州途中,目睹了鄴城敗後所造成的紛亂景象,因將其沿途見聞寫成兩組六篇新題樂府詩,即《石壕吏》、《新安吏》、《潼關吏》與《新婚別》、《垂老別》、《無家別》,後人合稱其爲"三吏"、"三別"。在這兩組詩中,杜甫把對當政者的譴責與希望人們參與平叛戰爭的思想感情交織在一起,反映出既關心國家前途命運又同情人民苦難的矛盾情緒。本篇所寫乃官吏夜中抓丁的一幕。婦女本不必服役,而詩中老嫗最後竟不能免,官吏之橫暴可見。石壕,唐河南道陝州峽石縣有石壕鎮(見《太平寰宇記》卷六),在今河南陝縣東南。

　　暮投石壕村[1],有吏夜捉人。老翁踰墻走,老婦出看門[2]。吏呼一何怒,婦啼一何苦。聽婦前致詞,三男鄴城戍[3]。一男附書至[4],二男新戰死。存者且偷生[5],死者長已矣。室中更無人[6],惟有乳下孫。有孫母未去,出入無完裙[7]。老嫗力雖衰,請從吏夜歸。急應河陽役[8],猶得備晨炊。夜久語聲絕,如聞泣幽咽。天明登前途,獨與老翁別[9]。

《杜詩詳注》卷七

【校注】

[1]投:投宿。　　[2]出看門:一作"出門看",又作"出門首"。按,詩大致四句一換韻,當以"出看門"爲是。　　[3]"三男"句:謂三個兒子都參加了圍攻鄴城的戰役。戍:原意是防守,這裏指參加九節度圍攻鄴城叛軍之戰。　　[4]附書:託人帶信。　　[5]存者:指附書之男。存,一作"在",義同。　　[6]"室中"句:當是"吏"的喝問。以下七句應是老婦的答語。　　[7]"有孫"二句:謂家裏尚有個兒媳婦,因有孫尚未斷奶,所以未離夫家而去,但她不便出來見客。裙爲古代婦女正式裝束,因"無完裙",故不便見客。有孫:一作"孫有",疑誤倒。出入:一作

"出更",不及"出入"義勝。又,二句一作"孫母未便出,見吏無完裙",不及"有孫母未去,出入無完裙"沉痛。　　[8]河陽:今河南孟州。時爲郭子儀軍駐防地。[9]"天明"二句:暗示老嫗已被捉走。登前途:即登征途。

【集評】

(明)陸時雍《唐詩鏡》卷二一:"其事何長,其言何簡。'吏呼'二語,便當數十言。文章家所云要會以'去形而得情,去情而得神'故也。"

(清)浦起龍《讀杜心解》卷一:"《石壕吏》,老婦之應役也。丁男俱盡,役及老婦,哀哉!"

新　安　吏

【題解】

詩題下原注:"收京後作。雖兩京收復,賊猶充斥。"唐軍鄴城敗後,爲補充兵員,將未達到年齡的中男亦徵召入軍。作者一方面寫出他們及其親屬的痛苦,另一方面,從國家平叛戰爭大局出發,又對他們予以安慰與鼓勵。新安(今屬河南),唐屬河南道。

客行新安道[1],喧呼聞點兵[2]。借問新安吏,縣小更無丁[3]?府帖昨夜下,次選中男行[4]。中男絶短小[5],何以守王城[6]?肥男有母送,瘦男獨伶俜[7]。白水暮東流,青山猶哭聲[8]。莫自使眼枯,收汝淚縱横。眼枯即見骨[9],天地終無情。我軍取相州[10],日夕望其平。豈意賊難料,歸軍星散營[11]。就糧近故壘[12],練卒依舊京[13]。掘壕不到水,牧馬役亦輕。況乃王師順,撫養甚分明。送行勿泣血,僕射如父兄[14]。

《杜詩詳注》卷七

【校注】

[1]客:杜甫自指。　　[2]點兵:徵兵。　　[3]"借問"二句:意謂新安雖是小縣,難道再没有成年壯丁了嗎? 這是杜甫的問話。更:豈。表示反問。丁:指成丁。　　[4]"府帖"二句:爲新安吏的答語。府帖:徵兵文書。帖,一作"符"。唐實行府兵制,稱軍帖爲府帖,作"帖"是。中男:《舊唐書·食貨志》:"男女始生者

爲黄,四歲爲小,十六爲中,二十一爲丁,六十爲老……至天寶三年,又降優制,以十八爲中男,二十二爲丁。" ［5］絶短小:極短小。據此句,這裏的"中男"或未至十八歲,也許當時因兵源缺乏,中男又恢復爲原來的年齡。 ［6］王城:指東都洛陽。 ［7］伶俜:孤獨貌。 ［8］"白水"二句:描繪當時悲慘的氛圍。謂傍晚時分被徵的士兵全都走了,如同眼前的白水東流而去,而青山上似乎還縈繞着送行者的哭聲。猶:一作"聞"。俱通。 ［9］即:一作"卻",恐非。
［10］取相州:指肅宗乾元元年(758)九月郭子儀等九節度圍攻安慶緒佔據的鄴城(即相州)事。 ［11］"豈意"二句:圍攻鄴城之役,由於九節度無統屬,自冬至春,竟未破賊。而史思明又自魏州引兵增援,兩軍於安陽河北展開激戰,"大風忽起,吹沙拔木,天地晝晦,咫尺不相辨,兩軍大驚,官軍潰而南,賊潰而北,棄甲仗輜重委積於路。子儀以朔方軍斷河陽橋保東京……諸節度各潰歸本鎮"(《資治通鑑》卷二二一)。賊難料:這裏是對鄴城官軍失敗的委婉説法。星散營:謂(合圍鄴城之各路官軍)如星一般散開,各歸本營。 ［12］"就糧"以下數句:是安慰士卒的話,言此次服役距家不遠,衹參加訓練,工役又輕,長官對士兵如父兄待子弟,故不必哭得這樣厲害。就糧:猶就食,意謂軍中有糧供應。故壘:舊營地。
［13］舊京:指洛陽。 ［14］僕射(yè 葉):職官名。唐尚書省長官爲尚書令,左、右僕射爲其副。因唐初李世民曾爲尚書令,後遂不置,以左、右僕射爲尚書省長官。此指郭子儀。郭子儀於肅宗至德二載(757)五月曾官左僕射。

【集評】

(明)王嗣奭《杜臆》卷三:"此詩爐錘之妙,五首之最……'短小'是不成丁者,蓋長大者早已點行而陣亡矣。又就'短小'中分出肥、瘦、有母、無母、有送、無送。此必真景,而描寫到此,何等細心!……止著一'哭'字,猶屬'青山',而包括許多哭聲,何等筆力,何等蘊藉!……'泣血'與哭異,乃有涕無聲者。臨別則哭,既行則悲,用字斟酌如此。"

(清)浦起龍《讀杜心解》卷一:"分三段。首敍其事,中述其苦,末原其由。先以惻隱動其君上,後以恩誼勸其丁男。義行於仁之中,此豈尋常家數。""起處不敍初選正丁,突提次點中男,見抽丁之極弊。'天地無情',固是爲朝廷諱,然相州之敗,實亦天地尚未悔禍也。篇中'守王城','依舊京',皆點清戍守眉目處。"

垂　老　別

【題解】

　　寫一位年已垂暮的老人,在子孫亡盡後憤而從軍及與老妻告別的情景。詩用老人口吻,其中情感既淒凉又悲壯。

　　四郊未寧靜,垂老不得安[1]。子孫陣亡盡,焉用身獨完[2]?投杖出門去,同行爲辛酸[3]。幸有牙齒存,所悲骨髓乾。男兒既介胄,長揖別上官[4]。老妻卧路啼,歲暮衣裳單。孰知是死別[5],且復傷其寒。此去必不歸,還聞勸加餐。土門壁甚堅,杏園度亦難[6]。勢異鄴城下,縱死時猶寬[7]。人生有離合,豈擇衰盛端[8]。憶昔少壯日,遲迴竟長歎[9]。萬國盡征戍[10],烽火被岡巒。積屍草木腥,流血川原丹[11]。何鄉爲樂土,安敢尚盤桓[12]?棄絶蓬室居,塌然摧肺肝[13]。

《杜詩詳注》卷七

【校注】

[1]“四郊”二句:言四處都在打仗,没有寧靜之處。老:一作“死”。義同。
[2]完:猶全,也即活着的意思。　　[3]同行:指一起從軍者。　　[4]“男兒”二句:寫老人倔强性格。介胄:即甲胄。此指穿上戎裝。長揖:拱手行禮。《漢書·周亞夫傳》:“(文帝)至中營,將軍亞夫揖,曰:‘介胄之士不拜,請以軍禮見。’天子爲動,改容式車。”　　[5]孰知:即熟知,猶言清楚地知道。　　[6]“土門”二句:謂官軍已控制住了土門與杏園兩個關口,叛軍要想攻破是很困難的。土門:土門關,又稱井陘關,在今河北井陘北井陘山上。壁:堡壘。杏園:古黄河渡口名,後爲鎮,在今河南汲縣。　　[7]“勢異”二句:謂此次形勢與鄴城之戰有所不同,即使是死,還有相當長的時間。這是老人安慰其妻的話,猶言還不至於陣亡。寬:指時間長。　　[8]離合:離散。衰盛:猶言老年與壯年。盛,原作“老”,注:“一作盛。”今據改。　　[9]遲迴:徘徊。　　[10]“萬國”句:謂到處都在打仗。征戍:一作“東征”。此時唐軍尚未進入大反攻,作“征戍”是。　　[11]川原丹:指流血染紅整個平原。　　[12]“何鄉”二句:謂到處都遭受戰亂之禍,已無安寧樂土,衹有努力參加平叛戰争,纔會有出路。盤桓:徘徊不進貌。　　[13]塌然:頹喪貌。摧肺肝:極言傷心。

【集評】

　　(清)沈德潛《唐詩別裁集》卷二："魏公子救趙,令獨子無兄弟者歸養。今子孫亡盡,垂老從戎,時事亦可傷已!"

　　(清)浦起龍《讀杜心解》卷一："《垂老別》,行者之詞也。《石壕》之婦,以智脱其夫。《垂老》之翁,以憤捨其家。其爲苦則均……首段敍出門,用直起法,開首即點。'子孫'二句,抵《石壕》中十六句。中段敍別妻。忽而永訣,忽而相慰,忽而自奮,千曲百折。末段又推開解譬,作死心塌地語,猶云無一寸乾净地,愈益悲痛。"

夢李白二首

【題解】

　　天寶三載(744)杜甫與李白曾相會於東都洛陽,詩酒流連數月後,各奔東西,未再會面,然相知憶念,屢見筆端。這兩首詩是肅宗乾元二年(759)秋杜甫流寓秦州(今甘肅天水)時所作。肅宗至德二載(757),李白因入永王璘軍幕繫潯陽獄,乾元元年又判長流夜郎(今貴州桐梓一帶),二年春遇赦得還。但秦州僻遠,杜甫可能此時尚未得李白遇赦消息,因憂念成夢,遂寫此二詩。

其　　一

　　死別已吞聲,生別常惻惻[1]。江南瘴癘地[2],逐客無消息[3]。故人入我夢,明我長相憶[4]。君今在羅網,何以有羽翼[5]?恐非平生魂,路遠不可測[6]。魂來楓林青,魂返關塞黑[7]。落月滿屋梁,猶疑照顔色[8]。水深波浪闊,無使蛟龍得[9]。

【校注】

[1]"死別"二句:謂生別比死別還要痛苦,死別止於吞聲而已,生別則牽掛不盡。吞聲:即飲泣,哭而不出聲者。惻惻:悲痛。　　[2]"江南"句:南方氣候濕熱蒸鬱,其山林間常彌漫一種易於致病的毒氣,稱爲瘴氣。舊時江南因此亦被稱爲瘴癘地。　　[3]逐客:被放逐之人。此指李白。逐,一作"遠",亦通。　　[4]"故人"二句:謂故人進入我的夢境,正説明長久以來我對他思念很深。長:一作"常",俱通。　　[5]"君今"二句:清仇兆鰲注:"'君今'二句舊在'關塞黑'之下,今從黃生本(按即《杜工部詩説》)移在此處,於兩段語氣方順。"君:指李白。謂李白獲罪而失去自由,如鳥在羅網。　　[6]"恐非"二句:疑心李白已遭遇不測,故有此

語。　　[7]"魂來"二句:謂李白之魂自江南青色楓林而來,又從秦州關塞黑暗陰影中而返。楓:即楓香樹。江南多楓林,《楚辭·招魂》:"湛湛江水兮上有楓,目極千里兮傷春心,魂兮歸來哀江南。"此處化用《招魂》之意,以楓林代李白所在的江南地區。關塞:秦州多關塞,此代指自己所在的秦州。魂返:一作"夢返"。此專就李白言,作"魂返"是。　　[8]"落月"二句:寫夢醒後恍惚迷離情態。顏色:指李白的容顏面貌。照:一作"見"。　　[9]"水深"二句:是祝福並告誡李白的話。蛟龍:古代傳說中動物,居深水中,能發洪水。此處語意雙關,要李白多加小心,勿爲惡人所陷害。

【集評】

(明)王嗣奭《杜臆》卷三:"瘴地而無消息,所以憶之更深。不但言我之憶,而以故人入夢,爲明我相憶,則故人之魂真來矣。故下有'魂來'、'魂返'之語;而又云'恐非平生魂',亦幻亦真,亦信亦疑,恍惚沈吟,此長惻惻實景。"

(清)浦起龍《讀杜心解》卷一:"從來説別離者,或以死別寬生別,或以死別況生別。此反云'死'則已矣,'生常惻惻',亦是翻法。'入夢',我憶彼也。此竟云彼'魂來',亦是翻法。"

其　　二

浮雲終日行,游子久不至[1]。三夜頻夢君,情親見君意[2]。告歸常局促[3],苦道來不易[4]。江湖多風波,舟楫恐失墜[5]。出門搔白首,若負平生志[6]。冠蓋滿京華[7],斯人獨顦顇[8]。孰云網恢恢,將老身反累[9]。千秋萬歲名,寂寞身後事[10]。

《杜詩詳注》卷七

【校注】

[1]"浮雲"二句:《古詩十九首》有"浮雲蔽白日,游子不顧返"句,此化用其意。游子:此指李白。　　[2]"三夜"二句:謂你雖身不見來,魂卻一連三夜頻入我夢境,可見你對我情意之深厚。　　[3]"告歸"以下六句:寫夢中情景。告歸:告辭。局促:不安貌。　　[4]苦道:再三地説。"來不易"至"舟楫恐失墜"三句,是其"苦道"的話。　　[5]多風波:一作"秋多風"。恐失墜:謂擔心翻船落水。[6]若:一作"苦",皆通。　　[7]冠蓋:冠冕與車蓋,代指達官貴人。　　[8]斯人:此人,指李白。顦顇:困頓。　　[9]"孰云"二句:是反語。意謂誰説天道公

平,像你這樣名滿天下的人,怎麼到老了反受牽累呢!網恢恢:"天網恢恢"的省語。恢恢,廣大貌。《老子》第七十三章:"天網恢恢,疏而不失。"原意是説天網廣大,網孔雖稀,但卻從不疏失。是天道至爲公正之意。此處出以反語,是譴責天道不公,爲李白鳴不平。　　　[10]"千秋"二句:謂李白必定會享有不朽的聲譽,但那是他生前寂寞之身亡没之後的事,其終究無補於生前遭遇之寂寞。寂寞:指李白晚年遭遇。

【集評】

(明)王嗣奭《杜臆》卷三:"前篇止云'入我夢',又云'恐非平生魂',而此云'情親見君意',則魂真來矣,更進一步。下遂述其夢中語,而'江湖多風波',所以答前章'無使蛟龍得'之語也。交情懇至,真有神魂往來。止云泣鬼神,猶淺。"

(清)仇兆鰲《杜詩詳注》卷七:"此因頻夢而作,故詩語更進一層。前云'明我憶',是白知公;此云'見君意',是公知白。前云'波浪''蛟龍',是公爲白憂;此云'江湖''舟楫',是白又自爲慮。前章説夢處,多涉疑詞;此章説夢處,宛如目擊。形愈疏而情愈篤,千古交情,惟此爲至。然非公至性,不能有此至情。非公至文,亦不能寫此至性。"

蜀　相

【題解】

肅宗上元元年(760)春,杜甫至成都後訪武侯祠時作。蜀相,指諸葛亮。魏黄初二年(221),劉備即帝位,建立蜀漢政權,以諸葛亮爲丞相。諸葛亮是封建社會士人心目中的"賢相"典範,也是杜甫極爲仰慕推崇的人物,詩於憑弔中贊頌了諸葛亮的才能與忠貞,而深悲其功業未成身先死的結局。末尾一聯,尤具感染力。

丞相祠堂何處尋,錦官城外柏森森[1]。映階碧草自春色,隔葉黄鸝空好音[2]。三顧頻繁天下計[3],兩朝開濟老臣心[4]。出師未捷身先死,長使英雄淚滿襟[5]。

《杜詩詳注》卷九

【校注】

[1]丞相祠堂:今名武侯祠。在四川成都南郊,西晉李雄在成都稱王時建。丞相,

一作“蜀相”。錦官城:成都別名。成都舊有大城、少城,其少城古爲掌管織錦官員之官署,稱錦官城,後爲成都別名。　　　[2]“映階”二句:寫祠内景物,但已含有弔古之情。“自春色”、“空好音”,暗示英雄已矣而春草自緑,鶯聲徒好,自己亦無心賞玩春景。　　　[3]三顧:劉備爲了天下大計,曾三顧諸葛亮於草廬之中。《三國志·蜀書·諸葛亮傳》載,諸葛亮初隱居隆中(在今湖北襄陽境内),後劉備三次造訪,懇請其出山輔佐,亮感其誠意,遂爲之分析天下大勢,定三分之計。此句明寫劉備,實則突出諸葛亮的經綸之才。頻繁:連續。繁,一作“煩”。天下計:即《隆中對》中東結孫權、西取西川、北抗曹操的三分策略。　　　[4]兩朝開濟:指諸葛亮先幫助劉備創立政權,後又輔佐劉禪保守蜀漢基業。開濟,謂開創基業,匡濟危局。老臣心:謂老臣報國的忠心。《諸葛亮傳》:“先主(劉備)於永安病篤,召亮於成都,屬以後事,謂亮曰:‘君才十倍曹丕,必能安國,終定大事。若嗣子可輔,輔之;如其不才,君可自取!’亮涕泣曰:‘臣敢竭股肱之力,效忠貞之節,繼之以死!’”又載:“初,亮自表後主曰:‘……若臣死之日,不使内有餘帛,外有贏財,以負陛下。’及卒,如其言。”　　　[5]“出師”二句:謂諸葛亮一生志業未及實現,便中道崩殂,因使後代同懷抱者不禁潸然淚下。出師:指出兵北伐。身先死:據《諸葛亮傳》載,諸葛亮於蜀漢建興十二年(234)伐魏,據五丈原,與魏軍隔渭水相持百餘日,勝負未定,亮卻於八月病死軍中。

【集評】

　　(明)王嗣奭《杜臆》卷四:“此詩起興於‘森柏’,而芳草春色,鳥報好音,烏知予心之悲? 追思先主三顧之頻,計在天下,非止欲偏安而已。論老臣之心,直欲追光武之中興,恢高祖之鴻業,如兩朝之開濟而後已;乃以伊、吕之具,出師未捷,身已先死,所以流千古英雄之淚者也。蓋不止爲諸葛悲之,而千古英雄有才無命者,皆括於此,言有盡而意無窮也。”

　　(清)浦起龍《讀杜心解》卷四:“因謁廟而感武侯,故題止云《蜀相》。一、二敍事老境,三、四‘堂’、‘柏’分承。此特一詩之緣起也。五、六實拈,句法如兼金鑄成,其貼切武侯,亦如熔金渾化。七、八慷慨涕泗,武侯精爽,定聞此哭聲。”

春夜喜雨

【題解】

　　肅宗上元二年(761)春在成都作。杜甫抵成都卜居草堂後,生活相對安定,心情亦較愉快,適逢春雨應時而降,遂喜而賦此詩。

　　好雨知時節,當春乃發生[1]。隨風潛入夜[2],潤物細無聲。野徑雲俱黑,江船火獨明[3]。曉看紅濕處,花重錦官城[4]。

　　　　　　　　　　　　　　　　　　　　　　　　　　《杜詩詳注》卷一〇

【校注】

[1]"好雨"二句:謂春雨似通人性,當春天乃來滋生萬物。乃:一作"及",疑是形訛。"乃"字見喜意,義長。　　[2]潛:隱形而至。此寫夜雨無聲,於人不知不覺之中到來。　　[3]"野徑"二句:謂陰雲密佈,野外一片漆黑,祇有江船燈火獨明。[4]花重:指花因春雨濡濕而顯得沉重的樣子。錦官城:見前《蜀相》注。

【集評】

　　(清)黄生《唐詩摘抄》卷一:"雨細而不驟,纔能潤物,又不遽停,纔見好雨。三、四句緊着雨説,五、六略開一步,七、八再綰合。杜詠物詩多如此,後學之圓規方矩也。"

　　(清)浦起龍《讀杜心解》卷三:"起有悟境,從次聯得來。於'隨風'、'潤物'悟出'發生',於'發生'悟出'知時'也。五、六拓開,自是定法。結語亦從悟得,乃是意其然也。通身下字,個個咀含而出。'喜'意都從罅縫裏迸透。"

茅屋爲秋風所破歌

【題解】

　　肅宗上元二年(761)八月在成都作。茅屋,即杜甫浣花溪畔的草堂,建於上元元年初抵成都後。詩寫茅屋爲秋日風雨摧壞時一家人的窘境,並由此推己及人,表達了希望"天下寒士"都能不受飢寒之苦的願望。

　　八月秋高風怒號,捲我屋上三重茅[1]。茅飛渡江灑江郊[2],高者

掛罥長林梢[3]，下者飄轉沉塘坳[4]。南村群童欺我老無力，忍能對面
爲盜賊[5]。公然抱茅入竹去，唇焦口燥呼不得[6]，歸來倚杖自歎息。
俄頃風定雲墨色，秋天漠漠向昏黑[7]。布衾多年冷似鐵，嬌兒惡臥踏
裏裂[8]。牀頭屋漏無乾處[9]，雨腳如麻未斷絕[10]。自經喪亂少睡
眠[11]，長夜沾濕何由徹[12]？安得廣廈千萬間，大庇天下寒士俱歡
顏[13]，風雨不動安如山。嗚呼！何時眼前突兀見此屋[14]，吾廬獨破
受凍死亦足。

《杜詩詳注》卷一〇

【校注】

[1]三重茅：多層茅草。三，意指“多”。　　[2]灑：一作“滿”。　　　[3]掛罥
(juàn 倦)：掛結。罥，纏繞。　　[4]塘坳：低窪處。　　[5]能：猶“恁”，如此，這
樣。對面：猶言當面。　　[6]呼不得，謂呼喊而無效果。　　[7]漠漠：陰沉灰暗
貌。　　[8]“嬌兒”句：謂小孩睡覺不安静，把被子都蹬破了。惡臥：睡相不好，
雙腳亂蹬。　　[9]牀頭：一作“牀牀”。　　[10]雨腳如麻：形容雨點密而不間
斷。　　[11]喪亂：指安史之亂。　　[12]何由徹：如何能挨到天亮。徹，徹曉。
[13]庇：覆蓋。　　[14]突兀：高聳貌。見：同“現”。

【集評】

　　(明)許學夷《詩源辨體》卷一九：“《茅屋爲秋風所破》，亦爲宋人濫觴，皆變體
也。”

　　(清)浦起龍《讀杜心解》卷二：“起五句完題，筆亦如飄風之來，疾捲了當。‘南
村’五句，述初破不可耐之狀，筆力恣橫。單句縮住黯然。‘俄頃’八句，述破後拉雜
事，停‘風’接‘雨’，忽變一境；滿眼‘黑’、‘濕’，筆筆寫生。‘自經喪亂’，又帶入平時
苦趣，令此夜徹曉，加倍煩難。末五句，翻出奇情，作矯尾厲角之勢。宋儒曰‘包輿爲
懷’，吾則曰‘狂豪本色’。結仍一筆兜轉，又復飄忽如風。”

聞官軍收河南河北

【題解】

　　題一作《聞官軍收兩河》，作於代宗廣德元年(763)春，時杜甫漂泊於梓州(今四
川三台)。自寶應元年(762)十月起，唐王朝各路大軍對亂軍展開了反攻，再度收復

洛陽，依次平定河南諸郡縣，並進軍河北，叛軍將領薛嵩、李寶臣(原名張忠志)、田承嗣、李懷仙等相繼投降。廣德元年正月，史朝義兵敗自縊身亡，至此，延續七年多的"安史之亂"即將結束。杜甫在流離中聽到這一消息，不禁欣喜若狂，遂作此詩。

　　劍外忽傳收薊北[1]，初聞涕淚滿衣裳。卻看妻子愁何在？漫卷詩書喜欲狂[2]。白日放歌須縱酒，青春作伴好還鄉[3]。即從巴峽穿巫峽，便下襄陽向洛陽[4]。原注：余田園在東京。

《杜詩詳注》卷一一

【校注】

[1]劍外：即劍閣以南地區，代指蜀中。薊北：今河北北部地區。當時爲安史叛軍老巢所在。　　[2]卻看：再看。漫卷：隨便卷起。　　[3]日：原作"首"，注："一作日。"今據改。青春作伴：謂春天景色明媚，正可助旅途之興。青春，指春天。

[4]"即從"二句：是預擬返鄉的路線。巴峽：《太平御覽》卷六十五引《三巴記》："閬、白二水合流，自漢中至始寧城下，入武陵，曲折三曲，有如巴字，亦曰巴江，經峻峽中，謂之巴峽。"(參見林庚主編《中國歷代詩歌選》)巫峽：在今重慶巫山縣以東，爲長江三峽之一。

【集評】

　　(明)王嗣奭《杜臆》卷五："説喜者云喜躍，此詩無一字非喜，無一字不躍。其喜在'還鄉'，而最妙在束語直寫還鄉之路，他人絶不敢道。"

　　(清)仇兆鰲《杜詩詳注》卷一一："上四，聞收復而喜。下思急還故鄉也。初聞而涕，痛憶亂離。破愁而喜，歸家有日也。縱酒，承狂喜；還家，承妻子。末乃還鄉所經之路。"

旅夜書懷

【題解】

　　代宗永泰元年(765)四月，時任成都尹劍南節度使的嚴武病卒，杜甫失去依靠，遂攜家離蜀東下，經嘉州(今四川樂山)、戎州(今四川宜賓)、渝州(今重慶)、忠州(今重慶忠縣)，漂泊至雲安(今重慶雲陽)暫住。這首詩是其舟行途中所作。

細草微風岸,危檣獨夜舟[1]。星垂平野闊,月湧大江流[2]。名豈文章著,官應老病休[3]。飄飄何所似,天地一沙鷗[4]。

《杜詩詳注》卷一四

【校注】

[1]危檣:舟中桅杆。危,高貌。　　[2]“星垂”二句:寫舟中所見夜景,極雄壯闊大。平野廣闊,天地相接,故遙望星辰猶如垂於地面一般;大江流動,月亦似從江中湧出。垂:一作“隨”。“垂”字生動貼切。　　[3]“名豈”二句:是牢騷不平語。謂自己的名聲豈應因文章而遠揚,而官確是因老病而休。杜甫一生志在兼濟,並不滿足於做詩人,晚年則與朝廷疏離,境遇不佳。代宗廣德元年(763)詔補京兆功曹參軍,未應詔;二年友人嚴武表爲節度參謀、檢校工部員外郎,不足一年,即辭去。二句乃因回想平生有激而言。　　[4]“飄飄”二句:以沙鷗自況,寫其漂泊不定之境遇。地:一作“外”,“天地”與“沙鷗”大小反差強烈,見淪落之意,較“天外”義勝。

【集評】

(明)胡應麟《詩藪》內編卷四:“‘山隨平野闊,江入大荒流’,太白壯語也,杜‘星垂平野闊,月湧大江流’,骨力過之。”

(清)仇兆鰲《杜詩詳注》卷一四:“上四旅夜,下四書懷。微風岸邊,夜舟獨繫,兩句串說。岸上星垂,舟前月湧,兩句分承。五屬自謙,六乃自解,末則對鷗而自傷飄泊也。”

白　　帝

【題解】

代宗大曆元年(766)暮春,杜甫由雲安漂泊至夔州(今重慶奉節)。詩是作者流寓夔州時所作。

白帝城中雲出門[1],白帝城下雨翻盆[2]。高江急峽雷霆鬥,翠木蒼藤日月昏[3]。戎馬不如歸馬逸[4],千家今有百家存[5]。哀哀寡婦誅求盡,慟哭秋原何處村[6]。

《杜詩詳注》卷一五

【校注】

[1] 白帝城中雲出門:一作"白帝城頭雲若屯"。白帝城,在夔州(今重慶奉節)東,西南臨大江,瞰之眩目。東漢末年公孫述據蜀時築,述自號白帝,因以爲名。

[2] 雨翻盆:形容雨極大,即所謂"傾盆大雨"。　　　[3] "高江"二句:謂江流因大雨暴漲,又爲峽所束縛,故聲若雷霆之鬬;翠木蒼藤遮蔽之中,日色也變得無光,一片昏暗。翠:一作"古"。蒼:一作"長"。日月:複辭偏義,此處指日。　　　[4] 戎馬:戰馬。戎,一作"去"。據詩意,當以"戎"爲是。歸馬:耕種之馬。逸:安逸。

[5] 千家今有百家存:一作"百家今有十家存"。　　　[6] 誅求:苛徵暴斂。

【集評】

　　(明)胡應麟《詩藪》內編卷五:"崔曙'漢文皇帝有高臺,此日登臨曙色開',老杜'野老籬前江岸迴,柴門不正逐江開','白帝城中雲出門,白帝城下雨翻盆'……雖意稍疏野,亦自有一種風致。"

　　(清)仇兆鰲《杜詩詳注》卷一五:"此章爲夔州民困而作也。上四峽中雨景,下四雨後感懷。江流助以雨勢,故聲若雷霆之鬬。樹木蔽以陰雲,故昏霾日月之光。此陰慘之象也。戎馬之後,百家僅存。戶口銷於兵賦,故寡婦遍哭於秋村。此爲崔旰之亂而發歟?"

秋興八首

其　　一

【題解】

　　《秋興》八首是代宗大曆元年(766)秋杜甫流寓夔州時所作的一組七言律詩,因秋而發興,故名之曰"秋興"。八首詩前後呼應、脈絡貫通,組成了一個完整的整體。詩以作者流落夔府,身居江峽而緬懷長安、感慨今昔爲主要内容,抒寫了作者長期漂泊異鄉的身世之感。八首詩格律精工,音節鏗鏘,意境沉雄悲壯,是作者晚年重要代表作。本篇爲第一首,是組詩的總起,寫作者目睹夔府江邊的蕭颯秋景而引發的故國之思。

　　玉露凋傷楓樹林[1],巫山巫峽氣蕭森[2]。江間波浪兼天湧,塞上風雲接地陰[3]。叢菊兩開他日淚,孤舟一繫故園心[4]。寒衣處處催刀尺,白帝城高急暮砧[5]。

《杜詩詳注》卷一七

【校注】

[1]玉露:白露。凋傷:草木因霜而凋謝。　　[2]巫山巫峽:巫山,在巫山縣東,綿延一百六十里,夾江壁立,即爲巫峽。北魏酈道元《水經注·江水》:"江水歷峽,東逕新崩灘……其下十餘里有大巫山,非惟三峽所無,乃當抗峰岷峨,偕嶺衡疑……其間首尾百六十里,謂之巫峽,蓋因山爲名也。"　　[3]塞上:指西部關塞。接地陰:謂天地相接,一片陰沉。接,迫近。　　[4]"叢菊"二句:寫懷鄉思歸之情與身世飄零之感。叢菊兩開:杜甫自代宗永泰元年(765)夏離開成都草堂,本欲乘舟出峽返歸中原故鄉,不料因兵荒與多病,秋至雲安而滯留,次年秋至夔州,又滯留不行,凡經兩秋。孤舟一繫:謂船長繫於江邊,總是不能開出。故園心:指回故鄉的願望。　　[5]"寒衣"二句:寫夔州秋日氣氛,襯託游子思鄉之情。催刀尺:指趕製冬衣。急暮砧:謂黃昏時分,擣衣聲更加急迫。砧,擣衣石,將衣料置於其上捶打以使平展。

【集評】

(明)王嗣奭《杜臆》卷八:"第一首乃後來七首之發端,乃'三百篇'之所謂興也。秋景可悲,盡於蕭森;而蕭森起於凋傷,凋傷則巫山、巫峽皆蕭森矣。但見巫峽江間,波浪則兼天而湧;巫山塞上,風雲則接地皆陰。塞乎天地,皆蕭森之氣矣。乃山上則叢菊兩開,而他日之淚,至今不乾也;江中則孤舟一繫,而故園之心,結而不解也。前聯言景,後聯言情;而情不可及,後七首皆胞孕於兩言中也。又約言之,則'故園心'三字盡之矣。況秋風戒寒,衣須早備,刀尺催而砧聲急,耳之所聞,合於目之所見,而故園之思彌切矣。"

(清)王夫之《唐詩評選》卷四:"籠蓋包舉一切,皆在'叢菊兩開'句聯上景語,就中帶出情事,樂之如貫珠者,拍板與句,不爲終始也。"

詠懷古跡
其　　三

【題解】

《詠懷古跡》共五首,此爲第三首,代宗大曆元年(766)在夔州作。五首分詠五位古人,即庾信、宋玉、王昭君、劉備、諸葛亮。此首詠王昭君。

群山萬壑赴荆門,生長明妃尚有村[1]。一去紫臺連朔漠[2],獨留青塚向黄昏[3]。畫圖省識春風面,環珮空歸夜月魂[4]。千載琵琶作胡語,分明怨恨曲中論[5]。

《杜詩詳注》卷一七

【校注】

[1]"群山"二句:荆門:見王維《漢江臨眺》注。明妃:即王昭君。昭君字嬙,爲漢元帝宫女,晉時避司馬昭諱,改稱明君,後人因稱明妃。漢元帝竟寧元年(前33),匈奴呼韓邪單于來朝,求美人爲閼氏以和親,昭君自請嫁匈奴。入匈奴後,號寧胡閼氏,生一男。呼韓邪死,前閼氏子代立,求歸,成帝命從胡俗,復爲後單于閼氏,生二女。後卒於匈奴。尚有村:《大清一統志》卷二七三《宜昌府·古跡》:"昭君村,在興山縣南,有昭君院。開寶元年移興山治於此,又有昭君臺。《寰宇記》:漢王嬙即此邑之人,故曰昭君之縣。村連巫峽。"唐時其地或有昭君遺跡存在,故云'尚有村'。　　　[2]紫臺:紫宫,漢未央宫别稱。朔漠:北方的沙漠。　　　[3]青塚:即昭君墓,在今内蒙古呼和浩特南。相傳其地多白草,而塚上草獨青,故云。[4]"畫圖"二句:意謂漢元帝僅憑畫圖認識昭君,而未得見昭君之春風真面,以至於使她遠嫁匈奴,不能返鄉,有魂魄月夜空歸之恨。畫圖省識:題晉葛洪撰《西京雜記》卷二略云:"元帝後宫既多,使畫工圖形,案圖召幸之。宫人皆賂畫工,昭君自恃其貌,獨不肯與,工人乃醜圖之,遂不得見。後匈奴入朝求美人,上案圖以昭君行。及去,召見,貌爲後宫第一。帝悔之,而重信於外國,故不復更人。乃窮案其事,畫工毛延壽棄市。"省識,猶覺識、認識。春風面:指面容美麗。環珮:女子所佩的玉製飾品,這裏代指王昭君。　　　[5]"千載"二句:謂千餘年來,琵琶彈奏的仍是胡地風格的音樂,其中分明還可聽到怨恨之音。作胡語:即作胡音。相傳昭君在匈奴,恨帝始不遇見,乃作怨思之歌,後人題爲《昭君怨》,"怨恨曲中論"謂此。

【集評】

(明)王嗣奭《杜臆》卷八:"因昭君村而悲其人。昭有國色,而入宫見妒;公亦國士,而入朝見嫉,正相似也,悲昭以自悲也。"

又呈吳郎

【題解】

　　代宗大曆二年(767)作於夔州。杜甫至夔州後,原住在瀼西草堂,有鄰家寡婦
常來堂前撲棗。這年秋他遷至東屯,因將草堂借給來自忠州的親戚吳郎居住。吳郎
一來便插上籬笆以防撲棗。杜甫此詩即告訴吳郎關於鄰婦撲棗之事,勸告吳郎體諒
其悲苦,同情其遭遇,並由此而傷歎苛斂所造成的百姓之苦。

　　堂前撲棗任西鄰[1],無食無兒一婦人。不爲困窮寧有此,祗緣恐
懼轉須親[2]。即防遠客雖多事,便插疏籬卻甚真[3]。已訴徵求貧到
骨[4],正思戎馬淚盈巾[5]。

《杜詩詳注》卷二〇

【校注】

[1]撲棗:即打棗。任:放任、不加干涉。　　[2]"不爲"二句:意謂她若不是因窮
困哪會有(撲棗)這樣的事,因爲她心裏害怕,倒應該對她親切纔對。　　[3]"即
防"二句:意謂她疑心你這位遠客雖是多慮,但你插起籬笆卻也未免顯得認真了。
遠客:指吳郎。甚:原作"任",注:"一作甚。"今據改。　　[4]徵求:即徵斂、剥
削。　　[5]戎馬:戰馬,此指戰亂。

【集評】

　　(明)王嗣奭《杜臆》卷九:"此亦一簡,本不成詩。然直寫情事,曲折明瞭。亦成
詩家一體。大家無所不有,亦無所不可也。"
　　(清)仇兆鰲《杜詩詳注》卷二〇:"此章告以恤憐之道也。上四憫鄰婦,下四諭
吳郎。'無食無兒一婦人'句,中含四層哀矜意,通章皆包攝於此。三言宜見諒其心,
四言當曲全其體。婦防客,時懷恐懼。吳插籬,不憐困窮矣。'訴徵求',述鄰婦平日
之詞。'思戎馬',念亂離失所者衆也。"

登　　高

【題解】

　　這是杜甫晚年最負盛名的一首七律,作於代宗大曆二年(767)秋,時居夔州。

詩中蒼涼渾涵的江邊秋景與詩人流落天涯的衰年遲暮之感交相映襯,形成全詩悲壯沉鬱的格調,而屬對之精切,字句之錘煉以及章法之嚴整,更至於爐火純青之境。

　　　風急天高猿嘯哀[1],渚清沙白鳥飛迴[2]。無邊落木蕭蕭下[3],不盡長江滾滾來。萬里悲秋常作客[4],百年多病獨登臺[5]。艱難苦恨繁霜鬢,潦倒新停濁酒杯[6]。

《杜詩詳注》卷二〇

【校注】

[1]猿嘯哀:三峽多猿,啼聲甚哀。酈道元《水經注·江水》:"每至晴初霜旦,林寒澗肅,常有高猿長嘯,屬引淒異,空谷傳響,哀轉久絕。故漁者歌曰:'巴東三峽巫峽長,猿鳴三聲淚沾裳。'"　　[2]渚:水中小洲。鳥飛迴:鳥在空中迴旋飛翔。[3]落木:落葉。蕭蕭:葉落聲。　　[4]"萬里"句:杜甫自肅宗乾元二年(759)秋華州棄官奔秦州後,一直在外漂泊,未曾回過中原故鄉,故有此歎。　　[5]百年:猶言一生。　　[6]"艱難"二句:寫晚年之潦倒、衰頹與愁恨。苦恨:猶言極恨。繁霜鬢:謂鬢髮蒼然,猶如霜雪。停:原作"亭",注:"停,通",今據改。杜甫時因肺病而戒酒,故云。

【集評】

　　(宋)羅大經《鶴林玉露》卷一一:"杜陵詩云:'萬里悲秋常作客,百年多病獨登臺。'萬里,地之遠也;秋,時之慘淒也;作客,羈旅也;常作客,久旅也;百年,暮齒也;多病,衰疾也;臺,高迴處也;獨登臺,無親朋也。十四字之間含八意,而對偶又精確。"

　　(明)胡應麟《詩藪》內編卷五:"杜'風急天高'一章五十六字,如海底珊瑚,瘦勁難名,沉深莫測,而精光萬丈,力量萬鈞。通章章法、句法、字法,前無昔人,後無來學。微有說者,是杜詩,非唐詩耳。然此詩自當爲古今七言律第一,不必爲唐人七言律第一也。元人評此詩云:'一篇之內,句句皆奇;一句之中,字字皆奇。'亦有識者。"

登岳陽樓

【題解】

　　代宗大曆三年(768)春,杜甫攜家自夔州東下,冬日漂泊至岳州(今湖南岳陽)。此詩即是年冬登岳陽樓所作。詩中將得償夙願之喜、身世淒涼之感、國事時局之悲相融合,寫景極爲開闊雄渾,抒情則倍見寥落感傷,境、情之間互相映襯,在藝術上達到極高造詣。岳陽樓,在巴陵(今湖南岳陽)西城上,唐開元中張説守岳陽時築,下臨洞庭湖,爲登覽勝地。

　　昔聞洞庭水[1],今上岳陽樓。吴楚東南坼,乾坤日夜浮[2]。親朋無一字,老病有孤舟[3]。戎馬關山北[4],憑軒涕泗流[5]。

《杜詩詳注》卷二二

【校注】

[1]洞庭水:《水經注·湘水》:"(洞庭)湖水廣圓五百餘里,日月若出没於其中。"
[2]"吴楚"二句:寫登樓所見,極言洞庭湖的雄偉壯闊。吴、楚:戰國時二國名,約當今長江中下游湖北、湖南、安徽、江西、江蘇、浙江等地。坼:裂開。言洞庭湖似從中將吴、楚兩國坼裂開來。　　[3]"老病"句:杜甫本年已五十九歲,健康不佳,除肺病外,還患有風痹、耳聾、右臂偏枯等疾病;出峽以來,沿途漂泊,又多居舟上,故云。　　[4]"戎馬"句:言北方戰事猶未停息。《資治通鑑》卷二二四:大曆三年八月,壬戌,吐蕃十萬衆寇靈武。丁卯,吐蕃尚贊摩二萬衆寇邠州,京師戒嚴;邠寧節度使馬璘擊破之。九月,命郭子儀將兵五萬屯奉天以備吐蕃。朔方騎將白元光破吐蕃二萬衆於靈武。吐蕃釋靈州之圍而去,京師解嚴。十一月,郭子儀還河中,元載以吐蕃連歲入寇,馬璘以四鎮兵屯邠寧,力不能拒,而使子儀以朔方兵鎮邠州。　　[5]憑軒:倚窗。涕泗:眼淚、鼻涕。阮籍《詠懷》三十二:"齊景升丘山,涕泗紛交流。"

【集評】

　　(明)胡應麟《詩藪》内編卷四:"'氣蒸雲夢澤,波撼岳陽城',浩然壯語也,杜'吴楚東南坼,乾坤日夜浮'氣象過之。"

　　(清)仇兆鰲《杜詩詳注》卷二二引黄生語曰:"前半寫景,如此闊大;五、六自敘,如此落寞,詩境闊狹頓異。結語湊泊極難,轉出'戎馬關山北'五字,胸襟氣象,一等相稱,宜使後人擱筆也。"

江南逢李龜年

【題解】

代宗大曆五年(770)春漂泊至潭州(今湖南長沙)時作。李龜年,開元、天寶間著名宮廷樂工,備受玄宗賞識,聲名顯赫一時。安史之亂後,流落江南。杜甫晚年於異鄉漂泊中,忽逢當年舊識,不禁感慨萬千。

岐王宅裏尋常見[1],崔九堂前幾度聞[2]。正是江南好風景,落花時節又逢君。

《杜詩詳注》卷二三

【校注】

[1]岐王:即李範。本名隆範,後避玄宗諱單稱範。睿宗第四子,玄宗之弟,睿宗即位時進封岐王。好學工書,喜接納文士。開元十四年(726)卒,贈惠文太子。尋常見:常常見到。　　[2]崔九:名滌。中書令湜之弟,爲玄宗所寵厚,用爲殿中監,常出入禁中。幾度聞:謂多次聽到李龜年的歌唱。

【集評】

(明)王嗣奭《杜臆》卷九:"言其歌之妙,能令愁者歡,悶者解,春之已去者復回也。此亦倒插法。"

(清)何焯《義門讀書記》卷五六:"四句渾渾説去,而世運之盛衰,年華之遲暮,兩人之流落,俱在言表。"

岑　參

【作者簡介】

岑參(717—770,一説 715—769),荊州江陵(今湖北荊州)人。天寶五載(746)登進士第,授右内率府兵曹參軍。八載,入安西節度使高仙芝幕中任掌書記。十三載,又在封常清幕任安西北庭節度判官,後遷支度副使。安史亂後始東歸。肅宗時歷任右補闕、起居舍人、虢州長史等職。代宗大曆二年(767),任嘉州刺史,世稱“岑嘉州”。後罷官,客死成都。岑參爲盛唐邊塞詩派的代表作家,與高適並稱“高岑”。辛文房謂其“累佐戎幕,往來鞍馬烽塵間十餘載,極征行離別之情,城障塞堡,無不經行”(《唐才子傳》)。深入的生活體驗使岑詩感情激越,氣勢豪邁,風格奇峭,色彩瑰麗。杜確《岑嘉州詩集序》云:“屬辭尚清,用意尚切,其有所得,多入佳境。迥拔孤峭,出於常情。”有《岑嘉州詩集》傳世,生平事蹟見元辛文房《唐才子傳》卷三。

涼州館中與諸判官夜集

【題解】

　　天寶十三載(754),岑參赴北庭都護府,途中與河西節度使幕僚夜飲時作此詩。涼州,今甘肅武威,爲唐河西節度府治所,乃胡漢雜居之西部重鎮。全詩筆墨雄豪,宴飲的異域風情、軍旅特色,以及詩人渴望功業、積極奮發之人生態度,均有淋漓盡致的表現。

　　彎彎月出掛城頭[1],城頭月出照涼州。涼州七里十萬家[2],胡人半解彈琵琶[3]。琵琶一曲腸堪斷,風蕭蕭兮夜漫漫。河西幕中多故人,故人別來三五春。花門樓前見秋草[4],豈能貧賤相看老。一生大笑能幾回,斗酒相逢須醉倒。

《岑參集校注》卷二

【校注】

[1]出:一作“子”。“月子”,即月亮。　　[2]七里:《元和郡縣圖志・隴右道下》:“(涼)州城本匈奴所築,漢置爲縣。城不方,有頭、尾、兩翅,名爲鳥城。南北七里,東南三里。”一作“七城”,《資治通鑑》卷二一九:“武威大城之中,小城有七。”
[3]解:懂得、能夠。　　[4]花門樓:疑爲涼州客舍之名。唐人呼回紇族爲“花門”,或此樓爲回紇人所造,故名。

走馬川行奉送出師西征

【題解】

此詩作於天寶十三載(754)。題一作《走馬川行奉送封大夫出師西征》。封大夫,即封常清,時攝御史大夫,以安西四鎮節度使權知北庭都護、伊西節度使,岑參在封幕任安西北庭節度判官。走馬川,在庭州(今新疆吉木薩爾北破城子)、輪臺(今新疆米泉東)附近,亦稱北庭川。一説即左末河,距播仙城五百里有且末河(又稱左末河),即今新疆境内車爾成河,乃西征播仙必經之地,“左末河”與“走馬川”音近而訛。西征,指征播仙。天寶十三載,播仙叛唐,封常清發兵平叛。此詩雄奇恣肆,逸蕩之氣如風發泉湧,爲岑參邊塞詩代表作。

君不見走馬川行雪海邊[1],平沙莽莽黃入天。輪臺九月風夜吼[2],一川碎石大如斗,隨風滿地石亂走。匈奴草黃馬正肥[3],金山西見煙塵飛[4],漢家大將西出師[5]。將軍金甲夜不脱,半夜軍行戈相撥,風頭如刀面如割。馬毛帶雪汗氣蒸,五花連錢旋作冰[6],幕中草檄硯水凝[7]。虜騎聞之應膽懾,料知短兵不敢接[8],車師西門佇獻捷[9]。

《岑參集校注》卷二

【校注】

[1]行:疑爲衍文。此詩連句用韻,三韻一換,“川”、“邊”、“天”與下文用韻規律相合。雪海:泛指西北苦寒之地。《新唐書·西域傳下》:“行度雪海,春夏常雨雪。”
[2]輪臺:唐貞觀年間置,屬北庭都護府,在今新疆米泉東。　　[3]“匈奴”句:西北游牧民族作戰以騎兵爲主,秋日牧草結籽,富有營養,戰馬肥壯;又冬季來臨,塞外酷寒,正好南下進行劫掠戰爭。　　[4]金山:即阿爾泰山,突厥語呼“金”爲“阿爾泰”。此處泛指塞外山脈。一説金山即今新疆烏魯木齊東之博格達山,在輪臺之南,爲天山山脈之一峰(《讀史方輿紀要》卷六五)。　　[5]漢家大將:指封常清。　　[6]“五花連錢”句:意謂馬毛上的雪受到馬身上汗氣的薰蒸而融化,又立即結成冰。五花連錢:即五花馬和連錢驄。《爾雅·釋畜》第一九:“青驪驎驒。”郭璞注:“色有深淺,斑駁隱粼,今之連錢驄。”五花馬,詳見李白《將進酒》注。
[7]草檄:起草聲討敵人的文書。　　[8]短兵:指刀、劍一類的短兵器。《史記·匈奴列傳》:“其長兵則弓矢,短兵則刀鋋(chán 纏)。”此指“短兵相接”,即面對面厮殺。　　[9]車師:安西都護府所在地,在今新疆吐魯蕃。佇:等候。

【集評】

　　(清)沈德潛《唐詩別裁集》卷五:"勢險節短。句句用韻,三句一轉,此《嶧山碑》文法也,《唐中興頌》亦然。"

　　(清)張文蓀《唐賢清雅集》卷一:"纔作起筆,忽然陡插'風吼'、'石走'三句,最奇。下略平敍舒其氣,復用'馬毛帶雪'三句,跌蕩一番。急以促節收住,微見頌揚,神完氣固。謀篇之妙,與《白雪歌》同工異曲。三句一轉都用韻,是一格。"

白雪歌送武判官歸京

【題解】

　　此詩約作於天寶十三載(754),時岑參入安西北庭節度使封常清幕爲節度判官。武判官,或爲岑之同僚,名不詳。武判官歸京,岑參與衆同僚在輪臺(今新疆米泉東)送他回京,作此詩。詩以詠雪兼達送別之情,奇境疊現,氣象壯闊,明麗之中見豪邁樂觀之胸襟。

　　北風捲地白草折[1],胡天八月即飛雪。忽如一夜春風來,千樹萬樹梨花開。散入珠簾濕羅幕,狐裘不暖錦衾薄。將軍角弓不得控[2],都護鐵衣冷難着[3]。瀚海闌干百丈冰[4],愁雲慘澹萬里凝。中軍置酒飲歸客[5],胡琴琵琶與羌笛。紛紛暮雪下轅門[6],風掣紅旗凍不翻[7]。輪臺東門送君去[8],去時雪滿天山路。山迴路轉不見君,雪上空留馬行處。

《岑參集校注》卷二

【校注】

[1]白草:西北地區牧草名,乾枯時呈白色。見《漢書·西域傳》顏師古注。
[2]角弓:以獸角裝飾的硬弓。不得控:拉不開。　　[3]都護:官名,唐設安西、北庭等六都護府,長官稱"都護"。　　[4]瀚海:沙漠。《名義考》:"以沙飛若浪,人馬相失若沉,視猶海然,非真有水之海也。"唐代有瀚海軍,在北庭都護府。闌干:縱橫散亂貌。　　[5]中軍:古代軍隊分中、左、右三軍,主帥親自率領的軍隊稱中軍。此處借指主帥的營帳。　　[6]轅門:軍營門。詳見王昌齡《從軍行》(其五)注。　　[7]"風掣"句:意謂紅旗被冰雪凍住,不能飄動。隋虞世基《出塞》:"霜旗凍不翻。"掣:牽曳。　　[8]輪臺:隸北庭都護府,爲封常清軍府所在地。

【集評】

　　(清)王夫之《唐詩評選》卷一:"顛倒傳情,神爽自一,不容元白問花源津渡。'胡琴琵琶與羌笛',但用《柏梁》一句,神采驚飛。"

　　(清)方東樹《昭昧詹言》卷一二:"奇峭。起颯爽。'忽如'六句,奇才奇氣,奇情逸發,令人心神一快。須日誦一過,心摹而力追之。'瀚海'句換氣,起下'歸客'。"

逢入京使

【題解】

　　天寶八載(749),岑參赴安西四鎮節度使右威衛錄事參軍、充節度使府掌書記任,途中遇入京使者,作此詩。全詩純用本色語,詞淺意深,將初次離家遠行對家人的深切思念描摹殆盡。

　　故園東望路漫漫[1],雙袖龍鍾淚不乾[2]。馬上相逢無紙筆,憑君傳語報平安。

　　　　　　　　　　　　　　　　　　　　　　　　　《岑參集校注》卷二

【校注】

[1]故園:指長安。作者西行,長安在東,故云"東望"。按:岑參高祖仕於隋,曾祖岑文本,唐太宗貞觀間爲秘書郎,父岑植,武后時官至刺史,岑氏家族居於長安已歷四世。岑參詩多次提及長安故園,如《西過渭州見渭水思秦州》:"渭水東流去,何時到雍州?憑添兩行淚,寄向故園流。"　　　[2]龍鍾:淚沾濕貌。

【集評】

　　(明)鍾惺、譚元春《唐詩歸》卷一三:"人人有此事,從來不曾寫出,後人蹈襲不得,所以可久。"

　　(清)沈德潛《唐詩別裁集》卷一九:"人人胸臆中語,卻成絕唱。"

元　結

【作者簡介】

　　元結(719—772)，字次山，魯山(今屬河南)人。玄宗天寶十二載(753)登進士第。安史亂起，舉家南奔避難。肅宗乾元二年(759)爲山南東道節度參謀，抗擊史思明，遷水部員外郎。代宗初，召爲著作郎，後出爲道州刺史、容州都督。元結於詩，反對當世作者"拘限聲病，喜尚形似"(《篋中集序》)的風氣，所作《系樂府十二首》，"有憂道憫世之心"(元辛文房《唐才子傳》卷三)，開啓元、白等"新樂府創作"。有《元次山文集》十二卷存世。《新唐書》卷一四三有傳。

賊退示官吏　并序

【題解】

　　代宗廣德元年(763)，"西原蠻"曾佔領道州月餘，殺掠幾盡。次年五月，元結任道州刺史，抵達道州，招撫流亡，頗有政聲。不久，"西原蠻"又來，元結率衆固守，道州得以保全。而朝廷使臣橫徵暴斂不休，官"賊"相較，官不如"賊"。詩人表明棄官歸隱決心，乃作此詩以示道州官吏。此詩風格質樸，言辭激切，痛切之感溢於言表。元結同時另有《舂陵行》一首，與此詩同旨，當時寓居夔州的杜甫覽二詩，爲作《同元使君舂陵行》，盛讚二詩"兩章對秋月，一字偕華星"。

　　癸卯歲[1]，西原賊入道州[2]，焚燒殺掠，幾盡而去。明年，賊又攻永、破邵[3]，不犯此州邊鄙而退[4]。豈力能制敵歟？蓋蒙其傷憐而已。諸使何爲忍苦徵斂[5]？故作詩一篇以示官吏。

　　昔歲逢太平，山林二十年[6]。泉源在庭戶，洞壑當門前。井稅有常期[7]，日晏猶得眠[8]。忽然遭世變，數歲親戎旃[9]。今來典斯郡[10]，山夷又紛然[11]。城小賊不屠，人貧傷可憐。是以陷鄰境，此州獨見全。使臣將王命[12]，豈不如賊焉？今彼徵斂者，迫之如火煎。誰能絕人命，以作時世賢[13]！思欲委符節，引竿自刺船[14]。將家就魚麥^[15],歸老江湖邊。

《元次山集》卷三

【校注】

[1]癸卯歲:代宗廣德元年(763)。　　[2]西原賊:《新唐書·代宗紀》作西南蠻,指唐西南羈縻州西原州少數部族,其地當今廣西龍州以北、靖西以南一帶。道州:今湖南道縣。唐時,西南邊境守吏及將領與少數部族之間時有摩擦,或守吏倚勢欺凌,引發山民借機報復搶掠,中唐之際此種情況尤爲嚴重。　　[3]永、邵:永州和邵州。永州即今湖南零陵,邵州即今湖南邵陽,唐時俱屬江南西道,與道州相鄰。　　[4]邊鄙:邊境。　　[5]諸使:指朝廷派下的租庸使等。　　[6]“昔歲”二句:指安史亂起以前作者讀書、求仕的二十年。元結十七歲(即開元二十三年,735)開始折節讀書,天寶中嘗三次赴長安應試,旋即又返回故鄉魯山,至天寶十四載亂起,家居二十年。　　[7]井稅:井田之稅。古代實行井田制,一里爲一井,其田九百畝,界爲九區,一區有田百畝,中百畝爲公田,外八百畝爲私田。八家自耕其私田,共耕公田,九分而稅其一。此處借指唐代實行的按户口徵取定額賦稅的“租庸調法”。　　[8]“日晏”句:謂生活安逸,雖日高仍高臥不起。[9]“忽然”二句:謂安史亂起,數歲親臨戰事。親戎旃(zhān 沾):乾元二年(759),國子司業蘇源明向肅宗薦元結可用,召至京師,元結奉命於唐、鄧、汝、蔡等州招緝義軍,歸附者衆,前後守險泌陽,保全十五城,至寶應元年(762),數年間多臨抗敵前線。“親戎旃”指此。戎旃,軍帳。　　[10]典斯郡:指爲道州刺史。廣德二年五月元結任道州刺史。典,管理。　　[11]山夷:即《序》所云“西原賊”。“夷”、“賊”都是舊時對西南少數民族的侮蔑性稱呼。　　[12]將王命:奉朝廷命令。將,秉承,攜帶。下句“將家就魚麥”即攜帶意。　　[13]“誰能”二句:猶言我怎能斷絕百姓生命去做時人目中的所謂“賢能官吏”呢! 唐時,租稅收繳如何是地方官吏考課標準之一。　　[14]“思欲”二句:意謂我將辭官不做,去過歸隱生活。符節:官員的憑信。刺船:以篙撐船。　　[15]就魚麥:從事於漁父和農夫的活計。

【集評】

(清)施補華《峴傭説詩》:“詩忌拙直。然如元次山《舂陵行》、《賊退示官吏》諸詩,愈拙直,愈可愛。蓋以仁心結爲真氣,發爲憤詞,字字悲痛,《小雅》之哀音也。”

司空曙

【作者簡介】

　　司空曙(生卒年不詳),字文明,一字文初,廣平(今河北永年)人。安史亂中避地江南,代宗大曆初登進士第,任拾遺。德宗貞元初爲劍南西川節度從事、檢校水部郎中。後終官虞部郎中。有詩名,與錢起、盧綸、韓翃等並稱"大曆十才子"。明胡震亨評其詩"婉雅閒淡,語近性情"(《唐音癸籤》卷七)。有《司空曙詩集》二卷傳世。生平事蹟見元辛文房《唐才子傳》卷四。

雲陽館與韓紳宿別

【題解】

　　雲陽,京兆府屬縣,在今陝西涇陽北。韓紳,一作"韓升卿";韓愈有季父名紳卿,紳卿曾爲涇陽令,當即此人。此詩作年不詳,約在安史亂後。詩中寫故友亂離後重逢的不易和驚疑交加之狀,語意真切。

　　故人江海別,幾度隔山川。乍見翻疑夢,相悲各問年[1]。孤燈寒照雨,濕竹暗浮煙。更有明朝恨,離杯惜共傳[2]。

《全唐詩》卷二九二

【校注】

[1]"乍見"二句:前句寫初見驚疑之狀,後句寫相見之後互問年齒及身體狀況。

[2]離杯:飲酒告別。惜共傳:謂不忍分手。

【集評】

　　(清)黃生《唐詩摘抄》卷一:"全篇直敍。'惜',莫惜也,寫情景俱到十分。"

　　(清)沈德潛《唐詩別裁集》卷一一:"三、四寫別久忽遇之情,五、六夜中共宿之景,通體一氣,無餖飣之習,爾時已爲高格矣。"

張　繼

【作者簡介】

　　張繼(？—779?)，字懿孫，襄州(今湖北襄陽)人。玄宗天寶十二載(753)登進士第，安史亂起，避地江左。代宗大曆初任侍御，後以檢校祠部員外郎出任轉運使判官，分掌財賦於洪州。約卒於大曆末。有詩名，唐高仲武稱其詩"不雕自飾"、"詩體清迥"(《中興間氣集》卷下)。《全唐詩》編其詩爲一卷。生平事蹟見元辛文房《唐才子傳》卷三。

楓橋夜泊

【題解】

　　題一作《夜泊楓橋》、《夜泊松江》。楓橋，亦名封橋，在今江蘇蘇州楓橋鎮。詩即景言情，以夜半鐘聲反襯旅程孤寂，爲唐人七絶中廣爲傳誦的名篇。

　　月落烏啼霜滿天，江楓漁火對愁眠[1]。姑蘇城外寒山寺[2]，夜半鐘聲到客船[3]。

《張繼詩注》

【校注】

[1]江楓：一作"江村"。對愁眠：猶言伴愁眠。　　[2]姑蘇：即蘇州，因蘇州西南有姑蘇山而得名。寒山寺：在楓橋鎮，始建於南朝梁，相傳寒山、拾得二僧曾居於此，寺因而得名。　　[3]夜半鐘聲：宋歐陽修《六一詩話》曾有疑於此，云"句則佳矣，其如三更不是打鐘時"。以此後人議論紛紛。實則唐人詩中屢有言夜半鐘聲者，如于鵠詩"遙聽緱山半夜鐘"；白居易詩"新秋松影下，半夜鐘聲後"等。

【集評】

　　(清)黃生《唐詩摘抄》卷四："三句承上啓下，深而有力。從夜半無眠至曉，故怨鐘聲太早，攪人魂夢耳。語脈深深，祇'對愁眠'三字略露意。夜半鐘聲或謂其誤，或謂此地故有半夜鐘，俱非解人。要之，詩人興象所至，不可執著。"

劉方平

【作者簡介】

　　劉方平(生卒年不詳),河南(今河南洛陽)人。家世豪貴,其高祖政會爲唐開國元勳,封邢國公。天寶中,方平應進士試不第,遂退居汝、潁之濱,終生不仕。有詩名,元辛文房評其詩"多悠遠之思,陶寫性靈,默會風雅"(《唐才子傳》)。原有集,已佚,《全唐詩》編其詩爲一卷。生平事蹟見元辛文房《唐才子傳》卷三。

夜　月

【題解】

　　詩寫夜半未眠,忽覺節物變化,語言清麗。

　　更深月色半人家[1],北斗闌干南斗斜[2]。今夜偏知春氣暖,蟲聲新透緑窗紗[3]。

　　　　　　　　　　　　　　　　　　　　　　《全唐詩》卷二五一

【校注】

[1]半人家:謂月光西轉,偏照人家房屋之半。　　[2]闌干:橫斜貌。南斗:星宿名,在北斗以南,形似斗,故名。北斗、南斗俱已橫斜,謂夜已深。　　[3]"今夜"二句:意謂原未覺察季節之變化,今夜蟲聲透窗,於無意間竟知之。

【集評】

　　(清)黃叔燦《唐詩箋注》卷九:"寫意深微,味之覺含毫邈然。"

劉長卿

【作者簡介】

劉長卿(？—790？)，字文房，宣州(今屬安徽)人，其家久寓長安。天寶中登進士第。安史亂起，避地江東。肅宗至德二載(757)任長洲尉，歷南巴尉、殿中侍御史等。代宗大曆十四年(779)爲隨州刺史。德宗建中末去官閒居，約卒於貞元六年。詩名頗著，與錢起、郎士元、李嘉佑並稱“錢郎劉李”。於詩衆體皆工，尤善五律，自許“五言長城”。高仲武稱其詩“詩體雖不新奇，甚能煉飾”(《中興間氣集》卷下)；張戒稱其詩“筆力豪贍，氣格老成……其得意處，子美之匹亞也”(《歲寒堂詩話》卷上)。有《劉隨州文集》十一卷傳世。生平事蹟見元辛文房《唐才子傳》卷二。

逢雪宿芙蓉山主人

【題解】

題一作《逢雪宿芙蓉山》。芙蓉山，在今江蘇宜興(唐爲義興，屬江南道常州)，詩作於大曆十年(775)劉長卿閒居義興時。詩寫雪夜山村借宿見聞，荒山寂寥、居人貧苦見於言外。

日暮蒼山遠，天寒白屋貧[1]。柴門聞犬吠，風雪夜歸人。

　　　　　　　　　　　　　　　　　　　　　　《劉長卿詩編年箋注》

【校注】

[1]白屋：屋頂用白茅覆蓋或木材不加油漆。此指貧民所居。

【集評】

(清)黃叔燦《唐詩箋注》卷七：“上二句孤寂況味。犬吠人歸，若驚若喜，景色入妙。”

(清)施補華《峴傭説詩》：“較王、韋稍淺，其清妙自不可廢。”

送靈澈上人

【題解】

　　靈澈，唐詩僧，會稽（今浙江紹興）人，幼出家於雲門寺。肅、代間曾向詩人嚴維學詩，其後以能詩聞名於江南，與詩人盧綸、劉長卿、柳宗元等有交游。

　　蒼蒼竹林寺[1]，杳杳鐘聲晚[2]。荷笠帶夕陽[3]，青山獨歸遠。

《劉長卿詩編年箋注》

【校注】

[1]竹林寺：晉時所建，故址在今江蘇丹陽城南。　　　[2]杳（yǎo咬）杳：深冥貌。
[3]荷：背負。

【集評】

　　俞陛雲《詩境淺説續編》："四句純是寫景，而山寺僧歸，饒有瀟灑出塵之致。高僧神態，湧現毫端，真詩中有畫也。"

顧　況

【作者簡介】

　　顧況（727？—816？），字逋翁，蘇州（今屬江蘇）人。肅宗至德二載（757）舉進士第，爲杭州新亭監鹽官。代宗、德宗時歷任溫州永嘉監鹽官、浙江觀察使判官。貞元四年（788）爲秘書省著作佐郎，五年貶饒州司户，九年，去官隱居九華山，受道籙，自號華陽山人。約卒於憲宗元和中。爲詩長於歌行，唐皇甫湜稱其詩"偏於逸歌長句，駿發踔厲，往往若穿天心出月脅，意外驚人語，非尋常所能及"（《顧況集序》）。有明人所輯《顧況集》傳世。生平事蹟見元辛文房《唐才子傳》卷七。

囝　并序

【題解】

此爲《上古之什補亡訓傳十三章》的第一章。仿《詩經》四言體,内容多反映社會現實,明顯帶有以復古爲革新的意圖。此首爲《十三章》之一。唐時,閩中及嶺南一帶皆有掠賣奴隸的習俗,地方官員亦有購當地兒童爲奴者。《囝》即是這種殘酷行爲的真實寫照。

《囝》,哀閩也。(囝,音蹇,閩俗呼子爲囝,父爲郎罷。)

囝生閩方[1],閩吏得之,乃絕其陽[2]。爲臧爲獲[3],致金滿屋。爲髠爲鉗[4],如視草木。天道無知,我罹其毒;神道無知,彼受其福。郎罷別囝[5],吾悔生汝。及汝既生,人勸不舉[6]。不從人言,果獲是苦。囝別郎罷[7],心摧血下[8]。隔地絕天,及至黃泉[9],不得在郎罷前!

《顧況詩注》卷一

【校注】

[1]閩方:即閩中。閩原爲古代種族,居今福建一帶,後以閩爲福建代稱。
[2]絕其陽:閹割其生殖器。　　[3]臧、獲:奴隸的代稱。《漢書·司馬遷傳》:"且夫臧獲婢妾猶能引決,況若僕之不得已乎!"顏師古注引應劭曰:"揚雄《方言》云:'海岱之間,罵奴曰臧,罵婢曰獲。'"　　[4]髠(kūn昆)、鉗:刑罰的名稱。剃去頭髮爲髠,頸上加鐵圈爲鉗,都是奴隸的標誌。　　[5]"郎罷"句:自此以下是父親的話。　　[6]舉:養育。不舉就是讓小孩自行死亡,不予撫育。　　[7]"囝別"句:自此以下是兒子的話。　　[8]心摧:内心痛苦如同崩壞。　　[9]及至黃泉:猶言到死。

【集評】

(明)胡震亨《唐音癸籤》卷二三:"此爲唐閹宦作也。唐宦官多出閩中小兒私割者,號'私白'。諸道每歲買獻之於朝,故當時號閩爲中官區藪,備載《唐書·宦者傳》。時中貴人初秉權作焰。況詩若憐之,亦若簡賤之,寓有微意在。"

(清)沈德潛《唐詩別裁集》卷八:"閩童亦人子,何罪而遭此毒耶?即事直書,聞者足誡。"

戴叔倫

【作者簡介】

戴叔倫(732—789),字次公,一作幼公;一説名融,字叔倫。潤州金壇(今屬江蘇)人。肅宗至德間避亂居鄱陽。代宗大曆初任湖南轉運留後。德宗時歷任東陽令、撫州刺史、容州刺史,貞元五年以病上表請爲道士,不久卒。有詩名,元辛文房譽其詩“詩興悠遠,每作驚人”(《唐才子傳》)。有明人所輯《戴叔倫集》二卷。生平事蹟見《唐才子傳》卷五。

懷素上人草書歌

【題解】

懷素,肅、代間著名詩僧、書法家。字藏真,俗姓錢,祖籍吳興(今屬浙江),長沙(今屬湖南)人。幼出家爲僧,好作草書。貧無紙,乃種芭蕉萬株以供揮灑,書藝大進,在盛唐張旭之後,卓然而爲大家,有“顛張狂素”之稱,詩人如李白、錢起、盧象及戴叔倫等皆有詩頌其草書。此詩以形象化語言其草書的狂縱放逸圓轉飛動。據顏真卿《懷素上人草書歌序》,張謂(天寶、大曆間著名詩人)大曆二、三年(767、768)爲潭州刺史時賞識懷素,“引共游處,兼好事者同作歌以贊之”。戴叔倫此詩,或即作於此時。

　　楚僧懷素工草書,古法盡能新有餘[1]。神清骨竦意真率,醉來爲我揮健筆。始從破體變風姿[2],一一花開春景遲[3]。忽爲壯麗就枯澀,龍蛇騰盤獸屹立。馳毫驟墨列奔駟[4],滿座失聲看不及[5]。心手相師勢轉奇[6],詭形怪狀翻合宜。人人欲問此中妙,懷素自言初不知[7]。

《戴叔倫詩集校注》卷一

【校注】

[1]“古法”句:謂其草書在古法之外兼有創新。　　[2]破體:謂破當時草書舊體。清馮浩《玉谿生詩箋注》卷一《韓碑》“文成破體書在紙”句注引徐浩《論書》:“鍾善真書,張稱草聖,右軍行法,小令破體,皆一時之妙。”　　[3]春景:即春影,謂春日之光影。　　[4]“馳毫”句:形容書寫之快。列奔駟:整幅字如駟馬所駕的

車排列。列,一作"劇","劇奔馴"猶言快於奔馴,亦通。懷素《自敍帖》引戴叔倫此詩作"列"。　　[5]滿座:原作"滿坐"。懷素《自敍帖》作"滿座",據改。
[6]心手相師:即心師於手、手師於心,極言心手相應。宋姜夔《續書譜》:"大抵下筆之際,盡效古人則少神氣,專務遒勁則俗病不除,所貴熟習兼通,心手相應,斯爲妙矣。"　　[7]初不知:全然不知。

【集評】

　　(明)楊慎《升庵詩話·附録》:"徐浩真書多渴筆,懷素草書多枯澀,在書法以爲妙品。戴幼公《贈懷素詩》曰:'忽爲壯麗就枯澀,龍蛇騰盤獸屹立。'魯收《懷素草書歌》:'連拂數竹勢不絶,藤懸槎蠍生其節。'竇冀亦云:'殊形詭狀不易説,中含枯燥充警絶。'任華云:'時復枯燥何襤褸,忽覺陰山突兀横翠微。'蓋深知懷素之三昧者。"

韓　翃

【作者簡介】

　　韓翃(生卒年不詳),字君平,南陽(今屬河南)人。天寶十三載(754)登進士第,代宗寶應元年(762)爲淄青節度使從事,後閒居京師十年,與錢起、盧綸等文詠唱和,與錢、盧、司空曙、李端等並稱"大曆十才子"。其後歷爲節度使從事。德宗建中元年(780),以《寒食》詩爲德宗所賞,任駕部郎中、知制誥,進中書舍人。約卒於貞元初。詩名頗著,唐高仲武評云:"韓員外詩,匠意近於史,興致繁富,一篇一詠,朝士珍之。"(《中興間氣集》卷上)尤長於七絶,清王士禎謂"七言絶句……大曆、貞元間如李君虞(李益)、韓君平諸人,蘊藉含蓄,意在言外,殆不易及"。有明人所輯《韓君平集》傳世。生平事蹟見元辛文房《唐才子傳》卷四。

寒　食

【題解】

　　題一作《寒食日即事》。寒食節,在冬至後一百五日(清明節前一、二日)。此日禁火,冷食,故名寒食。據説春秋時晉國介之推拒絶文公封賞,躲入深山,文公放火逼其出山,介之推不屈,抱樹而死。文公遂下令此日禁火,表示悔意。據唐孟棨《本事詩·情感》載,唐德宗特賞愛此詩。知制誥闕人,宰相進名,請於德宗,德宗御批:"與韓翃。"時有與翃同姓名者,宰相又請之,德宗御批曰:"'春城無處不飛花',與此韓翃。"因一首詩而優進如此,韓翃是第一人。韓翃任知制誥在建中元年,詩當寫於此前。

　　春城無處不飛花[1],寒食東風御柳斜[2]。日暮漢宮傳蠟燭,輕煙散入五侯家[3]。

《全唐詩》卷二四五

【校注】

[1]春城:指長安。　　[2]御柳:御苑之柳。柳樹因着風而斜,是春深景象。
[3]漢宮:代指唐宮。五侯:西漢成帝時同日封諸舅王譚等五人爲侯,時謂五侯之家。見《漢書·元后傳》。此處泛指權貴近臣。舊題晉葛洪《西京雜記》:"寒食日禁火,賜侯家蠟燭。"寒食日禁火,至晚間很不方便,所以宮中以蠟燭賜給近臣,以示恩寵。歷代評論多以此二句暗含譏諷,詳見"集評"。按:寒食禁火,經長久沿習已成爲民俗,百姓、士人自覺遵守,並於此日踏青游春,如同節慶,與政府頒佈的其他禁令不同。不過寒食禁火冷食,在南方猶可,在北方則頗多不便,所以歷代也有頒佈命令不許百姓寒食的。代宗時竇叔向爲國子博士,有《寒食日恩賜火》詩云:"恩光及小臣,華燭忽驚春。"可見日暮賜火不限於貴戚近臣,同時也成爲寒食民俗的一部分。此詩主要是寫寒食京城民俗,倘含諷刺,分量也很輕微。

【集評】

　　(清)吳喬《圍爐詩話》卷一:"唐之亡國,由於宦官握兵,實代宗授之以柄。此詩在德宗建中初,祇'五侯'二字見意。唐詩之通於《春秋》者也。"
　　(清)黃叔燦《唐詩箋注》卷九:"首句逗出寒食,次句以'御柳斜'三字引線,下'漢宮傳蠟燭'便不突。'散入五侯家',謂近幸者先得之,有託諷意。"

韋應物

【作者簡介】

　　韋應物(733？—793？)，京兆萬年(今陝西西安)人。出身名門大族。玄宗天寶六載(747)，以門蔭補三衛，爲玄宗御前侍衛，後入太學。安史亂起，避居武功，代宗廣德中爲洛陽丞，不久去官。大曆間歷河南府兵曹參軍、京兆府功曹參軍、鄠縣令、櫟陽令等，其間屢稱疾辭官。德宗建中三年(782)出任滁州刺史，罷任後閒居滁州西澗。貞元元年(785)，起爲江州刺史，四年，復出爲蘇州刺史，七年，罷任，居於蘇州永定寺，不久卒。詩名頗著。其詩題材廣泛，而以田園詩最著名；各體皆佳，尤長於五言。白居易稱其詩“高雅閒淡，自成一家之體”(《與元九書》)，司空圖以其與王維並稱，謂“王右丞、韋蘇州澄澹精緻”(《與李生論詩書》)。後人將其與陶淵明並稱爲“陶韋”，又與王維、孟浩然、柳宗元並稱爲“王孟韋柳”。有集十卷，今傳。生平事蹟見元辛文房《唐才子傳》卷四。

寄李儋元錫

【題解】

　　詩作於德宗興元元年(784)春，時韋應物爲滁州刺史。李儋，曾官殿中侍御史；元錫，貞元中爲協律郎。二人皆韋應物密友。舊説李儋字元錫，不確。詩中流露出作者對時局的關心和對鄉里的思念。作爲州郡長官而致使“邑有流亡”，詩人又深感愧疚。

　　去年花裏逢君別，今日花開又一年[1]。世事茫茫難自料[2]，春愁黯黯獨成眠[3]。身多疾病思田里，邑有流亡愧俸錢。聞道欲來相問訊，西樓望月幾回圓[4]？

《韋應物集校注》卷三

【校注】

[1]“去年”二句：李、元二位曾分別於建中三年秋及四年春來滁州與詩人相聚。見韋集《贈李儋侍御》及《郡中對雨贈元錫》詩。　　[2]世事茫茫：指朱泚稱帝、德宗出奔奉天事。建中四年(783)十月，涇源節度使姚令言將兵五千途經長安，士卒

嘩變,入城搶掠,德宗出奔奉天(今陝西乾縣)。亂兵奉閒居在京的原涇源節度使
朱泚爲帥。泚自稱大秦皇帝,改元應天,自將兵進攻奉天。朱泚之亂,至興元元年
(784)六月始討平,七月德宗歸長安。　　　[3]黯黯:昏暗貌。此指情緒低沉。
[4]"聞道"二句:寫盼望朋友到來的急切心情。

【集評】

　　(宋)黄徹《碧溪詩話》卷二:"韋蘇州《贈李儋》云:'身多疾病思田里,邑
有流亡愧俸錢。'《郡中燕集》云:'自慚居處崇,未睹斯民康。'余謂有官君子
當切切作此語。彼有一意供租、專事土木而視民如讎者,得無愧此詩乎!"
　　(元)方回《瀛奎律髓彙評》卷六評語:"朱文公盛稱此詩五、六句好,以
唐人仕宦多誇美州宅風土,此獨謂'身多疾病''邑有流亡',賢矣。"

滁州西澗

【題解】

　　作於任滁州(今屬安徽)刺史時。西澗在滁州西,俗名上馬河。詩寫其隨遇而
安的淡雅風致。

　　獨憐幽草澗邊生[1],上有黄鸝深樹鳴[2]。春潮帶雨晚來急,野渡無人
舟自橫。

《韋應物集校注》卷八

【校注】

[1]憐:愛。　　[2]深:一作"繞"。

【集評】

　　(明)桂天祥《批點唐詩正聲》卷二一:"沉密中寓意閒雅,如獨坐青山,澹然忘
歸,詩之絕佳者。謝公曲意取譬,何必乃爾。"
　　(清)黄叔燦《唐詩箋注》卷九:"閒淡心胸,方能領略此野趣。所難尤在此種筆
意,分明是一幅畫圖。"

調　笑　令

【題解】

題一作《調笑》、《調嘯詞》,樂府近代曲辭。宋郭茂倩《樂府詩集》卷八二引《樂苑》:“《調笑》,商調曲也。戴叔倫謂之《轉應詞》。”《詞譜》卷二:“此詞凡三換韻,起用疊句,第六、七句即倒疊第五句末二字,轉以應之,戴叔倫所謂‘轉應’者,意蓋取此。”韋應物小詞不多見,唯《調笑令》二首和《三臺令》一首。

其　　一

胡馬,胡馬,遠放燕支山下[1]。跑沙跑雪獨嘶[2],東望西望路迷。迷路,迷路,邊草無窮日暮。

【校注】

[1]燕支:山名,亦作胭脂山、焉支山,在今甘肅永昌西、山丹東南。　　　[2]跑(páo 刨):以足刨地。跑沙跑雪,一作“嘯沙嘯雪”。

其　　二

河漢[1],河漢,曉掛秋城漫漫。愁人起望相思,江南塞北別離。離別,離別,河漢雖同路絶[2]。

《韋應物集校注》卷一〇

【校注】

[1]河漢:銀河。　　　[2]“河漢”句:謂相思之人同望河漢而無路可通。

【集評】

俞陛雲《唐五代兩宋詞選釋》:“上首言胡馬東西馳突,終至邊草路迷,猶世人營擾一生,其歸宿究在何處?下首言人雖南北遥睽,而仰視河漢,千里皆同。有少陵‘依斗望京’、白傳‘共看明月’之意。而河漢在空,人天路絶,下視塵寰,盡癡男騃女,訴盡離愁,固不值雙星一笑。此二詞見韋蘇州託想之高。”

張志和

【作者簡介】

　　張志和(743？—?)，初名龜齡，字子同，號煙波釣徒、玄真子、浪跡先生，婺州金華(今屬浙江)人。蕭宗乾元、上元間舉明經第，嘗獻策蕭宗，命待詔翰林，授左金吾衛録事參軍。未幾因事貶南浦尉。後浪跡江湖，不知所終。工詩詞，詞以《漁歌子》數首最有名。原有《玄真子》三卷，已佚，《尊前集》録其《漁歌子》五首，《全唐詩》存詩九首。《新唐書》卷一九六有傳。

漁　歌　子
其　　一

【題解】

　　題一作《漁歌》、《漁父》、《漁父詞》。原有五首，此爲第一首。《漁歌子》爲唐時教坊曲名，後用爲詞調。《歷代詩餘》卷二一一引《樂府記聞》稱："張志和自稱煙波釣徒，嘗謁顏真卿於湖州，(真卿)以破艋散，請更之；願爲浮家泛宅往來苕、霅間。作《漁歌子》詞。"《新唐書》本傳所載略同。顏真卿刺湖州在大曆七年(772)，此詞即作於此時。詞中漁父形象，亦作者自況。

　　西塞山前白鷺飛[1]，桃花流水鱖魚肥[2]。青箬笠[3]，綠簑衣，斜風細雨不須歸。

《全唐五代詞》正編卷一

【校注】

[1]西塞山：徐釚《詞苑叢談》卷一注引《西吳記》："湖州磁湖鎮道士磯，即張志和所謂'西塞山前'也。"磁湖鎮即慈湖鎮，在今浙江吳興西南。　　[2]鱖(guì 貴)魚：俗作桂魚，一種大口細鱗、淡黄帶褐色的魚。　　[3]箬(ruò 若)笠：用箬竹做的斗笠。箬竹爲竹的一種，莖中空而細長。

【集評】

　　(清)劉熙載《藝概·詞曲概》："張志和《漁歌子》'西塞山前白鷺飛'一闋，風流

千古。東坡嘗以其成句用入《鷓鴣天》,又用於《浣溪沙》,然其所足成之句,猶未若
原詞之妙通造化也。"

盧　綸

【作者簡介】

　　盧綸(748—799?),字允言,蒲州(今山西永濟)人。累舉進士不第,代宗大
曆間先後因宰相元載、王縉之薦爲密縣令、秘書省校書郎,後元載、王縉獲罪,綸
坐累去官。德宗建中元年(780)爲昭應令,興元元年(784)爲奉天行營副元帥渾
瑊判官。貞元十四年(798),德宗聞其才,召入宫中唱和,超拜户部郎中,不久
卒。綸爲代、德朝著名詩人,與錢起、韓翃、司空曙等並稱"大曆十才子"。清賀
裳評大曆間詩云:"劉長卿外,盧綸爲佳,其詩亦以真而入妙……《塞下曲》六首,
俱有盛唐之音。"(《載酒園詩話又編》)有明人所輯《盧綸集》十卷傳世。《新唐
書》卷二〇三有傳。

塞　下　曲
其　　三

【題解】

　　題一作《和張僕射塞下曲》。原有六首,此爲第三首。僕射(yè 夜),官職名,張
僕射爲張延賞,貞元三年(787)官至左僕射同平章事。張延賞原唱今不存。盧綸和
詩在其爲渾瑊幕府判官時。《塞下曲》源自漢樂府《出塞》、《入塞》,李白嘗以《塞下
曲》爲題寫邊塞,此詩亦是。

　　月黑雁飛高,單于夜遁逃[1]。欲將輕騎逐[2],大雪滿弓刀。

《全唐詩》卷二七八

【校注】

[1]單(chán 蟬)于:古時對匈奴最高統治者的稱呼。　　　[2]輕騎:輕裝快速的
騎兵。

【集評】

（清）黄生《唐詩摘抄》卷四："言雖雪滿弓刀，猶欲輕騎相逐。一順看，即似畏寒不出矣，相去何啻天淵！'夜'字一本作'遠'，不惟句法不健，且惟乘月黑而夜遁，方見單于久在圍中，若遠而後逐，則無及矣。止爭一字，語意懸遠如此。甚矣書貴善本也！"

李　益

【作者簡介】

李益（748—827?），字君虞，鄭州（今屬河南）人，郡望隴西姑臧（今甘肅武威）。代宗大曆四年（769）舉進士第，六年中諷諫主文科，授鄭縣尉。自德宗建中元年（780）至貞元十三年（797）先後爲朔方、邠寧、幽州節度從事。憲宗元和初，入朝爲都官郎中，四年（809）進中書舍人，五年改河南少尹。後累仕太子右庶子、秘書監、散騎常侍等，文宗大和元年（827），以禮部尚書致仕，不久卒。益詩名卓著，柳宗元稱其"風流有文詞"（《先君石表陰先友記》），王建獻詩稱"天若不生君，誰復爲文綱"（《寄李益少監》）。其詩題材廣泛，以邊塞詩最佳。尤擅七絶，明胡應麟以爲"七言絶開元以下，便當以李益爲第一"（《詩藪》内編卷六）。有明人所輯《李益集》二卷傳世。《舊唐書》卷一三七、《新唐書》卷二○三有傳。

喜見外弟又言別

【題解】

古人稱姑舅兄弟爲外弟。安史亂中，中原士人多避亂江南，骨肉離散，音問全無。此詩寫與外弟久別乍逢驚喜交加情形，情景極真切。

十年離亂後[1]，長大一相逢。問姓驚初見，稱名憶舊容[2]。別來滄海事[3]，語罷暮天鐘[4]。明日巴陵道，秋山又幾重[5]。

《李益詩注》

【校注】

[1]十年離亂:指安史之亂避難在外。李益《從軍詩序》自稱"長始八歲,燕戎亂華";安史之亂起於天寶十四載(755),至代宗寶應二年(763)始平,首尾共九年。
[2]"問姓"二句:極寫初見時疑驚之狀。　　　[3]滄海:即"滄海桑田"之意。
[4]暮天鐘:寺院日暮時的鐘聲。　　　[5]"明日"二句:意謂明日又當各奔前程,相逢之日不可預期。巴陵:郡名,即今湖南岳陽。

【集評】

　　(清)賀裳《載酒園詩話又編》:"司空文明(曙)每作得一聯好語輒爲人壓佔,如'乍見翻疑夢,相悲各問年',可謂情至之語;李益曰'問姓驚初見,稱名憶舊容',則情尤深,語尤愴,讀之者幾於淚不能收。"

　　(清)潘德輿《養一齋詩話》卷七:"'問姓驚初見,稱名憶舊容',皆字字從肺肝中流露,寫情到此,乃爲入骨。"

宮　怨

【題解】

　　題一作《題宮怨花》。"宮怨"爲唐人傳統題材。此詩含蓄不露而怨意已足。

　　露濕晴花春殿香,月明歌吹在昭陽[1]。似將海水添宮漏[2],共滴長門一夜長[3]。

　　　　　　　　　　　　　　　　　　　　　　《李益詩注》

【校注】

[1]昭陽:漢長安宮名。漢成帝寵趙飛燕姊妹,以趙昭儀(飛燕妹)居於昭陽宮。此以漢代唐。　　　[2]宮漏:指宮中漏刻,以滴水多寡所示刻度計時。　　　[3]長門:漢長安離宮名。武帝皇后陳阿嬌失寵,廢居長門宮,司馬相如爲作《長門賦》,後以長門代失寵者所居。

【集評】

　　(明)唐汝詢《唐詩解》卷二八:"以昭陽之歌吹比長門之漏聲,是以彌覺其長也。"

（明）桂天祥《批點唐詩正聲》卷二一："宮怨宜在渾厚。詩雖佳,而意甚刻削。"

夜上受降城聞笛

【題解】

受降城,唐北邊要塞,唐中宗景龍二年(708)朔方總管張仁愿取突厥漠南之地後所築,有東、西、中三處,皆在黃河北,相距各四百里。中城在今内蒙古包頭西,東城在今托克托南,西城在今杭錦後旗烏加河北,此指西受降城。詩當作於興元元年(784)李益爲朔方節度從事時。此詩爲李益代表作,清沈德潛推爲唐人七絶壓卷之一。

回樂烽前沙似雪[1],受降城下月如霜。不知何處吹蘆管[2],一夜征人盡望鄉。

《李益詩注》

【校注】

[1]回樂烽:西受降城附近的烽火臺。舊説謂指回樂縣附近的烽火臺。按,回樂縣故城在今寧夏靈武西南,相距西受降城極遼遠,與詩意不合。此從今人譚優學《李益年譜》之説。烽,一作"峰"。按,李益《暮過回樂烽》詩云:"烽火高飛百尺臺。"作"峰"誤。　　[2]蘆管:即蘆笳,我國北方少數民族管樂器,以蘆葉爲管,故名蘆管。宋曾慥《類説·集韻》:"胡人捲蘆葉而吹,謂之蘆笳。"管,一作"笛",蘆笛即蘆笳。

【集評】

（明）唐汝詢《唐詩解》卷二八:"沙飛月皎,舉目悽惶,其於此而聞笛聲,安有不思鄉念切者。"

（清）施補華《峴傭説詩》:"'秦時明月'一首,'黃河遠上'一首,'天山雪後'一首,'回樂峰前'一首,皆邊塞名作,意態絶健,音節高亮,情思悱惻,百讀不厭也。"

孟　郊

【作者簡介】

　　孟郊(751—814),字東野,湖州武康(今浙江德清)人。家境貧困,屢舉不第,德宗貞元十二年(796)始登進士第,十六年,選任溧陽尉,後辭尉職,客居長安。憲宗元和元年(806)爲水陸轉運從事,試協律郎,四年,丁母憂去職。九年,被辟爲興元節度參謀,赴任途中暴疾卒。孟郊一生貧困潦倒,所爲詩,多憤世嫉俗語,且刻意冥搜,不襲陳言,與韓愈齊名,並稱“韓孟”。又好苦吟,故蘇軾將其與賈島並列,稱爲“郊寒島瘦”(《祭柳子玉文》)。有宋編《孟東野集》十卷行世。《舊唐書》卷一六〇、《新唐書》卷一六七有傳。

游　子　吟

迎母溧上作

【題解】

　　孟郊父早卒,家計賴其母支撐。貞元十六年(800)孟郊選任溧陽尉,乃迎其母奉養,作此詩。清《溧陽縣志》卷九《職官志》孟郊傳注引《溧陽舊志》載此詩題作《迎母瀨上》,瀨上即“溧上”(見華忱之《孟郊年譜》)。

　　慈母手中線,游子身上衣。臨行密密縫,意恐遲遲歸。誰言寸草心,報得三春暉[1]?

　　　　　　　　　　　　　　　　　　　　　　　　　　　　《孟郊詩集校注》卷一

【校注】

[1]“誰言”二句:意謂微薄之孝心難以報答養育之恩。暉:日光。

【集評】

　　(清)宋長白《柳亭詩話》:“孟東野‘慈母手中線’一首,言有盡而意無窮,足與李公垂‘鋤禾日當午’並傳。”

　　(清)沈德潛《唐詩別裁集》卷四:“即‘欲報之德,昊天罔及’意。”

織　婦　辭

【題解】

《織婦辭》,中晚唐時流行的新樂府題,元稹、鮑溶有同題詩,王建《織錦曲》、《當窗織》及溫庭筠《織錦詞》,大略相同,皆以織婦辛苦諷刺當時農村負擔太重。

夫是田中郎,妾是田中女。當年嫁得君,爲君秉機杼[1]。筋力日已疲,不息窗下機。如何織紈素[2],自著藍縷衣[3]?官家榜村路,更索栽桑樹[4]。

《孟郊詩集校注》卷二

【校注】

[1]秉:操持。機杼:紡織用具。機以轉軸,杼以持緯。　　[2]紈素:精緻潔白的細絹。　　[3]藍縷:同襤褸,破衣爛衫。　　[4]"官家"二句:意謂官家明年還要加收絹稅,所以要求各户再栽桑樹。榜:榜示,即張貼告示。索:要求、命令。

寒地百姓吟

爲鄭相,其年居河南,畿內百姓大蒙矜恤。

【題解】

鄭相指鄭餘慶,元和元年(806)鄭自尚書左丞同平章事罷爲河南尹,辟孟郊爲水陸轉運從事,居洛陽。詩即作於此時。詩中極寫河南百姓寒冬慘狀,讚美鄭餘慶留心民瘼,百姓大受恩惠。

無火炙地眠,半夜皆立號[1]。冷箭何處來,棘針風騷勞[2]。霜吹破四壁,苦痛不可逃。高堂槌鐘飲,到曉聞烹炮[3]。寒者願爲蛾,燒死彼華膏[4]。華膏隔仙羅[5],虛繞千萬遭。到頭落地死,踏地爲游遨[6]。游遨者是誰?君子爲鬱陶[7]。

《孟郊詩集校注》卷三

【校注】

[1]"無火"二句:謂貧苦百姓無爐火可取暖,祇能用柴火燒地烘熱地面睡覺,待到半夜地面冷了,便都凍得立身號叫。　　　[2]冷箭、棘針:形容冷風。騷勞:風聲。[3]"高堂"二句:謂富貴人家鳴鐘而食,烹烤食物直到天亮。　　　[4]華膏:飾有華彩的燈燭。　　　[5]仙羅:燈燭上的紗幔。　　　[6]游遨:指游樂者。[7]君子:指鄭餘慶。鬱陶(yáo 堯):悲憤積聚的意思。

王　建

【作者簡介】

　　王建(766?—?),字仲初,潁川(今河南許昌)人。德宗貞元、憲宗元和間歷佐淄青、幽州、嶺南、荆南、魏博節度幕,元和八年(813)轉渭南尉,穆宗長慶二年(822)任秘書郎,文宗大和間出爲陝州司馬,不久卒。有詩名,與張籍皆長於樂府,並稱"張王樂府",明高棅評云:"大曆以還,古聲逾下,獨張籍、王建二家,體制相似,稍復古意。或舊曲新聲,或新題古義,詞旨通暢,悲歡窮泰,慨然有古歌謠之遺風。"(《唐詩品彙》七言古詩卷一〇敍目)有宋編《王建詩集》十卷傳世。生平事蹟見元辛文房《唐才子傳》卷四。

水　夫　謡

【題解】

　　此詩寫縴夫的悲慘生活,揭露當時不合理的勞役制度。詩風古質。

　　苦哉生長當驛邊[1],官家使我牽驛船。辛苦日多樂日少,水宿沙行如海鳥。逆風上水萬斛重,前驛迢迢後森森[2]。半夜緣堤雪和雨[3],受他驅遣還復去。夜寒衣濕披短蓑,臆穿足裂忍痛何[4]。到明辛苦無處説,齊聲騰踏牽船歌[5]。一間茅屋何所直[6],父母之鄉去不得。我願此水作平田,長使水夫不怨天[7]。

《全唐詩》卷二九八

【校注】

[1]當驛邊：家居所在位於驛站旁邊。驛爲古代政府設置的交通站,有陸驛和水驛,此處所說爲水驛。　　[2]淼淼：茫無邊際貌。一作"渺渺",義同。後：一作"波",作"後"是縴夫後顧,作"波"是縴夫前瞻,兩字皆通。　　[3]緣堤：縴夫牽船在岸上行走。　　[4]臆：前胸。　　[5]騰踏：足踩地作歌。歌：一作"出",則"騰踏"是氣憤跺腳貌;作"歌"與前句"何"押韻;作"出",與本句"說"("出"、"說"皆入聲)押韻。皆可通。　　[6]直：同"值",價值。　　[7]"我願"二句：意謂寧願種田納租也不願作縴夫服役。

【集評】

(清)余成教《石園詩話》卷二："王仲初樂府歌行,思遠格幽……歌行諸結句尤有餘蘊。《荆門行》云：'壯年留滯尚思家,況復白頭在天涯?'《田家行》云：'田家衣食無厚薄,不見縣門身即樂。'《當窗織》云：'當窗卻羨青樓娼,十指不動衣盈箱。'《水運行》云：'遠徵海稻供邊食,豈如多種邊頭地?'《水夫謡》云：'我願此水作平田,長使水夫不怨天。'《望夫石》云：'山頭日日風復雨,行人歸來石應語。'《短歌行》云：'人家見生男女好,不知男女催人老。'"

田　家　行

【題解】

《田家行》,宋郭茂倩《樂府詩集》卷九三編入《新樂府辭》。此詩寫農村豐收之後農民的苦樂。其"樂"在於可以"輸得官家足",免於入城見官受鞭笞之苦,至於個人的衣食無着全然不計。以"樂"反襯其苦,手法特殊。

　　男聲欣欣女顔悦,人家不怨言語別[1]。五月雖熱麥風清,簷頭索索繰車鳴[2]。野蠶作繭人不取[3],葉間撲撲秋蛾生。麥收上場絹在軸[4],的知輸得官家足[5]。不望入口復上身,且免向城賣黄犢。田家衣食無厚薄[6],不見縣門身即樂[7]。

《全唐詩》卷二九八

【校注】

[1]人家：即上句的男與女。言語别：謂這些男、女們皆無怨言,言語與常人有别。

[2]簷頭:屋簷下。索索:繰絲車響聲。　　[3]野蠶:野生的蠶,形狀與家蠶相似,生長在桑樹上,繭可以繰絲。　　[4]軸:指織機的軸。　　[5]的知:確知。
[6]"田家"句:猶言田家衣食無所謂厚與薄,即衣食的享用可以是最低的。
[7]縣門:縣衙門。

【集評】

　　(明)陸時雍《唐詩鏡》卷四一:"王建古詞正直,此曲不厭村樸。"

韓　愈

【作者簡介】

　　韓愈(768—824),字退之,河南河陽(今河南孟州)人。德宗貞元八年(792)進士第,兩爲節度使幕僚,十八年授四門博士,遷監察御史,因論事貶陽山令。憲宗元和元年(806)召爲國子博士,後歷仕河南令、比部郎中史館修撰、考功郎中、中書舍人等。元和十二年隨彰義軍節度使裴度討淮西,遷刑部侍郎。十四年因諫迎佛骨貶潮州刺史,量移袁州刺史。穆宗即位,召爲國子祭酒,歷兵部侍郎、京兆尹、吏部侍郎,長慶四年卒。愈詩文兼擅。詩與孟郊齊名,並稱"韓孟"。其詩豪健雄放,清劉熙載評爲"有倚天拔地之意"(《藝概·詩概》);又以文爲詩,清葉燮評爲"爲唐詩之一大變,其力大,其思雄,崛起特爲鼻祖,宋之蘇、梅、歐、蘇、王、黄,皆愈爲之發其端"(《原詩·内篇上》)。愈推尊儒學,力排佛老,反對六朝以來的駢文,提倡古文,與柳宗元同爲當時文壇盟主,世稱"韓柳"。蘇軾謂韓愈"文起八代之衰"(《潮州韓文公廟碑》),對後世散文影響極大。有宋編《昌黎先生集》四十卷傳世。《舊唐書》卷一六〇、《新唐書》卷一七六有傳。

山　石

【題解】

　　貞元十七年(801)韓愈辭去徐州節度幕職,在洛陽閒居候選,此詩即作於此時。這是一首紀游詩,以首句二字爲題,寫其與友朋黄昏宿於荒寺及翌日遍游山水的經過,末數句歸於議論,是韓愈當時心情的反映。此詩全用賦體,敍事明白,時序了然,與以往僅點染景物,以抒情爲主的山水詩不同,堪稱韓愈"以文爲詩"的代表作。

　　山石犖确行徑微[1],黃昏到寺蝙蝠飛。昇堂坐階新雨足,芭蕉葉大支子肥[2]。僧言古壁佛畫好,以火來照所見稀[3]。鋪牀拂席置羹飯,疏糲亦足飽我飢[4]。夜深静臥百蟲絶,清月出嶺光入扉。天明獨去無道路,出入高下窮煙霏。山紅澗碧紛爛漫,時見松櫪皆十圍[5]。當流赤足踏澗石,水聲激激風吹衣。人生如此自可樂,豈必局束爲人靰[6]?嗟哉吾黨二三子[7],安得至老不更歸?

《韓昌黎詩繫年集釋》卷二

【校注】

[1]犖(luò 洛)确:形容山石大而雜陳。行徑微:山路狹窄。　　[2]支子:即梔子,花名。肥:錢仲聯注:"按老杜詩:'紅綻雨肥梅。'肥字本此。"　　[3]稀:依稀、模糊。亦可作稀罕解,謂如此好畫果然稀見。　　[4]疏糲(lì 厲):糙米。[5]圍:兩手相環。或説是兩臂環抱。此處以前一説較妥當。　　[6]靰(jī 激):馬韁繩。此處作動詞用,言爲人所牽制。　　[7]吾黨二三子:指與其同游的人。吾黨,志同道合者。《孟子·盡心下》:"吾黨之士狂簡。"《論語·陽貨》:"二三子以我爲隱乎!"語本此。

【集評】

　　(明)陸時雍《唐詩鏡》卷三九:"語如清流齧石,激激相注。李、杜虚境過形,昌黎當境實寫。"

　　(清)何焯《義門讀書記·昌黎集》卷一:"直書即目,無意求工,而文自至。一變謝家模範之跡,如畫家之有荆、關也。"

雉　帶　箭

【題解】

　　此詩作於貞元十五年(799),時韓愈在徐州節度使張建封幕,從獵而作。詩寫射獵過程,既具濃縮之妙,又兼描摹之工。

　　原頭火燒静兀兀[1],野雉畏鷹出復没[2]。將軍欲以巧伏人[3],盤馬彎弓惜不發。地形漸窄觀者多,雉驚弓滿勁箭加。衝人決起百餘尺^[4],紅翎白鏃相傾斜^[5]。將軍仰笑軍吏賀,五色離披馬前墮^[6]。

《韓昌黎詩繫年集釋》卷一

【校注】

[1]原頭:高岡之地。火燒:射獵者所放的火,以驚起獵物。　　[2]野雉:野雞。此句寫野雉爲火驚起,又畏空中獵鷹,出而復没。　　[3]將軍:即張建封。張建封貞元四年自御史大夫移鎮徐州。張原爲文吏出身,但在徐州時,好射獵、擊毬。[4]決起:突然而起。雉受驚而起,將軍勁箭適時而發,雉的衝力加上箭的力量,故能“決起百餘尺”。　　[5]紅翎白鏃:即雉帶箭之狀。此句寫雉中箭後傾斜落下。[6]五色離披:形容雉羽散亂之狀。

【集評】

(宋)洪邁《容齋三筆》卷三:“韓昌黎《雉帶箭》詩,東坡嘗大字書之,以爲絶妙。予讀曹子建《七啓》論羽獵之美云:‘人稠網密,地逼勢脅。’乃知韓公用意所來處。”

(清)汪琬《批韓詩》:“短幅中有龍跳虎卧之觀。”

(清)汪森《韓柳詩選》:“層次極佳,可悟行文頓挫之妙。”

聽穎師彈琴

【題解】

詩作於元和六年,時韓愈爲職方員外郎,在長安。穎師,琴僧,以琴在京師與文人交,求詩。李賀集中亦有《聽穎師彈琴歌》。此詩與白居易《琵琶行》、李賀《李憑箜篌引》並爲唐詩中摹寫音樂的名篇。

昵昵兒女語,恩怨相爾汝^[1]。劃然變軒昂,勇士赴敵場^[2]。浮雲柳絮無根蒂,天地闊遠隨飛揚^[3]。喧啾百鳥群,忽見孤鳳凰^[4]。躋攀分寸不可上,失勢一落千丈强^[5]。嗟余有兩耳,未省聽絲篁^[6]。自聞穎師彈,起坐在一旁。推手遽止之,濕衣淚滂滂。穎乎爾誠能,無以冰炭置我腸^[7]。

《韓昌黎詩繫年集釋》卷九

【校注】

[1]昵昵:親近。爾汝:都是第二人稱。二句寫琴聲初起時輕柔如小兒女昵昵而語,輕碎如小兒女互説恩怨。錢仲聯《韓昌黎詩繫年集釋》補釋:“《世説新語·排調》:‘晉武帝問孫皓:聞南人好作爾汝歌,頗能爲不?’爾汝歌爲古代江南一帶流行之情歌,歌詞每句用爾或汝,以示彼此親昵關係,此取其義。”　　[2]“劃然”二句:寫琴聲繼之軒昂有力。　　[3]“浮雲”二句:寫琴聲悠遠曼長。　　[4]“喧啾”二句:寫琴聲在細碎之中突然高揚。　　[5]“躋攀”二句:寫琴聲逐漸變高,當不能再高時,又突然降至最低音。躋:攀登。　　[6]省(xǐng 醒):懂得,理解。絲篁:樂器的總稱。有絃者爲絲,有孔者爲篁。　　[7]冰炭:形容琴聲感人的强烈效果。

【集評】

　　(宋)胡仔《苕溪漁隱叢話·前集》卷一六:“《西清詩話》云:三吴僧義海以琴名世。六一居士嘗問東坡‘琴詩孰優?’東坡答以退之《聽穎師琴》。公曰:‘此祇是聽琵琶耳。’或以問,海曰:‘歐陽公一代英偉,然斯語誤矣。“昵昵兒女語,恩怨相爾汝”,言輕柔細屑,真情出見也。“劃然變軒昂,勇士赴敵場”,精神餘溢,竦觀聽也。“浮雲柳絮無根蒂,天地闊遠隨飛揚”,縱横變態,浩乎不失自然也。“喧啾百鳥群,忽見孤鳳凰”,又見穎孤絶,不同流俗下俚聲也。“躋攀分寸不可上,失勢一落千丈强”,起伏抑揚,不主故常也。皆指下絲聲妙處,惟琴爲然。琵琶格上聲,烏能爾耶? 退之深得其趣,未易譏評也。’”

　　(宋)陳善《捫虱新話》卷二:“予自學琴,而得爲文之法。文章之妙處,在能掩抑頓挫,令人讀之,亹亹不倦。韓退之《聽穎師琴》詩曰:‘昵昵兒女語……失勢一落千丈强。’此頓挫法也。”

　　(明)蔣之翹《唐韓昌黎輯注》:“只起四語耳,忽而弱骨柔情,銷魂欲絶,忽而舞爪張牙,可駭可愕。其變態百出如此。”

八月十五夜贈張功曹

【題解】

　　永貞元年(805,即貞元二十一年)作於郴州。張功曹爲張署。德宗貞元十九年(803)冬,關内因久不雨饑饉,而京師租税不免,民有拆屋伐樹以納税錢、棄子逐妻以求口食者。時爲監察御史的韓愈與同僚張署上書德宗,請緩徵今年税以待來年。因此得罪權貴,觸怒德宗,韓、張皆貶官,韓貶陽山(今屬廣東)令,張貶臨武(今屬湖南)令。貞元二十一年春,順宗立,夏四月,順宗册太子(李純),大赦天下,韓、張得赦令,俱自貶所至郴州待命。在郴州,韓、張得到新的任命:韓爲江陵府法曹參軍,張爲功曹參軍。對於這個任命,愈、署皆大失所望。八月,順宗遜位,太子即位,是爲憲宗,再大赦,韓、張的任命未改變。八月十五夜,二人對酒,韓愈作此詩發牢騷。

纖雲四卷天無河[1],清風吹空月舒波。沙平水息聲影絶,一杯相屬君當歌[2]。君歌聲酸辭且苦,不能聽終淚如雨。洞庭連天九疑高[3],蛟龍出没猩鼯號[4]。十生九死到官所[5],幽居默默如藏逃。下牀畏蛇食畏藥[6],海氣濕蟄熏腥臊[7]。昨者州前捶大鼓,嗣皇繼聖登夔皋[8]。赦書一日行萬里,罪從大辟皆除死[9]。遷者追迴流者還[10],滌瑕蕩垢朝清班[11]。州家申名使家抑[12],坎坷衹得移荆蠻[13]。判司卑官不堪說[14],未免捶楚塵埃間。同時輩流多上道[15],天路幽險難追攀[16]。君歌且休聽我歌,我歌今與君殊科[17]。一年明月今宵多,人生由命非由他[18],有酒不飲奈明何[19]!

《韓昌黎詩繫年集釋》卷三

【校注】

[1]天無河:天上無銀河。因爲是中秋夜,"月明星稀",所以銀河顯示不出來。

[2]相屬(zhǔ 主):勸酒。　　[3]洞庭:洞庭湖,在今湖南境内。九疑:山名,一作"九嶷",又名蒼梧山,在今湖南寧遠南,相傳虞舜死葬於此。此句以下爲張署歌辭,洞庭、九疑是韓、張自京赴貶地途經之地。　　[4]蛟龍、猩鼯:俱形容洞庭環境之險惡。猩,猴類;鼯,即鼯鼠,俗稱"大飛鼠",生活於森林,夜間出没。　　[5]官所:指二人的貶地。韓愈貶陽山(今屬廣東)令,張署貶臨武(今屬湖南)令。

[6]"下牀"句:指對貶所生活習俗的不習慣。韓、張俱爲北方人(張署爲河北河間人),南方多蛇蟲,飲食滋味在他們看來如同食"藥",故有此説。韓愈有《初南食貽元十八協律》詩,説到他對南方飲食的極不習慣,可參考。　　[7]"海氣"句:形容南方空氣潮濕難耐。　　[8]"昨者"二句:敍述近日發生的大事。州前捶大鼓:指憲宗赦書在州衙宣佈。嗣皇繼聖:謂憲宗即位。登夔皋:指憲宗即位後啓用賢臣。夔,相傳是堯舜的樂官;皋,即皋陶(yáo 堯),相傳爲虞舜的司法官。舊注或以爲赦書指册立太子時所發佈。按唐制:赦書日行五百里。《新唐書·百官志》:

中尚(中書省、尚書省)署令,赦日,擊搥鼓千聲。憲宗即位在八月五日,次日發佈赦書。據《元和郡縣圖志》,郴州"西北至上都(長安)三千二百七十五里",十日之內,赦書可達郴州。冊立太子在四月,赦書不可能遲至"昨者"纔行至郴州。宋本"昨者"作"昨日",亦可證赦書爲憲宗即位所頒。　[9]罪從大辟(bì 必):即罪爲大辟。大辟,古五刑之一,死罪。除死:免死。　[10]遷者追迴:貶官者追迴京師。唐人習慣,貶官不言"貶"而言"遷"或"左遷"。流者還:因罪而流放者返回京師。這都是復述赦書中語。　[11]清班:清貴官員的班列。句謂遷者流者都因獲赦追還而滌瑕蕩垢,上朝時得以列入清班。朝清班,一作"清朝班",句意爲憲宗蕩滌奸臣,朝班爲之一清,亦通。　[12]州家:指郴州刺史李伯康。使家:指湖南道觀察使楊憑。州刺史稱州家,觀察使稱使家,是唐人習稱。對韓、張的任命,李伯康以爲不公,曾向觀察使申名,而楊憑予以抑制。按,韓愈認爲楊憑是秉承了朝中有權勢者的意旨,有意壓抑他們,故有此語。　[13]移荆蠻:指赴江陵府判官任。江陵府治在荆州,荆州古屬楚國,古代中原人稱南方民族爲蠻,楚國在南,故稱荆蠻。　[14]判司:唐代對州府僚屬的統稱。法曹、功曹參軍皆爲江陵府屬吏。　[15]同時輩流:指與他們同時遭貶的人。上道:上路返京。[16]天路:返回京城的路。張署歌辭至此結束。以下爲韓愈的歌辭。　[17]殊科:不同類。　[18]他(tuó 佗):韓愈歌辭句句押韻。　[19]明:即明月。

【集評】

(清)汪森《韓柳詩選》:"起、結清曠超脱,是太白風度,然亦從楚《騷》變來。"

(清)方東樹《昭昧詹言》卷一二:"一篇古文章法。前敍,中間以正意、苦語、重語作實,避實法也。一線言中秋,中間以實爲虛,亦一法也。收,應起,筆力轉換。"

早春呈水部張十八員外

其　一

【題解】

此爲第一首。長慶三年(823)作於長安。張十八爲張籍,著名詩人,時爲水部員外郎。詩寫長安早春景象。

天街小雨潤如酥[1],草色遥看近卻無[2]。最是一年春好處,絶勝煙柳滿皇都。

【校注】

[1]天街：長安朱雀門大街，亦稱天門街，在宮城承天門之南。　　[2]"草色"句：謂春草初萌，遙看已有緑意，近看反而不顯。

【集評】

　　(宋)胡仔《苕溪漁隱叢話前集》卷一〇："'天街小雨潤如酥，草色遙看近卻無。最是一年春好處，絶勝煙柳滿皇都。'此退之早春詩也。'荷盡已無擎雨蓋，菊殘猶有傲霜枝。一年好景君須記，最是橙黄橘緑時。'此子瞻初冬詩也。二詩意思頗同而詞殊，皆曲盡其妙。"

　　(清)黄叔燦《唐詩箋注》卷九："'草色遙看近卻無'，寫照工甚，如畫家設色，在有意無意之間。"

雜　　説
其　　四

【題解】

　　"雜"是隨題立名、無一定文體的意思；"説"爲論説文之一體，解釋義理而出以己意。本文兼雜、説二體。原有四首，本篇爲第四首。通篇借伯樂與馬爲喻，比喻人才固然難得，而鑒識發現人才尤爲難得。作年不可確知，當爲韓愈早期作品。韓愈四試於禮部(進士試)始一得，三試於吏部(博學宏詞科)皆落選；又三上宰相書，宰相置之不理。於是作此文泄其不平。

　　世有伯樂[1]，然後有千里馬。千里馬常有，而伯樂不常有[2]。故雖有名馬，祇辱於奴隸人之手[3]，駢死於槽櫪之間[4]，不以千里稱也。

　　馬之千里者，一食或盡粟一石。食馬者[5]，不知其能千里而食也。是馬也，雖有千里之能，食不飽，力不足，才美不外見[6]，且欲與常馬等不可得[7]，安求其能千里也？

　　策之不以其道[8]，食之不能盡其材[9]，鳴之而不能通其意，執策而臨之曰：“天下無馬。”嗚呼！其真無馬邪？其真不知馬也！

【校注】

[1]伯樂：姓孫名陽，字伯樂，春秋秦穆公時人，善相馬，以識千里馬著名當時。
[2]“千里馬常有”二句：意謂各處皆有人才，惟在善於發現並善使之。　　[3]奴
隸人：指驅役馬者。　　[4]駢死：并死、接連而死。　　[5]食（sì 飼）：同“飼”。
下句“食之不能盡其材”同。　　[6]外見：表現出來。見，同“現”。　　[7]“且
欲”句：謂千里馬欲與尋常之馬得同等待遇亦不可。　　[8]策：馬鞭。不以其道：
猶言鞭笞不當。　　[9]盡其材：充分滿足千里馬的食量。

【集評】

　　（清）孫琮《山曉閣唐宋八大家選·韓昌黎集》卷四：“借伯樂相馬隱喻世無知
我。開口一句便已説破，下祇承此意，反寫二段，然後重提筆起，寫出一段感慨淋漓
的文字來。遥遥千古，同聲一歎。”

師　　説

【題解】

　　作於貞元十八年（802），時韓愈爲國子監四門博士。此文雖因李蟠從其爲師而
作，實則借此抨擊當時以世族士大夫爲代表的知識階層自恃門第高貴、驕傲自滿、耻
於從師並輕視巫醫樂師百工之人的惡習。文中對師、弟子之道有精闢論述，鼓吹從
師的重要性，提高師的尊嚴，以扭轉社會不良風習。柳宗元《答韋中立論師道書》中
説：“今之世不聞有師，有輒嘩笑之，以爲狂人。獨韓愈奮不顧流俗，犯笑侮，收召後
學，作《師説》，因抗顔而爲師。”説明此文在當時產生了極大的社會反響。文章結構
嚴密，筆法波瀾起伏，在不長的篇幅裏，極盡錯綜變化之妙。

　　古之學者必有師。師者，所以傳道、受業、解惑也[1]。人非生而
知之者[2]，孰能無惑？惑而不從師，其爲惑也，終不解矣。生乎吾前，
其聞道也，固先乎吾，吾從而師之；生乎吾後，其聞道也，亦先乎吾，吾
從而師之。吾師道也[3]，夫庸知其年之先後生於吾乎[4]？是故無貴
無賤，無長無少，道之所存，師之所存也。

嗟乎！師道之不傳也久矣[5]！欲人之無惑也難矣！古之聖人，其出人也遠矣，猶且從師而問焉；今之衆人，其下聖人也亦遠矣，而耻學於師；是故聖益聖，愚益愚，聖人之所以爲聖，愚人之所以爲愚，其皆出於此乎？

愛其子，擇師而教之；於其身也，則耻師焉。惑矣[6]！彼童子之師，授之書而習其句讀者也[7]，非吾所謂傳其道解其惑者也。句讀之不知，惑之不解，或師焉，或不焉，小學而大遺[8]，吾未見其明也。

巫、醫、樂師、百工之人[9]，不耻相師；士大夫之族，曰師、曰弟子云者，則群聚而笑之。問之，則曰："彼與彼年相若也，道相似也[10]。"位卑則足羞，官盛則近諛[11]。嗚呼！師道之不復可知矣。巫、醫、樂師、百工之人，君子不齒[12]，今其智乃反不能及，其可怪也歟！

聖人無常師[13]。孔子師郯子、萇弘、師襄、老聃[14]。郯子之徒，其賢不及孔子。孔子曰："三人行，必有我師[15]。"是故弟子不必不如師，師不必賢於弟子，聞道有先後，術業有專攻，如是而已。

李氏子蟠[16]，年十七，好古文，六藝經傳[17]，皆通習之；不拘於時，學於余，余嘉其能行古道，作《師説》以貽之[18]。

《韓昌黎文集校注》卷一

【校注】

[1]傳道、受業、解惑：此三項爲師的職業工作。謝枋得《文章軌範》卷五："道者，致知格物誠意正心齊家治國平天下之道；業者，六經禮樂文章之業；惑者，胸中有疑惑而未開明也。"　　[2]"人非"句：《論語·季氏》："生而知之者上也，學而知之者次也。"句出此而用意略有不同。　　[3]吾師道：猶言我所師從的是道。

[4]庸知：豈知、何必知。　　[5]師道：爲師和從師之道。爲師之道指師對學生學業和品德上的教導，從師之道指學生對師的不耻於學和尊重。　　[6]惑矣：猶言真糊塗啊。此處"惑"作動詞，與前"解惑"不同。　　[7]句讀(dòu 逗)：指文辭休止和停頓處。文辭語意已盡爲句，語意未盡而須停頓處爲讀。　　[8]小學而大遺：意謂小惑而從師，大惑則不從師。　　[9]百工之人：各種從事手工技藝者。

[10]年相若：年齡相仿佛。道相似：學問相同。　　[11]位卑、官盛：職位低下、官職很高。皆指所從之師。　　[12]不齒：不與同列。不齒，一作"鄙之"，瞧不起的意思。　　[13]無常師：無固定專一之師。　　[14]郯(tán 談)子：春秋時郯國

國君。魯昭公十七年,郯子來魯,昭公問郯子少皞(hào 浩)氏以鳥名名官之事,孔
子聽説,見於郯子而學之。見《左傳》昭公十七年。萇弘:春秋時周敬王大夫,孔子
嘗問樂於萇弘,見《孔子家語·觀周》。師襄:魯國樂師,孔子嘗學琴於師襄,見《史
記·孔子世家》。老聃(dān 單):即老子,孔子嘗問禮於老子,見《史記》、《孔子家
語》。　　[15]“孔子曰”二句:《論語·述而》:“子曰:‘三人行,必有我師焉。擇
其善者而從之,其不善者而改之。’”　　[16]李蟠:貞元十九年(803)進士。
[17]六藝:即《詩》、《書》、《禮》、《易》、《樂》、《春秋》,又稱六經。《樂》至漢時已
亡,此處泛指儒家經典。經傳:分指六藝本文和後世儒者闡釋六藝之書,如《禮》爲
經,《禮記》爲傳;《春秋》爲經,《左傳》、《公羊》、《穀梁》爲傳。　　[18]貽:贈送。

【集評】

　　(清)康熙《御選古文淵鑒》卷三五引宋洪邁曰:“柳子厚《答韋中立書》
云……余觀退之《師説》云‘弟子不必不如師,師不必賢於弟子’,其言非好爲人師
也。學者不歸子厚,而歸退之,故子厚有此説耳。此文如常山蛇陣,救首救尾,段段
有力,學者宜熟讀。”

　　(清)吳楚材、吳調侯《古文觀止》卷八:“通篇祇是‘吾師道也’一句,言觸處皆
師,無論長幼貴賤,惟人自擇,因惜時人不肯從師,歷引童子、巫醫、孔子明之,總是欲
李氏子能自得師,不必謂公慨然以師道自任,而作此以倡後學也。”

進 學 解

【題解】

　　元和七年(812)作,時韓愈爲國子學博士。“進學解”意謂關於增進學、行的辨
析,借師生之間的問答,闡述自己對於衛道、治學、爲文及做人的見解。兩《唐書》本
傳俱録此文,《新唐書》本傳謂愈“既才高數黜,官又下遷,乃作《進學解》以自喻”。
故本文又是發牢騷之文,借學生之口,突出自己學問精深、信念堅定,但歷盡坎坷,居
於下位的景況,曲折含蓄地對社會待己的不公予以批評,其源出於東方朔《答客難》、
揚雄《解嘲》而實過之。文中駢散相間,又雜以韻語,語言上力去陳言,極富創造性,
有强烈的藝術感染力。

　　國子先生晨入太學[1],召諸生立館下[2],誨之曰:“業精於勤,荒
於嬉;行成於思,毀於隨[3]。方今聖賢相逢[4],治具畢張[5]。拔去凶

邪,登崇俊良[6]。占小善者率以録[7],名一藝者無不庸[8]。爬羅剔
抉,刮垢磨光[9]。蓋有幸而獲選,孰云多而不揚[10]？諸生業患不能
精,無患有司之不明[11]。行患不能成,無患有司之不公。"

【校注】

[1]國子先生:即國子博士,韓愈自稱。太學:唐國子監有國子學、太學、四門館學
等,太學招收五品以上官員子弟。　　　[2]館:學館、學舍。　　　[3]"業精於勤"
四句:是先生在學問、德行兩方面對學生的教誨。嬉:嬉游。思:獨立思索。隨:因
循隨俗。　　　[4]聖賢:指聖君賢相。　　　[5]治具畢張:治理國家的法令措施俱
得其宜。　　　[6]"拔去"二句:意謂除去兇暴邪惡者,提拔才德優秀者。
[7]占:有,具有。録:録用。　　　[8]名一藝:藝,即經,謂能通一經。唐科舉有明
經科,凡通二經以上皆可應試。庸:同"用"。　　　[9]"爬羅"二句:形容政府搜
求、培育人才不遺餘力。爬:梳;羅:羅致;剔:剔除;抉:選擇。刮垢:刮去污垢;磨
光:磨去瑕疵,使其發光。　　　[10]"蓋有幸"二句:意謂雖有憑藉僥倖而獲得選拔
者,但絕無才藝多而名聲不揚者。選:指學生經國子監選拔而取得應朝廷(進士、
明經)考試資格。　　　[11]有司:指主管職能部門。古代設官分職,各有專司,因
稱主管部門爲有司。

　　言未既[1],有笑於列者曰:"先生欺余哉！弟子事先生,於茲有年
矣。先生口不絶吟於六藝之文[2],手不停披於百家之編[3];記事者必
提其要[4],纂言者必鉤其玄[5];貪多務得,細大不捐[6],焚膏油以繼
晷[7],恒兀兀以窮年[8]:先生之於業,可謂勤矣。抵排異端[9],攘斥佛
老[10],補苴罅漏[11],張皇幽眇[12];尋墜緒之茫茫[13],獨旁搜而遠
紹[14];障百川而東之,迴狂瀾於既倒[15]:先生之於儒,可謂有勞矣。
沈浸醲鬱,含英咀華[16]。作爲文章,其書滿家。上規姚姒[17],渾渾無
涯;周誥殷盤[18],佶屈聱牙[19];《春秋》謹嚴[20],《左氏》浮誇[21];《易》
奇而法[22],《詩》正而葩[23];下逮《莊》《騷》[24],太史所録[25],子雲、相
如,同工異曲[26]:先生之於文,可謂閎其中而肆其外矣[27]。少始知
學,勇於敢爲。長通於方,左右俱宜[28]:先生之於爲人,可謂成矣。然
而公不見信於人,私不見助於友。跋前躓後[29],動輒得咎[30]。暫爲
御史,遂竄南夷[31]。三年博士,冗不見治[32]。命與仇謀,取敗幾

時^[33]！冬暖而兒號寒，年豐而妻啼飢。頭童齒豁^[34]，竟死何裨？不知慮此，而反教人爲！"

【校注】

[1]既：終了。　　[2]六藝：六經。詳見《師説》注。　　[3]手不停披：形容讀書之勤。披，翻閲。百家之編：指六藝以外諸子百家之文。　　[4]記事者：指記載史實一類的著作。提其要：概括其要點。　　[5]纂言者：指言論一類著作。鉤其玄：探取其深奥道理。　　[6]"貪多"二句：形容讀書之博。捐：棄置。
[7]"焚膏油"句：形容讀書用功。膏油：燈燭之類。晷(guǐ 軌)：日影。
[8]"恒兀兀"句：形容讀書終年勤苦。兀兀：勞苦貌。　　[9]抵排：抵制、排斥。異端：與儒家學説相抵觸者。　　[10]攘斥：排斥。佛老：佛家和道家。老，指老子，道家以老子爲鼻祖。　　[11]補苴(jū 居)：填補。罅(xià 下)漏：裂縫、缺口。
[12]張皇：張大、顯豁。幽眇：幽邃而不明者。此指儒家思想隱秘深奥之處。
[13]墜緒茫茫：指儒家學説衰落，其端緒已難把握。　　[14]旁搜遠紹：形容四處尋覓。　　[15]"障百川"二句：形容獨力支撑儒家殘局，成效巨大。障：擋、堵，"障百川而東之"猶言阻擋一切川水使流入大海。障，一作"停"。《史記・秦始皇本紀》："禹鑿龍門，通大夏，決河亭水，放之海。""亭"爲平分之義，謂能順水性而治之，導使歸於海。亭、停古通用，又因"停"與"障"形近而致歧異。二字皆通。説見童第德《韓集校詮》卷一二。　　[16]"沈浸"二句：謂涵泳於精妙文章意味之中，仔細體會咀嚼。釀鬱：酒香芳烈。此形容文章。含、咀、英、華，俱同義互用。
　　[17]規：取法。姚姒：代《尚書》。《尚書》中有《虞書》、《夏書》，虞舜姚姓，夏禹姒姓。此句"上規"言文章取法自前代，"規"字直貫以下所言《周誥》、《殷盤》、《春秋》、《左氏》、《易》、《詩》等；下文"下逮"用法略同。　　[18]周誥：代《尚書》中的《周書》。《周書》中有《大誥》、《康誥》等篇。殷盤：代《尚書》中的《商書》。《商書》中有《盤庚》篇。　　[19]佶(jié 截)屈聱(áo 敖)牙：意謂《周書》、《商書》文字艱澀難懂。　　[20]《春秋》謹嚴：謂《春秋》文字嚴謹簡約，語含褒貶。
[21]《左氏》浮誇：謂《左傳》文字鋪排誇張。　　[22]《易》奇而法：謂《周易》文辭奇幻而有法則。　　[23]《詩》正而葩(pā 趴)：謂《詩經》思想純正而文辭華美。葩，華美。　　[24]《莊》《騷》：指《莊子》和《離騷》。　　[25]太史：史官名。此指司馬遷及所著《史記》。　　[26]"子雲"二句：謂揚雄、司馬相如賦的文辭皆工緻而意趣不同。揚雄字子雲。　　[27]"可謂"句：指所作文章内容博大精深而文辭壯美恣肆。　　[28]"長通"二句：與"少始知學"二句對言，意謂年長之後學術爲人俱到老成練達地步，無所不宜。　　[29]跋：踩踏；躓：跌倒。語出《詩

·豳風·狼跋》:“狼跋其胡,載疐其尾。”意謂狼向前則踩踏其胡(頜下贅肉),後退則絆其尾。疐,音義俱同“躓”。　　[30]動輒得咎:猶言但有舉動便獲罪責。輒,承接連詞,猶則、便。　　[31]“暫爲”二句:指韓愈貞元十九年(803)冬任監察御史時上書言事貶陽山令事。陽山,今屬廣東,唐時屬江南西道連州,地接嶺南,故稱南夷。　　[32]“三年”二句:謂韓愈元和元年(806)任國子博士,至元和四年始調任都官員外郎,三年之間如置於閒散之地而不顯其政績。三年:一作“三爲”,指韓愈貞元末、元和初、元和七年三爲博士之職,亦通。冗:冗官,閒散之職。見(xiàn 現)治:表現出政績。　　[33]“命與”二句:意謂命運與仇敵相合,取敗已無需多久。謀:謀合。　　[34]頭童:頭髮脱落。童,山無草木,以喻人髮秃。

先生曰:“吁!子來前。夫大木爲宗[1],細木爲桷[2]。欂櫨侏儒[3],椳闑扂楔[4],各得其宜,施以成室者,匠氏之工也。玉札丹砂[5],赤箭青芝[6],牛溲馬勃[7],敗鼓之皮[8],俱收并蓄,待用無遺者,醫師之良也。登明選公[9],雜進巧拙[10],紆餘爲妍[11],卓犖爲傑[12],校短量長,惟器是適者,宰相之方也。昔者孟軻好辯,孔道以明,轍環天下,卒老於行[13];荀卿守正,大論是弘。逃讒於楚,廢死蘭陵[14]。是二儒者,吐辭爲經,舉足爲法。絶類離倫,優入聖域[15],其遇於世何如也?今先生學雖勤而不繇其統[16],言雖多而不要其中[17],文雖奇而不濟於用,行雖修而不顯於衆,猶且月費俸錢,歲糜廩粟[18]。子不知耕,婦不知織。乘馬從徒,安坐而食。踵常途之促促[19],窺陳編以盜竊[20]。然而聖主不加誅,宰臣不見斥,兹非其幸歟?動而得謗,名亦隨之[21],投閒置散,乃分之宜[22]。若夫商財賄之有亡,計班資之崇庳[23],忘己量之所稱,指前人之瑕疵[24],是所謂詰匠氏之不以杙爲楹[25],而訾醫師以昌陽引年,欲進其豨苓也[26]。”

《韓昌黎文集校注》卷一

【校注】

[1]宗(máng 忙):棟梁之屬。　　[2]桷(jué 覺):方形椽子。　　[3]欂(bó帛)櫨(lú 盧):屋上短柱。侏儒:亦作朱儒、株檽,梁上短柱。　　[4]椳(wēi 威):門臼,以承門樞。闑(niè 聶):古代門中央所豎立木。古代門有二闑,二闑之中爲中門,二闑之旁爲椳,以別尊卑出入。扂(diàn 店):門閂。楔(xiē 些):門兩旁豎木。

[5]玉札:即地榆。丹砂:即朱砂。　　[6]赤箭:即天麻。青芝:又名龍芝。以上皆貴重藥材。　　[7]牛溲:牛尿,可入藥。李時珍《本草綱目·獸一·牛溲》:"牛溺,氣味苦辛,微温,無毒,主治水腫、腹脹、腳滿、利小便。"馬勃:菌類,乾燥後可以入藥。　　[8]敗鼓:破鼓。破鼓之皮可以入藥。以上皆至賤之藥。　　[9]登明選公:録用舉薦人材明察且出於公心。　　[10]巧拙:敏便和樸訥之人。句謂雜用巧拙之人使各得其宜。　　[11]紆餘:委婉曲折。此以喻才藝縝密者。
[12]卓犖:超絶幹練。此以喻才能傑出者。　　[13]"昔者孟軻"四句:謂孟子以其雄辯,使孔子之道大明天下,但其一生周游諸侯,不遑安處,最後老死於游説途中。《孟子·滕文公下》:"公都子曰:'外人皆稱夫子好辯,敢問何也?'孟子曰:'予豈好辯哉? 予不得已也!'"轍環天下:謂車輪之跡遍天下。按,孟子晚年歸於鄒,與弟子講學並著《孟子》,並未"卒老於行"。　　[14]"荀卿守正"四句:謂荀子遵守儒家正道,其理論發揚弘大,但因躲避讒言,逃於楚國,不爲世用而死於蘭陵。蘭陵:戰國時楚地名,故址在今山東蒼山縣境。《史記·荀卿列傳》:"齊襄王時,而荀卿最爲老師,齊尚修列大夫之缺,而荀卿三爲祭酒焉。齊人或讒荀卿,荀卿乃適楚。而春申君以爲蘭陵令。春申君死而荀卿廢,因家蘭陵……序列著數萬言而卒。"　　[15]聖域:聖人境界。優入聖域猶言進入聖人境界而優。《漢書·賈山傳》:"禹入聖域而不優。"　　[16]繇:同"由"。統:統繫。　　[17]不要其中:猶言不得其要害。要,求得,讀陰平;中,要害,讀去聲。　　[18]糜:消耗、浪費。　　[19]"踵常途"句:謂隨俗逐衆,雖勞苦而無成績。踵:隨人行走。促促:勞苦不安貌。促促,一作"役役"。《莊子·齊物論》:"終身役役,而不見其成功。"役役,勞累不停貌。作"役役"亦通。　　[20]"窺陳編"句:謂其著述不過窺探舊籍,盜竊其辭句而已。陳編:指古人著作,即前文所説《書》、《春秋》、《左傳》、《易》、《詩》等。　　[21]"動而"二句:謂舉動即遭謗譏,名譽也隨之低落。　　[22]"投閑"二句:謂就任博士閑散之職,恰如其分。　　[23]商、計:同義互用,謀算、計較的意思。財賄之有亡:指俸禄的多寡。亡,同"無"。班資之崇庳:指品秩的高下。庳,同"卑"。　　[24]"忘己量"二句:意謂自不量力而去指責上司的缺失。量:容量。稱:相稱、相符。前人:即前文所説的宰相。
[25]詰:詰責。杙(yì益):小木椿。楹:柱子。　　[26]訾:非議、批評。昌陽:即菖蒲,入藥有聰耳明目、延年益壽等效用。豨苓:即豬苓,賤藥,可以利尿。

【集評】

    (明)茅坤《唐宋八大家文鈔·昌黎文鈔》卷一〇:"此韓公正正之旗、堂堂之陣也。其主意專在宰相,蓋大材小用,不能無憾。而以怨懟無聊之辭託之人,自咎自責之辭託之已,最得體。”

　　(清)曾國藩《求闕齋讀書録》卷八:“仿東方朔《客難》、揚雄《解嘲》,氣味之淵懿不及,而論道論文二段精實處過之。‘春秋謹嚴,左氏浮誇;易奇而法,詩正而葩;下逮莊騷,太史所録,子雲、相如,同工異曲’,韓公於文用力絶勤,故言之切當有味如此。”

張中丞傳後敍

【題解】

　　元和二年(807)作,時韓愈爲國子博士分司東都。張中丞指張巡,安禄山亂起,巡爲真源(今河南鹿邑)令,率兵保雍丘(今河南杞縣),以拒禄山。至德二載(757),巡又與睢陽(即宋州,故址在今河南商丘南)太守許遠合兵鎮守睢陽,玄宗聞而壯之,授巡主客郎中兼御史中丞。後因援絶糧盡,城陷被殺。事見兩《唐書·張巡傳》。《張中丞傳》,李翰上元二年(761)所作;韓愈因李翰所爲《傳》有闕失,乃作此《後敍》有所補敍。又因爲當時流行着一股對張、許横加指責的言論,即張、許二家子弟亦爲這些言論所惑,互相攻訐,輿論一時紛擾。這些言論,貌似公正,實際上是爲叛亂者張目,爲擁兵自保、坐視不救者張目。激於義憤,韓愈爲此《後敍》以正視聽。安史之亂爲唐朝政局一大變故,前後歷經八年始平息,而亂後藩鎮林立,唐中央政府對國家的軍事控制,幾乎不能出京畿之外。韓愈爲此文,用意不止於重爲英雄立傳,尚有其重要現實意義。文章夾敍夾議,敍則筆下生風,或緩或疾,時如飄風驟雨,得《史記》敍事精髓;議則義形於色,透徹精辟,將浮言謬論一掃而光。

　　元和二年四月十三日夜,愈與吳郡張籍閲家中舊書[1],得李翰所爲《張巡傳》[2]。翰以文章自名,爲此傳頗詳密。然尚恨有闕者:不爲許遠立傳[3],又不載雷萬春事首尾[4]。

　　遠雖材若不及巡者,開門納巡,位本在巡上,授之柄而處其下,無所疑忌,竟與巡俱守死,成功名[5]。城陷而虜,與巡死先後異耳[6]。兩家子弟材智下,不能通知二父志,以爲巡死而遠就虜,疑畏死而辭服於賊[7]。遠誠畏死,何苦守尺寸之地,食其所愛之肉[8],以與賊抗而不降乎?當其圍守時,外無蚍蜉蟻子之援[9],所欲忠者,國與主耳;而賊語以國亡主滅[10],遠見救援不至,而賊來益衆,必以其言爲信。

外無待而猶死守,人相食且盡,雖愚人亦能數日而知死處矣,遠之不畏死亦明矣。烏有城壞其徒俱死,獨蒙愧恥求活? 雖至愚者不忍爲。嗚呼! 而謂遠之賢而爲之邪?

【校注】

[1]張籍:字文昌,原籍吳郡(今江蘇蘇州),韓愈友人。詳見後張籍詩之"作者簡介"。　　[2]李翰:趙州贊皇(今屬河北)人,天寶中進士,爲盛唐著名古文家。李翰《張巡傳》今已不存,其《進張中丞傳表》尚存,見《全唐文》卷四三〇。

[3]許遠:天寶末拜睢陽太守,與張巡嬰城固守,以拒安禄山,堅守十月之久,城陷,被執送洛陽,不久爲叛軍所殺。《舊唐書》卷一八七上、《新唐書》卷一九二有傳。

[4]雷萬春:張巡守睢陽時偏將,與南霽雲同爲巡所倚重。城陷,與巡等一同被害。有傳附《新唐書》張巡、許遠傳後。傳極簡略,云:"雷萬春者,不詳所來。"即因李翰《張巡傳》有所闕所致。　　[5]《資治通鑑·唐紀三十五》至德二載正月甲戌(二十八日):安慶緒將尹子奇將兵十三萬"趣睢陽,許遠告急於張巡,巡自寧陵(今屬河南)引兵入睢陽。巡有兵三千人,與遠兵合六千八百人。賊悉衆逼城,巡督勵將士,晝夜苦戰,或一日至二十合。凡十六日,擒賊將六十餘人,殺士卒二萬餘,衆氣自倍。遠謂巡曰:'遠懦,不習兵,公智勇兼濟,遠請爲公守,公請爲遠戰。'自是之後,遠但調軍糧,修戰具,居中應接而已,戰鬭籌畫一出於巡"。　　[6]"城陷"二句:至德二載冬十月癸丑(九日),睢陽城陷,巡、遠等俱被執,巡與南霽雲、雷萬春等三十六人即日被害,賊將尹子奇生致許遠於洛陽,囚於偃師。至十月庚辰(十六日),唐大軍至,安慶緒帥其黨走河北,殺所獲唐將哥舒翰、程千里、許遠等。詳見《通鑑》。據此,遠後死於巡不過七日而已。　　[7]兩家子弟:指張巡子去疾、許遠子峴。《新唐書·許遠傳》:"大曆中,巡子去疾上書曰:'孽胡南侵,父巡與睢陽太守遠各守一面,城陷,賊所自遠分。尹子琦分郡部曲各一方,巡及將校三十餘皆割心剖肌,慘毒備盡,而遠與麾下無傷。……故遠心向背,梁、宋人皆知之,使國威喪衄,巡功業墮敗,則遠與臣不共戴天。請追奪官爵,以刷冤恥。'詔下尚書省,使去疾與許峴及百官議。"　　[8]"遠誠畏死"三句:睢陽被圍時,城中糧盡,巡殺愛妾食衆,遠亦殺其奴僮。見兩《唐書·張巡傳》。　　[9]蚍(pí皮)蜉(fú浮):大螞蟻。蟻子:小螞蟻。　　[10]國亡主滅:謂唐祚及天子俱亡滅。當巡守雍丘時,雍丘令令狐潮降賊,潮語巡曰:"本朝危蹙,兵不能出關,天下事去矣。"又大將六人語巡其勢不敵,天子存亡莫知,勸巡降。詳見兩《唐書·張巡傳》。

説者又謂遠與巡分城而守，城之陷自遠所分始，以此詬遠[1]。此又與兒童之見無異。人之將死，其臟腑必有先受其病者；引繩而絶之，其絶必有處。觀者見其然，從而尤之，其亦不達於理矣。小人之好議論，不樂成人之美如是哉[2]！如巡、遠之所成就，如此卓卓，猶不得免，其他則又何説！

當二公之初守也，寧能知人之卒不救？棄城而逆遁[3]，苟此不能守，雖避之他處何益？及其無救而且窮也，將其創殘餓贏之餘，雖欲去，必不達。二公之賢，其講之精矣[4]。守一城，捍天下，以千百就盡之卒，戰百萬日滋之師，蔽遮江、淮，沮遏其勢，天下之不亡，其誰之功也[5]？當是時，棄城而圖存者，不可一二數；擅強兵，坐而觀者，相環也[6]。不追議此，而責二公以死守，亦見其自比於逆亂，設淫辭而助之攻也。

【校注】

[1]説者：當時妄議巡、遠之事的人。其議論見前引張巡子去疾所上皇帝書。妄議者在先，去疾不明就裏而苟同之。　　[2]不樂成人之美：語本《論語·顏淵》："子曰：'君子成人之美，不成人之惡。小人反是。'"《新唐書·許遠傳》：巡子去疾上書後，"詔下尚書省，使去疾與許峴及百官議，皆以去疾證狀最明者，城陷而遠獨生也。且遠本守睢陽，凡屠城，以生致主將爲功；則遠後巡死不足惑。……且艱難以來，忠烈未有先二人者，事載簡書，若日月不可妄輕重。議乃罷。然議者紛紜不齊。"文中所謂"不樂成人之美"者，即議罷之後仍"紛紜不齊"、議論不休的人。

[3]逆遁：預先轉移他處。巡、遠當時原有棄城他去之議，《新唐書·張巡傳》："衆議東奔，巡、遠議：以睢陽江淮保障也，若棄之，賊乘勝鼓而南，江淮必亡；且帥飢衆行，必不達。"　　[4]其講之精：指李翰《張巡傳》所載當時巡、遠關於拒守孤城或棄城逆遁的議論已很明確。　　[5]李翰《進張中丞傳表》中稱："巡退守睢陽，扼其咽領，前後拒守，自春徂冬，大戰數十，小戰數百，以少擊衆，以弱擊強，出奇無窮，制勝如神，殺其兇醜凡九十餘萬，賊所以不敢越睢陽而取江淮，江淮所以保全者，巡之力也。"以上數句本此。　　[6]《資治通鑑·唐紀三十六》至德二載："是時，許叔冀在譙郡，尚衡在彭城，賀蘭進明在臨淮，皆擁兵不救。"又："張鎬（代賀蘭進明爲河南節度、採訪等使）聞睢陽圍急，倍道亟進，檄浙東、浙西、淮南、北海諸節度及譙郡太守閭丘曉，使共救之。曉素傲很，不受鎬命，比鎬至，睢陽城已陷三日。鎬召曉，杖殺之。""擅強兵坐而觀者"，即此類。

愈嘗從事於汴、徐二府[1]，屢道於兩府間，親祭於其所謂雙廟者[2]。其老人往往説巡、遠時事，云：南霽雲之乞救於賀蘭也[3]，賀蘭嫉巡、遠之聲威功績出己上，不肯出師救[4]。愛霽雲之勇且壯，不聽其語，强留之，具食與樂，延霽雲坐。霽雲慷慨語曰：“雲來時，睢陽之人不食月餘日矣[5]。雲雖欲獨食，義不忍；雖食，且不下嚥。”因拔所佩刀斷一指，血淋漓，以示賀蘭[6]。一座大驚，皆感激爲雲泣下。雲知賀蘭終無爲雲出師意，即馳去。將出城，抽矢射佛寺浮屠[7]，矢着其上磚半箭，曰：“吾歸破賊，必滅賀蘭，此矢所以志也。”愈貞元中過泗州，船上人猶指以相語。城陷，賊以刃脅降巡。巡不屈，即牽去，將斬之。又降霽雲，雲未應，巡呼雲曰：“南八，男兒死耳，不可爲不義屈。”雲笑曰：“欲將以有爲也[8]；公有言，雲敢不死？”即不屈。

【校注】

[1]汴、徐二府：即今河南開封、江蘇徐州。貞元十二年至十四年，韓愈爲汴州觀察推官；十五年至十六年，爲徐州節度推官。參見《祭十二郎文》注。　　[2]雙廟：至德二載末，唐政府立巡、遠廟於睢陽，歲時致祭，時號雙廟。　　[3]南霽雲：張巡偏將，善騎射，禄山反，始從巡守睢陽。睢陽陷，與巡同時遇難，有傳附《新唐書》巡、遠傳後。賀蘭：即賀蘭進明，時爲河南節度使，屯兵臨淮（故址在今江蘇泗洪東南）。南霽雲往臨淮求救，約在至德二載八月上、中旬間。　　[4]據《通鑑·唐紀三十五》，至德初，房琯爲相，惡賀蘭進明，既以賀蘭進明爲河南節度使，又以許叔冀爲進明都知兵馬使，二人俱兼御史大夫銜，以牽制賀蘭進明。許叔冀自恃麾下精鋭，且官與進明同等，故不受其節制。賀蘭進明不敢分兵救睢陽，不但疾巡、遠功名，亦懼爲許叔冀所襲。　　[5]《資治通鑑·唐紀三十五》至德二載：七月“壬子，尹子奇復徵兵數萬，攻睢陽。先是，許遠於城中積糧至六萬石，號王巨（唐宗室，曾祖父鳳爲高祖第十四子。禄山亂初，巨爲河南尹兼東京留守）以其半給濮陽、濟陰二郡，遠固争之，不能得。既而濟陰得糧，遂以城叛，而睢陽城至是食盡，將士人廩米日一合（十合爲一升），雜以茶紙、樹皮爲食，而賊糧運通，兵敗復徵。睢陽將士死不加益，諸軍饋救不至，士卒消耗至一千八百人，皆飢病不堪鬥，遂爲賊所圍。”　　[6]柳宗元《南霽雲睢陽廟碑》述南霽雲事云：“（霽雲）乃自噬其指，曰：‘嗺此足矣。’”見《柳宗元集》卷五，與此略不同。《舊唐書·張巡傳》與柳文同，《新唐書·張巡傳》與韓文同。　　[7]浮屠：亦作浮圖，佛寺。此指佛塔。
[8]欲、將：朱熹以爲二字衍（多出）一字。其説是。見《韓文考異》。

　　張籍曰：有于嵩者，少依於巡。及巡起事，嵩常在圍中[1]。籍大曆中於和州烏江縣見嵩[2]，嵩時年六十餘矣。以巡初嘗得臨渙縣尉[3]。好學，無所不讀。籍時尚小，粗問巡、遠事，不能細也。云：“巡長七尺餘，鬚髯若神。嘗見嵩讀《漢書》，謂嵩曰：‘何爲久讀此？’嵩曰：‘未熟也。’巡曰：‘吾於書讀不過三遍，終身不忘也。’因誦嵩所讀書，盡卷，不錯一字。嵩驚，以爲巡偶熟此卷，因亂抽他帙以試[4]，無不盡然。嵩又取架上諸書，試以問巡，巡應口誦無疑。嵩從巡久，亦不見巡常讀書也。爲文章，操紙筆立書，未嘗起草[5]。初守睢陽時，士卒僅萬人[6]，城中居人戶亦且數萬，巡因一見問姓名，其後無不識者。巡怒，鬚髯輒張。及城陷，賊縛巡等數十人坐，且將戮。巡起旋[7]，其衆見巡起，或起或泣。巡曰：‘汝勿怖，死，命也！’衆泣不能仰視。巡就戮時，顔色不亂，陽陽如平常。遠寬厚長者，貌如其心。與巡同年生，月日後於巡，呼巡爲兄，死時年四十九。”

　　嵩貞元初死於亳、宋間[8]。或傳嵩有田在亳、宋間，武人奪而有之，嵩將詣州訟理，爲所殺。嵩無子。張籍云。

《韓昌黎文集校注》卷二

【校注】

[1]常：同“嘗”，曾經。　　[2]和州：即今安徽和縣。烏江縣：和州屬縣，故址在今和縣東北。張籍祖籍吳郡（今江蘇蘇州），後徙居和州烏江。　　[3]“以巡”句：謂于嵩因隨從張巡守睢陽之功授臨渙縣尉。臨渙縣：今屬安徽。[4]帙：書衣。　　[5]張巡開元二十四年進士，其詩文多佚，《全唐詩》存詩二首，《全唐文》存文三篇。　　[6]僅萬人：多達萬人。　　[7]起旋：起來小便。《左傳·定公三年》：“閽（守門人）以瓶水沃廷，郏子（郏莊公）望見之，怒，閽曰：‘夷射姑（郏國大夫）旋焉。’”杜預注：“旋，小便。”楊伯峻注：“此謂因有尿而噴水。”韓愈《石鼎聯句詩序》：“道士起，出門，若將便旋然。”“旋”亦作小便解。一説旋即盤旋環視，亦通。　　[8]亳（bó 薄）、宋：亳州、宋州。亳州，今安徽亳縣；宋州，今河南開封。

【集評】

　　（清）孫琮《山曉閣唐宋八大家選·韓昌黎集》卷四：“此篇純學《史記》。前幅是許遠傳,中幅是南霽雲傳,後幅是張巡傳。妙在前幅俱用寬緩之筆,將許遠心事一一表白;中、後幅俱用古勁之筆,將南霽雲、張巡事蹟一一寫生,比之史遷,何多讓焉!讀南霽雲一段,《游俠傳》遜其激烈。"

　　林紓《古文辭類纂選本》卷二:"傳後之敘,補遺也。凡傳必有論贊,李翰之《傳》,亦必有論,退之再加以論,直成蛇足,故變其稱曰《傳後敘》。在體例,應補敘巡之遺事,然巡、遠,共命之人也,勢不能尊巡而黜遠。李翰通人,視二公宜並爲一。然爲二公辯誣矣,乃不爲遠立傳,此缺典也。故退之因補遺之際,先爲許遠表明心跡,斥小人之好議論;其下再將李翰之論一伸,痛快極矣……此體爲歐公所學,因有《王鐵槍畫像記》。文夾敘夾議,先議而後敘。議處斬釘截鐵,具有真實力量;敘處風發電剽,字字生棱,讀之令人神王。"

送李愿歸盤谷序

【題解】

　　貞元十七年(801)作,時韓愈辭去徐州幕職,閒居於洛陽。唐時有兩李愿:一爲西平王李晟(shèng 聖)之子,一爲隱者。此文爲隱者李愿而作,其生平不可知。盤谷位於太行山中,在今河南濟源境内。文章借李愿之口,將遇知於天子的大丈夫與奔走於權勢之門的小人作了對比,揭露了前者在雍容華貴背後的驕橫和虛偽,刻畫了後者的卑劣和怯懦。文中頌美李愿不慕榮利、歸隱山林的高潔品質,是當時閒居洛陽的韓愈心情的反映。文體爲"贈序",是韓愈在古文體裁上一大創造。清姚鼐《古文辭類纂序》云:"贈序類者,老子曰'君子贈人以言'……唐初贈人,始以序名,作者亦衆。至於昌黎,乃得古人之意,其文冠絕前後作者。"此文前半散中有駢意,後半作歌而有騷意,極盡變化之能事。

　　太行之陽有盤谷[1]。盤谷之間,泉甘而土肥,草木叢茂,居民鮮少。或曰:"謂其環兩山之間,故曰'盤'。"或曰:"是谷也,宅幽而勢阻,隱者之所盤旋[2]。"友人李愿居之。

　　愿之言曰:"人之稱大丈夫者,我知之矣:利澤施於人,名聲昭於時,坐於廟朝[3],進退百官[4],而佐天子出令;其在外,則樹旗旄[5],羅弓矢,武夫前呵,從者塞途,供給之人,各執其物,夾道而疾馳。喜有賞,怒有刑。才畯滿前[6],道古今而譽盛德,入耳而不煩。曲眉豐頰,清聲而便體[7]，秀外而惠中[8]，飄輕裾，翳長袖[9]，粉白黛綠者[10]，列屋而閒居[11]；妒寵而負恃，爭妍而取憐[12]。大丈夫之遇知於天子，用力於當世者之所爲也。吾非惡此而逃之，是有命焉，不可幸而致也。窮居而野處，升高而望遠，坐茂樹以終日，濯清泉以自潔。採於山，美可茹；釣於水，鮮可食。起居無時，惟適之安。與其有譽於前，孰若無毀於其後；與其有樂於身，孰若無憂於其心。車服不維[13]，刀鋸不加，理亂不知[14]，黜陟不聞。大丈夫不遇於時者之所爲也，我則行之。伺候於公卿之門，奔走於形勢之途[15]，足將進而趑趄[16]，口將言而囁嚅[17]，處穢汙而不羞，觸刑辟而誅戮，僥倖於萬一，老死而後止者，其於爲人，賢不肖何如也？”

【校注】

[1]陽：山之南爲陽。　　　[2]盤旋：盤桓。　　　[3]廟朝：廟堂、朝廷。此指中央政權機構。　　　[4]進退百官：指升降、罷黜百官。　　　[5]旗旄：旗竿上飾以旄牛尾，是大官員外出的一種儀仗。　　　[6]才畯：同才俊。　　　[7]便（piān 偏）體：體態輕捷美好。　　　[8]惠中：資質聰慧。惠，通“慧”。　　　[9]“飄輕裾”二句：謂美人能歌善舞，舞姿妙曼。裾：衣服的前後襟。翳：遮掩，是跳舞時揮舞衣袖的掩映姿勢。　　　[10]黛綠：謂眉。黛，青黑色的顏料，古時婦女用以畫眉。青黑色近於綠，故稱黛綠。　　　[11]閒居：靜居。閒，通“嫻”，靜貌。　　　[12]“妒寵”二句：謂衆婦女皆自恃美貌，爭相獻媚邀寵並嫉妒得寵者。　　　[13]車服不維：没有做官的種種羈絆。車服，車輿、禮服，此處代指職官。維，羈絆、牽制。古代對天子以及級別不同的官員的車馬、服飾有嚴格的規定，如兩《唐書》的《車服志》、《輿服志》，即是關於這些規定的記載。　　　[14]“刀鋸”二句：意謂刑罰不加於身，國家治亂不擾於心。理亂：即治亂，唐代避高宗李治諱，以“理”代“治”。[15]形勢之途：有地位、權勢的處所。　　　[16]趑（zī 資）趄（jū 居）：且前且卻、猶豫不進貌。　　　[17]囁（niè 聶）嚅（rú 如）：欲説又止貌。揚雄《解嘲》有“欲談者宛舌而固聲，欲行者擬足而投跡”，爲以上兩句所本。

　　昌黎韓愈聞其言而壯之[1]，與之酒而爲之歌曰：“盤之中，維子之宮[2]；盤之土，維子之稼；盤之泉，可濯可沿[3]；盤之阻[4]，誰爭子所？窈而深，廓其有容[5]；繚而曲，如往而復。嗟盤之樂兮，樂且無殃[6]；

虎豹遠跡兮,蛟龍遁藏;鬼神守護兮,呵禁不祥^[7]。飲且食兮壽而康,無不足兮奚所望! 膏吾車兮秣吾馬^[8],從子於盤兮,終吾生以徜徉^[9]!"

《韓昌黎文集校注》卷四

【校注】

[1]昌黎:魏晉時地名,故址在今遼寧凌源附近,爲韓氏郡望。唐人重郡望,故韓愈自稱"昌黎韓愈"。　　[2]宮:宮室、房舍。　　[3]可濯可沿:可以洗濯和遊覽。沿,一作"湘",湘爲烹義,亦通,但與前不叶韻,故不可取。　　[4]阻:道路曲折。
[5]廓:空廓。句謂其地空廓可以包容。　　[6]殃:殃禍。殃,一作"央",無央即無邊際,亦通。　　[7]呵禁:喝止、禁止。不祥:謂山魈木魅之類。　　[8]膏車、秣馬:給車上油,給馬餵料,即啓程之意。　　[9]徜徉:徘徊,此處是優游盤桓的意思。

【集評】

(清)孫琮《山曉閣唐宋八大家選·韓昌黎集》卷三:"《送李愿歸盤谷序》,止作一歌,是退之正文,其餘篇中,俱借李愿自己口中説出三種人:一種富貴人,不可倖致;一種高隱人,我則爲之;一種勢利小人,我不肯爲。退之並無一語説及李愿身上,而李愿之人品,李愿之志向,已自筆筆寫出,手法絶奇。"

(清)過珙《古文評注》卷七:"此文極似六朝,然骨格自健,非六朝所及。"

祭十二郎文

【題解】

題一作《祭兄子十二郎老成文》。貞元十九年(803)作,時韓愈爲四門博士,在長安。韓愈父親韓仲卿有子三人:韓會、韓介、韓愈,十二郎名老成,原爲韓介次子,韓會無子,老成遂出嗣韓會爲子。韓愈幼年喪父,由長兄韓會夫婦撫養成人。老成年齡稍小於韓愈,叔侄二人經歷患難,關係非常親密。對於老成的死,韓愈極其悲傷。祭文按格式應爲韻文,又多爲駢體,以四言爲主。韓愈爲此文時,不拘定式,祇是隨着感情波濤信筆寫來。由於真情流露,字字如血淚凝成,遂成爲祭文中"千年絶調"(明茅坤語)。

　　年月日,季父愈聞汝喪之七日,乃能銜哀致誠,使建中遠具時羞之奠[1],告汝十二郎之靈:

　　嗚呼!吾少孤,及長,不省所怙[2],惟兄嫂是依。中年,兄歿南方[3],吾與汝俱幼,從嫂歸葬河陽[4],既又與汝就食江南[5]。零丁孤苦,未嘗一日相離也。吾上有三兄,皆不幸早世[6]。承先人後者,在孫惟汝,在子惟吾。兩世一身,形單影隻。嫂嘗撫汝指吾而言曰:"韓氏兩世,惟此而已!"汝時尤小,當不復記憶。吾時雖能記憶,亦未知其言之悲也。

　　吾年十九,始來京城;其後四年,而歸視汝。又四年,吾往河陽省墳墓,遇汝從嫂喪來葬[7]。又二年,吾佐董丞相於汴州[8],汝來省吾。止一歲,請歸取其孥。明年,丞相薨,吾去汴州[9],汝不果來。是年,吾佐戎徐州[10],使取汝者始行,吾又罷去[11],汝又不果來。吾念汝從於東,東亦客也,不可以久。圖久遠者,莫如西歸[12],將成家而致汝。嗚呼!孰謂汝遽去吾而歿乎!吾與汝俱少年,以爲雖暫相別,終當久相與處,故捨汝而旅食京師,以求斗斛之祿[13]。誠知其如此,雖萬乘之公相,吾不以一日輟汝而就也。

【校注】

[1]建中:韓愈的差人。韓老成時寓居宣州(今屬安徽),韓愈爲官,不便親往,遂差人代己往宣城祭奠。　　[2]不省(xǐng 醒):不記得。怙(hù 户):依靠、憑恃。此指其父。《詩·小雅·蓼莪》:"無父何怙?"韓愈父親仲卿卒於大曆五年(770),時愈三歲。　　[3]"中年"二句:謂兄韓會卒於韶州(今廣東韶關)。大曆九年,韓會爲宰相元載用爲起居舍人,十二年,元載以"恣爲不法"被下獄賜死,韓會受元載案牽連被貶韶州刺史,不久卒於任,年約四十二歲。　　[4]河陽:即今河南孟州,爲韓愈籍貫所在,有韓氏祖塋。　　[5]就食江南:指在宣州居住。韓氏在宣州有田莊。　　[6]"吾上有"二句:韓愈三兄,今所知者僅長兄韓會、次兄韓介二人。韓介卒時約三十歲。　　[7]"吾年"七句:韓愈來京城應進士試在貞元二年(786),"其後四年"爲貞元六年;"又四年"爲貞元十年,韓愈嫂鄭夫人卒。[8]"又二年"二句:貞元十二年韓愈爲宣武軍節度使董晉辟爲觀察推官。董丞相:指董晉。晉時以檢校尚書左僕射同中書門下平章事,即以宰相的名義兼汴州刺史、宣武軍節度使。汴州:今河南開封,爲宣武軍治所。　　[9]丞相薨(hōng

轟):指董晉卒。貞元十五年二月董晉卒,汴州軍亂,韓愈失去幕職。　　[10]佐
戎徐州:貞元十五年秋,韓愈再受寧武軍(治徐州)節度使張建封辟爲節度推官。
　　[11]“使取”二句:貞元十六年五月,韓愈辭徐州幕職,歸洛陽。　　[12]西
歸:指歸於河陽舊籍。　　[13]斗斛之禄:指自己貞元十七年入京選官,調四門博
士。斗斛,古代量器,十斗爲一斛。此指官微職卑,俸禄極少。

　　去年孟東野往[1],吾書與汝曰:“吾年未四十,而視茫茫,而髮蒼
蒼,而齒牙動搖。念諸父與諸兄[2],皆康彊而早世。如吾之衰者,其
能久存乎？吾不可去,汝不肯來,恐旦暮死,而汝抱無涯之戚也!”孰
謂少者殁而長者存,彊者夭而病者全乎! 嗚呼! 其信然邪[3]？其夢
邪？其傳之非其真邪？信也,吾兄之盛德而夭其嗣乎？汝之純明而
不克蒙其澤乎[4]？少者、彊者而夭殁,長者、衰者而存全乎？未可以
爲信也。夢也,傳之非其真也,東野之書,耿蘭之報[5],何爲而在吾側
也？嗚呼! 其信然矣! 吾兄之盛德而夭其嗣矣! 汝之純明宜業其家
者,不克蒙其澤矣! 所謂天者誠難測,而神者誠難明矣! 所謂理者不
可推,而壽者不可知矣! 雖然,吾自今年來,蒼蒼者或化而爲白矣,動
搖者或脱而落矣。毛血日益衰,志氣日益微,幾何不從汝而死也[6]!
死而有知,其幾何離;其無知,悲不幾時,而不悲者無窮期矣[7]。汝之
子始十歲,吾之子始五歲[8]。少而彊者不可保,如此孩提者,又可冀
其成立邪! 嗚呼哀哉! 嗚呼哀哉!

【校注】

[1]孟東野:即孟郊。貞元十八年孟郊調任溧陽尉,韓愈有《送孟東野序》一文。溧
陽今屬江蘇,唐時屬江南西道,爲宣州屬縣,所以韓愈託孟郊捎書。　　[2]諸父:
伯叔輩。諸兄:兄弟與從兄弟輩。　　[3]其信然邪:猶言難道這是真的嗎？其,
爲語首助詞,下數句“其”字並同。　　[4]不克:猶言終於不能。蒙其澤:蒙受先
人的遺澤,即繼承先人事業。　　[5]“東野”二句:老成死,任溧陽尉的孟郊有書
信致韓愈,耿蘭(應是宣州老成家裏的差人)入京向韓愈報喪。　　[6]“幾何”
句:意謂不久將隨你死去。幾何:若干,多少。此處表示少。　　[7]“死而”五句:
意謂如果死而有知,則我們的分離没有多久(自己也即將死去,即相會於九泉之下
的意思);若死而無知,則我的悲傷也没有幾時(因爲自己行將死去),而死後就永

遠感受不到悲傷了。　　[8]“汝之子”二句:韓老成有子二人:韓湘、韓滂,此指韓湘;韓愈子指韓昶。

　　汝去年書云:“比得軟腳病[1],往往而劇。”吾曰:“是疾也,江南之人,常常有之。”未始以爲憂也。嗚呼! 其竟以此而殞其生乎? 抑別有疾而至斯乎? 汝之書,六月十七日也。東野云汝殁以六月二日,耿蘭之報無月日。蓋東野之使者,不知問家人以月日;如耿蘭之報[2],不知當言月日。東野與吾書,乃問使者,使者妄稱以應之耳[3]。其然乎? 其不然乎? 今吾使建中祭汝,弔汝之孤與汝之乳母。彼有食,可守以待終喪[4],則待終喪而取以來;如不能守以終喪,則遂取以來。其餘奴婢,並令守汝喪。吾力能改葬,終葬汝於先人之兆[5],然後惟其所願[6]。嗚呼! 汝病吾不知時,汝殁吾不知日;生不能相養以共居,殁不得撫汝以盡哀;歛不憑其棺,窆不臨其穴[7]。吾行負神明,而使汝夭;不孝不慈,而不能與汝相養以生,相守以死。一在天之涯,一在地之角,生而影不與吾形相依,死而魂不與吾夢相接。吾實爲之,其又何尤[8]! 彼蒼者天,曷其有極[9]!

　　自今已往,吾其無意於人世矣! 當求數頃之田於伊潁之上[10],以待餘年,教吾子與汝子,幸其成;長吾女與汝女,待其嫁。如此而已。嗚呼! 言有窮而情不可終,汝其知也邪! 其不知也邪! 嗚呼哀哉! 尚饗[11]!

　　　　　　　　　　　　　　　　　　　　　《韓昌黎文集校注》卷五

【校注】

[1]比:最近。軟腳病:一種腳病。孫思邈《千金要方序》:“因晉朝南移,衣纓士族不襲水土,皆患軟腳之疾。”　　[2]如:宋朱熹說,如字即“而”字之轉。見《韓文考異》。　　[3]以上皆韓愈猜測之辭。老成死前(六月十七日)有書於韓愈,而孟郊書稱老成死於六月二日,發生大的差錯,故韓愈有此猜度。　　[4]終喪:古禮,人死三年除服(除去孝服),稱爲終喪。　　[5]先人之兆:指祖先墳塋。即歸葬於河陽舊塋的意思。　　[6]惟其所願:聽從他們(指守以終喪的乳母、奴婢等)的意願。　　[7]窆(biǎn 貶):下棺落葬。　　[8]尤:責怪,怪罪。　　[9]“彼蒼者天”二句:語出《詩·唐風·鴇羽》:“悠悠蒼天,曷其有極!”是悲憤無奈時呼

叫蒼天。　　［10］伊穎：伊水和穎水，都在河南境内。求數頃之田於伊穎是歸隱
不做官的意思。　　［11］尚饗：舊時祭文的結束語，表示希望死者享用祭品。

【集評】

（明）茅坤《唐宋八大家文鈔·昌黎文鈔》卷一六："通篇情意刺骨，無限淒切，祭
文中千年絶調。"

（清）吴楚材、吴調侯《古文觀止》卷七："情之至者，自然流爲至文。讀此等文，
須想其一面哭一面寫，字字是血，字字是淚，未嘗有意爲文，而文無不工。"

（清）浦起龍《古文眉詮》卷五一："祭文不韻，非自我作古也。季父從子，變遽而
神愕，以奠告當家書，非矜煉構文之事、之時也。纏着些矜煉，性情便走。作語言文
字，出性情之地纏真、纏至。後人漫以此體施之他用之祭文，便爲失之。蓋至親無
文，固不可夷於泛應也。"

李公佐

【作者簡介】

李公佐（770？—850？），字顓蒙，隴西（今甘肅秦安）人。憲宗元和初登進士
第，元和六年（811）任江淮從事，奉使長安，改江西判官，八年罷。武宗會昌二年
（842）前後任淮南録事參軍，卒於宣宗大中初。創作以傳奇爲主，有傳奇《南柯太
守傳》、《廬江馮媼傳》、《古嶽瀆經》、《謝小娥傳》傳世。

南柯太守傳

【題解】

題一作《淳于棼》。作於貞元十八年（802）。小説借淳于棼夢入大槐安國（螞蟻
國），從爲駙馬、爲太守、位及人臣、權傾一國到妻死被逐的虚幻經歷，影射封建官場
盛衰無常的現實，揭示統治者内部鈎心鬥角、互相傾軋的關係，藉以表達富貴如雲、
浮生若夢的思想。對當代士人熱衷利禄的世態人情，亦極具諷刺意義。故事設想奇
特，觀察深刻且結構巧妙，寫幻境似實境，又以實境驗證幻境，虚實相映，藝術上達到

了很高的境界。明湯顯祖即以此故事爲藍本撰《南柯記》傳奇(戲曲),成爲中國戲曲史上著名的《臨川四夢》之一。

　　東平淳于棼[1],吳、楚游俠之士。嗜酒使氣,不守細行[2]。累巨財,養豪客。曾以武藝補淮南軍裨將,因使酒忤帥,斥逐落魄,縱誕飲酒爲事。家住廣陵郡東十里[3],所居宅南有大古槐樹一株,枝幹修密,清陰數畝。淳于生日與群豪,大飲其下。

　　貞元七年九月,因沈醉致疾。時二友人於座扶生歸家,卧於堂東廡之下[4]。二友謂生曰:"子其寢矣!余將秣馬濯足,俟子小愈而去。"生解巾就枕,昏然忽忽,仿佛若夢。見二紫衣使者,跪拜生曰:"槐安國王遣小臣致命奉邀。"生不覺下榻整衣,隨二使至門。見青油小車,駕以四牡[5],左右從者七八,扶生上車,出大户,指古槐穴而去。使者即驅入穴中。生意頗甚異之,不敢致問。忽見山川風候[6]、草木道路,與人世甚殊。前行數十里,有郛郭城堞[7]。車輿人物,不絶於路。生左右傳車者傳呼甚嚴[8],行者亦争闢於左右。又入大城,朱門重樓,樓上有金書,題曰"大槐安國",執門者趨拜奔走[9]。旋有一騎傳呼曰:"王以駙馬遠降,令且息東華館。"因前導而去。俄見一門洞開,生降車而入。彩檻雕楹,華木珍果,列植於庭下;几案茵褥,簾幃餚膳,陳設於庭上。生心甚自悦。復有呼曰:"右相且至[10]。"生降階祗奉。有一人紫衣象簡前趨[11],賓主之儀敬盡焉。右相曰:"寡君不以弊國遠僻,奉迎君子,託以姻親。"生曰:"某以賤劣之軀,豈敢是望!"右相因請生同詣其所。行可百步,入朱門。矛戟斧鉞,布列左右,軍吏數百,辟易道側。生有平生酒徒周弁者,亦趨其中。生私心悦之,不敢前問。右相引生升廣殿,御衛嚴肅,若至尊之所,見一人長大端嚴,居王位,衣素練服,簪朱華冠。生戰慄,不敢仰視。左右侍者令生拜。王曰:"前奉賢尊命[12],不棄小國,許令次女瑶芳,奉事君子。"生但俯伏而已,不敢致詞。王曰:"且就賓宇,續造儀式。"有旨,右相亦與生偕還館舍。

【校注】

[1]東平:地名,今屬山東。此處指淳于棼的郡望。　　　[2]不守細行:生活細節不檢點。　　　[3]廣陵郡:地名,即今江蘇揚州。　　　[4]東廡:東邊走廊。
[5]四牡:四匹馬。牡,本指公馬,此處是泛指。　　　[6]風候:風俗物候。
[7]郛郭:因防衛於城外所築的外郭城。城堞:城上矮墙,即垛口。　　　[8]傳車者:古代官員出行,沿途有官府所置驛站提供食宿及車輛、馬匹。傳車者即指供應車馬、隨從照料的人。　　　[9]執門者:守門人。　　　[10]右相:唐代以中書省長官中書令爲右相。　　　[11]紫衣:唐代三品以上大員服紫。象簡:象牙所製的朝笏。官員上朝時執朝笏,笏上記事以備陳事或應對帝王垂問。笏以竹、木製,象牙笏爲大官所用。　　　[12]賢尊:稱對方的父親。

　　生思念之,意以爲父在邊將,因歿虜中,不知存亡。將謂父北蕃交通[1],而致茲事。心甚迷惑,不知其由。是夕,羔雁幣帛[2],威容儀度,妓樂絲竹,餚膳燈燭,車騎禮物之用,無不咸備。有群女,或稱華陽姑,或稱青溪姑,或稱上仙子,或稱下仙子,若是者數輩。皆侍從數千,冠翠鳳冠,衣金霞披,綵碧金鈿,目不可視。遨游戲樂,往來其門,爭以淳于郎爲戲弄。風態妖麗,言詞巧艷,生莫能對。復有一女子謂生曰:“昨上巳日[3],吾從靈芝夫人過禪智寺,於天竺院觀右延舞《婆羅門》[4],吾與諸女坐北牖石榻上,時君少年,亦解騎來看。君獨强來親洽,言調笑謔。吾與穹英妹結絳巾,掛於竹枝上,君獨不憶念之乎?又七月十六日,吾於孝感寺侍上真子,聽契玄法師講《觀音經》[5]。吾於講下捨金鳳釵兩隻[6],上真子捨水犀合子一枚。時君亦講筵中,於師處請釵合視之,賞歎再三,嗟異良久。顧余輩曰:‘人之與物,皆非世間所有。’或問吾民,或訪吾里。吾亦不答。情意戀戀,矚盼不捨。君豈不思念之乎?”生曰:“中心藏之,何日忘之。”[7]群女曰:“不意今日與君爲眷屬。”復有三人,冠帶甚偉,前拜生曰:“奉命爲駙馬相者[8]。”中一人與生且故[9]。生指曰:“子非馮翊田子華乎[10]?”田曰:“然。”生前,執手敍舊久之。生謂曰:“子何以居此?”子華曰:“吾放游[11],獲受知於右相武成侯段公,因以棲託。”生復問曰:“周弁在此,知之乎?”子華曰:“周生貴人也。職爲司隸,權勢甚盛。吾數蒙庇護。”言笑甚歡。俄傳聲曰:“駙馬可進矣。”三子取劍佩冕服,更衣之。

子華曰:"不意今日獲睹盛禮,無以相忘也。"有仙姬數十,奏諸異樂,婉轉清亮,曲調淒悲,非人間之所聞聽。有執燭引導者,亦數十。左右見金翠步障,彩碧玲瓏,不斷數里。生端坐車中,心意恍惚,甚不自安。田子華數言笑以解之。向者群女姑姊,各乘鳳翼輦,亦往來其間。至一門,號"修儀宮"。群仙姑姊亦紛紛在側,令生降車輦拜,揖讓升降,一如人間。徹障去扇[12],見一女子,云號"金枝公主"。年可十四五,儼若神仙。交歡之禮,頗亦明顯。

生自爾情義日洽,榮耀日盛,出入車服,游宴賓御,次於王者。王命生與群寮備武衛,大獵於國西靈龜山。山阜峻秀,川澤廣遠,林樹豐茂,飛禽走獸,無不蓄之。師徒大獲,竟夕而還。生因他日,啓王曰:"臣頃結好之日,大王云奉臣父之命。吾父頃佐邊將,用兵失利,陷落胡中,爾來絕書信十七八歲矣。王既知所在,臣請一往拜覲。"王遽謂曰:"親家翁職守北土,信問不絕,卿但具書狀知聞,未用便去。"遂命妻致饋賀之禮,一以遣之。數夕還答。生驗書本意,皆父平生之跡,書中憶念教誨,情意委曲,皆如昔年。復問生親戚存亡,閭里興廢。復言路道乖遠,風煙阻絕,詞意悲苦,言語哀傷。又不令生來覲,云:"歲在丁丑[13],當與汝相見。"生捧書悲咽,情不自堪。

【校注】

[1]北蕃交通:與北番暗中有勾結。北番指唐代北方的少數部族,如奚、契丹、突厥等。　　[2]羔雁幣帛:指結婚時來客贈送的禮物。　　[3]上巳日:三月的第一個巳日。舊俗於此日踏青游春,臨水洗濯。唐代規定三月三日爲上巳日。[4]右延:舞者姓名。婆羅門:古印度四種姓之一,此指曲調名,開元中西凉都督楊敬述進獻。由於是西域音樂,故名《婆羅門》。舞《婆羅門》,大約是與《婆羅門》曲相配的舞蹈。　　[5]觀音經:即《觀世音經》,爲《法華經》中的一品(一章)。唐代因避唐太宗李世民諱,省稱觀世音爲觀音。　　[6]講下:即講席、講筵之下。唐代佛寺於每月三日、八日開講筵,由僧人向俗衆宣講佛經故事,稱爲"俗講"。捨:即施捨。僧人俗講時,聽講的俗衆每以財物施捨給寺院。　　[7]"中心"二句:爲《詩·小雅·隰桑》中的二句,是銘記在心,永不相忘的意思。以上女郎所述事,皆淳于棼"不守細行"的表現。　　[8]相者:導引賓客、襄贊行禮的人。[9]故:故舊、舊相識。　　[10]馮翊:唐郡名,郡治在今陝西大荔。　　[11]放

游:浪游。　　　　[12]徹障去扇:皆唐代婚俗。障,即障車、擋車,當新婦迎至新郎家門口時,鄰里街坊要堵在巷口,使婚車不得前進,直到男方允諾酒食錢財後,衆人散開(即徹障),婚車始能通行。扇(團扇)用來遮擋新婦面目,去扇(亦稱卻扇)即婚禮進行時,由新郎去掉扇,露出新婦面目,男女雙方正式見面。這些婚俗,南北朝即已流行。　　　　[13]歲在丁丑:前文"貞元七年"爲辛未年,丁丑爲貞元十三年。此年淳于棼去世。

　　他日,妻謂生曰:"子豈不思爲政乎?"生曰:"我放蕩不習政事。"妻曰:"卿但爲之,余當奉贊。"妻遂白於王。累日,謂生曰:"吾南柯政事不理,太守黜廢,欲藉卿才,可曲屈之。便與小女同行。"生敦授教命[1]。王遂敕有司備太守行李。因出金玉、錦繡、箱奩、僕妾、車馬,列於廣衢,以餞公主之行。生少游俠,曾不敢有望,至是甚悅。因上表曰:"臣將門餘子,素無藝術[2],猥當大任,必敗朝章。自悲負乘,坐致覆餗[3]。今欲廣求賢哲,以贊不逮。伏見司隸潁川周弁[4],忠亮剛直,守法不回,有毗佐之器[5]。處士馮翊田子華,清慎通變[6],達政化之源。二人與臣有十年之舊,備知才用,可託政事。周請署南柯司憲,田請署司農[7],庶使臣政績有聞,憲章不紊也。"王並依表以遣之。其夕,王與夫人餞於國南。王謂生曰:"南柯,國之大郡,土地豐壤,人物豪盛,非惠政不能以治之。況有周、田二贊。卿其勉之,以副國念。"夫人戒公主曰:"淳于郎性剛好酒,加之少年,爲婦之道,貴乎柔順。爾善事之,吾無憂矣。南柯雖封境不遙[8],晨昏有間[9],今日暌別,寧不沾巾!"生與妻拜首南去,登車擁騎,言笑甚歡。

　　累夕達郡。郡有官吏、僧道、耆老[10]、音樂[11]、車輿,武衛,鑾鈴[12],爭來迎奉。人物闐咽,鐘鼓喧嘩,不絕十里。見雉堞臺觀,佳氣鬱鬱。入大城門,門亦有大榜[13],題以金字,曰"南柯郡城"。見朱軒棨戶[14],森然深邃。生下車,省風俗[15],療病苦,政事委以周、田,郡中大理。自守郡二十載,風化廣被[16],百姓歌謠,建功德碑[17],立生祠宇[18]。王甚重之,賜食邑[19],錫爵位,居台輔[20]。周、田皆以政治著聞,遞遷大位。生有五男二女。男以門蔭授官[21],女亦娉於王族,榮耀顯赫,一時之盛,代莫比之。

　　是歲,有檀蘿國者,來伐是郡。王命生練將訓師以征之。乃表周弁將兵三萬,以拒賊之衆於瑤臺城。弁剛勇輕敵,師徒敗績。弁單騎裸身潛遁,夜歸城。賊亦收輜重鎧甲而還。生因囚弁以請罪。王並捨之^[22]。是月,司憲周弁疽發背,卒。生妻公主遘疾,旬日又薨。生因請罷郡,護喪赴國。王許之。便以司農田子華行南柯太守事^[23]。生哀慟發引^[24],威儀在途^[25],男女叫號,人吏奠饌,攀轅遮道者不可勝數^[26]。遂達於國。王與夫人素衣哭於郊,候靈轝之至,謚公主曰"順儀公主"。備儀仗羽葆鼓吹^[27],葬於國東十里盤龍崗。是月,故司憲子榮信^[28],亦護喪赴國。

【校注】

[1]敦授:敬受。　　[2]藝術:才藝和治理國家之術。　　[3]覆餗(sù 素):語出《易·鼎卦》:"鼎折足,覆公餗。"餗是盛在鼎裏的肉羹,覆是碰翻了鼎。比喻不勝重任,敗壞公事。　　[4]潁川:今河南許昌。　　[5]毗佐:輔佐。　　[6]處士:隱居不仕之人。此處指没有正式職官者。　　[7]司憲、司農:州郡僚佐,司憲主管司法,司農主管錢穀倉廩。　　[8]封境:疆界。　　[9]晨昏有間:即與父母相間隔的意思。晨昏,"昏定晨省(xǐng 醒)"的省稱。古禮,兒女晚上要爲父母鋪陳卧具,使父母安定;早晨要向父母問安,稱昏定晨省。　　[10]耆老:年高有德者。　　[11]音樂:指樂工女伎之類。　　[12]鑾鈴:車轅上帶有鈴的車駕。鑾,通"鸞",謂鈴聲有如鸞鳴。　　[13]大榜:大牌匾。　　[14]棨(qǐ 起)户:門首兩旁列有棨的門户。棨,木製無刃的戟,門前列棨,是官階、身份的象徵。唐代規定:一品之門十六棨,二品之門十四棨,三品之門十二棨。　　[15]省(xǐng 醒)風俗:詢問風俗。　　[16]廣被(pī 匹):廣泛覆蓋。　　[17]功德碑:封建社會地方百姓爲官員建的頌揚功德的碑。　　[18]生祠宇:爲活人建的供祭祀的祠堂。　　[19]食邑:亦稱采邑。封建社會最高統治者將某地若干户封與貴族或功臣,這些户的税收即歸貴族或功臣所有,故稱"食邑"。　　[20]台輔:封建官僚機構中的三公宰輔之位。爲皇帝以下的最高領導集團。　　[21]門蔭:亦稱"門資",是封建社會貴族或高官子弟享有的特權之一,他們可以仰仗祖輩的地位或功勳直接獲取官職。　　[22]捨之:不予追究罪過。　　[23]行南柯太守事:暫時代理太守的職務。　　[24]發引:靈車啓動。引,即靈車前的挽幛。　　[25]威儀:指靈車左右的一應儀仗。　　[26]攀轅遮道:謂地方百姓挽留他,不忍其離開。攀轅,拉住車轅;遮道,擋住前行的道路。　　[27]羽葆鼓吹:皆出殯時的儀仗。羽葆,亦稱羽葆幢,其形如曲柄傘,幢首聚鳥羽,其下綴以旄牛尾,出殯時作爲"引柩",即靈

柩的導引。鼓吹，各種樂器的合奏隊。　　　［28］故司憲：指周弁。

　　生久鎮外藩，結好中國[1]，貴門豪族，靡不是洽[2]。自罷郡還國，出入無恒，交游賓從，威福日盛。王意疑憚之。時有國人上表云：“玄象謫見[3]，國有大恐。都邑遷徙，宗廟崩壞。釁起他族，事在蕭墻[4]。”時議以生侈僭之應也[5]。遂奪生侍衛，禁生游從，處之私第。生自恃守郡多年，曾無敗政，流言怨悖，鬱鬱不樂。王亦知之，因命生曰：“姻親二十餘年，不幸小女夭枉[6]，不得與君子偕老，良用痛傷。”夫人因留孫自鞠育之。又謂生曰：“卿離家多時，可暫歸本里，一見親族。諸孫留此，無以爲念。後三年，當令迎卿。”生曰：“此乃家矣，何更歸焉？”王笑曰：“卿本人間，家非在此。”生忽若惛睡[7]，曹然久之[8]，方乃發悟前事，遂流涕請還。王顧左右以送生。生再拜而去，復見前二紫衣使者從焉。至大户外，見所乘車甚劣，左右親使御僕，遂無一人，心甚歎異。生上車，行可數里，復出大城。宛是昔年東來之途，山川原野，依然如舊。所送二使者，甚無威勢，生逾怏怏。生問使者曰：“廣陵郡何時可到？”二使謳歌自若，久乃答曰：“少頃即至。”俄出一穴，見本里閭巷，不改往日，潸然自悲，不覺流涕。二使者引生下車，入其門，升自階，己身臥於堂東廡之下。生甚驚畏，不敢前近。二使因大呼生之姓名數聲，生遂發寤如初。見家之僮僕擁篲於庭，二客濯足於榻，斜日未隱於西垣，餘樽尚湛於東牖[9]。夢中倏忽，若度一世矣。

　　生感念嗟歎，遂呼二客而語之。驚駭。因與生出外，尋槐下穴。生指曰：“此即夢中所驚入處。”二客將謂狐狸木媚之所爲祟[10]，遂命僕夫荷斤斧，斷擁腫，折查枿，尋穴究源。旁可袤丈[11]，有大穴，根洞然明朗，可容一榻。根上有積土壤，以爲城郭臺殿之狀。有蟻數斛，隱聚其中。中有小臺，其色若丹，二大蟻處之，素翼朱首，長可三寸。左右大蟻數十輔之，諸蟻不敢近。此其王矣。即槐安國都也。又窮一穴，直上南枝可四丈，宛轉方中，亦有土城小樓，群蟻亦處中，即生所領南柯郡也。又一穴，西去二丈，磅礡空圬[12]，嵌窞異狀[13]，中有一腐龜殼，大如斗，積水浸潤，小草叢生，繁茂翳薈[14]，掩映振殼[15]，即生所獵靈龜山也。又窮一穴,東去丈餘,古根盤屈,若龍虺之狀[16]。中有小土壤,高尺餘,即生所葬妻盤龍崗之墓也。追想前事,感歎於懷,披閱窮跡,皆符所夢。不欲二客壞之,遽令掩塞如舊。是夕,風雨暴發。旦視其穴,遂失群蟻,莫知所去。故先言"國有大恐,都邑遷徙"。此其驗矣。復念檀蘿征伐之事,又請二客訪跡於外。宅東一里有古涸澗,側有大檀樹一株,藤蘿擁織,上不見日,旁有小穴,亦有群蟻隱聚其間。檀蘿之國,豈非此耶? 嗟呼,蟻之靈異,猶不可窮,況山藏木伏之大者所變化乎? 時生酒徒周弁,田子華並居六合縣[17],不與過從旬日矣。生遽遣家僮疾往候之。周生暴疾已逝,田子華亦寢疾於牀。生感南柯之浮虛,悟人世之倏忽,遂棲心道門,絕棄酒色。後三年,歲在丁丑,亦終於家。時年四十七,將符宿契之限矣[18]。

　　公佐貞元十八年秋八月,自吳之洛,暫泊淮浦,偶覿淳于生棼,詢訪遺跡,翻覆再三,事皆摭實[19],輒編錄成傳,以資好事。雖稽神語怪,事涉非經,而竊位著生[20],冀將為戒。後之君子,幸以南柯為偶然,無以名位驕於天壤間云。

　　前華州參軍李肇贊曰[21]:"貴極祿位,權傾國都,達人視此,蟻聚何殊[22]!"

《唐人小説》卷上

【校注】

[1]結好中國:與京城豪貴相結。中國,京城。　　[2]洽:歡洽、友好。　　[3]玄象:天象。謫見(xiàn 現):謂日月星辰發生了對人間有懲罰的變化。謫,譴責、懲罰。　　[4]"釁起"二句:意謂禍端起於皇族以外,但事情又發生在宮廷之內。蕭墻:古代宮室內當門的小墻。《論語·季氏》:"吾恐季孫之憂,不在顓臾,而在蕭墻之內也。"何晏《集解》引鄭玄曰:"蕭之言肅也;墻謂屏也。君臣相見之禮,至屏而加肅敬焉,是以謂之蕭墻。"後以蕭墻喻宮廷內部。　　[5]侈僭(jiàn 建):即僭越,官員行為越過了規定的限度。　　[6]夭枉:少年死亡。　　[7]惛(hūn 昏)睡:糊塗、迷惘。　　[8]薈然:迷茫、不清醒貌。　　[9]餘樽:餘下的酒。湛:酒清亮貌。　　[10]木媚:同木魅,樹妖。　　[11]袤(mào 冒)丈:長可丈餘。袤,長度。　　[12]磅礴空圬:闊大而空洞。圬,指四壁塗有泥土。　　[13]嵌窞(dàn 且):突出或凹陷。　　[14]翳薈:草木遮蔽。　　[15]掩映振殼:謂草木飄

拂並觸及龜殼。　　[16]虺(huǐ 毀)：一種灰色無文的毒蛇。　　[17]六合縣：今屬江蘇。　　[18]"將符"句：謂其父嘗相約於丁丑之年相見。　　[19]撠實：取得確證。撠，拾取。　　[20]竊位著生：竊取高位並藉以謀生。　　[21]李肇：唐貞元、元和間人，曾撰《唐國史補》。贊：文體名，有題贊、論贊、傳贊、畫贊等，是在文章或字畫後加的一段評論。　　[22]"達人"二句：意謂在達人看來，如今的官場與螞蟻聚在一起有何區別。

【集評】

　　魯迅《中國小說史略》第九篇《唐之傳奇文(下)》："立意與《枕中記》同，而描摹更爲盡致……篇末言命僕發穴，以究根源，乃見蟻聚，悉符前夢，則假實證幻，餘韻悠然，雖未盡於物情，已非《枕中記》之所及矣。"

張　籍

【作者簡介】

　　張籍(772？—830)，字文昌，吳郡(今江蘇蘇州)人，後移居和州烏江(今安徽和縣)。早年從韓愈學爲古文，德宗貞元十四年(798)舉進士第，憲宗元和元年(806)補太常寺太祝，十年不遷，患眼疾，人稱"窮瞎張太祝"。元和十一年轉國子助教，十五年遷秘書郎。穆宗長慶元年(821)遷水部員外郎，文宗大和二年(828)拜國子司業。爲詩長於樂府，白居易稱其"尤工樂府詩，舉代少其倫……風雅比興外，未嘗著空文"(《讀張籍古樂府詩》)。其詩語言質樸而用意深刻，故王安石稱他的詩"看似尋常最奇崛，成如容易卻艱辛"(《題張籍詩集》)。樂府與王建齊名，並稱"張王樂府"。有宋編《張司業集》傳世。《舊唐書》卷一六〇、《新唐書》卷一六七有傳。

野　老　歌

【題解】

　　題一作《山農詞》。詩寫在重稅盤剥下農民的悲慘生活。末二句用商人的豪侈生活與農民作對比,揭露更深刻。

　　　　老農家貧在山住,耕種山田三四畝。苗疏税多不得食,輸入官倉
化爲土[1]。歲暮鋤犁傍空室[2],呼兒登山收橡實[3]。西江賈客珠百
斛,船中養犬長食肉[4]。

《全唐詩》卷三八二

【校注】

[1]化爲土:指官倉糧食積壓過久腐爛成土。白居易《重賦》"進入瓊林庫,歲久化
爲塵"句,與此同。　　　　[2]"歲暮"句:意謂家中除了鋤犁,別無長物。　　　　[3]橡
實:橡樹的果實。橡實似栗,亦稱橡栗,人不能食,貧苦人家經曝、蒸處理後,勉强
以此充飢。參看皮日休《橡媼歎》注。　　　　[4]"西江"二句:唐詩中的西江多泛指
長江,如元稹《相憶淚》:"西江流水到江州,聞道分成九道流。"此處"西江",或指
今廣西境内的西江,"西江賈客"即指往返於今兩廣做珠寶生意的商人。張籍《賈
客樂》詩結句:"農夫税多長辛苦,棄業寧爲販寶翁。"與此義同。唐時分天下之人
爲"四民":士、農、工、商。農民地位高於工商階層,但是農民"税多長辛苦",所以
索性要"棄業"爲商。

【集評】

　　　　(元)范德機《木天禁語》:"樂府篇法,張籍爲第一……要訣在於反本題結,如
《山農詞》,結卻用'西江賈客珠百斛,船中養犬長食肉'是也。"

築　城　詞

【題解】

　　　　題一作《築城曲》。郭茂倩《樂府詩集》卷七五"雜曲歌辭"收入此詩,其題解引
《淮南子》曰:"秦發卒五十萬築修(長)城,西屬流沙,北繫遼水,東結朝鮮,中國内郡
輓車而餉之,後因有《築城曲》,言築長城以限胡虜也。"又引《古今樂録》云:"築城相
杵者,出自漢梁孝王。孝王築睢陽城,方十二里,造唱聲,以小鼓爲節,築者下杵以和
之。"《築城曲》古辭今不存。中唐之際,西北少數部族已漸侵入内地,此詩以古題寫
現實,揭露唐時徭役苛重。詩中對築城的苦辛及役夫境遇之壞,均有深刻描寫。文
字明白如話,直率而沉痛。

築城處，千人萬人齊把杵[1]。重重土堅試行錐[2]，軍吏執鞭催作遲。來時一年深磧裏[3]，盡着短衣渴無水。力盡不得休杵聲[4]，杵聲未盡人皆死[5]。家家養男當門戶，今日作君城下土！

《全唐詩》卷三八二

【校注】

[1]杵：築土的工具。把杵猶言持、握杵。　　[2]重重土：即層層土。試行錐：用鐵錐刺探築土是否堅固。　　[3]磧（qì 棄）：粗砂。　　[4]休杵聲：杵聲停下來。休，一作"抛"，抛是舉起的意思，亦通。　　[5]"杵聲"句：謂一邊幹活一邊有人死去。盡：一作"定"，"定"是杵聲停歇，亦通。

敦煌變文

目連緣起

【題解】

　　《目連緣起》的"緣起"，是變文的別稱。王重民謂"變文"是此類文體的公名，演繹佛教故事稱"緣起"（《敦煌變文研究》）。變文是唐五代時産生的一種邊説邊唱、用來宣講佛教神異故事或歷史故事、民間傳説的文體，也稱"變"，是當時流行的通俗文學形式之一。其體制一般是散、韻結合，説則散文，唱則韻文。變文是研究我國説唱文學的珍貴資料，這種韻散相間的形式對宋、金、元時期的詞話、諸宫調、雜劇以及南戲等都産生過相當影響。演繹目連救母故事的敦煌寫本有十二件之多。屬於變文系統的，除編號爲伯 2193 的題爲《目連緣起》外，另有題爲《目連變文》、《目連變》、《大目乾連冥間救母變文》數種，其情節大體相同而互有詳略，文句出入較大。應是當時流行的幾種本子的反映。另有一種屬講經文系統的，題爲《盂蘭盆經講經文》。故事情節皆據西晉竺法護譯《佛説盂蘭盆經》敷衍而成。目連是釋迦牟尼十大弟子之一，母死，墮入地獄，目連運用神通並以其孝心打動佛祖，終於救母脱離地獄之苦。文中極力鋪敍地獄的恐怖可怕，宣揚因果報應，内容或不足取，但其故事曲折生動，富於想像，在民間流傳甚廣。據唐孟棨《本事詩·

嘲戲》載,詩人張祐曾將白居易《長恨歌》比作《目連變》,說明此文元和以前即已流行。

　　昔有目連慈母,號曰青提夫人,住在西方,家中甚富,錢物無數,牛馬成群,在世慳貪,多饒殺害。自從夫主亡後,而乃孀居[1]。唯有一兒,小名羅卜。慈母雖然不善,兒子非常道心,拯恤孤貧,敬重三寶[2],行檀佈施,日設僧齋,轉讀大乘[3],不離晝夜。偶因一日,欲往經營,先至堂前,白於慈母:"兒擬外州,經營求財,侍奉尊親。家內所有錢財,今擬分爲三分。一分兒今將去,一分侍奉尊親,一分留在家中,將施貧乏之者。"孃聞此語,深愜本情,許往外州,經營求利。
　　一自兒子去後,家內恣情,朝朝宰殺,日日烹胞(炮)[4],無念子心,豈知善惡。逢師僧時,遣家僮打棒;見孤老者,放狗咬之。不經旬日之間,羅卜經營卻返,欲見慈母,先遣使報來。慈母聞道兒歸,火急鋪設花幡[5],遶遍院庭,縱橫草穢狼藉,一兩日間,兒子便到,跪拜起居:"自離左右多時,且喜阿孃萬福。"阿孃見兒來歡喜:"自汝出向他州,我在家中,常修善事。"兒於一日行到鄰家,見說慈母,日不曾修善,朝朝宰殺,祭祀鬼神,三寶到門,盡皆凌辱。聞此語惆悵歸家,問母來由,要知虛□(實)。母聞說己,怒色向兒:"我是汝母,汝是我兒,母子之情,重如山嶽,出語不信,納他人之閑詞,將爲是實。汝若今朝不信,我設咒誓,願我七日之內命終,死墮阿鼻地獄[6]。"兒聞此語,雨淚向前,願母不賜嗔容,莫作如斯咒誓。慈母作咒,冥道早知,七日之間,母身將死,墮阿鼻地獄,受無間之餘殃。羅卜見母身亡,狀若天崩地減[7],三年至孝,累七修齋[8],思憶如何報其恩德,唯有出家最勝,況如來在世。羅卜投佛出□(家),便得神通第一,世尊作號,名曰大目連[9],三明六通具解[10],身超羅漢。既登賢聖之位,思報父母之深恩,遂乃天眼觀占二親[11],託生何處。慈父已生於天上,終朝快樂逍遥;母身墮在阿鼻,日日唯知受苦。
　　目連慈母號青提,本是西方長者妻。在世慳貪多殺害,命終之後墮泥犁[12]。
　　身臥鐵牀無暫歇,有時驅逼上刀梯。碓島(搗)磑磨身爛壞[13],

遍身恰似淤青泥。

　　於是目連見於慈母，墮在地獄，遂白佛言：“如來，請陳上事。

　　慈母生前修善，將爲死後生天，今且墮在阿鼻，此事有何所以？”

　　目連雖證羅漢，神通智慧未全，不了慈親罪因[14]，雨淚佛前啓告。

　　神通弟子目犍連，緩步登時白佛言：“唯願世尊慈潜（愍）我，得知慈母罪根源。

　　母在世時修十善[15]，將爲死後得生天，自從一旦身亡後，何期慈母落黃泉。”

　　於是世尊聞，喚目連近前：

“汝今諦聽吾言，不要聰聰啼哭[16]。

　　汝母在生之日，都無一片善心，終朝殺害生靈，每日期（欺）凌三寶。自作自受，非天與人。今既墮在阿鼻受苦，何時得出。”

　　我佛慈悲告目連：“不要恖恖且近前[17]。汝母在生多殺害，慳貪廣造惡因緣。

　　三塗受苦應難出[18]，一墮其中萬萬年，自作之時還自受，有何道理得生天。”

【校注】

[1]霜居：即孀居。　　　[2]三寶：佛家語，指佛、法、僧。　　　[3]大乘：梵文“摩訶衍那”的意譯，佛教派別之一，强調利他，普度一切衆生。　　　[4]胞：同“炮”，烤肉。　　　[5]鋪設花幡：佈置花木之類。　　　[6]阿鼻地獄：佛教八大地獄之一，爲最下、最苦之處。　　　[7]地减：即地陷。减，音義俱同“陷”。　　　[8]累七：舊俗人死後每隔七日祭奠一次，到七七四十九日止。　　　[9]大目連：佛弟子名。全稱爲摩訶目犍連，又譯作大目犍連，略作目犍連、目乾連、目連。　　　[10]三明六通：佛家語，指佛門的修養。三明謂天眼明、宿命明、漏盡明；六通謂六種神通力，即神足通、天眼通、天耳通、他心通、宿命通、漏盡通。　　　[11]天眼觀占：即打通天眼觀看。　　　[12]泥犁：佛家語，即地獄，爲佛家十界中最惡劣的境界。　　　[13]碓島：即在碓中被搗。碓爲舂米的器具。島，爲“搗”的借字。磑（wèi 位）磨：被磨子磨。磑，磨子。　　　[14]不了：不瞭解、不知道。　　　[15]十善：佛家語。不犯十惡，即是十善。佛家以殺生、偷盜、邪淫、妄語、兩舌（挑撥是非）、惡口、綺語、貪欲、瞋恚、邪見爲十惡。　　　[16]聰聰：義同“恖恖”，見下。　　　[17]恖（cōng 匆）恖：

《説文》:"恩,多遽恩恩也。"段玉裁注:"從囱從心者,謂孔隙既多而心亂也。"由"心亂"引申有憂愁、悲哀的意思。　　　[18]三塗:亦作三途,佛家語,即火途(地獄道)、血途(畜生道)、刀途(餓鬼道)。晉郗超《奉法要》:"十惡畢犯,則入地獄……毒心内盛,徇私欺紿,則或墮畜生……慳貪專利,常苦不足,則或墮餓鬼。"

目連聞金口所説[1],不覺悶絶號咷:"既知受罪因緣,欲往三塗救拔。切恨神通力小,難開地獄之門。我今欲見阿娘,力小不能自往,伏願世尊慈念,少借威光,忽若得見慈親,生死不辜恩德。"

目連聞説事因由,悶絶號咷雨淚流:"哀哀慈母黄泉下,乳哺之恩不易酬。

我今欲見慈親面,地獄難行不可求。願佛慈悲方便力,暫時得見死生休。"

於是世尊威力不可思議。目連告訴再三,我佛哀憐懇切,借十二鐶錫杖[2],七寶之缽盂[3],方便又賜神通,須臾振錫騰空[4],傾剋(頃刻)便登地獄。

目連蒙佛賜威雄,須臾直(擲)缽便騰空。去往由(猶)如彈指頃[5],乘雲往返疾如風。

手托缽盂攜净水,振錫三聲到獄中,重門關鎖難開得,振錫之時總自通。

其地獄者黑壁千重,烏門千刃(刎)[6],鐵城四面,銅苟(狗)喊呀,紅焰黑煙,從口而出。其中受罪之人,一日萬生萬死。或刀山劍樹,或鐵犁耕舌。或洋銅灌口[7],或吞熱鐵大(火)丸,或抱銅柱,身體燋然爛壞[8]。枷鎖杻械[9],不曾離身。牛頭每日凌遲,獄卒終朝來拷。鑊湯煎煮,痛苦難當。受罪既苦不休,所以名爲無間[10]。目連慈母,墮在其中。

受罪早經所歲,煎煮不曾休歇。差惡身體乾枯,豈有平生之貌。

目連欲見其母,求他獄卒再三。一心願見慈親,不免低頭哀懇。

是時慈母聞唤數聲,攙身强强起來[11],狀似破車無異,於是牛頭把捧(棒),獄卒擎叉。夜叉點領罪人,鬼使令交(教)逐後,須臾領出,得見慈親。目連雨淚向前抱母,掩淚再三借問,不知"體氣如何,在生修善既多,何得今朝受苦"?

目連見母哭鳥呼,良久之間氣不蘇:"自離左右經年歲,未審娘娘萬福無。

在世每常修十善,將爲生天往净方(土),因甚自從亡没後,阿娘特地落三塗。"

慈母告目連:"我爲前生造業,廣殺豬羊,善事都總不修,終日咨(恣)情爲惡。今來此處,受罪難言。漿□(水)不曾聞名,飲食何曾見面。渾身遍體,總是瘡疾。受罪既旦夕不休,一日萬生萬死。"慈母唤目連近前,目連,目連:

"我緣在世不思量,慳貪終日殺豬羊。將爲世間無善惡,何期今日受新(斯)殃。

地獄每常長飢渴,煎煮之時入鑊湯,或上刀山並劍樹,或即長時卧鐵牀。

更有犁耕兼拔舌,洋銅灌口苦難當,數載不聞漿水氣,飢羸遍體盡成瘡。"

於是目連聞説,心中惆悵轉加:"慈母既被凌遲,舊日形容改變。

一自娘娘崩背[12],思量無事報恩。遂乃投佛出家,獲得神通羅漢。

今有瓊漿香飯,我佛令遣將來,母苦飢渴時多,香飯瓊漿便喫。"

目連見母被凌遲,如何受苦在阿鼻。遍體盡皆瘡癬甚,形骸苦考(枯槁)改容儀。

累歲不聞漿水氣,乾枯渴乏鎮長飢。娘娘且是親生母,我是娘娘親福(腹)兒。

自從老母身亡後,出家侍佛作闍梨[13]。香飯瓊漿都一鉢,願母今朝喫一匙。

目連手擎香飯,充濟慈母之飢。奈何惡業又深,争那慳貪障重。

漿水來變作銅汁,香飯欲餐變成猛火。即知慳貪障重,所招惡業如斯。

奉勸座下門徒,一一須生覺悟。莫縱無明造業,他時必墮三塗。

今朝覺悟修行,定免如斯惡業。母爲前生造罪多,積集慳貪結網羅。

毀佛謗僧無敬信，不曾將口念彌陀。死墮三塗無間獄，終朝受罪苦波波[14]。

見飯之時成猛火，水來近口作減（鹹）河。目連見其慈母，飯食都總不餐。

且知慈母罪深，雨淚渾槌自武[15]。慈母卻歸地獄，依前受苦不休。

目連振錫卻迴，告訴如來悲泣：“適奉世尊威力，令往地獄之中。見母受罪千重，一日萬生萬死。所奉瓊漿鉢飯，□□□□□□。唯願聖主慈悲，更賜方圓救濟。”

目連心中孝順，再三告訴如來。唯願賜母之方，得離三塗之苦。

目連見母淚灌灌，須臾躄地自渾搥。母即依前歸地獄，目連振錫返身迴。

纔到佛前頭面禮，放聲大哭告如來。母向三塗作飢鬼，冥冥數載掩泉臺。

受罪千重難説盡，自言萬計轉悲哀。世尊更賜威光便，免交（教）慈母受迍災。

佛以慈悲極切，教化萬般方便，設法千重，悲心萬種。遂告目連曰：“汝能行孝，願救慈親，欲酬乳哺之恩，其事甚爲希（稀）有。汝至衆僧解夏之日[16]，羅漢九旬告必之辰[17]。賢聖得□於祇園[18]，羅漢騰空於石室。辦香花之供養，置盂蘭之妙盆[19]。獻三世之如來[20]，奉十方之賢聖[21]。仍須懇告，努力虔誠，諸佛必賜神光，慈母必離地獄。但若依吾教敕，便爲孝順之因。慈悲教法流傳，直至於今不絶。”世尊道：目連，目連：

“汝須努力莫爲難，造取些些好果盤。待到衆僧解夏日，羅漢騰空盡喜歡。

諸佛慈悲來救濟，必賜神通慧眼觀。都設上來諸供養，救母三塗受苦酸。

早願慈親離地獄，免在三塗吞鐵丸。佛在世時留此教，故今相歡（勸）造盂蘭。”

【校注】

[1]金口:佛教謂佛之口舌如金剛堅固不壞,稱爲金口。　　[2]錫杖:僧人所持的禪杖。杖頭有一鐵圈,中段用木,下安鐵纂,即所謂"十二鐶"。　　[3]七寶:佛教對"七寶"説法不一,《大阿彌陀經》以黄金、白銀、水晶、琉璃、珊瑚、琥珀、硨磲爲七寶。缽盂:僧人的食器,亦是傳法之器。　　[4]振錫:搖動錫杖。是僧人作法的動作。　　[5]彈指:比喻時間短暫。佛經謂二十念爲一瞬,二十瞬爲一彈指。[6]烏門:黑門。形容黑暗。　　[7]洋銅:即熔化了的銅汁。洋,同"烊"。[8]燋然:爲火所烤傷。燋,同"焦"。　　[9]杻(niǔ 紐)械:腳鐐之類。[10]無間:即無間地獄。　　[11]强强:勉强、勉力。　　[12]崩背:即崩殂,指帝王或父母之死。　　[13]闍(shé 舌)梨:梵語"阿闍梨"的省稱,即高僧。[14]波波:唐時俗語,形容寒顫聲。　　[15]渾搥自武:亦作"渾搥自樸"、"渾搥",氣急時槌打全身、自投於地。　　[16]解夏之日:佛教語。僧尼一夏九旬安居期滿散去之日。南朝梁宗懍《荆楚歲時記》:"夏乃衆僧長養之節,在外行則恐傷草木蟲類,故九十日安居。……至七月十五日,應禪寺掛搭,僧尼盡皆散去,謂之解夏。"　　[17]羅漢:梵語"阿羅漢"的省稱,小乘的最高果位,謂已斷煩惱、超出三界輪迴的尊者。此代指高僧。九旬告必:即九十日解夏。必,同"畢"。[18]祇園:佛經中的佛徒福地。《涅槃經》二十九謂此地"不近不遠,多饒泉池,有好林樹,花果蔚茂,清净閒豫。"　　[19]盂蘭妙盆:即盂蘭盆,佛教謂七月十五日用來超度亡人的供器。　　[20]三世如來:即三世佛。佛教以過去、現在、未來爲三世,過去佛爲迦葉諸佛,現在佛爲釋迦牟尼佛,未來佛爲彌勒諸佛。　　[21]十方:佛教以東、南、西、北及四維、上下爲十方。

　　目連聞金口所説,甚是喜歡,依教奉行,辦諸供養。於是幡花滿座,珠寶百味珍羞,爐焚海岸之香,供設蘇陀蜜味,獻珍饌千般羞味,造盂蘭百寶裝成,虔心供養如來,啓告十方諸佛,願救泥犁之苦,休居惡道之中,冥官獄卒休嗔,惡業冤家解脱 。

　　目連依教設香花,百味珍羞及果瓜。奉獻十方三世佛,願見慈母離冤家 。

　　冥官業道生悲念,獄卒牛頭及夜叉。放捨阿孃生净土,莫交(教)業道受波吒。

　　於是盂蘭既設,供養將陳,諸佛慈悲,便賜方圓救濟。目連慈母,得離阿鼻地獄,免交(教)遭煎苦之憂。蓋緣惡增深,未得生於人道,託陰

（蔭）王城内[1]，化爲女苟（狗）之身，終朝祇向街衢，每日常餐不净。

目連供佛説愍懃，不彈劬勞受苦辛。稽首十方三世佛，心心惟願救慈親。

慈母當時離地獄，又向王舍作苟（狗）身。終日食他人不净，罪深由（猶）未得人身。

於是目連天眼觀見慈母，已離地獄，將身又向王城，化作苟（狗）身受苦，目連心中孝順，行到王城，步步府（俯）近苟（狗）邊[2]，□（狗）見沙門歡喜[3]。目連知是慈母，不覺雨淚向前。遂問阿孃：“久居地獄，受苦多時，今乃得離阿鼻，深助孃孃。今在人間作苟（狗），何如地獄之時？”阿孃被問來由，不覺心中歡喜，告兒目連曰：

“我在阿鼻地獄，受苦皆是自爲。聞汝廣設盂蘭，供養十方諸佛。

今得離於地獄，化爲母苟（狗）之身。不净乍可食之[4]，不欲當時受苦。

阿鼻受苦已多時，不論日夜受凌遲。今日喜歡離地獄，深心慚愧我嬌兒。

汝設盂蘭將供養，故知佛力不思議。我乍人間食不净，不能時向在阿鼻[5]。”

目連見母作苟（狗），自知救濟無方，火急卻來白佛：“適如來教敕，廣陳救母之方，依前教不敢有違，盡依處分。又蒙佛慈悲之力，阿孃得出阿鼻地獄。自知罪業增深，又向王舍作苟（狗）。願佛慈悲，憐念母子情深，即頭請陳救母之方[6]。”“吾今賜汝威光，一一事須記取，當往祇園之内，請僧四十九人，七日鋪設道場，日夜六時禮懺，懸幡點燈，行道放生，轉念大乘，請諸佛以虔成（誠）。”目連依教奉行，便置道場供養，虔心聖主，願救慈親。蒙我佛之威光，母必離於地獄，生於天上。

慈親作苟（狗）受迍殃，惡業須交（教）一一當。今朝若欲生天去，結净依吾作道場。

七日六時長禮懺，爐焚海岸六銖香。點燈行道懸幡蓋，救拔慈親恰相當。

目連蒙佛賜威光，依教虔誠救阿孃。不彈（憚）劬勞申供養，投佛號咷哭一場。

賢聖此時來救濟,世尊又施白毫光[7]。皆是目連行孝順,慈親便得上天堂。

將知目連行孝,慈親便離三塗。千般萬計虔誠,一種方圓救濟。

奉勸座下弟子,孝順學取目連。二親若也在堂,甘旨切須侍奉。

父母忽然崩背,修齋聞法酬恩。莫學一輩愚人,不報慈親恩德。

六畜禽獸之類,由(猶)懷乳哺之恩。況爲人子之身,豈不行於孝順。

且如董永賣身,遷殯葬其父母,敢(感)得織女爲妻[8]。

郭巨爲母生埋子,天賜黃金五百斤[9]。

孟宗泣竹,冬月筍生[10]。王祥臥冰,寒溪魚躍[11]。

慈烏返報(哺)[12],書使(史)皆傳。跪乳之牛(羊)[13],從前且說。

上來講讚目連因,祇是西方羅漢僧。母號青提多造罪,命終之後卻沈輪(淪)。

奉勸聞經諸聽衆,大須佈施莫因循。託若專心相用語[14],免作青提一會人。

須覺悟,用心聽,閑念彌陀三五聲。火宅忙忙何日了[15],世間財寶少經營。

無上菩提懃苦作,聞法三塗豈不驚。今日爲君宣此事,明朝早來聽真經。

《敦煌變文校注》卷六

【校注】

[1]王城:即王舍城,古印度地名,傳說其西南佛陀迦雅爲釋迦牟尼成道之地。此處借指佛國、佛寺。　　[2]府近:即靠近。府,通“附”。　　[3]沙門:佛家語,亦作桑門,指出家修道者。　　[4]乍可:唐時熟語,寧可的意思。　　[5]時向:一時一餉的省說,片刻之意。向,同“餉”。　　[6]即頭:爲“叩頭”之誤。

[7]白毫光:佛光。佛教傳說世尊眉間有白色毫光,右旋婉轉,如日正中,放之則有光明。　　[8]“且如董永”三句:董永,古孝子,相傳爲東漢人。董永賣身葬父、娶織女爲妻的故事最早見於曹植《靈芝篇》,以後的《搜神記》亦有記載。其後爲二

十四孝之一。　　　[9]“郭巨”二句:郭巨,古孝子。郭巨埋兒的故事見《太平御覽》卷四一一引漢劉向《孝子圖》。其後爲二十四孝之一。　　　[10]“孟宗”二句:孟宗,古孝子,孟宗泣竹的故事見裴松之《三國志·吳書·孫晧傳》注引《楚國先賢傳》。其後爲二十四孝之一。　　　[11]“王祥”二句:王祥,古孝子,王祥卧冰的故事見《世説新語》。其後爲二十四孝之一。　　　[12]慈烏:烏鴉的一種。相傳此鳥能反哺其母。見晉王嘉《拾遺記》。　　　[13]“跪乳”二句:《公羊傳·莊公二十四年》“殿脩云乎”何休注:“凡贄,天子用鬯,諸侯用玉,卿用羔……羔取其執之不鳴,殺之不號,乳必跪而受之,類死義知禮者也。”後以“跪乳”喻孝。[14]託若:倘若。託,通“脱”。　　　[15]火宅:佛家語。佛教以爲俗世生活充滿苦難,如同火宅。

白居易

【作者簡介】

　　白居易(772—846),字樂天,晚號香山居士、醉吟先生,渭南下邽(今陝西渭南)人。德宗貞元十六年(800)舉進士第,十八年登書判拔萃科,次年授秘書省校書郎。憲宗元和元年(806)登才識兼茂明於體用科,授盩厔尉,二年任翰林學士,次年爲左拾遺,以亢直敢言和寫作新樂府詩諷刺時政爲權豪嫉恨。六年,丁母憂,服闋,召授太子左贊善大夫,十年,上書請急捕刺殺宰相武元衡兇手,以越職言事貶江州司馬,轉忠州刺史。穆宗即位,召爲主客郎中、知制誥,遷中書舍人,後歷任杭州、蘇州刺史。文宗大和三年(829),以太子賓客分司東都,遂定居洛陽,歷河南尹、太子少傅等。武宗會昌二年(842)以刑部尚書致仕,卒。白居易詩名早著。早年與元稹齊名,並稱“元白”,晚年與劉禹錫唱和,並稱“劉白”。與元稹、李紳等提倡寫作新樂府詩,主張“文章合爲時而著,歌詩合爲事而作”,詩歌應“補察時政”、“泄導人情”(《與元九書》),遂成爲新樂府運動的指導思想。嘗自分其詩爲諷諭、閒適、感傷、雜律四類。諷諭詩以《新樂府》五十首、《秦中吟》十首最著名,對中唐社會矛盾有廣泛深刻反映;感傷詩以長篇敍事歌行《長恨歌》、《琵琶行》最膾炙人口,敍事生動,描寫細膩,語言優美,清趙翼以爲白“即無全集,而二詩已自不朽”

(《甌北詩話》卷四);閒適詩與雜律詩多爲吟詠性情、詩酒酬唱及描寫自然景物之作,名篇亦多。其詩總體風格通俗淺顯,相傳"老嫗能解",但"言淺而思深,意微而詞顯"(清薛雪《一瓢詩話》),流傳廣泛,影響深遠,故李肇謂元和以後爲詩者"學淺切於白居易"(《唐國史補》卷下)。今存有《白香山集》七十一卷。《舊唐書》卷一六六、《新唐書》卷一一九有傳。

觀 刈 麥

時爲盩厔尉

【題解】

元和元年(806)作,白居易時任盩厔(zhōu zhì 周至,今陝西周至東)尉,此爲其諷諭詩早期作品。詩中對農民冒着暑熱辛苦勞作有細緻描寫,並借秉遺穗婦人之口,反映了在田稅制度剝削下農村凋敝的實況。末尾以自愧作結,感情真實。

田家少閒月,五月人倍忙。夜來南風起[1],小麥覆隴黃[2]。婦姑荷簞食[3],童稚攜壺漿。相隨餉田去[4],丁壯在南岡。足蒸暑土氣,背灼炎天光。力盡不知熱,但惜夏日長。復有貧婦人,抱子在其傍。右手秉遺穗,左手懸弊筐。聽其相顧言[5],聞者爲悲傷。家田輸稅盡,拾此充飢腸。今我何功德,曾不事農桑[6]。吏祿三百石[7],歲晏有餘糧[8]。念此私自愧,盡日不能忘。

《白居易集》卷一

【校注】

[1]夜來:昨夜。　　[2]覆隴黃:形容小麥一片皆黃。隴,同"壠",田埂。
[3]婦姑:媳婦和未嫁女子。此處泛指婦女。荷(hè 賀)簞(dān 單)食:挑着食物。簞,竹籃、竹筐。　　[4]餉田:給在田裏勞作的人送飲食。　　[5]相顧言:相互訴説。　　[6]曾不:從來沒有。　　[7]吏祿:做官的俸祿。三百石:是縣尉(從九品)一年的實物(即祿米)收入。另外,官員還有錢貨(現錢)收入,因爲詩裏衹涉及糧食,所以未予提及。　　[8]歲晏:歲晚,歲末。

【集評】

(清)高宗弘曆《唐宋詩醇》卷一九:"'力盡不知熱'二句,曲盡農家苦心,恰是從旁看出。'貧婦'一段悲憫更深,聶夷中詩摹寫不到。"

買　花

【題解】

　　題一作《牡丹》。爲作者《秦中吟》十首之一,約作於元和五年(810)前後。詩中用長安豪門貴族一擲萬金買得一本牡丹,揭露剝削制度下造成的貧富極端懸殊現象。一邊是驚人的奢侈浪費,一邊是老農的歎息,語直意淺,不忌露而盡,取"言者無罪,聞者足戒"古義,是爲《秦中吟》在藝術上的追求。

　　帝城春欲暮,喧喧車馬度。共道牡丹時,相隨買花去[1]。貴賤無常價,酬直看花數[2]。灼灼百朶紅[3],戔戔五束素[4]。上張幄幕庇,旁織笆籬護[5]。水灑復泥封,移來色如故。家家習爲俗,人人迷不悟。有一田舍翁,偶來買花處。低頭獨長歎,此歎無人諭。一叢深色花,十户中人賦[6]。

《白居易集》卷二

【校注】

[1]"帝城"四句:唐李肇《唐國史補》卷中:"京城貴游尚牡丹三十餘年矣。每春暮,車馬若狂,以不耽玩爲恥。執金吾鋪官圍外寺觀,種以求利,一本有直數萬者。"　　[2]"貴賤"二句:謂花的價格没有一定,買花者視花的品種付錢。酬直:同酬值。看花數:猶言看貨付錢。數,即計算其價值。　　[3]灼灼:形容花色艷麗。百朶紅:花朶繁密貌。　　[4]"戔(jiān 兼)戔"句:用《易·賁卦》"束帛戔戔"語意,謂百朶紅的一株花可以得到五匹帛的酬值。戔戔:叢聚貌,即上句"百朶紅"之意。素:精白的絹。　　[5]笆籬:即籬笆。　　[6]中人:中等人家。唐代賦稅制度,按户口徵收,分爲上户、中户、下户。

【集評】

　　(清)沈德潛《唐詩別裁集》卷三:"連上三章(指《輕肥》、《五絃》、《歌舞》),諷意俱於末二語結出。"

上陽白髮人

　　天寶五載已後，楊貴妃專寵，後宮人無復進幸矣。六宮有美色者，
輒置別所，上陽是其一也。貞元中尚存焉。

【題解】

　　本篇及以下四首都屬於《新樂府》五十首，元和四年(809)白居易爲左拾遺時所作。白居易之友李紳本年有《新題樂府十二首》，元稹繼有《和李校書新題樂府十二首》之作，所謂"新樂府"之名始於此。李紳原唱已佚，從元稹和詩可知李詩題目。白居易《新樂府》五十首中，十二首題目與李、元之作悉同，故白居易五十首《新樂府》，亦可視爲是和李、元之作而大有擴充。中唐之際詩歌領域發生的重大事件"新樂府運動"，即因李、元、白的先後之作而形成。元和十一年元稹有《樂府古題序》一文，論及當時詩壇的擬古題樂府之作，以及他們棄古題、寫"新樂府"的原因，云："沿襲古題，唱和重複，於文或有短長，於義咸爲贅賸……近代唯詩人杜甫《悲陳陶》、《哀江頭》、《兵車》、《麗人》等，凡所歌行，率皆即事名篇，無復依傍。予少時與友人白樂天、李公垂(即李紳)輩謂是爲當，遂不復擬賦古題。""新樂府"的含義，即由學習杜甫"即事名篇，無復依傍"、反映社會現實的詩篇而來。白居易《新樂府》題下有總序，云："凡九千二百五十二言，斷爲五十篇。篇無定句，句無定字，繫於意，不繫於文。首句標其目，卒章顯其志，《詩》三百之義也。其辭質而徑，欲見之者易諭也；其言直而切，欲聞之者深戒也；其事覈而實，使采之者傳信也；其體順而肆，可以播於樂章歌曲也。總而言之，爲君、爲臣、爲民、爲物、爲事而作，不爲文而作也。"此與白居易《與元九書》一起，成爲新樂府運動的綱領性理論。《新樂府》五十首，選擇題材有明顯政治傾向，主題明確，態度鮮明，廣泛觸及中唐社會政治、經濟、軍事、吏治、賦稅、婦女婚姻、社會習俗等方面，爲白居易繼承並發展古代詩歌美刺傳統的重要組詩。本篇題一作《上陽人》。上陽，謂上陽宮，在洛陽皇城西南。《孟子·梁惠王下》論古代仁政，有"内無怨女，外無曠夫"之語；女子成年不得嫁謂之怨，男子成年不得娶謂之曠。封建社會後宮，除皇后、嬪妃等以外，還有爲數千百採擇自民間的宮女，她們幽閉深宮，青春暗逝，此即爲怨；世間多少男子因此而不得娶，此即爲曠。本篇題材類似於"宮怨詩"，但歷來的"宮怨詩"對怨的抒發都講究節制含蓄，不離所謂"怨而不傷"的詩旨。如泣如訴、將怨抒發得最淋漓盡致的，當數白居易此篇。

　　憫怨曠也。

　　上陽人，上陽人，紅顏暗老白髮新。綠衣監使守宮門[1]，一閉上

陽多少春。玄宗末歲初選入，入時十六今六十[2]。同時采擇百餘人，零落年深殘此身[3]。憶昔吞悲別親族，扶入車中不教哭[4]。皆云入內便承恩，臉似芙蓉胸似玉[5]。未容君王得見面，已被楊妃遙側目[6]。妒令潛配上陽宮[7]，一生遂向空房宿。宿空房[8]，秋夜長，夜長無寐天不明。耿耿殘燈背壁影[9]，蕭蕭暗雨打窗聲。春日遲，日遲獨坐天難暮。宮鶯百囀愁厭聞，梁燕雙棲老休妒[10]。鶯歸燕去長悄然，春往秋來不記年。唯向深宮望明月，東西四五百迴圓。今日宮中年最老，大家遙賜尚書號[11]。小頭鞵履窄衣裳，青黛點眉眉細長；外人不見見應笑，天寶末年時世妝[12]。上陽人，苦最多；少亦苦，老亦苦。少苦老苦兩如何？君不見昔時呂向美人賦[13]，天寶末，有密采艷色者，當時號花鳥使。呂向獻《美人賦》以諷之。又不見今日上陽宮人白髮歌！

《白居易集》卷三

【校注】

[1]綠衣監使：管理宮女的太監。唐制：京都諸園苑設監一人，從六品下；副監一人，從七品下。六品服深綠，七品服淺綠。 [2]"入時十六"句：上陽宮女入宮已經四十五年。自"天寶末歲"（天寶十四年，755）算起，四十五年後爲貞元十六年（800），與作者題注"貞元中尚存焉"合。 [3]殘：殘餘，祇剩下。 [4]不教哭：不許哭。教，一作"敢"。 [5]"皆云入內"二句：二句倒裝。因爲長得漂亮，所以都説入宮後便會得到恩寵。 [6]楊妃：楊貴妃。側目：因嫉恨怒目而視。 [7]潛配：秘密發配。上陽宮爲高宗上元中置，自玄宗天寶中後期，歷代皇帝已不再臨幸此宮，已爲廢宮。 [8]宿空房：一本無此三字。 [9]耿耿：明亮貌。宮女面對燈燭，背影映在壁上，即"形影相弔"，形容宮女孤獨。
[10]"宮鶯百囀"二句："宮鶯百囀"和"梁燕雙棲"，都帶有挑動春情的意味，因爲已經絕望，加上年老，所以宮女"厭聞"、"休妒"。 [11]大家：宮中近侍及后妃等呼皇帝爲"大家"。尚書：宮中女官名。《舊唐書·職官志》載，內宮有尚宮、尚儀、尚服、尚食、尚寢、尚功，稱爲"宮官六尚書"，正五品，分掌宮內事務。因爲上陽宮已爲廢宮，又遠在洛陽，所以是"遙賜尚書號"，祇是虛銜，並無實際職掌。
[12]"小頭鞵履"四句：謂上陽宮女的穿着仍舊是小頭鞋、窄袖衣裳，畫眉細長，都是天寶末年的時興，到貞元時期，婦女已經時興衣裳寬大，畫眉闊短了，所以外人若見了定要發笑。末年：一作"年中"，"天寶年中"意爲天寶時期，亦通。鞵：同"鞋"。據《舊唐書·輿服志》，唐代婦女武德（唐高祖年號）以來著履，履的形制略

同今之鞋；又著綫靴，是一種有絲帶、能鬆緊的高筒靴子；開元以來，婦女例著綫鞋，取輕妙便於事。綫鞋的形制大略同履，無高筒，但有絲帶，可以鬆緊。"小頭鞵履"指鞋頭窄小。　　[13]呂向：開元、天寶間人，《五臣注文選》注者之一，其《美人賦》今存，見《文苑英華》卷九六。

【集評】

(清)田雯《古歡堂集雜著》卷二："香山諷諭詩乃樂府之變，《上陽白髮人》等篇，讀之心目豁朗，悠然有餘味。"

(清)沈德潛《唐詩別裁集》卷八："祇'唯向深宮望明月，東西四五百回圓'二語，已見宮人之苦，而楊妃之嫉妒專寵，足以致亂矣。女禍之誡，千古昭然。"

新豐折臂翁

【題解】

題一作《折臂翁》。新豐，唐縣名，天寶七載廢，故址在今陝西臨潼東北。玄宗晚年，内政荒怠，對外不斷發動拓邊的不義戰爭；而邊帥邀功，亦輕啓邊釁。此詩背景，即天寶十載(751)、十三載唐政府兩次發動的對南詔(在今雲南巍山南)少數部族閣羅鳳之間的戰爭。詩中的新豐老翁，爲逃避兵役自斷其臂，其狀至慘，竟因此躲過死於戰爭的大難。作者借老翁平静自若的自述，再現了這場不義戰爭對廣大百姓的巨大傷害；詩末議論，對最高統治者窮兵黷武的政策予以深刻揭露和嚴厲批判。

戒邊功也。

新豐老翁八十八[1]，頭鬢眉鬚皆似雪。玄孫扶向店前行，左臂憑肩右臂折。問翁臂折來幾年？兼問致折何因緣？翁云貫屬新豐縣[2]，生逢聖代無征戰。慣聽梨園歌管聲[3]，不識旗槍與弓箭。無何天寶大徵兵，户有三丁點一丁[4]。點得驅將何處去？五月萬里雲南行[5]。聞道雲南有瀘水[6]，椒花落時瘴煙起[7]。大軍徒涉水如湯[8]，未過十人二三死[9]。村南村北哭聲哀，兒別爺孃夫別妻[10]。皆云前後征蠻者，千萬人行無一迴。是時翁年二十四，兵部牒中有名字[11]。夜深不敢使人知，偷將大石捶折臂。張弓簸旗俱不堪[12]，從兹始免征雲南。骨碎筋傷非不苦，且圖揀退歸鄉土[13]。臂折來來六十年[14]，一肢雖廢一身全。至今風雨陰寒夜,直到天明痛不眠。痛不眠,終不悔,且喜老身今獨在。不然當時瀘水頭,身死魂飛骨不收。應作雲南望鄉鬼,萬人塚上哭呦呦。雲南有萬人塚,即鮮于仲通、李宓曾覆軍之所也[15]。老人言,君聽取,君不聞開元宰相宋開府,不賞邊功防黷武[16]。開元初,突厥數寇邊,時天武軍牙將郝靈岑(按:《資治通鑑》作郝靈荃)出使,因引特(按:應爲"鐵"字)勒回鶻部落,斬突厥默啜,獻首於闕下,自謂有不世之功。時宋璟爲相,以天子年少好武,恐僥功者生心,痛抑其黨(應爲"賞"字)。逾年,始授郎將。雲岑(靈荃)遂慟哭嘔血而死也。又不聞天寶宰相楊國忠,欲求恩幸立邊功。邊功未立生人怨[17],請問新豐折臂翁。天寶末,楊國忠爲相,重構閣羅鳳之役,募人討之。前後發二十餘萬衆,去無返者。又捉人連枷赴役,天下怨哭,人不聊生,故祿山得承人心而盜天下。元和初,而折臂翁猶存,因備歌之。

《白居易集》卷三

【校注】

[1]八十八:一作"年八十"。據詩意,老翁被徵,在天寶十三載(754),其時老翁二十四歲,到元和四年(809),恰好八十歲。此詩前四句押入聲韻,八、雪、折可以通押,十(也是入聲)卻不能通押。爲了押韻,詩人可能作了變通。　　[2]貫:籍貫。

[3]梨園:唐宮廷教練歌舞藝人場所,爲唐玄宗所設。玄宗驪山行宮就在新豐附近,《長恨歌》云:"驪宮高處入青雲,仙樂風飄處處聞。"所以老翁如此説。

[4]丁:成年男子。唐高祖武德時,規定二十一歲爲丁,中宗神龍時改爲二十二歲,玄宗天寶三載延至二十三歲爲丁。　　[5]"五月"句:指參加南詔戰爭。五月,借用諸葛亮《出師表》"五月渡瀘,深入不毛"成句,李白《古風》其三十四:"渡瀘及五月,將赴雲南征。"同此。　　[6]瀘水:即金沙江,長江流經雲南的一段。

[7]椒花落時:指五月。花椒春夏之交開花。瘴煙:瘴氣。南方山林中因濕熱引發的毒氣。或説即瘧疾。　　[8]徒涉:不憑藉舟船徒步涉水。　　[9]"未過"句:此句一作"未戰十人五人死"。　　[10]爺孃:父母。　　[11]兵部:尚書省六部之一,掌天下軍衛武官選授、諸州府應行兵馬名簿等。唐天寶後行徵兵制,被徵者名册,由地方申報兵部,兵部統一掌握。牒:文書、名册。　　[12]簸旗:搖旗。不堪:不能勝任。　　[13]揀退:猶言淘汰。　　[14]臂折來來:一作"此臂折來"。來來:唐時口語,"臂折來來"即臂折以來。皮日休《病中書情寄上崔諫議》"十日來來曠奉公",段成式《戲高侍御》"自小來來號阿真",皆是。"此臂折來"語意似更通順,但屬後人妄改。　　[15]鮮于仲通:唐劍南節度使,天寶十載四月領兵八萬攻打南詔,大敗於西洱河;十三載六月,楊國忠以宰相兼領劍南節度使,派劍南

留後李宓將七萬兵再攻南詔,又大敗,李宓被俘。　　　[16]宋開府:指宋璟。開元中名相,後改授開府儀同三司。開府,即開府儀同三司的簡稱。　　　[17]生人:即生民,唐避太宗李世民諱,以"人"爲"民"。

【集評】

(清)沈德潛《唐詩別裁集》卷八:"窮兵黷武之禍,慨切言之。末以宋璟、楊國忠對言,見開、寶治亂之機,實分於此。"

陳寅恪《元白詩箋證稿》第五章《新樂府》:"此篇爲樂天極工之作。其篇末'老人言,君聽取'以下,固新樂府大序所謂'卒章顯其志'者,然其氣勢若常山之蛇,首尾迴環救應,則尤非他篇所可及也。後來微之作《連昌宮詞》,恐亦依約摹仿此篇。蓋《連昌宮詞》假宮邊老人之言,以抒寫開元、天寶之治亂繫於宰相之賢不肖及深戒用兵之意,實與此篇無不相同也。"

紅　線　毯

【題解】

題一作《紅繡毯》。古代各地以其出產上貢朝廷,謂之土貢。《元和郡縣圖志·江南道·宣州》:"開元貢:白紵布。自貞元後,常貢之外,別進五色線毯及綾綺等珍物。"宣州五色線毯屬於"常貢"之外的"別進",是地方官爲了討好朝廷額外追加的土貢。這首詩記載了這段史實,堪稱史詩。

憂蠶桑之費也。

紅線毯,擇繭繰絲清水煮[1],揀絲揀線紅藍染[2]。染爲紅線紅於藍,織作披香殿上毯[3]。披香殿廣十丈餘,紅線織成可殿鋪[4]。綵絲茸茸香拂拂,線軟花虛不勝物[5]。美人踏上歌舞來,羅襪繡鞋隨步没[6]。太原毯澀毳縷硬[7],蜀郡褥薄錦花冷[8]。不如此毯溫且柔,年年十月來宣州。宣城太守加樣織[9],自謂爲臣能竭力。百夫同擔進宮中,線厚絲多卷不得[10]。宣城太守知不知?一丈毯,千兩絲,地不知寒人要暖,少奪人衣作地衣[11]!貞元中,宣州進開樣加絲毯[12]。

《白居易集》卷四

【校注】

[1]擇繭:選擇上好的蠶繭。繰絲:從蠶繭中抽出絲縷。　　[2]揀絲揀線:從繰出的絲縷中再挑揀好絲線。紅藍:即紅藍花,葉箭鏃形,有鋸齒,夏季開紅黃色花,可製胭脂及紅色顏料。　　[3]披香殿:漢長安宮殿名,成帝皇后趙飛燕曾在此殿歌舞。此以漢代唐。　　[4]可殿:尺寸恰好與宮殿相合。　　[5]線軟:一作"練軟"。花虛:形容絲毯鬆軟若虛。　　[6]没:陷入。　　[7]"太原"句:謂太原所產毛毯澀而且硬。毳(cuì翠)縷:鳥獸的細毛。　　[8]"蜀郡"句:謂成都所產錦花褥單薄。蜀郡:即成都。成都織錦素有名,但因爲單薄,故不如宣州線毯温暖。[9]加樣織:猶言特意加工製成。　　[10]"百夫"二句:因爲線毯太厚不能捲,所以要百夫擔進。　　[11]地衣:即地毯。地毯原以氈或毛毯爲之,現在竟以絲線爲之,等於奪人衣以爲地衣。　　[12]開樣:即特意設計的花樣。

【集評】

(清)高宗弘曆《唐宋詩醇》卷二〇:"通首直敍到底,出以徑遂,所謂'長於激'也。"

陳寅恪《元白詩箋證稿》第五章《新樂府》:"樂天於貞元中曾游宣州,遂由宣州解送應進士舉也。是以知其《紅線毯》一篇之末自注所云……乃是親身睹見者。此詩詞語之深感痛惜,要非空泛無因所致矣。"

杜 陵 叟

【題解】

元和四年(809)閏三月,京畿及江南發生旱荒,翰林學士李絳、白居易上疏請免農民租税,憲宗已經頒佈免税的命令,而地方官吏仍加緊徵斂,農民並未得到實惠。此詩全爲實録,將即時發生的事件化爲詩句,是白居易以詩歌爲奏疏的代表作品。所不同者,是詩歌的語言更無顧忌。詩人將對虐民、害民官吏的痛恨,轉化爲切齒怒罵的語言,在《新樂府》組詩中也具有代表性。杜陵,在長安南,秦時爲杜縣,又因漢宣帝陵在此,故稱杜陵。

傷農夫之困也。

杜陵叟,杜陵居,歲種薄田一頃餘。三月無雨旱風起,麥苗不秀多黃死[1]。九月降霜秋早寒,禾穗未熟皆青乾。長吏明知不申破[2],

急斂暴徵求考課^[3]。典桑賣地納官租,明年衣食將何如?剥我身上帛,奪我口中粟,虐人害物即豺狼,何必鉤爪鋸牙食人肉?不知何人奏皇帝^[4],帝心惻隱知人弊。白麻紙上書德音^[5],京畿盡放今年税。昨日里胥方到門^[6],手持敕牒榜鄉村^[7]。十家租税九家畢,虚受吾君蠲免恩^[8]。

《白居易集》卷四

【校注】

[1]秀:麥苗抽穗。　　[2]長吏:指京兆府所屬各縣官員如令、丞、尉等。
[3]求考課:求得官吏考核有好的政績。考課,唐代政府對官員政績鑒定的手段。每年一次稱爲小考,三年或四年一次稱爲大考。考課立有標準,考課結果有等級,作爲官員升降的依據。中下級官員的考課由吏部考功司負責。　　[4]"不知"句:翰林學士李絳及白居易當時皆有奏疏,請免災區本年租税。　　[5]白麻紙:唐制:中書省所用公文紙張有黃、白麻紙兩種,凡任命將相、賑恤災患、討伐及赦免等大事,皆以白麻紙書寫。德音:皇帝詔書的一種,凡免租税、赦罪過一類的"恩詔",稱爲德音。　　[6]里胥:即里正,縣以下的小吏。唐制:一百户爲里,設里正,掌管課植農桑、催促賦役等事。　　[7]敕牒:指皇帝免去租税的公文。榜:榜示、張貼。　　[8]蠲(juān 捐)免:免除。

【集評】

　　(清)高宗弘曆《唐宋詩醇》卷二〇:"從古及今,善政之不能及於民者多矣。一結慨然思深,可爲太息。"

賣 炭 翁

【題解】

　　官市,唐德宗貞元間最爲禍害百姓的買賣制度。《韓昌黎集》外集《順宗實録》載:"舊事:宮中有要市外物,令官吏主之,與人爲市,隨給其直。貞元末,以宦者爲使,抑買人物,稍不如本估。末年,不復行文書,置'白望'數百人於兩市並要鬧坊,閱人所賣物,但稱'宮市',即斂手付與,真僞不復可辨,無敢問所從來。其論價之高下者,率用百錢物,買人直數千錢物……至有空手而歸者。名爲'宮市',而實奪之。"此篇所詠,即是此事。韓之史,白之詩,可以互爲注脚。《新樂府》五十首中,此篇最具人物、地點、時間，敍事性極強。

苦宮市也。

賣炭翁，伐薪燒炭南山中。滿面塵灰煙火色，兩鬢蒼蒼十指黑。賣炭得錢何所營？身上衣裳口中食。可憐身上衣正單，心憂炭賤願天寒。夜來城外一尺雪[1]，曉駕炭車碾冰轍。牛困人飢日已高，市南門外泥中歇[2]。翩翩兩騎來是誰[3]？黃衣使者白衫兒[4]。手把文書口稱敕，迴車叱牛牽向北[5]。一車炭，千餘斤，宮使驅將惜不得。半疋紅紗一丈綾，繫向牛頭充炭直[6]。

《白居易集》卷四

【校注】

[1]城外：一作“城上”。城上一尺雪謂城上所積雪，賣炭翁應不得而見。城外一尺雪，切合老翁南山伐薪燒炭實際，較爲貼切。　　[2]“市南門”句：謂老翁將炭車停在市場南門之外，準備交易。長安有東、西二市，因爲老翁所賣炭爲粗重之物，故不進入市内。　　[3]兩騎（舊讀jì記）：兩位騎馬者。一人一馬謂之一騎。[4]黃衣使者：宦官中品階較高者着黃衣。白衫兒：小宦官，着白衫。　　[5]“迴車”句：迴過車頭，將炭車驅往北邊。唐時的所謂三大内（太極宮、大明宮、興慶宮）俱在東、西二市之北，所以要迴車。迴車又表明老翁炭車在“泥中歇”的時候，即已經調轉車頭朝南，準備買賣結束回家。　　[6]充炭直：充作炭的價值。直，通“值”。中唐以後因兩稅法的實施，貨輕錢重，實際交易，也可以以物易物。按當時價格，一疋絹值八百文，半疋紅紗一丈綾的價值，與一車炭相去甚遠。

【集評】

（清）高宗弘曆《唐宋詩醇》卷二〇：“直書其事，而其意自見，更不用着一斷語。”

陳寅恪《元白詩箋證稿》第五章《新樂府》：“官市者，乃貞元末年最爲病民之政，宜樂天《新樂府》中有此一篇。且其事又爲樂天親有見聞者，故此篇之摹寫，極生動之致也……更有可論者。此篇徑直鋪敍，與史文所載者不殊，而篇末不着己身之議論，微與其他諸篇有異，然其感慨亦自見也。”

長 恨 歌

【題解】

　　據陳鴻《長恨歌傳》,元和元年(806)冬,白居易任盩厔尉時,與友人陳鴻、王質夫同游仙游寺,語及唐玄宗晚年溺於聲色、寵楊貴妃,終於釀成馬嵬之變等事,不勝感慨。白居易依王質夫建議爲此詩,陳鴻另爲《長恨歌傳》,詩、傳同爲一體,又各有側重,並流行於世,相得益彰。《長恨歌》共七言六十韻,爲唐詩中少見的長篇敘事詩,其敘事井然有序,一氣舒卷,融敘事、寫景、抒情與議論爲一體,語言細膩傳神,搖曳多姿,悱惻動人,充分展現出詩人絕世之才華,爲詩人感傷詩之代表作,與《琵琶行》一起,被後人譽爲"古今長歌第一"(明何良俊《四友齋叢説》卷二五)。關於此詩主題,向爲唐詩研究熱點之一,或以爲旨在諷諭,借李、楊悲劇以"懲尤物,窒亂階,垂於將來"(陳鴻《長恨歌傳》語);或以爲旨在歌頌李、楊始終如一的愛情。實際上此詩前半多揭露,後半多歌頌,表現出矛盾狀態;其所以如此,是作者在批判唐玄宗荒怠誤國的同時,又熱衷於民間傳説中所演繹的李、楊"風情"故事的才子心態造成的。此詩在當時即熟誦於"王公妾婦牛童馬走之口"(元稹《白氏長慶集序》),並遠播海外。作者《編集拙詩成一十五卷因題卷末戲贈元九李二十》嘗云:"一篇長恨有風情。"亦自以其爲生平壓卷之作。《長恨歌》對後世抒情敘事體詩歌的創作影響巨大,著名戲曲如元白樸的《唐明皇秋夜梧桐雨》、清洪昇的《長生殿》,俱取材於此。

　　漢皇重色思傾國[1],御宇多年求不得。楊家有女初長成[2],養在深閨人未識。天生麗質難自棄,一朝選在君王側[3]。迴眸一笑百媚生,六宮粉黛無顏色[4]。春寒賜浴華清池[5],溫泉水滑洗凝脂[6]。侍兒扶起嬌無力,始是新承恩澤時。雲鬢花顏金步搖[7],芙蓉帳暖度春宵。春宵苦短日高起,從此君王不早朝。承歡侍宴無閒暇,春從春游夜專夜。後宮佳麗三千人,三千寵愛在一身。金屋妝成嬌侍夜,玉樓宴罷醉和春[8]。姊妹弟兄皆列土,可憐光彩生門戶[9]。遂令天下父母心,不重生男重生女[10]。驪宮高處入青雲[11],仙樂風飄處處聞。緩歌慢舞凝絲竹[12],盡日君王看不足。漁陽鞞鼓動地來[13],驚破霓裳羽衣曲[14]。九重城闕煙塵生,千乘萬騎西南行[15]。翠華搖搖行復止,西出都門百餘里[16]。六軍不發無奈何,宛轉蛾眉馬前死[17]。花鈿委地無人收,翠翹金雀玉搔頭[18]。君王掩面救不得,迴看血淚相和流^[19]。黃埃散漫風蕭索，雲棧縈紆登劍閣^[20]。峨嵋山下少人行^[21]，旌旗無光日色薄。蜀江水碧蜀山青，聖主朝朝暮暮情。行宮見月傷心色，夜雨聞鈴腸斷聲^[22]。天旋日轉迴龍馭^[23]，到此躊躇不能去。馬嵬坡下泥土中，不見玉顏空死處^[24]。君臣相顧盡霑衣，東望都門信馬歸。歸來池苑皆依舊，太液芙蓉未央柳^[25]。芙蓉如面柳如眉，對此如何不淚垂？春風桃李花開夜，秋雨梧桐葉落時。西宮南苑多秋草^[26]，落葉滿階紅不掃^[27]。梨園弟子白髮新，椒房阿監青娥老^[28]。夕殿螢飛思悄然，孤燈挑盡未成眠。遲遲鐘鼓初長夜，耿耿星河欲曙天^[29]。鴛鴦瓦冷霜華重，翡翠衾寒誰與共^[30]？悠悠生死別經年，魂魄不曾來入夢^[31]。臨邛道士鴻都客^[32]，能以精誠致魂魄^[33]。爲感君王輾轉思，遂教方士殷勤覓^[34]。排空馭氣奔如電^[35]，升天入地求之遍。上窮碧落下黃泉^[36]，兩處茫茫皆不見。忽聞海上有仙山，山在虛無縹緲間^[37]。樓閣玲瓏五雲起^[38]，其中綽約多仙子^[39]。中有一人字太真^[40]，雪膚花貌參差是^[41]。金闕西廂叩玉扃，轉教小玉報雙成^[42]。聞道漢家天子使，九華帳裏夢魂驚^[43]。攬衣推枕起徘徊，珠箔銀屏邐迤開^[44]。雲鬢半偏新睡覺^[45]，花冠不整下堂來。風吹仙袂飄飄舉，猶似霓裳羽衣舞。玉容寂寞淚闌干^[46]，梨花一枝春帶雨。含情凝睇謝君王^[47]，一別音容兩渺茫。昭陽殿裏恩愛絕^[48]，蓬萊宮中日月長^[49]。迴頭下望人寰處，不見長安見塵霧。唯將舊物表深情，鈿合金釵寄將去^[50]。釵留一股合一扇，釵擘黃金合分鈿^[51]。但教心似金鈿堅，天上人間會相見^[52]。臨別殷勤重寄詞^[53]，詞中有誓兩心知：七月七日長生殿^[54]，夜半無人私語時；在天願作比翼鳥^[55]，在地願爲連理枝^[56]。天長地久有時盡，此恨綿綿無絕期^[57]。

《白居易集》卷一二

【校注】

[1] 漢皇：指唐玄宗李隆基。唐人習慣以漢代唐；又因爲功業及在位時間相當，習慣以漢武帝代唐玄宗。傾國：傾國之色。漢武帝李夫人本以倡進。初，夫人兄延年善歌舞，嘗爲武帝作歌曰：“北方有佳人，絕世而獨立。一顧傾人城，再顧傾人國。”延年女弟遂爲武帝所寵。見《漢書·外戚傳上》。　　　[2] 楊家有女：指楊玉環。楊玉環，蒲州永樂（今山西永濟）人，父楊玄琰，官蜀州司户。玄琰早卒，玉環

幼養於叔父河南士曹玄珪家。　　[3]“天生”二句:《新唐書·楊貴妃傳》:“(玉環)始爲壽王妃。開元二十四年,武惠妃薨,後廷無當帝意者。或言妃姿質天挺,宜充掖廷,遂召内禁中,異之……天寶初,進册貴妃。”楊玉環入宫大約在開元二十八年(740),册貴妃,在天寶元年(742),時年二十四歲。至於楊玉環原爲壽王(李瑁,玄宗與武惠妃之子)之妃,此詩則諱之。　　[4]六宫粉黛:指後宫佳麗。[5]華清池:即華清宫温湯。驪山(在今陝西西安臨潼)北麓有温泉,唐貞觀間依驪山建别宫,初名湯泉宫,高宗時易名温泉宫,玄宗天寶六載改爲華清宫。天寶以後,唐玄宗恒於冬十月攜楊貴妃幸華清宫,至來年春始還長安。　　[6]凝脂:形容皮膚嫩白。《詩·衛風·碩人》:“膚如凝脂。”　　[7]雲鬢:形容鬢邊頭髮如雲。金步摇:唐婦女髮上裝飾有步摇釵。《楊太真外傳》卷上:“上(玄宗)又自執麗水鎮庫紫磨金琢成步摇,至妝閣,親與插鬢。”大約因釵端綴珠玉垂下,行路則摇動而得名。　　[8]“金屋”二句:形容楊玉環之得寵。金屋:用漢武帝寵陳阿嬌事。武帝幼時,其姑母對他説:“欲得阿嬌(武帝姑母女)爲婦否?”武帝答:“若得阿嬌爲婦,當以金屋貯之。”見班固《漢武故事》。金屋、玉樓:詩人隨手藻飾,形成對仗,未必有其樓。醉和春:謂醉態如濃濃春意。　　[9]“姊妹”二句:謂楊玉環得寵後舉家富貴。《舊唐書·楊貴妃傳》:“(貴妃)有姊三人,皆有才貌,玄宗並封國夫人之號。長曰大姨,封韓國;三姨,封虢國;八姨,封秦國。並承恩澤,出入宫掖,勢傾天下。天寶初,進册貴妃,妃父玄琰,累贈太尉、齊國公;母封凉國夫人;叔玄珪,光禄卿。再從兄銛,鴻臚卿;錡,侍御史……(五載)寵遇愈隆,韓、虢、秦三夫人歲給錢千貫,爲脂粉之資。銛授三品,上柱國,私第立戟。姊妹昆仲五家,甲第洞開,僭擬宫掖。”又,楊國忠(原名釗)爲楊貴妃從祖兄,天寶十一載代李林甫爲右相,見兩《唐書·楊國忠傳》。列土:列土封侯。　　[10]“遂令”二句:陳鴻《長恨歌傳》:“故當時謡詠有云:‘生女勿悲酸,生男勿喜歡。’又曰:‘男不封侯女作妃,看女卻爲門上楣。’其爲人心羡慕如此。”二句即指此。以上爲全詩第一段,寫楊玉環入宫、受寵經過。　　[11]驪宫:即華清宫。　　[12]凝絲竹:形容曲調之緩。據下文,所奏爲《霓裳羽衣曲》。白居易另有《霓裳羽衣歌》詩,詩中寫舞蹈初起云:“小垂手後柳無力,斜曳裾時雲欲生。”又《早發赴洞庭舟中作》詩云:“出郭已行十五里,唯銷一曲慢霓裳。”俱可證“緩歌慢舞”。　　[13]“漁陽”句:謂安禄山發動兵變。漁陽:唐郡名,即薊州,今河北薊縣。時安禄山身兼平盧、范陽、河東三節度使,漁陽在其轄内。鞞鼓:軍中所用,以召集士衆、發佈號令等。天寶十四載十一月,安禄山發所部兵十一萬反於范陽。　　[14]霓裳羽衣曲:唐代法曲名,原名《婆羅門曲》,開元中河西節度使楊敬述所獻,唐玄宗潤色並製歌辭,改爲今名。[15]“九重”二句:謂潼關失守,玄宗放棄長安,避亂蜀中。《舊唐書·玄宗紀》:

“（天寶十五載六月）庚寅，哥舒翰將兵八萬與賊將崔乾祐戰於靈寶西原，官軍大敗，死者十六七。……辛卯，哥舒翰至潼關，爲其帳下火拔歸仁以左右數十騎執之降賊。關門不守，京師大駭。……甲午，將謀幸蜀。……乙未，凌晨，自延秋門出，微雨沾濕，扈從惟宰相楊國忠、韋見素、内侍高力士及太子、親王、妃主、皇孫以下多從之不及。”　　　[16]“翠華”二句：寫玄宗一行西行至馬嵬。翠華：皇帝儀仗，此指車駕等。馬嵬驛，在今陝西興平境内，西距長安一百餘里。　　　[17]“六軍”二句：謂護衛軍士嘩變，玄宗不得已賜死貴妃。《舊唐書·玄宗紀》：“（六月）丙辰，次馬嵬驛，諸衛頓軍不進。龍武大將軍陳玄禮奏曰：‘逆胡指闕，以誅國忠爲名；然中外群情，不無嫌怨。今國步艱阻，乘輿震盪，陛下宜徇群情，爲社稷大計，國忠之徒，可置之於法。’……及誅楊國忠、魏方進一族，兵猶未解，上令高力士詰之，回奏曰：‘諸將既誅國忠，以貴妃在宫，人情恐懼。’上即命力士賜貴妃自盡。”宛轉：美貌。　　　[18]“花鈿”二句：謂貴妃已死，首飾散落。是想像之辭。花鈿：花形首飾。翠翹：如翠鳥般翹起的髮飾。金雀：釵名。玉搔頭：玉簪。　　　[19]以上爲第二段，敍安禄山兵變，貴妃死。　　　[20]“黄埃”二句：寫玄宗蜀中路途。雲棧：指蜀道中棧道入雲。劍閣：在今四川劍閣縣東北，爲川、陝間主要通道，左右有大劍山、小劍山，形勢險要。　　　[21]峨嵋山：在今四川峨嵋縣境。玄宗幸蜀，止於成都，並未到峨嵋山，詩中所寫祇是連類引及蜀中地名。　　　[22]“行宫”二句：唐鄭處誨《明皇雜録·補遺》：“明皇既幸蜀，西南行，初入斜谷，屬霖雨涉旬，於棧道雨中聞鈴音，與山相應。上既悼念楊貴妃，採其聲爲《雨淋鈴》曲，以寄恨焉。”二句義本此。行宫：皇帝在京都以外的住處。鈴：車馬上繫的鈴鐺，車行於山道，便於對面車輛避讓。　　　[23]“天旋”二句：謂長安收復，玄宗由蜀中返回長安。天旋日轉：指官軍對安史叛軍作戰形勢好轉。龍馭：皇帝車駕。唐肅宗至德二載（757）十二月，玄宗回歸長安，時太子即位（即肅宗），玄宗禪位爲太上皇。[24]“不見玉顔”句：猶言不見玉顔（楊貴妃）而空見其死處。　　　[25]太液：即太液池，在大明宫。未央：漢長安宫名。玄宗歸長安後，先居興慶宫，後移居太極宫，均與太液池、未央宫無關，此處是隨手引及。　　　[26]西宫：即太極宫。在長安三大内（太極宫、大明宫、興慶宫）中位置偏西。南苑：即興慶宫。苑，一作“内”。[27]落葉：落，一作“宫”。　　　[28]“梨園”二句：謂人事變化之大，往日歌舞昇平景象已不復存在。梨園弟子：宫内演藝人員。玄宗在位時，曾親自教習梨園弟子。椒房：以花椒細末塗壁的房屋，是富貴人家所有，後特指宫中房屋。阿監：宫中女官名。青娥：宫中女侍。　　　[29]耿耿：明亮貌。　　　[30]“鴛鴦”二句：寫玄宗因無貴妃陪伴而極度寂寞。鴛鴦瓦：兩片瓦上下相扣，稱作鴛鴦瓦。鴛鴦瓦、翡翠衾，皆是隨手而及的藻飾，極言宫廷内苑的華貴。　　　[31]以上是第三段，寫貴妃

長恨歌

• 465 •

死後玄宗對她的思念。　　［32］臨邛：今四川邛崍。鴻都：東漢京城洛陽宮門名。
鴻都客，猶言客游於京城。　　［33］"能以精誠"句：謂能借助人的專誠思念而再
現逝者魂魄。《楊太真外傳》卷下："有道士楊通幽自蜀來，知上皇心念楊妃如是，
自言有李少君之術，明皇大喜，命致其神。"方士爲玄宗以精誠致魂魄事，當爲民間
傳聞，楊通幽之名亦爲傅會；又顯受漢武帝、李夫人故事影響。《漢書·外戚傳》：
夫人早卒，方士齊少翁言能致其神。設帷帳，令帝居帳中，遥望見好女如李夫人之
貌，不得就視。　　［34］方士：方術之士，即臨邛道士。　　［35］排空馭氣：指道
士作法，猶言騰雲駕霧。　　［36］碧落：天空。黄泉：地下。　　［37］"忽聞"二
句：傳説中海上有蓬萊、方丈、瀛洲三仙山。據下文，當指蓬萊。"山在虛無縹緲
間"既表示所謂海上仙山似有似無，也暗示以下的敍述純出於傳説或虛構。
［38］五雲：五彩雲。　　［39］綽約：體態柔美貌。《莊子·逍遥游》："藐姑射之
山，有神人居焉，肌膚若冰雪，綽約若處子。"　　［40］太真：楊玉環入宮前，玄宗使
她先入道觀爲女道士以掩人耳目，道號太真。　　［41］參差：大略、大致。指此太
真與楊妃相貌相似。　　［42］"金闕"二句：意謂在金闕西邊扣門，由小玉轉報雙
成，雙成再轉報太真。闕：宮門外的望樓。廂：兩邊的房子。扃：門户。金、玉爲
隨手的藻飾，極言仙境的富麗。小玉、雙成：仙境中女侍名。春秋時吳王夫差女兒
名小玉；神話傳説中西王母侍女叫董雙成。此處皆屬隨手引用。　　［43］九華
帳：華麗的牀帳。此指太真卧室。　　［44］"珠箔"句：謂太真走出卧室。珠箔：珠
簾。銀屏：隔帳之類。邐(lǐ里)迤(yǐ已)開：一個一個先後打開。　　［45］新睡
覺(jué決)：剛睡醒。　　［46］"玉容"句：謂太真面容憔悴，淚流滿面。闌干：淚
水縱横。　　［47］凝睇：凝視。謝：致詞。　　［48］昭陽殿：漢長安未央宮宮殿
名，成帝皇后趙飛燕得寵時所居。見《三輔黄圖》卷三。此處代指唐長安後宮。
［49］蓬萊宮：蓬萊仙山宮殿。　　［50］鈿合：鑲有金花的盒子，盛放飾物。
［51］"釵留"二句：上句謂釵留下一股，鈿合留下一扇(另一股、另一扇寄回去)；下
句申足上句意思。擘(bò簸)：分開。釵有兩股，故要擘開；合有兩扇，故要分開。
［52］會相見：當能相見。　　［53］殷勤：情意深重。　　［54］長生殿：在華清宮。
一名集靈臺。　　［55］比翼鳥：又名鶼鶼，傳説此鳥雌雄並列齊飛。後以喻夫妻
恩愛。　　［56］連理枝：異地而生的樹木，其枝條連接在一起。陳鴻《長恨歌傳》：
"方士受辭與信，將行，色有不足。玉妃固徵其意，復前跪致詞：'請當時一事，不爲
他人聞者，驗於太上皇；不然，恐鈿合金釵，負新垣平之詐(新垣平，漢文帝望氣方
士，因欺詐罪被誅)也。'玉妃茫然退立，若有所思，徐而言曰：'昔天寶十載，侍輦避
暑驪山宮。秋七月，牽牛織女相見之夕……時夜殆半，休侍衛於東西廂，獨侍上。
上憑肩而立，因仰天，感牛女事，密相誓心，願世世爲夫婦。言畢，執手各嗚咽。此

獨君王知之耳。’”與以上各句意同。以上是第四段,敍方士在仙山會見太真經
過。　　　[57]“天長”二句:是詩人爲李、楊愛情作的結束語,與題目照應。

【集評】

　　(明)周珽《唐詩選脈會通評林》卷二五:“作長篇法,如構危宮大廈,全須接隼合
縫,銖兩皆稱。樂天《琵琶行》、《長恨歌》幾許膽力,覺龍氣所聚,有疑行疑伏之妙,讀
者未易測其涯岸。”

　　(清)沈德潛《唐詩別裁集》卷八:“迷離恍惚,不用收結,此正作法之妙。……詩
本陳鴻《長恨傳》而作,悠揚旖旎,情至文生,本王、楊、盧、駱而又加變化者矣。”

　　陳寅恪《元白詩箋證稿》第一章《長恨歌》:“陳氏之《長恨歌傳》與白氏之《長恨
歌》非通常序文與本詩之關係,而爲一不可分離之共同機構。趙氏所謂‘文備衆體’
(指宋趙彥衛《雲麓漫鈔》關於傳奇之文“文備衆體”之說)中,‘可以見詩筆’之部分,
白氏之歌當之。其所謂‘可以見史才’‘議論’之部分,陳氏之傳當之。後人昧於此
義,遂多妄説。”

琵琶行 并序

【題解】

　　此詩本集題爲《琵琶引》,而序云《琵琶行》,“引”、“行”草書形近,二者必有
一誤。元和九年(814),淮西藩鎮吳元濟反,朝廷戰和不定,河南、河北諸藩鎮暗
中與淮西勾結,十年六月,淄青節度使李師道遣刺客刺死主戰宰相武元衡,京師
大恐。時任太子左贊善大夫的白居易上書請急捕刺客,以“越職言事”貶江州司
馬,“序”中所云“明年”,爲元和十一年。九江,隋郡名,唐時爲江州、潯陽郡,即今
江西九江。司馬,州郡副長官,但無實際職掌。溢浦口,溢水入長江處,在江州
西。此詩向與《長恨歌》齊名,俱爲作者感傷詩名篇,當時即廣爲傳誦,唐宣宗《弔
白居易》詩有云:“童子解吟長恨曲,胡兒能唱琵琶篇。”唐人重内職;琵琶女原爲
京城教坊琵琶名手,年老色衰而淪落天涯,與作者身世相同,故而江邊一次邂逅,
使詩人頓興淪落之感。全詩真情貫注,詩人鋪寫、敍事和抒情的本領在《長恨歌》
之後再一次得到淋漓盡致的發揮,警策之句紛至遝來。又因爲詩人是音樂行家,
使此詩成爲唐詩摹寫音樂的名篇。

　　　　元和十年,予左遷九江郡司馬。明年秋,送客溢浦口,

閒舟中夜彈琵琶者。聽其音,錚錚然有京師聲。問其人,本
長安倡女,嘗學琵琶於穆、曹二善才,年長色衰,委身爲賈人
婦。遂命酒,使快彈數曲。曲罷,憫默。自述少小時歡樂
事,今漂淪憔悴,轉徙於江湖間。予出官二年,恬然自安;感
斯人言,是夕始覺有遷謫意。因爲長句,歌以贈之,凡六百
一十二(按:二爲"六"之誤)言,命曰《琵琶行》。

潯陽江頭夜送客[1],楓葉荻花秋瑟瑟[2]。主人下馬客在船,舉酒
欲飲無管絃[3]。醉不成歡慘將別,別時茫茫江浸月。忽聞水上琵琶
聲,主人忘歸客不發。尋聲暗問彈者誰,琵琶聲停欲語遲。移船相近
邀相見,添酒迴燈重開宴。千呼萬喚始出來,猶抱琵琶半遮面。轉軸
撥絃三兩聲[4],未成曲調先有情。絃絃掩抑聲聲思[5],似訴平生不得
志[6]。低眉信手續續彈,說盡心中無限事。輕攏慢撚抹復挑[7],初爲
霓裳後綠腰[8]。大絃嘈嘈如急雨,小絃切切如私語[9]。嘈嘈切切錯雜
彈,大珠小珠落玉盤。間關鶯語花底滑,幽咽泉流冰下難[10]。冰泉冷
澀絃疑絕,疑絕不通聲暫歇。別有幽愁暗恨生,此時無聲勝有聲。銀
瓶乍破水漿迸,鐵騎突出刀槍鳴[11]。曲終收撥當心畫,四絃一聲如裂
帛[12]。東船西舫悄無言[13],唯見江心秋月白。沈吟放撥插絃中,整
頓衣裳起斂容[14]。自言本是京城女,家在蝦蟆陵下住[15]。十三學得
琵琶成,名屬教坊第一部[16]。曲罷曾教善才伏,妝成每被秋娘妒[17]。
五陵年少爭纏頭[18],一曲紅綃不知數。鈿頭雲篦擊節碎,血色羅裙翻
酒汙[19]。今年歡笑復明年,秋月春風等閒度。弟走從軍阿姨死[20],
暮去朝來顏色故[21]。門前冷落鞍馬稀,老大嫁作商人婦。商人重利
輕別離,前月浮梁買茶去[22]。去來江口守空船,繞船月明江水寒。夜
深忽夢少年事,夢啼妝淚紅闌干[23]。我聞琵琶已歎息,又聞此語重唧
唧。同是天涯淪落人,相逢何必曾相識。我從去年辭帝京,謫居臥病
潯陽城。潯陽地僻無音樂[24],終歲不聞絲竹聲。住近湓江地低濕,黃
蘆苦竹繞宅生。其間旦暮聞何物,杜鵑啼血猿哀鳴。春江花朝秋月
夜[25],往往取酒還獨傾。豈無山歌與村笛,嘔啞嘲哳難爲聽[26]。今
夜聞君琵琶語,如聽仙樂耳暫明。莫辭更坐彈一曲,爲君翻作琵琶

行[27]。感我此言良久立，卻坐促絃絃轉急[28]。淒淒不似向前聲[29]，滿座重聞皆掩泣。座中泣下誰最多，江州司馬青衫濕[30]。

《白居易集》卷一二

【校注】

[1]潯陽江：長江流經潯陽的一段。潯陽，唐江州治所，即今江西九江。　　[2]瑟瑟：一作"索索"。　　[3]"主人"二句：古時送客，例在分手處置酒，另有歌者奏樂。　　[4]轉軸：擰動絃柱以調整絃的鬆緊。　　[5]掩抑：形容琵琶聲低沉壓抑。　　[6]不得志：一作"不得意"。　　[7]攏、撚、抹、挑：是彈奏琵琶的各種指法。攏爲以手指扣絃，撚爲以手指揉絃。皆左手指法。抹爲順手下撥，挑爲反手回撥。皆右手指法。貞元中有琵琶名師曹綱、裴興奴，唐段安節《樂府雜録·琵琶》云："曹綱善運撥，若風雨，而不事扣絃；興奴長於攏捻，不撥稍軟。時人謂曹綱有右手，興奴有左手。"　　[8]霓裳：即《霓裳羽衣曲》，參見前篇注。綠腰：又名"録要"。白居易《聽歌六絶句》："管急絃繁拍漸稠，綠腰宛轉曲終頭。"又作"六么"，元稹《琵琶歌》云："琵琶宮調八十一，旋宮三調彈不出……曲名無限知者鮮，霓裳羽衣偏宛轉。涼州大遍最豪嘈，六么散序多籠挏。"可知《綠腰》（《六么》）爲唐時京城流行的琵琶曲名。　　[9]"大絃"二句：形容琵琶聲高低緩急變化。大絃、小絃：指琵琶最粗、最細的絃，大絃音沉重響亮，小絃音細碎清輕。　　[10]"間關"二句：形容琵琶聲時而柔滑流暢，時而滯澀難通。間關：象聲詞，喻鶯啼。冰下：一作"水下"。難：一作"灘"。"冰下難"與"花底滑"對文，作"冰下難"是。"冰""水"、"難""灘"形近，傳抄致誤。清段玉裁《經韻樓文集》卷八《與阮芸臺書》："'泉流水下灘'不成語，且何以與上句屬對？……鶯語花底，泉流冰下，形容澀滑二境，可謂工絶。"　　[11]"銀瓶"二句：形容琵琶聲在行將歇止之際突然高揚，如銀瓶乍破，如刀槍齊鳴。元稹《琵琶歌》"霜刀破竹無殘節"，其境界與此相似。　　[12]"曲終"二句：是一曲終了時的彈奏動作和聲音。撥：彈奏琵琶所用的撥子，以象牙、牛角等物製成。一曲終了時，彈奏者以撥子從中間劃過四絃。裂帛：形容聲音如猛然撕裂絲織品一般。　　[13]東船：一作"東舟"。舫（fǎng 仿）：船。　　[14]"整頓"句：謂琵琶女從彈奏時亢奮狀態恢復到正常情緒。　　[15]蝦蟆陵：即"下馬陵"，在長安東南曲江附近，傳説爲漢董仲舒墓所在地（董仲舒墓實際在茂陵），門人至此下馬，故名。後音訛爲蝦蟆。　　[16]教坊：唐時由政府管領的音樂、歌舞機關，初置於開元初年，有左右教坊、内教坊、外供奉之分。其間樂工的音樂、歌舞、百戲演出，可由政府調度。部：教坊内樂工的分支。段安節《樂府雜録》中載有雅樂部、清樂部、鼓吹部、鼓架部、龜兹部、胡部等。第一

部,猶言演技最高的一部。　　[17]“曲罷”二句:謂演技高超、容貌出衆。善才:教坊中向人傳授技藝者的通稱,即《序》中所説穆、曹二善才。元稹《琵琶歌》中也提到曹、穆二善才,足見是當時有名琵琶技師。又李紳有《悲善才》詩:“東頭弟子曹善才,琵琶請進新翻曲。”段安節《樂府雜録·琵琶》:“貞元中,有王芬、曹保、保子善才,其孫曹綱,皆襲所藝。”善才似爲樂師姓名。秋娘:當時長安名倡。
[18]五陵年少:居住在五陵的富家子弟。五陵爲漢代五位皇帝陵墓所在,地近長安,朝廷多遷關東豪富來居,故民俗奢縱。纏頭:聽曲者所贈。古代歌舞藝人表演完畢,客人以羅錦相贈,稱作纏頭。後演變爲演藝者的一種收入。　　[19]“鈿頭”二句:極寫聽曲者種種迷狂之態。鈿頭雲篦:鑲嵌着花鈿的飾髮物。擊節碎:擊打節拍而破碎。　　[20]弟:女伴。“弟走從軍”指女伴改籍爲地方軍隊中的樂伎。阿姨:教坊中年長、從事生活管理的女性。　　[21]顏色故:容顏衰老。故,舊、敗。　　[22]浮梁:屬饒州鄱陽,今屬江西,是當時的茶葉集散地。
[23]紅闌干:淚水與脂粉一起流下。闌干,淚縱橫貌。　　[24]地僻:一作“小處”。　　[25]花朝(zhāo 召):二月十五日。舊俗以此日爲百花生日,號爲花朝。
[26]嘔啞嘲哳(zhā 札):形容偏僻地方音樂歌聲粗俗難聽。　　[27]翻作:按曲調配製歌辭。琵琶行:猶言琵琶歌,此處因押韻而用“行”。　　[28]卻坐:退回坐下。　　[29]向前聲:剛纔奏過的曲調。　　[30]江州司馬:詩人自稱。青衫:八、九品官員服色。唐制:文武三品以上服紫,四品服緋(深紅),五品服淺緋,六品服深綠,七品服淺綠,八品服深青,九品服淺青。江州司馬的品階爲從五品,但按唐制,官員服色依階官之品,不按職事(實際擔任的職務)。白居易當時的品階爲從九品下,所以仍舊服青。

【集評】

　　(清)黄子雲《野鴻詩的》:“香山《琵琶行》婉折周詳,有意到筆隨之妙。篇中句亦警拔。音節靡靡,是其一生短處。”

　　(清)高宗弘曆《唐宋詩醇》卷二二:“滿腔遷謫之感,借商婦以發之,有同病相憐之意焉。比興相緯,寄託遥深,其意微以顯,其音哀以思,其辭麗以則。《十九首》云:‘清商隨風發,中曲正徘徊。一彈再三歎,慷慨有餘哀。’及杜甫《觀公孫大娘弟子舞劍器行》,與此篇同爲千秋絶調,不必以古近前後分也。”

賦得古原草送別

【題解】

　　五代王定保《唐摭言》載,白居易初應試長安時,嘗以此詩謁顧況,得到顧況賞識。《舊唐書·白居易傳》謂是白居易十五、六歲時事。經考訂,此爲小説家言,不足信。但可推測爲作者早年之作。詩人集會酬答、分題爲詩,所謂"賦得",即得某題之意。此詩的正題爲"古原草",爲送別友人而寫。此詩以首四句擅名。春草生命不息,自然之理與人生之理暗合,客觀意義超越了詩歌意象原有的含義。

　　離離原上草[1],一歲一枯榮。野火燒不盡,春風吹又生。遠芳侵古道[2],晴翠接荒城[3]。又送王孫去,萋萋滿別情[4]。

《白居易集》卷一三

【校注】

[1]離離:草長紛披貌。　　　[2]"遠芳"句:謂草盛侵入道路。遠芳:遠處的草。
[3]"晴翠"句:謂春草連綿一片,遠接荒城。晴翠:形容草色。荒城:荒蕪的古城。
[4]"又送"二句:《楚辭·招隱士》:"王孫游兮不歸,春草生兮萋萋。"二句由此化出。王孫:貴族子弟,此處是對被送者的美稱。萋萋:草盛貌。

【集評】

　　(清)田雯《古歡堂集雜著》卷三:"劉孝綽妹詩:'落花掃更合,叢蘭摘復生。'孟浩然:'林花掃更落,徑草踏還生。'此聯豈出自劉歟? 白樂天《詠原上草送別》詩'野火燒不盡,春風吹又生',一句之意,分爲兩句,風致亦自不減。古人作詩,皆有所本,而脱化無窮,非蹈襲也。"

　　(清)屈復《唐詩成法》卷五:"不必定有深意,一種寬然有餘氣象,便不同啾啾細聲。此大小家之別。"

問劉十九

【題解】

　　以詩代簡,猶如今日一紙便條。信手拈來,情境俱佳。劉十九名字不詳,白居易《劉十九同宿》詩云:"唯共嵩陽劉處士,圍棋賭酒到天明。"二者當爲同一人。

綠螘新醅酒[1]，紅泥小火爐。晚來天欲雪，能飲一杯無[2]？

《白居易集》卷一七

【校注】

[1]綠螘：“螘”是“蟻”的本字。綠螘爲酒面的浮沫，色綠，此處代指酒。新醅(péi培)酒：新釀未過濾的酒。　　[2]無：通“否”。

【集評】

　　(清)章燮《唐詩三百首注疏》卷六：“一筆掃去，毫不著力，且得問字神理，真妙手也。用土語不見俗，乃是點鐵成金手法。”

暮 江 吟

【題解】

　　約爲穆宗長慶初年所作。江爲曲江，在長安東南。首二句摹狀甚切，末句設喻極巧。

一道殘陽鋪水中，半江瑟瑟半江紅[1]。可憐九月初三夜[2]，露似真珠月似弓。

《白居易集》卷一九

【校注】

[1]瑟瑟：碧青色。瑟原爲一種碧色的寶石，此處藉以形容落日陰影下半面江水顏色。　　[2]可憐：可愛。

【集評】

　　富壽蓀、劉拜山《千首唐人絕句》：“前半寫曲江薄暮之景，後半寫曲江深宵之景，能狀難寫之景如在目前。通首設色奇麗，豐神絕世，故推名篇。”

錢塘湖春行

【題解】

　　錢塘湖即今浙江杭州西湖。塘,一作"唐"。穆宗長慶三、四年(823—824)作者
任杭州刺史時作。爲詩人寫景七律名篇。詩寫湖東早春景色,筆致輕靈舒展,風格
清新明快。

　　孤山寺北賈亭西[1],水面初平雲腳低[2]。幾處早鶯争暖樹,誰家
新燕啄春泥? 亂花漸欲迷人眼,淺草纔能没馬蹄。最愛湖東行不足,
緑楊陰裏白沙堤[3]。

《白居易集》卷二〇

【校注】

[1]孤山寺:孤山在西湖後湖與外湖之間,孤峰獨聳,故名。山上有寺,名孤山寺,
南朝陳時所建。賈亭:在西湖,爲唐時貞元中杭州刺史賈全所建,廢於唐武宗、宣
宗之際。　　[2]雲腳低:指雨雲低垂。　　[3]白沙堤:即白堤,六朝時所築,一
名斷橋堤,分隔外湖與内湖。

【集評】

　　(清)何焯《唐律偶評》:"平平八句,自然清麗,小才不知費多少妝點。"

　　(清)方東樹《昭昧詹言》卷一八:"佳處在象中有興,有人在,不比死句。"

憶 江 南　　此曲亦名《謝秋娘》,每首五句。

【題解】

　　宋郭茂倩《樂府詩集》卷八二編此篇入《近代曲辭》,云:"一曰《望江南》。《樂
府雜録》曰:'《望江南》本名《謝秋娘》。李德裕鎮浙西,爲妾謝秋娘所製。'"此詞爲
作者晚年居於洛陽時懷念杭州而作。原有三首,此處選第一、二首。

其　　一

　　江南好,風景舊曾諳[1]。日出江花紅勝火,春來江水緑如藍[2]。能
不憶江南?

其　二

　　江南憶,最憶是杭州。山寺月中尋桂子[3],郡亭枕上看潮頭[4]。何日更重游?

《全唐五代詞》正編卷一

【校注】

[1]諳(ān 安):熟悉、瞭解。　　[2]綠如藍:謂其綠勝似於藍。藍,藍草,蓼科植物,其葉可製青綠染料。　　[3]"山寺"句:傳説杭州天竺寺有月中桂子落。宋錢易《南部新書》庚集:"杭州靈隱寺多桂,寺僧曰:'此月中種也。'至今中秋望夜,往往子墜,寺僧亦嘗拾得。"作者《東城桂》詩自注:"舊説杭州天竺寺每歲秋中有月桂子墮。"此處説曾經到過天竺山賞月。　　[4]郡亭:即虛白亭,在杭州靈隱寺山下,爲前任杭州刺史相里造所建,見白居易《冷泉亭記》。白居易另有《郡亭》詩云:"況有虛白亭,坐見海門山。"

【集評】

　　(清)沈雄《古今詞話·詞辨》上卷:"《海山記》曰:'隋煬帝開西苑,中鑿五湖北海,相通泛舟,令人歌《望江南》……'白居易思吴宫、錢塘之勝,作《江南憶》。"

　　(清)王奕清等《歷代詞話》卷二:"白樂天《長相思》、《望江南》,縟麗可愛,非後世作者可及。"

長　相　思
其　一

【題解】

　　《長相思》,唐教坊曲名,因《古詩十九首》"上言長相思,下言久離別"而得名。此詞首見於宋黄昇輯《唐宋諸賢絶妙詞選》,今人補編入《白居易集》外集。原有二首,此爲第一首。《本事詞》卷上:"吴二娘,江南名姬也,善歌。白香山守蘇時,嘗製《長相思》詞云(略)。吴喜歌之。"據此,此詞作於敬宗寶曆元年(825),時作者爲蘇州刺史。

　　汴水流[1],泗水流[2]。流到瓜洲古渡頭[3]。吴山點點愁[4]。

思悠悠,恨悠悠。恨到歸時方始休。月明人倚樓[5]。

【校注】

[1] 汴水:自今河南滎陽流經開封、安徽宿縣、泗縣等地匯入淮河。　　　[2] 泗水:源於今山東泗水縣,流經今江蘇徐州、淮陰入淮河。　　　[3] 瓜洲:亦稱瓜埠洲、瓜州,在今江蘇邗江縣南,爲大運河入長江處,向爲長江南北交通要衝。隋煬帝開通通濟渠(運河),洛陽以東段運河即引黃河水東行汴水古道,入淮後,再沿漕渠抵達長江瓜洲渡頭。泗水爲自今山東至江南主要水道。以上“汴水流,泗水流”云云,暗指沿着這兩條水道南歸的情人。　　　[4] 吳山:泛指吳地(今江蘇南部和安徽北部一帶)的山。　　　[5] “月明”句:承上句,因爲情人未歸,所以倚樓遠眺。

【集評】

俞陛雲《唐五代兩宋詞選釋》:“此詞若‘晴空冰柱’,通體虛明,不着跡象,而含情無際。由汴而泗而江,心逐流波,愈行愈遠,直至天末吳山,仍是愁痕點點。凌虛著想,音調復動宕入古。”

劉禹錫

【作者簡介】

劉禹錫(772—842),字夢得,洛陽(今屬河南)人。幼年隨父寓居江南,從詩僧皎然、靈澈學詩。德宗貞元九年(793)擢進士第,又登博學宏詞科,授太子校書,十八年,爲監察御史。二十一年(805,七月改元永貞)正月,順宗即位,任用王叔文等,叔文引劉禹錫、柳宗元等爲知己,任劉禹錫爲屯田員外郎、判度支鹽鐵案。七月,順宗內禪,憲宗即位,黜王叔文等,貶劉禹錫爲朗州司馬。元和十年(815)召至京師,旋出爲連州刺史。後任夔州、和州刺史,至文宗大和元年(827)始入爲主客郎中分司東都。其後歷仕禮部郎中、蘇、汝、同三州刺史,開成元年(836)改太子賓客分司東都,卒。劉禹錫詩名早著,貶黜期間與柳宗元詩書往還,詩名相埒,並稱“劉柳”,晚年與白居易唱和,合稱“劉白”。詩風豪邁,白居易許爲“詩豪”(《劉白唱和集解》）。其詩多關心現實之作，仿民歌體組詩《竹枝詞》、《楊柳枝詞》等及詠懷古跡組詩，尤爲膾炙人口，蘇軾譽其“詞義高妙”、“奔軼絶塵”（《豫章黃先生集》卷二六引），明胡震亨則謂劉禹錫詩“氣該今古，詞總華實……語語可歌，真才情之最豪者”（《唐音癸籤》卷七）。有《劉賓客文集》四十卷行世。《舊唐書》卷一六〇、《新唐書》卷一六八有傳。

陋 室 銘

【題解】

　　“銘”爲古文體之一種。古人於器物上有銘。劉勰《文心雕龍·銘箴》：“觀器必也正名。”其後範圍漸大，凡器物、山川、宮室、門、井之類皆有銘詞。其用途，一爲警戒，二爲祝頌。本文兼有警誡、祝頌二義。此篇不見於宋本《劉禹錫集》，明彭大翼《山堂肆考》卷一三〇載此文，又見《全唐文》卷六八〇，後人據以輯入集中。學術界對於此文真僞尚存爭議，但現有論據尚不足以否定其爲劉文。據傳此文爲劉禹錫爲和州刺史時寫其懷抱所作。

　　山不在高，有仙則名；水不在深，有龍則靈。斯是陋室，惟吾德馨[1]。苔痕上階綠，草色入簾青。談笑有鴻儒[2]，往來無白丁[3]。可以調素琴[4]，閱金經[5]。無絲竹之亂耳[6]，無案牘之勞形[7]。南陽諸葛廬[8]，西蜀子雲亭[9]。孔子云：何陋之有[10]？

《劉禹錫集》詩文拾遺

【校注】

[1]德馨：猶言品德高尚。馨，散佈很遠的香氣。《左傳》僖公五年：“黍稷非馨，明德惟馨。”　　[2]鴻儒：大儒。　　[3]白丁：白衣，即平民。此處指無學問的人。　　[4]素琴：無彩飾的琴。　　[5]金經：古代用泥金（一種金色顏料）書寫的佛經。　　[6]絲竹：泛指樂器。此處指歌舞音樂之類。　　[7]案牘：官府公文。　　[8]南陽：漢南陽郡名，治所在宛城，即今河南南陽。諸葛廬：漢末大亂，諸葛亮隱居南陽，築有草廬。　　[9]子雲亭：成都少城西南有揚雄宅，亦稱“草玄堂”，是揚雄著《太玄》處。子雲，即揚雄，字子雲，成都（今屬四川）人。
[10]“孔子云”二句：《論語·子罕》：“子欲居九夷，或曰：‘陋，如之何？’子曰：‘君子居之，何陋之有？’”

【集評】

　　（清）吳楚材、吳調侯《古文觀止》卷七：“陋室之可銘，在德之馨，不在室之陋也。惟有德者居之，則陋室之中，觸目皆成佳趣。末以‘何陋’結之，饒有逸韻。”

西塞山懷古

【題解】

　　西塞山，在今湖北大冶東，臨長江，山勢陡峭，爲長江上軍事防務要塞。長慶四年（824），詩人由夔州移刺和州，沿江而下，途中憑弔西塞山故壘，作此詩。詩因西塞山而詠晉、吳興亡之事，説明山川之險不足恃，天下大勢，分裂終將歸於一統。面對中唐藩鎮割據的局面，詩中也流露出詩人對時局的隱憂。全詩感慨深厚，白居易歎爲“探驪龍”之作（宋計有功《唐詩紀事》卷三九），爲中唐懷古名篇。

　　王濬樓船下益州[1]，金陵王氣黯然收[2]。千尋鐵鎖沉江底，一片降幡出石頭[3]。人世幾回傷往事，山形依舊枕寒流[4]。今逢四海爲家日，故壘蕭蕭蘆荻秋[5]。

《劉禹錫集》卷二四

【校注】

　　[1]王濬（jùn浚）：西晉益州刺史。益州即今成都。樓船：船上建有樓的大船。晉武帝咸寧五年（279）十一月，晉大發兵，遣王渾、王濬等水陸六路攻吳。王濬水師發自益州。王濬，一作“西晉”。　　[2]“金陵”句：謂吳帝開城投降，吳國國運終結。咸寧六年三月，王濬水師至建業，吳帝孫皓降。金陵：即今江蘇南京，爲吳國首都，時稱建業。王氣：帝王之氣。古代迷信説法，認爲帝王所在之地乃有王氣，國亡則王氣收。黯然：一作“漠然”。　　[3]“千尋”二句：寫吳亡經過。晉伐吳時，吳人於江磧要害之處置鐵鎖橫江攔截，晉軍於船頭作火炬，灌以麻油，遇鐵鎖則熔斷之，於是船行無礙。降幡：表示投降的旗幡。石頭：即石頭城，舊址在今南京西。三國吳時，孫權因石頭山造城，地形險要，爲攻守金陵必爭之地。王濬水師由武昌直下金陵，攻下石頭城，吳主孫皓親到營門投降。　　[4]“人世”二句：謂金陵屢爲分裂割據者建都之地，西塞山要塞建而廢，廢而建，如今俱已成爲往事。二句一作“荒苑至今生茂草，古城依舊枕江流”。　　[5]“今逢”二句：意謂當今四海爲家，天下統一，西塞山故壘荒廢一片。蘆荻：蘆葦。二句一作“而今四海歸

皇化,兩岸蕭蕭蘆荻秋。"

【集評】

(清)薛雪《一瓢詩話》:"似議非議,有論無論,筆著紙上,神來天際,氣魄法律,無不精到,洵是此老一生傑作,自然壓倒元、白。"

(清)吳瑞榮《唐詩箋要》卷八:"此詩夢得略無造意,引滿而成,樂天所謂'得領下一顆'是也。凡不經意而自工者,纔得壓倒一切。"

酬樂天揚州初逢席上見贈

【題解】

敬宗寶曆二年(826),劉禹錫罷和州刺史,被召還京,在揚州與自蘇州返洛陽的白居易相逢。白於席上賦詩相贈,禹錫答以此詩。劉禹錫因參與王叔文集團,貶巴山楚水間二十三年。壯志不酬,而歲月蹉跎,故舊飄零,不勝遲速榮悴之感,故詩中呈無限蒼涼與憤慨。

巴山楚水淒涼地,二十三年棄置身[1]。懷舊空吟聞笛賦[2],到鄉翻似爛柯人[3]。沉舟側畔千帆過,病樹前頭萬木春[4]。今日聽君歌一曲,暫憑杯酒長精神[5]。

《劉禹錫集》卷三一

【校注】

[1]"巴山"二句:謂自己被遠斥之久。劉禹錫自永貞元年(805)被貶朗州司馬,十年後曾被召回,旋又外放,連任連州、夔州、和州刺史,至寶曆二年(826)再召回,首尾合計共二十三年。以上官職,皆在巴山楚水之間。　　[2]"懷舊"句:感歎二十三年間朋友去世者甚多,而自己衹能徒然吟詩懷念。聞笛賦:指晉向秀所作《思舊賦》。秀與嵇康、呂安等友善,嵇、呂死後,他經過當年舊居,聞鄰人笛聲,感而作《思舊賦》。當年與劉禹錫交密的王叔文、王伾、韋執誼、柳宗元等俱已死去。
[3]"到鄉"句:感歎人事物態變化之大。到鄉:一作"到郡"。"到鄉"指此行前途洛陽,洛陽爲劉禹錫故鄉;"到郡"指到揚州,皆通。爛柯人:指王質。南朝梁任昉《述異記》載,晉人王質入山砍樵,見二童子下棋,遂觀終局。發現手中斧柄(柯)已經朽爛,回鄉後始知已經歷了一百年。　　[4]"沉舟"二句:白居易贈詩云:"舉眼風光

長寂寞,滿朝官職獨蹉跎。"禹錫詩答以此二句,感歎自己已經衰老,而時局及人事變化極大。沉舟、病樹,皆禹錫自喻;千帆過、萬木春,謂衆多官場得意者。

[5]"今日"二句:照應酬答之意,感謝白居易贈詩及熱情款待,憑藉友人的勉勵,自己將鼓起勇氣,樂觀面對生活。

【集評】

　　(唐)白居易《劉白唱和集解》:"(夢得)'沉舟側畔千帆過,病樹前頭萬木春'之句之類,真謂神妙,在在處處,應當有靈物護持,豈止兩家弟子密藏而已。"

　　俞陛雲《詩境淺説》:"夢得此詩,雖秋士多悲,而徹悟榮枯。能知此旨,終身無不平之鳴矣。"

石 頭 城

【題解】

　　此篇及下篇爲作者《金陵五題》組詩之一。作於任和州刺史期間(824—826)。《金陵五題》下有小引,云:"余少爲江南客,而未游秣陵,嘗有遺恨。後爲歷陽守,跂而望之。適有客以《金陵五題》相示,逌爾生思,欻然有得。它日,友人白樂天掉頭苦吟,嘆賞良久,且曰:'《石頭城》詩云:"潮打空城寂寞回",吾知後之詩人不復措辭矣!'餘四詠雖不及此,亦不孤樂天之言爾。"本篇爲《金陵五題》第一首。石頭城舊址在今南京西,原有山名石頭,爲戰國時楚國金陵治所。三國時孫權移國都於秣陵(即今南京),改名石頭城。東晉時又加磚壘石,因山爲城,因江爲池,地形險要,爲攻守金陵戰略要地。此詩以山水明月的永恒,襯託歷代據此割據王朝的短暫。

　　山圍故國周遭在[1],潮打空城寂寞回。淮水東邊舊時月[2],夜深還過女墻來[3]。

《劉禹錫集》卷二四

【校注】

[1]故國:指六朝。金陵爲六朝國都所在(先後易名爲秣陵、建業、建康)。周遭在:指往時城墻遺跡依然存在。　　[2]淮水:秦淮河。　　[3]女墻:城上矮墻。

【集評】

　　(清)黃叔燦《唐詩箋注》卷九:"'山圍'二句,真白描高手;'淮水'二句,亦太白

《蘇臺覽古》意。"

　　劉永濟《唐人絶句精華》："但寫今昔山水、明月,而人情興衰之感即寓其中。"

烏 衣 巷

【題解】

　　此篇爲《金陵五題》第二首。烏衣巷,在今南京城内。三國時爲吴國衛戍部隊營房所在,因軍士俱着黑衣而得名。東晉時,王、謝巨族曾聚居於此。此詩以今日烏衣巷之蕭條反襯昔日輝煌,感慨遥深。

　　朱雀橋邊野草花[1],烏衣巷口夕陽斜。舊時王謝堂前燕[2],飛入尋常百姓家。

《劉禹錫集》卷二四

【校注】

[1] 朱雀橋:秦淮河上橋名,在今南京城内。過橋即烏衣巷。　　[2] 王謝:指東晉至南朝的王、謝世族。東晉時丞相王導居於烏衣巷,謝鯤、謝靈運等亦居於此。

【集評】

　　(明)桂天祥《批點唐詩正聲》卷二一："有感慨,有風刺,味之自當下淚。"

　　(明)唐汝詢《唐詩解》卷二八："不言王、謝堂爲百姓家,而借言於燕,正詩人託興玄妙處。"

竹 枝 詞

其　　一

【題解】

　　《竹枝詞》爲巴渝一帶民歌。劉禹錫《竹枝詞》共兩組,皆爲其長慶初任夔州刺史時所作。此爲第一組二首中第一首。其第二組《竹枝詞九首》有小引云："昔屈原居沅湘間,其民迎神,詞多鄙陋,乃爲作《九歌》。到於今,荆楚鼓舞之。故余亦作《竹枝詞》九篇,俾善歌者颺之。"可見此是作者有意識學習屈原摹仿民歌的作品。

楊柳青青江水平,聞郎江上唱歌聲^[1]。東邊日出西邊雨,道是無晴卻有晴^[2]。

《劉禹錫集》卷二七

【校注】

[1] 唱歌:一作"踏歌"。踏歌是多人聯手唱歌,以腳踏地爲節拍。　　[2] 晴:諧音"情",是民歌常見手法。

【集評】

　　俞陞雲《詩境淺説》:"此首起二句,則以風韻搖曳見長。後二句言東西晴雨不同,以'晴'字借作'情'字,無情而有情,言郎踏歌之情費人猜想。雙關巧語,妙手偶得之。"

李　紳

【作者簡介】

　　李紳(772—846),字公垂,祖籍亳州譙縣(今安徽亳縣),自其父寓家無錫(今屬江蘇),遂爲無錫人。憲宗元和元年(806)登進士第,元和四年爲校書郎,十四年除右拾遺。穆宗即位,擢翰林學士,長慶二年(822)遷中書舍人,旋改御史中丞。文宗時期,歷仕滁、壽二州刺史、浙東觀察使、宣武軍節度使等。武宗會昌二年(842)拜中書侍郎、同中書門下平章事,四年罷爲淮南節度使,卒於任。李紳與元稹、白居易同倡新樂府運動,其《樂府新題二十首》(已佚)針砭時事,是最早的新題樂府詩,元稹贊爲"雅有所謂,不虛爲文"(《和李校書新題樂府十二首序》)。李紳詩散佚較多,今所存詩,明胡震亨謂其"攬筆寫興,曲備一生窮泰之感"(《唐音癸籤》卷七)。有《追昔游集》三卷傳於世。《舊唐書》卷一七三、《新唐書》卷一八一有傳。

憫農二首

【題解】

　　題一作《古風二首》。范攄《雲溪友議》卷上載李紳赴試時,嘗以此詩干謁呂溫。紳應進士試在貞元十八年(802),此詩必作於此前。第一首先極寫豐收,末句跌入農夫餓死,造成巨大反差,第二首追問"誰知盤中餐,粒粒皆辛苦",進一步揭示社會不公,尤爲警策。兩首小詩能成爲唐詩中最爲傳誦的作品之一,不爲無因。

其　　一

　　春種一粒粟,秋收萬顆子[1]。四海無閒田,農夫猶餓死。

其　　二

　　鋤禾日當午,汗滴禾下土。誰知盤中餐,粒粒皆辛苦。

《李紳詩注》卷四

【校注】

[1] 秋收:收,一作"成"。穀熟爲"成",亦通。

【集評】

　　(清)賀裳《載酒園詩話》卷一:"'詩有別趣,非關理也'。然理原不足以礙詩之妙,如……李公垂《憫農》詩,真是《六經》鼓吹。"

柳宗元

【作者簡介】

　　柳宗元(773—819),字子厚,河東(今山西永濟)人,幼長於京師。德宗貞元九年(793)舉進士第,又登博學宏詞科,授集賢殿正字。十九年,自藍田尉拜監察御史裏行。二十一年(805,七月改元永貞)順宗即位,王叔文秉政,擢宗元爲禮部員外郎。永貞元年八月順宗内禪，憲宗即位，大黜王叔文黨人，貶宗元爲永州司馬，十年不調。元和十年(815)召赴京師，旋又出爲柳州刺史，抑鬱難伸，卒於柳州任所。宗元詩文兼擅。與韓愈一起倡導古文，與韓愈齊名，並稱“韓柳”。論文主張“文者以明道”（《答韋中立論師道書》），“施之事實，以輔時及物”（《答吳武陵論非國語書》）。其文大膽干預時政，筆鋒犀利，真實反映當時社會生活，韓愈嘗以“雄深雅健，似司馬子長”（劉禹錫《唐故尚書禮部員外郎柳君集記》引）稱譽其文。柳宗元在山水游記和寓言諷刺文的寫作方面，尤具創造性，林紓以爲“（子厚）山水諸記，窮桂海之殊相，直前無古人，後無來者”（《韓柳文研究法》），而其寓言諷刺文亦使得寓言取得獨立的文學樣式地位。柳宗元詩多抒發遭貶斥後憤懣，其山水詩的境界亦臻於淒清簡淡，蘇軾譽爲“發纖穠於簡古，寄至味於淡泊”（《書黄子思詩集後》）。與韋應物齊名，並稱“韋柳”。有《柳宗元集》四十五卷傳世，《舊唐書》卷一六〇、《新唐書》卷一六八有傳。

捕蛇者説

【題解】

　　作於任永州司馬時。“説”爲古文體之一。此文與韓愈《師説》不同。《師説》純爲議論，此文則借題發揮，比附連類，言在此而意實在彼，對“説”體有所創造。本文主題胎自孔子“苛政猛於虎”，命意非奇而蓄勢甚奇。以捕蛇充租税，雖冒死而不改，是一篇主旨所在，見得賦役之酷甚於毒蛇。文中悍吏下鄉催租一段，寫得聲色俱厲，如飄風驟雨，深刻揭示出中唐以來弊政殃民、俗吏害民的殘酷事實。

　　永州之野産異蛇，黑質而白章[1]；觸草木，盡死；以齧人，無禦之者。然得而腊之以爲餌[2]，可以已大風、攣踠、瘻、癘[3]，去死肌，殺三蟲[4]。其始，太醫以王命聚之[5]，歲賦其二[6]，募有能捕之者，當其租入[7]。永之人争奔走焉。

　　有蔣氏者，專其利三世矣[8]。問之，則曰：“吾祖死於是，吾父死於是。今吾嗣爲之十二年，幾死者數矣[9]。”言之，貌若甚慼者。余悲之，且曰：“若毒之乎[10]？余將告於涖事者[11]，更若役，復若賦[12]，則何如？”

　　蔣氏大戚[13]，汪然涕曰[14]：“君將哀而生之乎[15]？則吾斯役之不幸[16]，未若復吾賦不幸之甚也。向吾不爲斯役[17]，則久已病矣^[18]。自吾氏三世居是鄉,積於今六十歲矣,而鄉鄰之生日蹙^[19]。
殫其地之出,竭其廬之入^[20],號呼而轉徙^[21],飢渴而頓踣^[22],觸風
雨,犯寒暑,呼噓毒癘^[23],往往而死者相藉也^[24]。曩與吾祖居者^[25],
今其室十無一焉;與吾父居者,今其室十無二三焉;與吾居十二年者,
今其室十無四五焉。非死則徙爾。而吾以捕蛇獨存。悍吏之來吾
鄉,叫囂乎東西,隳突乎南北^[26],譁然而駭者,雖雞狗不得寧焉。吾恂
恂而起^[27],視其缶,而吾蛇尚存,則弛然而臥^[28]。謹食之^[29],時而獻
焉^[30]。退而甘食其土之有^[31],以盡吾齒^[32]。蓋一歲之犯死者二焉;
其餘,則熙熙而樂^[33]。豈若吾鄉鄰之旦旦有是哉^[34]!今雖死乎此,
比吾鄉鄰之死則已後矣,又安敢毒耶?"

　　余聞而愈悲。孔子曰:"苛政猛於虎也。"^[35]吾嘗疑乎是,今以蔣
氏觀之,猶信^[36]。嗚呼!孰知賦斂之毒有甚是蛇者乎!故爲之説,以
俟夫觀人風者得焉^[37]。

《柳宗元集》卷一六

【校注】

[1]黑質而白章:謂蛇黑皮,有白色斑紋。質,質地。章,通"彰",《周禮·考工
記》:"赤與白謂之章。"按:即俗稱爲白花蛇者。　　[2]"然得"句:意謂捉到此蛇
並把它風乾製成藥餌。腊(xī 昔):《説文》作"昔",云:"昔,乾肉也。"此處用作動
詞。　　[3]已:止。此處作治癒解。大風:即麻風病。《素問·長制節論》:"骨
節重,鬚眉墮,名曰大風。"攣踠:抽搐、痙攣。瘻(lòu 漏):頸腫,即瘰癧,一名鼠
瘻,西醫稱作淋巴腺結核。癘:惡瘡。　　[4]去死肌:除掉腐爛的肉。三蟲:道家
謂人體內有三尸蟲,致人疾病。王充《論衡·商蟲》:"人腹中有三蟲……三蟲食
腸。"宋葉夢得《避暑録話》卷下:"道家有言三尸,或謂之三彭。以爲人身中皆有是
三蟲,能記人過失,至庚申日,乘人睡去而讒之上帝,故學道者至庚申日輒不睡,謂之
守庚申。或服藥以殺三蟲。"　　[5]太醫:宮廷醫官。唐太常寺置太醫署,有令二
人,丞二人,掌醫療之法。以王命聚之:謂以朝廷的命令徵集此蛇。　　[6]歲賦其
二:每年徵收兩次。　　[7]當其租入:謂以蛇抵其租税。　　[8]三世:三代人。
[9]幾死者:幾乎死去。幾,幾乎、險些。數(shuò 碩):多次。　　[10]若毒之
乎:猶言你以此爲痛苦嗎?若,你,人稱代詞。下"若"字同。　　[11]蒞(lì 立)
事者:臨事者、管事者,指地方官。　　[12]"更若役"二句:改換你捕蛇的差役,
恢復你的賦税。　　[13]慼:同"慽"。大悲痛。　　[14]汪然:眼淚盈眶貌。

[15]"君將"句:意謂您想憐憫我並讓我活下去嗎? 生:用作動詞,使我活。
[16]斯役:指捕蛇的差事。　　　[17]向:從前。　　　[18]病:困苦、困頓。《爾雅·釋詁》:"病,苦也。"　　　[19]蹙:一天比一天窘迫。　　　[20]"殫其地"二句:竭盡農田的産出和家中副業的收入。殫、竭:盡。　　　[21]轉徙:捨棄田地,遷移流亡。　　　[22]頓踣(bó 博):困頓倒仆。　　　[23]呼嘘毒癘:呼吸有毒的空氣。癘,疫疾,四時發作的傳染病。毒癘指被疾病污染的空氣。　　　[24]死者相藉(jiè借):一個挨一個地死去。藉,墊、堆壓。　　　[25]曩:從前。　　　[26]隳突:衝撞、毁壞。　　　[27]恂恂:小心謹慎貌。　　　[28]弛然:輕鬆安適貌。　　　[29]謹食(sì 飼)之:小心餵養它。食,同"飼"。　　　[30]時:屆時、到時候。　　　[31]甘食:猶言美美地享受。其土之有:田中所出産的糧食。　　　[32]盡吾齒:過完餘下的一生。齒,年齒。　　　[33]熙熙:快樂無憂貌。　　　[34]旦旦有是:每天都有死亡威脅。　　　[35]苛政猛於虎:語出《禮記·檀弓下》:"孔子過泰山側,有婦人哭於墓者而哀。夫子式而聽之,使子路問之曰:'子之哭也,壹似重有憂者?'而曰:'然。昔者,吾舅死於虎,吾夫又死焉,今吾子又死焉。'夫子曰:'何爲不去也?'曰:'無苛政。'夫子曰:'小子識之:苛政猛於虎也。'"　　　[36]猶信:可信。
[37]俟:等待。觀人風者:考察民情的官員。人風,即"民風",唐避李世民諱改。

【集評】

(清)沈德潛《唐宋八家文讀本》卷七:"前極言捕蛇之害,後説賦歛之毒,反以捕蛇之樂形出,作文須如此頓跌。'悍吏之來吾鄉'一段,後東坡亦嘗以虎狼比之,有察吏安民之責者所宜時究心也。"

(清)過珙《古文評注》卷七:"此本借捕蛇以論苛政,故前面設爲之辭,與捕蛇者應答,驚奇詭譎,令人心寒膽栗。後卻明引'苛政猛於虎'事作證,催科無法,其害往往如此。淒咽之音,不堪卒讀。"

黔 之 驢

【題解】

本篇爲作者《三戒》之一。"戒",古文體之一,設警告之辭以爲法戒。《三戒》前有序云:"吾恒惡世之人,不知推己之本,而乘物以逞,或依勢以干非其類,出技以怒强,竊時以肆暴,然卒迫於禍。"《三戒》即以寓言爲警戒,用三種動物(麋、驢、鼠)擬人化的藝術形象,寄寓哲理或表達政治見解。柳宗元的這種寫法,繼承了《莊子》、《韓非子》、《吕氏春秋》、《列子》、《戰國策》的傳統,並有新的發展,使寓言成爲獨立的文學樣式。柳宗元的寓言多用來諷刺、抨擊當時社會的醜惡現實,造意奇特,形象生動,語言犀利,篇幅雖短,而波瀾起伏,表現了高度的幽默諷刺藝術。

　　黔無驢[1],有好事者船載以入。至則無可用,放之山下。虎見之,龐然大物也,以爲神。蔽林間窺之,稍出近之,慭慭然莫相知[2]。他日,驢一鳴,虎大駭,遠遁,以爲且噬己也[3],甚恐。然往來視之,覺無異能者。益習其聲,又近出前後,終不敢搏。稍近,益狎,蕩倚衝冒[4],驢不勝怒,蹄之。虎因喜,計之曰[5]:“技止此耳!”因跳踉大㘚[6],斷其喉,盡其肉,乃去。

　　噫! 形之龐也類有德,聲之宏也類有能。向不出其技[7],虎雖猛,疑畏,卒不敢取。今若是焉,悲夫!

《柳宗元集》卷一九

【校注】

[1]黔:指唐黔中道,約有今貴州大部、四川南部及湖北、湖南西部地區。　　[2]慭(yìn 印)慭然:謹慎貌。　　[3]且噬(shì 視)己:將要咬它。　　[4]蕩倚衝冒:爲虎對驢種種戲弄動作。蕩倚,推攘偎依。衝冒,衝撞冒犯。　　[5]計之:心中盤算。　　[6]跳踉:跳躍。大㘚(hǎn 喊):大聲怒吼。　　[7]向:假如。

【集評】

　　(清)王霆震《古文集成》卷七八引㪅齋評:“此篇戒出技以怒强者。”

　　(清)孫琮《山曉閣唐宋八大家選·柳柳州集》卷四:“讀此文(按:指《三戒》),真如雞人早唱,晨鐘夜警,唤醒無數夢夢。妙在寫麋、寫犬、寫驢、寫鼠、寫某氏,皆描情繪影,因物肖形,使讀者説其解頤,忘其猛醒。”

鈷鉧潭西小丘記

【題解】

　　元和四年(809)作。柳宗元爲永州司馬時,前後作八篇山水游記,後人合稱爲“永州八記”。本篇爲“八記”的第三篇。文章用一系列形象貼切的比喻,以動寫静,使小丘群石神態活現,情狀可掬。又着力描寫開闢經營後小丘賞心悦目的宜人景象。末以議論作結,感慨小丘價廉景美,卻因地處偏僻而連年不售,寄託自己遠貶不得用於世的遭遇。鈷(gǔ 古)鉧(mǔ 母)潭,在永州西山之西,因潭形似鈷鉧(即熨斗)而得名。

　　得西山後八日[1],尋山口西北道二百步[2],又得鈷鉧潭[3]。潭西二十五步,當湍而浚者爲魚梁[4]。梁之上有丘焉,生竹樹。其石之突怒偃蹇[5],負土而出,爭爲奇狀者,殆不可數[6]。其嵌然相累而下者[7],若牛馬之飲於溪;其衝然角列而上者[8],若熊羆之登於山。

　　丘之小不能一畝[9],可以籠而有之[10]。問其主,曰:“唐氏之棄地,貨而不售[11]。”問其價,曰:“止四百。”余憐而售之[12]。李深源、元克己時同游[13],皆大喜出自意外。即更取器用[14],鏟刈穢草,伐去惡木,烈火而焚之。嘉木立,美竹露,奇石顯。由其中以望,則山之高,雲之浮,溪之流,鳥獸魚之遨游,舉熙熙然迴巧獻技,以效兹丘之下[15]。枕席而臥,則清泠之狀與目謀[16],瀯瀯之聲與耳謀[17],悠然而虛者與神謀[18],淵然而静者與心謀[19]。不匝旬而得異地者二[20],雖古好事之士,或未能至焉。

　　噫!以兹丘之勝,致之灃、鎬、鄠、杜[21],則貴游之士爭買者,日增千金而愈不可得。今棄是州也,農夫漁父過而陋之。賈四百[22],連歲不能售。而我與深源、克己獨喜得之,是其果有遭乎!書於石,所以賀兹丘之遭也。

《柳宗元集》卷二九

【校注】

[1]“得西山”句:指發現西山。“永州八記”第一篇《始得西山宴游記》即寫其“今年(元和四年)九月二十八日”發現西山情況,“後八日”當爲十月初七日。

[2]尋:緣,順着。　　[3]此處所説“得鈷鉧潭”情況,見“永州八記”第二篇《鈷鉧潭記》。　　[4]魚梁:障水的石堰。壘石於河中爲攔水堰,堰上可以行人;堰中留空洞,置笱(竹編捕魚器)於空洞處,可以捕魚。　　[5]突怒:高出挺起貌。偃蹇:高聳貌。　　[6]殆:幾乎。　　[7]嵌(qīn 親)然相累:巨石互相連接、重疊。

[8]衝然角列:形容巨石突起,如獸角斜向列開。　　[9]不能:不足。　　[10]籠

而有之:意謂小丘雖小,卻能將以上竹樹怪石等牢籠在内。　　[11]貨而不售:欲出售而未能賣出。　　[12]憐而售之:喜歡它而買下它。前句"售"作賣出講,此句"售"作買下講。　　[13]李深源、元克己:柳宗元永州時的友人,其他不詳。[14]更取器用:輪换着使用器具。器用,指除草、伐木等工具。　　[15]"舉熙熙"二句:意謂山、雲、溪、鳥獸魚等皆愉悦快樂地將其美姿呈現在小丘之下。迴巧獻技:猶言運其巧慧貢獻其所長。　　[16]清泠(líng 靈):清澈明净。與目謀:與目力相接。謀,相合。以下"與耳謀"、"與神謀"、"與心謀"用法同。　　[17]瀯(yíng 營)瀯:水流聲。　　[18]悠然而虚者:指天空、浮雲等。　　[19]淵然而静者:指嘉木、美竹、奇石等無聲而静默者。淵然,静默状。此處主要指心靈感受而言。心静,則有聲者如水流、鳥獸魚之遨游皆可爲静,即"鳥鳴山更幽"之意。[20]不匝旬:不滿一旬。匝旬,周旬。一旬爲十日。異地者二:指發現西山後再得鈷鉧潭與小丘兩地。　　[21]灃(fēng 豐)、鎬、鄠(hù 户)、杜:皆長安近郊名勝之地。灃,借作"豐",在今西安户縣東,周文王所都。鎬,在今西安西南,周武王所都。鄠,今西安户縣,爲秦漢宫苑所在。杜,指杜陵,在今西安東南。以上各地,當唐時多有豪貴所建别業。　　[22]賈:同"價",價格。

【集評】

　　(清)吴楚材、吴調侯《古文觀止》卷九:"前幅平平寫來,意祇尋常,而立名造語,自有别趣,至末從小丘上發出一段感慨,爲兹丘致賀,賀兹丘,所以自弔也。"

　　(清)過珙《古文評注》卷七:"於眼前景幻出奇趣,於奇趣中生出静機。使兹丘不遇柳州,特頑土耳。今此文常在,則此丘不朽,曰'可賀',則誠可賀也。"

至小丘西小石潭記

【題解】

　　本篇爲"八記"的第四篇。"小丘"即前篇所記鈷鉧潭西之小丘。全篇着重描寫小石潭環境的清幽,復以潭中游魚的空游無依,映襯石潭周圍竹樹環合的寂寥淒清,隱約透露作者貶居生活的孤寂苦悶心情。篇幅短小而文筆洗練精緻,在"八記"中最稱名篇。

　　從小丘西行百二十步,隔篁竹[1],聞水聲,如鳴珮環,心樂之。伐竹取道,下見小潭[2],水尤清洌。全石以爲底[3],近岸,卷石底以出[4]，爲坻爲嶼[5]，爲嵁爲巖[6]。青樹翠蔓，蒙絡搖綴，參差披拂。

　　潭中魚可百許頭，皆若空游無所依。日光下澈，影布石上，佁然不動[7]；俶爾遠逝[8]，往來翕忽[9]，似與游者相樂。

　　潭西南而望，斗折蛇行[10]，明滅可見[11]。其岸勢犬牙差互[12]，不可知其源。

　　坐潭上，四面竹樹環合，寂寥無人，淒神寒骨，悄愴幽邃。以其境過清，不可久居，乃記之而去。

　　同游者，吳武陵，龔古[13]，余弟宗玄[14]。隸而從者[15]，崔氏二小生：曰恕己，曰奉壹[16]。

《柳宗元集》卷二九

【校注】

[1]篁(huáng 皇)竹：竹叢、竹林。　　[2]下見(xiàn 現)：下面出現。見，“現”的本字。　　[3]全石：整塊石。　　[4]“近岸”二句：謂靠近岸邊，石底繞從水中卷出。　　[5]坻(chí 池)：水中陸地。嶼：島嶼。　　[6]嵁(kān 堪)：不平的巖石。巖：山壁。　　[7]佁(yí 怡，又音 ǎi 矮)然：癡、靜止貌。佁，一作“怡”、“恬”，皆可通，依文意，作“佁”爲是。　　[8]俶(chù 處)爾：魚動貌。　　[9]翕(xī 西)忽：迅疾貌。　　[10]斗折蛇行：形容溪水曲折蜿蜒。斗折，曲折如北斗星。[11]明滅可見：指水光在竹樹遮蔽下時隱時現。　　[12]犬牙差(cī 雌陰平)互：形容溪岸交錯曲折。差互，不齊貌。　　[13]吳武陵、龔古：皆作者永州時友人。吳武陵，信州(今江西上饒)人，元和二年進士，三年坐事流永州。《新唐書》有傳。龔古，事蹟不詳。　　[14]宗玄：柳宗元從弟。　　[15]隸而從者：跟從、附隨而同游者。　　[16]恕己、奉壹：《柳河東集》舊注：“崔簡之子也。”崔簡字子敬，博陵安平(今河北定州)人，柳宗元姊夫，貞元五年進士，累官至刑部員外郎，元和七年卒。參見柳宗元《故永州刺史流配驩州崔君權厝記》等文。

【集評】

　　陳衍《石遺室論文》卷四：“《小石潭記》極短篇，不過百許字，亦無特別風景可以出色，始終寫水竹淒清之景而已。而前言‘心樂’，中言潭中魚與游人相樂；後‘淒清寒骨’，理似相反，然樂而生悲，游者常情……其寫魚云(略)，工於寫魚，工於寫水之清也。”

江　雪

【題解】

作於永州。以孤舟垂釣點綴雪野的空曠和雪江的奇寒,寄託詩人清高孤傲的
情懷。

千山鳥飛絶,萬徑人蹤滅。孤舟蓑笠翁,獨釣寒江雪。

《柳宗元集》卷四三

【集評】

(明)胡應麟《詩藪》内編卷六:"'千山鳥飛絶'二十字,骨力豪上,句格天成。然
律以輞川諸作,便覺太鬧。"

(清)王堯衢《古唐詩合解》:"江寒而魚伏,豈釣之可得? 彼老翁獨何爲穩坐孤
舟風雪中乎? 世態寒凉,宦情孤冷,如釣寒江之魚,終無所得。子厚以自寓也。"

漁　翁

【題解】

作於永州。詩寫漁翁生活,對湘江晨景有精妙描寫。末二句於寂寥境界中反
映出作者孤高離世的心境。

漁翁夜傍西巖宿,曉汲清湘燃楚竹[1]。煙銷日出不見人,欸乃一
聲山水緑[2]。迴看天際下中流,巖上無心雲相逐[3]。

《柳宗元集》卷四三

【校注】

[1]清湘:湘水。湘水流經永州北。楚竹:楚地的竹。永州古屬楚國。　　[2]欸
乃(ǎi nǎi 靄乃,又音 ǎo ǎi 襖靄):一説爲撥船聲,一説爲棹歌。按元結有《欸乃
曲》五言詩一首,同題七言詩一組五首,五言《欸乃曲》作者自注云:"棹舡之聲。"
七言《欸乃曲》有序云:"大曆丁未中……逢春水,舟行不進,作欸乃五曲,舟子唱
之,蓋欲取適於道路耳。"依元結所説,"欸乃"爲撥船之聲,而"欸乃曲"爲棹歌,即
配合划船節拍所唱的歌。又中唐詩人劉言史有《瀟湘游》詩:"夷女采山蕉,緝紗浸

江水。野花滿髻妝色新,閑歌欸乃深峽裏。"此處"欸乃"同"欸乃曲",亦爲棹歌。柳詩"欸乃",作撥船聲解亦通,作棹歌解似更佳。　　　[3]"巖上"句:陶淵明《歸去來兮辭》:"雲無心以出岫。"句用其意。

【集評】

　　(宋)惠洪《冷齋夜話》卷五:"東坡云:詩以奇趣爲宗,反常合道爲趣。熟味此詩有奇趣,然其尾兩句,雖不必亦可。"

　　(明)高棅《唐詩品彙》卷三六引劉辰翁云:"或謂蘇評爲當。非知言者。此詩氣渾,不類晚唐,正在後兩句,非蛇安足者。"

白行簡

【作者簡介】

　　白行簡(776—826),字知退,下邽(今陝西渭南)人,白居易之弟。元和二年(807)舉進士第,授秘書省校書郎。十五年授左拾遺。後歷仕司門、主客員外郎、膳部郎中等。工於辭賦,尤長於傳奇小説,所撰《李娃傳》"文筆極工"(清俞正燮《癸巳存稿》卷一四),爲唐傳奇代表作之一。原有集,已佚,《全唐文》收其文二十篇,《全唐詩》録存其詩七首。《舊唐書》卷一六六、《新唐書》卷一一九有傳。

李　娃　傳

【題解】

　　本篇見於《太平廣記》卷四八四,録自《異聞集》。按,今所見《異聞集》爲宋曾慥《類説》本,其書卷二八收録節文,題作《汧國夫人傳》,或即本篇原題;篇末又注云:"舊名《一枝花》。"元稹《酬翰林白學士代書一百韻》詩"翰墨題名盡,光陰聽話移"句下自注:"樂天每與予游從,無不書名屋壁。又嘗於新昌宅,説《一枝花》話,自寅至巳,猶未畢詞也。"可知李娃的故事(即《一枝花》話)當貞元、元和間在長安很流行。白行簡寫作《李娃傳》,在《一枝花》話故事框架上施以文人加工,使《李娃傳》成爲唐傳奇中首屈一指之作。小説情節起伏跌宕,描寫細膩,充滿生活氣息,對唐長安下層社會生活(妓女、凶肆、乞丐等)尤有如臨其境的表現。小説語言生動傳神,對話口吻逼肖,顯示人物性格。小説成功地塑造了出身"賤户"的李娃這一複雜的藝術形象:她多情,但又久歷風月;她有傳統的"姐兒愛俏"的一面,所以當鄭生蕩盡錢財時,她天衣無縫地扮演了金蟬脱殼的一幕。但當鄭生九死一生、淪爲乞丐時,她又因愧疚激起正義凛然的一面。小説以李娃封國夫人、一門富貴大團圓爲結局,固然是作者市民意識的反映,也不妨看作是下層社會對唐代婚姻"門當户對"制度的否定。《李娃傳》對後世小説、戲曲有巨大影響,後來的公子落難、妓女助其成功的故事多濫觴於此。元高文秀《鄭元和風雪打瓦罐》、石君寶《李亞仙花酒曲江池》雜劇,明徐霖《繡襦記》傳奇,均據此改編。

　　汧國夫人李娃[1],長安之倡女也。節行瓌奇,有足稱者。故監察御史白行簡爲傳述[2]。

　　天寶中,有常州刺史滎陽公者[3],略其名氏不書,時望甚崇,家徒甚殷。知命之年[4],有一子,始弱冠矣[5],雋朗有詞藻,迥然不群,深爲時輩推伏。其父愛而器之,曰:"此吾家千里駒也。"應鄉賦秀才舉[6],將行,乃盛其服玩車馬之飾,計其京師薪儲之費,謂之曰:"吾觀爾之才,當一戰而霸[7]。今備二載之用,且豐爾之給,將爲其志也。"生亦自負,視上第如指掌[8]。自毗陵發[9],月餘抵長安,居於布政里[10]。

　　嘗游東市還[11],自平康東門入[12],將訪友於西南。至鳴珂曲[13],見一宅,門庭不甚廣,而室宇嚴邃,闔一扉。有娃方憑一雙鬟青衣立[14],妖姿要妙,絕代未有。生忽見之,不覺停驂久之,徘徊不能去。乃詐墜鞭於地,候其從者,敕取之,累眄於娃,娃回眸凝睇,情甚相慕,竟不敢措辭而去。生自爾意若有失,乃密徵其友游長安之熟者以訊之。友曰:"此狹邪女李氏宅也[15]。"曰:"娃可求乎?"對曰:"李氏頗贍,前與通之者,多貴戚豪族,所得甚廣,非累百萬,不能動其志也。"生曰:"苟患其不諧,雖百萬,何惜!"

　　他日,乃潔其衣服,盛賓從而往。扣其門,俄有侍兒啓扃。生曰:"此誰之第耶?"侍兒不答,馳走大呼曰:"前時遺策郎也。"娃大悦曰:"爾姑止之,吾當整妝易服而出。"生聞之,私喜。乃引至蕭墻間[16],見一姥垂白上僂[17],即娃母也。生跪拜前致詞曰:"聞兹地有隙院,願税以居，信乎？”姥曰：“懼其淺陋湫隘[18]，不足以辱長者所處，安敢言直耶？”延生於遲賓之館[19]，館宇甚麗。與生偶坐[20]，因曰：“某有女嬌小，技藝薄劣，欣見賓客，願將見之。”乃命娃出，明眸皓腕，舉步艷冶。生遂驚起，莫敢仰視。與之拜畢，敍寒燠[21]，觸類妍媚[22]，目所未睹。復坐，烹茶斟酒，器用甚潔。久之日暮，鼓聲四動。姥訪其居遠近，生紿之曰：“在延平門外數里[23]。”冀其遠而見留也。姥曰：“鼓已發矣，當速歸，無犯禁[24]。”生曰：“幸接歡笑，不知日之云夕。道里遼闊，城内又無親戚，將若之何？”娃曰：“不見責僻陋，方將居之，宿何害焉。”生數目姥，姥曰：“唯唯。”生乃召其家僮，持雙縑，請以備一宵之饌。娃笑而止之曰：“賓主之儀，且不然也[25]。今夕之費，願以貧窶之家，隨其粗糲以進之。其餘以俟他辰[26]。”固辭，終不許。俄徙坐西堂，帷幕簾榻，煥然奪目；妝奩衾枕，亦皆侈麗。乃張燭進饌，品味甚盛。徹饌，姥起。生娃談話方切，詼諧調笑，無所不至。生曰：“前偶過卿門，遇卿適在屏間。厥後心常勤念，雖寢與食，未嘗或捨。”娃答曰：“我心亦如之。”生曰：“今之來，非直求居而已，願償平生之志。但未知命也若何。”言未終，姥至，詢其故，具以告。姥笑曰：“男女之際，大欲存焉[27]。情苟相得，雖父母之命，不能制也。女子固陋，曷足以薦君子之枕席？”生遂下階，拜而謝之曰：“願以己爲廝養[28]。”姥遂目之爲郎，飲酣而散。及旦，盡徙其囊橐，因家於李之第。自是生屏跡戢身[29]，不復與親知相聞，日會倡優儕類[30]，狎戲游宴。囊中盡空，乃鬻駿乘及其家童。

【校注】

[1] 汧（qiān 千）國：指唐汧陽郡，即今陝西隴州。　　[2] “故監察”句：白行簡並未實授監察御史之職。此處所説監察御史可能是元和八年白行簡爲劍南東川節度使掌書記時所帶的憲官（兼銜）。十二年，行簡罷幕職，有三年時間無官職，所以此處稱“故監察御史”。又據傳末作者所記，本篇傳奇寫作時間在貞元十一年，其時作者未中進士，尚未進入仕途。以上一段文字有可能爲後人所加。　　[3] 滎陽：今屬河南。滎陽是鄭姓郡望，“滎陽公”即滎陽鄭公。　　[4] 知命之年：五十歲。《論語·爲政》：“五十而知天命。”　　[5] 弱冠：二十歲。古代男子二十歲加冠，表示已經成人，但尚不如成人强壯，故稱弱冠。　　[6] “應鄉賦”句：應州郡舉

薦赴京參加進士試。鄉賦:即鄉貢。唐代舉子先應在籍貫所在的州郡參加考試,合格者再具名薦舉到京師參加考試。秀才舉:唐科舉名。至天寶時,秀才舉已經廢止,此處的"秀才舉"指進士科考試。　　[7]一戰而霸:猶言一舉成功。此以武事喻考試。　　[8]如指掌:極言容易,如手指其掌輕而易舉。　　[9]毗陵:今江蘇常州。　　[10]布政里:唐長安坊名,在皇城西。　　[11]東市:唐長安商業區,在朱雀街東,稱爲東市。　　[12]平康:指平康里,唐長安坊名,是當時女妓集中居住的地方。平康里東門與東市相接,自東市西門出,即進入平康里。[13]鳴珂曲:指平康里中歌妓住處。　　[14]娃:古時稱美女爲娃。《正字通》:"娃,美女也。"揚雄《方言》卷二:"娃,美也。吳楚衡淮之間曰娃……吳有館娃之宮。"雙鬟青衣:侍女。　　[15]狹邪女:即妓女。古樂府《長安有狹斜行》有"堂上置樽酒,作使邯鄲倡"之語,後因以妓女所居之處爲狹斜。狹斜,亦寫作"狹邪"。[16]蕭牆:院中短牆,即照壁,以遮罩内室。　　[17]姥(mǔ母):老婦人。垂白上僂:頭髮漸白,背駝。　　[18]湫(jiǎo攪)隘:低下窄小。　　[19]遲賓之館:接待客人的地方,即客廳。　　[20]偶坐:對坐、同坐。　　[21]敍寒燠(yù育):問候寒熱,即説客套話。　　[22]觸類妍媚:猶言一舉一動都很嫵媚。[23]延平門:唐長安西城最南端的城門。平康里在長安城朱雀街以東,與延平門外相距極遠,所以滎陽生故意編此謊話。　　[24]"鼓已發"三句:唐長安平時實行宵禁,以鼓聲爲號,禁行人出行。　　[25]"賓主"二句:意謂賓主禮節,不應當如此(由客人破費)。　　[26]"其餘"句:意謂滎陽生要置辦酒席,可待今後。他辰:別的日子。　　[27]"男女"二句:《禮記·禮運》:"飲食男女,人之大欲存焉。"　　[28]廝養:奴僕、手下奔走的人。這是客套話。　　[29]屏跡戢身:深居簡出,不在別處拋頭露面。屏、戢,都是隱藏之意。　　[30]儕(chái柴)類:這一類。

　　歲餘,資財僕馬蕩然。邇來姥意漸怠[1],娃情彌篤。他日,娃謂生曰:"與郎相知一年,尚無孕嗣。常聞竹林神者[2],報應如響[3],將致薦酹求之[4],可乎?"生不知其計,大喜。乃質衣於肆[5],以備牢醴[6],與娃同謁祠宇而禱祝焉,信宿而返[7]。策驢而後,路出宜陽里[8]。至里北門,娃謂生曰:"此東轉小曲中,某之姨宅也,將憩而覲之,可乎?"生如其言,前行不逾百步,果見一車門[9]。窺其際,甚弘敞。其青衣自車後止之曰:"至矣。"生下,適有一人出訪曰:"誰?"曰:"李娃也。"乃入告。俄有一嫗至,年可四十餘,與生相迎曰:"吾甥來否?"娃下車,嫗逆訪之曰[10]:"何久疎絶?"相視而笑。娃引生拜之,既見，遂偕入西戟門偏院[11]。中有山亭，竹樹蔥蒨，池榭幽絶。生謂娃曰：“此姨之私第耶？”笑而不答，以他語對。俄獻茶果，甚珍奇。食頃，有一人控大宛[12]，汗流馳至曰：“姥遇暴疾頗甚，殆不識人，宜速歸。”娃謂姨曰：“方寸亂矣，某騎而前去，當令返乘，便與郎偕來。”生擬隨之，其姨與侍兒偶語，以手揮之，令生止於戶外，曰：“姥且歿矣，當與某議喪事，以濟其急，奈何遽相隨而去？”乃止，共計其凶儀齋祭之用[13]。日晚，乘不至。姨言曰：“無復命，何也？郎驟往覘之，某當繼至。”生遂往，至舊宅，門扃鐍甚密，以泥緘之[14]。生大駭，詰其鄰人。鄰人曰：“李本稅此而居，約已周矣[15]。第主自收，姥徙居而且再宿矣。”徵徙何處，曰：“不詳其所。”生將馳赴宣陽，以詰其姨，日已晚矣，計程不能達。乃弛其裝服，質饌而食，賃榻而寢[16]。生忿怒方甚，自昏達旦，目不交睫。質明，乃策蹇而去[17]。既至，連扣其扉，食頃無人應。生大呼數四，有宦者徐出。生遽訪之：“姨氏在乎？”曰：“無之。”生曰：“昨暮在此，何故匿之？”訪其誰氏之第，曰：“此崔尚書宅。昨者有一人稅此院，云遲中表之遠至者[18]，未暮去矣。”

　　生惶惑發狂，罔知所措，因返訪布政舊邸。邸主哀而進膳。生怨懣，絶食三日，遘疾甚篤，旬餘愈甚。邸主懼其不起，徙之於凶肆之中[19]。綿綴移時[20]，合肆之人共傷歎而互飼之。後稍愈，杖而能起。由是凶肆日假之[21]，令執繐帷[22]，獲其直以自給。累月，漸復壯，每聽其哀歌[23]，自歎不及逝者，輒嗚咽流涕，不能自止。歸則效之。生聰敏者也，無何，曲盡其妙，雖長安無有倫比。

【校注】

[1]邇來：近來。　　[2]竹林神：在長安朱雀街西通義坊興聖寺内。見劉禹錫《爲京兆韋尹祈晴獲應表》。竹林神爲何神，不詳。穆宗長慶三年，韓愈爲京兆尹，曾祈雨於此，作《祭竹林神文》。　　[3]報應如響：謂極有靈驗，神給予的回應，如聲音所引發的回響。　　[4]薦酹：向鬼神進獻酒食爲薦，以酒澆地爲酹。
[5]質衣於肆：在店鋪裏抵當衣服。　　[6]牢醴：祭祀鬼神的祭品，即三牲（豬牛羊）和酒。　　[7]信宿：連宿兩夜。按：娃等自平康里西往通義坊，路途不遠，宿兩夜者，當與求子有關，雖設圈套，亦須合情合理。另，姥等由平康里遷出他住，時間上也較從容。　　[8]宜陽：唐長安坊名，在平康里南。按：宜陽坊與平康里南

北緊鄰,與小説以下情節不合。原本"至里北門"前脱"路出宜陽里"五字,此據曾慥《類説》卷二八及宋羅燁《醉翁談録》補入。補入後,情節稍順,然亦有未盡愜當之處,如宜陽與平康距離極近而李娃堅阻滎陽生返平康里、滎陽生至平康里後又因日晚"計程不能達"宜陽里等。俞正燮《癸巳存稿》卷一四謂"作傳者信筆漫書之,非實情也",所説甚是。　　[9]車門:大門旁供車馬出入的門。　　[10]逆訪:迎上前問候。逆,一作"迎",義同。　　[11]戟門:門前列有棨戟的大門。參見《南柯太守傳》"棨户"注。　　[12]控大宛(yuān 冤):騎着駿馬。大宛,漢時西域國名,出産良馬。此以大宛代馬。　　[13]凶儀齋祭:喪事的儀式和齋戒祭祀等。　　[14]泥緘之:用泥封門。　　[15]已周:租期已滿。　　[16]"乃弛"三句:脱下服裝作抵押,换得一頓飯食和一宿之眠。　　[17]策蹇:騎驢。策,馬鞭。蹇,本意爲劣、跛的驢。　　[18]遲中表之遠至者:接待遠方來的表親。遲,等待。　　[19]凶肆:出售喪葬用品的店鋪。唐長安有專門代人辦理喪事的服務性機構,亦稱凶肆。此處主要指後者。　　[20]綿綴:病體纏綿,身體委頓。[21]日假之:時常雇用他。假,臨時借用、雇用。　　[22]總帷:出殯時的靈帳幡旌之類。　　[23]哀歌:輓歌,出殯時唱。古時有專人代唱輓歌,稱爲"輓歌郎"。

　　初,二肆之備凶器者[1],互争勝負。其東肆車輿皆奇麗,殆不敵。唯哀輓劣焉。其東肆長知生妙絶[2],乃醵錢二萬索顧焉[3]。其黨者舊[4],共較其所能者,陰教生新聲,而相贊和[5]。累旬,人莫知之。其二肆長相謂曰:"我欲各閲所備之器於天門街[6],以較優劣。不勝者,罰直五萬,以備酒饌之用,可乎?"二肆許諾,乃邀立符契,署以保證,然後閲之。士女大和會,聚至數萬。於是里胥告於賊曹[7],賊曹聞於京尹[8]。四方之士,盡赴趨焉,巷無居人。自旦閲之,及亭午[9],歷舉輦輿威儀之具,西肆皆不勝,師有慚色。乃置層榻於南隅[10],有長髯者,擁鐸而進[11],翊衛數人[12],於是奮髯揚眉,扼腕頓顙而登[13],乃歌《白馬》之詞[14]。恃其夙勝[15],顧眄左右,旁若無人。齊聲讚揚之,自以爲獨步一時,不可得而屈也。有頃,東肆長於北隅上設連榻,有烏巾少年,左右五六人,秉翣而至[16],即生也。整衣服,俯仰甚徐,申喉發調,容若不勝[17]。乃歌《薤露》之章[18],舉聲清越,響振林木。曲度未終,聞者歔欷掩泣。西肆長爲衆所誚,益慚恥,密置所輸之直於前,乃潛遁焉。四座愕眙[19],莫之測也。

　　先是天子方下詔,俾外方之牧,歲一至闕下,謂之入計[20]。時也,適遇生之父在京師,與同列者易服章[21],竊往觀焉。有老豎[22],即生乳母婿也,見生之舉措辭氣,將認之而未敢,乃泫然流涕。生父驚而詰之,因告曰:"歌者之貌,酷似郎之亡子[23]。"父曰:"吾子以多財爲盜所害,奚至是耶?"言訖,亦泣。及歸,豎間馳往[24],訪於同黨曰:"向歌者誰,若斯之妙歟?"皆曰:"某氏之子。"徵其名,且易之矣,豎凜然大驚。徐往,迫而察之。生見豎,色動迴翔[25],將匿於衆中。豎遂持其袂曰:"豈非某乎?"相持而泣,遂載以歸。至其室,父責曰:"志行若此,污辱吾門,何施面目,復相見也?"乃徒行出,至曲江西杏園東[26],去其衣服。以馬鞭鞭之數百。生不勝其苦而斃,父棄之而去。其師命相狎昵者[27],陰隨之,歸告同黨,共加傷歎。令二人齎葦席瘞焉[28]。至則心下微溫,舉之良久,氣稍通。因共荷而歸,以葦筒灌勺飲,經宿乃活。月餘,手足不能自舉,其楚撻之處皆潰爛,穢甚。同輩患之,一夕棄於道周[29]。行路咸傷之,往往投其餘食,得以充腸。十旬,方杖策而起。被布裘,裘有百結,襤褸如懸鶉[30]。持一破甌巡於閭里,以乞食爲事。自秋徂冬,夜入於糞壤窟室,晝則周游廛肆。

　　一旦大雪,生爲凍餒所驅,冒雪而出。乞食之聲甚苦,聞見者莫不悽惻。時雪方甚,人家外戶多不發。至安邑東門[31],循里垣[32],北轉第七八,有一門獨啓左扉,即娃之第也。生不知之,遂連聲疾呼:"飢凍之甚!"音響悽切,所不忍聽。娃自閤中聞之,謂侍兒曰:"此必生也,我辨其音矣。"連步而出。見生枯瘠疥厲[33],殆非人狀。娃意感焉,乃謂曰:"豈非某郎也?"生憤懣絕倒,口不能言,頷頤而已[34]。娃前抱其頸,以繡襦擁而歸於西廂。失聲長慟曰:"令子一朝及此,我之罪也。"絕而復蘇。姥大駭奔至,曰:"何也?"娃曰:"某郎。"姥遽曰:"當逐之,奈何令至此。"娃歛容卻睇曰[35]:"不然,此良家子也,當昔驅高車,持金裝,至某之室,不逾期而蕩盡。且互設詭計,捨而逐之,殆非人行。令其失志,不得齒於人倫。父子之道,天性也。使其情絕,殺而棄之,又困躓若此。天下之人,盡知爲某也。生親戚滿朝,一旦當權者熟察其本末,禍將及矣。況欺天負人,鬼神不祐,無自貽其殃也。某爲姥子,迨今有二十歲矣。計其貲,不啻直千金[36]。今姥年六十餘,願計二十年衣食之用以贖身,當與此子別卜所詣[37]。所詣非遙,晨昏得以温凊[38],某願足矣。"姥度其志不可奪,因許之。給姥之餘,有百金。北隅四五家,税一隙院。乃與生沐浴,易其衣服,爲湯粥通其腸,次以酥乳潤其臟。旬餘,方薦水陸之饌[39]。頭巾履襪,皆取珍異者衣之。未數月,肌膚稍腴。卒歲,平愈如初。

【校注】

[1]備凶器:指辦理喪葬時的一應器具。　　[2]東肆長:領導東部凶肆的頭兒。
[3]醵(jù 聚)錢:湊錢。索顧:請求雇用他。顧,同"雇"。　　[4]耆舊:此指老師傅。　　[5]相贊和:相幫,協助於他。　　[6]天門街:唐長安西内(即太極宫)正南門爲承天門,承天門外有東西向大街,號橫街,橫街之南有南北大街,號承天門街,即天門街,東西廣百步。按:承天門街在皇城内,皇城爲唐尚書省及其他重要機構辦公之處。東西凶肆在此處比賽凶器,恐爲當局所不容許。此處或出於小説家隨手使用,不足爲信。　　[7]里胥:縣以下的地方胥吏。賊曹:指長安防衛軍隊中負責警衛、捕賊的官員。　　[8]京尹:京兆府尹。唐京兆府包括京城長安及所屬二十餘縣,尹爲其最高行政長官。　　[9]亭午:正午。　　[10]層榻:高臺。榻本是卧具,此處指寬狹約與榻相當的高臺。下文"連榻",是指寬狹數倍於榻的平臺。　　[11]擁鐸:手持銅鈴。鐸,大鈴鐺。　　[12]翊(yì 翼)衛:扈從者。　　[13]扼腕:左手握住右手腕的動作,精神振奮或氣憤的神態。頓顙(sǎng 嗓):點頭。　　[14]《白馬》:輓歌名。古代以白馬素服爲凶喪輿服,《白馬》之詞即輓歌。　　[15]恃其夙勝:倚仗(唱輓歌)是他歷來最勝任的。
[16]秉翣(shà 霎):手持掌扇。翣,古代出殯時棺木兩旁的巨扇,以鳥羽做成。
[17]容若不勝:面容表現出對死者不勝其悲的樣子。按:此兼指其謙恭神態,與前唱歌者義氣揚揚、目中無人成對比。　　[18]《薤(xiè 卸)露》:古時送葬所唱的輓歌。薤是一種植物,葉如韭,細長。"薤露"形容人一生如薤葉上的露水,轉瞬即逝。　　[19]愕眙(chì 斥):驚訝得目瞪口呆。眙,直視貌,又驚視貌。
[20]"先是"四句:唐天寶以前地方官員每歲入京聽候考核,稱作"入計"。外方之牧:京城以外的州郡長官。闕下:指京城。　　[21]易服章:改換服裝。服章,即章服,官員依職位高低着緋(紅)、綠、青等服色。　　[22]老豎:老僕人。
[23]郎:此指滎陽公。家中老僕稱主人爲郎,是一種尊稱。　　[24]間:乘間、抽空。　　[25]迴翔:迴折,轉身。　　[26]曲江:曲江池,在長安城東南隅,水流曲折,故名,是長安著名游樂之地。杏園:在曲江西,廣植杏樹,故名。

[27]相狎昵者:與滎陽生相親近者。　　[28]齎(jī 機):攜帶。瘞(yì 義):掩埋。　　[29]道周:道旁。　　[30]懸鶉:鶉鳥尾禿,因以形容衣服破爛。[31]安邑:唐長安坊名,在朱雀街東,東市之南。　　[32]循里垣:順着坊里的墙。　　[33]疥癘:即疥癩,癩瘡。　　[34]頷頤:點頭。頷,點頭。頤,下巴。[35]歛容:正色,面目嚴肅。卻睇:回頭斜視。　　[36]不啻(chì 翅):不止。[37]別卜所詣:另尋住處。卜,卜宅。　　[38]"晨昏"句:猶言早晚可以侍候問安。温凊(jìng 静):温凉。《禮記·曲禮上》:"凡爲人子之禮,冬温而夏凊。"意謂冬天使父母温暖,夏天使父母清凉。　　[39]薦水陸之饌:給他吃山珍海味。

　　異時,娃謂生曰:"體已康矣,志已壯矣。淵思寂慮[1],默想曩昔之藝業,可温習乎?"生思之曰:"十得二三耳。"娃命車出游,生騎而從。至旗亭南偏門鬻墳典之肆[2],令生揀而市之,計費百金,盡載以歸。因令生斥棄百慮以志學,俾夜作晝,孜孜矻矻[3]。娃常偶坐,宵分乃寐[4]。伺其疲倦,即諭之綴詩賦。二歲而業大就,海内文籍,莫不該覽[5]。生謂娃曰:"可策名試藝矣。"娃曰:"未也,且令精熟,以俟百戰[6]。"更一年,曰:"可行矣。"於是遂一上登甲科[7],聲振禮闈[8]。雖前輩見其文,罔不歛衽敬羨[9],願友之而不可得。娃曰:"未也。今秀士苟獲擢一科第,則自謂可以取中朝之顯職,擅天下之美名。子行穢跡鄙,不侔於他士[10]。當礱淬利器[11],以求再捷,方可以連衡多士[12],爭霸群英。"生由是益自勤苦,聲價彌甚。其年遇大比[13],詔徵四方之儁。生應直言極諫科[14],策名第一,授成都府參軍[15]。三事以降[16],皆其友也。將之官,娃謂生曰:"今之復子本軀,某不相負也。願以殘年,歸養老姥。君當結媛鼎族[17],以奉蒸嘗[18]。中外婚媾[19],無自黷也[20]。勉思自愛,某從此去矣。"生泣曰:"子若棄我,當自剄以就死。"娃固辭不從,生勤請彌懇。娃曰:"送子涉江,至於劍門[21],當令我回。"生許諾。月餘,至劍門。未及發而除書至[22],生父由常州詔入,拜成都尹,兼劍南採訪使[23]。浹辰[24],父到。生因投刺[25],謁於郵亭[26]。父不敢認,見其祖父官諱,方大驚,命登階,撫背慟哭移時。曰:"吾與爾父子如初。"因詰其由,具陳其本末。大奇之,詰娃安在。曰:"送某至此,當令復還。"父曰:"不可。"翌日,命駕與生先之成都,留娃於劍門,築別館以處之。明日,命媒氏通二姓之好,備六禮以迎之[27]，遂如秦晉之偶。娃既備禮，歲時伏臘[28]，婦道甚修，治家嚴整，極爲親所眷尚。後數歲，生父母偕歿，持孝甚至。有靈芝產於倚廬[29]，一穗三秀[30]。本道上聞。又有白燕數十[31]，巢其層甍。天子異之，寵錫加等。終制[32]，累遷清顯之任[33]。十年間，至數郡。娃封汧國夫人，有四子，皆爲大官，其卑者猶爲太原尹[34]。弟兄姻媾皆甲門[35]，内外隆盛，莫之與京[36]。

嗟乎！倡蕩之姬，節行如是，雖古先烈女，不能逾也，焉得不爲之歎息哉！予伯祖嘗牧晉州[37]，轉户部，爲水陸運使，三任皆與生爲代[38]，故諳詳其事。貞元中，予與隴西公佐[39]，話婦人操烈之品格，因遂述汧國之事。公佐拊掌竦聽[40]，命予爲傳。乃握管濡翰[41]，疏而存之。時乙亥歲秋八月[42]，太原白行簡云。

《唐人小説》卷上

【校注】

[1]淵思寂慮：深思默想。　　[2]旗亭：酒樓。鬻墳典之肆：書鋪。墳典，指儒家經典書籍。古代將三皇、五帝的書分别稱作《三墳》、《五典》，後遂以墳典作爲古書的代稱。　　[3]孜孜矻（kū 哭）矻：勤奮不息貌。　　[4]宵分：夜半時分。[5]該覽：備覽，總覽。　　[6]百戰：即“百戰不殆”意。唐代進士科考試，要連考三場，每場定取捨，所以要取得科名，必須每場都要考好。　　[7]甲科：唐代科舉，明經科（以熟記默誦經書爲主的科目）有甲乙丙丁四科，進士科（考試文藝兼經書）有甲乙兩科。登甲科猶言高第。　　[8]禮闈：禮部考場。唐代進士、明經考試由禮部主持。　　[9]斂衽：整理衣襟，表示敬意。　　[10]不侔：不比。侔，齊，相等。　　[11]礱（lóng 龍）淬（cuì 粹）：磨去稻殻爲礱，鍛鐵入水爲淬，引申爲磨煉。　　[12]連衡多士：猶言結識、結交更多的友人。　　[13]大比：周代鄉大夫實行三年一次考核，稱作大比。見《周禮·地官·鄉大夫》。此處指唐代實行的常科以外的制舉考試。常科每年一次，如進士、明經科；制舉不定期舉行，由皇帝親自主持，以選拔特殊人才。　　[14]直言極諫科：制舉考試項目之一。[15]成都府參軍：官職名，是成都府長官的下屬僚佐。　　[16]三事以降：三公以下的官員。三事，即三公。隋唐以太尉、司徒、司空爲三公，是品級最高的官員。[17]結媛鼎族：與高門貴族結婚。鼎族，大家、貴族。　　[18]奉蒸嘗：主持祭祀。蒸嘗，秋冬二季的家族祭祀活動。古代家族祭祀，由主婦操持主辦，而主婦必須是高門貴族女子。　　[19]中外婚媾：意謂與女方聯姻。中外，中外表親。祖父、父

親姐妹的子女稱作中表,外祖母、母親姐妹的子女稱作外表。蔡琰《悲憤詩》:"既至家人盡,又復無中外。"古代男女婚姻多在中外親戚之間聯姻,故已嫁女子稱公公、婆婆爲舅姑。如張祜《近試上張水部》詩:"洞房昨夜停紅燭,待曉堂前拜舅姑。"此處指一般的婚媾。　　[20]自黷:玷污家聲。　　[21]劍門:在今四川劍閣東北。　　[22]未及發:指滎陽生與李娃尚未離開劍門。除書:任命官員的文書。此處指滎陽生父親的新任命。　　[23]成都尹:成都府最高行政長官。劍南採訪使:全稱是劍南道採訪處置使。道在唐代是一種兼有行政和監察的區劃。貞觀中太宗分天下爲十道,開元中又增至十五道。劍南道約有今四川大部和貴州、雲南一部分。採訪使一般由成都尹兼任,掌管本道內州縣官員的監察事務。安史亂後,成都尹所兼使職又增加節度使一職,兼有軍事權利,職權範圍更大。[24]浹辰:即十二日。浹,周匝。辰,即地支十二辰,自子至亥十二辰爲一周。[25]投刺:書寫姓名履歷請求接見。刺,名片。古人的刺用木片製成,上書三代姓名及履歷官職等。　　[26]郵亭:驛館。　　[27]備六禮:意謂完備結親應有的程式。六禮,古代從提親到完婚的六種禮儀,即納采、問名、納吉、納徵、請期、親迎。　　[28]歲時伏臘:時令節慶。伏在夏,臘在冬,都有相應的慶祝或祭祀活動。　　[29]靈芝:古代視爲瑞草。倚廬:古代守墓在墓旁建的簡陋小屋。[30]一穗三秀:一莖開三朵花,爲靈異祥瑞現象。　　[31]白燕:古代以爲祥瑞的鳥。　　[32]終制:謂三年居喪期滿。制,古代關於居喪的制度。　　[33]清顯之任:清要的官職。古代以不涉俗務的官職爲清。　　[34]卑者:官職低下者。太原尹:太原府長官。唐代在京師、洛陽等重要都市置府,較州郡爲顯要。太原(今屬山西)爲唐高祖起事之處,置府。　　[35]甲門:高門。　　[36]莫之與京:猶言無人可與其相比擬。京,大。　　[37]牧晉州:作晉州刺史。漢代嘗稱州太守爲州牧。晉州,唐州名,治所在今山西臨汾。　　[38]"轉戶部"三句:謂自己的伯祖與滎陽生三任官職皆爲繼任關係。戶部:尚書省六部之一,主管全國錢糧、租稅、戶口等。水陸運使:全稱是水陸轉運使,主管全國漕運的官吏。　　[39]隴西公佐:即李公佐,唐傳奇小説作家,詳見《南柯太守傳》"作者簡介"。隴西爲李姓郡望,提到隴西即可以不及其姓。　　[40]抃掌:擊掌,讚賞貌。竦聽:仔細、認真聽。　　[41]握管濡翰:握筆濡墨。指開始寫作。　　[42]乙亥歲:即唐德宗貞元十一年(795)。

【集評】

魯迅《中國小説史略》第八篇《唐之傳奇文(上)》:"行簡本善文筆,李娃事又近情而聳聽,故纏綿可觀。"

蔣　防

【作者簡介】

　　蔣防(生卒年不詳),字子徵(一作子微),常州義興(今江蘇宜興)人。憲宗元和間仕右拾遺,穆宗長慶元年(821)充翰林學士,四年,爲汀州刺史。文宗大和二年(828)自袁州刺史入爲中書舍人,卒於大和五年至開成初。防工詩文,長於傳奇,所著《霍小玉傳》尤爲名篇。《全唐詩》録其詩十二首,《全唐文》録其文二十餘篇。

霍小玉傳

【題解】

　　本篇是唐傳奇中寫閨閣情事最精彩動人者。嚴酷的門第婚姻制度是造成霍小玉愛情悲劇的根本原因。霍小玉雖貴爲霍王之女,但“失機落節”淪爲娼女,故她與士族出身的李益相戀,注定以悲劇告終;李益對霍小玉的愛並非因其色衰而弛,他迫於嚴母之命另娶高門,説明在社會大環境下來自家族的壓力足以輕易勝過男女的以情相悦。小説並未簡單地將李益處理爲見異思遷的薄倖男子,但他初見霍小玉時即自稱“鄙夫重色”,也説明霍小玉悲劇的不可免。小説深刻的認識價值即在於此。小説中的霍小玉是極富個性的形象,美麗癡情,與李益的“八年之約”説明她在門第婚姻重壓下的“深明大義”,然而當她面對負約的李益時,卻能將刻骨銘心的愛化爲噴如烈火的恨。小説以李益終生不得妻妾之安作結,雖有因果報應的局限,但脱離了大團圓傳統模式,感人的力量更甚於前者。後世負心男子終遭復仇的小説,受本篇影響甚大。明湯顯祖傳奇《紫簫記》、《紫釵記》皆據此改編而成。

　　大曆中,隴西李生名益[1],年二十,以進士擢第。其明年,拔萃[2],俟試於天官[3]。夏六月,至長安,舍於新昌里[4]。生門族清華[5],少有才思,麗詞嘉句,時謂無雙;先達丈人,翕然推伏。每自矜風調,思得佳偶,博求名妓,久而未諧。長安有媒鮑十一娘者,故薛駙馬家青衣也[6];折券從良[7],十餘年矣。性便辟,巧言語,豪家戚里,無不經過,追風挾策,推爲渠帥[8]。常受生誠託厚賂,意頗德之。經數月,李方閒居舍之南亭。申未間[9],忽聞扣門甚急,云是鮑十一娘至。攝衣從之,迎問曰:"鮑卿今日何故忽然而來?"鮑笑曰:"蘇姑子作好夢也未[10]?有一仙人,謫在下界,不邀財貨,但慕風流。如此色目[11],共十郎相當矣。"生聞之驚躍,神飛體輕,引鮑手且拜且謝曰:"一生作奴,死亦不憚。"因問其名居。鮑具説曰:"故霍王小女[12],字小玉,王甚愛之。母曰淨持,即王之寵婢也。王之初薨,諸弟兄以其出自賤庶,不甚收録。因分與資財,遣居於外,易姓爲鄭氏,人亦不知其王女。資質穠艷,一生未見,高情逸態,事事過人,音樂詩書,無不通解。昨遣某求一好兒郎格調相稱者。某具説十郎,他亦知有李十郎名字,非常歡愜。住在勝業坊古寺曲[13],甫上車門宅是也[14]。已與他作期約,明日午時,但至曲頭覓桂子[15],即得矣。"

　　鮑既去,生便備行計。遂令家僮秋鴻,於從兄京兆參軍尚公處假青驪駒[16],黃金勒。其夕,生浣衣沐浴,修飾容儀,喜躍交并,通夕不寐。遲明[17],巾幘[18],引鏡自照,惟懼不諧也。徘徊之間,至於亭午[19]。遂命駕疾驅,直抵勝業。至約之所,果見青衣立候,迎問曰:"莫是李十郎否?"即下馬,令牽入屋底,急急鎖門。見鮑果從內出來,遙笑曰:"何等兒郎,造次入此?[20]"生調誚未畢,引入中門。庭間有四櫻桃樹;西北懸一鸚鵡籠,見生入來,即語曰:"有人入來,急下簾者!"生本性雅淡,心猶疑懼,忽見鳥語,愕然不敢進。逡巡,鮑引淨持下階相迎,延入對坐。年可四十餘,綽約多姿,談笑甚媚。因謂生曰:"素聞十郎才調風流,今又見儀容雅秀,名下固無虛士[21]。某有一女子,雖拙教訓,顏色不至醜陋,得配君子,頗爲相宜。頻見鮑十一娘説意旨,今亦便令永奉箕帚[22]。"生謝曰:"鄙拙庸愚,不意顧盼,倘垂採録,生死爲榮。"遂命酒饌,即命小玉自堂東閤子中而出。生即拜迎。但覺一室之中,若瓊林玉樹,互相照曜,轉盼精彩射人。既而遂坐母側。母謂曰:"汝嘗愛念'開簾風動竹,疑是故人來'[23],即此十郎詩也。爾終日念想,何如一見。"玉乃低鬟微笑,細語曰:"見面不如聞名。才子豈能無貌?"生遂連起拜曰:"小娘子愛才,鄙夫重色。兩好相映,才貌相兼。"母女相顧而笑,遂舉酒數巡。生起,請玉唱歌。初不肯,母固强之。發聲清亮,曲度精奇。酒闌,及暝,鮑引生就西院憩

息。閒庭邃宇,簾幕甚華。鮑令侍兒桂子、浣沙與生脱靴解帶。須
臾,玉至,言叙温和,辭氣宛媚。解羅衣之際,態有餘妍,低幃昵枕,極
其歡愛。生自以爲巫山、洛浦不過也[24]。中宵之夜,玉忽流涕觀生
曰:“妾本倡家,自知非匹。今以色愛,託其仁賢。但慮一旦色衰,恩
移情替,使女蘿無託[25],秋扇見捐[26]。極歡之際,不覺悲至。”生聞
之,不勝感歎。乃引臂替枕,徐謂玉曰:“平生志願,今日獲從,粉骨碎
身,誓不相捨。夫人何發此言。請以素縑,著之盟約。”玉因收淚,命
侍兒櫻桃褰幄執燭,授生筆研[27]。玉管絃之暇,雅好詩書,筐箱筆研,
皆王家之舊物。遂取繡囊,出越姬烏絲欄素縑三尺以授生[28]。生素
多才思,援筆成章,引諭山河,指誠日月[29],句句懇切,聞之動人。染
畢,命藏於寶篋之内。自爾婉孌相得[30],若翡翠之在雲路也[31]。

【校注】

[1]李益:中唐大曆間詩人。唐李肇《唐國史補》卷中謂李益“少有疑病”,兩《唐
書》李益本傳都説李益“多猜忌,防閑妻妾,過爲苛酷”。本篇小説採用了李益一部
分事實,但又有小説加工,未必盡與李益事實相符。兩《唐書》的記載,則可能受到
小説的影響。   [2]拔萃:指“書判拔萃科”。唐代士人進士得第後,衹是取得了
“出身”,尚不能立即進入仕途,須經吏部銓選方能授官。爲了儘快得官,得第進士
可參加由吏部主持的考試,稱作吏試。“吏試”一般有兩個科目,即博學宏詞科和
書判拔萃科。   [3]天官:尚書省吏部的別稱。   [4]新昌里:唐長安坊名,在
延興門(長安東城南端城門)内。   [5]門族清華:謂出身士族。隴西李姓爲關
内望族。   [6]薛駙馬:薛姓駙馬。駙馬,皇帝女婿的職官名,全稱是駙馬都尉,
爲虛銜。青衣:侍女。   [7]折券從良:贖身獲得良人身份。唐代凡奴婢皆屬
“賤户”,衹能嫁給同爲賤户的奴婢。獲得良人身份後,就不必受此約束。折券,毁
棄賣身的契券。   [8]“追風”二句:謂其於牽合男女間風流韻事,最有辦法,被
推爲班頭。渠帥:舊稱盜賊首領爲渠帥。此處即常説的“風月班頭”。   [9]申
未間:相當於午後三時左右。古以十二地支平分一晝夜,子時相當於晚十一時至
凌晨一時,依次類推。   [10]“蘇姑子”句:“蘇姑子”出處未詳,大約是唐代俗
語,謂有好事夢中先有兆頭。   [11]如此色目:猶言這樣一類人。色目,名目、
名堂。   [12]故霍王:已故的霍王。高祖第十四子李元軌,貞觀七年(633)封霍
王,武后垂拱四年(688)卒。元軌長子緒,亦死於垂拱間,未襲封霍王;緒子暉,中
宗景龍四年(710)襲封霍王。此處所説“故霍王”,可能指李暉。小説家言,有可能

隨手徵引,並無歷史依據,如前所言"薛駙馬"。　　[13]勝業坊:唐長安坊名,在皇城東、興慶宮西。古寺曲:勝業坊中曲(宅院)名。勝業坊有勝業寺。[14]甫上:剛剛走到。車門宅:指車門旁之宅院。車門,宅旁供車輛出入的門。[15]桂子:霍小玉婢女名。　　[16]京兆參軍:官職名,京兆府長官佐吏。青驪駒:青黑色馬。　　[17]遲(zhì 置)明:將近天明。　　[18]巾幘:作動詞用,戴上頭巾。　　[19]亭午:正午。　　[20]造次:慌張、冒失。　　[21]名下固無虛士:意謂名副其實、名實相當。隋時,薛道衡聘陳,作《人日》詩,陳人贊許云"名下固無虛士"。見《隋唐嘉話》卷上。此處是讚譽李益才名之外,兼有儀表。[22]奉箕箒:古代婦女自稱侍奉男子爲"奉箕箒",即作爲妻子。箕箒,指家務。[23]"開簾"二句:爲李益《竹窗聞風寄司空曙》中兩句。今《李益集》作"開門復動竹,疑是故人來"。　　[24]巫山、洛浦:用宋玉《高唐賦》、曹植《洛神賦》典故。《高唐賦》中說到楚襄王夢與巫山神女歡會,《洛神賦》說到曹植與洛神歡會。[25]女蘿無託:意謂使自己無依靠。女蘿爲一種蔓生植物,依賴大樹攀援而上。古代女子每自比女蘿,以男子爲依靠。　　[26]秋扇見捐:漢班婕妤《怨歌行》:"新裂齊紈素,皎潔如霜雪。裁成合歡扇,團團似明月。出入君懷袖,動搖微風發。常恐秋節至,涼飆奪炎熱。棄捐篋笥中,恩情中道絕。"古代女子每以秋扇捐棄自比被遺棄。　　[27]筆研:筆和硯。研,同"硯"。　　[28]越姬烏絲欄:一種絹質卷軸,產於越地,供書寫或作畫用。越姬,謂出於越女之手,極言其精緻。[29]"引諭"二句:以山河永存比喻愛情堅貞,以日月皎潔指證發誓。　　[30]婉變相得:相處得很好。婉變,美好貌。　　[31]翡翠:即翡翠鳥,鳥羽美麗。此以鳥翔於雲天形容二人恩愛。

　　如此二歲,日夜相從。其後年春,生以書判拔萃登科[1],授鄭縣主簿[2]。至四月,將之官,便拜慶於東洛[3]。長安親戚,多就筵餞。時春物尚餘,夏景初麗,酒闌賓散,離思縈懷。玉謂生曰:"以君才地名聲,人多景慕,願結婚媾,固亦眾矣。況堂有嚴親,室無冢婦[4],君之此去,必就佳姻。盟約之言,徒虛語耳。然妾有短願,欲輒指陳。永委君心,復能聽否?"生驚怪曰:"有何罪過,忽發此辭?試說所言,必當敬奉。"玉曰:"妾年始十八,君才二十有二,迨君壯室之秋,猶有八歲[5]。一生歡愛,願畢此期。然後妙選高門[6],以諧秦晉,亦未爲晚。妾便捨棄人事,剪髮披緇[7],夙昔之願,於此足矣。"生且愧且感,不覺涕流。因謂玉曰:"皎日之誓,死生以之[8]。與卿偕老,猶恐未愜素志,豈敢輒有二三[9]？固請不疑,但端居相待。至八月,必當卻到華州[10],尋使奉迎[11],相見非遠。”

　　更數日,生遂訣別東去。到任旬日,求假往東都覲親。未至家日,太夫人已與商量表妹盧氏[12],言約已定。太夫人素嚴毅,生逡巡不敢辭讓,遂就禮謝,便有近期[13]。盧亦甲族也[14],嫁女於他門,聘財必以百萬爲約,不滿此數,義在不行。生家素貧,事須求貸,便託假故,遠投親知,涉歷江、淮,自秋及夏。生自以孤負盟約[15],大愆回期[16],寂不知聞,欲斷其望,遙託親故,不遺漏言。

　　玉自生逾期,數訪音信。虛詞詭説,日日不同。博求師巫,遍詢卜筮,懷憂抱恨,周歲有餘。羸卧空閨,遂成沈疾。雖生之書題竟絶,而玉之想望不移,賂遺親知,使通消息。尋求既切,資用屢空,往往私令侍婢潛賣篋中服玩之物,多託於西市寄附鋪侯景先家貨賣[17]。曾令侍婢浣沙將紫玉釵一隻,詣景先家貨之。路逢内作老玉工[18],見浣沙所執,前來認之曰:“此釵,吾所作也。昔歲霍王小女將欲上鬟[19],令我作此,酬我萬錢。我嘗不忘。汝是何人,從何而得?”浣沙曰:“我小娘子,即霍王女也。家事破散,失身於人。夫婿昨向東都,更無消息。悒怏成疾,今欲二年。令我賣此,賂遺於人,使求音信。”玉工悽然下泣曰:“貴人男女,失機落節[20],一至於此!我殘年向盡,見此盛衰,不勝傷感。”遂引至延光公主宅[21],具言前事,公主亦爲之悲歎良久,給錢十二萬焉。

　　時生所定盧氏女在長安,生既畢於聘財,還歸鄭縣。其年臘月,又請假入城就親。潛卜静居,不令人知。有明經崔允明者[22],生之中表弟也。性甚長厚,昔歲常與生同歡於鄭氏之室,杯盤笑語,曾不相間。每得生信,必誠告於玉。玉常以薪蒭衣服,資給於崔。崔頗感之。生既至,崔具以誠告玉。玉恨歎曰:“天下豈有是事乎!”遍請親朋,多方召致。生自以愆期負約,又知玉疾候沈綿,慚恥忍割[23],終不肯往。晨出暮歸,欲以迴避。玉日夜涕泣,都忘寢食,期一相見,竟無因由。冤憤益深,委頓牀枕。

【校注】

[1]"其後"二句:大曆六年(771),李益中書判拔萃科,授鄭縣主簿。小説情節與李益事蹟相符。　　[2]鄭縣:即今陝西華縣。主簿:縣令以下的佐官。
[3]拜慶:指得第、授官後歸家慶賀。東洛:東都洛陽。李益籍貫爲隴西姑臧(今甘肅武威),其寓家鄭州(今屬河南),小説所説與李益實際稍不符。　　[4]冢婦:正妻。按唐時的門第婚姻制度,士人的正妻必須是門户相當的女子,故小玉如此説。　　[5]"迨君"二句:意謂到你三十歲的壯年,還有八年時間。古時男子三十筋骨强壯,稱爲"壯室",此時可以娶妻成家。　　[6]妙選高門:在高門中選擇婚姻。妙選,好好選、精選。　　[7]剪髮披緇:落髮爲尼。古時僧人着緇衣(黑色袈裟)。　　[8]"皎日"二句:面對皎日所發誓言,無論死生都將遵守。皎日:《詩·王風·大車》:"謂予不信,有如皎日。"　　[9]二三:三心二意,即有他心之意。《詩·衛風·氓》:"士也罔極,二三其德。"　　[10]卻到華州:返回華州。唐時鄭縣爲華州屬縣。　　[11]尋使奉迎:派遣使者迎娶。　　[12]商量:此指議婚。
[13]便有近期:有近期舉行婚禮的約定。　　[14]甲族:世家大族。盧姓與崔、李、鄭、王並爲山東(華山以東)著姓。　　[15]孤負:同"辜負"。　　[16]愆(qiān 牽)期:誤期、超過期限。　　[17]西市:唐長安商業區之一,與東市各處長安東西兩端。寄附鋪:類似於今日之當鋪、寄賣鋪。　　[18]内作:服務於宮廷内的匠人。　　[19]上鬟:古時女子十四、五歲時,須將垂下的頭髮梳上去,稱作"及笄",亦稱上鬟,表示已經成人待嫁了。　　[20]失機落節:因錯失機緣而落魄。小玉原爲霍王之女,其母雖然出身低賤,但如果霍王不死,則小玉仍舊不失其富貴。所謂"失機"指此。　　[21]延光公主:即郜國公主,唐肅宗的女兒。延光,原作"延先";按唐無延先公主,據《舊唐書》改。　　[22]明經:指明經考試及第。唐代明經科爲進士科以外主要的考試科目。　　[23]慚恥忍割:因懷着太深的慚愧、恥辱而忍心割愛。

　　自是長安中稍有知者。風流之士,共感玉之多情;豪俠之倫,皆怒生之薄行。時已三月,人多春游。生與同輩五六人詣崇敬寺玩牡丹花[1],步於西廊,遞吟詩句。有京兆韋夏卿者[2],生之密友,時亦同行。謂生曰:"風光甚麗,草木榮華。傷哉鄭卿,銜冤空室!足下終能棄置,實是忍人。丈夫之心,不宜如此。足下宜爲思之!"歎讓之際[3],忽有一豪士,衣輕黄紵衫,挾弓彈,豐神雋美,衣服輕華,唯有一剪頭胡雛從後[4],潛行而聽之。俄而前揖生曰:"公非李十郎者乎?

某族本山東，姻連外戚[5]。雖乏文藻，心嘗樂賢。仰公聲華，常思覿
止[6]。今日幸會，得睹清揚。某之敝居，去此不遠，亦有聲樂，足以娛
情。妖姬八九人，駿馬十數匹，唯公所欲。但願一過。"生之儕輩，共
聆斯語，更相歎美。因與豪士策馬同行，疾轉數坊，遂至勝業。生以
近鄭之所止，意不欲過，便託事故，欲回馬首。豪士曰："敝居咫尺，忍
相棄乎？"乃挽挾其馬，牽引而行。遷延之間，已及鄭曲。生神情恍
惚，鞭馬欲回。豪士遽命奴僕數人，抱持而進。疾走推入車門，便令
鎖卻，報云："李十郎至也！"一家驚喜，聲聞於外。

　　先此一夕，玉夢黃衫丈夫抱生來，至席，使玉脫鞋。驚寤而告母。
因自解曰："鞋者，諧也。夫婦再合。脫者，解也。既合而解，亦當永
訣。由此徵之，必遂相見，相見之後，當死矣。"凌晨，請母梳妝。母以
其久病，心意惑亂，不甚信之。俛勉之間[7]，強爲妝梳。妝梳纔畢，而
生果至。玉沈綿日久，轉側須人[8]。忽聞生來，欻然自起[9]，更衣而
出，恍若有神。遂與生相見，含怒凝視，不復有言。羸質嬌姿，如不勝
致[10]，時復掩袂，返顧李生。感物傷人，坐皆欷歔[11]。頃之，有酒餚
數十盤，自外而來。一坐驚視，遽問其故，悉是豪士之所致也。因遂
陳設，相就而坐。玉乃側身轉面，斜視生良久，遂舉杯酒酬地曰："我
爲女子，薄命如斯！君是丈夫，負心若此！韶顏稚齒[12]，飲恨而終。
慈母在堂，不能供養。綺羅絃管，從此永休。徵痛黃泉[13]，皆君所致。
李君李君，今當永訣！我死之後，必爲厲鬼，使君妻妾，終日不安！"乃
引左手握生臂，擲杯於地，長慟號哭數聲而絕。母乃舉屍，置於生懷，
令喚之，遂不復蘇矣。生爲之縞素[14]，旦夕哭泣甚哀。將葬之夕，生
忽見玉緦帷之中[15]，容貌妍麗，宛若平生。着石榴裙[16]，紫襠襦[17]，
紅綠帔子[18]。斜身倚帷，手引繡帶，顧謂生曰："愧君相送，尚有餘情。
幽冥之中，能不感歎。"言畢，遂不復見。明日，葬於長安御宿原[19]。
生至墓所，盡哀而返。

　　後月餘，就禮於盧氏。傷情感物，鬱鬱不樂。夏五月，與盧氏偕
行，歸於鄭縣。至縣旬日，生方與盧氏寢，忽帳外叱叱作聲。生驚視
之，則見一男子，年可二十餘，姿狀溫美，藏身映幔，連招盧氏。生惶
遽走起，繞幔數匝，倏然不見。生自此心懷疑惡，猜忌萬端，夫妻之

間,無聊生矣[20]。或有親情,曲相勸喻,生意稍解。後旬日,生復自外歸,盧氏方鼓琴於牀,忽見自門拋一斑犀鈿花合子[21],方圓一寸餘,中有輕絹,作同心結[22],墜於盧氏懷中。生開而視之,見相思子二[23],叩頭蟲一[24],發殺觜一[25],驢駒媚少許[26]。生當時憤怒叫吼,聲如豺虎,引琴撞擊其妻,詰令實告。盧氏亦終不自明。爾後往往暴加捶楚,備諸毒虐,竟訟於公庭而遣之[27]。盧氏既出,生或侍婢媵妾之屬,暫同枕席,便加妒忌,或有因而殺之者。生嘗游廣陵[28],得名姬曰營十一娘者,容態潤媚,生甚悦之。每相對坐,嘗謂營曰:“我嘗於某處得某姬,犯某事,我以某法殺之。”日日陳説,欲令懼己,以肅清閨門。出則以浴斛覆營於牀[29],周迴封署,歸必詳視,然後乃開。又畜一短劍,甚利,顧謂侍婢曰:“此信州葛溪鐵[30],唯斷作罪過頭!”大凡生所見婦人,輒加猜忌,至於三娶,率皆加初焉。

《唐人小説》卷上

【校注】

[1]崇敬寺:在長安靖安坊内。唐時長安尚牡丹,各寺院中所栽培牡丹尤爲出衆。

[2]京兆韋夏卿:京兆人韋夏卿。韋夏卿,字雲客,大曆間官奉天令、長安令。

[3]歎讓:歎息並責備。　　[4]剪頭胡雛:剪短髮的胡人幼童。唐長安貴族多養胡人幼童爲奴僕。　　[5]姻連外戚:與當今后妃的家族有姻親關係。　　[6]覿止:相會、相見。　　[7]僶(mǐn 敏)勉:勉强、勉力。　　[8]轉側須人:舉動皆須人幫助。形容病體極度衰弱。　　[9]欻(xū 虛)然:忽然、猛地。　　[10]如不勝致:如不能支持貌。　　[11]欷歔:同“唏噓”,歎息聲。　　[12]韶顔稚齒:紅顔年少。小玉自指。　　[13]徵(chéng 成)痛黄泉:造成死亡的結果。徵痛,受懲罰、遭受惡果。　　[14]縞素:喪服。白色。　　[15]繐帷:靈帳。　　[16]石榴裙:顔色及形狀如石榴花的紅裙子。　　[17]裓(kè 克)襦:唐時婦女所穿的外袍。　　[18]帔(pèi 配)子:披肩。　　[19]御宿原:在長安城南。　　[20]無聊生:生活失去樂趣。　　[21]斑犀鈿花合子:雜色犀牛角雕成、嵌有金花的首飾盒。　　[22]同心結:用錦帶結成連環迴文的花樣,表示愛情。　　[23]相思子:亦稱紅豆。紅豆木所結的子,紅如珊瑚,狀如豌豆。以上鈿合、同心結、相思子都是男女表示愛情的信物。　　[24]叩頭蟲:蟲名,長不足半寸,頭部能下折,狀如叩頭,故名。鈿花合子中置叩頭蟲,可能取其叩頭以表示愛慕,當爲當時民俗。

[25]發殺觜(zī 資):不詳爲何物。清周亮工《書影》卷五云:“似媚藥無疑。”

[26]驢駒媚:傳説初生驢駒口中所含的肉狀物,婦人帶之增媚,故名。清王士禎

《池北偶談·談異四》:"座客偶舉唐小説《霍小玉傳》中有驢駒媚,不知何物。按僧贊寧《物類相感志》云:'凡驢駒初生未墮地,口中有一物如肉,名媚,婦人帶之能媚。'"　　[27]遣之:打發她回娘家,即休去其妻。　　[28]廣陵:今江蘇揚州。[29]浴斛:浴器,澡盆之類。此句大意似是將浴斛置牀上,使僅容一人可卧,周迴封署,他人不得處其側。按:"浴斛覆營於牀,周迴封署"云云,似不近事理。《舊唐書·李益傳》云:"防閑妻妾,過於苛酷,而有散灰扃户之譚(談)聞於時。"較爲合乎事理。　　[30]信州:今江西上饒。葛溪鐵:信州所出之精鐵。

元　積

【作者簡介】

　　元積(779—831),字微之,洛陽(今屬河南)人,世居京兆(今陝西西安)。德宗貞元九年(793)以明經擢第,十九年(803)中書判拔萃科,署秘書省校書郎。憲宗元和元年(806)登才識兼茂、明於體用科,授左拾遺。上書論政,又劾奏官吏姦事,獲罪權貴,五年出爲江陵參軍,五年後召還,旋再出爲通州司馬。元和末,入朝爲膳部員外郎,穆宗即位,擢祠部郎中、知制誥,長慶元年(821)進中書舍人、翰林承旨學士,不久由工部侍郎拜相。三年,出爲越州長史、浙東觀察使。大和三年(829),入爲尚書左丞,次年又出爲武昌軍節度使。五年七月,卒於任所。元積詩名早著,與白居易齊名,並稱"元白"。其詩衆體兼備,尤以樂府最爲警策。他盛稱杜甫反映現實之作爲"即事名篇,無復依傍"的"新題樂府",對促進白居易等"新樂府運動"發展具重要理論意義。其與白居易"次韻相酬"的詩,在當時影響甚大,號爲"元和體"。亦擅散文、傳奇,所作傳奇《鶯鶯傳》爲元王實甫《西廂記》所取材。有《元氏長慶集》六十卷傳世。《舊唐書》卷一六六、《新唐書》卷一七四有傳。

田　家　詞

【題解】

　　元和十二年(817)作,爲詩人《樂府古題》十九首之一。詩前有序,謂其在梁州(今陝西漢中,時元積爲通州司馬,在梁州養病)見進士劉猛、李餘所作古樂府數十首,乃選而和之。序中還總論了詩自《詩》、《騷》之後的流變,對於詩與"音聲"的關係,論辯尤精。元稹批評當代樂府古題之作"沿襲古題,唱和重複,於文或有短長,於義咸有贅賸",推獎杜甫《兵車》、《麗人》等"凡所歌行,率皆即事名篇,無復依傍"。此十九首之作,可視爲實踐其新樂府理論之作。《田家詞》"止述車輪(農民因戰争而輸送軍糧)",爲劉猛原唱,是劉猛原作中"頗同古義,全創新詞"者。元稹和作亦諷刺"車輪"之事,切中時弊,詞極質樸而意甚沉痛。劉猛原作已佚,宋郭茂倩《樂府詩集》卷九三將元稹之作編入《新樂府辭》。

　　牛吒吒[1],田确确[2],旱塊敲牛蹄趵趵[3],種得官倉珠顆穀[4]。六十年來兵簇簇[5],月月食糧車轆轆[6]。一日官軍收海服[7],驅牛駕車食牛肉。歸來收得牛兩角,重鑄樓犁作斤劚[8]。姑春婦擔去輸官,輸官不足歸賣屋。願官早勝仇早覆,農死有兒牛有犢,誓不遣官軍糧不足。

《元稹集編年箋注》

【校注】

[1]吒(zhà 炸)吒:象聲詞,牛鳴叫聲。吒吒,一作"吒吒",亦象聲詞。

[2]确确:堅硬貌。戴叔倫《屯田詞》:"麥苗漸長田苦晴,土乾确确鋤不得。"

[3]趵趵:象聲詞,牛蹄聲。　　[4]珠顆穀:形容米粒晶瑩圓潤。皮日休《橡媪歎》:"細穫又精春,粒粒如玉璫。"與此義同。　　[5]"六十年"句:謂自安史亂以來戰争不止。安史之亂起於天寶十四載(755),至元和十二載(817)爲六十二年。兵簇簇:形容戰争不斷。　　[6]車轆轆:車輪聲。　　[7]海服:海邊之地,形容極遠。古代以王畿爲中心,王畿以外每五百里爲一服,共五服。　　[8]樓犁:一作"鋤犁"。斤劚(zhú 逐):斧鋤之類的農具。

【集評】

　　(清)沈德潛《唐詩別裁集》卷八:"音節入古。"

　　陳寅恪《元白詩箋證稿》第六章《古題樂府》:"讀微之古題樂府,殊覺其旨趣豐富,文采艷發,似勝於其新題樂府……如《田家詞》云'願官早勝仇早覆,農死有兒牛有犢,誓不遣官軍糧不足'諸句,皆依舊題而發新意。詞極精妙,而意至沉痛。"

聞樂天授江州司馬

【題解】

　　元和十年(815)八月作,時元稹在通州司馬任。白居易字樂天。是年秋,時任太子左贊善大夫的白居易因上書言淮西戰事,爲執政所惡,以"越職言事"罪貶江州(今江西九江)司馬。元稹時在病中,聞此消息,爲此詩。元、白既爲詩友,元和間又以政見相同結爲密友,二人先後遭貶,同病相憐,故此詩感情真摯,非一般應酬之作可比。

　　殘燈無焰影憧憧[1],此夕聞君謫九江。垂死病中仍悵望[2],暗風吹雨入寒窗[3]。

《元稹集編年箋注》

【校注】

[1] 憧(zhuàng 狀)憧:搖曳不定貌。　　[2] 仍悵望:一作"仍驚望",一作"驚坐起"。　　[3] 吹雨:一作"吹面"。

【集評】

　　(清)黄叔燦《唐詩箋注》卷九:"殘燈病臥,風雨淒其,俱是愁境,卻分兩層寫。當此殘燈影暗,忽驚良友之遷謫,兼感自己之多病,此時此際,殊難爲情。末句另將風雨作結,真有無窮之恨。"

鶯　鶯　傳

【題解】

　　題一作《會真記》。約作於貞元二十年(804),時元稹中書判拔萃科初授校書郎之職。小説寫崔鶯鶯與張生的愛情故事,從鶯鶯與張生相見、相悦、相歡直至相離棄,對愛情悲劇的全過程描寫細緻,文辭優美,悽婉動人。小説刻畫出身大家閨秀的鶯鶯的心理、思想和性格的發展變化十分成功,塑造了一個敢於衝破封建禮教樊籠、爭取愛情自由的叛逆女性形象。小説爲中唐早期作品,寫作技巧成熟,集史才、詩筆、議論於一體,是傳奇"文備衆體"(宋趙彦衛《雲麓漫鈔》卷八)的典範作品。據今人考證,小説中所涉及的史實(如渾瑊及杜確事)皆爲實録,崔、張戀愛的情節實際上也包含了作者自己的一段經歷在内,所謂"張生"或即元稹的化身。小説中張生對鶯鶯的"始亂終棄",是作者價值觀的真實反映,也是這篇小説的一大敗筆。

　　唐貞元中,有張生者,性温茂[1],美風容,内秉堅孤[2],非禮不可入。或朋從游宴,擾雜其間,他人皆洶洶拳拳,若將不及[3];張生容順而已[4],終不能亂。以是年二十三,未嘗近女色。知者詰之,謝而言曰:"登徒子非好色者[5],是有兇行。余真好色者,而適不我值。何以言之?大凡物之尤者,未嘗不留連於心,是知其非忘情者也。"詰者識之。

　　無幾何,張生游於蒲[6],蒲之東十餘里,有僧舍曰普救寺,張生寓焉。適有崔氏孀婦,將歸長安,路出於蒲,亦止兹寺。崔氏婦,鄭女也;張出於鄭[7],緒其親,乃異派之從母[8]。是歲,渾瑊薨於蒲[9],有中人丁文雅[10],不善於軍,軍人因喪而擾,大掠蒲人。崔氏之家,財産甚厚,多奴僕,旅寓惶駭,不知所託。先是張與蒲將之黨有善,請吏護之,遂不及於難。十餘日,廉使杜確將天子命以總戎節[11],令於軍,軍由是戢。鄭厚張之德甚,因飾饌以命張,中堂宴之。復謂張曰:"姨之孤嫠未亡[12],提攜幼稚,不幸屬師徒大潰,實不保其身,弱子幼女,猶君之生,豈可比常恩哉?今俾以仁兄禮奉見,冀所以報恩也。"命其子曰歡郎,可十餘歲,容甚温美。次命女:"出拜爾兄,爾兄活爾。"久之,辭疾[13],鄭怒曰:"張兄保爾之命,不然,爾且擄矣,能復遠嫌乎?"久之,乃至,常服睟容[14],不加新飾。垂鬟接黛[15],雙臉銷紅而已,顏色艷異,光輝動人。張驚,爲之禮,因坐鄭旁。以鄭之抑而見也[16],凝睇怨絶,若不勝其體者。問其年紀,鄭曰:"今天子甲子歲之七月,終於貞元庚辰,生年十七矣[17]。"張生稍以詞導之,不對,終席而罷。張自是惑之,願致其情,無由得也。

【校注】

[1]性温茂:謂性情温和而富於感情。　　　[2]内秉堅孤:性格堅定而孤傲。
[3]"他人"二句:形容吵鬧起鬨、無休無止。　　　[4]容順:表面隨和敷衍。
[5]登徒子:宋玉《登徒子好色賦》中人物。賦中謂登徒子妻子醜陋不堪,而登徒子卻與其生了五個孩子。後世遂以登徒子爲好色者代稱。　　　[6]蒲:蒲州,今山西

永濟。　　[7]張出於鄭:謂張生的母親也姓鄭。　　[8]異派之從母:另一支派的姨母。從母,母親的姊妹行。　　[9]渾瑊(jiān 監):西域鐵勒族渾部人,本名進,世爲唐將。從郭子儀平定安史亂,屢立大功,德宗貞元間以左僕射同中書門下平章事兼河中尹、河中節度觀察處置等使,駐節蒲州。貞元十五年(799)卒於河中任所。　　[10]中人:謂宦者。丁文雅:事蹟不詳。中唐以後,朝廷每以宦官爲監軍使者,丁文雅當是河中軍監軍。　　[11]杜確:唐將名,貞元十五年繼渾瑊爲河中尹、河中節度使。　　[12]孤嫠(lí 離)未亡:鄭夫人自稱,即寡婦。　　[13]辭疾:謂鶯鶯藉口有病不見。　　[14]晬(suì 碎)容:面容豐潤貌。　　[15]垂鬟接黛:鬟髮垂於眉邊。是少女的髮式。　　[16]抑而見:謂被母親强迫出見。

[17]"鄭曰"三句:謂鶯鶯生於甲子年七月,至今年庚辰年,爲十七歲。今天子:指德宗。甲子歲:指德宗興元元年(784)。貞元庚辰:即德宗貞元十六年(800)。

　　崔之婢曰紅娘,生私爲之禮者數四,乘間遂道其衷。婢果驚沮,腆然而奔[1],張生悔之。翼日[2],婢復至,張生乃羞而謝之,不復云所求矣。婢因謂張曰:"郎之言,所不敢言,亦不敢泄。然而崔之姻族,君所詳也,何不因其德而求娶焉?"張曰:"余始自孩提,性不苟合。或時紈綺間居[3],曾莫流盼。不爲當年,終有所蔽[4]。昨日一席間,幾不自持。數日來,行忘止,食忘飽,恐不能逾旦暮。若因媒氏而娶,納采問名[5],則三數月間,索我於枯魚之肆矣[6]。爾其謂我何?"婢曰:"崔之貞慎自保,雖所尊不可以非語犯之,下人之謀,固難入矣。然而善屬文[7],往往沉吟章句,怨慕者久之。君試爲喻情詩以亂之,不然則無由也。"張大喜,立綴春詞二首以授之。是夕,紅娘復至,持彩箋以授張曰:"崔所命也。"題其篇曰《明月三五夜》,其詞曰:"待月西廂下,迎風户半開。拂墻花影動,疑是玉人來。"張亦微喻其旨,是夕,歲二月旬有四日矣。崔之東有杏花一株,攀援可逾。既望之夕[8],張因梯其樹而逾焉,達於西廂,則户半開矣。紅娘寢於牀,生因驚之,紅娘駭曰:"郎何以至?"張因紿之曰[9]:"崔氏之箋召我也,爾爲我告之。"無幾,紅娘復來,連曰:"至矣!至矣!"張生且喜且駭,必謂獲濟。及崔至,則端服嚴容,大數張曰[10]:"兄之恩,活我之家,厚矣。是以慈母以弱子幼女見託。奈何因不令之婢[11],致淫逸之詞?始以護人之亂爲義,而終掠亂以求之[12],是以亂易亂,其去幾何?誠欲寢其詞,則保人之姦，不義；明之於母，則背人之惠，不祥；將寄與婢僕[13]，又懼不得發其真誠。是用託短章，願自陳啓，猶懼兄之見難，是用鄙靡之詞，以求其必至。非禮之動，能不愧心，特願以禮自持，毋及於亂。"言畢，翻然而逝。張自失者久之，復踰而出，於是絶望。

　　數夕，張生臨軒獨寢，忽有人覺之[14]。驚駭而起，則紅娘斂衾攜枕而至。撫張曰："至矣！至矣！睡何爲哉？"並枕重衾而去。張生拭目危坐久之，猶疑夢寐，然而修謹以俟。俄而紅娘捧崔氏而至。至，則嬌羞融冶，力不能運支體[15]，曩時端莊，不復同矣。是夕，旬有八日也，斜月晶瑩，幽輝半牀。張生飄飄然，且疑神仙之徒，不謂從人間至矣。有頃，寺鐘鳴，天將曉，紅娘促去。崔氏嬌啼宛轉，紅娘又捧之而去，終夕無一言。張生辨色而興，自疑曰："豈其夢邪？"及明，睹妝在臂，香在衣，淚光熒熒然，猶瑩於茵席而已。

　　是後又十餘日，杳不復知。張生賦《會真詩》三十韻[16]，未畢，而紅娘適至。因授之，以貽崔氏。自是復容之，朝隱而出，暮隱而入，同安於曩所謂西廂者，幾一月矣。張生常詰鄭氏之情[17]，則曰："我不可奈何矣，因欲就成之。"無何，張生將之長安，先以情喻之。崔氏宛無難詞，然而愁怨之容動人矣。將行之再夕，不復可見，而張生遂西下。數月，復游於蒲，會於崔氏者又累月。崔氏甚工刀札[18]，善屬文，求索再三，終不可見。往往張生自以文挑，亦不甚睹覽。大略崔之出人者，藝必窮極，而貌若不知；言則敏辯，而寡於酬對。待張之意甚厚，然未嘗以詞繼之。時愁艷幽邃，恒若不識；喜慍之容，亦罕形見。異時獨夜操琴，愁弄悽惻，張竊聽之，求之，則終不復鼓矣。以是愈惑之。

【校注】

[1]腆(tiǎn 忝)然：害羞的樣子。　　　[2]翼日：次日。　　　[3]紈綺間居：處在婦人之間。紈綺，代婦人。　　　[4]"不爲"二句：意謂因爲當年不與婦女交接，致使今日不知如何應付。　　　[5]納采問名：古時訂婚的程式。納采，古代婚禮"六禮"之一，男家請媒人向女家提親，女家答應議婚後，男家備禮物前去求婚。問名，"六禮"之一，問女方名字和生年月日，歸來占卜以確定吉凶。　　　[6]索我於枯魚之肆：語出《莊子·外物》。意謂遠水不解近渴。《外物》篇説莊子於車轍裏見到一

條鮒魚,鮒魚求莊子致斗升之水而活之,莊子答應南游吳越後激西江之水以活鮒魚,鮒魚忿然説:如此則索我於枯魚之肆。枯魚之肆,賣乾魚的市場。　　[7]善屬(zhǔ 主)文:善於作文章。　　[8]既望之夕:十六日晚。十五月圓謂之望,既望謂月圓次日。按:鶯鶯詩曰"明月三五夜",是在"三五"之夜邀張生相見,張生不應於十六日夜始往,疑"既"字衍。　　[9]紿(dài 代):欺騙。　　[10]數:數落、責備。　　[11]不令:不好、不懂事。　　[12]掠亂以求之:乘人之危達到目的。[13]寄與婢僕:猶言託婢僕傳話。　　[14]覺之:弄醒他。　　[15]支體:同"肢體"。　　[16]會真:遇會仙人。陳寅恪《元白詩箋證稿》第四章《艷詩及悼亡詩》附《讀鶯鶯傳》:"莊子稱關尹老聃爲博大真人……故真字即與仙字同義,而'會真'即遇仙或游仙之謂也。又六朝人已侈談仙女杜蘭香、萼綠華之世緣,流傳至於唐代,仙(女性)之一名,遂多用作妖艷婦人,或風流放誕之女道士之代稱。"[17]常詰:曾經詢問。常,同"嘗"。　　[18]工刀札:工於書法。

　　張生俄以文調及期[1],又當西去。當去之夕,不復自言其情,愁歎於崔氏之側。崔已陰知將訣矣,恭貌怡聲,徐謂張曰:"始亂之,終棄之,固其宜矣,愚不敢恨[2]。必也君亂之,君終之,君之惠也,則没身之誓,其有終矣,又何必深感於此行[3]?然而君既不懌,無以奉寧。君常謂我善鼓琴,向時羞顔,所不能及。今且往矣,既君此誠[4]。"因命拂琴,鼓《霓裳羽衣序》[5]。不數聲,哀音怨亂,不復知其是曲也。左右皆歔欷,崔亦遽止之。投琴,泣下流連,趨歸鄭所,遂不復至。明旦而張行。

　　明年,文戰不勝[6],張遂止於京,因貽書於崔,以廣其意[7]。崔氏緘報之詞,粗載於此。曰:"捧覽來問,撫愛過深,兒女之情,悲喜交集。兼惠花勝一合[8],口脂五寸[9],致耀首膏唇之飾。雖荷殊恩,誰復爲容[10]?睹物增懷,但積悲歎耳。伏承使於京中就業,進修之道,固在便安;但恨僻陋之人,永以遐棄[11]。命也如此,知復何言?自去秋已來,常忽忽如有所失,於喧嘩之下,或勉爲語笑,閒宵自處,無不淚零。乃至夢寐之間,亦多感咽離憂之思。綢繆繾綣,暫若尋常;幽會未終,驚魂已斷[12]。雖半衾如暖,而思之甚遥。一昨拜辭,倏逾舊歲。長安行樂之地,觸緒牽情,何幸不忘幽微,眷念無斁[13]。鄙薄之志,無以奉酬。至於終始之盟,則固不忒[14]。鄙昔中表相因[15],或同

宴處,婢僕見誘,遂致私誠。兒女之心,不能自固。君子有援琴之挑,
鄙人無投梭之拒[16]。及薦寢席,義盛意深,愚陋之情,永謂終託。豈
期既見君子,而不能定情,致有自獻之羞,不復明侍巾幘[17]。没身永
恨,含歎何言?倘仁人用心,俯遂幽眇,雖死之日,猶生之年[18];如或
達士略情,捨小從大,以先配爲醜行,以要盟爲可欺,則當骨化形銷,
丹誠不泯[19]。因風委露,猶託清塵;存没之誠,言盡於此。臨紙嗚咽,
情不能申,千萬珍重!珍重千萬!玉環一枚,是兒嬰年所弄,寄充君
子下體所佩:玉取其堅潤不渝,環取其終始不絶。兼亂絲一絇[20],文
竹茶碾子一枚[21]。此數物不足見珍,意者欲君子如玉之真,弊志如環
不解[22],淚痕在竹,愁緒縈絲。因物達情,永以爲好耳。心邇身遐,拜
會無期,幽憤所鍾,千里神合。千萬珍重!春風多厲,强飯爲嘉[23]。
慎言自保,無以鄙爲深念。”

【校注】

[1]文調及期:指考試日期來臨。　　　[2]“始亂之”四句:意謂當初我們結合即未
能按照禮法,最終爲您所棄,乃是必然的結果,我不敢有何遺恨。　　　[3]“必也”
六句:意謂倘若您以亂始,卻能堅持到底不變,那是您對我的恩惠,則我們終身相
守的誓言便有好結局,又何必深憾於此次離別?　没身:終身。感:同“憾”。
[4]既君此誠:猶言滿足您的願望。　　　[5]霓裳羽衣序:《霓裳羽衣》曲的序曲。
《霓裳羽衣》相傳爲唐玄宗所製舞曲。　　　[6]文戰不勝:考試落選。　　　[7]廣
其意:寬慰其情緒。亦即勸崔氏要想開一些。　　　[8]花勝:古代婦女戴在髮髻上
的飾物,剪綵爲之,如今日絹花、絨花之類。　　　[9]口脂:唇膏之類。口脂盛在瓶
管之内,所以説“五寸”。　　　[10]誰復爲容:“復爲誰容”的倒置,意即爲了誰去
打扮呢?　　　[11]“伏承”五句:大意説知道您要在京中繼續待下去,這對於舉業,
固然方便而安,所遺憾者,是遠方的我永被遺棄了。　　　[12]“綢繆”四句:意謂夢
寢之中的歡會與往日無異,然而歡會未終即已驚醒。　　　[13]眷念無斁(yì 義):
永遠記掛不忘。斁,厭、滿足。　　　[14]忒(tè 特):改變。　　　[15]中表:指自己
與張生以表兄妹相稱。　　　[16]“君子有”二句:意謂您挑逗了我,我也未能拒絶
您。援琴之挑:用漢司馬相如彈琴作歌挑動卓文君事。卓文君爲成都富賈卓王孫
之女,新寡在家;卓王孫邀司馬相如至其家彈琴,文君竊聽之。司馬相如彈《鳳求
凰》之曲以挑動文君,於是文君隨相如私奔。事見《史記·司馬相如列傳》。投梭
之拒:用晉謝鯤挑逗鄰女遭拒事。謝鯤鄰家高氏女有美色,鯤嘗挑之,鄰女以梭擲

鯤,折鯤兩齒。事見《晉書·謝鯤傳》。　　[17]"豈期"四句:意謂豈料既與您相歡,而您情不能固,遂使我蒙自薦的恥辱,不能侍奉您成爲公開夫妻。[18]"倘仁人"四句:意謂您若是富同情心之人,能委屈地順遂我的心願與我成婚,則我雖死猶生。仁人:愛人、能體貼人意者。　　[19]"如或達士"六句:意謂您若是曠達隨意之人,因仕宦之大而捨棄兒女私情之小,把我的自薦視爲醜行,以我要您實踐誓約爲欺,則我骨化形銷之日,誠心亦不能泯滅。達士:與上"仁人"相對,即不以兒女之情縈懷者。　　[20]亂絲一絇(qú 渠):一縷頭髮。　　[21]文竹茶碾子:用刻有花紋的竹子做的茶碾子。唐時,須先將茶碾爲粉末,再做成茶餅,與今日飲茶習慣不同。茶碾子通常用金屬做,也有以竹木爲之的。　　[22]弊志:破弊不堅之志。此指張生。　　[23]强飯爲嘉:努力加餐飯。是古時書信之末常用的套話。

　　張生發其書於所知,由是時人多聞之。所善楊巨源好屬詞[1],因爲賦《崔娘詩》一絕云:"清潤潘郎玉不如[2],中庭蕙草雪銷初。風流才子多春思,腸斷蕭娘一紙書[3]。"河南元積[4],亦續生《會真詩》三十韻。詩曰:"微月透簾櫳,螢光度碧空。遥天初縹緲,低樹漸葱蘢。龍吹過庭竹,鸞歌拂井桐[5]。羅綃垂薄霧,環珮響輕風。絳節隨金母[6],雲心捧玉童[7]。更深人悄悄,晨會雨濛濛。珠瑩光文履[8],花明隱繡櫳[9]。瑶釵行彩鳳,羅帔掩丹虹。言自瑶華浦[10],將朝碧玉宮[11]。因游洛城北,偶向宋家東[12]。戲調初微拒,柔情已暗通。低鬟蟬影動,迴步玉塵蒙。轉面流花雪,登牀抱綺叢。鴛鴦交頸舞,翡翠合歡籠。眉黛羞偏聚,唇朱暖更融。氣清蘭蕊馥,膚潤玉肌豐。無力慵移腕,多嬌愛歛躬。汗流珠點點,髮亂綠葱葱。方喜千年會,俄聞五夜窮[13]。留連時有恨,繾綣意難終。慢臉含愁態[14],芳詞誓素衷。贈環明運合[15],留結表心同[16]。啼粉流宵鏡,殘燈遠暗蟲。華光猶苒苒,旭日漸瞳瞳。乘鷖還歸洛,吹簫亦上嵩[17]。衣香猶染麝,枕膩尚殘紅。冪冪臨塘草,飄飄思渚蓬[18]。素琴鳴怨鶴[19],清漢望歸鴻[20]。海闊誠難渡,天高不易衝。行雲無處所[21],蕭史在樓中[22]。"張之友聞之者,莫不聳異之,然而張志亦絶矣。積特與張厚,因徵其詞。張曰:"大凡天之所命尤物也,不妖其身,必妖於人。使崔氏子遇合富貴,乘寵嬌,不爲雲,不爲雨,爲蛟爲螭,吾不知其所變化矣。昔殷之辛[23]，周之幽[24]，據百萬之國，其勢甚厚。然而一女子敗之，潰其衆，屠其身，至今爲天下僇笑[25]。予之德不足以勝妖孽，是用忍情。”於時坐者皆爲深歎。

　　後歲餘，崔已委身於人，張亦有所娶。適經所居，乃因其夫言於崔，求以外兄見。夫語之，而崔終不爲出。張怨念之誠，動於顏色，崔知之，潛賦一章，詞曰：“自從消瘦減容光，萬轉千迴懶下牀。不爲旁人羞不起，爲郎憔悴卻羞郎。”竟不之見。後數日，張生將行，又賦一章以謝絕云：“棄置今何道，當時且自親。還將舊時意，憐取眼前人。”自是絕不復知矣。時人多許張爲善補過者。予嘗於朋會之中，往往及此意者，夫使知者不爲，爲之者不惑。貞元歲九月，執事李公垂[26]，宿於予靖安里第[27]，語及於是。公垂卓然稱異，遂爲《鶯鶯歌》以傳之[28]。崔氏小名鶯鶯，公垂以命篇。

《唐人小説》卷上

【校注】

[1]楊巨源：字景山，河中（今山西永濟）人，中唐詩人。　　[2]潘郎：指西晉詩人潘岳，字安仁，美容姿。此以代張生。　　[3]蕭娘：唐代詩人多用爲婦人的代稱。此指鶯鶯。　　[4]河南：即河南府，府治洛陽。元稹爲北魏拓跋氏後裔，魏孝文帝遷都洛陽後，改拓跋氏爲元姓，其後元氏皆以洛陽爲郡望。　　[5]“龍吹”二句：謂風吹過庭竹和井桐時，有如龍吟鸞歌。　　[6]絳節：仙人的儀仗。金母：即西王母，代鶯鶯。　　[7]玉童：仙子，亦代指鶯鶯。　　[8]文履：指鶯鶯繡着花紋的鞋。　　[9]繡櫳：有花格的窗户。此指鶯鶯住處。櫳，一作“龍”，“繡龍”則指鶯鶯衣服上隱現的龍文。　　[10]瑤華浦：傳説中仙人居處。此處代鶯鶯居處。　　[11]碧玉宮：傳説中仙人居處。此處代張生居處。　　[12]“因游”二句：謂鶯鶯與張生相識並相愛。洛城北：指普救寺。普救寺在洛陽以北。宋家東：用宋玉東鄰女子相戀於宋玉事。宋玉《登徒子好色賦》：“天下之佳人，莫若楚國；楚國之麗者，莫若臣里；臣里之美者，莫若臣東家之子。東家之子，增之一分則太長，減之一分則太短；着粉則太白，施朱則太赤；眉如翠羽，肌如白雪，腰如束素，齒如含貝；嫣然一笑，惑陽城，迷下蔡。然此女登墙窺臣三年，至今未許也。”後因以“宋玉東墙”喻貌美多情女子。自“微月透簾櫳”至“偶向宋家東”十韻，寫鶯鶯如月下仙子，來赴張生約會。　　[13]五夜：即五更。五夜窮即天快亮了。
[14]慢臉：形容慵懶之態。　　[15]“贈環”句：環諧音“還”，希望去而復還，即所

謂"運合"。　　[16]"留結"句:留下同心結以象徵兩心相印。舊時男女以錦帶結爲連環迴文狀互贈,以象徵愛情纏綿不斷。南朝梁武帝《有所思》詩:"腰中雙綺帶,夢爲同心結。"　　[17]"乘鶩"二句:寫鶯鶯辭別張生回歸。"乘鶩歸洛"用曹植《洛神賦》宓妃事。《洛神賦》中説,曹植辭京,路過洛水,見洛水之神宓妃,互相傾慕,盤桓既久,因人神不能交通,宓妃悵然離去。"吹簫上嵩"雜用蕭史吹簫與弄玉仙去及仙人王子喬事。蕭史善吹簫,秦穆公以女弄玉嫁之,一夕吹簫引鳳,與弄玉共昇天仙去。又,仙人王子喬善吹笙,曾入嵩山修煉,後乘白鶴仙去。俱見劉向《列仙傳》。自"戲調初微拒"至"吹簫亦上嵩"十五韻寫鶯鶯與張生歡會。
[18]"冪(mì 密)冪"二句:意謂春草雖然蔥蘢覆蓋於池塘,但最終仍如洲渚蓬草飄散。此以形容鶯鶯離去後張生的失落。冪冪:春草覆蓋貌。　　[19]"素琴"句:用古琴曲《別鶴操》事。古時商牧子娶妻五年無子,父兄將爲他別娶,其妻聞之悲悽,牧子感傷,作《別鶴操》以賦其事。此以喻鶯鶯離去。　　[20]歸鴻:喻書信。此是盼鶯鶯再續前約。　　[21]"行雲":謂男女之事,用宋玉《高唐賦》巫山神女事。楚襄王與宋玉游於雲夢之澤,見高唐之上有雲氣,襄王問於宋玉,宋玉對曰:"此所謂朝雲者也。昔者先王嘗游高唐,晝寢,夢一婦人,自言是巫山之女,願薦枕席,王因幸之。神女去而辭曰:'妾在巫山之陽,高丘之阻,旦爲行雲,暮爲行雨,朝朝暮暮,陽臺之下。'"　　[22]蕭史:見前注。此以蕭史喻張生,謂弄玉未嫁時,蕭史獨在樓中寂寞。自"衣香猶染麝"至末五韻,寫鶯鶯別去後張生回憶與鶯鶯歡娛時情景及思念鶯鶯情緒。　　[23]殷之辛:即殷紂王,商朝最後一代君主。在位時荒於酒色,寵妲己,周武王伐之,大敗於牧野,紂走鹿臺,自焚死。　　[24]周之幽:即周幽王,西周最後一代君主,在位時無道,寵褒姒,烽火戲諸侯,諸侯與國人皆怨。後西夷、犬戎攻幽王,諸侯不救,幽王被殺於驪山之下。　　[25]僇(lù 路)笑:恥笑。　　[26]執事:對他人的敬稱。李公垂:即李紳,字公垂。中唐詩人,與元稹友好。　　[27]靖安里:長安街坊名,元稹家於此。　　[28]鶯鶯歌:李紳所作,李紳集中已佚,見於金董解元《諸宮調西廂記》中,共四首,《全唐詩》録入第一首,注云:"一作《東飛伯勞西飛燕歌》,爲鶯鶯作。"

【集評】

魯迅《中國小説史略》第九篇《唐之傳奇文(下)》:"元稹以張生自喻,述其親歷之境,雖文章尚非上乘,而時有情致,固亦可觀,惟篇末文過飾非,遂墮惡趣。"

陳寅恪《元白詩箋證稿》第四章《艷詩及悼亡詩》附《讀鶯鶯傳》:"唐代社會承南北朝之舊俗,通以二事評量人品之高下。此二事,一曰婚,二曰宦。凡婚而不娶名家女,與仕而不由清望官,俱爲社會所不齒……明乎此,則微之所以作《鶯鶯傳》,直敍其自身始亂終棄之事蹟，絕不爲之少慚，或略諱者，即職是故也。其友人楊巨源、李紳、白居易亦知之，而不以爲非者，捨棄寒女，而別婚高門，當日社會公認之正當行爲也。否則微之爲極熱衷巧宦之人，值其初具羽毛，欲以直聲升朝之際，豈肯作此貽人口實之文，廣爲流傳，以自阻其進取之路哉？”

賈　島

【作者簡介】

賈島（779—843），字浪仙，一作閬仙，范陽（今河北涿州）人。初爲僧，法名無本，後經韓愈勸説還俗，但困於場屋，終身未能得第。憤世嫉俗，作詩嘲諷，爲公卿所恨，號爲“舉場十惡”，被逐出關外。文宗開成二年（837）責授長江縣主簿，五年，遷普州司倉參軍，轉司户參軍，卒。爲詩以苦吟著名，長於五律，傾力雕琢字句，善寫荒涼冷落之景，詩境奇僻，五代王定保以爲“元和中，元、白尚清淺，島獨變格入僻，以矯浮艷”（《唐摭言》卷一一），對晚唐、五代及宋詩影響甚大。與姚合齊名，並稱“賈姚”。有《賈長江集》十卷傳世。有傳附新、舊《唐書》韓愈傳中。生平事蹟見元辛文房《唐才子傳》卷五。

尋隱者不遇

【題解】

此詩不見載於《賈島集》。題一作《訪羊尊師》。衝口直致，較苦吟而得的詩别有興致。

　　松下問童子，言師採藥去。祇在此山中，雲深不知處。

《賈島集校注·附集》

【集評】

（清）徐增《而庵説唐詩》卷四：“此詩一遇一不遇，可遇而終不遇，作多少層折！今人每每趁筆直下。”

題李凝幽居

【題解】

　　李凝，事蹟不詳。凝，一作"疑"。此詩爲賈島苦吟名篇，傳説賈島吟"推"、"敲"二字未定，因此衝撞京兆尹韓愈，從此留下一段佳話（見後蜀何光遠《鑒戒録》卷八）。雖其事與韓、賈事蹟不符，但島當冥搜之際，游心萬仞之苦吟態度，即此可見。

　　閒居少鄰並，草徑入荒園[1]。鳥宿池邊樹，僧敲月下門[2]。過橋分野色[3]，移石動雲根[4]。暫去還來此，幽期不負言[5]。

　　　　　　　　　　　　　　　　　　　　　　　　《賈島集校注》卷四

【校注】

[1]"閒居"二句：寫李凝居處之幽。荒園：一作"荒村"。作"荒村"，似與"少鄰並"不符。　　[2]"鳥宿"二句：寫李凝居處之静。池邊：一作"池中"。　　[3]"過橋"句：謂橋（流水）將野色分割。　　[4]"移石"句：古人以爲雲從山間石中生出，故謂石爲雲根，移石則雲亦隨之動。　　[5]幽期：指相約隱居。

【集評】

　　（元）方回《瀛奎律髓》卷二三："此詩不待贅説，'敲''推'二字待昌黎而後定，開萬古詩人之迷。學者必如此用力，何止'吟安一個字，撚斷數莖鬚'耶。"

　　（明）胡應麟《詩藪》内篇卷四："晚唐有一首之中，世共傳其一聯，而其所不傳反過之者，如……賈島'鳥宿池中樹，僧敲月下門'，雖幽奇，氣格故不如'過橋分野色，移石動雲根'也。"

憶江上吳處士

【題解】

　　吳處士名字不詳。詩是懷人之詩，作於詩人應試長安時。詩意曲折，情意婉轉。唐司空圖嘗以爲賈島詩"誠有警句，視其全篇，意思殊餒"（《與李生論詩書》）；此篇既有警句，全篇亦完整精練。

閩國揚帆去[1],蟾蜍虧復團[2]。秋風吹渭水,落葉滿長安[3]。此地聚會夕,當時雷雨寒[4]。蘭橈殊未返[5],消息海雲端。

《賈島集校注》卷五

【校注】

[1]閩國:閩地。古代閩人分爲七族,稱爲“七閩”,居住於今福建及浙江南部地區。　　[2]“蟾蜍”句:謂吳處士乘船往福建已一月。蟾蜍:代指月亮。神話傳說以爲月中有蟾蜍。《後漢書・天文志上》“言其時星辰之變”劉昭注引《靈憲》云:“羿請無死之藥於西王母,姮娥竊之以奔月……遂託身於月,是爲蟾蜍。”虧復團:月缺又圓。　　[3]“秋風”二句:代自己所在之地。落葉:一作“明月”。　　[4]“此地”二句:回憶與吳處士相聚情景。　　[5]蘭橈(ráo 饒):船槳。以木蘭爲之,極言其名貴。

【集評】

　　(明)王世貞《藝苑卮言》卷四:“‘秋風吹渭水,明月滿長安’,置之盛唐,不復可別。”

　　(清)吳喬《圍爐詩話》卷二:“‘秋風吹渭水,落葉滿長安’,非敍景,乃引情也。”

許　　渾

【作者簡介】

　　許渾(788—860?),字用晦,一作仲晦,安州安陸(今屬湖北)人,久寓居丹陽(今屬江蘇)。文宗大和六年(832)登進士第,授當塗令,以病免歸。後授監察御史,出爲睦、郢二州刺史,復入朝爲侍御史,卒。爲詩長於五、七律,以登臨懷古之作見長,感慨蒼凉,名篇甚多。《宣和書譜》卷五評其詩“似杜牧,俊逸不及而美麗過之”。有《丁卯集》傳於世。生平事蹟見元辛文房《唐才子傳》卷七。

秋日赴闕題潼關驛樓

【題解】

題一作《行次潼關驛》。大中元年(847)許渾授監察御史,此詩是其赴闕途中所作。潼關舊址在今陝西潼關縣東北,古爲桃林塞,關城雄踞山腰,下臨黃河,控扼秦、晉、豫三省要衝,素稱險要。詩寫望中山河景色,極博大,腕力超人,末聯微露衰颯之氣,大約與詩人倦於仕宦心情有關。

紅葉晚蕭蕭,長亭酒一瓢[1]。殘雲歸太華[2],疏雨過中條[3]。樹色隨關迥[4],河聲入海遥[5]。帝鄉明日到[6],猶自夢漁樵[7]。

《丁卯集箋證》卷二

【校注】

[1]長亭:古代行人憩息之處。秦漢時,每十里置亭,謂之長亭。　　[2]太華:即華山,五嶽之一,因其西南有少華山,故名。華山在長安以東、潼關以西。
[3]過:一作"落"。"過"字有氣勢,"落"字平弱。中條:山名,地當太行山與華山之間,故名中條。　　[4]關:指潼關。關,一作"山",作"關"切題,作"山"則不明是太華還是中條。　　[5]河:指黃河。海:一作"塞"。黃河東流入海,作"海"是。　　[6]帝鄉:長安。潼關西距長安二百餘里。　　[7]夢漁樵:猶言不願爲官,嚮往漁樵生活。

【集評】

(清)胡應麟《詩藪》内編卷五:"許渾《潼關》五言……中四句居然盛唐,而起、結晚唐面目盡露,余甚惜之。"

(清)何希齋《唐詩愜當集》卷五:"中兩聯是題潼關驛樓詩,不可刊置別處。聲調亦峻爽。尾聯見赴闕意。落句説到'夢漁樵',尤有遠神,俗筆定不解如此住。"

李　賀

【作者簡介】

李賀(790—816),字長吉,福昌(今河南宜陽)人,唐宗室鄭王亮後裔,然已衰微,其父晉肅,不過一任縣令而已。憲宗元和五年(810)應河南府試,獲解,毀之者謂賀應進士試犯父名諱,韓愈爲作《諱辯》以解之。其後曾入京應試,落第。六年,仕爲奉禮郎,位卑職冷,貧病交迫。八年,辭官歸昌谷家居,卒。賀才名早著,爲詩以冥搜苦吟著稱,尤長於樂府,史稱其"樂府數十篇,雲韶諸工皆合之絃管"(《新唐書》本傳)。賀以宗室出身而仕途偃蹇,多病早衰,"深有感於日月逾邁,滄桑改換,而人事之代謝不與焉"(錢鍾書《談藝録》),故其詩於反映社會黑暗險惡之外,每有人生短促、世變無涯之歎,雖亦不免境界寂寥,但設色穠麗,想像奇特,詩境幽峭淒冷,杜牧嘗以"風檣陣馬"、"時花美女"、"牛鬼蛇神"喻之(《李長吉歌詩序》),在中、晚唐之際獨樹一幟。有《李長吉詩集》四卷傳世。《舊唐書》卷一三七、《新唐書》卷二○三有傳。

李憑箜篌引

【題解】

此詩約作於元和五、六年(810、811)間,時李賀在長安爲奉禮郎。李憑,唐長安梨園弟子,以擅箜篌有名於時,楊巨源、顧況皆有詠李憑彈箜篌詩。箜篌,絃樂器的一種,《通典》卷一四四《樂四》:"箜篌……其形似瑟而小,七絃,用撥彈之如琵琶也。"詩人以多種手法摹寫樂聲之優美動人,至於"出神入幽,無一字落恒人蹊徑"(高步瀛《唐宋詩舉要》引吳汝綸語),爲唐詩中描寫音樂的名篇之一。

吳絲蜀桐張高秋[1],空山凝雲頹不流[2]。湘娥啼竹素女愁[3],李憑中國彈箜篌[4]。崑山玉碎鳳凰叫,芙蓉泣露香蘭笑[5]。十二門前融冷光[6],二十三絃動紫皇[7]。女媧煉石補天處,石破天驚逗秋雨[8]。夢入神山教神嫗,老魚跳波瘦蛟舞[9]。吳質不眠倚桂樹,露腳斜飛濕寒兔[10]。

《李長吉歌詩彙解》卷一

【校注】

[1]吳絲蜀桐:指箜篌。以吳地之絲爲絃,以蜀地桐木爲材,極言箜篌製作之精良。
張高秋:猶言在秋高氣爽之際彈奏箜篌。　　　[2]"空山"句:謂樂聲響亮,響遏行
雲。《列子・湯問》:"秦青……撫節悲歌,聲振林木,響遏行雲。"山:一作"白"。
"空白"指天,亦通。　　　[3]"湘娥"句:謂樂聲哀怨,如泣如訴。湘娥:湘水女神,
即舜帝二妃娥皇、女英。傳説舜死於蒼梧,二妃追之不及,至於洞庭,聞帝已死,南
向痛哭,淚珠灑在竹上,竹上淚痕點點,後人以爲即江湘一帶的斑竹。湘,一作
"江",義同。素女:神話中的霜神。《史記・封禪書》:"太帝使素女鼓五十絃瑟,
悲,帝禁不止。"　　　[4]中國:指國都,此指長安。　　　[5]"崑山"二句:上句狀
箜篌聲音高揚,下句狀箜篌聲音低抑。崑山:即崑崙山,相傳是玉的產地。
[6]十二門前:指長安。唐長安城四面各有三門,共十二門。融冷光:謂箜篌聲似
乎可以變易節候,使聽者感到暖意。　　　[7]二十三絃:指豎箜篌。《通典》卷一四
四《樂四》:"豎箜篌,胡樂也,漢靈帝好之。體曲而長,二十二絃,豎抱於懷中,用兩
手齊奏,俗謂之擘箜篌。"動紫皇:感動了上天的玉皇。此以紫皇代唐皇帝。
[8]"女媧"二句:形容箜篌聲音如石破天驚。古代傳説,共工氏怒觸不周山,天柱
折,天傾西北,女媧煉五色石補天。見《淮南子・覽冥訓》。清王琦《李長吉歌詩彙
解》卷一云:"琦玩詩意,當是初彈之時,凝雲滿空,繼之而秋雨驟作;洎乎曲終聲
歇,則露氣已下,朗月在天。皆一時實景也。而自詩人言之,則以爲凝雲滿空者,
乃箜篌之聲遏之而不流;秋雨驟至者,乃箜篌之聲感之而旋應。似景似情,似虛似
實,讀者徒賞其琢句之奇,解者又昧其用意之巧,顯然明白之辭,而反以爲在可解
不可解之間,誤矣!"　　　[9]"夢入"二句:意謂李憑箜篌出神入化,曾於夢中入深
山教習神女,連魚龍皆爲之感動。晉干寶《搜神記》卷四:"永嘉中,有神見兗州,自
稱樊道基;有嫗,號成夫人。夫人好音樂,能彈箜篌,聞人絃歌,輒便起舞。"王琦注
以爲二句用此典。　　　[10]"吳質"二句:寫箜篌一直彈到深夜,聽者不倦,直到明
月高昇而露氣漸侵。吳質:即神話傳説中月中吳剛,剛字質。寒兔:代月。露腳斜
飛:謂秋雨過後的濕氣。

【集評】

　　(清)黃周星《唐詩快》卷一:"本詠箜篌耳,忽然説到女媧、神嫗,驚天入月,變眩
百怪,不可方物,真是鬼神於文。"
　　(清)方世舉《李長吉詩集批注》卷一:"白香山'江上琵琶',韓退之'穎師琴',
李長吉'李憑箜篌',皆摹寫聲音至文。韓足以驚天,李足以泣鬼,白足以移人。"

雁門太守行

【題解】

《雁門太守行》爲樂府古題，屬《相和歌辭·瑟調曲》。詩以古調寫當代戰事，歌頌邊防戰士在强敵壓境、城摧勢危之時矢死報國、奮勇抗敵的英勇精神。全詩在凝重、深厚而衰颯的氣氛中透出慷慨和豪邁。雁門，在今山西北部一帶，漢、唐時爲北部邊塞。張固《幽閒鼓吹》載韓愈元和二年(807)爲國子博士分司洛陽時，李賀攜詩卷求見，首篇即此詩。詩當作於元和元年、二年間。

　　　　黑雲壓城城欲摧[1]，甲光向日金鱗開[2]。角聲滿天秋色裏，塞上燕脂凝夜紫[3]。半捲紅旗臨易水[4]，霜重鼓寒聲不起[5]。報君黃金臺上意，提攜玉龍爲君死[6]。

《李長吉歌詩彙解》卷一

【校注】

[1]"黑雲"句：寫邊關大戰前氣氛之凝重、緊張。　　[2]日：一作"月"，蓋以形近致誤。金鱗：形容戰士鐵甲映日生輝。清王琦《李長吉歌詩彙解》卷一云："秋天風景倏陰倏晴，瞬息而變。方愁雲凝密有似霖雨欲來，俄而裂開數尺，日光透露矣。"[3]燕脂：同"燕支"、"胭脂"，草名，可作爲顏料塗面化妝。漢時，匈奴境内有燕支(一作焉支)山，山以草得名。霍去病奪匈奴祁連、燕支，匈奴人歌曰："亡我祁連山，使我六畜不蕃息；失我焉支山，使我婦女無顏色。"見《史記·匈奴傳》。凝夜紫：指塞外土地在暮色中愈發顯出深紫色。　　[4]"半捲"句：寫大軍出征。《李長吉歌詩彙解》："半捲紅旗，見輕兵夜進之捷。"易水：水名，在今河北北部。此乃借用，非實指。　　[5]"霜重"句：王琦《李長吉歌詩彙解》："霜重鼓咽，寫冒寒將戰之景。"天寒，空氣潮濕，故鼓聲不揚。　　[6]"報君"二句：意謂爲了報答君王對戰士的厚愛，我願爲君王去戰死。黃金臺：用燕昭王築臺置黃金以招攬賢士事，參見陳子昂《登幽州臺歌》注。玉龍：指寶劍。

【集評】

　　(清)沈德潛《唐詩別裁集》卷八："字字錘煉而成，《昌谷集》中定推老成之作。"

　　(清)薛雪《一瓢詩話》："李奉禮'黑雲壓城城欲摧，甲光向日金鱗開'，是陣前實事，千古妙語。王荆公訾之，豈疑其'黑雲'、'甲光'不相屬耶？儒者不知兵，乃一大患。"

夢　天

【題解】

此詩寫夢中昇入天空、進入月宮的幻境。置身霄漢、環視月宮,反映了年輕詩人對神秘天空的嚮往,而俯視塵寰,齊州九點,其目空一切之氣概,不讓杜甫《望嶽》"蕩胸生層雲,决眥入歸鳥"與韓愈《雜詩》"下視禹九州,一塵集毫端"。

老兔寒蟾泣天色[1],雲樓半開壁斜白[2]。玉輪軋露濕團光[3],鸞珮相逢桂香陌[4]。黄塵清水三山下,更變千年如走馬[5]。遥望齊州九點煙[6],一泓海水杯中瀉[7]。

《李長吉歌詩彙解》卷一

【校注】

[1]"老兔"句:寫初入月宮所見。兔、蟾皆神話傳説中月宮所有。屈原《天問》提到月中有兔;《淮南子·覽冥訓》謂后羿妻姮娥竊不死藥,飛入月宮化爲蟾蜍;漢樂府《董逃行》也有"玉兔長跪,搗藥蛤蟆丸"之句。泣天色:謂其色朦朧不明。
[2]雲樓:高樓。壁斜白:"白"是詩人想像中雲樓外壁的顏色。因月光朦朧,雲彩掩映,所以呈"斜白"形狀。　　[3]"玉輪"句:謂月光生暈,似是被露水所沾濕。玉輪:即月輪。　　[4]"鸞珮"句:謂月中神女相逢於飄散桂香的路上。鸞珮:形容神女所佩玉飾聲音如鸞鳥鳴聲。陌:道路。月中有桂花樹,故稱"桂香陌"。
[5]"黄塵"二句:寫下視塵寰所見。清王琦《李長吉歌詩彙解》:"今視其下,有時變爲黄塵,有時變爲清水。千年之間,時復更換,而自天上視之,則猶走馬之速也。"三山:即傳説中海上有蓬萊、方丈、瀛州三神山。　　[6]齊州:中州,即中國。九點煙:謂下視中國九州,如九點煙塵。《尚書·禹貢》始分中國爲九州。
[7]一泓:一汪、一池。

【集評】

(清)黄周星《唐詩快》卷一:"命題奇創。詩中句句是天,亦句句是夢,正不知夢在天上耶? 天在夢中耶? 是何等胸襟眼界。"

(清)方世舉《李長吉詩集批注》卷一:"此變郭景純《游仙》之格,並變其題,其爲游仙則同。"

金銅仙人辭漢歌　并序

【題解】

魏明帝(曹叡)徙漢宮銅人事,見《三國志·魏書·明帝紀》裴松之注引《魏略》及《漢晉春秋》。《魏略》曰:"明帝景初元年(237),徙長安……銅人承露盤,盤拆,銅人重不可致,留於灞城。"《漢晉春秋》曰:"帝徙盤,盤拆,聲聞數十里,金狄或泣,因留灞城。"此詩所寫本此。唯序中"青龍元年"爲"景初元年"之誤。《三輔黃圖》卷三《建章宮》引《廟記》云:"(建章宮)神明臺,武帝造,祭仙人處。上有承露盤,有銅仙人,舒掌捧銅盤玉杯,以承雲表之露。"序中所云"漢孝武捧露盤仙人"即指此。漢祚衰,曹魏立,銅人承露盤徙於洛陽,是漢亡的象徵。本篇探尋前事,有易代滄桑、盛衰榮枯之感,實暗寓唐室中衰,貞觀之治、開天之盛不復再見的感慨。作爲没落的"唐諸王孫"的詩人,痛徹心骨,借古事以諷今,表達其"宗臣"之憂,非徒然詠古之作。

　　魏明帝青龍元年八月,詔宮官牽車西取漢孝武捧露盤仙人,欲立置前殿。宮官既拆盤,仙人臨載,乃潸然淚下。唐諸王孫李長吉,遂作《金銅仙人辭漢歌》。

　　茂陵劉郎秋風客[1],夜聞馬嘶曉無跡[2]。畫欄桂樹懸秋香,三十六宮土花碧[3]。魏官牽車指千里[4],東關酸風射眸子[5]。空將漢月出宮門[6],憶君清淚如鉛水[7]。衰蘭送客咸陽道[8],天若有情天亦老[9]。攜盤獨出月荒涼,渭城已遠波聲小[10]。

《李長吉歌詩彙解》卷二

【校注】

[1]茂陵:漢武帝陵墓,在今陝西興平東。劉郎秋風客:指漢武帝劉徹。武帝幸河東,曾作《秋風辭》,結句云:"歡樂極兮哀情多,少壯幾時兮奈老何。"清王琦《李長吉歌詩彙解》:"秋風客,謂其在世無幾。雖享年久遠,不過同爲秋風中之過客。"

[2]"夜聞"句:謂劉徹之馬亦因銅人遷徙而感憤。　　[3]"畫欄"二句:寫漢宮荒涼景象。畫欄:繪有文飾的欄干。三十六宮:漢長安有宮殿三十六所。張衡《西京賦》:"離宮別館三十六所。"章懷太子注:"《三輔黃圖》曰:'上林有建章、承光等十一宮,平樂、繭觀二十五,凡三十六所。'"土花:苔蘚。漢長安故城在渭水南,東南

距唐長安二十餘里,當唐時,漢長安未央宮、建章宮等建築雖然荒涼,並未殘破,詩中所寫漢長安荒涼景象當是實寫。　　[4]“魏官”句:謂魏官車載銅人向千里以外的洛陽進發。　　[5]“東關”句:謂車至漢長安東門,冷風刺激銅人眼睛。眸子:瞳仁。　　[6]“空將”句:謂銅人離別漢宮時,祇有天上明月臨照它。[7]“憶君”句:謂銅人不捨得離開劉徹,眼中流淚。君:指劉徹。鉛水:指銅人淚水。　　[8]“衰蘭”句:謂車載銅人離去,祇有路旁衰敗的蘭花相送。　　[9]“天若”句:謂天若有情,面對此情此景亦不免爲之傷感而衰老。　　[10]“攜盤”二句:謂銅人已遠離漢宮,從此將永無回歸之日。渭城:在渭水北。唐時,渭城爲送別離人之地。波聲:指渭水濤聲。

【集評】

　　(清)王琦《李長吉歌詩彙解》卷二:“本是銅人離卻漢宮花木而去,卻以衰蘭送客爲詞,蓋反言之。又銅人本無知覺,因遷徙而潸然淚下,是無情者變爲有情,況本有情者乎? 長吉以‘天若有情天亦老’反襯出之,則有情之物見銅仙下淚,其情更何如耶? 至於既出宮門,所攜而俱往者,惟盤而已,所隨行而見者,惟月而已,因情緒之荒涼,而月色亦覺爲之荒涼。及乎離渭城漸遠,則渭水波聲亦漸不聞,一路情景,更不堪言矣。”

老夫採玉歌

【題解】

　　此詩寫採玉工在懸崖深溪冒死替官家採玉場景。京兆藍田(今屬西安)産美玉,官府徵丁採玉,琢作宮中美人首飾,徒爲好色而已。詩中對中唐社會之弊作了深刻揭露,爲李賀詩反映現實的代表作。韋應物有《採玉行》,實錄採玉之艱;此詩則着重採玉工心理描寫,語辭危苦,仍具賀詩特點。

　　採玉採玉須水碧[1],琢作步搖徒好色[2]。老夫飢寒龍爲愁,藍溪水氣無清白[3]。夜雨岡頭食蓁子[4],杜鵑口血老夫淚[5]。藍溪之水厭生人[6],身死千年恨溪水。斜山柏風雨如嘯,泉腳掛繩青裊裊[7]。村寒白屋念嬌嬰,古臺石磴懸腸草[8]。

《李長吉歌詩彙解》卷二

【校注】

[1]水碧:碧玉,水晶一類。　　　　[2]步搖:清王琦《李長吉歌詩彙解》引《瑯嬛記》:"人謂步搖爲女髻,非也。蓋以銀絲宛轉屈曲作花枝,插髻後,隨步輒搖,以增嫵媚,故曰步搖。"　　　　[3]藍溪:在藍田山下。藍田山又名玉山。王琦《李長吉歌詩彙解》:"《三秦記》:'(玉山下)有川方三十里,其水北流,出玉。'今藍田猶出碧玉,世謂之藍田碧。"無清白:寫玉工自上下視藍溪,水氣彌漫不清。　　　　[4]蓁(zhēn真)子:形如小栗,可食。蓁,同"榛"。　　　　[5]"杜鵑"句:謂老夫傷心之淚同於杜鵑哀鳴之血。傳說杜鵑春至則鳴,其聲甚哀而口吻有血。　　　　[6]厭生人:意謂水溪中死人已經很多。厭,滿、足。生人,活人。　　　　[7]"泉腳"句:寫採玉情況,謂結繩於身,懸掛而下入溪水中採玉。泉腳:泉水之端。青裊裊:形容長繩與繩端所懸之人在山澗間飄蕩不定。　　　　[8]"村寒"二句:寫採玉工在極端危險境地牽掛家中妻小。白屋:草屋,貧寒之屋。懸腸草:蔓生植物,一名思子蔓,南方稱爲離別草。採玉工懸空時,看見山澗間懸腸草,乃思念兒子;又轉思說不定此次採玉即與妻小永別。

【集評】

　　(清)賀裳《載酒園詩話又編》:"此詩極言採玉之苦,以繩懸身下溪而採,人多溺而不起,至水亦厭之。採時又飢寒無食,惟摘蓁子爲糧。及得玉,僅供步搖之用,充玩好而已。傷心慘目之悲,及勞民以求無用之意,隱隱形於言外。此真樂天所云'下以泄導人情,上可以補察時政'者,而曰賀詩全無理,豈其然!"

感　諷

其　一

【題解】

　　原有五首,此爲第一首。詩人有感於越中織婦被貪官欺凌而作。語言質直,樸雅可觀,與白居易諷諭詩如《秦中吟》同致,在李賀詩中別具一格。

　　合浦無明珠[1],龍洲無木奴[2]。足知造化力,不給使君須[3]。越婦來織作,吳鹽始蠕蠕[4]。縣官騎馬來,獰色虬紫鬚[5]。懷中一方板[6],板上數行書。不因使君怒,焉得詣爾廬?越婦拜縣官,桑牙今尚小[7]。會待春日晏,絲車方擲掉[8]。越婦通言語,小姑具黃粱[9]。

縣官踏飱去^[10]，簿吏復登堂^[11]。

《李長吉歌詩彙解》卷二

【校注】

[1]"合浦"句：謂合浦雖以産珠著名，但合浦之珠也有竭盡之時。合浦：今屬廣東。《後漢書·孟嘗傳》載，合浦之珠因貪官大量搜刮，珠皆遷徙於交趾，行旅不至，貧者餓死於道。後來孟嘗爲合浦太守，體貼愛民，革除舊弊，歲餘，珠復遷回合浦，百姓返其業，商賈流通如初。　　　[2]"龍洲"句：謂龍洲雖盛産柑橘，官吏如果貪得無厭，也將會化爲烏有。龍洲：指武陵（今湖南常德）龍陽洲。《襄陽記》載，三國吳丹陽太守李衡妻不治家，衡密遣數十人於龍陽洲上作宅，種柑橘千株，稱爲"木奴"。後柑橘成熟，歲得絹數千匹，家道殷足。　　　[3]"足知"二句：意謂使君若誅求無厭，造化（自然）之力亦難於供給其所需。使君：州郡長官。　　　[4]蠕（rú如）蠕：蟲爬行貌。此指幼蠶。　　　[5]獰色：面目狰獰。虯紫鬚：髯鬚蜷曲。[6]方板：紙張，即催繳租稅的牌票。　　　[7]牙：同"芽"。　　　[8]擲掉：指紡織。擲，投梭；掉，搖、擺，皆指紡車啓動。　　　[9]具黃粱：擺設飯菜招待。黃粱，米黍類。　　　[10]踏飱（sūn孫）：飽食。飱，同"飧"。　　　[11]簿吏：縣裏掌管賦稅簿記的小吏。

【集評】

（清）王琦《李長吉歌詩彙解》："此章諷催科之不時也。蠶事方起，而縣官已親自催租，何其火迫乃爾！獰色虯鬚，畫出武健之狀，彼卻又能推卸以爲使君符牒致然，似乎不得已而來者。果爾，言語既畢，即當策馬而去，乃必飽飱，不顧兩婦子之拮据，爲民父母者固如是乎！縣官方去，簿吏又復登堂，民力幾何，能疊供此輩之口腹耶？"

楊生青花紫石硯歌

【題解】

此詩讚美青花紫石硯的做工精緻，爲詠物詩。誇張想像，出人意表。語句跳躍而不生澀。楊生其人不詳。青花，謂"硯眼"，因硯石中雜有其他礦物質而形成，呈圓形，如眼。硯品以有眼者爲貴。

　　端州石工巧如神,踏天磨刀割紫雲[1]。傭刓抱水含滿脣[2],暗灑
萇弘冷血痕[3]。紗帷晝暖墨花香,輕漚漂沫松麝薰[4]。乾膩薄重立
腳勻[5],數寸光秋無日昏[6]。圓毫促點聲靜新[7],孔硯寬頑何足
云[8]。

《李長吉歌詩彙解》卷三

【校注】

[1]“端州”二句:寫硯工登山極頂鑿石製硯。端州:唐州名,即今廣東肇慶。州東
有山名斧柯山,下臨潮水,登山數里即硯巖,其石可以製硯,號爲“端硯”。唐李肇
《唐國史補》卷下:“端溪紫石硯,天下無貴賤,通用之。”清王琦《李長吉歌詩彙解》
引《舊硯譜》:“端石,水中石,其色青;山半石,其色紫;山極頂者,尤潤,如豬肝色者
佳。”詩所謂“踏天磨刀割紫雲”,即登最高之山頂取紫色石。　　　[2]“傭刓(wán
完)”句:寫硯工磨製雕刻石硯。傭:將石材磨治齊整。刓:雕刻。脣:硯池(硯凹盛
水處)邊沿。　　　[3]“暗灑”句:形容硯池中顯示“碧眼”,有如萇弘碧血。萇弘:
周靈王時大夫。《莊子·外物》:“萇弘死於蜀,藏其血,三年而化爲碧。”《李長吉
歌詩彙解》引《端溪硯譜》:“端石有眼者最貴,謂之鸜鵒眼。”　　　[4]“紗帷”二
句:謂白晝於書房(紗帷)中磨墨,書房中散發出墨的芳香。漚、沫:水中細泡。輕
漚漂沫謂蘸少許水以磨墨。古代墨皆以松煙做成,其中和以麝香,磨墨時會有香
味飄散。　　　[5]“乾膩”句:寫硯之精良。乾膩薄重:謂硯石質乾(不滲水)而膩
(細潤),硯體薄(平扁)而重(堅實穩重)。立腳勻:磨墨時硯體緊貼書案,不側不
傾。　　　[6]“數寸”句:寫硯石發墨均勻,硯中墨色明淨生光,無纖毫昏翳之狀。
數寸:謂硯大小。李之彥《硯譜》:“惟斧柯出者,大不過三、四指。”與詩所言“數
寸”正合。　　　[7]“圓毫”句:形容研墨後以筆試之,感覺輕膩柔滑。圓毫:筆。
促點:稍沾即起。　　　[8]孔硯:孔子所用硯。《初學記》卷二一引《從征記》:“孔
子牀前有石硯一枚,作甚古樸,蓋夫子平生時物。”寬頑:謂其古樸粗大。頑,一作
“碩”。碩即大,義同。

【集評】

　　(清)方世舉《李長吉詩集批注》卷三:“前四句曲盡石之開坑,中四句曲盡石之
發墨,後二句又曲盡其不退筆。硯品至矣。端石之青花,唐時已重之。較老杜《平侍
御石硯》詩,此中曲細爲老杜所不屑,亦杜所不能。李長吉之長,真能狀難寫之景如
在目前。”

張 祜

【作者簡介】

張祜(792? —853),字承吉,南陽(今河南鄧縣)人。屢舉進士不第,浪跡江湖,遍干地方官吏,所在多狷介少合。晚年卜宅丹陽,隱居以終。祜苦心爲詩,早享盛名,喜游山水名寺,每有題詠,多成絶唱。又善爲宫詞,播入宫中,宫女多能譜唱。令狐楚評其詩"研幾甚苦,搜象頗深,輩流所推,風格罕及"(《進張祜詩册表》)。同代友人如杜牧,後輩詩人如皮日休、陸龜蒙等,對張祜詩皆甚爲推崇。有《張祜詩集》傳世。生平事蹟見元辛文房《唐才子傳》卷六。

題金陵渡

【題解】

金陵渡在今江蘇鎮江長江邊。鎮江唐時稱潤州,亦曰金陵,故稱。詩寫旅愁,而以江中夜景陪襯之,情景悠然。

金陵津渡小山樓[1],一宿行人自可愁。潮落夜江斜月裏,兩三星火是瓜州[2]。

《全唐詩》卷五一一

【校注】

[1]小山樓:旅人宿處。　　[2]瓜州:亦作瓜洲,在今江蘇揚州長江濱,地當運河入江口,與金陵渡隔江相望,爲當時南北交通要道。

【集評】

(清)潘德輿《養一齋詩話》卷五:"吾獨惜以承吉之才,能爲'晴空一鳥渡,萬里秋江碧'……'潮落夜江斜月裏,兩三星火是瓜洲'諸句,可以直跨元、白之上,而竟爲微之所短,又爲樂天所遺也。"

朱慶餘

【作者簡介】

　　朱慶餘(生卒年不詳),名可久,以字行,越州(今浙江杭州)人。敬宗寶曆二年(826)舉進士第,授秘書省校書郎,遷協律郎。詩多近體,尤長於絕句,元辛文房謂其詩"得張水部詩旨,氣平意絕"(《唐才子傳》)。有《朱慶餘詩》一卷傳世。事蹟見《唐才子傳》卷六。

閨意獻張水部

【題解】

　　題一作《近試上張水部》。寶曆中入京應試時干謁張籍而作。閨意,即託言房室夫婦之意。張水部指張籍,籍長慶間曾任水部員外郎。張籍有酬慶餘詩,大加贊許,慶餘以是當年登進士第。

　　洞房昨夜停紅燭[1],待曉堂前拜舅姑[2]。妝罷低聲問夫婿,畫眉深淺入時無[3]?

　　　　　　　　　　　　　　　　　　　　　　　　　　《全唐詩》卷五〇五

【校注】

[1]停:燃,是唐時口語。白居易《歲暮夜長病中燈下聞盧尹夜宴》詩云:"當君秉燭銜杯夜,是我停燈服藥時。"　　[2]舅姑:指公、婆。古人舅、姑子女之間聯姻者多,新婦公公即爲其舅,婆婆多爲其姑,漸相成俗,以舅姑代其公婆。　　[3]入時無:詢問語氣,猶言合時樣否? 無,否。

【集評】

　　劉永濟《唐人絕句精華》:"此託之新婦見舅姑,以比舉子見考官。籍有酬朱慶餘詩曰:'越女新妝出鏡心,自知明艷更沈吟。齊紈未是人間貴,一曲菱歌敵萬金。'其稱許特甚,可見古人愛士之心。"

杜　牧

【作者簡介】

　　杜牧(803—853),字牧之,京兆萬年(今西安)人。出身長安望族,其祖佑,爲德、順、憲三朝元老,著有《通典》二百卷行於世。牧少時即有大志,博覽群書,留心天下治亂興亡之跡、財賦兵甲之事。文宗大和二年(828)舉進士第,又中賢良方正直言極諫科,授弘文館校書郎,後爲江西、宣歙、淮南節鎮幕吏,九年入爲監察御史。武宗會昌間,先後出爲黃、池、睦三州刺史。宣宗大中二年(848)入爲司勳員外郎、史館修撰,轉吏部員外郎,再出爲湖州刺史,六年遷中書舍人,卒於任。杜牧爲晚唐大家,詩、文、賦兼擅,書畫亦精。在詩文兩方面,牧推崇李杜和韓柳。其詩衆體兼長,縱橫馳騁,於拗折勁健之中,時見風流俊爽,《新唐書》本傳謂“牧於詩,情致豪邁”;明楊慎謂“晚唐李義山而下,惟杜牧之爲最。宋人評其詩豪而艷,宕而麗。於律詩中特寓拗峭,以矯時弊,信然”(《升庵詩話》卷五),皆稱的當。與李商隱齊名,並稱“小李杜”。有《樊川文集》二十卷傳世。《舊唐書》卷一四七、《新唐書》卷一六六有傳。

早　　雁

【題解】

　　“早雁”謂秋半南歸之雁,似是詠物詩,但據詩中“虜弦”、“胡騎”字樣,或指會昌二年(842)回鶻南犯之事,詩中早雁,當指因北方戰亂而流寓江南者。

　　金河秋半虜弦開[1],雲外驚飛四散哀。仙掌月明孤影過[2],長門燈暗數聲來[3]。須知胡騎紛紛在,豈逐春風一一回[4]。莫厭瀟湘少人處,水多菰米岸莓苔[5]。

《樊川詩集注》卷三

【校注】

[1] 金河:水名,在今内蒙呼和浩特南。《漢書·鼌錯傳》顔師古注引蘇林曰:“秋氣至,膠可折,弓弩可用,匈奴常以爲候而出軍。”　　[2] 仙掌:指漢長安建章宮捧盤銅仙人。參見李賀《金銅仙人辭漢歌》注。　　[3] 長門:漢長安宮名。以上“仙掌”

及“長門”皆代指唐長安。　　　[4]“須知”二句：是告誡早雁的話。雁秋至南飛，春來北歸，因爲胡騎仍在，所以告誡早雁莫逐春風而北飛。須知胡騎紛紛在，一作“雖隨胡馬翩翩去”。據一作，此流寓者應是往年隨回鶻人北往者，因不堪其辱而南歸。　　　[5]“莫厭”二句：是勸慰早雁的話。瀟湘(江南)多菰米莓苔(食料)，可以久住。莫厭：一作“好是”，義同，而“莫厭”語意婉轉。菰米：多年生草本植物，生淺水中，果實稱菰米。莓苔：水邊植物，果實酸甜。

【集評】

(清)賀裳《載酒園詩話又編》：“《早雁》詩曰‘仙掌月明孤影過，長門燈暗數聲來’，光景真是可思。但全篇惟‘金河秋半’四字稍切‘早’字，餘皆言矰繳之慘，勸無歸還，似是寄託之作。”

寄揚州韓綽判官

【題解】

文宗大和七年(833)至九年(835)，杜牧爲淮南節度(治揚州)掌書記，韓綽與杜牧爲同僚，其事蹟不詳。判官有專稱、泛稱之分，節度使府中專判“倉、兵、騎、胄”四曹事者爲判官專稱，另外，所有幕職(書記、推官、巡官等)皆可稱判官，此處應是泛稱。大和九年杜牧離揚州入朝爲監察御史，此是懷念揚州所作。

青山隱隱水迢迢[1]，秋盡江南草木凋[2]。二十四橋明月夜[3]，玉人何處教吹簫[4]？

《樊川詩集注》卷四

【校注】

[1]迢迢：一作“遥遥”。皆遠貌，義同。　　　[2]草木：一作“岸草”。木，一作“未”。明楊慎《升庵詩話》卷八：“俗本作‘草木凋’。秋盡而草木凋，自是常事，不必説也；況江南地暖，草本不凋乎……余戲謂此二詩(指《江南春》與本詩)絕妙，‘十里鶯啼’，俗人添一撇壞了，‘草未凋’，俗人減一畫壞了。甚矣，士俗不可醫也。”然而也有以作“木”爲是者，如楊慎同代人周珽云：“牧之嘗爲淮南節度掌書記，又守黃州，歷淮、楚、宣、浙，皆江南宦游之地，風土雖暖，至秋盡無不凋之草，若必改‘木’爲‘未’，則江南風土和厚，俱屬可愛，何獨羨揚州乎？”(《唐詩選脈會通

評林》）　　[3]二十四橋:在揚州,隋置,各以城門、坊市爲名。沈括《夢溪補筆談》卷下:"揚州在唐時最爲富盛,舊城南北十五里一百一十步,東西七里十三步,可紀者有二十四橋:……皆在今州城西門之外。"　　[4]玉人:猶言美人,此指韓綽。《世説新語·容止》:"(裴楷)粗服亂頭皆好,時人皆以爲玉人。"

【集評】

(明)高棅《唐詩品彙》卷五三引劉辰翁評:"韓之風致可想,書記薄倖自道耳。"

(清)黄叔燦《唐詩箋注》卷一〇:"'十年一覺揚州夢',牧之於揚州眷戀久矣,'二十四橋'二句,有神往之致,借韓以發之。"

過華清宮絕句
其　　一

【題解】

原有三首,此爲第一首。華清宮初名温泉宮,建在驪山(在今西安臨潼)上,玄宗時,每於冬日與楊貴妃臨幸於此。玄宗晚年,寵貴妃,荒淫誤國,詩借荔枝一端諷刺之。宋蘇軾《荔枝歎》云:"宫中美人一破顏,驚塵濺血流千載。"即取其意。

長安回望繡成堆[1],山頂千門次第開[2]。一騎紅塵妃子笑,無人知是荔枝來[3]。

《樊川詩集注》卷二

【校注】

[1]"長安"句:驪山有東、西繡嶺,以林木花卉如錦繡而得名。華清宮即依東、西繡嶺而建,自長安回望華清宮,有"繡成堆"之感。　　[2]次第開:依次打開。
[3]"一騎"二句:李肇《國史補》卷上:"楊貴妃生於蜀,好食荔枝,南海所生,尤勝蜀者,故每歲飛馳以進。"清馮集梧《樊川詩集注》引《程氏考古編》云:"'長安回望繡成堆'云云,説者非之,謂明皇以十月幸華清,涉春輒回,是荔枝熟時未嘗在驪山。然咸通中有袁郊所作《甘澤謠》,載許雲封所得《荔枝香》笛曲曰:'天寶十四載六月一日,貴妃誕辰,駕幸驪山,命小部音聲奏樂長生殿,進新曲,未有名,會南海獻荔枝,因名《荔枝香》。'《開元遺事》:'帝與妃每於七月七日夜在華清宮游宴。'而白樂天亦言七月七日長生殿,則知杜牧之詩,乃當時傳信語也。"

【集評】

　　俞陛雲《詩境淺説續編》："唐人之過華清宫者,輒生感喟,不過寫盛衰之意。此詩以'華清'爲題,而有褒姬烽火一笑傾周之慨,可謂君房妙語矣。"

江南春絶句

【題解】

　　詩寫江南春景,聲色俱佳,爲杜牧寫景七絶名篇。

　　千里鶯啼緑映紅[1],水村山郭酒旗風[2]。南朝四百八十寺[3],多少樓臺煙雨中。

《樊川詩集注》卷三

【校注】

[1]千里:一作"十里"。明楊慎以爲"'千里鶯啼'誰人聽得?'千里緑映紅',誰人見得?若作'十里',則鶯啼緑紅之景,村郭樓臺,僧寺酒旗,皆在其中矣"(《升庵詩話》卷八),何文焕則駁楊升庵云:"余謂即作'十里',亦未必聽得着、看得見。題云《江南春》,江南方廣千里,千里之中,鶯啼而緑映焉,水村山郭,無處無酒旗,四百八十寺,樓臺多在煙雨中也。此詩之意既廣,不得專指一處,故總題曰'江南春'。詩家善立題者也。"(《歷代詩話考索》)何説甚是。　　[2]酒旗:酒簾子,俗稱"酒望子",古代酒家標誌。　　[3]四百八十寺:《南史·郭祖深傳》:"都下佛寺五百餘所,窮極宏麗。僧尼十餘萬,資産豐沃,所在郡縣,不可勝言。"

【集評】

　　俞陛雲《詩境淺説續編》："前二句言江南之景,渡江梅柳,芳信早傳,袁隨園詩所謂'十里煙籠村店曉,一枝風壓酒旗偏',絶妙惠崇圖畫也。後言南朝寺院多在山水勝處,有四百八十寺之多,況空濛煙雨之時,罨畫樓臺,益增佳景。"

泊　秦　淮

【題解】

　　秦淮謂秦淮河,源出溧水縣,横貫金陵(今南京)城。大中二年(848)杜牧離睦

州(今浙江淳安)刺史任回朝,途徑金陵時作。唐時金陵爲江南繁盛之地,秦淮河兩
岸酒家林立,笙歌喧天,詩中對此深致感慨,有亡國之憂。清沈德潛嘗推此詩爲唐七
絕壓卷之作(見《唐詩別裁集》卷一九)。

　　煙籠寒水月籠沙,夜泊秦淮近酒家。商女不知亡國恨,隔江猶唱
後庭花[1]。

《樊川詩集注》卷四

【校注】

[1]"商女"二句:意謂商女不知《後庭花》乃亡國之音,仍隔江而唱。後庭花:即
《玉樹後庭花》,曲調名,爲南朝陳後主(叔寶)所創製。《舊唐書·音樂志》:"前代
興亡,實由於樂,陳將亡也,爲《玉樹後庭花》。"

【集評】

　　(明)桂天祥《批點唐詩正聲》卷二〇:"寫景命意俱妙,絕處怨體反言,
與諸作異。"

　　俞陛雲《詩境淺説續編》:"《後庭》一曲,在當日瓊枝璧月之場,狎客傳
箋,纖兒按拍,無愁之天子,何等繁榮! 乃同此珠喉清唱,付與秦淮寒夜,商
女重歌,可勝滄桑之感……獨有孤舟行客,俯仰興亡,不堪重聽耳。"

山　　行

【題解】

　　詩以白描手法寫山行所見。結句不但寫景精緻,且富哲理。

　　遠上寒山石徑斜,白雲生處有人家[1]。停車坐愛楓林晚[2],霜葉
紅於二月花。

《樊川詩集注》外集

【校注】

[1]生:一作"深",皆通。但"生"字有動感,意更佳。　　[2]坐:因爲。

【集評】

(清)黄叔燦《唐詩箋注》卷一〇:"'霜葉紅於二月花'真名句。詩寫山行,景色幽邃,而致也豪蕩。"

劉永濟《唐人絶句精華》:"讀此可見詩人高懷逸致。霜葉勝花,常人所不易道出者。一經詩人道出,便留誦千口矣。"

阿房宮賦

【題解】

阿(ē 婀)房(páng 旁)宫,秦宫殿名,秦始皇所建,故址在今西安西北。《三輔黄圖》卷一:"阿房宫,亦曰阿城,惠文王造,宫未成而亡。始皇廣其宫,規恢三百餘里,離宫別館,彌山跨谷,輦道相屬,閣道通驪山八十餘里。"《史記·秦始皇本紀》:"(始皇)三十五年……始皇以爲咸陽人多,先王之宫廷小,吾聞周文王都豐,武王都鎬,豐、鎬之間,帝王之都也。乃營作朝宫渭南上林苑中。先作前殿阿房。東西五百步,南北五十丈,上可以坐萬人,下可以建五丈旗。周馳爲閣道,自殿下直抵南山。"張守節《史記正義》引顔師古云:"阿,近也,以其去咸陽近,且號阿房。"根據最新考古成果,阿房宮並未建成。本文爲杜牧成名之作,寫於寶曆元年(825)牧二十三歲時。作者《上知己文章啓》曾敍作賦緣起云:"寶曆大起宫室,廣聲色,故作《阿房宫賦》。"賦中極寫阿房宮建築之壯麗、宫女之衆多和珍寶之繁夥,進而歸納六國及秦王朝亡國的歷史教訓,給予晚唐統治者以嚴正警告。此賦描寫刻畫,情景宛肖,行文韻散相間,融敍述、描寫、議論於一爐,具有强烈的藝術感染力,開啓了宋代抒情文賦之先河。杜牧此賦一出,頓獲時譽,名滿兩京,並因此高中進士(見五代王定保《唐摭言》卷六)。

　　六王畢,四海一[1],蜀山兀,阿房出[2]。覆壓三百餘里,隔離天日。驪山北構而西折,直走咸陽[3]。二川溶溶[4],流入宫墙。五步一樓,十步一閣;廊腰縵迴[5],簷牙高啄[6];各抱地勢,鈎心鬭角[7]。盤盤焉[8],囷囷焉[9],蜂房水渦[10],矗不知其幾千萬落[11]。長橋卧波,未雲何龍[12]?複道行空,不霽何虹[13]?高低冥迷,不知西東[14]。歌臺暖響,春光融融;舞殿冷袖,風雨凄凄[15]。一日之內,一宫之間,而氣候不齊。

【校注】

[1]"六王"二句:謂齊、楚、燕、韓、趙、魏六國爲秦所滅,天下歸於一統。

[2]"蜀山"二句:謂蜀地林木盡被砍伐,用以建造阿房宮。兀(wù 物):光禿。

[3]"驪山"二句:謂阿房宮沿驪山北麓建構,折而向西,直趨咸陽。按:據考古發掘,秦阿房宮遺址,位於漢長安西南、唐長安西北,約在今渭水之南、灃滈二水之間。驪山在長安東,阿房宮與驪山不相涉。此處是作者想當然之辭。　　[4]二川:灃水與樊川。一説指灃水與滈水。　　[5]廊腰:連接宮殿之間的迴廊。迴廊曲折如腰,故云。　　[6]簷牙高啄:形容屋簷翹起如禽鳥仰首狀。　　[7]"各抱"二句:形容宮殿各據地勢,佈局錯落有致。　　[8]盤盤:盤旋貌。　　[9]囷囷:迴旋曲折貌。　　[10]蜂房水渦:形容建築物密集如蜂之房,迴旋如水之渦。

[11]矗:矗立、聳立。落:院落。　　[12]"長橋"二句:形容長橋橫跨水上如龍。《周易·乾卦·文言》:"雲從龍。"　　[13]"複道"二句:形容複道狀如彩虹。複道:空中連接樓閣的通道,架木而成。霽:雨後初晴。　　[14]"高低"二句:謂長橋複道或高或低,交錯複雜,使人難辨東西。冥迷:迷茫不清貌。　　[15]"歌臺"四句:謂歌臺之上歌聲蕩漾,氣氛熱烈如春日和暖;殿中舞袖飄拂,氣氛淒婉如秋風冷雨。按:此處春暖、風雨云云,暗示歌者、舞者得皇帝之寵愛或冷遇不同;又歌者、舞者中有擄自六國者,其獻歌舞於秦廷,心境亦大不相同。

妃嬪媵嬙,王子皇孫,辭樓下殿,輦來於秦[1]。朝歌夜絃,爲秦宮人。明星熒熒[2],開妝鏡也;綠雲擾擾[3],梳曉鬟也;渭流漲膩,棄脂水也;煙斜霧橫,焚椒蘭也[4]。雷霆乍驚[5],宮車過也;轆轆遠聽[6],杳不知其所之也。一肌一容,盡態極妍,縵立遠視,而望幸焉[7];有不得見者,三十六年[8]。燕趙之收藏,韓魏之經營,齊楚之精英,幾世幾年[9];剽掠其人,倚疊如山[10];一旦不能有,輸來其間[11]。鼎鐺玉石,金塊珠礫,棄擲邐迤,秦人視之,亦不甚惜[12]。

【校注】

[1]"妃嬪"四句:謂六國諸侯之后妃宮女、王子皇孫,皆辭國離都,成爲秦國俘虜。媵(yìng 映)嬙(qiáng 墻):宮女之類。輦來:乘車來到。　　[2]熒熒:形容妝鏡明亮。　　[3]綠雲:形容婦女髮黑蜷曲如雲。　　[4]椒蘭:兩種香料名。

[5]雷霆乍驚:形容宮車之來,漸行漸近,有如雷霆。　　[6]轆轆遠聽:形容宮車之去,漸行漸遠,有如轆轆。　　[7]"一肌一容"四句:意謂宮中妃嬪媵嬙,肌膚各

不相同,皆極盡美妍,無不佇立遠望,企盼帝王之寵幸。縵立:久立。　　　[8]“有不得”二句:極言秦後宮宮人之多。秦始皇在位共三十六年。　　　[9]“燕趙”四句:謂六國數代諸侯之收藏。收藏:金玉珠寶之類。“經營”、“精英”與收藏義同。[10]“剽掠”二句:謂秦國剽掠六國寶物堆積如山。　　　[11]“一旦”二句:謂六國諸侯一朝不能保有,遂盡爲秦國所得,輸至阿房。　　　[12]“鼎鐺”五句:謂秦國並不珍惜六國之物,以鼎(寶鼎)爲鐺(chēng 稱,鐵鍋),視玉爲石,將黃金當作土塊,珠玉當作瓦礫。

　　嗟乎! 一人之心,千萬人之心也。秦愛紛奢,人亦念其家;奈何取之盡錙銖[1],用之如泥沙? 使負棟之柱,多於南畝之農夫;架梁之椽,多於機上之工女;釘頭磷磷[2],多於在庾之粟粒[3];瓦縫參差,多於周身之帛縷;直欄橫檻,多於九土之城郭;管絃嘔啞,多於市人之言語。使天下之人,不敢言而敢怒。獨夫之心[4],日益驕固。戍卒叫[5],函谷舉[6],楚人一炬,可憐焦土[7]!

　　嗚呼! 滅六國者六國也,非秦也。族秦者秦也[8],非天下也。嗟夫! 使六國各愛其人[9],則足以拒秦;使秦復愛六國之人,則遞三世可至萬世而爲君[10],誰得而族滅也? 秦人不暇自哀[11],而後人哀之;後人哀之而不鑒之,亦使後人而復哀後人也。

《樊川文集》卷一

【校注】

[1]盡錙銖:盡於錙銖,猶言取之净盡。錙銖,古代計量單位,六銖爲一錙,四錙爲一兩。　　　[2]磷磷:釘頭突出閃光貌。　　　[3]庾:穀倉。　　　[4]獨夫:衆叛親離的獨裁者,此指秦始皇。《孟子·梁惠王下》:“殘賊之人,謂之一夫。”朱熹注:“一夫,言衆叛親離,不復以爲君也。……蓋四海歸之,則爲天子,天下叛之,則爲獨夫。”　　　[5]戍卒叫:指陳勝、吳廣起義。據《史記·陳涉世家》,陳勝、吳廣當秦二世元年(前 209)被徵發戍守漁陽,因天雨失期,於大澤鄉揭竿而起,陳勝自立爲王,天下群起響應。　　　[6]函谷舉:此指劉邦軍隊大舉入關。據《史記·秦始皇本紀》,秦二世三年(前 207)劉邦自武關(在今陝西東南)進入關中,秦子嬰降,劉邦入據咸陽並派兵拒守函谷關。函谷關在今河南靈寶西南,爲關中東面重要關隘,秦據函谷而敵六國,故此處以函谷舉代秦覆滅。　　　[7]“楚人”二句:指項羽入關後焚燒秦宮室。據《史記·項羽本紀》,項羽入關後,西屠咸陽,殺秦降王子

嬰,燒秦宮室,火三月不滅。　　[8]族秦:滅秦。族,族滅。　　[9]人:即“民”。唐避李世民諱,以“人”爲“民”。下“六國之人”同。　　[10]“則遞三世”句:謂秦皇位可以由二世傳三世,以至萬世不滅。《史記·秦始皇本紀》:“自今以來,除謚法,朕爲始皇帝,後世以計數,二世三世至於萬世,傳之無窮。”　　[11]不暇自哀:來不及自哀。秦二世而亡,故云“不暇”。

【集評】

　　(宋)潘淳《潘子真詩話》:“曾子固言牧賦宏壯巨麗,馳騁上下,累數百言,至‘楚人一炬,可憐焦土’,其論盛衰之變,判於此矣。”

　　(清)吳楚材、吳調侯《古文觀止》卷七:“前幅極寫阿房之瑰麗,不是羨慕其奢華,正以見驕橫歛怨之至,而民不堪命也,便伏有不愛六國之人意在。所以一炬之後,回視向來瑰麗,亦復何有! 以下因盡情痛悼之,爲隋廣、叔寶等人炯戒,尤有關治體,不若《上林》、《子虛》徒逢君之過也。”

陳　陶

【作者簡介】

　　陳陶(803? —879?),字嵩伯,江北人,舉進士不第,漫游江南、嶺南,宣宗大中三年(849)隱居洪州西山,學神仙之事,以讀書種蘭、作詩飲酒爲事,卒。工樂府,元辛文房以爲陳陶詩“無一點塵氣,於晚唐諸人中,最得平淡”(《唐才子傳》)。有集,已佚,《全唐詩》編其詩二卷。事蹟見《唐才子傳》卷八。

隴　西　行
其　　二

【題解】

　　《隴西行》爲樂府《相和歌辭·瑟調》曲名。原有四首,此是第二首。此詩應是作者早年之作,寫邊塞戰争帶給婦女的傷痛,堪稱絕唱。

誓掃匈奴不顧身[1]，五千貂錦喪胡塵[2]。可憐無定河邊骨[3]，猶是春閨夢裏人。

《全唐詩》卷七四六

【校注】

[1]匈奴：代指唐西北邊地入侵的部族。　　[2]貂錦：戰袍，代戰士。　　[3]無定河：源出内蒙，東南流經今陝西北部入黄河。以急流挾沙，深淺無定，故名。唐末沈彬《弔邊人》詩有云：“白骨已枯沙上草，家人猶自寄寒衣。”與此詩構思同，然不如此詩深婉。

【集評】

　　(宋)魏泰《臨漢隱居詩話》：“李華《弔古戰場文》曰：‘其存其没，家莫聞知。人或有言，將信將疑。睲睲心目，夢寐見之。’陳陶則云：‘可憐無定河邊骨，猶是春閨夢裏人。’蓋愈工於前也。”

　　(清)沈德潛《唐詩別裁集》卷二〇：“作苦語無過此者。然使王之涣、王昌齡爲之，更有餘蘊。此時代使然，作者亦不知其然而然也。”

趙　嘏

【作者簡介】

　　趙嘏(806？—852)，字承祐，楚州山陰(今江蘇淮陰)人。嘗應進士試，未第，遂寓居長安，陪接卿相，出入館閣。武宗會昌四年(844)方登進士第，任渭南尉，卒。嘏於當時頗有詩名，尤工五、七絶，明胡震亨評其詩“才筆欲横……蘸毫濃，揭響滿，爲穩於牧之(杜牧)，厚於用晦(許渾)。若加以清英，砭其肥癡，取冠晚調不難矣”(《唐音癸籤》卷八)。有《渭南集》三卷存世。生平事蹟見元辛文房《唐才子傳》卷三。

江樓感舊

【題解】

題一作《江樓舊感》。詩人月中獨自登樓,風景不殊而往日同游舊友星散,不禁感慨繫之。

獨上高樓思渺然,月光如水水如天[1]。同來玩月人何在,風景依稀似去年。

《趙嘏詩注》

【校注】

[1]水如天:一作“水連天”。“水如天”是月夜所見,“水連天”則更似白晝所有,於理微有不合。雍陶《望月懷江上舊游》“爲看今夜天如水,憶得當時水如天”可以與此詩互證。

【集評】

(清)黄叔燦《唐詩箋注》卷一〇:“‘風景依稀’句,繚繞有情,極似盛唐人語。”

(清)宋宗元《網師園唐詩箋》卷一六:“‘獨上’、‘同來’四字,爲此詩線索。”

雍　陶

【作者簡介】

雍陶(生卒年不詳),字國鈞,成都(今屬四川)人。文宗大和八年(834)登進士第。宣宗大中間授國子博士,八年出爲簡州刺史,晚年辭官閒居雅州。工詩,長於律絶,多紀游題詠、寄贈送别之作。清丁儀評其詩“情景俱到,晚唐本色也”(《詩學淵源》)。有集已佚,《全唐詩》録存其詩一卷。生平事蹟見元辛文房《唐才子傳》卷七。

題 君 山

【題解】

　　君山又稱湘山、洞庭山,在今湖南岳陽西南洞庭湖中。傳説舜妃(即湘君)常在此游玩,故名。詩爲題詠之作,末句比喻新奇,又切湘君傳説,爲千口所誦。

　　　風波不動影沈沈,翠色全無碧色深[1]。應是水仙梳洗處[2],一螺青黛鏡中心[3]。

《雍陶詩注》

【校注】

[1]翠色:湖水之色。碧色:君山之色。　　[2]水仙:指湘君。相傳舜死蒼梧之野,二妃追至洞庭,聞舜死,南望痛哭,投湘水而死,遂爲湘水之神。
[3]一螺青黛:古代一種製成螺形的黛墨,作繪畫用,女子用來畫眉。劉禹錫《洞庭》詩有云:"遥望洞庭山翠小,白銀盤裏一青螺。"與雍陶詩同致。

【集評】

　　富壽蓀、劉拜山《千首唐人絶句》:"'應是'二句,色彩明麗,設想奇絶,以洞庭之湖光山色與湘君故事相結合,倍覺空靈縹緲。"

温庭筠

【作者簡介】

　　温庭筠(812—870),本名岐,字飛卿,太原祁(今山西祁縣)人,其家久居長安。才思敏捷,下筆千言,每入試,押官韻作賦,凡八叉手而成,時號"温八叉"。性倨傲,放蕩不羈,好譏刺權貴,爲執政者所惡,由此屢舉不第。宣宗大中十三年(859)授隋縣尉,不得志,歸江湖;再爲方城尉。懿宗咸通七年(866),爲國子助教,後竟流落而終。庭筠才情綺麗,詩賦俱工,與李商隱齊名,號爲"温李"。又與李商隱、段成式以駢文綺麗著稱,三人排行皆十六,號"三十六體"。其詩藻飾華麗,爲晚唐華艷詩風代表,然不乏佳作。又精音律,"能逐絃吹之音,爲側艷之詞"(《舊唐書》本傳),爲"花間派"之鼻祖,與韋莊並稱"溫韋"。其詞穠艷綺麗,寫兒女之思,清劉熙載謂其"詞精妙絕人,然類不出乎綺怨"(《藝概·詞概》)。庭筠詞實爲民間詞向文人詞過渡中關鍵人物,在詞史上佔據重要位置。有集已佚,後人輯有《溫庭筠詩集》七卷、《金荃詞》一卷。《舊唐書》卷一九〇下、《新唐書》卷九一《溫大雅傳》附有傳。

商山早行

【題解】

　　商山即秦嶺在今陝西商洛的一段。大中末詩人離長安赴隋縣尉途中作此詩。詩寫早行所見,而羈旅之苦況畢見,"雞聲"一聯意象疊合,表現荒山野店環境,尤爲著名。

　　晨起動征鐸[1],客行悲故鄉。雞聲茅店月,人跡板橋霜[2]。槲葉落山路[3],枳花明驛墻[4]。因思杜陵夢,鳧雁滿迴塘[5]。

《溫飛卿詩集箋注》卷七

【校注】

[1]征鐸:行車及馬匹上繫的鈴鐺。　　[2]"人跡"句:據"枳花"句,此處的"霜"爲春天之霜。山中節氣冷,春天仍有霜降。板橋:用木板搭建的簡易橋。[3]"槲葉"句:據"枳花"句,此處落葉亦是去秋的落葉。槲(hú 胡)葉:木名,類松而落葉。　　[4]枳(zhǐ 志):木名,橘類,又名"臭橘"、"枸橘",春末開白花,果實肉少,味酸不能食。　　[5]"因思"二句:寫昨夜故鄉之夢。杜陵:在長安南。迴塘:曲折的池塘。溫庭筠自高祖溫彥博(相唐高祖、太宗)後,世代居於京兆鄠縣(今屬陝西西安),其地靠近杜陵。

【集評】

　　(宋)歐陽修《六一詩話》:"溫庭筠'雞聲茅店月,人跡板橋霜',賈島'怪禽啼曠野,落日恐行人',則道路辛苦,羈愁旅思,豈不見於言外乎?"

　　(明)胡應麟《詩藪》內編卷四:"盛唐句如'海日生殘夜,江春入舊年',中唐句如'風兼殘雪起,河帶斷冰流',晚唐句如'雞聲茅店月,人跡板橋霜',皆形容景物,妙絕千古,而盛、中、晚界限斬然。故知文章關氣運,非人力。"

菩　薩　蠻

【題解】

　　《菩薩蠻》,唐教坊曲名,後用作詞牌。全篇細緻描寫閨中女子居室器物及其服飾、梳妝等,以"懶"、"遲"寫其慵懶,以"雙雙金鷓鴣"暗示其孤寂,爲温詞"香軟"風格代表作。

　　　小山重疊金明滅[1],鬢雲欲度香腮雪[2]。懶起畫蛾眉,弄妝梳洗遲。　　照花前後鏡[3],花面交相映[4]。新貼繡羅襦[5],雙雙金鷓鴣。

《全唐五代詞》正編卷一

【校注】

[1]"小山"句:寫女子居室。小山:一説謂"眉山"(女子眉妝),一説謂"屏山"(枕屏)。清許昂霄《詞綜偶評》:"小山蓋指屏山而言。"其説是。女子枕屏上繪有山水,初日光輝映照枕屏,故"金明滅"。　　[2]鬢雲:形容女子鬢絲繚亂似雲。　　[3]前後鏡:前後兩面鏡子相對反照,即俗所謂"打反鏡"。[4]"花面"句:前後鏡中花與面交相輝映,花如面,面如花,暗示女子貌美如花。　　[5]貼:貼金,一種手工技藝,即在"繡羅襦"上用金箔貼出鷓鴣。羅襦:絲織短襖。

【集評】

　　(清)張惠言《詞論》:"此章從夢曉後領起'懶起'二字,含後文情事。'照花'四句,《離騷》初服之意。"

　　(清)陳廷焯《白雨齋詞話》卷一:"所謂沈鬱者,意在筆先,神餘言外,寫怨夫思婦之懷,寓孽子孤臣之感……皆可於一草一木發之,而發之又必若隱若現,欲露不露,反復纏綿,終不許一語道破。匪獨體格之高,亦見性情之厚。飛卿詞如'懶起畫蛾眉,弄妝梳洗遲',無限傷心,溢於言表。"

菩　薩　蠻

【題解】

　　首句"長相憶"揭出一篇主旨,此下三句追憶與愛人的離別。過片以下再回筆寫現在的思念,遙與首句相接。

　　玉樓明月長相憶[1],柳絲嫋娜春無力[2]。門外草萋萋[3],送君聞馬嘶。　　畫羅金翡翠[4],香燭銷成淚。花落子規啼[5],綠窗殘夢迷。

《全唐五代詞》正編卷一

【校注】

[1]玉樓:對女子居處的美稱。　　[2]"柳絲"句:形容春晚。　　[3]萋萋:一作"淒淒"。"萋萋"爲草盛貌,"淒淒"爲悲傷貌,皆通。　　[4]"畫羅"句:謂絲羅帷帳上畫有金翡翠圖紋。翡翠:鳥名,藍綠色鳥羽常用來作裝飾物。　　[5]子規:杜鵑鳥別稱,春晚時啼,啼聲淒切。此藉以抒寫悲苦哀怨之情。

【集評】

　　(清)陳廷焯《白雨齋詞話》卷一:"又'花落子規啼,綠窗殘夢迷'……皆含深意。此種詞第自寫性情,不必求勝人,已成絕響。"

更　漏　子

【題解】

　　《更漏子》詞牌,詠調名本意,首見於温庭筠此詞。此詞寫女子春夜相思之情,描寫細膩精緻。

　　柳絲長,春雨細,花外漏聲迢遞[1]。驚塞雁,起城烏[2],畫屏金鷓鴣。　　香霧薄[3],透簾幕,惆悵謝家池閣[4]。紅燭背[5],繡帷垂,夢長君不知。

《全唐五代詞》正編卷一

【校注】

[1]漏聲:滴漏之聲。漏,又稱壺漏、刻漏、漏刻等,古代計時器。迢遞:遠貌,此引申爲悠長。　　[2]城烏:一作“寒烏”。李賀《屏風曲》:“月風吹露屏外寒,城上烏啼楚女眠。”詞意本此,作“城烏”是。　　[3]香霧:由香爐(熏香用)裏散出來的煙霧。　　[4]謝家池閣:指女子居所。謝家即謝娘家,魏晉以來常用“謝娘”代女子姓名,如李賀《惱公》詩:“春遲王子態,鶯囀謝娘慵。”清王琦《李長吉歌詩彙解》注:“謝娘,指謝安所攜之妓。”　　[5]紅燭背:謂紅燭已盡。唐王渙《惆悵詩》:“夢裏分明入漢宮,覺來燈背錦屏空。”

【集評】

俞陛雲《唐五代兩宋詞選釋》:“前半詞意以烏爲喻,即引起後半之意。‘塞雁’、‘城烏’俱爲驚起,而畫屏上之鷓鴣仍漠然無知,猶簾垂燭背,耐盡淒涼,而君不知也。”

更　漏　子

【題解】

此詞寫閨中婦女因相思而徹夜不眠情景。通體清疏,在溫詞中另具一格。

玉爐香[1],紅蠟淚,偏照畫堂秋思[2]。眉翠薄[3],鬢雲殘[4],夜長衾枕寒。　　梧桐樹,三更雨,不道離情正苦[5]。一葉葉,一聲聲,空階滴到明。

《全唐五代詞》正編卷一

【校注】

[1]玉爐:熏香的爐。一作“金鴨”,大約是狀如鴨的熏香爐。　　[2]畫堂:女子居室的美稱。　　[3]眉翠薄:謂眉黛已經疏淡。翠,深青色,即黛色。因爲已到晚上,晨間所畫的眉黛已疏淡。　　[4]鬢雲殘:鬢髮凌亂。　　[5]“不道”句:意謂雨聲不顧我爲離情所苦正不得眠,竟響徹三更。

【集評】

(清)陳廷焯《白雨齋詞話》:“遣詞淒絕,是飛卿本色。結三語開北宋先聲。”

　　(清)李冰若《栩莊漫記》:"飛卿此詞,自是集中之冠。尋常情景,寫來凄婉動人,全由秋思離情爲其骨幹。宋人'枕前淚共窗前雨,隔個窗兒滴到明',本此而轉成淡薄。溫詞如此凄麗有情致,不爲設色所累者,寥寥可數也。溫、韋並稱,賴有此耳。"

李商隱

【作者簡介】

　　李商隱(812—858),字義山,號玉谿生,懷州河内(今河南沁陽)人,後移居鄭州榮陽(今屬河南)。弱冠,爲令狐楚所賞知,文宗大和三年(829),辟爲天平軍節度巡官。開成二年(837),又因楚子緒之薦舉登進士第。楚卒,商隱入涇源節度使王茂元幕爲掌書記,茂元以女妻之,遂陷入"牛李黨爭",自是沉於下僚。四年授秘書省校書郎,調弘農尉。武宗會昌二年(842)任秘書省正字,後歷盩厔尉、京兆尹掾曹、太學博士、東川節度判官等。宣宗大中十年(856)任鹽鐵推官,十二年,回鄭州閒居,旋卒。商隱爲晚唐大家,與杜牧齊名,並稱"小李杜";又與溫庭筠齊名,並稱"溫李"。其騈文與溫庭筠、段成式並稱"三十六體"。商隱素秉大志,詩中於藩鎮跋扈、宦官專權及國計民生等多有抒憤寄慨之作。於詩衆體兼工,七律一體最爲後人稱道,宋王安石以爲"唐人知學老杜而得其藩籬者,唯義山一人而已"(《蔡寬夫詩話》引)。其抒寫愛情的無題詩,迷離惝恍,深情綿邈,詩意似隱似現,尤爲歷代傳誦,金元好問有"獨恨無人作鄭箋"之歎(《論詩絶句》)。又精於用典,色彩璱麗,元辛文房評其"如百寶流蘇,千絲鐵網,綺密璱妍"(《唐才子傳》卷七),對後世詩歌影響深遠。有《李義山詩集》傳世,文存於《樊南文集》。《舊唐書》卷一九〇下、《新唐書》卷二〇三有傳。

初食笋呈座中

【題解】

　　作於詩人弱冠(大和初年)之時。詩託物寓懷,既抒其凌雲之志,又有恐遭剪伐之隱憂。

嫩籜香苞初出林[1]，於陵論價重如金[2]。皇都陸海應無數[3]，忍
剪凌雲一寸心[4]？

《李商隱詩歌集解》

【校注】

[1]籜(tuò 拓)：俗稱筍殼，爲竹筍初生時包於筍外的葉。　　[2]於(wū 烏)
陵：今山東鄒平東南。重如金：謂於陵之地無竹筍出産，價格昂貴。　　[3]皇都：指
長安(今陝西西安)。陸海：指陸地海中所産之物。　　[4]"忍剪"句：意謂何忍
剪此竹筍爲食，以毀其生長耶？凌雲一寸心：語意雙關，以徑寸之竹筍長成凌雲翠
竹關合其少年心志。

【集評】

　　(清)屈復《玉谿生詩意》："皇都之剪食無數，誰惜此凌雲一寸心乎？流落長安
者可痛哭也。"

重 有 感

【題解】

　　詩人先有五古《有感二首》，此爲續作，故題爲《重有感》。《有感二首》題下注：
"乙卯年有感，丙辰年詩成。"乙卯年爲文宗大和九年(835)。此年九月，翰林侍講學
士李訓、太僕卿鄭注得文宗寵信，與帝謀除宦官仇士良等，文宗遂拜李訓爲相，以鄭
注爲鳳翔節度使。十一月，李訓詐稱左金吾廳事後石榴有甘露降，請帝臨視，就便圖
殺宦官；事泄，仇士良等族誅訓、注及宰相王涯等，前後死者千餘人。長安及宮中氣
氛緊張，宦官愈加恣肆無法。史稱"甘露之變"。次年(丙辰年)二月，昭義節度使劉
從諫表問王涯等罪名，宦官始微有收斂。事見兩《唐書·文宗紀》、李訓、鄭注等
《傳》。詩人《有感》及《重有感》二詩，皆因此事而發感慨。此詩專爲劉從諫來表而
發。詩人憂國情深，詩中寄劉從諫等以厚望，焦急與義憤之情溢於言表，爲商隱七律
中政治抒情詩代表作。

　　玉帳牙旗得上游[1]，安危須共主君憂[2]。竇融表已來關右[3]，陶
侃軍宜次石頭[4]。豈有蛟龍愁失水[5]？更無鷹隼與高秋[6]。晝號夜
哭兼幽顯[7]，早晚星關雪涕收[8]。

《李商隱詩歌集解》

【校注】

[1]"玉帳"句:謂劉從諫爲一方雄藩,轄地臨近都城長安,得上游地勢之利。玉帳:軍帳,指劉從諫。昭義軍治潞州(今山西長治),領潞、邢、洺、磁四州,在當時藩鎮中實力最雄厚。　　　[2]"安危"句:謂劉從諫應與君主共擔安危。君憂:一作"分憂"。　　　[3]竇融:東漢初人,任涼州牧。時光武帝初即位,竇融知帝將討隗囂,上表問出兵日期,表示隨時準備效力。事見《後漢書·竇融傳》。關右:關中西部。此以竇融擬劉從諫。甘露之變後劉從諫曾三次上疏,要求公佈宰相王涯等人罪狀,並表示將訓練士卒,誓死清除皇帝左右姦臣。　　　[4]陶侃:東晉將領。明帝時蘇峻作亂,陶侃與溫嶠、庾亮等會於石頭,與蘇峻戰,斬峻於陣。事見《晉書·陶侃傳》。石頭:即石頭城,在金陵(今江蘇南京)西,臨大江。此以陶侃擬劉從諫等節度使,希望他們合力討逆,進軍京師。　　　[5]蛟龍:指文宗。蛟龍失水喻文宗受制於宦官,不得與朝官親近。愁:一作"長"。"愁失水"就文宗自身感受言,"長失水"自詩人旁觀言,俱通。　　　[6]鷹隼:喻宦官。鷹隼高秋喻宦官囂張跋扈。[7]幽顯:鬼神和人。此句説面對時局人神共憤。　　　[8]星關:猶天門,指皇帝居所。雪涕:流淚。此句説短期内局面將會改觀,君臣收淚爲喜。

【集評】

(清)施補華《峴傭説詩》:"義山七律,得於少陵者深。故穠麗之中,時帶沈鬱。如《重有感》、《籌筆驛》等篇,氣足神完,直登其堂、入其室矣。"

俞陛雲《詩境淺説》:"此爲感事之詩,必證以事實,始能明其意義,不僅研究句法,即以詩格論,玉谿生平瓣香杜陵,其忠憤軼蕩之氣,溢於楮墨,雅近杜陵也。"

哭　劉　蕡

【題解】

劉蕡(fén 焚),字去華,昌平(今屬北京)人。博學善屬文,好言當世之務,耿介嫉惡。大和二年(828)應賢良方正能直言極諫科,痛陳宦官專權之害,言辭激切,語無諱避,轟動一時。主考官雖然賞識劉蕡文章,但迫於宦官壓力,黜之不用,朝野議論譁然。會昌元年(841)蕡貶柳州司户,其後流落湖湘荆楚一帶,卒於潯浦。商隱與劉蕡相識於大中二年(848),次年在長安聞蕡死耗,曾連作四首哭蕡詩。此首七律對劉蕡銜冤遠貶、身死異鄉而朝廷不予聞問深致憤慨。前三聯一氣直下,悲憤難抑;末聯對劉蕡極表欽仰之情,結束沉摯有力。

上帝深宮閉九閽[1]，巫咸不下問銜冤[2]。黄陵別後春濤隔[3]，溢浦書來秋雨翻[4]。衹有安仁能作誄[5]，何曾宋玉解招魂[6]？平生風義兼師友，不敢同君哭寢門[7]。

《李商隱詩歌集解》

【校注】

[1]“上帝”句：謂上帝深居宮内，對劉蕡遭遇不予聞問。九閽：九天之門，此喻帝王宮門。　　[2]“巫咸”句：謂朝廷竟不遣人間劉蕡之冤。巫咸：古代神巫名。《離騷》：“巫咸將夕降兮，懷椒糈而要之。”王逸注：“巫咸，古神巫也。”　　[3]“黄陵”句：謂己與劉蕡相別黄陵後僅隔一春。黄陵：地名，在今湖南湘陰北，有黄陵廟，祀舜二妃。按：據劉學鍇、余恕誠《李商隱詩歌集解》考訂，商隱與劉蕡大中二年秋冬之際相識於黄陵。　　[4]“溢浦”句：謂聽到劉蕡卒於潯陽的噩耗。溢浦：即溢水，源出江西瑞昌，於今九江西北處匯入長江。按：據上句，劉蕡或卒於大中三年夏，而商隱聞噩耗已在秋季。　　[5]安仁：即晉詩人潘岳，字安仁。《晉書·潘岳傳》：“岳辭藻絕麗，尤善爲哀誄之文。”　　[6]宋玉：戰國楚詞人，《楚辭》中有《招魂》一篇，相傳屈原死後，宋玉爲其招魂而作。以上潘岳、宋玉皆商隱自喻，謂己惟能作詩以致哀悼，不能效潘岳、宋玉爲哀誄之文以招其魂魄。　　[7]“平生”二句：謂劉蕡平生與己之情誼在師友之間（義偏於師），故不敢自居同列而哭於寢門之外。風義：即風誼、情誼。同君：與君（劉蕡）同列。《禮記·檀弓》：“孔子曰：‘師，吾哭諸寢；朋友，吾哭諸寢門之外。’”

【集評】

（清）紀昀《玉谿生詩説》卷二：“一氣鼓蕩，字字沈鬱。”

（清）沈德潛《唐詩別裁集》卷一五：“上帝不遣巫咸問冤，言既阨於人，並阨於天也。”

隋　宮

【題解】

宣宗大中十一年（857），商隱游江東，睹隋煬帝荒游陳跡，有感而作。詩諷刺煬帝貪欲無窮，至於覆國身死而終不悟，諷刺辛辣，措辭宛轉流麗，又融入深沉感慨。

紫泉宮殿鎖煙霞,欲取蕪城作帝家[1]。玉璽不緣歸日角,錦帆應是到天涯[2]。於今腐草無螢火[3],終古垂楊有暮鴉[4]。地下若逢陳後主,豈宜重問後庭花[5]?

《李商隱詩歌集解》

【校注】

[1]"紫泉"二句:謂隋煬帝棄置長安宮殿不用,欲以揚州爲帝都。紫泉:即"紫淵",唐人避高祖李淵諱,以"泉"代"淵"。漢司馬相如《上林賦》形容長安形勝,有"丹水更其南,紫淵徑其北"之句,此處以紫淵代指長安。鎖煙霞:猶言爲煙霞所鎖,即空置之意。蕪城:指揚州。南朝宋鮑照有《蕪城賦》寫揚州,後遂以蕪城代揚州。 [2]"玉璽"二句:意謂隋江山若不爲唐所取代,則煬帝所乘龍舟將游遍天涯。玉璽:帝王印璽,代指帝位。日角:指唐高祖李淵。古骨相家稱人的天庭(額骨)飽滿突出若日角,乃爲帝王之相。李淵起兵前,晉陽人唐儉謂李淵"日角龍庭",必能得天下(見《舊唐書·唐儉傳》)。此處以日角代李淵。錦帆:指隋煬帝所乘龍舟。煬帝大業十二年(616)第三次南游揚州,次年李淵起兵於太原,十四年,煬帝被部下宇文化及所殺。 [3]"於今"句:據《隋書·煬帝紀》,大業十二年,天下已亂,煬帝於景華宮求螢火數斛,夜出游山放之,光遍巖谷。按:景華宮在洛陽,而杜牧《揚州三首》(其一)有"秋風放螢苑,春草鬭雞臺"之句,以放螢事在揚州。此詩家慣用之法,商隱此詩亦然。古有"腐草爲螢"的説法;此處諷刺煬帝窮奢極欲,致使揚州時至今日仍"腐草無螢"。 [4]"終古"句:據《隋書·煬帝紀》,大業元年,煬帝自板渚(古津渡,在今河南滎陽黃河側)引河作御道,植楊柳,名曰隋堤,長一千三百里。高步瀛《唐宋詩舉要》卷五引《開河記》云:"詔民間有柳一株賞一縑,百姓爭獻之;又令親種,帝自種一株,群臣次第種。栽畢,帝御筆寫賜垂楊柳姓楊,曰楊柳也。"句謂隋堤上煬帝所植之柳尚存,暮鴉哀鳴,如訴説亡國之痛。 [5]"地下"二句:反詰句,意謂煬帝死後,地下若與陳後主相逢,豈宜再問及《後庭花》?高步瀛《唐宋詩舉要》引《隋遺録》(卷上)曰:"煬帝嘗游吳公宅雞臺,恍惚間與陳後主相遇,尚唤帝爲殿下。後主舞女數十許,中一人迥美,帝屢目之,後主云即麗華也……因請麗華舞《玉樹後庭花》,麗華徐起終一曲。後主問帝:'……龍舟之游樂乎?始謂殿下致治在堯、舜之上,今日復此逸游,大抵人生各圖快樂,曩時何見罪之深耶!'帝忽悟,叱之,恍然不見。"陳後主:即陳叔寶,南朝陳亡國之君。《隋遺録》中之"麗華"即陳後主寵妃張麗華。按:隋伐陳時,煬帝時爲晉王,總伐陳戎事,故陳後主有"曩時何見罪之深"之問。

【集評】

（宋）范晞文《對牀夜語》卷四：“前輩云：詩家病使事太多，蓋皆取其與題合者類之，如此乃是編事，雖工何益……若《隋宮》詩云‘玉璽不緣歸日角，錦帆應是到天涯。’又《籌筆驛》云：‘管樂有才真不忝，關張無命欲何如。’則融化斡旋，如自己出，精粗頓異也。”

（清）何焯《義門讀書記》卷五七：“無句不佳，三、四尤得杜家骨髓。前半展拓得開，後半發揮得足，真大手筆。”

安定城樓

【題解】

安定，唐郡名，即涇州（故址在今甘肅涇川北），時爲涇源節度使治所。文宗開成三年（838）春，商隱應吏部博學宏詞科試，先已録取，復審時被一“中書長者”（見作者《與陶進士書》）抹去。落選後赴涇源節度使王茂元幕，爲其幕僚。暮春之際，詩人鬱鬱登涇州城樓，爲此詩。詩以登樓遠眺發端，抒寫懷抱，感慨身世，對扼殺人才的社會現實予以尖鋭諷刺。

迢遞高城百尺樓[1]，緑楊枝外盡汀洲[2]。賈生年少虚垂涕[3]，王粲春來更遠游[4]。永憶江湖歸白髮，欲迴天地入扁舟[5]。不知腐鼠成滋味，猜意鵷雛竟未休[6]。

　　　　　　　　　　　　　　　　　　　　　　《李商隱詩歌集解》

【校注】

[1]迢遞：高貌。　　[2]盡：指視線盡處。汀洲：水邊平地與水中洲渚。涇水自涇州城南流過，自城樓上遠望，可見涇水。　　[3]“賈生”句：謂其如漢賈誼，空懷抱負而不得當權者重視，暗寓其應博宏試不第。據《漢書·賈誼傳》，賈誼年少時數上書陳政事，予弊政多所匡建，其《陳政事疏》有“可爲痛哭者一，可爲流涕者二，可爲長太息者六”之句，然不爲當政者所用。　　[4]“王粲”句：以王粲登樓作賦喻其落第遠游，心情抑鬱不開。王粲：東漢末人，流寓荆州依劉表，不爲所用，春來遠游，登當陽（今屬湖北）城樓，作《登樓賦》以抒懷抱。　　[5]“永憶”二句：意謂自己一貫嚮往駕扁舟入江湖過歸隱生活，但希望在做出一番迴天轉地大事業後暮年之際再遂此願。江湖：與朝廷相對，指隱者處所。入扁（piān 偏）舟：暗用春秋時越

國大夫范蠡功成歸隱泛於五湖事。　　　[6]"不知"二句:意謂自己不過欲有作爲而已,原未將所謂功名利禄放在心上,不意嗜腐成癖、醉心利禄的人竟然對自己猜忌不休。腐鼠、鵷(yuān 鴛)雛:用莊子見惠施事。《莊子·秋水》:"惠子相梁(魏國),莊子往見之。或謂惠子曰:'莊子來,欲代子相。'惠子恐,搜於國中三日三夜。莊子往見之,曰:'南方有鳥,其名鵷鶵,子知之乎? 夫鵷鶵,發於南海,而飛於北海,非梧桐不止,非練實不食,非醴泉不飲。於是鴟得腐鼠,鵷鶵過之,仰而視之曰:"嚇!"今子欲以梁國而嚇我耶?'"此以腐鼠代博宏功名,以惠施代暗中排擠他的人。鵷,一作"鴛",音義俱同。

【集評】

(宋)蔡啓《蔡寬夫詩話》:"王荆公晚年亦喜稱李義山詩,以爲唐人知學老杜而得其藩籬者,唯義山一人而已。每誦其'雪嶺未歸天外使,松州猶駐殿前軍'、'永憶江湖歸白髮,欲迴天地入扁舟'……之類,雖老杜無以過也。"

(清)沈德潛《唐詩別裁集》卷一五:"言己長憶江湖以終老,但志欲挽迴天地,乃入扁舟耳。時人不知己志,以鴟鴞嗜腐鼠而疑鵷鶵,不亦重可歎乎!"

嫦　娥

【題解】

作年不明。或以爲是詠女冠(女道士)之作,詩即寫其孤寂清冷生活。但商隱抒情詩,於所詠題材中每寓個人身世遭遇之感,故又有自傷一説,亦通。

　　雲母屏風燭影深,長河漸落曉星沉。嫦娥應悔偷靈藥[1],碧海青天夜夜心。

《李商隱詩歌集解》

【校注】

[1]"嫦娥"二句:揣測嫦娥之寂寞。嫦娥偷食靈藥事,見李賀《夢天》詩注。

【集評】

(清)沈德潛《唐詩別裁集》卷二〇:"孤寂之况,以'夜夜心'三字盡之。士有争先得路而自悔者,亦作如是觀。"

　　俞陛雲《詩境淺説續編》：“嫦娥偷藥，本屬寓言，更懸揣其有悔心，且萬古悠悠，此心不變，更屬幽玄之思，詞人之戲筆耳。”

錦　　瑟

【題解】

　　錦瑟，裝飾華美的瑟。詩以首句二字爲題，類似於“無題”詩。整首詩，音節的頓挫，用典的華麗，情緒的悽愴，以及暗示的豐富，使此詩成爲商隱詩中最爲人把玩不已、又最難索解的一首。關於此詩主旨，歷來有多種説法，以“自傷身世”説最爲中肯。商隱一生無端陷於黨局，致使仕途坎壈，滿腹才華而沉淪下僚；妻子早逝，晚境淒涼，一生遭遇萬般頭緒，無從説起，於是借助典故烘托之。又有“悼亡”之説。然既自傷，則已包括悼亡之意在内。或以爲此詩是詩人晚年的“絶筆”之作，大抵不錯。

　　錦瑟無端五十絃，一絃一柱思華年[1]。莊生曉夢迷蝴蝶[2]，望帝春心託杜鵑[3]。滄海月明珠有淚[4]，藍田日暖玉生煙[5]。此情可待成追憶，祇是當時已惘然[6]。

《李商隱詩歌集解》

【校注】

[1]“錦瑟”二句：因錦瑟絃柱之數與自己年齡暗合，興起對平生的追憶。瑟二十五絃，兩側各有二十五柱（固定並緊絃之處），此或合而言之。一説古瑟本五十絃，後世易爲二十五絃。按：商隱生年及卒年，學術界尚有不同説法，本編“作者簡介”取劉學鍇、余恕誠《李商隱年表》（見《李商隱詩歌集解》附録）之説，商隱享年四十七歲，舉其成數，約爲五十。　　　[2]“莊生”句：語出《莊子》，謂一生迷惘，一切變故發生，皆不知其就裏。《莊子·齊物論》：“昔者莊周夢爲蝴蝶，栩栩然蝴蝶也……不知周也。俄然覺，則蘧蘧然周也。不知周之夢爲蝴蝶與？蝴蝶之夢爲周與？”
　　[3]“望帝”句：謂一生感傷，即死後魂魄亦會感傷不已。望帝：古蜀國君王。《華陽國志·蜀志》：“杜宇稱帝，號曰望帝……會有水災，其相開明決玉壘山以除水害，帝遂委以政事，法堯、舜禪授之義，遂禪位於開明，帝升西山隱焉。時適二月，子鵑鳥鳴，故蜀人悲子鵑鳥鳴也。”另據《説文》，杜宇死，其魄化爲子規。子規，鳥名，即杜鵑，又名杜宇。春心：傷春之心。　　　[4]“滄海”句：或以明珠有淚喻其一生文章皆由傷感而生。滄海：此指南海。晉干寶《搜神記》卷一二：“南海之外，

有鮫人,水居如魚,不廢織績,其眼泣則能出珠。"類似記載又見晉張華《博物志》卷二、漢郭憲《洞冥記》卷二等。月明:有雙關意,既指鮫人泣珠在月明之夜,也代珠。古代名珠,多以明月爲名,如《楚辭·九章·涉江》:"被明月兮佩寶璐。"李斯《諫逐客書》:"垂明月之珠。"　　[5]"藍田"句:司空圖《與極浦論詩書》引戴叔倫語:"詩家之景,如藍田日暖,良玉生煙,可望而不可置於眉睫之前也。"此句由此化出,謂一生才華埋没如藍田之玉;或謂一生迷惘,難以準確把握。藍田:山名,在今西安藍田縣境内,出美玉,號藍田玉。　　[6]"此情"二句:意謂時至今日,正要一一追溯往事,然而當時既已惘然,今日亦難以理清頭緒了。惘然:迷惘、無所適從。

【集評】

(清)陸次雲《唐詩善鳴集》卷上:"義山晚唐佳手,佳莫佳於此矣。意致迷離,在可解不可解之間,於初盛諸家中得未曾有。三楚精神,筆端獨得。"

(清)何焯《義門讀書記》卷五七:"此悼亡之詩也。首特借素女鼓五十絃之瑟而悲、泰帝禁不可止以發端,言悲思之情有不可得而止者。次聯則悲其遽化爲異物,腹聯又悲其不能復起之九原也。曰'思華年',曰'追憶',指趣曉然,何事紛紛附會乎!"

(清)黃叔燦《唐詩箋注》卷六:"此義山年登五十,追溯平生而作也。"

碧　　城

其　　一

【題解】

此詩以首句二字爲題,與《錦瑟》同。原有三首,此爲第一首。詩旨衆説紛紜。商隱十七歲前曾於玉陽山學道,與女冠亦有往來,此詩或爲詩人自敍其與女冠之戀情;或不必拘泥於女冠,作一般情詩觀之亦佳。

碧城十二曲闌干[1],犀辟塵埃玉辟寒[2]。閬苑有書多附鶴[3],女牀無樹不棲鸞[4]。星沉海底當窗見,雨過河源隔座看[5]。若是曉珠明又定,一生長對水精盤[6]。

《李商隱詩歌集解》

【校注】

[1] 碧城：《太平御覽》卷六七引《上清經》：“元始（天尊）居紫霞之闕，碧霞爲城。”後因以“碧城”代仙人所居之處。此指女冠所居之處。十二曲闌干：南朝樂府《西洲曲》有“闌干十二曲，垂手明如玉”之句，此句由此化出，“十二”云云，不必定指爲道觀所實有。　　[2]“犀辟”句：謂女冠所居净潔而温。犀辟塵埃：清馮浩《玉谿生詩集箋注》卷三：“《述異記》：‘却塵犀，海獸也。然其角辟塵，致之於座，塵埃不入。’《嶺表録異》：‘辟塵犀爲婦人簪梳，塵不着髮。’”玉辟寒：傳説古代有能發火之玉，置之室中可使不寒。《漢武帝内傳》：“（上元夫人）戴九雲夜光之冠，曳六出火玉之佩。”唐蘇鶚《杜陽雜編》卷下：“武宗皇帝會昌元年，夫餘國貢火玉三斗……色赤，長半寸，上尖下圓，光照數十步，積之可以燃鼎，置之室内，則不復挾纊。”　　[3]“閬苑”句：謂仙宫内外男女幽期多藉書信往來約定。閬苑：仙人居處，此指女冠所居處。多附鶴：謂以鶴傳其書信。劉學鍇、余恕誠《李商隱詩歌集解》引道源注：“《錦帶》：‘仙家以鶴傳書，白雲傳信。’”馮浩《玉谿生詩集箋注》卷三：“鶴傳書，未檢所本，盧綸詩‘渡海傳書怪鶴遲’，可相證耳。”按：盧綸句見《酬暢當嵩山尋麻道士見寄》。　　[4]“女牀”句：謂仙山之上男歡女愛，無不雙棲。女牀：傳説中山名，此代指女冠居處。《山海經·西山經》：“西南三百里，曰女牀之山……有鳥焉，其狀如翟，五彩文，名曰鸞鳥。”按：女牀雙關。　　[5]“星沉”二句：以碧城之高，狀歡會離别之後的寂寞惆悵。碧城爲天上宫闕，故當窗可見曉星沉海，隔座可望雨過河源。　　[6]“若是”二句：想像之詞，意謂情人若如既明且定的星辰，則可長留碧城永相守望。

【集評】

（清）錢謙益、何焯《唐詩鼓吹評注》卷七：“此懷人而不可即，故以比之神人。”

無　　題

【題解】

原有二首，此爲第一首，另一首爲七絶。李商隱集中，有十數首題爲“無題”的詩。另有以首句二字爲題之詩（如《錦瑟》），與《無題》同。詩人將自己的詩篇命爲“無題”，可能有難言之隱，故求隱晦。《無題》詩中，以七律一體意象尤其飄忽，用典深微，化沉博爲精純，寓停蓄於舒展，極富暗示性，又極富朦朧性，其抒情藝術達到爐火純青地步。研究者多以爲這些七律《無題》是詩人對自己戀情深邃而真摯的抒寫，但皆難求其實。清屈復以爲："若《錦瑟》、《無題》、《玉山》諸篇，皆男女慕悅之詞，知其有寄託而已。若必求其何事何人以實之，則鑿矣。"（《玉谿生詩意·凡例》）誠爲達者之言。此首《無題》，是對"昨夜"男女偶爾歡娛場面的追述，全用賦體，而非比興寓言之作，故含義較爲明白，作於文宗會昌五、六年（845、846）之間，時商隱任秘書省正字。

　　昨夜星辰昨夜風，畫樓西畔桂堂東[1]。身無彩鳳雙飛翼，心有靈犀一點通[2]。隔座送鉤春酒暖[3]，分曹射覆蠟燈紅[4]。嗟余聽鼓應官去，走馬蘭臺類轉蓬[5]。

《李商隱詩歌集解》

【校注】

[1]畫樓、桂堂：皆富貴人家屋舍樓閣。畫樓之西、桂堂之東，是男女歡會場所所在，與白居易《錢塘湖春行》"孤山寺北賈亭西"同一句法。　　[2]"身無"二句：寫其與一女子互有屬意，雖不能在一起，但四目相視，心靈相通。靈犀：古代把犀牛角視爲靈異之物，故稱靈犀；又稱"通犀"，因犀角中心有一條白色細線（髓質）上下相通，故云。《漢書·西域傳》："通犀、翠羽之珍。"顏師古注引如淳曰："通犀，中央色白，通兩頭。"　　[3]送鉤：謂藏鉤之戲。相傳漢武帝鉤弋夫人入宮時，拳一手，帝披其手，得玉鉤，手遂展，後人乃作藏鉤之戲。見《漢武故事》。據晉周處《風土記》，其游戲之法是將人分爲兩組（兩曹），有一鉤，傳遞後藏於某人之手，令對方猜，猜不中者罰酒。　　[4]分曹：分組。射覆：亦古游戲之法。其法是在巾、盂等物下預藏一物，令對方猜。　　[5]"嗟余"二句：謂聽到更鼓聲，應去做官理事，感歎身世如蓬草飄轉，無法掌持。唐時，長安宮內及各街坊置鼓，晨、暮以鼓聲爲"號令"，稱爲"官街鼓"。《新唐書·百官志》："日暮，鼓八百聲而門閉……五更二點，鼓自內發，諸街鼓承振，坊市門皆啓，鼓三千撾，辨色而止。"蘭臺：即秘書省，掌國家圖籍。高宗龍朔、咸亨年間，秘書省曾改爲蘭臺。武宗會昌五、六年，商隱官秘書省正字。

【集評】

　　（清）錢謙益、何焯《唐詩鼓吹評注》卷七："此追憶昨夜之景而思其地，謂身不能至，而心則可通也。'送鉤'、'射覆'乃昨夜之事。嗟余聽鼓而去，跡似轉蓬，不惟不能相親,並與畫樓、桂堂相遠矣。"

　　(清)黄叔燦《唐詩箋注》卷六:"詩意平常,而煉句設色,字字不同。"

無　　題

【題解】

　　原四首,前二首爲七律,後二首五古、七古各一。此爲第一首。抒寫與相愛女子久別之後深入骨髓的相思。

　　來是空言去絶蹤[1],月斜樓上五更鐘。夢爲遠别啼難唤[2],書被催成墨未濃。蠟照半籠金翡翠[3],麝熏微度繡芙蓉[4]。劉郎已恨蓬山遠,更隔蓬山一萬重[5]。

　　　　　　　　　　　　　　　　　　　　　　　　《李商隱詩歌集解》

【校注】

[1]"來是"句:謂歸來重逢的許諾爲空言,自離去之後即永無蹤跡。　　[2]"夢爲"句:寫夢中别離情狀。啼難唤:猶言雖啼亦難唤回。　　[3]"蠟照"句:謂燈燭之光爲繡有金翡翠之羅罩所掩,暗示夜已深。金翡翠:繡有翡翠鳥的羅罩,眠時用以罩在燭臺上掩暗燈光。温庭筠《菩薩蠻》:"畫羅金翡翠,香燭銷成淚。"即此。[4]"麝熏"句:謂室内熏香,香氣透入被褥、帷帳。熏:一作"香",皆通。"熏"爲動詞,與上句"照"對偶,作"熏"是。繡芙蓉:繡有芙蓉圖案的被褥等。　　[5]"劉郎"二句:用劉晨、阮肇入天台山相遇神女事,比喻與所愛女子别後不得再見。據南朝宋劉義慶《幽明録》,東漢永明中,劉晨、阮肇入天台山採藥,遇二仙女,邀至仙府,留半載,後返回鄉里,子孫已傳七世。劉、阮再入天台,仙女蹤跡渺然。後以此事用作人仙相戀或艷遇典故。蓬山:即蓬萊山,傳説中海上仙山。

【集評】

　　(清)陸鳴皋《李義山詩疏》:"起得飄空。來無蹤影,有春從天上之意,與'昨夜星辰'等篇同法。"

無　　題

【題解】

　　此篇寫與相愛女子暮春傷別。曲折纏綿,刻骨銘心,是商隱(無題)愛情詩中最有名的一首。

　　相見時難別亦難[1],東風無力百花殘[2]。春蠶到死絲方盡[3],蠟炬成灰淚始乾。曉鏡但愁雲鬢改,夜吟應覺月光寒[4]。蓬山此去無多路,青鳥殷勤爲探看[5]。

《李商隱詩歌集解》

【校注】

[1]"相見"句:魏文帝曹丕《燕歌行》:"別日何易會日難。"晉陸機《答賈謐詩》:"分索則易,攜手實難。"南朝梁江淹《別賦》:"黯然銷魂者,唯別而已矣。"南朝梁顏之推《顏氏家訓·風操》:"別易會難,古人所重。"此句合而言之,惟"相見時難",故別亦倍覺難堪。　　[2]"東風"句:謂春晚。"百花殘"暗寓相愛之事前景黯淡。　　[3]絲:諧音"思",古樂府多用之。如《樂府詩集·清商曲辭》卷四九《西曲歌·作蠶絲》:"春蠶不應老,晝夜常懷絲。何惜微軀盡,纏綿自有時。"《李商隱詩歌集解》引明錢龍惕《玉谿生詩箋》云:"此是以絲喻情緒,非借作思也。對句(指'蠟炬'句)不用借字可證。"所説亦有道理。　　[4]"曉鏡"二句:爲懸想對方活動及心理之辭。曉鏡:晨起攬鏡梳妝,"鏡"與下句"吟"對文,用作動詞。雲鬢改:謂因愁而頭白。　　[5]"蓬山"二句:謂對方所居距己不遠,盼其借青鳥傳書,互通音問。蓬山:仙山名,此代女子所居處。青鳥:神鳥,舊以青鳥爲男女間傳遞書信者。殷勤:頻繁、反復。

【集評】

　　(宋)葛立方《韻語陽秋》卷三:"仲長統云:'垂露成帷,張霄成幄,沆瀣當餐,九陽代燭。'蓋取無情之物作有情用也。自後竊取其意者甚多。……李義山《無題》詩云'春蠶到死絲方盡,蠟炬成灰淚始乾。'此又是一格。今效此體爲俚語小詞傳於世者甚多,不足道也。"

　　(清)葉矯然《龍性堂詩話初集》:"李義山慧業高人,敖陶孫謂其詩'綺密瓖妍,要非實用',此皮相也。義山《無題》云:'春蠶到死絲方盡,蠟炬成灰淚始乾。'又'神女生涯原是夢,小姑居處本無郎。'其指點情癡處,拈花棒喝,殆兼有之。”

樂 游 原

【題解】

　　題一作《登樂游原》。樂游原一名樂游苑、樂游園,在長安(今陝西西安)朱雀街東升平、新昌坊一帶。其地隆起,漢宣帝時以此爲苑,唐時再加興造,置亭閣,成爲城內高爽之處,登臨俯瞰,京城之內盡收眼底。作年不可確知。詩寫其“意不適”時登古原遠眺觸發的感受。

　　向晚意不適,驅車登古原。夕陽無限好,祇是近黃昏。

《李商隱詩歌集解》

【集評】

　　(清)何焯《李義山詩集輯評》卷一:“遲暮之感,沉淪之痛,觸緒紛來,悲涼無限。”

　　(清)紀昀《玉谿生詩説》卷上:“百感茫茫,一時交集,謂之悲身世可,謂之憂時事亦可。下二句向來所賞,然得力處,在以‘向晚意不適’句倒裝而入。”

瑤 池

【題解】

　　瑤池爲神話傳説中崑崙山池名,西王母宴周穆王於此,見《穆天子傳》。穆王好神仙,唐武宗亦好方士之説,服金丹,死於會昌六年(846)。詩或作於此年,借穆王傳説以諷之。

　　瑤池阿母綺窗開[1],黃竹歌聲動地哀[2]。八駿日行三萬里,穆王何事不重來[3]?

《李商隱詩歌集解》

【校注】

[1]瑤池阿母:即西王母。綺窗開:謂西王母設宴款待穆王。綺窗,繪或雕有花紋

圖案的窗户。　　　[2]"黄竹"句:據《穆天子傳》卷五,穆王南巡時,正大雪天寒,百姓受凍,穆王嘗作《黄竹之歌》三章以哀之。　　　[3]"八駿"二句:謂穆王好神仙而身已死,雖有八駿,日行萬里,不能踐西王母三年之約。《穆天子傳》卷三:"天子觴西王母於瑶池之上。西王母爲天子謡曰:'白雲在天,山陵自出。道里悠遠,山川間之。將子無死,尚能復來。'天子答之曰:'予歸東土,和治諸夏。萬民平均,吾顧見汝。比及三年,將復而野(郭璞注此句:復返此野而見汝也)。'"八駿:相傳穆王駕八駿馬周游天下。

【集評】

　　(清)程夢星《李義山詩集箋注》:"此追歎武宗之崩也。武宗好仙,又好游獵,又寵王才人,此詩熔鑄其事而出之。祇周穆王一事足概武宗三端,用思最深,措辭最巧。"

　　(清)紀昀《玉谿生詩説》卷上:"盡言盡意矣,而以詰問之辭吞吐出之,故盡而不盡。"

夜雨寄北

【題解】

　　題一作《夜雨寄內》。詩兼有寄內、寄友人之意。據劉學鍇、余恕誠《李商隱詩歌集解》考訂,詩作於商隱在梓州(今屬四川)幕後期(約宣宗大中九年,855),詩人之妻王氏已卒,則作"寄內"非是。

　　君問歸期未有期,巴山夜雨漲秋池[1]。何當共剪西窗燭[2],卻話巴山夜雨時。

《李商隱詩歌集解》

【校注】

[1]巴山:泛指東川(今四川東部)一帶之山。　　　[2]何當:猶言何時能够,是期盼之詞。

【集評】

　　(清)何焯《李義山詩集輯評》卷一:"水精如意玉連環。荆公屢仿此。"

（清）紀昀《玉谿生詩説》卷上：“探過一步作結，不言當下云‘何’，而當下意境可想。作不盡語每不免有做作態，此詩含蓄不露，卻衹似一氣説完，故爲高唱。”

皮日休

【作者簡介】

皮日休（834？—883？），字逸少，後字襲美，襄陽竟陵（今湖北天門）人。懿宗咸通八年（867）登進士第。爲蘇州軍事判官時，與陸龜蒙等結爲詩友，唱酬頗多，後世以“皮陸”稱之。後入京爲著作郎，遷太常博士，又出爲毗陵副使。黃巢起義，入黃巢軍，僖宗廣明元年（880）巢入長安稱帝，授翰林學士。約卒於此後兩三年間。死因不明。一説其作讖文譏刺黃巢，爲巢所殺；一説爲唐軍所殺；一説巢兵敗後流落江南病死。日休爲晚唐著名詩人、散文家。爲詩主張“詩之美也，聞之足以勸乎功；詩之刺也，聞之足以戒乎政”（《正樂府序》）。《正樂府十篇》皆反映現實之作，論者以爲“雖不及樂天《新樂府》深透沉痛，而指抉利弊，何讓諷諭。時無忌諱，乃得此神世之作”（清胡壽芝《東目館詩見》）。散文繼承韓柳古文運動傳統，小品文如《鹿門隱書》，批判社會現實尤尖鋭潑辣，魯迅曾稱皮、陸等小品文爲唐末“一塌糊塗的泥塘裏的光彩和鋒芒”（《南腔北調集·小品文的危機》）。有《皮子文藪》十卷、與陸龜蒙唱和之《松陵集》十卷，今傳。生平事蹟見元辛文房《唐才子傳》卷八。

橡　媪　歎

【題解】

此詩爲《正樂府十篇》之二。《正樂府》收在作者咸通七年（866）所編《皮子文藪》中，皆未第進士時所作。前有序，闡明其爲詩主張。組詩題爲《正樂府》，即表示與元結《系樂府》、元白等《新樂府》一脈相承。此詩以對比手法，寫一黃髮老嫗在秋收後拾橡子充過冬之糧的悲慘生活，揭露唐末“狡吏不畏刑，貪官不避贓”的腐敗吏治。全詩敍議結合，用筆質直，亦一似白居易《秦中吟》。

秋深橡子熟[1]，散落榛蕪岡。傴傴黃髮媪[2]，拾之踐晨霜。移時始盈掬，盡日方滿筐。幾曝復幾蒸，用作三冬糧[3]。山前有熟稻，紫穗襲人香。細穫又精舂[4]，粒粒如玉璫[5]。持之納於官，私室無倉箱。如何一石餘，祇作五斗量[6]？狡吏不畏刑，貪官不避贓[7]。農時作私債，農畢歸官倉[8]。自冬及於春，橡食誑飢腸。吾聞田成子，詐仁猶自王[9]。吁嗟逢橡媪，不覺淚沾裳。

《皮子文藪》卷一〇

【校注】

[1]橡子：櫟樹的果實，又名橡栗、橡果，荒年時，饑民賴以充飢。　[2]傴（yǔ 語）傴：彎腰駝背狀。黃髮：老年人髮由白變黃。　[3]三冬：即冬天。冬天有三個月。　[4]"細穫"句：謂精細收穫、舂米。舂：使稻粒去殼。　[5]玉璫（dāng 當）：美玉。此處形容米粒晶瑩潔白如玉。　[6]"如何"二句：謂官吏以大斗收入，一石祇作五斗。如何：猶言爲什麼、竟然。　[7]"狡吏"二句：謂小吏不懼刑法，官員亦公開貪贓。吏：指州縣機構中的吏員，從事稅收、錢糧管理等事務，一般不由朝廷派遣，而由州縣長官聘用當地人擔任。　[8]"農時"二句：謂州縣官吏以官糧充作私糧，在農忙糧荒之際放出，又在收穫之後收回，利用大、小斗等手段盈利謀私，一部分歸回官倉，另一部分則歸於己。　[9]"吾聞"二句：感歎田成子的仁愛固然虛僞，畢竟有惠於民，而如今的官吏則公然巧取豪奪。田成子：即田常，又稱陳恒，春秋時齊相。爲了爭奪相位，收買人心，田成子大斗貸出、小斗收進，以詐仁（虛假仁義）的手段取得民衆擁戴。他的子孫後來奪取了齊國王位。事見《史記·田敬仲完世家》。

韋　莊

【作者簡介】

韋莊（836？—910），字端己，京兆（今陝西西安）杜陵人。中唐著名詩人韋應物四世孫。少孤居力學，然屢試不第，昭宗乾寧元年（894）始登進士第，授校書郎，擢左補闕。天復元年（901）入蜀依王建，爲掌書記，遂終身仕蜀。唐亡，王建稱帝，國號前蜀,爲左散騎常侍,判中書門下事,蜀之開國制度、號令行政禮樂,多出其手。後卒於蜀。韋莊工於詩,多懷古傷世、離情別緒之作,清洪亮吉許爲“唐末一巨手”(《北江詩話》卷六);元辛文房以爲韋莊詩“一詠一觴之作,俱能感動人”(《唐才子傳》)。長篇敍事詩《秦婦吟》尤著名。又擅詞,詞風清麗,語言自然,清周濟評其詞如“初日芙蓉春月柳,使人想見風度”(《介存齋論詞雜著》)。詞與温庭筠齊名,並稱“温韋”。有《浣花集》十卷傳世,詞又見《花間集》。生平事蹟見《唐才子傳》卷一〇。

臺　城

【題解】

　　題一作《題金陵圖》,誤。作於僖宗中和三年(883)詩人客游江南時。臺城,在今南京城内雞鳴寺南,爲六朝國都建康宫城。宋洪邁《容齋隨筆》卷五:“晉宋間,謂朝廷禁省爲臺,故稱禁城爲臺城。”六朝易代時,臺城曾兩度被攻陷,爲六朝盛衰之見證。詩人憑弔古跡,感歎歷朝興亡之事,筆調深沉,乃爲絶唱。

　　江雨霏霏江草齊,六朝如夢鳥空啼[1]。無情最是臺城柳,依舊煙籠十里堤[2]。

《韋莊集》卷四

【校注】

[1]六朝:史稱東吴、東晉與南朝宋、齊、梁、陳爲六朝。　　[2]十里堤:指玄武湖堤。臺城在玄武湖側。

【集評】

　　(清)陸次雲《五朝詩善鳴集》卷上:“多少臺城憑弔詩,總被‘六朝如夢’四字説盡。”

　　(清)周詠棠《唐賢小三昧續集》卷下:“韻足與牧之‘商女’、‘後庭’之作同妙。”

浣　溪　沙

【題解】

《浣溪沙》,唐教坊曲名,後用爲詞牌,又稱《浣溪紗》、《浣紗溪》。明陳耀文《花草粹編》卷三引宋楊湜《古今詞話》:"韋莊以才名寓蜀,王建割據,遂羈留之。莊有寵人,資質艷麗,兼擅詞翰。建聞之,託以教内人爲詞,强莊奪去。莊追念悒怏,作《小重山》及《空相憶》云云。"此詞或即抒寫對愛妾的思念。

　　夜夜相思更漏殘[1],傷心明月憑欄干[2]。想君思我錦衾寒[3]。
咫尺畫堂深似海[4],憶來唯把舊書看[5]。幾時攜手入長安[6]?

《全唐五代詞》正編卷一

【校注】

[1]更漏殘:壺漏中餘水不多,謂夜已深。　　[2]"傷心"句:"憑欄干"指人,"傷心明月"謂即目所見。憑,一作"依",一作"傍",義同。　　[3]"想君"句:懸想對方思念自己,與杜甫《月夜》"香霧雲鬟濕,清輝玉臂寒"同致。　　[4]"咫尺"句:或由崔郊(唐貞元間人)《贈去婢》"侯門一入深如海,從此蕭郎是路人"化出。[5]把:持、拿。舊書:往日書信。　　[6]入長安:謂歸故鄉。韋莊長安人,故云。

【集評】

　　俞陛雲《唐五代兩宋詞選釋》:"端己相蜀後,愛妾生離,故鄉難返,所作詞本此兩意爲多。此詞冀其'攜手入長安',則兩意兼有。"

　　俞平伯《唐宋詞選釋》:"下三句説出本事。人不必遠,以阻隔而堂深;其所以阻隔卻未説破。'攜手入長安'者,蓋舊約也,今唯有把書重看耳,幾時得實現耶!宋周邦彦《浣溪沙》:'不爲蕭娘舊約寒,何因容易别長安',殆即由此變化,而句意較明白,可作爲解釋讀。"

菩　薩　蠻

【題解】

　　韋莊《菩薩蠻》組詞共五首,此爲第一首。一般認爲這組詞是韋莊晚年流寓蜀中回憶舊游所作,而回憶舊游又與他深深的思鄉情緒連接在一起。此詞當爲懷念寵姬而作。

其 一

紅樓別夜堪惆悵[1],香燈半捲流蘇帳[2]。殘月出門時,美人和淚辭。 琵琶金翠羽[3],絃上黃鶯語[4]。勸我早歸家,綠窗人似花[5]。

《全唐五代詞》正編卷一

【校注】

[1]紅樓:富貴人家府第。此處指與"美人"離別所在。紅,一作"江","江樓"指江邊歌館酒樓,亦通。 [2]香燈:摻有香料的燈。北周庾信《燈賦》:"香添然蜜,氣雜燒蘭。" [3]金翠羽:琵琶上的裝飾。 [4]"絃上"句:用白居易《琵琶行》"間關鶯語花底滑"句意,謂琵琶之音如黃鶯鳴叫。宋晏幾道《臨江仙》"琵琶絃上説相思"由此句化出。 [5]綠窗:綠紗窗。女子所居處。

【集評】

(清)周珽《删補唐詩選脈箋釋會通評林》卷六〇:"《菩薩蠻》一詞,倡自青蓮,嗣後溫飛卿輩輒多佳句。然高豔涵養有情,覺端己此首大饒奇想。"

(清)陳廷焯《白雨齋詞話》卷一:"意婉詞直,一變飛卿面目,然消息正自相通。"

其 二

【題解】

此首爲組詞第二首。借蜀中女子挽留,曲折寫其對故鄉的思念之情。詞又見於馮延巳《陽春集》,《尊前集》或作李白詞,皆誤。

人人盡説江南好,遊人只合江南老[1]。春水碧於天,畫船聽雨眠[2]。 壚邊人似月[3],皓腕凝霜雪[4]。未老莫還鄉,還鄉須斷腸。

《全唐五代詞》正編卷一

【校注】

[1]合:應當、該當。 [2]畫船:江上游船,有彩繪裝飾。 [3]"壚邊"句:形

容賣酒女子美貌。《史記·司馬相如列傳》:"買一酒舍酤酒,而令文君當鑪。"鑪爲酒店放置酒罎的土臺,四邊隆起。當鑪女即酒店招呼酒客者。　　　[4]霜雪:霜,一作"雙"。謂雙腕如雪,亦通。

【集評】

(清)張惠言《詞選》卷一:"此章述蜀人勸留之辭,即下章云'滿樓紅袖招'也。江南即指蜀,中原沸亂,故曰'還鄉須斷腸'。"

(清)陳廷焯《白雨齋詞評》:"一幅春江圖畫。意中是思鄉,筆下卻説江南風景好,真是淚溢中腸,無人省得。"

女　冠　子

【題解】

《女冠子》,唐教坊曲名,後用作詞牌。韋莊此調共兩首,共詠一事,爲聯章體。此爲第一首。此是懷人之作,追憶其與寵姬分別情景。其本事,參見《浣溪沙》(夜夜相思更漏殘)"題解"。

四月十七,正是去年今日。別君時,忍淚佯低面,含羞半斂眉。不知魂已斷,空有夢相隨。除卻天邊月,没人知。

《全唐五代詞》正編卷一

【集評】

(清)陳廷焯《白雨齋詞評》:"起得灑落,'忍淚'十字,真寫得出。"

(清)王闓運《湘綺樓詞選》:"不知得妙,夢隨乃知耳。若先知,那得有夢? 唯有月知,則常語矣。"

聶夷中

【作者簡介】

聶夷中(生卒年不詳),字坦之,河南中都(今河南沁陽)人。懿宗咸通十二年(871)登進士第,授華陰尉。夷中出身貧苦,奮起草澤,對農民貧寒艱苦之狀有切身體會,故所作詩"多傷俗憫時之作,哀稼穡之艱難"(元辛文房《唐才子傳》),有古謠諺之風。有集已佚,《全唐詩》編其詩一卷。生平事蹟見《唐才子傳》卷九。

詠　田　家

【題解】

題一作《傷田家》。前四句比喻形象貼切,寫農民迫於苛政,"剜肉補瘡"以救眼前飢寒,可以單獨成詩,與李紳《憫農》並傳千古。

二月賣新絲,三月糶新穀[1]。醫得眼前瘡,剜卻心頭肉。我願君王心,化作光明燭。不照綺羅宴,祇照逃亡屋[2]。

《全唐詩》卷六三六

【校注】

[1]"二月"二句:二月並無新絲,三月亦無新穀,此謂農民當絲、穀未成之際,已將絲、穀賤價賣出,待絲、穀已成,俱是他人之物。故下句云"醫得眼前瘡,剜卻心頭肉"。　　[2]逃亡:指不堪租税重負捨棄田地逃亡在外的農民。

【集評】

(清)宋宗元《網師園唐詩箋》卷三:"《國風》乎?《小雅》乎?悱惻乃爾。"

魚玄機

【作者簡介】

　　魚玄機(844? —868),字蕙蘭,一字幼微,長安(今陝西西安)人。初爲補闕李億妾,以正妻不能相容,懿宗咸通間出家爲女道士,居長安咸宜觀。嘗游歷今湖北、江西等地。後因虐殺侍婢,爲京兆尹溫璋所殺。性聰慧,好讀書,詩有才思,元辛文房評其詩“情致繁縟”(《唐才子傳》)。有《魚玄機詩》一卷傳世。生平事蹟見《唐才子傳》卷八。

江陵愁望寄子安

【題解】

　　題一作《江陵愁望有寄》。江陵,今湖北荆州。子安,李億字。玄機詩中有寄子安詩多首。此因李億出行不歸而有寄,末二句比喻新奇。

　　楓葉千枝復萬枝,江橋掩映暮帆遲。憶君心似西江水[1],日夜東流無歇時。

《唐女詩人集三種·魚玄機詩》

【校注】

[1] 西江:指長江之上段。

陸龜蒙

【作者簡介】

　　陸龜蒙(? —881?),字魯望,蘇州吳縣(今屬江蘇)人。懿宗咸通中嘗應進士試,不第,遂不復試,隱居松江甫里,與皮日休唱和,世稱“皮陸”。躬耕勤勞,時不免飢寒。又好放扁舟,泛於太湖中。卒於僖宗中和間。陸龜蒙詩效杜甫、韓愈而功力不逮,騁其學問,情致不足,故明胡震亨謂其"詩興宜饒,而墨彩反復黯鈍者,當緣多學爲累,苦欲以賦料入詩耳。"(《唐音癸籤》卷八)其小詩有真切可誦者。小品文抨擊現實,富抗争精神。有《笠澤叢書》四卷、皮陸唱和集《松陵集》十卷傳於世。《新唐書》卷一九六有傳。

新　沙

【題解】

　　新沙,海水漲潮後新出現的沙洲。此詩諷刺官吏聚斂之甚,即新沙洲亦不放過。

　　渤澥聲中漲小堤[1],官家知後海鷗知。蓬萊有路教人到,應亦年年税紫芝[2]。

《全唐詩》卷六二九

【校注】

[1] 渤澥(xiè 泄):海的别支,即海邊小水面。小堤:指新沙洲。　　[2]"蓬萊"二句:意謂蓬萊倘有路可通,則紫芝亦當徵税。蓬萊:傳説中海上仙山。紫芝:即靈芝草,爲仙家所植。

【集評】

　　富壽蓀、劉拜山《千首唐人絶句》:"'官家知後海鷗知','應亦年年税紫芝',皆以嘲謔想像之筆,刺徵斂之重,可謂入木三分。"

野　廟　碑　并詩

【題解】

　　野廟,指民間供奉、不列於朝廷祀典的雜神之廟。爲野廟立碑,在"淫祀"之甌越間,爲多見。然作者作此文之意,卻在於借題發揮,譏刺現實。野廟之神,土木爲之,民自立之而自畏之,是民之惑;但與"纓弁言語之土木"即地方官吏比較而言,土木之神爲害一方實微乎其微。文章行文尖鋭潑辣,有投槍、匕首之效果,極富現實意義。

碑者,悲也[1]。古者懸而窆,用木[2];後人書之以表其功德,因留之不忍去,碑之名由是而得。自秦、漢以降,生而有功德政事者亦碑之;而又易之以石,失其稱矣[3]。余之野廟碑也,非有政事功德可紀,直悲夫甿竭其力[4],以奉無名之土木而已矣[5]。

甌越間好事鬼[6],山椒水濱多淫祀[7],其廟貌[8],有雄而毅、黝而碩者,則曰將軍;有溫而愿、皙而少者[9],則曰某郎;有媼而尊嚴者,則曰姥[10];有婦而容艷者[11],則曰姑。其居處則敞之以廳堂,峻之以陛級[12];左右老木,攢植森拱;蘿蔦翳於上[13],梟鴉室其間[14];車馬徒隸,從雜怪狀[15];甿作之,甿怖之,走畏恐後[16]。大者椎牛,次者擊豕,小不下犬雞魚菽之薦[17]。牲酒之奠,缺於家可也,缺於神不可也。一日懈怠,禍亦隨作。耄孺畜牧慄慄然[18]。疾病死喪,甿不曰適丁其時耶[19],而自惑其生,悉歸之於神。

【校注】

[1]“碑者”二句:字書並無“碑、悲”的説法,此義是後人因其諧音而猜度之詞。作者因行文需要,採用此説。　　[2]“古者”二句:謂古代下葬時,用繩索將棺木懸起,然後落葬。落葬時,在棺四面立木柱,繩索穿木柱爲轆轤,緩緩弔下。窆(biǎn 扁):落葬下棺。《禮記·檀弓下》:“公室視豐碑。”鄭玄注:“豐碑,斲大木爲之,形如石碑。於槨前後四角樹之,穿中,於間爲鹿盧,下棺以綍繞。”
[3]“自秦漢”四句:明吳訥《文章辨體序説》引《事祖廣記》:“古者葬有豐碑以窆。秦漢以來,死有功業,則刻於上,稍改用石。”即此義。　　[4]甿(méng 蒙):一作“氓”,音義俱同“民”。　　[5]無名土木:無來由之神。　　[6]甌越:今浙江東南一帶。甌,指甌江,源於浙江遂昌,稱松陽溪,東南流,至青田以下稱甌江,經溫州入海。越,古種族名。漢初東越王搖都東甌(今浙江永嘉),地瀕甌江。　　[7]山椒:山頂。淫祀:祭祀過濫。《禮記·曲禮下》:“非其所祭而祭之,名曰淫祀。”　　[8]廟貌:廟中神像。　　[9]溫而愿:面貌溫潤而恭謹良善。　　[10]姥(mǔ 母):老婦人。　　[11]而容艷:一作“容而艷”。義同。　　[12]陛級:升而上臺階。　　[13]蘿蔦(niǎo 鳥):一種攀援植物。
[14]梟鴉:不祥之鳥,如貓頭鷹之類。　　[15]車馬徒隸:指神像旁所塑車馬僕役隨從之類。　　[16]走畏恐後:形容畏懼,離開神像時唯恐落後。一本無此四字。　　[17]“大者”三句:謂祭祀神廟大者殺牛,次者殺豬,最小者也要備辦雞犬魚菽之類。椎(chuí 捶):捶擊具,如鐵椎、木椎等。此指用椎擊打。菽:

豆類。　　　[18]耄孺:老人、小孩。七十歲以上老人稱耄。畜牧:指供祭祀的牛、豬、犬、雞等。慄慄然:恐懼貌。　　　[19]適丁其時:恰好逢其(病將死)時。丁,當、逢。

　　雖然,若以古言之,則戾[1];以今言之,則庶乎神之不足過也[2]。何者?豈不以生能禦大災,捍大患,其死也則血食於生人[3]?無名之土木,不當與禦災捍患者爲比,是戾於古也明矣[4]。今之雄毅而碩者有之,溫愿而少者有之[5],升階級,坐堂筵,耳絃匏[6],口粱肉[7],載車馬,擁徒隸者,皆是矣。解民之懸[8],清民之喝[9],未嘗貯於胸中[10]。民之當奉者一日懈怠[11],則發悍吏,肆淫刑,毆之以就事[12]。較神之禍福,孰爲輕重哉?平居無事,指爲賢良,一旦有大夫之憂[13],當報國之日,則佪撓脆怯[14],顛躓竄踣[15],乞爲囚虜之不暇[16]。此乃纓弁言語之土木[17],又何責其真土木耶?故曰:以今言之,則庶乎神之不足過也。

　　既而爲詩,以紀其末[18]:

　　土木其形,竊吾民之酒牲,固無以名[19];土木其智,竊吾君之禄位,宜如何可議[20]!禄位顧顑[21],酒牲甚微,神之饗也,孰云其非[22]?視吾之碑,知斯文之孔悲[23]!

《唐甫里先生文集》卷一八

【校注】

[1]戾:乖違、罪過。　　　[2]"以今"二句:意謂以今日之情況而言,野廟土木之神就算不上有過錯。庶乎:庶幾乎,近似之詞。　　　[3]"豈不"三句:謂真神生時能禦災捍患,其死後應該享受祭祀。血食於生人:爲人民所奉祀,指享受牛、豬、犬、雞等祭品。　　　[4]"無名"三句:謂野廟之神,生不能禦災捍患,其享受人民祭祀,顯然有悖於古。　　　[5]"今之"二句:指地方官吏。地方官吏,其面貌有雄毅而碩者,溫愿而少者。以下數句,皆指今之地方官吏平時之享受。　　　[6]耳絃匏:聽音樂。絃匏,分指絃樂和笙管一類樂器。　　　[7]口粱肉:食用精美的粱(穀類)和肉。　　　[8]解民之懸:消除人民痛苦如解人民於倒懸狀態。《孟子·公孫丑上》:"當今之時,萬乘之國行仁政,民之悦之,猶解倒懸也。"　　　[9]清民之喝(yè 葉):解除人民苦難。喝,中熱而死。即俗所謂中暑。　　　[10]貯:一作"怵"。怵,悲

傷、悽愴,謂人民之苦,未嘗引起其心内之悲傷,亦通。 [11]一日懈怠:指偶有鬆懈、稍有疏忽。 [12]"則發"三句:謂官員派遣兇悍小吏,濫施酷刑,毆打百姓使就範。 [13]大夫之憂:指發生國家大事。大夫爲人臣,國有大事,當爲君主憂。大夫,一作"天下",義同。 [14]佪(huái 佪)撓脆怯:懦弱膽怯。佪,一作"恫",恫(huí 回),惶懼貌,亦通。 [15]顛躓(zhì 至)竄踣(bó 博):困頓不堪而逃竄。躓,傾仆。踣,奔逃。 [16]"乞爲"句:意謂求爲敵人俘虜唯恐來不及。 [17]纓弁言語之土木:戴冠而會説話的土木之神。纓,繫冠的帶子。弁,即冠。 [18]紀:一作"亂"。亂爲辭章結束時概括全文的文辭,亦通。 [19]"土木其形"三句:謂野廟之神,無有功德,竊取百姓酒牲祭祀,所以稱其爲無名之神。 [20]"土木其智"三句:謂地方官吏,其智慧如土木,卻竊取君主之禄位,該如何加以議論? [21]顧顧:長貌。引申爲俸禄優厚。 [22]"神之"二句:意謂土木之神所享用極其微薄,誰能説他有錯? [23]孔悲:極悲。孔,甚。

杜荀鶴

【作者簡介】

杜荀鶴(846—904),字彦之,池州石埭(今安徽石臺)人。曾隱居廬山十年,詩名早著而屢試不第。黄巢軍入長安,荀鶴自長安歸,隱於九華山十五年,至昭宗大順二年(891)方登進士第。哀帝天祐二年(905)爲主客員外郎、知制誥,充翰林學士,旋卒。爲晚唐著名詩人,主張"詩旨未能忘救物"(《自敘》),頗多反映現實之作,詩友顧雲稱其詩"可以左攬工部袂,右拍翰林肩"(《唐風集序》)。擅近體,苦心爲詩,至於"形兀枯木"(顧雲語),但不事雕琢,詩風樸質。有《杜荀鶴文集》三卷傳世。《舊五代史》卷二四有傳。

山中寡婦

【題解】

題一作《時世行》。詩寫唐末賦税徵斂之酷。七律多用來抒情、寫景,自杜甫乃以七律寫民瘼,杜荀鶴效之。此詩敍事、議論到底,宋嚴羽稱之爲"杜荀鶴體"(《滄浪詩話·詩體》)。

　　夫因兵死守蓬茅,麻苧衣衫鬢髮焦[1]。桑柘廢來猶納税[2],田園荒後尚徵苗[3]。時挑野菜和根煮,旋斫生柴帶葉燒[4]。任是深山更深處,也應無計避徵徭[5]。

《全唐詩》卷六九二

【校注】

[1]麻苧(zhù 注):植物名,纖維可織衣料。　　[2]柘(zhè 這):即柘樹,其葉可以養蠶。　　[3]徵苗:指徵收青苗錢。後:一作"盡",義同。　　[4]旋斫:現砍。生柴:未經晾曬砍下來直接燒的濕柴。　　[5]徵徭:租税和徭役。

【集評】

　　(宋)蔡正孫《詩林廣記》卷九:"此詩備言民生之憔悴,國政之煩苛,可謂曲盡其情矣。採民風者,觀之其能動心否乎?"

　　(清)陸次雲《五朝詩善鳴集》卷六:"大似'東鄰撲棗'之詩,自是君家詩法。"

再經胡城縣

【題解】

　　胡城縣,南朝梁置,後廢,故址在今安徽阜陽北。此詩寫唐末吏治之腐敗。虐民的官員反而陞官,則地方、朝廷統統腐敗可知。

　　去歲曾經此縣城,縣民無口不冤聲[1]。今來縣宰加朱紱[2],便是生靈血染成。

《全唐詩》卷六九三

【校注】

[1]"縣民"句:猶言怨聲載道。　　[2]朱紱:赤色綬帶。唐代縣令爲七品,服青,五品以上官員服緋(赤色)。"加朱紱"猶言陞官。

【集評】

劉永濟《唐人絶句精華》:"三、四句所以斥責之意嚴矣,非至於諷刺也。如此縣官,實乃民賊! 蓋唐末兵禍頻繁,因而剥削加劇,縣令乃直接人民之官,剥削人民即由其經手,剥削愈甚,則愈得上級之歡心,於是有朱紱之賜。荀鶴另有《亂後逢村叟》七律一首,反映更爲具體。"

鄭　谷

【作者簡介】

鄭谷(848—909),字守愚,袁州宜春(今屬江西)人。幼穎悟,七歲能詩。屢舉不第,至僖宗光啓三年(887)始得一第。歷官右拾遺、左補闕等。昭宗乾寧四年(897)爲都官郎中,後歸隱宜春仰山書院,與詩僧齊己游處唱和。其詩清婉明白,盛傳於世,歐陽修稱其詩"極有意思,亦多佳句,但其格不甚高"(《六一詩話》)。有《雲臺編》三卷存於世。生平事蹟見元辛文房《唐才子傳》卷九。

淮上與友人別

【題解】

淮上,此指瓜洲渡(運河入長江處),爲古代南北水路交通要道。咸通八年(867),作者赴長安應進士試時作。因爲對自己前途毫無把握,所以與友人分別時格外傷感。清沈德潛嘗推此詩爲唐七絶壓卷之作(見《説詩晬語》)。

揚子江頭楊柳春[1],楊花愁殺渡江人。數聲風笛離亭晚[2],君向瀟湘我向秦。

《鄭谷詩集編年校注》

【校注】

[1]揚子江:長江自揚州至鎮江一段,古稱揚子江。　　[2]風笛:風中笛聲,此指笛中所奏離別之曲。離亭:即驛亭,古人每於驛亭送別,故名。

【集評】

  (明)謝榛《四溟詩話》卷一:"(絶句)凡起句當如爆竹,驟響易徹;結句當如撞鐘,清音有餘。鄭谷《淮上別友》詩:'君向瀟湘我向秦。'此結如爆竹而無餘音。予易爲起句,足成一首,曰:'君向瀟湘我向秦,楊花愁殺渡江人。數聲風笛離亭外,落日空江不見春。'"

  (清)賀貽孫《詩筏》:"詩有極尋常語,以作發局無味,倒用作結方妙者。如鄭谷《淮上別故人》詩……蓋題中正意,祇'君向瀟湘我向秦'七字而已,若開頭便説,則淺直無味。此卻倒用作結,悠然情深,令讀者低迴流連,覺尚有數十句在後未竟者。唐人倒句之妙,往往如此。"

唐彦謙

【作者簡介】

  唐彦謙(?—893?),字茂業,并州晉陽(今山西太原)人。屢舉不第,乃避亂漢南,以著述爲任。僖宗中和間,河中節度使王重榮辟爲從事,旋擢爲節度副使,又任晉、絳二州刺史,王重榮死,彦謙被貶爲興元節度參軍,遷興元節度副使,歷閬、壁二州刺史。詩初學温庭筠、李商隱,故元辛文房評其詩"傷多纖麗之詞"(《唐才子傳》),宋初西崑體作者也很推重他的詩。後崇尚杜甫,稍變淳厚。有《鹿門集》三卷存於世。生平事蹟見元辛文房《唐才子傳》卷九。

採 桑 女

【題解】

  此詩寫農村凋敝,有杜荀鶴風味而情事兼有。

  春風吹蠶細如蟻,桑芽纔努青鴉嘴[1]。侵晨探採誰家女[2],手挽長條淚如雨。去歲初眠當此時[3],今歲春寒葉放遲。愁聽門外催里胥[4],官家二月收新絲。

《全唐詩》卷六七一

【校注】

[1]青鴉嘴:形容桑葉嫩小。青鴉,即烏鴉,烏鴉嘴爲嫩黃色。 [2]侵晨:即清晨。 [3]初眠:指蠶第一次蛻皮。蠶在生長過程中經數次蛻皮,當蛻皮時不動不食如睡眠,稱爲蠶眠。 [4]里胥:里中胥吏。《通典·食貨三》:"諸戶以百戶爲里……每里置正一人,掌按比戶口,課植農桑,檢察非違,催驅賦役。"催里胥,即"里胥催",因協調平仄而倒置。

秦韜玉

【作者簡介】

秦韜玉(生卒年不詳),字中明,京兆(今陝西西安)人,一説同州郃陽(今陝西合陽)人。飽經世事艱難,後奔走於權閹田令孜門下,僖宗中和二年(882)特敕賜進士及第,四年,任工部侍郎、判度支,光啓中,爲田令孜神策軍判官。工於七律,元辛文房謂其"有詞藻,工歌吟,恬和瀏亮……每作人必傳誦"(《唐才子傳》)。有集已佚,《全唐詩》編其詩爲一卷。生平事蹟見《唐才子傳》卷九。

貧　女

【題解】

此詩當爲秦韜玉早年困頓時作品。詩借貧女寄託自己無所憑藉的寒族身世。唐詩中以《貧女》爲題的詩有六首之多,多屬寄託之詩,仍以秦韜玉此首爲最好,原因在於他將貧女與寒士的形象融合無間。此詩末句所以廣爲傳誦,原因亦在於此。

蓬門未識綺羅香[1],擬託良媒益自傷[2]。誰愛風流高格調,共憐時世儉梳妝[3]。敢將十指誇針巧[4],不把雙眉鬥畫長[5]。苦恨年年壓金線,爲他人作嫁衣裳[6]。

《秦韜玉詩注》

【校注】

[1]蓬門:即柴門,編蓬爲門,指貧家。綺羅香:指富貴人家婦女衣飾。　　[2]"擬
託"句:謂心想託付良媒説親,但想到世人皆重富貴不重品格,因此益發傷感。
[3]"誰愛"二句:意謂有誰憐愛我的風流、格調超群? 世人雖共愛時尚,而我獨以
儉梳妝爲美。一説"儉"通"險","險梳妝"猶言奇裝異服,與上句對言,意謂世
人皆愛標新立異的時尚裝束,亦通。風流:舉止瀟灑。高格調:品格超群。
[4]"敢將"句:謂自信其刺繡(文章)技藝超人。針:一作"偏"。"偏巧",猶言
特別巧,亦通。　　[5]"不把"句:謂自己雙眉天然秀長,不必另畫長眉。
[6]"苦恨"二句:意謂雖有刺繡之技巧,所恨者自己不得嫁,而衹能爲富貴人家女
作嫁衣裳。壓金線:用金線繡花,"壓"是一種繡法。

【集評】

　　(清)錢謙益、何焯《唐詩鼓吹評注》卷四:"此韜玉傷不遇,自況之意
也。"

　　(清)賀裳《載酒園詩話又編》:"秦韜玉詩無足言,獨《貧女》篇遂爲古今
口舌。'苦恨年年壓金線,爲他人作嫁衣裳',讀之輒爲短氣,不減江州夜月、
商婦琵琶也。"

皇甫松

【作者簡介】

　　皇甫松(生卒年不詳),松,一作"嵩",字子奇,睦州新安(今浙江淳安)人,
中唐古文家皇甫湜之子,約生活於宣宗、懿宗時期。工詩文,亦擅詞,然終生不
得一第。其詞於綺艷中別具清麗秀雅之致,清陳廷焯評爲"宏麗不及飛卿,而措
詞閒雅,猶存古詩遺意"(《白雨齋詞話》卷七);李冰若以爲其詞"秀雅在骨,初
日芙蓉春日柳,庶幾與韋相同工"(《栩莊漫記》)。有集已佚,詩、詞均編在《全
唐詩》中。詞又見《花間集》。

採 蓮 子

【題解】

《採蓮子》,唐教坊曲名,後用作詞牌。原有二首,此首爲第二首。詞寫初戀女子嬌憨之態,刻畫描寫細緻入微。

　　船動湖光灩灩秋_{舉棹}[1],貪看年少信船流_{年少}[2]。無端隔水抛蓮子_{舉棹}[3],遥被人知半日羞_{年少}。

《全唐五代詞》正編卷一

【校注】

[1]船動:動,一作"頭",俱通。"動"字有動感,更佳。舉棹:即划船。《欽定詞譜》卷一:"此(指《採蓮子》)亦七言絶句,其'舉棹'、'年少',乃歌時相和之聲。"
[2]信船流:任隨船自己飄蕩。　　[3]"無端"句:寫女子感情衝動,將蓮子抛給少年。無端:無來由、平白無故。蓮子:諧音"憐子",意謂愛你,南朝樂府多用作男女相愛之詞。

【集評】

況周頤《餐櫻廡詞話》:"寫出嬌娃稚憨情態,匪夷所思,是何筆妙乃爾!"

牛希濟

【作者簡介】

牛希濟(872？—？),隴西狄道(今甘肅臨洮)人。遭時喪亂,流寓西蜀,往依其叔父牛嶠,前蜀後主王衍任其爲起居郎,累官翰林學士、御史中丞。後唐同光三年(925)後唐滅蜀,希濟遂降後唐,入於洛陽,拜雍州節度副使。擅詞,爲"花間派"主要詞人,李冰若《栩莊漫記》謂"希濟詞筆清俊,勝於乃叔,雅近韋莊,尤善白描"。有集已佚,詞存《花間集》中。《十國春秋》卷四四有傳。

生 查 子

【題解】

　　《生查子》，唐教坊曲名，後用爲詞牌。任半塘《教坊記箋訂》："昔人釋'查'爲'楂'或'槎'而已。曾慥《類説》載：'唐明皇呼人爲"查"，言士大夫如"仙查"，隨流變化，昇天入地，能處清濁也。'宋王讜《唐語林》：'近代（按指天寶年間）流俗呼丈夫、婦人縱放不拘禮度者爲"查"，又有百數十種語自相通解，謂之"查語"，大抵多近猥僻。'按，'查'字義當取此。"此詞寫女子清晨與愛人離別事，上闋寫景，下闋言情。

　　春山煙欲收[1]，天淡稀星小[2]。殘月臉邊明，別淚臨清曉[3]。
　　語已多，情未了[4]，回首猶重道：記得綠羅裙，處處憐芳草[5]。

《全唐五代詞》正編卷三

【校注】

[1]煙欲收：謂夜霧即將消散。　　[2]"天淡"句：化用魏武帝曹操《短歌行》"月明星稀"句。天將明，殘月尚在，故星辰稀少。稀星：一作"星稀"，義同。[3]"殘月"二句：謂拂曉離別之際，殘月映照着臉邊流下的淚珠。　　[4]"語已多"二句：一作"語多情未了"。　　[5]"記得"二句：如作男子表白之語，猶言記得你所穿的綠羅裙，芳草因是綠色，亦爲我所愛。作女子叮嚀語亦佳。

【集評】

　　李冰若《栩莊漫記》："'記得綠羅裙，處處憐芳草'，詞旨悱惻溫厚，豈飛卿輩所可企及！'語已多，情未了，回首猶重道'，將人人共有之情和盤托出，是爲善於言情。"

鹿虔扆

【作者簡介】

鹿虔扆(生卒年、籍貫均不詳),昭宗天復間出爲永泰軍節度使,後檢校太尉,加太保。一説爲官在後蜀孟昶時。工詞,然所作多已佚,《花間集》僅存詞六首。

臨　江　仙

【題解】

《臨江仙》,唐教坊曲名,後用爲詞牌。此詞抒寫亡國之恨,有故宫黍離之悲,在《花間集》中獨標高格。唐亡在哀帝天祐四年(907),後蜀之亡在北宋太祖乾德三年(965),而《花間集》編定在後蜀廣政三年(940),則無論鹿虔扆爲官在唐抑或在蜀,此詞所抒寫的亡國之悲,爲唐無疑。

金鎖重門荒苑静[1],綺窗愁對秋空[2]。翠華一去寂無蹤[3],玉樓歌吹,聲斷已隨風。　　煙月不知人事改,夜闌還照深宫[4]。藕花相向野塘中[5],暗傷亡國,清露泣香紅。

《全唐五代詞》正編卷三

【校注】

[1]"金鎖"句:用杜甫《哀江頭》"江頭宫殿鎖千門,細柳新蒲爲誰緑"句意。
[2]綺窗:雕鏤有花紋的窗户。綺,一作"倚","倚窗"謂人倚窗而愁對秋空,亦通。
[3]"翠華"句:謂皇帝國亡身死。翠華:皇帝儀仗,此代指皇帝。　[4]夜闌:夜深。　[5]藕花:荷花。荷花當秋已半殘敗。

【集評】

(清)陳廷焯《白雨齋詞話》:"'一聲何滿子,雙淚落君前。'深情苦調,有《黍離》、《麥秀》之悲。"

況周頤《餐櫻廡詞話》:"鹿虔扆……《臨江仙》含思凄婉,不減李重光'晚涼天净月華開,想得玉樓瑶殿影,空照秦淮'之句。"

馮延巳

【作者簡介】

　　馮延巳（903—960），一名延嗣，字正中，廣陵（今江蘇揚州）人。南唐烈祖時，爲秘書郎，累遷駕部郎中、元帥府掌書記。中主保大元年（943）拜諫議大夫、翰林學士，遷户部侍郎，數爲宰相，官終太子太傅。延巳工於文翰，爲五代著名詞人之一。其詞雖如花間詞人多寫閨閤情事，然取象較爲開闊，語言清新婉轉，藝術成就很高，於宋詞以巨大影響。清陳廷焯謂其詞“極沈鬱之致，窮頓挫之妙，纏綿忠厚，與温、韋相伯仲也”（《白雨齋詞話》卷一），清劉熙載稱：“馮延巳詞，晏同叔得其俊，歐陽永叔得其深。”（《藝概·詞概》）有《陽春集》傳於世。《十國春秋》卷二六有傳。

鵲　踏　枝

【題解】

　　《鵲踏枝》，唐教坊曲名，後用爲詞牌。又名《蝶戀花》、《鳳棲梧》。此詞抒寫舊日之“閒情”，今日之“新愁”，當因懷念昔日愛人而作，但始終未曾道破。詞反復傾訴，一唱三歎，沉摯有味。

　　誰道閒情抛棄久[1]？每到春來，惆悵還依舊。日日花前常病酒[2]，不辭鏡裏朱顏瘦[3]。　　　　河畔青蕪堤上柳，爲問新愁，何事年年有[4]？獨立小橋風滿袖[5]，平林新月人歸後。

《全唐五代詞》正編卷三

【校注】

[1]閒情：閒愁。　　　[2]病酒：因飲酒過度而病。　　　[3]“不辭”句：猶言面顏消瘦無可避免。　　　[4]“河畔”三句：意謂新愁不盡，如河畔草叢、堤上新柳，年年皆有。青蕪：綠色草叢。　　　[5]“獨立”句：狀其惆悵滿懷。橋：一作“樓”。

【集評】

　　(清)陳廷焯《白雨齋詞話》卷六：“馮正中《蝶戀花》云：‘誰道閒情抛棄久？每

到春來,惆悵還依舊。日日花前常病酒,不辭鏡裏朱顏瘦。'可謂沉著痛快之極,然卻
是從沉鬱頓挫來,淺人何足知之。"

鵲 踏 枝

【題解】

　　此詞或者有寄託。但從字面看,上闋寫女子對游冶不歸愛人的疑慮和怨懟,下
闋抒寫其纏綿的思念,感情複雜而深摯,仍是閨情題材。

　　幾日行雲何處去? 忘卻歸來,不道春將暮[1]。百草千花寒食
路[2],香車繫在誰家樹[3]?　　淚眼倚樓頻獨語,雙燕飛來,陌上相
逢否[4]? 繚亂春愁如柳絮,悠悠夢裏無尋處[5]。

《全唐五代詞》正編卷三

【校注】

[1]"幾日"三句:謂愛人游冶他處,春暮不歸。行雲:語意雙關,一用宋玉《高唐
賦》典,指男女之事;又指愛人行蹤不定,如行雲飄蕩。春將暮:亦語意雙關,既指
愛人久久不歸,又暗示自己青春易逝,如春之暮。　　　[2]百草千花:謂暮春絢麗
景色,又暗喻其他女子。寒食:節候名,古代以冬至後一百五日爲寒食節,一般在
清明前一日。寒食節時,都城人家時興出外踏青游賞。　　　[3]香車:華麗的車。
此指男子乘坐之車。　　　[4]"雙燕"二句:詢問雙燕可曾見到男子? 江淹《雜體
詩三十首》之《李都尉從軍》:"袖中有短書,願寄雙飛燕。"　　　[5]悠悠:恍惚貌。
謂夢中亦無處尋覓愛人所在之處。悠悠,一作"依依"。依依,不捨貌,爲夢中情
景,亦通。

【集評】

　　(清)陳秋帆《陽春集箋》:"此詞牢愁鬱抑之氣,溢於言外,當作於周師南侵、江
北失地、民怨叢生、避賢罷相之日。不然,何憂思之深也?"

謁 金 門

【題解】

《謁金門》,唐教坊曲名,後用作詞牌。此詞寫閨怨,"怨"的心理借助外部事物的暗示和人物無聊賴的動作描寫予以烘託,極細膩入微。

風乍起,吹皺一池春水[1]。閒引鴛鴦香徑裏[2],手挼紅杏蕊[3]。鬥鴨闌干獨倚[4],碧玉搔頭斜墜[5]。終日望君君不至,舉頭聞鵲喜[6]。

《全唐五代詞》正編卷三

【校注】

[1]"風乍起"二句:以風乍起吹皺春水暗喻女子心頭湧起怨的漣漪。宋馬令《南唐書》卷二一:"元宗(指中主李璟)樂府辭云'小樓吹徹玉笙寒',延巳有'風乍起,吹皺一池春水'之句,皆爲警策。元宗嘗戲延巳曰:'"吹皺一池春水",干卿何事?'延巳曰:'未若陛下"小樓吹徹玉笙寒"。'元宗悅。"　　[2]閒引:謂其漫不經心。香徑:花徑。香,一作"花",一作"芳",義同。　　[3]挼(ruó 若陽平):揉搓。　　[4]鬥鴨:古代流行鬥鴨游戲,與鬥雞相似,置鴨於闌干內,使之相鬥。《三國志·吳書·陸遜傳》:"時建昌侯慮於堂前作鬥鴨欄,頗施小巧。"闌干:同"欄杆"。　　[5]碧玉搔頭:即玉搔頭,簪髮,又可以搔頭,故稱。　　[6]聞鵲喜:舊時以鵲鳴爲喜兆。

【集評】

(清)賀裳《皺水軒詞筌》:"'無憑諳鵲語,猶覺暫心寬',韓偓語也。馮延巳去偓不多時,用其語曰:'終日望君君不至,舉頭聞鵲喜。'雖竊其意,而語加蘊藉。"

(清)王闓運《湘綺樓評詞》:"言情之始,故其來無端。"

李　璟

【作者簡介】

　　李璟(916—961），字伯玉。初名景通，後改爲璟，徐州（今屬江蘇）人。璟爲南唐烈祖李昇長子，繼位，史稱中主，在位十九年（943—961）。秉性儒弱，迫於後周及北宋壓力，割江北、去帝號，連年進貢，政治、軍事無所作爲。然多才藝，好文辭。所作多佚，詞僅存四首，後人輯入《南唐二主詞》中。《十國春秋》卷一六《南唐二》有傳。

浣 溪 沙

【題解】

　　此詞寫閨情。上闋以荷花深秋凋殘興起美人遲暮之感；下闋以“吹徹玉笙”寄託閨中思念之情，而倍覺其淒清孤寂。詞中點出“雞塞”（邊塞），現實意義尤覺深刻。

　　菡萏香銷翠葉殘[1]，西風愁起綠波間。還與韶光共憔悴[2]，不堪看。　　細雨夢回雞塞遠[3]，小樓吹徹玉笙寒[4]。多少淚珠無限恨[5]，倚闌干。

《全唐五代詞》正編卷三

【校注】

　　[1]菡(hàn 漢)萏(dàn 旦)：荷花的別稱。翠葉：綠葉。　　[2]韶光：時令、節候。韶，一作“容”。“韶光”謂荷花與時令一起憔悴，“容光”謂人的容顏與荷花一起憔悴，俱通。　　[3]“細雨”句：意謂夢中與戍邊的丈夫相會，細雨聲中夢醒過來，愈發覺得邊塞遙遠。雞塞：即雞鹿塞，漢時邊塞。《漢書·匈奴傳下》：“漢遣長樂衛尉高昌侯董忠、車騎都尉韓昌將騎萬六千，又發邊郡士馬以千數，送單于出朔方雞鹿塞。”顏師古注：“在朔方窳渾縣西北。”即今陝西橫山西。此處代指邊塞。雞塞遠，一作“清漏永”。“清漏永”謂夜深寂静，亦通。　　[4]“小樓”句：是征婦夢醒後所爲。她在小樓吹徹玉笙以寄託思念。徹：盡。吹徹意謂吹到最後一曲。玉笙寒：形容吹笙時間很久。笙爲管樂器，十三管依次排列，管底置薄銅片（簧），

吹之使發聲。吹久則水氣積潤,因在寒秋,故曰"寒"。　　　[5]多少淚珠:一作
"簌簌淚珠"、"多少淚痕"。無限恨:一作"何限恨"、"多少恨"。俱通。

【集評】

(明)董其昌《評注便讀草堂詩餘》卷三:"佈景生思,因思得句,可人處
不在多言。"

王國維《人間詞話》卷上:"南唐中主詞:'菡萏香銷翠葉殘,西風愁起綠
波間。'大有衆芳蕪穢,美人遲暮之感。乃古今獨賞其'細雨夢回雞塞遠,小
樓吹徹玉笙寒',故知解人正不可易得。"

李　煜

【作者簡介】

李煜(937—978),字重光,南唐中主李璟第六子。中主建隆二年(961)初立
爲太子,六月繼位,史稱後主。在位期間,南唐國勢日蹙,積弊難返,又歲進奉
貢,國庫空虛,既無力挽回,遂醉心聲色,且留意詩詞。在位十五年,至開寶八年
(975),宋兵陷金陵,李煜肉袒出降,國亡,旋押解至汴京,封違命侯,太平興國三
年被太宗以牽機藥毒死。李煜精音律,工書畫,藝術造詣極高,尤以詞名世,與
溫庭筠、韋莊、馮延巳並稱唐五代四大家。所作詞風格自然清新,多用白描,不
施藻飾而極盡低迴歎惋之致。尤以被俘入宋之後所爲詞,追憶往昔繁華,傷慨
家國覆亡,情感真切,最爲後人傳誦。王國維云:"詞至李後主而眼界始大,感慨
遂深,遂變伶工之詞而爲士大夫之詞。"(《人間詞話》卷上)有集已佚,後人輯其
詞在《南唐二主詞》中。《十國春秋》卷一七《南唐二》有傳。

搗練子令

【題解】

《搗練子令》即《搗練子》,唐教坊曲名,後用作詞牌。明楊慎《詞品》卷一:"詞名
《搗練子》,即詠搗練,乃唐詞本體也。"古代女子裁剪衣服前,先將衣料置砧(平滑

石)上,搗(捶)之使平整柔軟,稱爲搗衣,或稱搗練。此詞就風聲、砧聲而起懷人之念,暗示相思之苦,情景交融,深婉雋永。

深院靜,小庭空,斷續寒砧斷續風[1]。無奈夜長人不寐[2],數聲和月到簾櫳[3]。

《全唐五代詞》正編卷三

【校注】

[1]寒砧:古代搗衣多在秋日,故稱"寒砧"。此指砧聲。　　[2]無奈:一作"早是"。"早是"爲唐時口語,猶言已是、本來就是,亦通。　　[3]"數聲"句:意謂在搗衣聲中夜漸深,月光斜照到簾櫳。簾櫳:窗格子,此指窗户。

【集評】

俞陛雲《唐五代兩宋詞選釋》:"通首賦搗練,而獨夜懷人情味,搖盪於寒砧斷續之中,可謂極此題能事。"

相 見 歡

【題解】

題一作《烏夜啼》,爲同調而異名。此詞爲亡國後所作,上闋惜春,下闋傷別,感嘆盛景易逝難再。詞中深含亡國之痛,而以比興出之,此即王國維所謂"士大夫之詞"本意。

林花謝了春紅[1],太匆匆。無奈朝來寒雨晚來風[2]。　　胭脂淚[3],相留醉[4],幾時重[5]? 自是人生長恨水長東。

《全唐五代詞》正編卷三

【校注】

[1]"林花"句:謂林中之花凋落失色。　　[2]"無奈"句:感嘆自然界代謝消長無可避免。　　[3]胭脂淚:形容落花遭雨打濕,如女子傷心淚水流過臉面。杜甫《曲江對雨》:"林花著雨胭脂濕,水荇牽風翠帶長。"　　[4]相留醉:謂其與落花相伴隨,凄迷如醉。　　[5]重:重逢、再度相見。

【集評】

　　俞平伯《唐宋詞選釋》：“本詞從杜甫《曲江對雨》‘林花着雨胭脂濕’變化，卻將一語演作上下兩片。‘春紅’、‘寒雨’已爲下片‘胭脂淚’伏脈。主意詠別情，‘幾時重’猶言‘何時再’，‘重’，平聲。”

相　見　歡

【題解】

　　題一作《烏夜啼》，是同調異名。此詞爲亡國後所作。上闋寫景，景中彌漫淒冷孤苦意味。下闋抒情，卻以形象的譬喻出之，使“離愁”如見、如可觸摸。

　　無言獨上西樓，月如鉤。寂寞梧桐深院鎖清秋[1]。　　　剪不斷，理還亂，是離愁。別是一般滋味在心頭。

《全唐五代詞》正編卷三

【校注】

[1]鎖清秋：意謂爲清秋所籠罩。

【集評】

　　(宋)黄昇《唐宋諸賢絕妙詞選》卷一：“此詞最淒惋，所謂亡國之音哀以思。”

　　俞陛雲《唐五代兩宋詞選釋》：“後闋僅十八字，而腸迴心倒，一片淒異之苦，傷心人固別有懷抱。”

虞　美　人

【題解】

　　《虞美人》，唐教坊曲名，後用作詞牌。秦末項羽有美人名虞姬，項羽被圍，飲於帳中，歌曰：“虞兮虞兮奈若何？”虞亦答歌，調名取於此。宋王灼《碧雞漫志》卷四：“虞美人，《脞説》稱起於項籍‘虞兮’之歌；予謂後世以此命名可也，曲起於當時，非也。”此詞爲李煜亡國後所作。宋王銍《默記》卷上：“後主在賜第，因七夕命故妓作樂，聲聞於外，太宗聞之大怒。又傳‘小樓昨夜又東風’及‘一江春水向東流’之句，併坐之，遂被禍云。”則此詞之作爲李煜招惹殺身之禍。詞上闋喟歎年光流逝，春風又再而故國不堪回首;下闋承此,言物是人非,不勝其恨。全詞以白描出之,而蘊含的感情如滔天巨瀾,爲李煜詞代表作之一。

春花秋月何時了[1]?往事知多少。小樓昨夜又東風,故國不堪回首月明中。　　雕欄玉砌應猶在[2],祇是朱顏改[3]。問君能有幾多愁?恰似一江春水向東流[4]。

《全唐五代詞》正編卷三

【校注】

[1]春花秋月:謂往日良辰佳景。秋月,一作"秋葉",則"春花秋葉"指歲月推移更替,亦通。　　[2]雕欄玉砌:指故國(金陵)華麗的宮殿。應猶:一作"依然"。"應猶"是推測之詞,"依然"是判斷之詞,"應猶"含蓄蘊藉,佳。
[3]朱顏改:謂因愁而衰老。朱顏,紅顏,此指青春年華。　　[4]"問君"二句:謂愁恨深長如東流水,與作者《相見歡》"自是人生長恨水長東"同而措辭愈加沉痛。

【集評】

(清)洪亮吉《北江詩話》卷二:"'問君能有幾多愁……'李後主詞,寫愁可謂至矣。余最愛白門凌秀才霄《秦淮春漲》詩云:'春情從此如春水,傍著闌干日夜生。'寫情亦可謂獨到。二君皆借春水以喻,然一覺傷心欲絕,一覺逸興遄飛,則二君之所遇然也。"

(清)王闓運《湘綺樓評詞》:"常語耳,以初見故佳,再學便濫矣。"又云:"朱顏本是山河,因歸宋不敢言耳。若直說山河改,反又淺也。結亦恰到好處。"

俞陛雲《唐五代兩宋詞選釋》:"亡國之音,何哀思之深也?傳誦禁廷,不加憫而被禍,失國者不殉宗社,而任人宰割,良足傷矣。《後山詩話》謂秦少游詞'飛紅萬點愁如海'出於後主'一江春水'句,《野客叢書》又謂白樂天之'欲識愁多少,高於灩澦堆'、劉禹錫之'水流無限似儂愁',爲後主詞所祖,但以水喻愁,詞家意所易到,屢見載籍,未必互相沿用。就詞而論,李、劉、秦諸家之以水喻愁,不若後主之'春江'九字,真傷心人語也。"

浪　淘　沙

【題解】

《浪淘沙》，唐教坊曲名，後用作詞牌。調名下或有題目"懷舊"、"春暮懷舊"。宋蔡絛《西清詩話》卷下載："南唐李後主歸朝後，每懷江國，且念嬪妾散落，鬱鬱不自聊，嘗作長短句：'簾外雨潺潺……'含思淒惋，未幾下世矣。"故此詞向來被視作李煜絕筆。詞上闋寫春寒中由夢裏"貪歡"狀態醒來，充滿恍然若失的迷惘之感；下闋抒發懷念故國感慨，面對現實終於陷於絕望之中。

　　簾外雨潺潺[1]，春意闌珊[2]。羅衾不耐五更寒[3]。夢裏不知身是客，一晌貪歡[4]。　　　　獨自莫憑欄，無限江山[5]，別時容易見時難[6]。流水落花春去也，天上人間。

《全唐五代詞》正編卷三

【校注】

[1]潺潺：狀雨聲。　　　[2]闌珊：謂春殘、春晚。闌珊，一作"將闌"，義同，然不如"闌珊"疊韻佳。　　　[3]不耐：一作"不暖"，義同。　　　[4]一晌：一陣子、一會兒。　　　[5]江山：一作"關山"，"關山"謂關山阻隔，不可得見，亦通。　　　[6]"別時"句：雜用李商隱《無題》"相見時難別亦難"等句意。參見《無題》注。

【集評】

　　（清）王闓運《湘綺樓評詞》："高妙超脫，一往情深。"

　　王國維《人間詞話》卷一："詞至李後主而眼界始大，感慨遂深，遂變伶工之詞而爲士大夫之詞。周介存置諸温、韋之下，可謂顛倒黑白矣。'自是人生長恨水長東。''流水落花春去也，天上人間。'《金荃》、《浣花》，能有此氣象耶？"

　　俞陛雲《唐五代兩宋詞選釋》："言夢中之歡，益見醒後之悲，昔日歌舞《霓裳》，不堪回首。結句'天上人間'三句愴然欲絕，此歸朝後所作……極淒黯之音，如峽猿之三聲腸斷也。"

敦煌曲子詞

【作者簡介】

　　敦煌曲子詞,或稱敦煌寫本曲子詞。清光緒二十六年(1900)敦煌石室發現大量唐五代文獻,其中有數百首唐五代民間詞,多爲唐及初宋以後學者所未知,實爲詞學史上千年之珍秘。敦煌曲子詞最重要的鈔卷《雲謠集》凡二卷,其結集年代尚早於《花間集》四十餘年,是我國古代真正意義上的第一部詞總集。

　　敦煌曲子詞大多無作者姓名。作者成分複雜,但主要來自社會中下層。故所作題材廣泛,内容豐富,任二北《敦煌曲初探》曾分析歸納爲疾苦、怨思、別離、旅客、感慨、隱逸、愛情等二十餘類,覆蓋了社會生活各個方面。藝術上,敦煌曲子詞整體呈現出質拙樸直、自然率真的風貌,與歷代民間謠諺同。總而言之,敦煌曲子詞與中晚唐文人詞及以花間詞人、南唐詞人爲代表的五代詞作在涉及範圍、審美取向等方面都有極大差異。

　　敦煌曲子詞大多流失於海外,經過數代學者努力,漸積漸夥,任二北《敦煌曲校録》搜羅達五百四十餘首。

菩　薩　蠻

【題解】

　　此詞寫法受漢樂府《上邪》影響。詞中疊用六件自然界不可能發生的現象作爲堅貞愛情的保證。坦白直率,感情熱烈,是民間文學本色。

　　枕前發盡千般願[1],要休且待青山爛[2]。水面上秤錘浮,直待黄河徹底枯。　白日參辰現[3],北斗回南面。休即未能休,且待三更出日頭。

《全唐五代詞》正編卷四

【校注】

[1]願:誓言。　　[2]休:指終止愛情關係。　　[3]參辰:指參、辰二星宿。參宿居西方,辰星居東方,兩星遙遙相對,此出彼没,永不同時出現。

【集評】

俞平伯《唐宋詞選釋》:"這篇疊用許多人世斷不可能的事作爲比喻,和漢樂府《上邪》相似,但那詩山盟海誓是直説,這裏反説,雖發盡千般願,畢竟負了心,卻是不曾説破。"

鵲　踏　枝

【題解】

《鵲踏枝》爲《蝶戀花》之異名,與後來的《蝶戀花》句法頗有不同。此詞以思婦與靈鵲對話結構,將傳統閨怨題材寫得親切有趣。

　　叵耐靈鵲多瞞語[1],送喜何曾有憑據? 幾度飛來活捉取[2],鎖上金籠休共語[3]。　　　比擬好心來送喜[4],誰知鎖我在金籠裏。願他征夫早回來,騰身卻放我向青雲裏。

《全唐五代詞》正編卷四

【校注】

[1]叵(pǒ 潑上聲)耐:猶言不能容忍,爲唐時口語。叵,爲"不可"合音字;耐,一作"奈",義同。靈鵲:即喜鵲。俗謂喜鵲鳴叫預告有喜,故稱。瞞語:謊話。瞞,一作"謾",義同。　　[2]幾度飛來:謂喜鵲數次鳴叫。　　[3]休共語:不再與它(喜鵲)説話。　　[4]比擬:原打算、準備。唐時口語。

無名氏詞

菩　薩　蠻

【題解】

宋釋文瑩《湘山野録》卷上云:"此詞不知何人寫在鼎州滄水驛樓,復不知何人所撰。魏道輔泰見而愛之,後至長沙,得古集於子宣內翰家,乃知李白所作。"編成於宋初的《尊前集》亦錄入此詞,定爲李白作。宋黃昇《花庵詞選》更推太白此詞及《憶秦娥》爲"百代詞曲之祖"。然今傳宋刊《李太白文集》未收此詞;明胡應麟《少室山房筆叢》卷四一以爲此詞"近飛卿","蓋晚唐人詞";明胡震亨《唐音癸籤》卷一三亦謂此詞是"後人妄託"。近年學術界聚訟紛紜,迄無定論。姑從胡應麟等之説,以爲無名氏之詞。

　　　平林漠漠煙如織,寒山一帶傷心碧[1]。暝色入高樓,有人樓上愁。　　　玉階空佇立,宿鳥歸飛急[2]。何處是歸程? 長亭更短亭[3]。

《全唐五代詞》正編卷一

【校注】

[1]寒山一帶:形容遠山迤邐連綿如帶。　　　[2]宿鳥:傍晚歸巢的鳥。　　　[3]長亭、短亭:古代築於大道旁供行人休憩的亭子。因亭子之間距離不等,故分長亭、短亭。北周庾信《哀江南賦》:"十里五里,長亭短亭。"更:一作"連",一作"接",義同。

【集評】

　　(清)劉熙載《藝概·詞概》:"太白《菩薩蠻》、《憶秦娥》兩闋,足抵少陵《秋興八首》。想其情境,殆作於明皇西幸後乎?"

　　俞平伯《唐宋詞選釋》:"'人'指思念征夫的女子。孟浩然《秋登南山寄張五》:'愁因薄暮起',又皇甫冉《歸渡洛水》:'暝色起春愁',都和這詞句意境相似。孟浩然與李白同時,皇甫冉比李白年代更後。李白恐不會襲用他們的句子。前人詩詞每有一種常用的言語,亦可偶合。如梁費昶《長門怨》:'向夕千愁起',早在唐人之先,意境亦大略相同。"

憶秦娥

【題解】

　　《憶秦娥》,相傳李白首作,詞中有"秦娥夢斷秦樓月"之句,故又名《秦樓月》。此詞首見宋邵博《邵氏聞見後錄》卷一九云:"李太白詞也。予嘗秋日餞客咸陽寶釵樓上,漢諸陵在晚照中,有歌此詞者,一座悽然而罷。"影宋咸淳本《李翰林集》卷五錄入此詞。然胡應麟《少室山房筆叢》疑爲僞,其説見前。清王琦《李太白文集》注亦以爲"其真贋誠未易定决",並《菩薩蠻》一起編入"詩文拾遺"。今人争議甚多,訖無定論,姑從胡應麟之説,以爲無名氏之詞。

簫聲咽[1],秦娥夢斷秦樓月[2]。秦樓月,年年柳色,灞陵傷別[3]。樂游原上清秋節[4],咸陽古道音塵絶[5]。音塵絶,西風殘照,漢家陵闕[6]。

《全唐五代詞》正編卷一

【校注】

[1]簫聲咽:謂簫聲幽怨。　　[2]"秦娥"句:並上句,暗用蕭史、弄玉事。劉向《列仙傳》上:"蕭史者,秦穆公時人也,善吹簫,能致孔雀白鶴於庭。穆公有女字弄玉,好之,公遂以女妻焉。日教弄玉作鳳鳴,居數年,吹似鳳聲,鳳凰來止其屋。公爲作鳳臺,夫婦止其上,不下數年。一旦皆隨鳳凰飛去。"秦娥:秦地女子。揚雄《方言》:"娥,嬴,好也。秦曰娥。"夢斷:夢醒。　　[3]灞陵:漢文帝陵墓,在長安(今陝西西安)東灞水邊。灞水上有橋,橋邊多植柳,唐人凡東南行者,每於此地送別。《三輔黄圖》卷六:"灞橋在長安東,跨水作橋,漢人送客至此橋,折柳贈別。"陵,一作"橋",義同。　　[4]樂游原:在唐長安城東,地勢高爽,爲唐時長安人游樂之地。詳見李商隱《樂游原》詩注。　　[5]咸陽古道:唐長安通往西北的大道。咸陽,秦故都所在,在長安西北。唐時東南行送別在灞橋,西北行送別在渭城。渭城即秦舊都故址。參見王維《送元二使安西》注。　　[6]漢家陵闕:指西漢諸帝陵墓。西漢諸帝陵如長陵(高祖墓)、安陵(惠帝墓)、陽陵(景帝墓)、茂陵(武帝墓)、平陵(昭帝墓)等,皆在秦咸陽至唐長安間。

【集評】

(清)劉熙載《藝概·詞概》:"太白《憶秦娥》聲情悲壯,晚唐五代唯趨婉麗,至東坡始能復古。後世論詞者或轉以東坡爲變調,不知晚唐五代乃變調也。"

(清)陳廷焯《白雨齋詞話》卷五:"太白《菩薩蠻》、《憶秦娥》兩闋,神在箇中,音流絃外,可以是爲詞中鼻祖。"

王國維《人間詞話》卷上:"太白純以氣象勝。'西風殘照,漢家陵闕',寥寥八字,遂關千古登臨之口。"

採用底本目録

先秦漢魏晉南北朝詩　逯欽立校輯　中華書局 1983 年版

全唐詩　（清）彭定求等編　中華書局 1960 年版

王績詩注　（唐）王績撰　王安國注　上海古籍出版社 1981 年版

王梵志詩校注　（唐）王梵志撰　項楚校注　上海古籍出版社 1991 年版

盧照鄰集校注　（唐）盧照鄰撰　李雲逸校注　中華書局 1996 年版

駱臨海集箋注　（唐）駱賓王撰　（清）陳熙晉箋注　上海古籍出版社 1985 年版

王子安集注　（唐）王勃撰　（清）蔣清翊注　上海古籍出版社 1995 年版

楊炯集　（唐）楊炯撰　徐明霞點校　中華書局 1980 年版

劉希夷詩注　（唐）劉希夷撰　陳文華注　上海古籍出版社 1997 年版

沈佺期宋之問集校注　（唐）沈佺期、宋之問撰　陶敏、易淑瓊校注　中華書局
　　2001 年版

李嶠詩注　（唐）李嶠撰　徐定祥注　上海古籍出版社 1995 年版

蘇味道詩注　（唐）蘇味道撰　徐定祥注　上海古籍出版社 1995 年版

杜審言詩注　（唐）杜審言撰　徐定祥注　上海古籍出版社 1982 年版

陳子昂詩注　（唐）陳子昂撰　彭慶生注　四川人民出版社 1981 年版

賀知章包融張旭張若虛詩注　（唐）賀知章、包融、張旭、張若虛撰　王啓興、張
　　虹注　上海古籍出版社 1986 年版

崔顥崔國輔詩注　（唐）崔顥、崔國輔撰　萬競君注　上海古籍出版社 1982
　　年版

王昌齡詩注　（唐）王昌齡撰　李雲逸注　上海古籍出版社 1984 年版

孟浩然集校注　（唐）孟浩然撰　徐鵬校注　人民文學出版社 1989 年版

王維集校注　（唐）王維撰　陳鐵民校注　中華書局 1997 年版

李白集校注　（唐）李白撰　瞿蛻園、朱金城校注　上海古籍出版社 1980 年版

高適詩集編年箋注　（唐）高適撰　劉開揚箋注　中華書局 1981 年版

杜詩詳注　（唐）杜甫撰　（清）仇兆鰲校注　中華書局 1979 年版

岑參集校注　（唐）岑參撰　陳鐵民、侯忠義校注　上海古籍出版社 1981 年版

錢起詩集校注　（唐）錢起撰　王定璋校注　浙江古籍出版社 1992 年版

元次山集　（唐）元結撰　孫望校點　中華書局 1960 年版

張繼詩注　（唐）張繼撰　周義敢注　上海古籍出版社 1987 年版

劉長卿詩編年箋注　（唐）劉長卿撰　儲仲君箋注　中華書局 1996 年版

戴叔倫詩集校注　（唐）戴叔倫撰　蔣寅校注　上海古籍出版社 1993 年版

顧況詩注　（唐）顧況撰　王啓興、張虹注　上海古籍出版社 1994 年版

韋應物集校注　（唐）韋應物撰　陶敏、王友勝校注　上海古籍出版社 1998 年版

全唐五代詞　曾昭岷、曹濟平、王兆鵬、劉尊明編著　中華書局 1999 年版

李益詩注　（唐）李益撰　范之麟注　上海古籍出版社 1984 年版

孟郊詩集校注　（唐）孟郊撰　華忱之、喻學才校注　人民文學出版社 1995 年版

韓昌黎詩繫年集釋　（唐）韓愈撰　錢仲聯校注集釋　上海古籍出版社 1984 年版

韓昌黎文集校注　（唐）韓愈撰　（清）馬其昶校注　上海古籍出版社 1986 年版

元稹集編年箋注　（唐）元稹撰　楊軍校注　三秦出版社 2002 年版

唐人小說　汪辟疆校輯　上海古典文學出版社 1955 年版

敦煌變文校注　黃征、張湧泉校注　中華書局 1997 年版

白居易集　（唐）白居易撰　顧學頡校點　中華書局 1979 年版

劉禹錫集　（唐）劉禹錫撰　《劉禹錫集》整理組點校　卞孝萱校訂　中華書局
　　　1990 年版

柳宗元集　（唐）柳宗元撰　吳文治等校點　中華書局 1979 年版

李紳詩注　（唐）李紳撰　王旋伯注　上海古籍出版社 1985 年版

賈島集校注　（唐）賈島撰　齊文榜校注　人民文學出版社 2001 年版

丁卯集箋證　（唐）許渾撰　羅時進校注　江西人民出版社 1998 年版

李長吉歌詩彙解　（唐）李賀撰　（清）王琦彙解　上海古籍出版社 1977 年版

樊川詩集注　（唐）杜牧撰　（清）馮集梧注　上海古籍出版社 1978 年版

樊川文集　（唐）杜牧撰　上海古籍出版社 1978 年版

趙嘏詩注　（唐）趙嘏撰　譚優學注　上海古籍出版社 1987 年版

雍陶詩集　（唐）雍陶撰　周嘯天、張效民注　上海古籍出版社 1988 年版

溫飛卿詩集箋注　（唐）溫庭筠撰　（清）曾益等箋注　上海古籍出版社 1980 年版

李商隱詩歌集解　（唐）李商隱撰　劉學鍇、余恕誠校注　中華書局 1988 年版

皮子文藪　（唐）皮日休撰　蕭滌非、鄭慶篤校訂　上海古籍出版社 1981 年版

韋莊集　（唐）韋莊撰　向宗迪校訂　人民文學出版社 1958 年版

唐女詩人集三種　（唐）魚玄機等撰　陳文華校注　上海古籍出版社 1984 年版

唐甫里先生文集　（唐）陸龜蒙撰　《四部叢刊》本

鄭谷詩集編年箋注　（唐）鄭谷撰　傅義校注　華東師範大學出版社 1993 年版

秦韜玉詩注　（唐）秦韜玉撰　李之亮注　上海古籍出版社 1989 年版

參考書目

唐詩大詞典　周勳初主編　江蘇古籍出版社 1990 年版

唐才子傳校箋(全五册)　傅璇琮主編　中華書局 1987—1995 年版

唐人選唐詩新編　傅璇琮主編　陝西人民教育出版社 1996 年版

唐詩書録　陳伯海、朱易安編撰　齊魯書社 1988 年版

唐詩匯評　陳伯海主編　浙江教育出版社 1995 年版

唐宋詩舉要　高步瀛選注　上海古籍出版社 1959 年版

唐宋文舉要　高步瀛選注　中華書局上海編輯所 1963 年版

敦煌曲子詞集　王重民校輯　上海商務印書館 1950 年版

敦煌變文集(上下)　王重民等輯校　人民文學出版社 1957 年版

全唐五代詞　張璋、黃畬編校　上海古籍出版社 1986 年版

唐宋名家詞選　龍榆生編選　上海古籍出版社 1980 年版

古詩今選　程千帆、沈祖棻選注　上海古籍出版社 1983 年版

唐詩選　中國社會科學院文學研究所選注　人民文學出版社 1978 年版

唐宋詞選釋　俞平伯選注　人民文學出版社 1979 年版

唐宋詞簡釋　唐圭璋選釋　上海古籍出版社 1981 年版

唐宋傳奇選　張友鶴選注　人民文學出版社 1964 年版

唐人絶句精華　劉永濟選釋　人民文學出版社 1981 年版

千首唐人絶句　富壽蓀選注　劉拜山、富壽蓀評解　上海古籍出版社 1985 年版

唐人七絶詩淺釋　沈祖棻著　上海古籍出版社 1981 年版

花間集校　李一氓校　人民文學出版社 1958 年版

王績集編年校注　(唐)王績撰　康金聲、夏連保校注　山西人民出版社 1992 年版

盧照鄰集編年箋注　(唐)盧照鄰撰　任國緒箋注　黑龍江人民出版社 1989 年版

曲江集　(唐)張九齡撰　劉斯翰校注　廣東人民出版社 1986 年版

孟浩然詩集校注　(唐)孟浩然撰　李景白校注　巴蜀書社 1988 年版

王右丞集箋注　(唐)王維撰　(清)趙殿誠箋注　中華書局 1961 年版

高適集校注　(唐)高適撰　孫欽善校注　上海古籍出版社 1984 年版

王維孟浩然選集　王達津選注　上海古籍出版社 1990 年版

杜甫詩選注　蕭滌非選注　人民文學出版社 1979 年版

李白選集　郁賢皓選注　上海古籍出版社 1990 年版

李太白全集　（唐）李白撰　（清）王琦注　中華書局 1977 年版

李白全集編年注釋　（唐）李白撰　安旗主編　巴蜀書社 1990 年版

李白全集校注匯釋集評　（唐）李白撰　詹鍈主編　百花文藝出版社 1996 年版

岑嘉州詩箋注　（唐）岑參撰　廖立箋注　中華書局 2004 年版

劉長卿集編年校注　（唐）劉長卿撰　楊世明校注　人民文學出版社 1999 年版

元結詩解　聶文郁注　陝西人民出版社 1984 年版

李益集注　王亦軍、裴豫敏編注　甘肅人民出版社 1989 年版

李益詩歌集評　郝潤華編著　甘肅人民出版社 1997 年版

韓愈全集校注　（唐）韓愈撰　屈守元、常思春主編　四川大學出版社 1996 年版

韓昌黎文集注釋　（唐）韓愈撰　閻琦校注　三秦出版社 2004 年版

韓愈文選　童第德選注　人民文學出版社 1980 年版

劉禹錫集箋證　瞿蛻園箋證　上海古籍出版社 1989 年版

白居易選集　王汝弼選注　上海古籍出版社 1980 年版

白居易集箋校　（唐）白居易撰　朱金城箋校　上海古籍出版社 1989 年版

張王樂府　（唐）張籍、王建撰　徐澄宇選注　上海古典文學出版社 1957 年版

李賀詩集　（唐）李賀撰　葉蔥奇疏注　人民文學出版社 1959 年版

杜牧詩選　繆鉞選注　人民文學出版社 1957 年版

玉谿生詩集箋注　（唐）李商隱撰　（清）馮浩箋注　上海古籍出版社 1979 年版

韋莊集校注　李誼校注　四川社會科學出版社 1986 年版

李璟李煜詞　詹安泰編注　人民文學出版社 1958 年版